Im Schatten des Falken

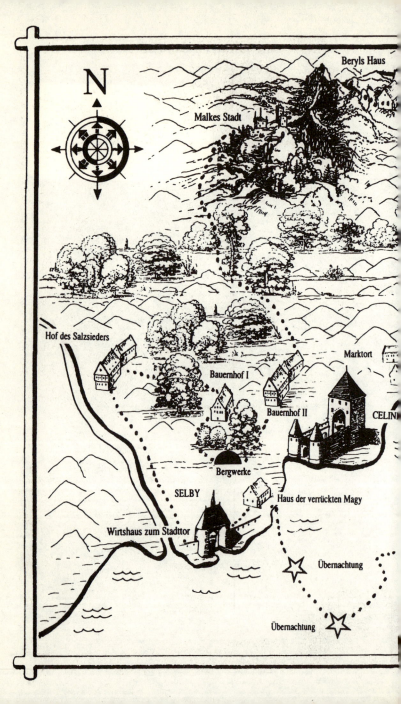

© Archiv Sauerländer

Cynthia Voigt ist in Boston aufgewachsen und war einige Zeit Englischlehrerin. Sie lebt mit ihrer Familie in Maryland und in den Ferien auf einer Insel in der Chesapeake Bay und zählt zu den renommiertesten Autorinnen der Kinder- und Jugendliteratur. Ihre Bücher wurden mit zahlreichen Preisen ausgezeichnet, darunter mit dem Deutschen Jugendliteraturpreis.
Im Carlsen Taschenbuch sind von Cynthia Voigt außerdem die Titel *Jackaroo* (CTB 208) und *Auf dem Glücksrad* (CTB 209) lieferbar.

Cynthia Voigt

Im Schatten des Falken

Aus dem Amerikanischen von
Beate Beheim-Schwarzbach und Thomas Merk

Veröffentlicht im Carlsen Verlag
Januar 2003
Mit freundlicher Genehmigung des Sauerländer Verlages
Originalcopyright © 1993 Cynthia Voigt
Originaltitel: »The Wings of a Falcon«
Copyright © der deutschsprachigen Ausgabe: 1997 Sauerländer Verlag
2002 Patmos Verlag GmbH & Co. KG
Sauerländer Verlag, Düsseldorf
Umschlagbild: Klaus Steffens
Umschlaggestaltung: Doris K. Künster / Britta Lembke
Corporate Design Taschenbuch: Dörte Dosse
Satz: Dörlemann Satz, Lemförde
Druck und Bindung: Elsnerdruck, Berlin
ISBN 3-551-37191-1
Printed in Germany

Mehr Informationen und Leseproben
aus unserem Programm
finden Sie unter www.carlsen.de

Teil I

Der siebte Damall

1

Von Anfang an war ihm klar, dass dieser Mann wusste, wie er ihm wehtun konnte. Er musste seine Angst verbergen und durfte nicht weinen, auch wenn ihm noch so sehr danach zu Mute war. Wenn er Hunger hatte, durfte er nicht um etwas zu essen bitten, wenn ihm kalt war, durfte er sich nicht näher ans Feuer setzen, wenn er müde war, musste er versuchen wach zu bleiben, wenn er sich einsam fühlte, musste er alleine bleiben. Von Anfang an war ihm klar, dass er sehr stark sein musste.

Die Insel des Damalls ruhte auf Fels. Mächtige Felsblöcke säumten ihre Küsten und ragten auch in der Mitte der Insel an den unmöglichsten Orten aus dem Boden. Der Strand am Hafen bestand aus Steinen, die so scharfkantig wie Muscheln waren und so aussahen, als habe ein Riese seinen Hammer auf die Felsblöcke niedersausen lassen und sie in viele kleine Splitter zerschmettert. Daneben lagen bis weit ins Meer hinaus große, noch intakte Blöcke, denen weder die Wellen noch Wind oder Regen etwas anhaben konnten. Mit der Zeit lernte er, so stark und fest wie diese Steine zu werden.

Auf die Insel hatte er nichts mitgebracht außer den Kleidern, die er am Leib trug. Der Damall hatte sie ihm abgenommen und ihm die mit Schnur zugebundenen Hosen und das braune Hemd gegeben, das alle Jungen hier tragen mussten. Wenn er nicht barfuß gehen konnte, durfte er sich von einem großen Haufen ein Paar Schuhe mit Sohlen aus weichem Leder nehmen. Er konnte sich nicht erinnern, ob er einen Namen mit auf die Insel gebracht hatte, aber wenn das der Fall gewesen war, dann hatte ihm der Damall auch den weggenommen.

Der Damall war der Herr über alles. Er war ein großer, dünner Mann mit Haaren so hell wie ein Fischbauch und Augen, die funkelten wie die Sonne auf dem Wasser. Er war der sechste Damall, der diese Insel beherrschte, und die Jungen, die nicht wussten, ob er sie wie Sklaven oder Söhne hielt, hatten ihm zu gehorchen. Sie arbeiteten jahraus, jahrein für ihn.

Im Frühjahr wurden ganze Schwärme von Fischen gefangen und auf den flachen Felsen zum Trocknen ausgebreitet. Es gab einen Garten, der umgegraben, von Steinen gesäubert und dann mit Zwiebeln, Steckrüben, Pastinaken und Kohl bepflanzt werden musste. Im Frühjahr musste das Dach repariert werden, wo Wind, Schnee und Hagel die Schindeln gelockert und undicht gemacht hatten. Die Mutterschweine, die den ganzen Winter in einem Schuppen gewesen waren, nahmen im Frühjahr gerne Reißaus und versteckten sich im Wald, um ihre Ferkel zu bekommen. Man musste sie suchen und wieder in den Stall bringen, bevor sie ihre eigenen Jungen auffressen konnten. Der Gestank der langen Winterzeit, in der Fenster und Türen fest verschlossen gewesen waren, musste aus dem ganzen Haus hinausgeputzt werden.

Der Frühling entzog die Jungen den funkelnden Augen des Damalls. Wenn im Winter der Hagel aufs Dach des Hauses geprasselt war, hatte der Damall sich oft die Zeit damit vertrieben, dass er einen der Jungen über den Prügelbock legte. Jetzt aber, im Frühling, hatten die Jungen viel im Freien zu tun und der Damall hatte sie nicht mehr so unter Kontrolle.

Von Griff erfuhr er, dass die Jungen von der Insel erst dann mit einem Fischerboot aufs Wasser durften, wenn sie schwimmen konnten. Und Griff erzählte ihm auch, wie man ihnen das Schwimmen beibrachte. Am ersten warmen Tag im Frühling mussten die Älteren, die schon schwimmen konnten, hinaus aufs Meer fahren. Dort warfen sie den Nichtschwimmer über Bord und segelten einfach davon.

Der Damall segelte in einem eigenen Boot hinterher und achtete darauf, dass der Junge auch wirklich weit draußen ins Wasser geworfen wurde.

Manche der Jungen begriffen nicht auf Anhieb, wie man schwimmen musste, und gingen ziemlich bald unter. Dann aber fingen sie zu zappeln an, lernten, wie sie sich über Wasser halten konnten, und schwammen zurück zur Insel. Manchmal aber war der Junge noch zu klein oder er schaffte es nicht, sich treiben zu lassen, und ertrank. Die ertrunkenen Jungen sah man nie wieder. Vielleicht wurden ihre Leichen an anderen Inseln angespült wie die Wrackteile, die das Meer hin und wieder an die Küsten des Damalls schwemmte. Schließlich drängten sich hier vor dem Festland viele größere und kleine Inseln wie Schwimmer, die nebeneinander aus dem Wasser steigen.

Er hatte Angst vor dem Meer, Angst vor seiner dunklen, kalten Tiefe.

Griff erklärte ihm, dass die ertrunkenen Jungen Angst gehabt hätten. Nur aus Angst hätten sie wild um sich geschlagen und dabei viel zu viel Wasser geschluckt.

Er entgegnete, dass er keine Angst habe.

Aber das stimmte nicht.

Eines Nachts kam Griff in den Saal, in dem die kleinsten Jungen in ihre Bettdecken gehüllt auf dem Steinboden schliefen, und weckte ihn. Er führte ihn zu einer Stelle, wo die Küste leicht abfiel, und zeigte ihm dort, wie man sich flach aufs Wasser legte, als wäre es der Fußboden im Schlafraum, und sich dann mit Arm- und Beinbewegungen an der Oberfläche hielt. Griff wollte nicht, dass er unterging und starb, wenn er ins Wasser geworfen wurde.

Eigentlich war das Schwimmen ganz einfach, sogar nachts, wenn der Himmel ebenso schwarz wie das Wasser war. Nachdem ihm Griff gezeigt hatte, wie es ging, war Schwimmen eine Art Spiel für ihn. Als ihn die älteren Jungen ein paar Tage später auf einem Boot mit hinausnahmen, ließ er sich von ihnen nicht ins Wasser stoßen. Sie sollten nicht glauben, dass er Angst hatte. Dabei hätte Nikol ihn so gern furchtsam gesehen. Ständig sah Nikol zum Damall hinüber, der lächelnd in seinem Segelboot saß. Sein Haar war so weiß wie die Schaumkronen auf dem Wasser. Bevor Nikol ihn zu packen bekam, stand er auf, kletterte auf die Bordwand des Bootes und sprang aus freien Stücken ins Wasser.

Während er anfing zur Insel zurückzuschwimmen, hörte er, wie Nikol enttäuscht aufschrie und der Damall lachte.

An diesem Abend war er derjenige, den der Damall zu sich an den Tisch rief, wo er ganz nah am warmen Feuer sitzen und alles das essen durfte, was der Damall auf seinem Teller übrig ließ. Das war mehr und schmeckte besser als das Essen, das die Jungen bekamen.

»Nikol wollte, dass du ertrinkst«, sagte der Damall.

»Ja«, antwortete er. Es stimmte.

»Sollen wir ihn deshalb auspeitschen?«

Er hasste das Auspeitschen. Schon das Zusehen widerstrebte ihm fast ebenso sehr wie selber ausgepeitscht zu werden. Die Peitsche hatte einen dicken, hölzernen Griff, an dem viele kurze Lederschnüre befestigt waren. Fast alle Schnüre hatten Knoten und in manche Knoten waren zusätzlich kleine, spitze Steinchen hineingeflochten.

»Sollen wir den Prügelbock kommen lassen?«, fragte der Damall. Er beugte sich dabei ganz nah zu ihm herüber und schaute ihm direkt in die Augen.

Wenn er zustimmte, würde er nicht nur beim Auspeitschen zusehen müssen – denn das mussten sie immer –, sondern musste auch damit rechnen, dass er sich Nikol noch mehr zum Feind machte als ohnehin schon und dass dieser noch eifriger nach einer Gelegenheit suchen würde, um ihm wehzutun. Sagte er hingegen Nein, so widersetzte er sich dem Willen des Damalls und geriet in den Verdacht, ein Schwächling zu sein. Also blieb er wie versteinert sitzen, während der Damall immer ungeduldiger wurde. Erst nach langem Überlegen fiel ihm eine Antwort ein. »Ist mir egal«, sagte er.

»Du bist mir vielleicht ein Langweiler. Hau bloß ab. Raus mit dir!«

Er gehorchte. Er hatte nichts gegessen und war hungrig, aber er bat den Damall nicht darum, noch länger am Tisch bleiben zu dürfen. Der Damall würde Nikol so oder so auspeitschen, denn er wollte Nikols bitteren Protest und sein lautes Winseln hören, wenn er sich nach dem Auspeitschen die Kleider wieder über die geschundene Haut zog. Der Damall wollte Nikols ohnmächtige Wut sehen, er wollte sehen, wie er Angst hatte und wie er sich vor den anderen schämte.

Als er in dieser Nacht vom Abort zurückkam, traf ihn plötzlich ein Stein am Mund, dass ihm die Lippen aufsprangen und bluteten. Nikol, der den Stein geworfen hatte, glaubte wohl, er würde in der Dunkelheit unerkannt bleiben. Aber Nikol war blind vor Wut und vom Auspeitschen entkräftet. Obwohl er älter und größer war, musste er einiges einstecken, bevor der Kampf vorüber war.

Griff wusch ihm die aufgesprungenen Lippen mit Wein, den er aus dem Fass des Damalls gestohlen hatte. Als das Brennen nachließ, rieb Griff ein wenig von dem kostbaren Salz aus dem Vorratskeller des Damalls in die offenen Wunden, damit sie sauber blieben und heilen konnten. Hätte der Damall Griff dabei erwischt, wie er ihm Salz und Wein stahl, dann hätte Griff ihn um Verzeihung angefleht. Vor lauter Angst hätte er seine Tat bereut und dem Damall versprochen so etwas niemals wieder zu tun. Wenn Griff Angst hatte, versprach er alles, was aber nicht hieß, dass er dieses Versprechen nicht brechen, wieder Salz und Wein stehlen und erneut Besserung geloben würde und so weiter und so fort. Griff war stark und biegsam wie junges, frisches Holz.

Im Sommer arbeitete Griff unermüdlich im Garten, rupfte Unkraut, bewachte ohne Unterlass das Feuer im Räucherhaus, in dem Schinken und Fische auf Stangen hingen, und ruderte für zwei, wenn der Wind sich gelegt hatte und das Segel schlaff am Mast hing. Griff beklagte sich nie und lächelte selten.

Er war ähnlich wie Griff. Auch er beklagte sich nie, aber er lächelte oft und lachte manchmal sogar ohne Grund laut heraus. Acht Winter waren vergangen, seit er als Drei- oder Vierjähriger zum Damall gebracht worden war, und er konnte jetzt schneller rennen und weiter ins Meer hinausschwimmen als jeder andere Junge auf der Insel. Von allen Jungen konnte er am besten mit Booten und Netzen umgehen und seit vielen Jahren hatte er keinen Zweikampf mehr verloren. Er war derjenige, mit dem alle anderen Jungen segeln und neben dem alle arbeiten wollten – alle, bis auf Nikol. Er war derjenige, den der Damall am liebsten mitnahm, wenn er aufs Festland segelte, um auf den Markt zu gehen. Die beiden stachen bei Tagesanbruch mit einem Boot voll geräucherter und frischer Fische in See. Zusätzlich hatten sie Fässer mit schwarzen Krebsen dabei, die zwischen den Steinen vor der Insel herumkrabbelten und deren Scheren so stark waren, dass sie einem Jungen, der nicht aufpasste, mit Leichtigkeit den Finger abzwicken konnten.

Wenn der Damall seine Waren verkauft hatte, erwarb er Mehl und bei Bedarf Dinge wie Stoff für Hemden und Hosen oder Weinfässer. Für das Geld, das dann noch übrig war, kaufte er so viel Salz wie nur möglich für seinen Salzkeller.

Einmal hatte ihm der Damall eine Prise Salz für sein Steckrübenmus gegeben. Er war der einzige Junge, der jemals Salz bekommen hatte.

Eines Tages, als der Damall einmal mit Nikol auf dem Markt war, kauften sie einen Dolch. Aber der Dolch war nicht für Nikol, sondern für ihn gewesen. Als der Damall ihm den Dolch gab, versprach er ihm, ihn in seinem Gebrauch zu unterweisen. Am nächsten Morgen lag der Dolch jedoch nicht mehr unter seiner Matratze. Nikol dachte, er würde dem Damall von dem Diebstahl erzählen, aber er tat es nicht.

Wenn ein Junge älter als sechzehn war, wurde er von der Insel des Damalls in die Stadt gebracht und dort verkauft. Die Reise in die Stadt dauerte zwei Nächte. Seit seinem sechsten Winter auf der Insel hatte er viele solche Reisen mit dem Damall und den jeweiligen Jungen unternommen. Während der Fahrt im Boot waren die Jungen an Händen und Füßen gefesselt, denn keiner von ihnen wollte als Sklave in die Bergwerke oder als Soldat an die Armee verkauft werden. Die Jungen flehten ihn um Hilfe zur Flucht, um Mitleid und Gnade an, aber er ging nie darauf ein, sondern saß wie versteinert an der Ruderpinne. Nachdem sie den Jungen verkauft hatten, durfte er allein durch die Stadt laufen und die drei Kupfermünzen ausgeben, die ihm der Damall vom Erlös für den Jungen zugesteckt hatte. Einmal gab er sie für süßes Gebäck aus, das er dann in sein Hemd gewickelt zur Insel zurückbrachte. Er verteilte es an die Jungen und achtete darauf, dass keiner leer ausging. Als er die kleinen Kuchenstücke in die ihm begierig entgegengestreckten Hände drückte,

15

fühlte er sich schlau und stark und wie der Beste von allen.

In dieser Nacht gab ihm der Damall neunzehn Peitschenhiebe. Er musste sich nackt über den Prügelbock legen und der Damall peitschte ihn so lange, bis es ihm Leid tat, dass er den Kuchen verteilt hatte. Die Jungen standen um ihn herum und waren froh, dass nicht sie es waren, die ausgepeitscht wurden. Als das ganze Haus still geworden war, kam Griff mit Meerwasser und säuberte ihm den blutigen Rücken. Obwohl er danach zwei Wochen lang auf dem Bauch schlafen musste, ließ er es sich vor dem Damall nicht anmerken, wie sehr ihm sein Rücken wehtat. Er lachte, rannte, arbeitete und aß wie immer, ganz so, als würden ihm nicht bei der kleinsten Bewegung Rücken und Beine wie Feuer brennen. Steine hatten keine Gefühle und wussten nicht, was Schmerzen sind, und er war ein Stein.

An den langen, dunklen Abenden erzählte ihnen der Damall von dem Schatz, den der erste Damall, den man den Großen Damall nannte, angehäuft hatte. Dieser Schatz war irgendwo auf der Insel versteckt. »Gold- und Silbermünzen, Juwelen und sogar Edelsteine«, erzählte der Damall mit vor Erregung zitternder Stimme. »Mehr Diamanten als Sterne am Himmel und Ketten und Armbänder aus schimmernden Perlen. Das Beste am Schatz aber sind die neun grünen Berylle, die der Große Damall von einem Prinzen aus dem Königreich als Lösegeld bekommen hat«, schwärmte der Damall. »Vor langer Zeit nämlich, als die alte Fürstin noch ein Kind war, herrschte ein Krieg, den der Vater der alten Fürstin gegen einen Hauptmann führte. Der Hauptmann hatte einen Riesen aus der Armee des Königreichs angeheuert, in der alle Soldaten so groß wie Bäume sind und sich danach sehnen, im Kampf zu sterben. Diese Kerle kann man mit keinem Schwert und keinem Prügel umbringen, sondern nur dann, wenn man ihnen mit der bloßen Faust mitten auf die Stirn schlägt. Genau hierher.« Dabei hämmerte sich der Damall an die eigene Stirn, direkt zwischen die Augen. »Doch der Große Damall hat diesen Riesen gefangen genommen und so musste ihn der Prinz wieder freikaufen. Es war ein mächtiger Prinz, der ebenso gut König hätte sein können, und er saß mit dem Großen Damall an einem Tisch und aß mit ihm aus demselben Topf. Und dann hat er den Riesen für vier Berylle ausgelöst. Jeder dieser Berylle war so groß wie ein Daumen.« Der Damall hielt seinen Daumen hoch. »Was ist?«, fragte er. »Warum verziehst du das Gesicht so?«

Er hatte keine Angst, den Damall auf seinen Fehler hinzuweisen. »Du hast vorher von neun Beryllen gesprochen.«

»Vier Berylle, neun Berylle, was macht das schon groß aus? Ich erzähle die Geschichte eben gerne mal so und mal so. Solange nur ein einziger dieser Berylle auf der Insel ist, sind wir in Sicherheit. Mit einem Beryll hat der Große Damall die Insel von der Fürstin gekauft und es würde einen Beryll kosten, um die Sicherheit der Insel zu erkaufen, falls das einmal nötig sein sollte. Was spielt es also für eine Rolle, wie viele Berylle noch übrig sind? Und wer sagt euch, dass diese Geschichte überhaupt wahr ist? Vielleicht hat es ja nie eine Fürstin gegeben, die in den Städten geherrscht hat, und möglicherweise existiert hier auf der Insel nicht einmal ein einziger Beryll. Es könnte ja auch sein, dass es gar kein Königreich mit riesigen Soldaten gibt, die ihren Prinzen so viel wert sind, dass sie sie mit einem Schatz auslösen. Vielleicht habe ich das alles eben erst erfunden. Nikol, glaubst du an das Königreich?«

»Natürlich nicht«, antwortete Nikol und plusterte sich auf. »Niemand ist jemals dort gewesen, oder? Nur ein Dummkopf könnte glauben, dass …«

»Und woher kommen dann die Berylle?«, fragte der Damall mit leiser, aber gefährlich klingender Stimme. »Und ich bin deiner Meinung nach also ein Dummkopf. Wer möchte den Prügelbock holen?«

»Bitte nicht«, flehte Nikol. »Es tut mir Leid, ich wollte nicht …«

»Wer hilft Nikol dabei, Hemd und Hose auszuziehen? Ich habe das Gefühl, er kann das nicht allein.«

»Wie?«, schrie Nikol, während ihm die Tränen das Gesicht herunterrannen. »Du hast doch von den Beryllen erzählt. Du hast von dem Schatz erzählt. Erzähl mehr«, bat Nikol.

Der Damall schüttelte den Kopf. Vier Jungen brachten den Prügelbock herein und setzten ihn ab. Zwei andere Jungen zogen Nikol gegen seinen heftigen Widerstand das Hemd über den Kopf.

»Bitte, erzähl doch von den Piraten«, schrie Nikol. »Von den Piraten und vom Schatz und vom fünften Damall.«

Der Damall schüttelte den Kopf. Er griff nach der Peitsche und ließ sie einmal probehalber durch die Luft sausen.

»Aber du hast uns doch davon erzählt!«, schrie Nikol. »Bitte, peitsch mich nicht – ich wollte doch nicht – es tut mir Leid, entschuldige bitte.« Er klammerte sich mit den Händen an seinen Hosenbund. »Ich hasse dich!«, kreischte er.

»Oje«, meinte der Damall. »Wie schrecklich. Habt ihr Jungen das gehört? Weißt du, Nikol, eigentlich wollte ich dich gar nicht auspeitschen, aber jetzt bleibt mir gar nichts anderes mehr übrig.«

Nikol wusste, dass es keine Hoffnung mehr für ihn gab, und er beugte sich schluchzend nach vorn und flehte nach jedem der fünf Schläge den Damall an, mit der Züchtigung aufzuhören. »Für jeden Beryll einen Schlag«, sagte der Damall. »Ist das nicht recht und billig, Jungs?«

Die Jungen stimmten ihm zu.

Im Herbst wurden die Schweine geschlachtet. Mehrere Jungen hielten die angstvoll quiekenden Tiere hoch, während Nikol ihnen von unten mit einem Messer die Kehle aufschlitzte. Das Blut lief ihm über Arme und Haare, und seine Zähne leuchteten weiß aus dem mit dunkelrotem Blut verkrusteten Gesicht. Nachdem die Schweine ausgeblutet waren, schlitzte Nikol ihnen die Bäuche auf und alle halfen mit die Eingeweide herauszuholen. Danach zogen sie den Tieren die Haut ab. Griff hatte die Aufgabe, das geschlachtete Fleisch zu räuchern und die Köpfe, die Schweinsfüße und die Knochen auszukochen. Andere Jungen mussten dafür sorgen, dass für das Feuer im Räucherschuppen genügend Holz da war, oder sie trugen Kübel voller Eingeweide zum Meer und kippten sie ins Wasser.

Später, als Äpfel und Nüsse an den Bäumen reiften, war er es, der mutig die höchsten Bäume erkletterte. Auf der Insel des Damalls gab es einen kleinen Apfelgarten und einen großen Wald sowie zwei Äcker und zwei Weiden. Bevor die Insel der Fürstin für neun Berylle in den Besitz des Großen Damalls übergegangen war, hatten darauf Fischer mit ihren Familien gelebt. Ihre Hütten standen auf dem Hügel, so weit vom Wasser entfernt, dass ihnen Springfluten oder Winterstürme nichts anhaben konnten. Der Große Damall hatte die Fischer vertrieben, ihre Hütten niedergerissen und an deren Stelle sein großes Haus gebaut. Das Haus des Großen Damalls war aus Stein und hatte viele Räume. In der großen Halle gab es einen offenen Kamin, in dem ein Junge aufrecht und mit ausgebreiteten Armen stehen konnte. Auch im Schlafzimmer des Damalls war ein Kamin und das geschnitzte Bett war mit schweren Stoffen verhängt. Dann gab es noch eine Küche und drei Schafräume für die Jungen, je einen für die Kleinen, Mittleren und Älteren. Um den Hof herum hatte der Große Damall eine Steinmauer mit zwei verriegelten Holztoren errichten lassen, entweder um die Tiere oder die Jungen am Weglaufen zu hindern oder um das Haus und die darin Lebenden zu schützen. Schließlich machten immer wieder Piraten die Inseln unsicher, versteckten sich tagsüber, um nachts zu plündern und zu brandschatzen. Seit fast alle Städte und Siedlungen an der Küste stark befestigt waren und gut verteidigt wurden, hatten es die Piraten mehr und mehr auf die Inseln abgesehen. Deshalb baute der Große Damall sein Haus wie eine Burg, in der man sich gegen die

Piraten verschanzen konnte. Es gab große Vorratskeller und mitten im Hof einen tiefen Brunnen.

Erst einmal hatten die Piraten die Insel angegriffen. Sie waren tagsüber aufgetaucht, als die Tore offen standen und man nicht mit ihnen gerechnet hatte. Die Piraten hatten von dem Schatz gehört und sie hielten die Hand des fünften Damalls so lange ins Feuer, bis sie verbrannte. Aber der fünfte Damall behielt das Geheimnis des Schatzes für sich und starb drei Tage später an Wundfieber. Die Piraten zogen unverrichteter Dinge ab, der Schatz befand sich wieder in Sicherheit und mit ihm auch die gesamte Insel.

Solange einer der grünen Steine auf der Insel war, so wurde jedenfalls erzählt, würde der Insel mit ihren Wäldern, Wiesen und Felsen kein Leid geschehen. Die Insel des Damalls war zu klein für die Piraten, und weil sich keine Stadt auf ihr befand, die es sich zu plündern lohnte, würden sie auch nicht so schnell zurückkommen – wenigstens hofften das die Jungen.

Den Winter über mussten die Jungen im Haus bleiben und der Damall hatte sie ständig im Blick. Die Jüngeren mussten von den Älteren lesen lernen, und wer sich dabei besonders geschickt anstellte, dem wurde auch noch das Schreiben beigebracht. Diese Jungen wurden dadurch zu besonders wertvollen Sklaven, für die man einmal einen guten Preis erzielen konnte. Der Damall erklärte ihnen die Zahlen und sagte ihnen, was er über das Rechnen wusste, aber Griff war der Einzige, der das alles auch behalten musste. Griff führte die für die anderen Jungen

unzugänglich aufbewahrten Bücher, in denen alle Ein-
nahmen und Ausgaben des Damalls verzeichnet wurden.
In den Büchern stand auch, wo die Jungen herkamen
und – falls der Damall sie gekauft hatte – wie viel sie gekostet hatten. Wenn ein Junge verkauft wurde, trug Griff
den erzielten Preis ebenso ins Buch ein wie den Erlös für
Feldfrüchte, Geflügel, Schweine, Fische, Krebse oder
Miesmuscheln. Auch Sterbefälle wurden im Buch festgehalten, sei es, dass jemand ertrank oder vom Fieber da-
hingerafft wurde, sei es, dass er an Wundbrand starb oder
einfach an Schwäche. Manche Jungen kamen blass und
teilnahmslos nur zum Sterben auf die Insel. Diesen armen Kreaturen weinte keiner eine Träne nach: Ihre Leichen wurden in eine alte Decke gewickelt, an Kopf und
Füßen mit drei dicken Steinen beschwert und draußen im
Meer versenkt. Andere Jungen wiederum kamen auf die
Insel und wirkten, als ob nichts sie umbringen könnte.
Nikol war einer von diesen Jungen. Er hatte Fieber und
Infektionen bekommen und einmal war er sogar auf
hoher See über Bord gespült worden. Doch Nikol hatte
Glück gehabt, ein günstiger Wind hatte ihn zur Insel zu-
rückgetrieben. Nichts konnte Nikol umbringen.

Bei ihm war das ebenso. Er war nur ein einziges Mal
krank gewesen. Das war damals gewesen, als Griff für die
Jungen und den Damall gekocht und im Frühjahr ein
paar wild wachsende Zwiebeln in die Suppe aus Steckrüben und Fischabfällen geschnitten hatte. Danach waren
alle im Haus krank geworden – alle Jungen hatten sich
übergeben müssen, viele hatten auch Durchfall bekommen und ihr Hals war wund und geschwollen gewesen.

Sogar der Damall hatte etwas abbekommen, er hatte auf seinem geschnitzten Bett gelegen und diejenigen Jungen, die sich noch auf den Beinen hatten halten können, hatten ihm Eimer bringen und diese wieder ausleeren müssen.

Eine Nacht und zwei volle Tage lang wütete die Krankheit, erst dann ging es den Ersten wieder so gut, dass sie sich nach der Ursache dafür fragen konnten. Einer der ganz kleinen Jungen war gestorben, aber sonst erholten sich alle wieder. Der Damall fragte Griff, was der in die Suppe getan habe, und dann stieg er eines nebligen Morgens auf einen der waldigen Hügel und grub eine von diesen Zwiebeln aus. Als er das nächste Mal auf den Markt kam, zeigte er sie einer alten Frau. Diese sagte ihm, die Zwiebel sei unter dem Namen »Nackte Lady« bekannt und sehr giftig. Als der Damall zurückkam, peitschte er Griff aus und band ihn mit einem Strick um den Hals vor der Tür an, wo er tagelang ohne einen Bissen Essen zusammengekauert hocken musste.

Er konnte nichts für Griff tun, konnte ihm nicht einmal im Vorbeigehen ein Stück Brot geben, denn Nikol bewachte Griff wie ein Schießhund. Nikol schlief sogar auf der Türschwelle, so dass er sich nicht einmal in der Dunkelheit der Nacht zu Griff hinstehlen konnte, um ihm einen Schluck Wasser zu bringen. Hätte man ihn dabei erwischt, wie er Griff helfen wollte, dann …

Nein, er musste so gefühlskalt wie ein Stein sein und so tun, als ob ihm Griffs Leid nicht das Geringste ausmachte. Nikol beobachtete ihn, um ein Anzeichen der Schwäche an ihm zu entdecken. Auch der Damall beobachtete ihn, aber er blieb hart wie ein Stein und niemand sah die Wut, die tief in seinem Inneren kochte.

Irgendwann war Griffs Bestrafung dann zu Ende und die Erinnerung an sie und den Vorfall, der sie verursacht hatte, geriet in Vergessenheit. Griff durfte zurück in die Küche und machte niemals wieder einen Fehler. Die Jahre gingen ins Land, aus dem Frühling wurden Sommer, Herbst und Winter, bis dem Winter erneut ein Frühling folgte und das Ganze wieder von vorne begann. Ältere Jungen wurden verkauft und neue Jungen kamen auf die Insel. Eines Tages, so versprach der Damall, würde er einen der Jungen zu seinem Erben benennen, der irgendwann einmal der siebte Damall werden würde. Dieser Erbe würde nicht nur Herr über die Insel sein, sondern auch das Versteck des sagenhaften Schatzes erfahren. Dieses durfte er niemandem verraten, bis er dereinst einen anderen Jungen als seinen eigenen Erben einsetzte. Als der Damall das an einem Winterabend den Jungen eröffnete, funkelten seine Augen im Schein des Feuers besonders hell.

Dass der Damall jedes Mal, wenn die Sprache auf seinen etwaigen Erben kam, gerade ihn so merkwürdig anblickte, konnte er sich lange Zeit nicht erklären. Eines Tages aber verstand er es. Er sollte der Junge sein, den der Damall als seinen Erben benennen würde. Bei dem Gedanken, dass er einmal der Herr über die Insel sein würde, schwoll ihm vor Stolz die Brust. Er würde der siebte Damall werden.

2

»Welchen Grund sollte es denn sonst dafür geben, dass ich nie einen Namen bekam?«, flüsterte er.

Griff schüttelte den Kopf. Seine Haare waren hellbraun wie trockenes Herbstlaub. Griff war groß und hatte ein knochiges Gesicht. Seine Augen schimmerten wie vom Wasser dunkel gewordene Kieselsteine. Nebeneinander saßen sie ganz nah am Feuer, damit Griff Licht für seine Arbeit mit den Buchstaben und Zahlen hatte. Wenn sie flüsterten, konnte niemand hören, was sie sagten. Die anderen Jungen hockten alle an einer Wand der Halle und durften auf Befehl des Damalls nicht näher kommen, solange sich Griff darauf konzentrierte, die Bücher zu führen. Der Damall hatte sich mit einem Krug Wein auf sein warmes Zimmer zurückgezogen. Durch die Wand hatten sie sein mit Schnitzereien verziertes Bett knarzen gehört, als sich der Damall hingelegt hatte.

Auch wenn er keinen Namen hatte, so war er doch inzwischen vierzehn Winter alt, und wenn er jetzt hörte, wie sich einer der kleinen Jungen über die Kälte beschwerte, dann überlegte er sich schon, ob er den Jammerlappen nicht für eine Nacht lang hinaus in die wirkliche Kälte schicken sollte. Inzwischen wusste er genau, wann er beim Auspeitschen anfangen musste zu weinen, damit der Damall zufrieden war. Er war jetzt vierzehn Winter alt und auf allen Gebieten besser als die anderen. »Ich habe doch nur deshalb noch keinen Namen, weil mich der Damall zu seinem Erben machen will.«

»Mich beunruhigt das«, sagte Griff.

Griff schrieb gerade einen Satz aus den Büchern ab, die der Große Damall verfasst hatte, um seinen Jungen Lesen und Schreiben beizubringen. *Der König herrscht, weil schon sein Vater König war.* Griff war mit dem Abschreiben des Satzes fertig und sagte dann: »In den Aufzeichnungen des Damalls tauchst du nirgends auf. Es steht nicht da, wie viel für dich bezahlt wurde oder wo du herkommst. Kein Datum, kein Alter, überhaupt nichts.«

»Das kommt daher, weil ich einmal der Erbe sein werde«, entgegnete er.

Griff machte sich langsam an den nächsten Satz. *Die Königin herrscht, weil sie den König geheiratet hat.* »Kannst du dich denn noch an irgendetwas erinnern?«, wollte Griff wissen.

Er schüttelte den Kopf, aber Griff zuliebe versuchte er trotzdem die verborgenen Winkel seines Gedächtnisses zu durchforsten. »Ich hatte Angst«, sagte er und erinnerte sich schwach an eine von roten und gelben Flammen durchloderte Dunkelheit, an dichten grauen Rauch, an ein wildes Durcheinander rings um ihn, an gellende Schreie und daran, dass er vor Angst wie gelähmt war. Doch das alles kam ihm vor wie die Erinnerung an einen halb vergessenen Traum. Kaum waren die Bilder aus seinem Gedächtnis heraufgestiegen, sanken sie auch schon wieder hinab. Er schluckte schwer, als ob er gleich zu weinen anfangen müsste. »Ich hatte Angst«, sagte er noch einmal.

»Auf der Insel gibt es keine Frauen«, sagte Griff.

»Was hat das denn damit zu tun?«, fragte er. »Und außerdem bringt der Damall ja manchmal Frauen her, damit wir uns mit ihnen vergnügen.« Diese Frauen waren so hart wie Stein und irgendwie hatte Griff schon Recht. Trotzdem fragte er noch einmal: »Was hat das denn mit mir zu tun?«

»Frauen bringen die Söhne von Männern zur Welt«, sagte Griff. »Der Damall hasst dich. Ich frage mich, weshalb.«

»Das kümmert mich nicht.« Das war die Wahrheit. »Er kann mir nichts anhaben.«

»Genau das ist es ja, was mich beunruhigt«, sagte Griff mit sorgenvoller Miene.

Zwei Tage nach diesem kalten Herbstabend schlug das Wetter um und von Süden her wehte auf einmal warmer Wind, so als habe sich der Sommer eines Besseren besonnen und wäre noch einmal auf die Insel zurückgekehrt. Dieses Wetter, das in der Gegend gar nicht so selten war, nannte man auf der Insel des Damalls Weibersommer. In diesem Altweibersommer gab der Damall den Jungen einen merkwürdigen Befehl. Griff und Nikol bekamen den Auftrag, im Haus zu bleiben und für ihren Herrn zu sorgen, während sich die restlichen Jungen ans andere Ende der Insel begeben sollten. Außer ihrer Kleidung durften sie nichts mitnehmen und mussten selbst für Nahrung und Schutz vor der Witterung sorgen. Solange das Wetter so gut blieb, war das nach Ansicht des Damalls auch kein größeres Problem. Bevor das Wetter nicht wieder umschlug, wollte er keinen von ihnen mehr im Haus sehen. Nach dieser Eröffnung standen die Jungen ratlos und verwirrt im Kreis herum und sahen erst den Damall und dann einander verwundert an. Schließlich packte den Damall die Wut und er tippte ihm mit dem Finger mehrmals an die Brust. »Du bist mir für die anderen verantwortlich. Und jetzt macht euch auf den Weg oder seid ihr taub? Soll ich euch vielleicht alle miteinander auf den Markt bringen und verkaufen?«

Sie marschierten den ganzen Vormittag lang. Er führte die Jungen durch dunkle Wälder und über steinige Hügel. Am anderen Ende der Insel fand er auf einer kleinen Klippe ein Gehölz, dessen Laubbäume die kahlen Äste wie nackte Arme der Sonne entgegenstreckten. Aber es gab auch ein paar Tannen und unter deren dicht benadelten Zweigen fanden sie Schutz. Er befahl den Jungen trockenes Laub zu sammeln, mit dem sie sich in der Nacht zudecken konnten. Alle zehn Jungen, auch die älteren unter ihnen, folgten seinen Befehlen. Er gab seine Anordnungen und sie gehorchten.

Weil sie weder Feuer noch Zunder dabeihatten, befahl er zwei älteren Jungen trockene Hölzer aneinander zu reiben, bis die dabei entstehende Hitze eine Hand voll trockene Blätter entzündet hatte. In die so entfachte Glut bliesen sie ganz vorsichtig und sanft hinein, damit das Feuer auf einen kleinen Haufen trockener Zweige übersprang. Auf dieses legten sie so lange immer größere Zweige, bis sie schließlich ein Feuer hatten, auf dem sie kochen und an dem sie sich am Abend wärmen konnten.

Als das Feuer beständig brannte, schickte er einige Jungen in den Wald, damit sie einen Vorrat an Brennholz anlegten. Mit den anderen ging er den Abhang hinunter und auf die Felsen hinaus, um blauschwarze Miesmuscheln zu suchen, die unter riesigen Algenteppichen und in Büscheln an den Felsen hingen.

In dieser Nacht schliefen sie zusammengedrängt unter großen Laubhaufen, um nicht zu frieren.

Er nahm ihnen ihre Angst, indem er darauf bestand, dass jeder Junge sein eigenes Essen sammelte. Er zeigte ihnen, wie man Krebse so hinter dem Kopf packte, dass ihre messerscharfen Scheren einem nichts anhaben konnten. Er zeigte ihnen, wie man das Ende eines Steckens im Feuer anbrannte und mit Steinen und Muschelschalen so anspitzte, dass man damit einen Fisch aufspießen konnte – vorausgesetzt, man wartete geduldig, bis einer nahe genug vorbeischwamm.

Er nahm ihnen ihre Angst, indem er seine eigenen Ängste vor ihnen verbarg: Was würde werden, wenn der Damall sie nicht mehr ins Haus zurückließ? Wie sollten sie dann den Winter überleben? Und wenn einer der kleineren Jungen unbemerkt ins eisige Wasser rutschte und ertrank – würde der Damall ihn dann für seine Nachlässigkeit bestrafen?

Er nahm ihnen ihre Angst, indem er ihnen immer wieder die alte Geschichte vom Großen Damall erzählte. Wenn er dabei nicht mehr weiterwusste, erfand er einfach etwas. Er erzählte ihnen auch vom Ort, in dem der Markt war, und von der Alten Stadt – aber natürlich nicht vom Sklavenmarkt und nicht von den eisernen Halsringen, die alle Sklaven auf dem Festland tragen mussten. Und dann erzählte er ihnen Geschichten von einem fernen Königreich, das zwischen hohen Bergen verborgen lag. In diesem Land gab es keine Jahreszeiten wie anderswo, sondern es war immer Erntezeit. Die Obstbäume dort hingen ständig voller Früchte, die Ziegen gaben immer Milch und in allen Häusern wurde täglich Kuchen gebacken. In diesem Königreich, so erzählte er ihnen, hatte der König keinen Prügelbock, denn er ließ alle Unholde sofort hinrichten, und seine anderen Untertanen dienten ihm frohen Herzens.

Wenn in diesem Königreich einmal Hunger herrschte, so waren die Kinder die Letzten, die darunter leiden mussten.

Er nahm ihnen die Angst so lange, bis sie in der Nacht vom Feuer aufstanden und zum Schlafen unter die Laubhaufen krochen. Während er zum kalten Nachthimmel hinauf- und auf das kalte, dunkle Meer hinabsah, hielt er seine eigene Angst wie in einem steinernen Gefängnis unter Verschluss.

Doch es gab auch Augenblicke, in denen sich die Schwierigkeiten scheinbar unüberwindlich vor ihm auftürmten. Als die Jungen mitbekamen, dass es am Nordende der Insel kein Trinkwasser, keine Quelle und auch keinen Fluss gab, wollten sie Meerwasser trinken, was er ihnen verbot. Einen Tag lang gehorchten sie ihm, aber dann begehrten sie auf. Er sagte ihnen, was er wusste: »Im Buch des Großen Damalls steht, dass Meerwasser giftig ist. *So wie Öl, das man ins Feuer gießt, die Flammen nicht löscht, sondern verstärkt, macht Meerwasser den Durst nur noch größer.* Das wusste bereits der Große Damall.«

Als die Jungen wissen wollten, weshalb das so war, erklärte er ihnen, das käme daher, dass ebenso viele Lebewesen ihre Nahrung aus dem Meer erhielten wie Pflanzen von der Erde. Und da man keine Erde essen konnte, wenn man hungrig war, konnte man gegen den Durst auch kein Meerwasser trinken. Vielleicht lag es aber auch an dem vielen Salz im Meerwasser, das jeder mit seiner eigenen Zunge schmecken konnte.

Aber Salz war doch gut, oder etwa nicht?, wollten die Jungen wissen. Streute nicht der Damall sich Salz über sein Essen, um es wohlschmeckender zu machen?

Er erklärte ihnen, dass er auch keine Antwort auf diese Frage wisse, aber trotzdem verlange, dass die Jungen ihm gehorchten. Wer seine Befehle missachte, der könne alleine sehen, wie er zurechtkam.

Die Jungen schwiegen.

Er sagte ihnen, sie sollten die Flüssigkeit in den blauschwarzen Miesmuscheln und in den Panzern der Krebse trinken, und außerdem würde er schon dafür sorgen, dass sie nicht verdursteten.

Sie gehorchten ihm. Und sie beschwerten sich nicht.

Erst als fast vierzehn Tage vergangen waren, drehte der Wind auf Nord und aus den tief hängenden, grauen Wolken fiel ein kalter Regen, den auch die Zweige der Tannen nicht von ihnen abhalten konnten. Er löschte das Feuer und durchnässte das Laub, unter dem sie schliefen. Das Feuer ging aus und ihr Laubbett wurde durch und durch nass. Da führte er sie zurück in das Haus des Damalls. Später im Winter nahm der Damall ihn beiseite und sagte: »Ich werde dich zu meinem Erben machen. Aber sag es niemandem. Sei geduldig.«

Das überraschte ihn nicht. Höchstens die Tatsache,

dass sein Herz so stolz wurde, als wäre es doch nicht aus Stein. Alle Bäume und Wiesen auf der Insel gehörten ihm, jedes Zimmer im Haus, jedes Boot, jedes Huhn, jedes Schwein ... alles. Er sagte nicht einmal Griff etwas davon. Schließlich hatte er ja sein Wort gegeben.

In einer der letzten langen Winternächte wurde er von einer Hand aus dem Schlaf gerissen, die seine Schulter wie ein Schraubstock gepackt hatte. Der Damall beugte sich mit einem Gesicht, das so bleich war wie seine Haare, zu ihm herab. »Komm mit«, forderte der Damall ihn auf.

Er folgte ihm ohne zu fragen und ohne sich etwas überzuziehen hinaus in die schwarze Nacht. Der Damall überquerte den Hof und ging zu dem dreiwandigen Schuppen, in dem die Hühner auf Simsen und Dachsparren nächtigten. Als sich die beiden vorsichtig durch die stinkende Dunkelheit tasteten, raschelten die Hühner aufgeschreckt in ihren Nestern aus Stroh. Der Damall gab ihm eine Kerze, setzte mit einem Feuerstein etwas Zunder in Brand und zündete damit den Docht an. Dann legte der Damall warnend einen Finger auf die Lippen und seine Augen funkelten wie selten zuvor.

Der Damall deutete auf den steinernen Fußboden des Stalls und streckte in einer Ecke sein Bein weit unter die Sparren mit den Nestern. Er machte das so behutsam, dass die Tiere dabei ruhig blieben.

Mit der Spitze seines Stiefels zählte er von der Ecke ausgehend fünf Steine nach rechts ab und dann, indem er zurückschritt, acht Steine nach vorne. Dort ging der Damall in die Hocke und lockerte mit den Fingern die Erde rund um den abgeflachten achten Stein. Danach ließ sich der Stein leicht herausnehmen, ebenso wie die sechs Steine drum herum.

Unter den Steinen wurde ein in Tücher gehüllter, unregelmäßig geformter Gegenstand sichtbar. Auf einen Befehl des Damalls ging auch er in die Hocke und beleuchtete mit der Kerze das Bündel.

Nachdem der Damall es aus der Grube geholt und die Tücher entfernt hatte, sah er, dass es drei aufeinander gestapelte Kästchen mit Deckel waren. Der Damall öffnete eines nach dem anderen und ließ ihn hineinsehen.

In dem größten Kästchen lagen silberne Münzen, im mittleren eine Hand voll Goldmünzen und in dem kleinsten befand sich nur ein ledernes Beutelchen, das oben zugeschnürt war. Als er danach greifen wollte, legten sich die starken Finger des Damalls um sein Handgelenk.

Der Damall öffnete den kleinen Sack selbst und schüttelte daraus einen grünen Stein auf seine Handfläche. Kaum war er einen Augenblick zu sehen gewesen, schloss der Damall auch schon seine Finger darum.

Der Schatz. Der Damall hatte ihm den Schatz gezeigt und den Ort, an dem er versteckt war. Er durfte das alles sehen, weil er der Erbe war.

Während er die Kerze hielt, schloss der Damall die Kästchen, wickelte sie erneut in die Tücher ein, stellte sie in ihr Erdloch und ordnete die Steine darüber wieder so an, wie sie vorher gewesen waren. Dann stand der Damall auf und nahm ihm die Kerze ab. Nachdem der Damall sie ausgeblasen hatte, herrschte um die beiden herum wieder völlige Dunkelheit.

Draußen, im leeren Hof, sagte der Damall leise: »An

der südlichsten Ecke. Fünf nach Westen. Acht nach Norden.«

Er nickte. Er würde es nicht vergessen.

In diesem Sommer entschloss er sich ein Boot zu bauen. Auf der Insel gab es immer zwischen vier und sechs Boote, die an den Bäumen am kleinen Hafen angebunden waren. Sie waren so klein, dass sie von nur einem Jungen bedient werden konnten, aber groß genug, dass zwei oder drei Jungen damit einen Tag zum Fischen hinausfahren konnten und dass darüber hinaus noch der dabei erzielte Fang Platz hatte. Manchmal ging ein Boot verloren, sei es wegen eines Unwetters oder weil es nicht gut festgemacht worden war oder einfach weil jemand damit nicht hatte umgehen können. Wenn ein Boot von der Insel abtrieb oder wenn es wegen eines Lecks in seinen dünnen Planken unterging, wurden Reste davon irgendwann einmal wieder an die Küsten der Insel gespült; mehr sah man nicht mehr davon.

Als er sich die kleinen Boote genau besah, dachte er darüber nach, warum man sie auf dem Festland für viel Geld kaufte anstatt auf der Insel selbst welche zu bauen. Schließlich nähten die Jungen ja schon ihre eigenen Segel und besserten kleinere Lecks in den Rümpfen aus. Warum sollte er da nicht gleich sein eigenes Boot bauen, so wie die Männer auf dem Festland auch? Dem Damall schien die Idee zu gefallen und als Helfer hatte er die Jungen, die er während des Altweibersommers beaufsichtigt hatte. Sie hatten gelernt ihm zu gehorchen.

Als das Boot fertig war, schwamm es wunderbar. Nachdem er das Segel zwischen Mast und Querbaum befestigt hatte, stach er allein in See. Sein Boot segelte so leicht wie ein Vogel, der sich in die Lüfte schwingt.

Bereits eine Woche später war das Boot verschwunden. Nach einer stürmischen Nacht war es das einzige, das sich von seiner Vertäuung losgerissen hatte. Alle anderen Boote schaukelten am Morgen friedlich auf dem ruhigen Wasser und die langen Taue, die sie mit dem Land verbanden, waren unbeschädigt. Die Halteleine seines Bootes jedoch war nicht durchgerissen, sondern völlig verschwunden. Wahrscheinlich hatte er sie nicht richtig festgemacht. Der Verlust tat ihm weh. Doch er tröstete sich damit, dass er ja im kommenden Frühjahr ein neues Boot bauen konnte. Der Damall peitschte ihn wegen seiner Nachlässigkeit aus, aber nicht allzu sehr. Bald darauf schien er die Sache mit dem Boot vergessen zu haben.

Als in diesem Herbst das letzte Ferkel geschlachtet und geräuchert worden war, begleitete er den Damall in die Alte Stadt. Diese Reise war für ihn eine Überraschung. Eines Morgens nahm ihn der Damall beiseite und flüsterte ihm ins Ohr: »Hol mir drei Silbermünzen. Heute bringen wir Tomas auf den Markt. Und weil ich nicht weiß, wie viel ich für ihn bekomme, will ich auf alle Fälle genug Geld haben, um wieder ein oder zwei neue Jungen zu kaufen. Hol die Münzen mittags, wenn die anderen beim Essen sind. Es wird nicht auffallen, dass du fehlst.«

Zuerst wollte er einwenden, dass Griff sehr wohl merken würde, wenn er nicht beim Essen war, aber dann hielt er den Mund und sagte nichts. Er fand die Stelle mit den Kästchen sofort wieder und nahm drei Münzen heraus ohne die restlichen zu zählen. Er ließ auch die beiden anderen Kästchen verschlossen und widerstand der Versuchung, einmal einen Beryll in der eigenen Hand zu spüren. Dann steckte er die Münzen in das Tuch, das er sich um die Taille gebunden hatte, und stellte die Kästchen wieder in ihr Versteck.

Als er ins Haus zurückkam, nickte ihm der Damall kurz zu. Wenig später sagte er: »Tomas!«, und Tomas machte einen Schritt nach vorn. »Nikol, fessle Tomas. Heute gehst du auf den Markt, Tomas.«

»Aber ich bin erst den fünfzehnten Herbst hier«, wandte Tomas ein.

»Stimmt nicht«, erwiderte der Damall.

»Aber Griff ist älter«, sagte Tomas.

»Stimmt nicht«, entgegnete der Damall.

»Aber …«, setzte Tomas noch mal an.

»Alle Jungen helfen Nikol und halten Tomas fest, bis er gefesselt ist«, ordnete der Damall an. Damit erhob er sich und verließ die Halle. Als er wieder zurückkam, war Tomas gefesselt und fertig zum Abtransport. Sie gingen sofort zu den Booten und setzten Segel.

Während er an der Ruderpinne saß und die Anordnungen des Damalls befolgte, dachte er, dass er inzwischen auch ohne Hilfe zum Markt finden würde. Der Wind trieb das Boot an und niemand sprach ein Wort. Tomas sah ihn an, als hoffe er aus seinen Augen einen winzigen Hoffnungsschimmer zu erhaschen oder wenigstens eine Andeutung, dass er die Hoffnung nicht sinken lassen solle. Auch der Damall beobachtete ihn, als suche er nach dem geringsten Anzeichen von Schwäche. Doch er segelte weiter mit versteinerter Miene, die keiner von beiden deuten konnte.

So war es nun einmal auf der Insel – die älteren Jungen mussten fort und neue wurden gebracht. Es nützte nichts, diese vom Großen Damall auf der Insel eingeführte Praxis in Frage zu stellen. Alle seine Nachfolger hatten sie beibehalten. So wie es jetzt war, war es immer gewesen. Er würde der siebte Damall werden und über die Insel herrschen.

Der Wind wehte kräftig und aus einer günstigen Richtung. Bald waren sie am Markt, wo sie Tomas für fünf Silbermünzen verkaufen konnten. Der Damall war mit dem Erlös zufrieden, und als sie den abgezäunten Sklavenmarkt verließen und dem Marktplatz zustrebten, war er ganz offensichtlich gut gelaunt. »Wie wäre es mit einer Belohnung für dich?«, fragte er. »Möchtest du ein Essen in einer Taverne? Einen Krug Wein? Eine Frau?«

Vor ihnen lag der Markt. In seiner Mitte ragte eine hohe Steinsäule wie ein erhobener Finger in den Himmel und hinter den Ständen reihte sich ein großes Gebäude an das andere.

Zuerst wusste er nicht, was er auf die Vorschläge des Damalls antworten sollte, aber dann fiel ihm doch etwas ein. »Ich hätte gerne einen Dolch«, sagte er.

Die Augen des Damalls funkelten. »Du glaubst vielleicht, ich hätte vergessen, was mit dem letzten Dolch passiert ist, den ich dir gegeben habe, aber dem ist nicht so. Ich schenke dir nicht noch einen Dolch, damit du ihn genauso verlierst wie den anderen.«

Er wollte damit herausplatzen, dass er den Dolch nicht

verloren habe, sondern dass er ihm gestohlen worden sei und er Nikol für den Missetäter halte. Doch gewarnt durch die funkelnden Augen des Damalls hielt er den Mund. Es lag etwas Gefährliches in ihnen, das er nicht verstand. Es war besser, wenn er nichts weiter sagte.

»Dann also ein Essen, Wein und eine Frau«, sagte der Damall. »Morgen früh gehen wir wieder auf den Sklavenmarkt und dann wirst du die Wahl treffen.«

Er fragte nicht, welche Wahl er treffen sollte.

Am nächsten Morgen kauften sie auf dem Markt einen ganzen Kegel Salz und zwei von den wunderbar süßen Broten, welche die Bäcker morgens vor ihnen Läden auslegten, um die Passanten in Versuchung zu führen. Danach suchten sie wieder den umzäunten Sklavenmarkt auf. Der Damall sagte, er solle ganz allein einen Jungen auswählen, aber er dürfe für ihn nicht mehr als eine Silbermünze und fünf Kupferlinge ausgeben. Von den restlichen Silbermünzen würden sie den Winter über Essen kaufen müssen, sagte der Damall und fragte, ob er nicht bemerkt habe, dass die Schatzkästchen nicht so voll waren, wie sie eigentlich hätten sein können.

Er antwortete nicht.

»Hast du sie denn nicht gezählt, als ich dir den Auftrag gab, die Münzen zu holen?«, fragte der Damall und lachte. »Ich weiß, dass du keine Münze gestohlen hast. Ich habe dich beobachtet, um herauszufinden, ob du ein Dieb bist.«

Warum sollte er etwas stehlen, was ihm eines Tages ohnehin gehören würde? Er stellte die Frage nicht, sondern wandte sich einer Gruppe zusammengekauerter Jungen zu, die zwischen zwei und zwölf Jahre alt sein mochten. Der älteste Junge ist zu groß, dachte er, und der kleinste zu klein. Ihm fiel auf, dass nur ein Junge aufrecht dastand, ohne Tränen in den Augen und ohne den Kopf hängen zu lassen. Dieser Junge hatte lockige, schwarze Haare und einen Körper, der so rund und stämmig war wie ein Baumstumpf. Er ging zum Besitzer der Jungen, um ihn nach den Preisen zu fragen. Zuerst wollte er wissen, wie viel der älteste Junge kosten sollte, dann, was er für den Jüngsten ausgeben müsste. Bei jeder Antwort des Besitzers verzog er das Gesicht. Ganz egal was er zu hören bekam, er runzelte bedenklich die Stirn, als ob er den Preis viel zu hoch fände. »Wie alt?«, fragte er und deutete mit dem Finger auf einen Jungen. »Wie viel?«

Der Junge mit den schwarzen Haaren war weder der Erste, nach dem er sich erkundigte, noch der Letzte. Nachdem er erfahren hatte, wie viel jeder Junge kosten sollte, kehrte er dem Besitzer den Rücken zu, öffnete seine bis dahin fest geschlossen gehaltene Hand und tat so, als ob er die Münzen darin zählen würde. Dann schloss er die Finger wieder, legte seine Stirn erneut in Falten und verabschiedete sich von dem Händler. »Es tut mir Leid, wenn ich deine Zeit in Anspruch genommen habe«, sagte er, wandte sich ab und ging drei Schritte auf eine andere Gruppe zusammengekauerter Jungen und deren Besitzer zu. Dann drehte er sich abrupt um und fragte: »Oder würdest du mir den dort für fünf Kupfermünzen überlassen?« Und dabei deutete er auf den schwarzhaarigen Jungen.

Der Händler zögerte einen kurzen Augenblick, dann

willigte er ein. Er nahm die Münzen und stieß den Jungen davon.

Während der ganzen Transaktion hatte er eine undurchdringliche Miene aufgesetzt, so dass der Besitzer nicht sehen konnte, wie er sich freute.

Während er den Jungen wegführte, fragte er ihn: »Hast du einen Namen?«

»Carlo. Ich wollte, dass du mich auswählst.«

Er antwortete nicht.

Eigentlich hatte er erwartet, der Damall würde froh darüber sein, dass er ihm die Silbermünze wieder zurückbrachte. Doch stattdessen meinte dieser nur: »Bestimmt gibt es einen Grund dafür, dass er so billig ist.«

Als sie wieder auf der Insel waren, ließ sich ein solcher Grund nicht erkennen. Carlo beklagte sich nicht, lernte rasch seine täglichen Pflichten und erledigte alle ihm übertragenen Aufgaben fehlerfrei. Andere Jungen, besonders die kleinen, weinten und jammerten oft eine ganze Woche lang, bis der Damall alles Gejammer aus ihnen herausgepeitscht hatte. Carlo hingegen ließ nie ein Wort der Klage hören. Die kleinen Jungen bewunderten ihn und suchten beim Arbeiten, Essen und Schlafen seine Nähe.

Als Carlo ein paar Tage auf der Insel war, ließ der Damall den Prügelbock herbeibringen und rief ihn zu sich. Als Carlo nackt und verängstigt niederkniete, sagte der Damall: »Ich bin heute ein bisschen müde. Könnte einer von euch das Auspeitschen übernehmen?«

»Ich«, antwortete Nikol. »Ich kann und will das machen.« Danach meldeten sich noch ein paar andere Jungen, die dem Damall gerne den Gefallen erwiesen hätten.

Er stand wie versteinert daneben und sagte nichts. Wenn er erst einmal der siebte Damall wäre, würde kein Junge auf der Insel ausgepeitscht werden.

»Hier, mach du es.« Der Damall hielt ihm die Peitsche hin.

Zuerst dachte er daran, sich zu weigern, aber dann streckte er doch die Hand nach dem hölzernen Peitschengriff aus. Er wusste, dass er sich dem Verlangen des Damalls nicht entziehen konnte. Wenn er zeigte, dass er nicht bereit war mit der Peitsche die Ordnung auf der Insel aufrechtzuerhalten, würde der Damall vielleicht glauben, dass er doch kein würdiger Nachfolger für ihn sei.

Obwohl er Carlo nicht wehtun wollte, zumal dieser nicht den geringsten Anlass für die Auspeitschung gegeben hatte, fragte er: »Wie viele Hiebe?« Die Worte kamen ihm dabei schwer wie Steine über die Lippen.

»Das bleibt dir überlassen«, antwortete der Damall.

Nikol beobachtete alles mit einem Gesicht, das im Licht des Feuers ganz rot aussah.

Er hob die Peitsche und ließ sie einmal auf Carlos Rücken niedersausen, dann ein zweites Mal. Er tat es nicht besonders fest, aber auch nicht zögerlich. Schließlich schlug er ein letztes, drittes Mal zu.

Carlo krümmte sich unter den Peitschenhieben, aber er gab keinen Ton von sich.

»Das reicht«, sagte er und nahm die Peitsche wieder in beide Hände. Er hatte bewiesen, dass er es tun konnte. Mehr war er nicht bereit zu tun.

Carlo erhob sich, verließ den Prügelbock und zog seine Kleider wieder an.

»Jetzt ist Nikol an der Reihe«, sagte der Damall.

»Warum ich?«, fragte Nikol. »Wozu an der Reihe?«

»Ich habe dein Gesicht gesehen«, sagte der Damall. »Ich weiß, was du gedacht hast. Willst du dich mir widersetzen?«

»Nein«, antwortete Nikol. Sein Gesicht war ganz blass geworden. »Wie viele Peitschenhiebe?«

»Das soll *er* festlegen«, antwortete der Damall und lächelte.

»Das traust du dich nicht«, sagte Nikol zu ihm.

Doch er traute sich sehr wohl.

»Das werde ich dir heimzahlen«, sagte Nikol.

»Zieh dich aus«, forderte der Damall Nikol auf. »Und leg dich auf den Bock.«

Als Nikol nackt auf dem Bock lag, zitterten ihm die knochigen Arme und Beine.

Er dachte, er würde einmal zuschlagen und es dann gut sein lassen, denn Nikols Angst drehte ihm fast den Magen um und die Schläge vorhin hatten ihn schon ganz krank gemacht. Aber er wusste, dass er den Befehlen des Damalls gehorchen musste, wenn er selbst einmal der siebte Damall werden wollte. Er hob seinen Arm und schlug einmal. Nicht vorsichtig und auch nicht hart.

Nikol begann zu wimmern.

Fast hätte er laut losgelacht, schließlich hatte Nikol doch gerade eben zu ihm gesagt, dass er sich bestimmt nicht trauen würde. Er hatte sogar Lust, noch einmal zuzuschlagen, und zwar fester, um zu sehen, ob er Nikol nicht auch noch zum Weinen bringen konnte oder sogar dazu, dass er ihn anflehte aufzuhören. Als er daran dachte, zogen sich sein Magen und seine Lenden zusammen. Er holte aus und schlug hart zu.

Sein Herz pochte bis zum Hals und dann hörte er die Stimme des Damalls. »Erinnerst du dich an dein Boot, das während des Sturms als einziges verloren ging? Nikol hat es losgemacht. Ich habe ihn beobachtet.«

»Das hast du nicht!«, schrie Nikol. »Er lügt! Ich war's nicht!«

Der Striemen, den der zweite Schlag auf Nikols Rücken hinterlassen hatte, begann zu bluten.

In seinen Händen lag die Peitsche, die solche Spuren hinterlassen und dieses Blut zum Fließen gebracht hatte. Er schämte sich. Er hielt die Peitsche, die Nikols Rücken noch schlimmer zurichten konnte. Die Nikol dazu bringen konnte, um Gnade zu flehen.

»Ich wollte es nicht tun!«, schrie Nikol und der Damall lachte. »Es war ein Unfall! Aber ich bereue es nicht, denn es geschah dir ganz recht!«

»Ein Geständnis«, sagte der Damall. »Ihr alle habt es gehört. Und ihr wisst, dass wir hier auf dieser Insel alle vom Fischfang leben. Diesem Jungen hier«, er zeigte mit einem Finger auf Nikol, »diesem Jungen ist es offenbar egal, ob wir überleben oder ob wir Hunger leiden müssen. Was gebührt ihm also?«, fragte der Damall.

»Ein Peitschenhieb. Ein heftiger«, antworteten die Jungen in einem Chor ungleicher Stimmen.

Nikol heulte und flehte und hätte sich wohl auch noch vor ihm auf den Bauch geworfen, wenn er nicht ohnehin schon über dem Prügelbock gelegen hätte.

»Er verdient eine ordentliche Tracht Prügel!«, verlangten die Jungen. Nur Griff schwieg und sah ihn aus seinen dunklen Augen fragend an.

Er schämte sich und fühlte sich ganz elend. Ohne ein weiteres Wort gab er die Peitsche an den Damall zurück. Dieser starrte ihn lange an. »Er hat Recht, du bist den ganzen Aufwand ja gar nicht wert«, sagte der Damall dann zu Nikol. »Steh auf und mach, dass du wegkommst. Du widerst mich an.«

Er wusste, dass der Damall in Zukunft noch öfter von ihm verlangen würde, dass er zur Peitsche griff, und er wusste auch, dass er dann zuschlagen würde. Er musste es können, wenn er der Erbe des Damalls werden wollte. Aber die Zahl der Schläge würde er selbst bestimmen.

Als in diesem Herbst der Altweibersommer anbrach, hoffte er, wieder mit einer Gruppe von Jungen hinausgeschickt zu werden. Es war zwar unbequem, ohne Dach über dem Kopf und ohne Lebensmittel im Freien kampieren zu müssen, aber im Vergleich zu den Unannehmlichkeiten, die er im Haus des Damalls zu erdulden hatte, war es eine Erholung. Doch diesmal bekam er den Auftrag, mit dem Damall und Griff zurückzubleiben, während alle anderen unter der Führung von Nikol loszogen. Als die Jungen vierzehn Tage später zurückkehrten, war Carlo nicht mehr bei ihnen.

Der Junge sei verschwunden, behauptete Nikol, eines Nachts sei er einfach fortgegangen. War es nicht so?, fragte er und bleiche Gesichter nickten zustimmend. Den ganzen nächsten Tag hätten sie nach ihm gesucht, oder

etwa nicht? Niemand widersprach. Schließlich und endlich hätten sie sich damit abfinden müssen, berichtete
Nikol, dass Carlo ertrunken sei. Vielleicht war er ja in der
Nacht ziellos herumgewandert, wie kleine Jungen das
nun einmal so machen, und dabei ist er wohl von den
Klippen gestürzt und von der Flut ins Meer gezogen worden. Oder vielleicht wollte er fliehen und hatte versucht
schwimmend von der Insel zu entkommen. Schließlich
war er ja die ganze Zeit über gedrückter Stimmung gewesen, oder nicht? Die Jungen pflichteten ihm bei.

Alle, die den Altweibersommer unter Nikols Führung
verbracht hatten, waren erschöpft, hungrig und einge-
schüchtert. Zwei der Jungen mussten verbunden werden
und alle brauchten etwas Warmes zu essen und Wasser.
Nur Nikol sah überhaupt nicht mitgenommen aus. Nikol
wirkte so, als hätte er es sich in den Tagen gut gehen lassen. Außerdem machte er den Eindruck, als wisse er genau, dass niemand es wagen würde, ihm zu widersprechen oder ihm etwas entgegenzusetzen.

Der Damall äußerte nichts, kein Lob und keinen Tadel,
weder Nikol noch ihm gegenüber.

Er wartete und wurde dabei immer unruhiger. Wenn er
an Carlo dachte, dann wurde er feuerrot im Gesicht vor
Unruhe. Im Verlauf des Winters bekam Nikol ein paar
Mal die Peitsche in die Hand. Ihm selbst gab der Damall
sie nur selten. Als ihm schließlich ein Gerücht zugetragen
wurde, erstaunte es ihn nicht.

Nikol, so sagten die kleinen Jungen, war als Erbe des
Damalls auserkoren worden. Sie wussten es von Raul,
dem es Nikol unter dem Siegel der Verschwiegenheit er-

zählt hatte. Der Damall hatte gesagt, dass Nikol der siebte Damall werden würde.

Zu den Jungen, die ihm das berichteten, sagte er kein Wort. Auch mit Griff sprach er nicht darüber. Er stand da und dachte nach und sein Herz krampfte sich in seiner Brust zusammen wie eine Faust. Sein Herz war eine steinerne Faust.

3

Nach dem langen Winter setzte stürmisches Wetter ein. Tagelang fiel kalter Regen, der nachts zu einer Eisdecke gefror, die wie Schnee alles überzog und am nächsten Tag im kalten Regen wieder auftaute. Die Jungen blieben im Haus und verließen es nur dann, wenn sie auf die Toilette gehen oder die Tiere füttern mussten. Der Damall lief, in eine Decke gewickelt, ruhelos im Haus herum. Jeden Tag verlangte er früher nach seinem Krug Wein und nach dem Prügelbock.

Das schlechte Wetter hielt tagelang unverändert an. Eines Nachmittags klagten alle Jungen über Magenschmerzen und hatten entsetzlichen Durst und schweren Durchfall. Einige hockten sogar draußen in der Kälte, um nur ja rasch genug aufs Klo zu kommen. Der Damall blieb im Bett und die Jungen, die noch einigermaßen bei Kräften waren, mussten seine Kübel hinaustragen, ausleeren und wiederbringen. Am nächsten Morgen fühlten sich alle etwas besser, als sei das Gift aus ihren Körpern wieder verschwunden. Die Jungen versammelten sich blass und schwach in der Halle, wo der Damall, ebenfalls blass und sichtlich geschwächt, auf sie wartete. Draußen klatschte ein schwerer Schneeregen herunter und drinnen im Haus funkelten die Augen des Damalls. Der Prügelbock war hergerichtet und die Peitsche hing an ihrem Platz neben dem aus Stein gemauerten Kamin.

Gefahr lag in der Luft. Es war keine unmittelbare Gefahr, aber eine, die schleichend näher kam. Nikol stand auf, um dem Damall etwas ins Ohr zu flüstern, doch nach ein paar Worten stieß der Damall ihn fort. An diesem Tag aßen weder der Damall noch Nikol von der Suppe.

Er hatte den Eindruck, als könnte er die Umrisse der Gefahr erkennen, die sich in der Dunkelheit zusammenbraute.

Am zweiten Morgen waren alle Jungen wieder gesund und hatten Hunger. Auch der Damall hatte sich erholt. Er saß am Feuer, den Prügelbock vor sich auf dem Fußboden. Um seine Lippen spielte ein dünnes Lächeln und er hielt die Peitsche in der Hand. »Nikol«, rief der Damall.

Nikol kam herbei und stellte sich abwartend vor den Stuhl des Damalls.

Als er die Gesichter der beiden betrachtete, wurde ihm bewusst, dass er Angst hatte. Den Grund dafür kannte er zwar noch nicht, aber der würde ganz sicher nicht lange auf sich warten lassen. Daran zweifelte er nicht.

Er zweifelte auch nicht an seinem Mut, sich der Gefahr zu stellen, egal wie sie auch aussehen mochte. Er ließ einfach keinen Zweifel an seinem Mut zu. Das wagte er nicht.

»Nikol beschuldigt Griff«, verkündete der Damall.
»Griff! Tritt einen Schritt vor.«

Griff kam nach vorn.

»Schau ihnen ins Gesicht«, sagte der Damall.

Griff drehte sich um und blickte die sitzenden Jungen an.

Dabei presste er kurz die Hände zusammen und fuhr sich mit der Zunge mehrmals über die Lippen.

Er betrachtete Griffs vertrautes Gesicht. Er wusste nicht, was für ein Spiel der Damall und Nikol spielten. Nikol sah direkt zu ihm herüber und lächelte.

Nikols Lächeln gefiel ihm nicht.

Der Damall sah ihn ebenfalls an. Aber der Damall lächelte nicht. »Komm nach vorn«, sagte der Damall.

Er stand auf. Er trat durch die Reihe der vor ihm sitzenden Jungen vor den Damall, der auf einem Stuhl mit hoher Rückenlehne saß, Nikol und Griff an seiner Seite. Griff hatte die Hände gefaltet und presste die Lippen zusammen, um keinen Ton von sich zu geben. Vermutlich dachte Griff, er könne die Gefahr wie eine Welle über sich hinwegschwappen lassen, wenn er nur stillhielt und schwieg. Wie Seetang, der mit ruhigem Dahintreiben selbst den stärksten Gezeiten widersteht. Auch er überlegte, wie er die dräuenden Gefahren heil überstehen konnte, aber er wusste die Antwort, noch bevor er die Frage zu Ende gedacht hatte. Er spürte, wie sein Geist die Flügel ausbreitete, sich erhob, herunterschaute und alles klar erkannte und weiter frei in die Luft stieg. Griffs Art, mit den Dingen umzugehen, war nicht die seine.

Griff würde mit seiner Methode die Gefahr nicht abwenden können, das war ihm auf einmal klar. Weshalb das so war, hätte er nicht sagen können, aber das Wissen darum ließ seinen Puls schneller schlagen.

Der Damall hob eine Hand und zeigte mit dem Finger auf ihn. »Du wirst das Urteil fällen.«

Er stellte diese Entscheidung nicht in Frage. Der Damall durfte auch nicht den kleinsten Anflug von Zweifel oder Schwäche an ihm entdecken.

»Er hat etwas in die Suppe getan, damit wir alle krank werden«, beschuldigte Nikol Griff.

»Das habe ich nicht!«, rief Griff.

»Doch, das hast du!«, rief Nikol.

»Warum sollte ich?«

»Damit wir krank werden«, antwortete Nikol. »So wie du es schon einmal gemacht hast. Du hasst mich und du hasst den Damall und du willst, dass wir sterben.«

Bei dieser Anschuldigung zögerte Griff. »Aber ich war doch selbst genauso krank wie alle anderen auch. Wenn ich das wirklich gemacht hätte, warum hätte ich dann selber von der Suppe essen sollen?«

»Woher soll ich denn wissen, ob du wirklich krank gewesen bist?«, fragte Nikol. Er trat vor Griff, der größer war als er, und reckte herausfordernd das Kinn in die Höhe. »Jeder kann doch so tun, als täte ihm der Magen weh. Jeder kann behaupten, er sei draußen gewesen, weil er Durchfall hatte oder um sich zu übergeben. Die Frage ist doch: Wer hat die Suppe gekocht?«

»Das war ich«, antwortete Griff, »aber …«

»Und wer von uns weiß denn als Einziger, wie die Nackte Lady aussieht?«

»Vermutlich ich. Aber das liegt daran, dass ich mir nach dem letzten Mal die Stellen, wo sie wächst, genau angesehen habe. Ich wollte nicht noch einmal denselben Fehler machen«, erklärte Griff dem Damall. »Jetzt weiß ich, wie ihre ersten Triebe im Frühjahr aussehen und wie ihre Blätter im Herbst. Ich habe mir eingeprägt, welche Form der Spross hat. Ich weiß alles über diese Pflanze.«

»Seht ihr?«, rief Nikol triumphierend.

»Aber doch nur, weil ich diesen Fehler nicht wiederholen wollte«, rief Griff erregt.

»Beim ersten Mal haben wir uns genauso krank gefühlt wie jetzt«, sagte Nikol.

»Wenn es wirklich jemand absichtlich getan hat, dann jedenfalls nicht ich«, sagte Griff.

Daraufhin erwiderte Nikol langsam und mit zischender Stimme: »Willst du damit andeuten, dass ich es gewesen bin?«

Griff riss die Augen auf wie ein Kaninchen in der Schlinge. »Nein«, erwiderte er. »Ich beschuldige niemanden. Ich weiß nicht, was passiert ist. Aber ich war es nicht. So etwas würde ich nicht tun. Außerdem wäre es sehr dumm von mir, denn als derjenige, der die Suppe gekocht hat, geriete ich doch als Erster in Verdacht …« Griffs Stimme wurde immer leiser und er ließ die Schultern hängen.

Er war der Meinung, dass Griff die Wahrheit sagte: Ein Koch vergiftet nicht die Suppe. Außerdem ging ihm durch den Kopf, dass Griff bestimmt nicht gewollt hatte, dass *er* krank würde. Er glaubte an Griffs Unschuld.

»Hier ist die Peitsche.«

Der Damall reichte ihm die Peitsche.

Er konnte nicht sagen: »Aber ich habe doch noch gar kein Urteil gefällt«, und zwar deshalb nicht, weil der Damall das vermutlich hören wollte. Wenn er das gesagt hätte, dann hätte der Damall die Peitsche an Nikol weitergereicht.

Er konnte nicht sagen – wie der Damall vielleicht insgeheim hoffte –, dass er Griff für unschuldig hielt. Wenn er das sagte, würde er seinen Status als Erbe endgültig verlieren. Er war sich ganz und gar sicher – egal ob Nikol nun wirklich etwas versprochen worden war oder ob er es sich nur ausgedacht hatte –, dass *er* der richtige siebte Damall war. Und nicht Nikol.

Er drehte die Peitsche in seinen Händen hin und her, die Lederriemen um den Griff gewickelt, wobei er sorgfältig vermied sich die Hände an den kleinen, spitzen Steinen zu verletzen. »Wie viele Schläge für den Schuldigen?«, fragte er den Damall.

»Zwanzig«, antwortete der Damall. »Nein, fünfundzwanzig.«

Die Jungen murmelten zufrieden. Griff sank in sich zusammen.

Er achtete darauf, dass sein Gesicht keine Gemütsregung verriet.

»Und danach«, sagte der Damall, »wird er auf den Markt gebracht. Sofort auf den Markt. Im Frühjahr werden viele Soldaten gebraucht und die Bergwerke auf dem Festland suchen nach Ersatz für die Arbeiter, die im Winter gestorben sind.«

Er nickte mit versteinertem Gesicht und starrte den

Damall ungerührt an. Aus dem Augenwinkel heraus sah er Nikol lächeln. Und er sah Griff zittern, als würde er frieren.

»Aber wer ist der Schuldige?«, sagte der Damall zähnebleckend.

Er verstand: Das hier war eine Prüfung oder ein Wettstreit.

»Das soll ich doch beurteilen, oder?«, fragte er. »Das hast du doch gesagt, nicht wahr?«, erinnerte er den Damall.

»Das habe ich«, antwortete der Damall offensichtlich zufrieden.

Er hatte keine Ahnung, wie er ein Urteil fällen sollte, aber er wusste, was passieren würde, wenn er sich falsch entschied. Deswegen ging er ganz behutsam vor. »Nikol sagt die Wahrheit«, begann er. »In der Tat ist es *Griff*, der immer die Suppe kocht, und er weiß alles über die Nackte Lady. Und weil Griff unser Koch ist, hat er am meisten Gelegenheit, Gift in unser Essen zu mischen. Nikol hat auch Recht, wenn er behauptet, dass der Schuldige nur vorgeben müsste krank zu sein. Aber wie«, so fragte er, »können wir wissen, wer von uns die Krankheit gespielt hat und wer nicht? Schließlich könnte Nikol ja jeden beschuldigen«, sagte er. »Mich mit eingeschlossen.«

»Ich habe niemanden beschuldigt«, stotterte Nikol. »Ich habe einfach nur die Wahrheit gesagt. Willst du damit dem Damall sagen, dass ich gelogen habe?«

»Woher weiß ich denn, ob du lügst?«, fragte er und merkte, wie gerissen er war. Er hatte eine Frage gestellt, die niemand beantworten konnte. Er wusste jetzt, wie er diesen Test bestehen konnte ohne sein Erbe zu verlieren. »Ohne einen Beweis kann das niemand von uns wissen.«

Nikol zog an seiner Unterlippe und schaute den Damall an. Schließlich sagte er: »Raul hat es gesehen. Er hat es gesehen und es mir gesagt. Steh auf, Raul. Steh auf und sag ihnen, was du auch mir gesagt hast. Dass du gesehen hast, wie Griff kleine, weiß-braune Dinger zerschnitten hat. Wie er sie aus einem Sack unter seinem Bett gezogen hat. Dass du unter seine Matratze geschaut und sie da gefunden hast. Dass er dich nicht gesehen hat, weil er dachte, er sei allein, und dass du dich im Schatten der Anrichte neben dem Kamin versteckt hast. Sag, wie er mit dem Rücken zu dir stand und die weiß-braunen Dinger mit dem größten Messer ganz klein geschnitten und sie dann mit vollen Händen in die Suppe geworfen hat. Du hast ihn doch dabei beobachtet und hast alles gesehen. Sag, was du gesehen hast. Sag, was du mir gestern Nacht erzählt hast, als alle anderen geschlafen haben.«

Raul erhob sich. »Das stimmt«, sagte er und seine Stimme klang ganz piepsig.

»Nein, du sollst es ihnen erzählen«, sagte Nikol.

»Nikol hat genau das gesagt, was ich ihm erzählt habe. Es ist wahr. Ich schwöre es«, schrie er mit lauter Stimme, als Nikol drohend die Hand nach ihm ausstreckte.

Der Damall unterbrach ihn. »Fünfundzwanzig Schläge, Richter.«

Die Wahl, vor der er stand, gefiel ihm überhaupt nicht. Ganz egal wie er sich entschied, er würde dafür büßen müssen. Wenn er Griff jetzt im Stich ließ, würde sich das Recht, der Herr über die Insel zu werden, mit dem

Verrat an dem Menschen erkaufen, dem er als Einzigem auf der ganzen Welt vertrauen konnte. Trat er aber jetzt offen für Griff ein, dann verlor er den Anspruch darauf, der Erbe des Damalls zu werden. Das Herz wurde ihm schwer wie ein Stein.

Griff war ganz blass geworden. Mit traurigem Gesicht zog er das Hemd über den Kopf. Dann blickte er direkt zu ihm und sagte: »Es tut mir Leid.«

Er wusste, was Griff damit sagen wollte. Griff verstand, in welcher Bedrängnis er sich befand, und es tat ihm Leid, dass er es ihm so schwer machte.

»Hörst du? Habt ihr alle gehört? Griff gibt es zu«, sagte Nikol. »Aber das macht er jetzt nur, damit er weniger Schläge bekommt. Willst du zulassen, dass er damit durchkommt?«, fragte Nikol den Damall.

Die Wut, die in ihm bei diesen Worten hochstieg, schien seinem Herzen Flügel zu verleihen, so dass es hoch in die Halle hinaufflog. Von dort oben konnte er genau die Absichten erkennen, die der Damall und Nikol verfolgten. Er sah aber auch einen Weg, wie er selbst den Kopf aus der Schlinge ziehen konnte.

Er gab dem Damall die Peitsche zurück und der hielt sie Nikol hin.

Dann brachte er seine Anklage vor. »Griff ist nicht derjenige, der ausgepeitscht werden sollte. Ich klage Nikol an.«

Nikols Augen verengten sich. Die Peitsche war zwischen ihnen in den Händen des Damalls. »Ich werde dich auspeitschen, bis du mich auf Knien anflehst …«

»Ohne Befehl von mir wirst du niemanden auspeitschen«, sagte der Damall und erhob sich. »Außerdem hast du gehört, dass er dich beschuldigt hat. Hast du denn dazu nichts zu sagen?«

»Ich weise diese Anschuldigung zurück«, antwortete Nikol. »Er hat keinerlei Beweise.«

Doch er hatte seine Beweise bereits parat, und als er zu sprechen begann, entnahm er den funkelnden Augen des Damalls, dass er die richtige Entscheidung getroffen hatte. »Ich denke, dass Raul dich gesehen hat«, sagte er. »Ich denke, Griff ist aufs Klo gegangen und hat die Suppe einen Moment lang unbeaufsichtigt gelassen. Ich denke, dass du derjenige gewesen bist, der die Zwiebeln hatte. Ich denke, dass Griff gesehen hat, wie du etwas in die Suppe getan hast, und dass er dich gefragt hat, was du da tust. Und du hast erwidert, er habe sich getäuscht und du hättest gar nichts gemacht. Und ich denke, Griff hat dir vertraut. Ich denke, du bist der Junge, der nur so getan hat, als wäre er krank gewesen …«

In diesem Augenblick stürzte sich Nikol auf ihn.

Er war darauf gefasst, hatte vorsorglich die Füße gegrätscht und die Hände zu Fäusten geballt. Als Nikol auf ihn einschlug, verspürte er keinen Schmerz. Er spürte auch nicht, wie Nikols Finger nach seinen Augen und seinen Wangen stachen. Ihm wurde nur einen Augenblick lang schwarz vor Augen, dann schüttelte er Nikol ab, schleuderte ihn zu Boden und warf sich auf ihn.

Dann spürte er starke Hände auf seinen Schultern, die ihn von Nikol wegzogen. Nikol rappelte sich wieder auf.

»Wenn ihr schon kämpfen müsst, dann richtig«, sagte der Damall.

Der Damall hielt ihn so lange zurück, bis er einwilligte. Dann sagte der Damall: »Räumt den Prügelbock aus dem Weg. Die beiden hier werden jetzt ungestört kämpfen, bis … bis einer um Gnade fleht. Dann wissen wir mit Sicherheit, wer der Schuldige ist, und den können wir dann bestrafen. Einverstanden?«

Die Jungen murmelten zustimmend.

»Kein Junge darf in den Kampf eingreifen. Keiner. Falls einer das doch tut, erhält er ebenso viele Schläge wie der Schuldige. Habt ihr das verstanden?«

Sie hatten verstanden. Nachdem vier Jungen den Prügelbock hinausgetragen hatten, stellten sie sich neben dem Kamin in einem Kreis auf. Der Damall setzte sich wieder auf seinen Stuhl. Trotz der frühen Stunde war die Halle hinter der Mauer aus Leibern ganz dunkel. Das Licht des Feuers im Kamin beleuchtete die Gesichter der Jungen, als wäre es Abend und nicht Morgen.

Er dachte nichts. Er konnte nicht denken. Er machte sich bereit.

Nikol stand ein paar Schritte von ihm entfernt und wartete darauf, dass der Damall den Startbefehl gab. Der Kreis der Jungen bildete auf dem festgetretenen Lehmboden eine abgegrenzte Fläche, die wie ein Tierpferch war oder wie der umzäunte Sklavenmarkt in Celindon. An einer Stelle des Kreises loderte das Kaminfeuer und glühte in Nikols Augen. Er hatte bisher nicht gewusst, dass Nikol ihn so sehr hasste.

Er trat von einem Bein aufs andere und wartete. Das Feuer warf flackernde Schatten auf Nikols Gesicht.

Auf den Befehl des Damalls begann der Kampf.

Diesmal waren sie vorsichtig, umkreisten einander mit geballten Fäusten. In seinen Ohren hörte er ein Brüllen wie von einem riesigen Feuer. Er hörte sein eigenes Herz klopfen, sah Nikols wütende Augen und das Blut, das rot aus Nikols Nase rann. In seinen weichsohligen Schuhen ging er langsam und vorsichtig im Kreis. Er war wachsam, bereit.

Dann fingen sie mit Ablenkungsmanövern und Scheinangriffen an. Er schlug mit der Faust nach Nikol, der zur Abwehr die Arme hob. Dann machte Nikol einen Schritt nach vorn, so dass er zurückweichen musste und dabei fast ins Straucheln gekommen wäre. Die beiden tänzelten im Kreis umeinander herum und machten einen Scheinangriff nach dem anderen. Er fing an zu schwitzen, so dass ihm salziger Schweiß in den Mund rann. Er konzentrierte sich auf Nikols wutentbrannte Augen und auf den dunklen, sich rasch bewegenden Schatten darunter, der Nikols Körper war.

Mit einem wilden Schrei, der eher ein Grunzen war, stürzte Nikol sich plötzlich mit erhobenen Fäusten auf ihn.

Dann prasselte auf einmal ein wahres Gewitter aus Hieben, Schwingern und Schmerzen auf ihn hernieder. Er bewegte Arme und Beine, ging vor und zurück, um sich gegen die Faustschläge und die kratzenden Finger zu schützen, gegen zubeißende Zähne und Hände, die sich in seine Haare krallten, gegen Kniestöße und Fußtritte, und dabei musste er ständig darauf achten, dass er nicht das Gleichgewicht verlor. Er stieß und schlug zu und kratzte wild um sich, er biss Nikol ins Ohr – es schmeckte scheußlich – und in die Hand, die Nikol ihm ins Gesicht gedrückt hatte, um ihm einen seiner Finger in die Nase zu bohren. Er drückte sein Knie in Nikols Weichteile, stemmte seine Schulter gegen Nikols Brust und seinen Ellenbogen in Nikols Gesicht. Aus Nikols Nase spritzte ihm so viel Blut in sein eigenes Gesicht, dass er nicht wusste, ob er selbst ebenfalls blutete oder nicht.

Er wischte sich über die Augen, weil er vor lauter Blut und brennendem Schweiß nichts mehr sehen konnte.

Nikol sprang ihn von hinten an und klammerte sich an seinen Rücken und er schlug mit den Fäusten nach hinten. Als Nikol daraufhin herunterfiel, kam er, urplötzlich von dessen Gewicht befreit, ins Stolpern.

Dabei hörte er ein Geräusch und glaubte, dass die Jungen um ihn herum dieses Geräusch schon seit einiger Zeit von sich gaben.

Die Augen des Damalls funkelten, als würde er gleich lächeln wollen.

Er rappelte sich wieder auf, aber er kam nicht richtig auf die Beine und dann traf ihn ein Schlag von hinten und seine Knie gaben nach. Wie ein gefällter Baum fiel er auf den Rücken und hörte, wie sein Kopf auf die Steinschwelle vor dem Kamin aufschlug. Einen Augenblick lang war er wie gelähmt, dann wurde er wieder klar im Kopf und schüttelte sich.

Nikol kniete ihm mit einem Bein auf der Brust, das andere Knie hatte er ihm in den Hals gerammt und drückte ihm damit die Luft ab. Auf einmal hatte Nikol einen Dolch in der Hand. Eigentlich war das sein Dolch, den Nikol da in der Hand hielt. Es war der Dolch, den er vor

Jahren vom Damall geschenkt bekommen hatte und der ihm dann gestohlen worden war. Ob Nikol den Dolch wohl seitdem in seinem Stiefel versteckt mit sich getragen hatte?

Nikol hob die Waffe, um sie ihm an die Kehle oder an die Brust zu setzen.

Um ihm die Kehle durchzuschneiden wie einem Schwein. Um ...

Er hielt Nikols Handgelenk umklammert, bis sein Arm ganz steif wurde. Um ihn abzuschütteln, versetzte er seinen ganzen Körper in schlangenförmige Bewegungen wie ein Fisch, der zappelnd am Haken hängt. Schließlich gelang es ihm, die Knie anzuziehen und Nikol ins Wanken zu bringen, aber der ließ sich nicht abschütteln. Im Gegenteil, Nikol drückte ihn daraufhin nur noch fester auf den Fußboden. Der Dolch in Nikols rechter Hand bewegte sich langsam nach unten, so verzweifelt er das auch zu verhindern versuchte.

Er fragte sich, welche Hand sich letztendlich als die stärkere erweisen würde: Nikols Hand mit dem Dolch oder seine eigene, die Nikols Handgelenk umklammert hielt.

Hinter Nikols Kopf mit den entblößten Zähnen sah er auf einmal den Damall. Der Damall griff nach Nikols Hand und entwand ihr den Dolch. Nikol stöhnte, fluchte und wischte sich die Tränen aus dem Gesicht.

Er nahm seine ganze Kraft zusammen und warf Nikol ab. Dann rappelte er sich schwankend hoch und taumelte so lange herum, bis er wieder fest mit beiden Füßen auf dem Boden stand.

Nikol lag keuchend vor ihm.

Es dauerte eine Weile, bis er seine Unterlippe aus seinen Zähnen befreit hatte. Sein Mund war voller Blut und er schluckte es hinunter.

Nikol lag noch immer bäuchlings auf dem Boden und atmete so schwer, dass sein Rücken sich hob und senkte.

»Ich finde, dass der Junge, der den Kampf gewinnt, diesen Dolch bekommen soll«, sagte der Damall. »Und ich denke, dieser Junge soll auch mein Erbe antreten. Findet ihr nicht auch?«, fragte der Damall den Kreis von Jungen, die ganz aufgeregt auf die beiden Gegner einredeten. »Ist das nicht eine gute Idee? Derjenige von euch beiden, der gewinnt – also der Junge, der den anderen dazu bringt, sich zu ergeben –, bekommt den Dolch und wird der siebte Damall. Das ist gut. So soll es sein.« Der Damall setzte sich wieder auf seinen Stuhl und hüllte sich in seine Decke.

Nikol kämpfte sich auf die Knie hoch. Tränen der Wut und der Enttäuschung rannen ihm übers Gesicht.

Er wusste, dass er Nikol eigentlich nicht aufstehen lassen durfte. Auf einmal merkte er, dass er gar nicht wusste, wie viel Kraft er noch in seinen zittrigen Beinen und in seinen Händen hatte, die lose an seinen Handgelenken zu baumeln schienen. Er war nicht in der Lage, einen klaren Gedanken zu fassen, aber er spürte, dass er nicht dastehen und auf einen Angriff des Gegners warten durfte. Also stürzte er sich auf Nikol.

Ineinander verkrallt und wild um sich schlagend wälzten sie sich auf dem Boden herum. Nikol gewann die Oberhand und drosch mit wütenden Fausthieben auf ihn ein.

Mund und Wangen taten ihm entsetzlich weh und er hörte ein gellendes Pfeifen in den Ohren. Nikol hatte ihm die Hände um die Kehle gelegt und schnürte sie zu, bis ihm die Luft zum Atmen fehlte.

Mit einer wütenden Kraftanstrengung rappelte er sich hoch, so dass Nikol seinen Hals loslassen musste. Als er sich freigekämpft hatte, packte er Nikol bei den Haaren und riss ihn zu Boden. Dann hockte er sich auf Nikols Brust, packte mit beiden Händen seinen Kopf und schlug ihn immer wieder heftig auf den Boden.

Nikols Ohr war blutig, aber er wusste nicht, ob das Blut aus ihm heraus- oder in es hineinfloss.

»Hör auf!«, schrie Nikol. »Bitte, hör auf!«

Nikols Mund blutete und aus seiner gebrochenen Nase rann ihm das Blut schräg übers Gesicht. Seine Hände, die Nikols Kopf auf den Boden schlugen, hörten nicht auf damit.

»Also gut!«, schrie Nikol. »Ich ergebe mich!«

Seine Hände machten weiter und er fühlte, wie sein Herz in der Brust dröhnte. Wenn er nach Luft schnappte, brannte es wie Feuer.

»Ich ergeb mich!«, schrie Nikol. »Ich ergeb mich! Bitte ...«

Er hörte Nikol und ließ seinen Kopf los, so dass er ein letztes Mal auf den Boden krachte. Nikol lag da und schrie wie ein Schwein auf der Schlachtbank. Er hob die Hand – und spürte dabei, dass ihm die Schulter schmerzte – und ohrfeigte das blutende Gesicht unter ihm so lange, bis das Geschrei aufhörte.

Die Jungen hinter ihm riefen etwas, das er nicht verstehen konnte, und der Damall drückte ihm den Dolch in die Hand. »Nikol wollte vorhin, dass Griff die fünfundzwanzig Peitschenhiebe bekommt«, sagte der Damall. »Fünfundzwanzig sind sehr viel … ich habe es schon erlebt, dass ein Junge nach neunzehn Hieben gestorben ist. Nikol wollte, dass Griff stirbt.«

»Nein, das wollte ich nicht«, schrie Nikol. »Ich wollte es nicht! Wollte es nicht!«

»Was Raul angeblich gesehen hat, war auch gelogen, weil du Griff anschwärzen wolltest. Nicht wahr, Raul?«, fragte der Damall. »Hat Nikol dich aufgefordert zu lügen?«

»Das habe ich nicht«, heulte Nikol. »Das habe ich nicht getan. Es tut mir Leid.«

Er saß noch immer auf Nikols Brust und hatte jetzt den Dolch in der Hand, aber er wusste nicht, was er als Nächstes tun sollte.

»Du hast gesagt«, erinnerte ihn der Damall, »dass der Schuldige fünfundzwanzig Peitschenhiebe bekommen soll.«

»Aber dann sterbe ich!«, schrie Nikol. Nikols geschwollene Augen wussten nicht, wen sie Hilfe suchend anblicken sollten.

Er hielt den Dolch in der Hand und sah nach vorn in das lodernde Feuer. Er hatte sich das Recht erkämpft, der siebte Damall zu werden. Er hatte etwas gewonnen, was man ihm schon längst zugestanden hatte. Nikol brauchte etwas ganz anderes als Peitschenhiebe.

Er schluckte und schmeckte Blut.

»Du hast versucht mich vorhin mit dem Dolch zu töten«, sagte er zu Nikol.

»Nein, das stimmt nicht. Ich hätte es bestimmt nicht getan. Entschuldige bitte.«

»Das war kein Kampf mit Dolchen«, sagte er und wusste auf einmal, was zu tun war. Er nahm den Dolch fest in die Hand und presste ihn Nikol wie einem Schwein an die Kehle.

Nikol verdrehte die Augen, dass nur noch das Weiße zu sehen war, aber er konnte den Kopf nicht wegziehen.

»Ich traue dir nicht«, sagte er zu Nikol.

Die Jungen hinter ihm murmelten etwas.

»Ich habe keine Angst vor dir. Aber du bist hinterhältig und wirst hinter meinem Rücken etwas gegen mich unternehmen«, sagte er zu Nikol. »Deshalb stelle ich dich jetzt vor die Wahl: Die eine Möglichkeit ist die, dass ich dir hinter dem Knie die Sehnen durchschneide, so dass du nie wieder richtig gehen kannst und ich dich immer hören werde, wenn du angeschlurft kommst.«

Nikol rollte vor Angst mit den Augen.

»Oder ich werde deine rechte Hand ins Feuer halten, so wie es die Piraten mit dem fünften Damall gemacht haben. Und zwar so lange, bis die ganze Hand abgebrannt ist und du niemals mehr jemanden damit verletzen kannst.«

»Nein«, jammerte Nikol. »Nein, nein. Das ist nicht gerecht. Bitte nicht!«

»Du hast die Wahl«, sagte er bloß.

Trotz des Messers an seiner Kehle schüttelte Nikol den Kopf. Nikol öffnete den Mund, aber er brachte kein Wort heraus.

Der Damall bückte sich und brachte sein Gesicht ganz nahe an das von Nikol. »Triff deine Wahl. Wenn du dich für keines von beiden entscheidest, dann befehle ich ihm beides zu machen.«

»Ich kann es nicht. Ich will nicht. Also gut! Dann das Bein! Ich entscheide mich – nein, bitte nicht, ich will doch lieber – nein, bitte nicht, ich tue auch alles, was du sagst. Immer, bis an mein Lebensende, ganz bestimmt. Ich sage dir alles, was ich weiß. Ich kenne die Geheimnisse des Damalls, wo er bestimmte Dinge versteckt, wovor er Angst hat, und ich weiß, wo es Fleisch …«

Der Damall presste Nikol die Hand auf den Mund, bis Nikol gedämpft zu schreien begann.

Ihm tat Nikol Leid, weil er nicht einmal genügend Mut aufgebracht hatte, sich für eine der beiden Strafen und die damit verbundenen Schmerzen zu entscheiden. Nikol war jetzt nichts mehr wert. Nicht einmal so viel wie die kleinen, farblosen Krebse, die sich in den Schlamm wühlen, wenn man sie fangen will.

Er drehte sich um und sah über die Schulter. Alle Jungen blickten Nikol an und einige lachten ihn aus. Aber keiner hatte offenbar Mitleid mit Nikol.

Ohne ein Wort stand er auf. Der Damall versuchte ihn daran zu hindern, aber er entzog sich ihm. Er ließ Nikol auf dem Boden liegen und ging weg vom Feuer, quer durch die Halle und durch die Tür hinaus auf den Hof. Dabei hielt er den Dolch fest in der Hand.

Er spürte den Schneeregen auf Körper und Gesicht und fühlte sich davon angenehm erfrischt. Sein Kopf war bereits kühl und so wunderte es ihn nicht, dass die Jungen ihm folgten und dass der Damall den Jungen folgte.

Er ging durch den Hof und das enge Tor den Weg zum

Hafen hinunter. Obwohl die Steine unter seinen Füßen feucht und glitschig waren, gelang es ihm, das Gleichgewicht zu bewahren. Er hielt den Dolch hoch in die Luft, als wäre er ein Licht, dem alle folgen müssten. Vom Ufer aus watete er ins Wasser hinaus, kletterte auf einen großen Felsen und wartete, bis sich alle vor ihm am Strand versammelt hatten. Dann hob er wortlos den Arm und schleuderte den Dolch in weitem Bogen hinaus ins Meer, wo er mit einem platschenden Geräusch im grauen Wasser versank.

Dann drehte er sich um, damit alle sein im Kampf übel zugerichtetes Gesicht sehen konnten: Er brauchte keinen Dolch, um zu herrschen.

4

Gleich darauf hätte er beinahe alles wieder verloren: Er spürte eine seltsame Schwammigkeit in Knien und Hüften und gleichzeitig hörte er einen Augenblick lang ein lautes Summen im Ohr und sah die Jungen, die in dicht gedrängten Reihen am Strand standen, mit dem Damall als Größtem in ihrer Mitte, aber unter ihnen war nur ein Junge, dem er wirklich trauen konnte – er sah sie alle und er sah auch Boote, wenn auch nicht alle Boote –, als wären sie hinter einer Wolke oder hinter einem …

Er rang nach Luft und fiel hintenüber. Für die anderen sah es vielleicht so aus, als wolle er seine Stärke beweisen, indem er ins winterliche Meer sprang.

Wie ein Stein fiel er ins Wasser. Das Meer war so kalt, dass er den Mund aufriss, um loszuschreien. Eisiges Wasser umspülte seine Zähne, strömte in seinen Mund und würgte ihn in der Kehle. Es kam ihm so vor, als würde sein Herz stehen bleiben.

Er sank auf den Meeresboden und blieb dort ruhig liegen, bis seine Haut am ganzen Körper – Gesicht, Arme, Beine – vollkommen taub war. Dann zog er langsam die Füße an, bis er im brusthohen Wasser zum Stehen kam. Rings um ihn schaukelten die Boote an ihren Festmacheleinen. Die Kälte hatte alle Schmerzen in seinem Körper betäubt. Er rang sich ein Lächeln ab, auch wenn ihm dabei Wangen und Unterlippe schmerzten. Es war ein siegesgewisses und überlegenes Lächeln. Dann gelang es ihm, aus dem Wasser zu waten und den Pfad zum Haus hinaufzugehen, während die anderen erneut wie bei einer Prozession hinter ihm hergingen. Zehn Schritte vor der Eingangstür stand Nikol, beobachtete das Ganze und blutete aus seiner gebrochenen Nase, die stark nach rechts verbogen war. Der Anblick hätte den siebten Damall um ein Haar erneut zusammenbrechen und in eine sanfte Bewusstlosigkeit gleiten lassen.

Doch er befahl sich weiterzugehen. Zwang sich die Füße zu heben. Zu seinem Glück wich Nikol zurück und ließ ihn durch die Tür in die Halle gehen.

Am Kamin nahm Griff ihn am Arm.

»Ich werde Wein holen«, sagte Griff, »damit wasche ich dir die Wunden sauber.«

Alle Augen richteten sich auf Griff, der es wagte, eigenmächtig über die Vorräte des Damalls zu bestimmen. Er war froh, dass Griff im Mittelpunkt des Interesses stand, denn das kleine bisschen Kraft, das er noch in sich hatte, begann ihn langsam zu verlassen.

»Und Salz«, verkündete Griff und schob ihn in die Küche.

Alle Jungen blickten zum Damall hinüber und warteten auf dessen Reaktion. Doch der Damall zögerte.

Währenddessen schleppte Griff ihn in die Küche. Dort setzte ihn Griff neben dem Kamin vorsichtig auf einen Hocker, so dass er sich mit dem Rücken an die warmen Steine lehnen konnte.

Er schloss die Augen. Die Taubheit war jetzt völlig verschwunden und mit der Wärme kehrten die Schmerzen in seinen Körper zurück und waren schlimmer als zuvor. Sein Gesicht brannte und das Einatmen tat ihm genauso weh wie das Ausatmen. Seine Beine zitterten.

»Trink«, sagte Griff und reichte ihm eine Schale.

»Ist das Blut?«, fragte er. Er konnte die Worte, die aus seinem geschwollenen Mund kamen, selbst kaum verstehen.

»Wein«, sagte Griff.

Zu zweit führten sie die hölzerne Schale an seine Lippen. Der Wein schmeckte herb und bitter und lag warm in seinem Bauch. Ohne Griffs Hilfe trank er noch eine zweite Schale und stellte fest, dass die Wärme des Weins dieselbe betäubende Wirkung hatte wie das kalte Meerwasser.

Anschließend wusch Griff sein Gesicht mit Wasser, dann mit Wein, was ziemlich brannte, und zum Schluss noch mal mit kühlem Wasser.

Er lehnte sich zurück an die warmen Steine und döste. Wenn er die Augen öffnete, sah er Griff, der sich über einen großen Kessel Suppe beugte. »Griff?«

Griff ging zu dem Weinfass, schöpfte noch eine Schale voll heraus und brachte sie ihm. »Es ist Zeit zum Essen«, sagte Griff.

Also war es bereits spät am Tag. Er trank den Wein und spürte, wie sein Kopf langsam wieder klar wurde. »Der Damall …«, sagte er und starrte in den Wein.

»Du bist der nächste Damall«, erinnerte ihn Griff.

»Der siebte Damall.« Er setzte die Schale an den Mund und leerte sie. Das Recht war jetzt auf seiner Seite. »Ich sollte mich zum Essen wohl besser an einen Tisch in der Halle setzen.« Er erhob sich, schwankte hin und her, fing sich wieder und wartete, dass das Klingeln in seinem Kopf nachließ. Dann schritt er langsam auf die Küchentür zu, aber er wusste nicht so recht, wo er hinging.

Der Wein verwirrte das Gehirn. Sie alle hatten das oft genug am Damall beobachtet. Dieser Gedanke durchzuckte ihn wie ein Blitz, so dass er sich zusammenriss, das Kreuz durchdrückte und festen Schrittes in die Halle trat.

Als er eintrat, erstarb jedes Gespräch und alle Jungen wandten sich ihm zu. Er wusste nicht, was sie sahen, er jedenfalls sah einen Kreis von Jungen, die im Schneidersitz dasaßen oder auf die Ellenbogen gestützt auf dem Boden lagen. Sie bildeten einen Halbkreis abseits vom Feuer, vor dem der Damall auf seinem Sessel saß und einen Krug Wein in den Händen hielt. Ein Lächeln umspielte seinen Mund, während er Nikol zuhörte. Nikol stand hinter den anderen Jungen. Seine Nase war immer noch schief und ein Auge war fast zugeschwollen. Nikol stand steif und verkrampft da, als täte ihm jede Bewegung weh.

Als er in die Halle kam, stand der Damall auf und hob seinen Krug. »Dieser Junge ist der nächste Damall, der siebte Damall. Ich ernenne ihn zu meinem Erben.« Der Damall sprach diese Worte genau so, wie sie der Große Damall festgelegt hatte. »Er wird als Nächster über die Insel und die Jungen des Damalls herrschen. Ich ernenne ihn zum Herrn des Schatzes. Das ganze Gold und das Silber und die Edelsteine – alles soll ihm gehören, da er jetzt der siebte Damall ist.«

Der siebte Damall schwieg; im Buch des Großen Damalls war festgelegt, dass der Nachfolger in diesem Augenblick zu schweigen hatte. Die Gesichter der Jungen wandten sich ihm zu und die ersten Schatten der Angst mischten sich in die flackernden Feuerschatten auf ihren Wangen und in ihren Augen.

Nikol brach das Schweigen. »Und was wird aus mir?«

Der sechste Damall senkte seinen Krug und stellte ihn wieder ab, bevor er wiederholte: »Ja, was wird aus dir?«

»Du hast es mir doch versprochen«, sagte Nikol.

Der Damall lächelte. »Aber du hast nicht gewonnen. Oder? Du hast den Kampf nun einmal nicht gewonnen«, sagte er. »Und deswegen wirst du dieses Erbe auch nicht antreten. Verstehst du das jetzt endlich? Der Titel muss gewonnen werden. Und du hast ihn verloren, Nikol.«

Nikol stand mucksmäuschenstill da, als versuche er sich an etwas zu erinnern. Dann drehte er sich auf dem Absatz um und verließ mit steifen Bewegungen die Halle. Vielleicht, dachte der siebte Damall, ist er auf den Abort gegangen, vielleicht lässt er aber auch seine Wut an den Schweinen aus.

»Der Titel muss erst gewonnen werden«, wiederholte der sechste Damall. »Und dann muss man ihn erfolgreich verteidigen. Wir alle hoffen, dass dir das gelingen wird. Nicht wahr, ihr Jungen, das tun wir doch?«

»Ja«, antworteten sie und riefen: »Du bist schon immer der Beste gewesen«, und: »Du schaffst das bestimmt.« Sogar Raul stimmte in den Chor mit ein. In dieser Nacht kehrte Nikol nicht wieder ins Haus zurück.

Am nächsten Morgen aber stand er neben dem kalten Kamin. Der siebte Damall war früh aufgestanden, weil ihn seine Prellungen, Platzwunden und Schwellungen und die verstauchten Gelenke nicht hatten schlafen lassen. Deshalb kam der siebte Damall noch vor Sonnenaufgang in die Halle, um das Feuer anzuzünden, und entdeckte, dass Nikol dort auf ihn wartete.

Nikol sah blass, nass und so sauber gewaschen aus, als hätte er die ganze Nacht draußen im Regen verbracht. In der vergangenen Nacht hatte es aber gar nicht geregnet. Dennoch klebte Nikols Haar ihm klatschnass am Kopf und aus seinem Hemd tröpfelten kleine Rinnsale auf den Fußboden. Seine Augen waren kalt und er sagte nichts.

Der siebte Damall tat so, als würde er ihn nicht weiter beachten, doch er besah sich Nikol genau. Er sah, dass Nikols Gesicht so geschwollen war, dass darin keine Knochen zu erkennen waren, und er sah, dass Nikols Augen eine blasse Stille ausstrahlten.

Er hatte geglaubt Nikol am Tag zuvor zerbrochen zu haben, indem er ihm Feigheit vorgeworfen und ihn zutiefst beschämt hatte. Doch jetzt erkannte er, dass Nikol einen Zustand jenseits von Zorn und Angst erreicht hatte. Während der siebte Damall Holz auf die graue Asche des Vortages schichtete, ging ihm durch den Sinn, dass er sein Erbrecht wohl jeden Tag aufs Neue würde gewinnen müssen, immer und immer wieder.

Als der sechste Damall aufgestanden war, erklärte er ihm, dass er an diesem Tag einen Rundgang über die Insel machen wolle. Er fragte nicht um Erlaubnis, sondern er kündigte es lediglich an, wie es ihm als Erben zustand.

Dann kletterte er den ganzen langen Tag über die steil ins Meer abfallenden Felsen und wanderte immer wieder durch die Wiesen und Wälder, von einem bis zum anderen Ende der Insel, die einmal ihm gehören würde. Am Ende dieses Tages hatte er entschieden, was er tun wollte – schließlich wusste er, dass er keine andere Wahl hatte.

Vierzehn Tage später lag der Damall im Sterben.

Der Frühling hatte ein kurzes Gastspiel gegeben. In der warmen Sonne waren auf den Wiesen der waldigen Insel bleiches Gras und kleine, weiße Frühlingsblumen erschienen und grüne Blütenblätter hatten sich dem Licht entgegengereckt. Dieser Frühling hatte ganze drei Tage gedauert. Danach hatte der Wind auf Nordost gedreht und der Insel kaltes, regnerisches Wetter gebracht.

Zuerst saß der Damall Tag für Tag am Feuer und behauptete, er müsse sich wärmen. Er leerte einen Weinkrug nach dem anderen, um seinen Durchfall zu bekämpfen und seinen verkrampften Eingeweiden Erleichterung zu verschaffen. Dann ließ er von den Jungen sein Bett zerlegen und direkt vor dem Kamin in der großen Halle wieder aufbauen. Dort lag er dann stundenlang und verlangte, dass die Jungen sich um ihn versammelten. Er klagte über Magenschmerzen und ein Brennen in seiner Kehle und jammerte darüber, dass er so schwach war. Dabei trank er ständig Wein und ließ die Jungen nicht aus den Augen, da er sehen wollte, was sie vorhatten. Er aß erst lange nach den Jungen. Obwohl sein Bett direkt vor dem Kamin stand, fror der sechste Damall und beklagte sich, dass ihm nicht richtig warm wurde. Wenn er starke Schmerzen hatte, riss er sich die Haare büschelweise aus.

Am zehnten Tag konnten die um ihn versammelten Jungen hören, wie rasselnd der Atem des Damalls ging. Er selbst hatte beim Einatmen jedes Mal das Gefühl, als würden in seiner Kehle kleine Kieselsteine hin und her rollen wie in der Brandung unten am Strand.

Der siebte Damall war die ganze Zeit bei ihm. Er flößte ihm Suppe ein, hielt ihm den Weinkrug an den Mund und half ihm hinaus aufs Klo, bis der Kranke nicht mehr in der Lage war, sich aus seinem Bett zu erheben. Und je mehr der Körper des sechsten Damalls dahinsiechte, desto schwächer wurde auch sein Geist.

Aber selbst als er schon im Delirium lag, wusste er noch, wer Nikol war. »Ich lasse dich nicht aus den Augen«, murmelte der Damall. »Ich habe dir nie getraut. Komm mir bloß nicht zu nahe, du Leichenfledderer.« Er packte den siebten Damall bei den Haaren und zog fest daran. »Nimm dich vor ihm in Acht – ich weiß genau, auf was er aus ist. Du hättest auf mich hören und ihn töten sollen, damals, nach dem Kampf.«

Nikol sagte zu alledem kein einziges Wort, sondern kauerte mit blassem Gesicht und kalten, vollkommen ausdruckslosen Augen in einer Ecke der Halle.

Der Damall wälzte sich schwitzend in seinem Bett hin und her, bis er sich aufsetzte und die Bettdecke auf den Fußboden warf. Dann legte er sich wieder hin, schrie laut und weinte, weil ihm so kalt war. Er sah Menschen um sein Bett herumstehen, auch wenn gar niemand da war und alle Jungen, in ihre Umhänge gewickelt, auf dem Boden unruhig vor sich hin dösten. Der Damall redete mit diesen Menschen, als würde er ihre Fragen beantworten. »Das wollte ich nicht«, sagte er dabei oft, »das wollte ich nicht, ich war doch nur ein Junge, es tut mir Leid, bitte.«

In der vierzehnten Nacht versagte ihm die Stimme und er hatte auch keinen Durst mehr. Er lag reglos auf dem Bett, nur seine Brust hob und senkte sich und außer seinem pfeifenden Atem war nichts zu hören.

Die Jungen waren alle wach und hofften darauf, den Damall sterben zu sehen. Der Rauch aus dem Kamin hing wie Nebel um die fleckigen Dachbalken und Feuchtigkeit überzog die Steinmauern und drang kalt aus dem Boden hervor. Als der Damall zu husten und zu würgen begann, erhob sich der siebte Damall von seinem Platz, trat ans Bett und wischte ihm den blutigen Auswurf vom Gesicht.

Vor dem Tode des sechsten Damalls würde nichts passieren, dessen war sich der siebte Damall sicher. Vielleicht blieb auch alles ruhig, bis die Leiche des sechsten Damalls gewaschen und in seinem Sterbelaken, mit je drei runden Steinen an Kopf und Füßen beschwert, weit draußen im Meer versenkt worden war. Doch der siebte Damall wollte sich nicht darauf verlassen, dass er wirklich so viel Zeit haben würde. Wirklich sicher war einzig und allein die Zeit vor dem Tod des Damalls.

Der Regen prasselte gegen die Fensterläden und trommelte auf das Dach. Der siebte Damall hörte, wie sein Vorgänger die Luft mühsam durch seine aufgesprungenen Lippen sog.

Griff hockte aufrecht da und lehnte den Rücken an die steinerne Mauer. Nur so konnte er wachsam sein, aufmerksam und bereit.

Doch nicht er war es, dem der siebte Damall ein Handzeichen gab, sondern Nikol. Der erhob sich und eilte von seiner Ecke nach draußen, um vor der Tür auf den siebten Damall zu warten.

Der siebte Damall führte Nikol in den Schatten des Geflügelschuppens, wo er mit Feuerstein und Zunder eine Kerze anzündete. Die kleine Flamme zuckte hell in der Dunkelheit ringsum und zeichnete unruhige Schatten auf Nikols Gesicht und die Wand dahinter. Nikol verbarg seine Hände unter dem Umhang, den er sich tief über die Schultern gezogen hatte.

»Hör zu.«

Der siebte Damall dämpfte seine Stimme. Es war zwar niemand in der Nähe, der hätte zuhören können, aber eine leise Stimme ließ auf ein wichtiges Geheimnis schließen. Falls Nikol vorhatte ihn zu ermorden, würde er sich bestimmt zuerst anhören, was der siebte Damall ihm zu sagen hatte.

»Hier liegt der Schatz verborgen.«

Nikol, der zehn Tage lang kein einziges Wort gesagt

hatte, öffnete den Mund. »Heißt das, dass ich der achte Damall sein werde?«

»Er wird die Nacht nicht überleben. Das Gesetz des Großen Damalls besagt, dass immer zwei Menschen das Versteck kennen müssen.«

»Aber nie mehr als zwei«, sagte Nikol leise.

Der siebte Damall reagierte nicht.

»Wirst du ihn selbst töten?«

»Warum sollte ich etwas tun, was seine Krankheit ohnehin besorgt?«, fragte der siebte Damall. »Jetzt hör mir zu. Von der südlichen Ecke des Häuschens zählst du fünf Steine nach Westen, dann acht nach Norden. Nein, nicht jetzt, Nikol, nicht! Wenn du die Hühner weckst, dann wachen alle auf und werden auf uns aufmerksam. Wiederhol lieber, was ich dir gesagt habe.«

»Von der südlichen Ecke«, wiederholte Nikol und starrte in die Kerze. »Fünf nach Norden. Acht nach Westen.«

»Falsch.« Der siebte Damall fror und die Kerze flackerte. »Du hast es vertauscht. Konzentrier dich, Nikol. Hör mir zu.«

Verärgert biss Nikol die Zähne zusammen.

»Du darfst es nicht durcheinander bringen.«

»Zeig es mir.«

»Wenn ich es dir jetzt zeige, dann kann ich es gleich allen zeigen. Und du weißt ja, was das bedeutet.«

Nikol wusste es. Oder, wie der siebte Damall ihn einschätzte, er wusste es nicht genau, ahnte aber, dass es etwas mit Blut und Tod zu tun haben musste, möglicherweise mit seinem Blut und seinem Tod. Außerdem kannte er die Geschichte des fünften Damalls und wusste, wohin Habgier führen konnte. »Ich höre«, sagte Nikol.

»Also noch mal: die südliche Ecke. Fünf Steine nach Westen. Acht nach Norden«, erklärte der siebte Damall sanft und geduldig. Umso besser, wenn Nikol glaubte, die Dinge entwickelten sich schneller, als sein Verstand sie verarbeiten konnte.

»Wiederhol es«, befahl der siebte Damall.

Diesmal wiederholte Nikol, der dabei in die Kerzenflamme starrte, die Worte richtig. Als der siebte Damall ihn so sah, mit den unter dem Umhang verborgenen Händen und dem Gesicht, das er wegen der tanzenden Schatten nur undeutlich erkennen konnte, machte sich kalte Angst in seinem Magen breit. Aber er ließ sich nichts davon anmerken und schaute Nikol mit festem Blick ins Gesicht.

»Den achten Stein musst du hochheben und ebenso die sechs Steine um ihn herum.«

Nikol konnte nicht an sich halten und fragte: »Sind auch die Berylle dort?«

»Dort ist der ganze Schatz versteckt.«

»Auch der restliche Reichtum des Großen Damalls? Die Gold- und Silberstücke?«

»Es sind drei Kästchen, die übereinander in einem Loch liegen«, erzählte ihm der siebte Damall.

»Wie viele Münzen?«, flüsterte Nikol. »Wie viel?«

»Ich muss zurück«, sagte der siebte Damall. »Sonst merkt er etwas. Vergiss nicht, was ich dir gesagt habe.«

»Südliche Ecke. Fünf Steine nach Westen. Acht nach Norden. Alle Steine, die ringsum liegen. Das kann ich mir schon merken.«

»Du wirst deinen Mund halten, bis er gestorben und im Meer bestattet ist«, befahl der siebte Damall.

»Vielleicht halte ich ihn«, antwortete Nikol. »Vielleicht auch nicht.«

Der siebte Damall wusste, was für ein Risiko er hier einging. Aber er kannte sein Gegenüber. Nikol würde sich erst einmal ausgiebig darüber freuen, dass er als Erbe erwählt worden war und dass der siebte Damall die Dummheit machte, ihm zu vertrauen. Ganz besonders sonnte er sich wahrscheinlich in der Vorstellung, dass der Reichtum und die Macht des Damalls einmal ihm gehören würden. Es würde einige Zeit dauern, bis Nikol begriff, dass er hereingelegt worden war. Er war zwar jetzt zum achten Damall bestimmt, aber er würde erst an die Reihe kommen, wenn der siebte Damall tot war – und der war jünger als er. Bis dahin aber ging von ihm wohl keine Gefahr aus.

Auch die anderen Jungen würden ihm nicht gefährlich werden. Für sie zählte im Grunde genommen nur, dass es einen Damall gab, der ihnen Gehorsam abverlangte und sie beschützte. Wer diese Stellung letztendlich innehatte, war ihnen ziemlich egal. Der siebte Damall vertraute keinem von ihnen. Keinem außer Griff.

Als er, gefolgt von Nikol, in die vom Feuer erhellte Halle zurückhuschte, sah er, dass sich während ihrer Abwesenheit niemand vom Fleck bewegt hatte. Er setzte sich mit dem Rücken zum Bett auf den Boden und dabei sah er, wie Griff die Augen schloss. Alle anderen Jungen lagen in ihre Umhänge gewickelt ausgestreckt auf dem Boden. Die halbdunkle, verräucherte Luft war angefüllt von ihrer Unruhe und dem unregelmäßigen Atmen des Damalls.

Der siebte Damall drehte den Kopf, bis er Nikols Ecke sehen konnte. Ein weißer Blitz aus hastig geschlossenen Augen bestätigte seine Vermutung, dass Nikol ihn beobachtet hatte.

Bei der kleinsten Unruhe würde Griff aufwachen. Falls der siebte Damall Hilfe brauchte, würde er sie bekommen. Auch wenn sie zu zweit gegen alle anderen hoffungslos in der Minderzahl waren, so waren sie wenigstens nicht allein – keiner von ihnen.

Der sterbende Mann bewegte sich. Der siebte Damall trat ans Bett und beugte sich vor, um zu verstehen, was die trockenen Lippen hervorbrachten. Weil er glaubte, dass der Damall nach Wein verlangte, holte er die flache Schale vom Kamin und löffelte ihm ein wenig von der roten Flüssigkeit, an deren Boden sich schon eine Menge Weinstein abgesetzt hatte, in den Mund. Er wischte die Tropfen, die dem Damall wieder aus dem Mund liefen, mit dem Finger ab. Der Kehlkopf des Damalls bewegte sich, um zu schlucken, dann drehte er den Kopf vom Löffel weg. Die Augen, die er schon seit zwei Tagen nicht mehr geöffnet hatte, blieben auch jetzt geschlossen.

Die kalte Nacht zog sich in die Länge. Nach und nach brannten die Holzscheite herunter und eiskalte Luft stieg vom Fußboden auf. Alle in der Halle schliefen einen unruhigen Schlaf.

Der siebte Damall musste wohl selbst kurz eingenickt sein, denn als er die Augen öffnete, sah er, dass Nikol nicht mehr in seiner Ecke saß, sondern flach ausgestreckt auf dem Boden lag, als würde er schlafen. Dabei hatte er seinen Kopf dicht an den von Raul gelegt und seinen Mund nah an Rauls Ohr.

Der siebte Damall zuckte erschreckt zusammen.

Als hätte er einen Hilferuf vernommen, wachte nun auch Griff auf.

Erst jetzt erkannte der siebte Damall, was ihn aus dem Schlaf geholt hatte: Der sechste Damall lag ganz still in seinem Bett und atmete nicht mehr. Er war tot und die Zeit zum Handeln war gekommen.

Der siebte Damall stand auf und beugte sich über das leblose Gesicht, als könnten die blinden Augen ihn noch sehen. Er tat so, als würde der Tote ihm etwas sagen, und imitierte dabei dessen rasselnden Atem, damit die anderen dachten, er sei noch am Leben. Dann legte er Holz nach und rüttelte es, bis die Rinde mit Zischen und Knacken Feuer fing. Das Feuer loderte in die Höhe, als wolle es mit seinem Knistern dem Regen antworten, der auf das Dach des Hauses prasselte.

Wenn er gewollt hätte, wäre er jetzt der Damall. Aber er sah hinüber zu Griff und bedeutete ihm durch ein Zeichen, er solle hinaus vor die Tür gehen.

Während Griff den Raum verließ, beugte sich der siebte Damall über die Leiche seines Vorgängers und flößte ihr Wein ein. Dann holte er noch einmal geräuschvoll Luft, träufelte einen Löffel Wein in die toten Lippen, wischte der Leiche das Kinn ab und stellte die Schale wieder an den Kamin. Bevor er sich vom Feuer wegdrehte, gab der siebte Damall ein ermattetes Keuchen von sich. Dann richtete er sich auf stieg über die schlafenden Jungen und ging zur Tür.

Griff wartete in der dunklen Regennacht. Sie sprachen kein Wort. Der siebte Damall lief quer durch den Hof und Griff folgte ihm. Weil sie keine Zeit hatten, das verriegelte Tor zu öffnen, kletterten sie einfach drüber. Fest in ihre Umhänge gewickelt rannten sie den Weg zum Hafen hinunter. Eisiger Regen prasselte ihnen auf Schultern und Gesicht und der steile Pfad war glatt und glitschig. Einmal fiel Griff hin und schlug mit krachenden Knochen auf dem Boden auf, was der siebte Damall trotz des Regens und der tosenden Wellen deutlich vernehmen konnte. Während er darauf wartete, dass Griff wieder auf die Beine kam, dachte er: Wenigstens ist der Wind nicht allzu stürmisch. Er war zwar stark, aber er blies aus dem Westen und das war gut für sie, denn dann konnten sie mit Rückenwind segeln.

Hätte Griff Fragen gestellt, hätte er sie ihm folgendermaßen beantwortet: Sie würden sich ein Boot nehmen und damit die Insel des Damalls verlassen. Er hatte unterwegs Essensvorräte an einem sicheren Ort versteckt, an dem sie sich auch ausruhen konnten, wenn ihnen erst einmal die Flucht von der Insel gelungen war.

Griff machte ein Boot los und der siebte Damall zog es ins flache Wasser. Sie wateten zu dem Boot hinaus und ließen sich seitlich hineinfallen. Griff setzte das Segel, während der siebte Damall das Boot ins tiefere Wasser stakte. Dort übergab er Griff die Riemen, setzte sich ans Heck und nahm die Ruderpinne. Griff verstaute inzwischen die Riemen im Boot.

Der siebte Damall konzentrierte sich auf das, was ihm das Boot über seinen runden Kiel und das flatternde Segel über Gezeiten, Wind und Strömung mitteilte. Dann holte er das Segel dicht, bis der Wind es blähte und rundete wie eine Frau, in der ein Kind heranwächst. Er hielt die Schot in der linken Hand und die Ruderpinne in der rechten.

So glitt das Boot mit seinen beiden schweigsamen Passagieren in die schwarze Nacht hinaus und bewegte sich zwischen den scharfkantigen Felsen der Hafeneinfahrt so frei und sicher wie ein Seefalke, der in den grenzenlosen Himmel eines sonnendurchfluteten Mittags aufsteigt.

5

Als sie ankamen, zeigte sich gerade der erste, silbergraue Morgenschimmer in der regennassen Luft. Der siebte Damall war als Vorbereitung auf die Flucht die Strecke schon viele Male gesegelt und hatte deshalb auch keine sichtbaren Orientierungspunkte an Land gebraucht. Sie hätten das Boot auch in der Dunkelheit anlanden können, aber bei Tageslicht war es einfacher.

Griff reagierte nur mit einem erstaunten Blick, als der siebte Damall den kurzen, dicken Mast aus seiner Halterung drehte, ihn mit dem Segel umwickelte und dann der Länge nach im Boot verstaute. Jetzt war nicht der richtige Zeitpunkt, um Fragen zu stellen. Der Regen lief ihnen das Gesicht hinunter und durchnässte ihre Umhänge. Sie stiegen ins flache Wasser, hoben das Boot an und trugen es mühselig den steinigen Strand hinauf, wo sie es auf einer flachen Steinplatte hinter großen Felsbrocken versteckten. Dann kippten sie das Boot auf eine Seite, wobei der Mast unter lautem Getöse herausrutschte. Das schräg gestellte Boot bildete einen guten Unterschlupf.

Bevor sie darunter krochen, ging der siebte Damall mit Griff noch ein Stück weit den Strand entlang, wo er nach tagelanger, geduldiger Suche die Überreste eines anderen kleinen Bootes gefunden hatte. Sie hoben den Rumpf, der viel leichter war als ihr eigenes Boot, auf und trugen ihn ans Wasser. Dann standen sie im Regen am Strand und sahen zu, wie die Wellen die Wrackteile hinaus aufs Wasser trugen.

Auch wenn man von der engen Bucht aus, in der sie sich befanden, keine andere Insel sah, so gab es doch zum Festland hin eine ganze Menge davon. Es konnte gut sein, dass jemand auf einer dieser Inseln die angespülten Planken entdeckte und auf dem Markt in der Stadt davon erzählte. Machte die Geschichte erst einmal die Runde, so war es gut möglich, dass sie auch Nikol zu Ohren kam, der sie bestimmt nicht ungern hören würde.

Während die Teile des zerstörten Bootes immer kleiner wurden, gingen die beiden durch den Regen zu ihrem eigenen Boot zurück und schlüpften in ihr geschütztes Plätzchen.

Die letzten Tage und Nächte waren sehr lang gewesen und beide hatten nur wenig Schlaf bekommen. Der siebte Damall zog seine Knie bis ans Kinn hoch. Jetzt, wo alles getan und alles gelungen war, konnte er beruhigt schlafen. Griff hatte sich unter dem Bug zusammengekauert und schlief bereits. Sein Unterkiefer hing schlaff herunter und sein ganzer Körper machte einen erschöpften Eindruck. Ungeduldig wartete der siebte Damall auf den Schlaf, aber obwohl sein Körper vor Müdigkeit schmerzte, zappelten ihm ständig Gedanken durch den Kopf – wie Fische, die am Haken hängen. Er streckte seine Beine aus, doch die Schmerzen ließen nicht nach. Auch als er sich auf den Boden legte und seitlich zusammenrollte wie ein kleiner Junge, fand er keinen Schlaf.

Was hielt ihn bloß wach? Sein Fluchtplan hatte doch hervorragend geklappt.

Unruhig wälzte er sich auf die andere Seite. Als sich dabei kleine, spitze Steine durch den dicken Umhang in seinen Rücken bohrten, setzte er sich zitternd wieder auf. Er schlang die Arme um die Knie und zog sie ganz nahe an seinen Körper heran, um sich selbst, so gut es ging, zu wärmen.

Wenn er sich selbst wärmte, dann war er sein eigenes Feuer. War es vielleicht ein Feuer, das ihn irgendwann einmal verzehren würde? Der sechste Damall hatte am Feuer gelegen, bis der Tod ihn geholt hatte. Und nun gab es einen achten Damall.

Der siebte Damall existierte für die Insel jetzt nur noch in der Vergangenheit, genauso wie der Große Damall und die fünf, die nach ihm gekommen waren. Es gab keinen siebten Damall mehr. Er konnte nicht länger der siebte Damall sein.

Dann sank er schließlich doch in den Schlaf wie eine Leiche, die mit Steinen beschwert und eingehüllt in weiße Laken im tiefen Wasser zu Boden sinkt.

Als der auf das Boot trommelnde Regen ihn am nächsten Morgen weckte, sah er, dass Griff bereits wach war. Im Schlaf hatten ihn neue Sorgen überfallen. »Wir können kein Feuer machen«, sagte er und Griff nickte verständnisvoll. »Ich habe hier auf der Insel etwas zu essen versteckt – Brot, Karotten, Zwiebeln –, aber vielleicht ist es längst durchweicht und nicht mehr genießbar.« Griff nickte zum Zeichen dafür, dass er die Situation akzeptierte.

Er hatte die Lebensmittel in Tücher eingewickelt und sie im Schutz der Felsen versteckt, doch als sie das Brot aus der dicken Kruste pulten, bestand es nur noch aus einer dunkelgrauen weichen Masse, ähnlich wie Haferbrei. Aber die Karotten waren noch genießbar und die Zwiebeln nur ein bisschen schimmelig. Sie aßen, bis sie ihren ärgsten Hunger besänftigt hatten, dann hörten sie auf. Trinkwasser konnten sie sich aus den Löchern in den Felsen holen. Solange es regnete, würde es hier keine Wasserknappheit geben. Als ihre Mägen nicht mehr knurrten, schliefen sie wieder ein und wachten erst auf, als die Sonne unterging und der Regen sich verzogen hatte.

Es war wunderbar, aus der schützenden Behausung zu klettern und im Stehen die Abendbrise zu schnuppern, die frisch und reinigend wie Schnee war. In dieser einsamen Bucht auf einer kahlen Insel, wo hinter ihnen die Felsen steil nach oben ragten wie zwei Arme, die sie eng umschlossen, hatten sie das Gefühl, einigermaßen in Sicherheit zu sein. Im Osten und Süden erstreckte sich vor ihren Augen eine weite, bis zum Horizont reichende Wasserfläche.

Er stand auf und hielt Ausschau in beide Himmelsrichtungen. Griff kam und stellte sich neben ihn. »Du hast dein Versprechen gehalten«, sagte Griff, »vielen Dank dafür. Ich hätte nie gedacht, dass dir das gelingen würde.«

Überrascht fragte er: »Was für ein Versprechen?«

»Du hast mir versprochen, dass ich niemals auf dem Sklavenmarkt verkauft werden würde, auch wenn ich einmal alt genug wäre.«

»Daran erinnere ich mich nicht mehr.«

Es war in deinem dritten Winter, sagte Griff.

»Aber da war ich doch noch ein Kind, nur ein kleiner Junge – wie konntest du so etwas für bare Münze nehmen? Du hättest diesem kleinen Jungen niemals glauben dürfen.«

»Warum nicht?«, wollte Griff wissen.

Er lachte und das Geräusch flog über das langsam dunkler werdende Meer. »Weil ein Kind nicht …«

»Aber du hast dein Versprechen doch gehalten.«

»Das habe ich. In der Tat, nicht wahr?«

Er beugte sich hinunter und hob einen kleinen Stein auf, den er weit aufs Wasser hinauswarf. Als er sich nach einem zweiten Stein bückte, machte Griff dasselbe und so standen sie nebeneinander und schleuderten Steine in die Dunkelheit. »Die Insel hätten wir hinter uns«, sagte er und schleuderte einen faustgroßen Stein so hoch, dass man hätte denken können, er sei ein Vogel.

»Und den Damall sind wir auch los«, sagte Griff.

»Aber ich bin doch der …«

»Nein, du hast mich missverstanden. Ich meinte bloß, dass wir jetzt keine Angst vor dem Damall mehr zu haben brauchen und auch keine Angst vor den anderen Jungen. Du bist kein Damall, vor dem man Angst haben muss, und du wirst auch nie einer werden.«

»Zuerst habe ich meinen Namen verloren«, sagte er.

»Du bist nie grausam gewesen«, sagte Griff.

»Und jetzt auch noch den Titel. Ein Titel ist ja schließlich auch fast ein Name.«

»Was willst du machen?«, fragte Griff.

Er überlegte. »Vielleicht sollte ich mir einen neuen Namen suchen«, meinte er dann.

Griff fragte nicht: *Welchen Namen?*

Doch er hoffte, Griff würde ihn das fragen, weil er sich für diesen Fall eine Antwort zurechtgelegt hatte. Er wartete, aber Griff stellte die Frage nicht. Stattdessen sagte Griff: »Ich habe Hunger.«

»Warte bis morgen. Morgen früh können wir wieder etwas essen.« Ihn störte es nicht, Hunger zu haben, und Griff war mit dem Vorschlag ebenfalls einverstanden.

Obwohl es nicht mehr regnete, schliefen sie in der Nacht wieder unter ihrem zur Seite gekippten Boot. Als sie aufwachten, war Ebbe, die Sonne hing wie ein blasser Ball am Himmel und der Wind wehte aus Süd. Sie teilten sich die Karotten und bissen abwechselnd von der einzigen verbliebenen Zwiebel ab.

»Ich habe überlegt, ob ich nicht ein Küchenmesser mitnehmen soll«, sagte er.

»Nikol hätte das bestimmt entdeckt. Er hat in den letzten Tagen alles beobachtet«, sagte Griff. »Er hat geradezu auf etwas gelauert.«

»Der Damall hätte mir den Dolch nicht noch einmal

geben sollen«, sagte er. »Aber ich verstehe nicht, warum er uns nicht beigebracht hat, wie man kämpft.«

»Vielleicht hat er gedacht, dass das nicht nötig ist. Schließlich konnten sich ja die Jungen, die sich von Natur aus aufs Kämpfen verstehen, das nehmen, was sie wollen. Hättest du es deinen Jungen beigebracht?«

»Ich glaube schon«, antwortete er. »Es hätten ja Piraten angreifen können, und wie hätte ich sonst die Insel und meinen Besitz gegen sie verteidigen sollen?«

»Die Piraten haben den fünften Damall umgebracht, aber das ist lange her«, sagte Griff. »Seither hat niemand mehr einen Piraten gesehen.«

»Und zwar, weil er ihnen den Schatz nicht gezeigt hat.«

»Heißt das denn, dass es den Schatz wirklich gibt?«, fragte Griff. Jetzt, als Griff ihn das fragte, dachte er zum ersten Mal wirklich über die Geschichte vom fünften Damall und seiner verbrannten Hand nach. Er kannte sie zwar schon lange, hatte sich aber noch keine wirklichen Gedanken darüber gemacht. »Wenn ich so darüber nachdenke, bin ich mir sicher, dass der fünfte Damall ihnen doch von dem Schatz erzählt hat, Griff. Jeder Mensch hätte das getan. Stell dir vor, man würde deine Hand ins Feuer halten, um dich zum Sprechen zu bringen, und wenn deine Hand verbrannt ist, dann nehmen sie deinen Arm und halten ihn ins Feuer … Der fünfte Damall ist bald darauf am Wundfieber gestorben und die Schmerzen haben ihm den Verstand geraubt – so hat man es uns doch immer erzählt, oder nicht? Wenn er solche Schmerzen gehabt hat, dann muss er es ihnen gesagt haben.«

»Wenn man mich so quälen würde, würde ich auch

sprechen«, sagte Griff. »Aber ich glaube, du würdest schweigen.«

»Es sind nur ein paar Goldstücke. Und Silberstücke. Ein Beryll. Es ist nur Besitz, nichts Lebendiges.«

»Würdest du denn wirklich Piraten den Schatz der Insel aushändigen?«

»Ich würde es, und zwar mit Recht«, antwortete er. »Doch danach würde ich sie verfolgen, wenn ich könnte, und irgendwann, wenn sie am wenigsten darauf vorbereitet wären, würde ich über sie herfallen und ihnen das wieder abnehmen, was mir gehört. Ich bin mir sicher, dass der fünfte Damall ihnen unter Folter verraten hat, wo der Schatz versteckt ist.«

»Aber dann hätten die Piraten den Schatz doch mitgenommen. Gab es denn auf der Insel überhaupt einen Schatz?«

»Es gab Goldmünzen, Silbermünzen und einen Beryll.«

»Dann können die Piraten den Schatz auch nicht genommen haben«, folgerte Griff. »Der fünfte Damall hat ihnen doch nicht verraten, wo er war. Und du würdest das auch nicht tun.«

»Es sei denn«, hielt er Griff entgegen, »der Schatz war nicht an dem Ort, an dem der fünfte Damall dachte, dass er sei. Es könnte ja auch sein, dass das Versteck, das er ihnen verraten hat, leer war, als die Piraten dort hinkamen.«

Sie saßen auf einem langen, flachen Felsen und schauten aufs Meer hinaus. Ohne es sich einzugestehen waren beide nervös und angespannt. Wenn Nikol ihnen folgte, dann würde er es jetzt tun, solange das Wetter gut war.

»Wer wusste außer dem fünften Damall noch, wo der Schatz versteckt war?«, fragte Griff. Und er gab auch gleich die Antwort: »Niemand. Nur der Junge, der von ihm zu seinem Erben bestimmt war. Und der ...« Der Satz wurde nicht beendet. Griff war nie neugierig gewesen, dazu war er zu ängstlich.

»Was ist mit den anderen?«, fragte Griff stattdessen. »Mit den anderen Jungen, Nikol einmal ausgenommen?«

»Was meinst du damit?«, fragte er.

»Dass sie auf der Insel jetzt unter der Herrschaft des neuen Damalls stehen.« Griff blickte finster aufs Meer hinaus. »Und der ist Nikol«, ergänzte er.

Er versuchte seine Gedanken zu ordnen. »Ich konnte nichts für sie tun. Sie hatten einfach zu große Erwartungen«, sagte er schließlich. »Sicher, ich wäre der nächste Damall geworden, das möchte ich gar nicht bezweifeln. Aber – ich muss meinen eigenen Weg gehen, für mich selbst entscheiden.«

»Und was ist mit mir?«, wollte Griff wissen.

»Du hast mir Schwimmen beigebracht«, sagte er, als wäre das für ihn genug. »Mir kommt das alles bereits sehr weit entfernt vor, geht es dir nicht auch so? Als wäre es schon sehr lange her, auch wenn wir erst zwei Tage von der Insel fort und noch nicht einmal in Sicherheit sind.«

Sie saßen auf dem sonnenwarmen Felsen, über dem die Seevögel kreisten. Er fragte sich, ob Griff sich ebenso wie er an die Angst erinnerte und die Hilflosigkeit und ...

Er stand auf. »Ich war nicht machtlos.«

Aber er hatte sich selbst zur Machtlosigkeit verdammt. Im Kreis um den Prügelbock war jeder Junge ganz für sich allein gewesen. Jeder Junge hatte sich geschämt und sein Herz war zusammengeschrumpelt wie ein Blatt im Feuer oder seine eigene Männlichkeit. Jede Stärke, die sie vielleicht gehabt hätten, war in diesen Augenblicken verkümmert und nutzlos geworden wie die abgeworfene Haut einer Schlange.

»Was hättest du denn schon gegen den Damall ausrichten können?«, fragte Griff.

»Ich hätte ihn angreifen können, und mehr als einmal habe ich schon daran gedacht. Mit einem Holzscheit. Oder mit der Peitsche.«

»Dann hätte er bloß die anderen Jungen auf dich gehetzt.«

»Du hättest mir beigestanden.«

Aber ich wäre der Einzige gewesen, dachte Griff, doch dann sagte er die Wahrheit, denn Griff sagte immer die Wahrheit, wenn er konnte. »Vielleicht hätten das ein paar andere auch mitgemacht.«

»Und ich habe es nie versucht. Weil ich Angst hatte. Jetzt brauche ich nie mehr Angst zu haben.« Da war er sich ganz sicher.

Griff lächelte ihn an. »Vielleicht hast du Recht. Wer weiß das schon? Aber einen sechsten Damall wird es nie wieder geben.«

Es dauerte eine Weile, bis er Griff verstanden hatte, während unter ihnen die Wellen an die Felsen brandeten und er eine Weile auf Griffs Hinterkopf starrte, wo braune Haare über die Schultern im dunklen Umhang fielen.

Dann brauchte er noch mal eine Weile, um zu verstehen, was es hieß, keinen eigenen Namen zu haben.

Wieder dauerte es eine Zeit, in der noch mehr Wellen an die Felsen brandeten, bis ihm klar wurde, dass er es überhaupt nicht gewöhnt war, nicht mehr die Angst als ständige Begleiterin zu haben. Bisher hatte die Angst für seine Sicherheit gesorgt, indem sie ihn ständig vor etwas Fürchterlichem warnte. Die Angst war wie graue, sandig schmeckende Steine in seinem Mund, wie Steine, die ihm im Magen lagen, wie Steine, die sein Herz so fest zusammenquetschten, dass er kaum atmen konnte. In einer Welt, in der sich alles überraschend verändern konnte, der Himmel, das Meer und manchmal auch das Land, vor allem aber die Stimmung des sechsten Damalls und sogar die Gesichter der Jungen auf der Insel, wenn die älteren von ihnen an Händen und Füßen gefesselt zum Verkauf abtransportiert wurden …

In einer solchen Welt war die Angst das Einzige, was Tag für Tag gleich blieb. Auch jetzt hatte er Angst: Angst davor, dass Segel am Horizont auftauchen und sich im Näherkommen als die Boote des Damalls herausstellen könnten. Auch jetzt, wo er von der Insel geflohen war, hatte er Angst.

Er konnte nicht so geduldig hinaus aufs Meer schauen wie Griff. Was wäre, wenn man sie hier finden, gefangen nehmen und zurückbringen würde …?

Er konnte nicht hier sitzen und warten. Also stand er auf und ging vor ans Wasser. Spitze Steine drückten sich durch die weichen Sohlen seiner Schuhe. Er blickte an den Felsklippen empor, schaute zu Griff hinüber, der immer noch dasaß und den Horizont absuchte, und sah auf das leere Meer hinaus.

Ohne ihr Boot wären sie auf dieser Insel rettungslos verloren gewesen. Die hohen Klippen waren so glatt, dass man an ihnen nicht hochklettern konnte. Das Wasser war zu flach und zu steinig zum Fischen und es gab weder Sand noch Schlamm, in den sich Muscheln hätten eingraben können. Auch an den Felsen klebten keine blauschwarzen Muscheln, denn die Strömung war zu stark, als dass sich Seegras an ihnen hätte verfangen können. Es gab hier weder Nahrung noch Wasser und ohne ein Boot, mit dem man die Insel verlassen konnte, würde sie bald zur Todesfalle werden.

Er überquerte den Strand und ging in Richtung Klippen. Wenn er von unten daran hochsah, schienen sie über seinem Kopf hin und her zu schwanken, als wollten sie über ihm zusammenstürzen. Ihm wurde so schwindlig, dass er sich an der Felswand abstützen musste.

Mit den Fingern spürte er etwas Seltsames, und als er hinsah, bemerkte er Buchstaben im Stein – dünne, von der Witterung bereits ein wenig verwaschene Linien. Trotzdem konnte er deutlich fünf Worte erkennen. Es waren offenbar Namen, von denen zwei eng untereinander standen, während zwischen den restlichen drei größere, unregelmäßige Abstände waren.

Die zwei zusammenhängenden Worte waren tiefer als die anderen. Vielleicht waren sie mit einem Messer in den Fels gekerbt worden, überlegte er, während man die anderen lediglich eingeritzt hatte. Sein Blick fiel auf einen der Einzelnamen. Sando, las er, der Name daneben war Millar und der dritte, einzeln stehende Name hieß Corbel, mit einem C, das so hingezittert aussah wie ein verzweifelter Schrei. Da die Namen in verschiedenen Schriften in den Fels geritzt worden waren, hatten die drei Menschen, zu denen sie gehörten, sich vermutlich zu unterschiedlichen Zeiten auf der Felswand verewigt.

Bei den beiden Namen, die tiefer eingeschnitten und auch etwas stärker verwittert waren als der Rest, war das anders. Diese beiden Namen gehörten zusammen, glaubte er. ORIEL, las er und BERYL.

Während er mit einem Finger das O nachzeichnete, wärmte ihm die Sonne den Rücken und er überlegte, welcher Name wohl als Erster in die Wand geritzt worden war, wie lange das her sein mochte und ob diejenigen, die später gekommen waren, wohl durch ihre Vorgänger zu diesen Gravuren angeregt worden waren. Dann wurde ihm mit einem Mal klar, dass er doch erschöpfter sein musste, als er geglaubt hatte. Wie konnte er nur ein solches Geschenk sehen und es nicht auf Anhieb würdigen?

Die beiden Worte BERYL und ORIEL waren zwar ein wenig von Wind und Wetter verwaschen, aber immer noch deutlich zu erkennen. Was ein Beryll war, wusste er. Aber das andere Wort brachte ihn auf einen Gedanken. Rasch lief er zu Griff zurück, der dasaß und noch immer aufs Meer hinausschaute.

»Ich habe in der Felswand dort drüben eingekratzte Namen entdeckt«, sagte er. »Vielleicht ist hier vor langer Zeit einmal jemand gestrandet, schau doch mal …« Er griff unter sein Hemd und seine Finger tasteten nach einem Streifen Stoff, den er sich noch unter dem Hemd um den Körper gebunden hatte. »Zwei Namen haben dort ganz dicht nebeneinander gestanden: Oriel und Beryl.

Verstehst du?« Er holte unter seinem Hemd einen Gegenstand hervor, der in dem Stoffstreifen verborgen gewesen war.

In seiner Handfläche lag ein grüner Stein, der so intensiv schimmerte, als wollten die Lichtstrahlen das Auge direkt in sein grünes Herz hineinlenken.

»Wenn du magst, kannst du ihn anfassen.«

Griff streckte die Hand aus und nahm den Beryll. Der Stein war so lang wie sein Daumen und zweimal so dick.

»Das ist der letzte Beryll.«

»Der letzte? Aber es hieß doch«, meinte Griff, »dass der Insel so lange kein Unglück widerfährt, wie wenigstens noch einer von diesen Steinen dort aufbewahrt wird.«

Das war nicht die Antwort, die er erwartet oder die er sich gewünscht hatte. »Man hat uns auch erzählt«, erinnerte er Griff, »dass der Große Damall mit dem Schwert in der Hand aus dem Meer wiederauferstehen würde, wenn die Insel in Gefahr sei, und zwar mit dem Tod auf seiner Schulter. Was hältst du denn davon? Außerdem hieß es, dass der Große Damall neun Steine bekommen habe, von denen jeder größer als eine Männerfaust sei. Aber ich weiß es besser. Ich habe gelesen, was der Große Damall geschrieben hat: Es gab da einmal einen Prinzen aus einem fernen Königreich irgendwo im Norden, der kaufte dem Großen Damall einen Riesen ab. Der Große Damall hatte den Riesen vor dem Ertrinken im Meer gerettet und der Prinz bezahlte für diesen Mann drei Berylle. Der Große Damall schrieb auf, was der Prinz ihm erzählt hatte. Der Riese sei von Piraten aus dessen Königreich gestohlen worden; daraufhin habe sich der Prinz als

Bettler verkleidet und sei ihnen gefolgt. Als der Prinz sah, wie gut der Große Damall den Riesen behandelte, offenbarte er sich und bot dem Großen Damall die drei Berylle im Tausch. Zwei hat der Große Damall für den Kauf der Insel gebraucht. Das hier ist der letzte.« Er nahm längst nicht alles für bare Münze, was der Große Damall aufgeschrieben hatte, doch das mit den Beryllen glaubte er. An der Existenz des Riesen, des Prinzen und des weit entfernten Königreichs hatte er ebenso seine Zweifel wie daran, dass der Große Damall angeblich so ein ehrbarer Mann gewesen sein sollte; den Beryll hingegen konnte man anfassen.

»Ich werde mich Oriel nennen«, sagte er. »Wie findest du das?«

»Warum?«

»Weil dieser Name hier in den Stein geritzt steht, gleich neben dem Wort Beryl. Verstehst du denn nicht, dass ich einen Namen brauche?« Leise nannte er sich selbst probeweise bei diesem Namen. Oriel. »Kannst du mich so nennen?«

»Ja«, sagte Griff und hob in der abwartenden Stille den Kopf. »Oriel«, sagte Griff. »Ich kann dich Oriel nennen.«

Je öfter der Name ausgesprochen wurde, desto besser passte er zu ihm. »Nenn mich doch noch mal beim Namen«, bat er.

»Oriel«, sagte Griff. »Hast du den Schatz des Großen Damalls mitgenommen, Oriel?«

»Ja. Aber nicht alles. Ich habe ein paar Gold- und Silberstücke für die anderen übrig gelassen.«

»Was geschieht dort jetzt?«

»Ich habe einen Erben ernannt.«

»Nikol?«

»Wenn ich ihn nicht ernannt hätte …«

Griff schwieg lange und strich mit den Fingern immer wieder über den Beryll. »Hier ist etwas …« Er hielt sich den Stein ganz nah vor die Augen. »Schau doch mal, Oriel, ist hier nicht etwas eingeritzt?« Er reichte den Stein seinem Freund.

»Ist das ein Vogel?«, fragte Oriel und neigte den Stein so, dass das Licht der Sonne in einem anderen Winkel auf die Gravur fiel. »Sieht aus wie ein Schnabel, wie ein Kopf und wie ausgebreitete Flügel … Morgen werden wir weitersegeln, Griff, und wenn wir irgendwo Papier bekommen, werden wir das Bild durchpausen und sehen, was es wirklich darstellt. Aber wer graviert etwas in einen solchen Stein?«

Griff wusste keine Antwort darauf.

»Und warum?« Obwohl Oriel das Buch des Großen Damals von vorn bis hinten gelesen hatte, konnte er sich überhaupt keinen Reim darauf machen.

Allmählich ging der Tag dahin, bis sich schließlich der Nachmittag dem Abend zuneigte und die Dunkelheit langsam übers Meer auf die Insel zukroch. Oriel war hungrig und unruhig. Griff, der neben ihm hockte, war vermutlich genauso hungrig, aber keiner von ihnen sprach darüber.

Bald kamen die Sterne heraus, zuerst schwach, wie weit entfernte Segel, dann langsam immer deutlicher. Griff schlüpfte zum Schlafen wieder unter das gekippte Boot, während Oriel am Wasser sitzen blieb und dem Plätschern der kleinen Wellen lauschte. Bald würde der Mond in den schwarzen Himmel steigen und in einer klaren Nacht wie dieser scharfe Schatten werfen.

Eigentlich könnten sie, ging es Oriel durch seinen ruhelosen Kopf, in einer solchen Nacht ebenso gut auch weitersegeln. Doch in der Nacht segelte niemand. In der Nacht zu segeln galt als viel zu gewagt und gefährlich. Außerdem bestand keine zwingende Notwendigkeit dafür, denn selbst wenn Nikol nach ihnen suchen würde, käme er nie auf diese steinige Bucht an der Rückseite einer unbewohnten Insel weit im Osten. Nikol würde sich nicht die Mühe machen, nach ihnen zu suchen. Es sei denn …

Es sei denn, er wäre auf der Suche nach dem Schatz. Nikol hatte das Buch des Großen Damalls nicht gelesen, denn Lesen war ihm immer zu anstrengend gewesen. Also konnte er nicht wissen, dass sich im Schatz nur noch ein Beryll befand, und er glaubte möglicherweise, dass Oriel viele dieser Edelsteine gestohlen hätte. Nikol würde lange und ausdauernd danach suchen, ebenso wie nach all den anderen sagenhaften Reichtümern, die die Kästchen unter dem Boden des Hühnerstalls niemals wirklich enthalten hatten.

Oriel stand auf. Er drehte sich um und starrte in die Dunkelheit hinter den Klippen und anschließend wieder aufs Wasser hinaus. Es wäre besser gewesen, wenn sie noch in dieser Nacht losgesegelt wären, wenn sie überhaupt nur nachts segeln würden.

Jetzt war es dafür aber schon zu spät, denn der Wind hatte sich bereits gelegt. Wenn sie bis zum Morgen keinen Hafen fanden und Nikol sie suchen würde, dann …

Außerdem wäre es tollkühn, blind draufloszusegeln, und nachts war man in unbekannten Gewässern so gut wie blind, besonders dann, wenn ein starker Wind blies.

Hier kannte er alles. Hier hatte er festen Boden unter den Füßen, harten Fels, und war nicht auf dem Wasser. Hier war er sicher im Schutz der Dunkelheit.

Man segelte nicht bei Nacht. Niemand war so verrückt, so etwas zu tun.

Oriel ging zu ihrem Boot und kroch unter dessen schützenden Rumpf. Bald hatte der Schlaf ihn übermannt, so als hätte der nur darauf gewartet, dass Oriel endlich auf ihn hörte, sich neben ihn legte und sich von ihm in seine weichen Arme nehmen ließ.

6

Als sie aufwachten, stand die Sonne bereits hoch am Himmel. Sie hatten Mühe, das Boot wieder aufzurichten. Oriel führte das auf den Hunger und den Durst zurück, die ihnen die Kräfte geraubt hatten. Nachdem er die kleine Bucht als Schlupfwinkel ausgewählt hatte, war es ihm nicht möglich gewesen, genügend Lebensmittel herzubringen, denn es war nicht ungefährlich, Dinge aus der Speisekammer zu entwenden. Wenn jetzt nur deswegen alles scheitern sollte, weil er damals kein größeres Risiko eingegangen war …

Aber noch waren sie nicht gescheitert. Sie waren hier, sie waren sicher und es war bereits der dritte Morgen seit ihrer Flucht von der Insel. Auch wenn sie nicht überlebten, so hatten sie wenigstens nicht versagt. Unter Aufbietung all seiner Kraft gelang es Oriel, das Heck aufzuheben, während Griff mit Schultern und Rücken den Bug hochwuchtete. Heftig keuchend kamen sie zwölf Schritte weit, dann mussten sie das Boot wieder absetzen.

Als sie neue Kräfte gesammelt hatten, hoben sie das Boot erneut an, balancierten sein Gewicht aus und schafften nochmals zwölf Schritte, bevor sie es wieder absetzen mussten.

Auf diese Weise erreichten sie langsam den Strand. Als der Kiel im Wasser schwamm, musste nur noch der Mast aufgerichtet und in seine Halterung geschoben werden. Als das geschehen war, befestigte Oriel ihn mit einem Holzzapfen.

Dann kletterten Oriel und Griff ins Boot, nahmen jeder ein Ruder und paddelten damit ins tiefere Wasser. Griff ließ den Querbaum herunter, der am Mast befestigt gewesen war, und dann öffnete sich das Segel. Der Wind blies aus Nordost und blähte das Tuch. Die Sonne schien und tanzte auf der bewegten Oberfläche des Wassers, die das Licht auf die Gesichter der beiden Jungen reflektierte. Der Himmel war blau und wolkenlos. Rasch lag die Bucht hinter ihnen und bald auch die kahle Felseninsel.

Griff fragte nicht, wo die Reise hingehen sollte, auch dann nicht, als Oriel den direktesten unter diesen Windverhältnissen möglichen Westkurs steuerte. Dadurch kamen sie nicht allzu schnell voran und auch der Wind, der gegen Mittag immer mehr abflaute, schien ihnen nicht mehr wohlgesinnt. So langsam wie ein auf dem Wasser treibendes Blatt bewegten sie sich auf zwei Inseln zu, die aus der Entfernung nur eine Handbreit voneinander entfernt schienen. Griff und Oriel wussten aber, dass sie in Wirklichkeit mehrere Hundert Schritte auseinander lagen. Von diesen Inseln aus war es nicht mehr weit bis zur Insel des Damalls. Im Norden konnte man schon die grüne Küste des Festlandes erkennen.

»Da sind Segel«, sagte Griff und deutete nach Osten. »Kannst du erkennen, ob es zwei Boote sind oder doch eher drei?« Oriel und Griff wussten, wie schlecht man über größere Entfernungen auf dem Meer sehen konnte.

Oriel bückte sich und schaute unter dem Querbaum hindurch. Für sein Gefühl waren da mindestens zwei, vielleicht auch drei oder sogar vier winzige Punkte von derselben rotbraunen Farbe, wie sie auch das Segel ihres Bootes hatte. »Halten die Kurs auf uns?«

»Das kann ich nicht beurteilen«, sagte Griff. »Was meinst du, Oriel?«

Oriel wusste auch nicht, ob das Nikols Boote waren, die auf der Suche nach ihnen waren, und genauso wenig wusste er, ob ihr Segel für die Menschen auf diesen Booten zu erkennen war. Er war sich nicht sicher, ob er das Segel nicht lieber einholen sollte, denn schließlich war es das Auffälligste an ihrem Boot. Er war sich nicht sicher, ob …

Doch die drohende Gefahr ließ ihm keine Wahl. Oriel drehte das Boot, bis der Wind, der inzwischen aufgefrischt hatte, direkt von hinten kam. Das war der günstigste Kurs, auf dem sie am meisten Fahrt machten. Nach Südwesten, fort von den Segeln, die sie möglicherweise verfolgten. Griff hielt nach hinten Ausschau, während Oriel darauf achtete, dass das Boot genau vor dem Wind blieb. Falls man sie wirklich verfolgte, würden sie auf diesem Kurs bei dem Vorsprung, den sie hatten, den anderen Booten davonfahren. Oriel spürte den Druck auf die Ruderpinne und die Schot in seinen Händen und sah, wie das Boot schnell durchs Wasser pflügte.

Er traute sich nicht, den Kopf zu drehen, beobachtete nur Griffs Gesicht und war nicht überrascht, als Griff nach einiger Zeit meldete: »Sie sind nicht mehr da. Ich habe sie jetzt schon eine ganze Weile nicht mehr gesehen. Ich glaube, jetzt sind wir sie los.«

»Noch ein bisschen«, entschied er.

Als er das Boot wieder auf den alten Kurs brachte, war es bereits Nachmittag. Sie waren so weit aufs Meer hinausgesegelt, dass am Horizont nur noch eine dünne, graue Linie zu erkennen war, die gut und gerne eine weit entfernte Wolkenbank hätte sein können. Oriel aber hoffte, dass der undeutliche Strich das Festland war. Er wendete das Boot und segelte in einem Zickzack-Kurs, der abwechselnd nach Norden und nach Westen führte, über das leere Wasser. Er hoffte inständig, dass irgendwo am Horizont eine Insel auftauchen würde. Eine Insel wie die des Damalls, mit grünen Hügeln und grauer Felsküste. Einen Strand zum Anlanden würde er dann schon finden.

Im Lauf des Nachmittags näherten sie sich einigen unbekannten Inseln, auf denen sie zunächst keinen Landeplatz fanden. Schließlich aber entdeckten sie auf einer Insel doch noch einen schmalen Kiesstrand.

»Ich hoffe, es gibt Wasser auf dieser Insel«, sagte Griff. »Vielleicht einen Bach oder eine Quelle.«

»Das hoffe ich auch«, sagte Oriel. Ihm war erst jetzt bewusst, wie trocken sein Mund war und wie viel Durst er hatte. Außerdem erkannte er, dass er, als er angesichts der dräuenden Gefahr den Kurs gewechselt hatte und einfach vor dem Wind dahingesegelt war, ihrer beider Leben aufs Spiel gesetzt hatte.

Bis sie das Boot den Strand hinaufgezogen und zur Sicherheit gegen die Flut an einem Felsen vertäut hatten, wurde es bereits dämmrig. Hoch oben auf den Klippen der Insel, die von Wind und Wetter so glatt geschliffen waren, dass sie wie die riesigen Flanken noch riesigerer Tiere aussahen, hoben sich vor dem Hintergrund des dunkel werdenden Himmels ein paar Bäume ab. »Lass uns jetzt schlafen und morgen machen wir uns beim ersten Licht auf die Suche nach Wasser«, sagte Oriel.

»Ich hatte vorhin Angst, dass wir womöglich nie wieder Land erreichen würden«, sagte Griff. »Ziemlich lange hatte ich Angst. Aber du hast deine Sache gut gemacht, Oriel. Du – ich weiß nicht, wie du es immer wieder schaffst, aber wir sind nicht mehr auf der Insel und wir sind in Sicherheit und … du hast es eben geschafft.«

Oriel hörte die Bewunderung in Griffs Stimme und wusste, warum Griff so empfand. Aus seinem Blickwinkel aber sah die ganze Sache ein wenig anders aus. Als er in Gedanken noch einmal all die Fehler durchging, die er gemacht hatte, wurde ihm klar, wie viel Glück sie bei ihrer Flucht gehabt hatten. Oriel wusste genau, wo sie jetzt wären, wenn ihnen das Glück nicht hold gewesen wäre. Sein erster Fehler war gewesen, dass er Nikol nicht getötet hatte, als er den Dolch in der Hand gehabt und der Damall ihn auch noch dazu ermuntert hatte.

Doch was war das für ein Leben, wenn man jemanden töten musste, um den Platz einnehmen zu können, der einem gebührte? Was für eine Welt war das, wo man andere unterdrücken musste, wenn man selbst an die Spitze wollte? Das war doch genauso, als müsse man andere Menschen mit dem Kopf unter Wasser drücken und ertränken, damit man selbst an der Wasseroberfläche blieb.

Oriel hatte seine Sache bei weitem nicht so gut gemacht, wie er sie hätte machen müssen, und dieses Unvermögen hätte ihn und Griff beinahe das Leben gekostet. Zu ergründen, wieso das doch nicht der Fall war, fand er sehr viel wichtiger als sich selbst auf die Schulter zu klopfen und sich zu versichern, wie gut man sich geschlagen und wie weit blickend man geplant hatte. Wenn er am Leben bleiben wollte, dann war es wichtig, dass er auch weiterhin ehrlich mit sich selbst war.

Die beiden wickelten sich in ihre Umhänge und legten sich auf die Felsen zum Schlafen. Manchmal schimmerten der Mond oder die Sterne durch die lang gestreckten Wolken, die hoch über ihnen vorbeizogen. Oriel schlief rasch ein, wachte aber bald wieder auf und hörte das Wasser plätschern, sah die Sterne und roch die salzige Luft, bis er schließlich zurück in den Schlaf sank.

Frühmorgens zogen sie ihre Schuhe und Hosen aus und wateten mit nackten Beinen in das eisige Meer, um blauschwarze Muscheln von den Felsen zu lösen, die sich dort unter dem Seetang festgeklammert hatten. Oriel schlug mit dem Feuerstein Funken, um Feuer zum Kochen zu machen. Als das zusammengesammelte Treibholz eine ordentliche Glut entwickelt hatte, bedeckten sie es mit Tang, auf den sie die Muscheln und eine weitere Schicht Tang legten. Salzig riechender Dampf stieg auf, während die Muscheln in ihren Schalen garten, bis sie eine nach der anderen aufsprangen.

Jede Muschel enthielt ein paar Tropfen Flüssigkeit und einen Bissen feuchtes Fleisch. Während das Feuer niedergebrannt war, hatten sie vergeblich nach einem Bach oder einer Quelle gesucht, aber die saftigen Muscheln stillten sowohl ihren Durst als auch ihren Hunger.

Als sie satt waren, legten sie sich in die Sonne.

»Wir sind immer noch zu nah an der Insel des Damalls. Das ist nicht gut«, sagte Oriel. »Wir segeln heute Abend wieder los und suchen uns weiter entfernt einen neuen Landeplatz.«

»Segeln wir dann in Richtung Festland?«, fragte Griff.

»Der Große Damall hat doch vom Nordstern geschrieben und wie die Deichsel des Großen Wagens darauf hindeutet. Erinnerst du dich?«

»Ja, ich erinnere mich.«

»Wenn ich weiß, wo Norden ist, weiß ich auch, wo Süden ist. Und wenn ich Norden und Süden kenne, dann kann ich auch sagen, wo Nordwesten ist. Und im Nordwesten liegt das Festland.«

»Wir segeln also schon in Richtung Festland, oder?«

»In der Nacht ist kein anderes Boot unterwegs. Du müsstest Ausschau nach Felsen halten, aber wenn die Nacht klar ist, wirst du keine Probleme damit haben.

Dann müssen wir nur noch genügend Abstand zu den Inseln halten und hoffen, dass der Wind günstig und die Wellen nicht zu hoch sind. Und wenn uns dann das Glück weiterhin hold ist und meine Segelkünste ausreichen, werden wir bei Nacht genauso sicher unterwegs sein wie am Tag. Sicherer sogar, solange wir noch so nah an der Insel des Damalls sind.«

»Du kannst jetzt schlafen, Oriel«, sagte Griff. »Ich halte Wacht.«

Nachdem der Mond aufgegangen war, segelten sie bei stetigem Wind los. Oriel lenkte das Boot auf nordwestlichen Kurs, was bedeutete, dass er zwischen vielen Inseln hindurchmanövrieren musste. Einige davon waren so klein, dass nur ein einziger Baum auf ihnen stand. Andere wiederum waren groß genug, dass sich ein paar Häuser an einer Bucht duckten, in der Fischerboote auf dem schwarzen Wasser schaukelten. Die dunklen Inseln hoben sich klar vom sternenübersäten Himmel ab und die Nachtluft war so kalt, dass Oriel und Griff in ihrem Boot mit zusammengebissenen Zähnen vor sich hin zitterten.

Nach einiger Zeit brach Griff das Schweigen, das nur vom Wispern des Windes und dem Glucksen des Bootes im Wasser erfüllt gewesen war. »Ich kann mich kaum mehr ans Festland erinnern«, sagte er.

»Weißt du, ob auch ich von dort komme?«, fragte Oriel.

»Vermutlich schon, denn schließlich hat sich der Damall seine Jungen immer vom Festland geholt. Aber sicher ist es nicht. In den Büchern steht, dass im Lauf der Jahre auch ein oder zwei Jungen am Strand der Insel gefunden wurden. Irgendwer muss sie dort abgesetzt haben. Aber über dich steht nichts in den Büchern ...« Griffs Stimme verlor sich zwischen den Geräuschen des Windes und des Wassers.

»Aber sicher weißt du es nicht. Das kannst du auch gar nicht wissen. Ich weiß es ja selber nicht.« Dass seine Vergangenheit so im Dunkeln lag, hatte für Oriel auch etwas Beruhigendes, denn damit war er einer von vielen. Und weil er keine Geschichte hatte, stand ihm jede Art von Zukunft offen, denn er war nur sich selbst verantwortlich.

»Ich erinnere mich an nichts mehr. Ich glaube, ich war sehr jung, als ich auf die Insel kam.«

»Das stimmt. Du bist ein kleiner Junge gewesen.«

»Ich glaube, ich erinnere mich dunkel an dich und an den Damall.«

Griff erwiderte nichts.

Plötzlich kam Oriel etwas in den Sinn: »Woran erinnerst du dich eigentlich, Griff? Wie alt bist du gewesen, als du auf die Insel gekommen bist? Möchtest du denn nicht herausfinden, woher du kommst, und wieder dorthin zurückkehren? Fällt dir irgendetwas aus deiner Vergangenheit ein? Kannst du dich noch erinnern?«

Griffs Gesicht schimmerte im Licht des Mondes ganz blass, als er den Kopf hob und Oriel ansah.

»Pass auf die Felsen auf«, sagte Oriel.

»Ich erinnere mich an dich«, sagte Griff und wandte seinen Kopf wieder dem dunklen Wasser zu. »Wenn ich zurückdenke, dann erinnere ich mich an dich, weil ... ich sehr einsam war. Ich weiß nicht, wie lang das so ging, aber besonders lang kann es nicht gewesen sein. Ich weiß es eben nicht. Ich war einsam und ängstlich. Ich kann mich nur an die Nächte erinnern, so als wäre es ständig Nacht gewesen. Aber ich denke, dass ich mich vielleicht deshalb so einsam und ängstlich gefühlt habe, weil ich vorher etwas anderes gekannt habe als die Insel. Meinst du nicht auch?«

»Ich weiß nicht.«

»Ich denke, dass ich vielleicht Brüder und Schwestern gehabt habe, und dunkel glaube ich mich an sie erinnern zu können – aber ich bin mir nicht sicher, ob ich das nicht vielleicht geträumt habe oder ob ich es nur einfach gerne so gehabt hätte, verstehst du, was ich meine?«

Oriel schüttelte den Kopf.

»Der Damall hat mir erzählt, dass man mich zu ihm gebracht habe, weil niemand mich hätte haben wollen. Aber wir wissen ja, dass der Damall oft nicht die Wahrheit gesagt hat.«

»Besonders dann nicht, wenn er einen damit verletzen konnte«, pflichtete Oriel ihm bei.

»Aber immer hat er auch nicht gelogen«, kamen Griffs Worte aus der Dunkelheit am Bug des Bootes.

»Ich wäre nie so ein Damall wie er geworden«, sagte Oriel. »Ich hätte vieles anders gemacht. Vergiss nicht auf die Felsen aufzupassen«, erinnerte er Griff noch einmal.

»Aber er hat nie daran gedacht, dich zum siebten Damall zu machen«, sagte Griff.

»Red doch keinen Blödsinn«, entgegnete Oriel und umklammerte fest die Ruderpinne.

»Er wollte immer, dass Nikol sein Nachfolger wird.«

»Nein, das stimmt nicht. Er hat mir schließlich gesagt, dass ich sein Nachfolger werden soll. Außerdem hat er mir den Schatz gezeigt, und als ich den Kampf gewonnen hatte, hat er mich vor euch allen zu seinem Nachfolger ernannt.«

Alles, was Oriel von Griff sehen konnte, war ein dunkler Schatten, der am Bug saß und ins Wasser starrte.

»Griff?«

»Glaubst du das denn wirklich, Oriel? Ich habe das nie so gesehen.«

»Aber warum hat er mich dann ausgewählt?« Im Grunde seines Herzens war Oriel bereits überzeugt, dass Griff Recht hatte.

»Um Nikol dazu zu bringen, dass er das tut, was der Damall will. Du weißt doch, was mit dem fünften Damall passiert ist, Oriel, oder nicht? Hast du denn nie darüber nachgedacht, wer der sechste wurde?«

Diese Frage war Oriel noch nie in den Sinn gekommen. Aber weil das Steuern des Bootes im Augenblick seine ganze Aufmerksamkeit beanspruchte, sagte er nichts. Er sah hinauf zum dunklen Segel und dachte über den Verrat des sechsten Damalls nach und darüber, was der achte Damall jetzt wohl tat. Wir *können nie wieder auf die Insel zurück, so viel steht fest,* hätte er fast zu Griff gesagt, doch dann entschloss er sich dagegen, denn er war froh, dass sie nie wieder auf die Insel zurück*mussten.*

»Hätte ich ihn denn umbringen sollen?«, fragte Oriel in die Dunkelheit hinein.

Zum Glück tat Griff gar nicht erst so, als würde er ihn nicht verstehen. »Ich denke nicht, aber weil du es nicht getan hast, mussten wir fliehen. Ich jedenfalls war froh, dass du ihn nicht getötet hast. Jedes Mal. Du hattest oft Gelegenheit dazu, aber du hast es nicht getan und deshalb bin ich stolz auf dich, auch wenn Nikol immer eine Gefahr für uns und andere darstellen wird.«

Das Problem war, dass Oriel es immer schon verdient gehabt hätte, zum Nachfolger des Damalls ernannt zu werden. Schließlich war er der Beste von allen Jungen auf der Insel gewesen. Das hatte niemand besonders betonen müssen, denn es war so offensichtlich gewesen. Auch Nikol hatte es gewusst und niemals angezweifelt. Nikols Zweifel hatten sich einzig und allein darauf bezogen, ob die Tatsache, dass Oriel besser war als er, auch zwangsläufig bedeuten musste, dass er, Nikol, nicht der nächste Damall werden konnte.

Oriel war immer davon überzeugt gewesen, dass er es verdient gehabt hätte, über die Insel zu herrschen. Er hatte niemand töten müssen, um das zu beweisen. Für ihn hatte es nicht der Schwäche anderer bedurft, um seine eigene Stärke zu beweisen. Er war, was er war: die erste Wahl.

Sie segelten durch die Nacht, durch fremdes Herrschaftsgebiet, durch unbekannte Gewässer. Im ersten Tageslicht entdeckte Oriel eine Insel mit einer sich nach Osten öffnenden Bucht und niedrigen Hügeln, auf denen Bäume ohne Blätter standen. Die Strapazen der ungewissen nächtlichen Segeltour hatten ihn erschöpft. Griff holte das Segel ein und ruderte das Boot an Land. Als Erstes entdeckten sie einen Bach, der einen steilen Hügel hinunterfloss und ganz in der Nähe ihrer Bucht ins Meer mündete.

Nirgends auf der Insel stieg Rauch auf. Oriel ging mit der Festmacheleine des Bootes an Land, band sie aber erst fest, nachdem er sich flach auf den Bauch gelegt und von dem köstlichen Süßwasser des Baches so viel getrunken hatte, wie er nur konnte.

Dann rollte er sich vollkommen erschöpft auf den Rücken. »Du hältst Wache«, sagte er zu Griff und kurz darauf waren ihm auch schon die Augen zugefallen.

Als er wieder aufwachte, schien ihm die Sonne warm auf den Rücken und er hatte das Gefühl, dass seine Füße in den weichen Schuhen angeschwollen waren. Mit der Wange lag er auf den scharfkantigen Schalen zerbrochener Miesmuscheln und in die Nase drang ihm ein Geruch nach Erde, Salz, dürrem und verrottetem Gras und Wurzeln. Als Oriel sich auf den Rücken wälzte, blendete ihn das Sonnenlicht zunächst so sehr, dass er sich mit den Fingern die Augen rieb.

Griff stand aufrecht an einen Baum gelehnt und hatte die Augen geschlossen. Die Bootsleine hatte er um den Baum gewunden und mit dem Ende an sein Bein gebunden.

Oriel setzte sich hin und stand dann auf.

Griff riss die Augen auf.

»Jetzt bist du mit Schlafen dran«, sagte Oriel.

Als Griff die Leine von seinem Bein lösen wollte, verlor er das Gleichgewicht und sank vor lauter Erschöpfung zu Boden, wo er auf der Stelle einschlief. Obwohl ihm die Sonne direkt ins Gesicht schien, wachte er nicht wieder auf.

Es war mitten am Tag und die Sonne stand hoch am

Himmel. Oriel ging noch einmal zu dem Bach hinüber und trank von dem kühlen, frischen, belebenden Nass.

Dann hob er den Kopf und blickte aufs Meer hinaus. Auf dem dunkelblauen Wasser zwischen den Inseln, die ruhig und friedlich in einiger Entfernung lagen, war kein einziges Boot zu sehen. Von dort her drohte ihnen im Augenblick keine Gefahr. An Land hörte Oriel keine menschliche Stimme und konnte auch keine menschliche Behausung entdecken. Er erinnerte sich daran, dass er im Boot ein Fischernetz mitgebracht hatte.

Während Griff hinter ihm tief und fest schlief, stapfte Oriel allein unter der hellen Mittagssonne durch das kalte Wasser der Bucht und zog das Netz hinter sich her. Er wusste, dass sie auf dieser Insel bleiben, sich eine Hütte bauen, einen Garten anlegen und im Meer fischen konnten. Aber er wusste auch, dass sie nach Süden segeln konnten, wo es auf dem Festland große Städte und sonnendurchglühte Felder gab. Und er wusste, dass er endlich einen eigenen Namen hatte …

Laut lachend warf Oriel die Arme in die Luft. Das Netz sank auf den steinigen Grund der Bucht und die Fische, die Oriel schon darin gefangen hatte, schwammen davon. Oriel lachte noch immer aus voller Kehle. Er war nicht mehr auf der Insel des Damalls, er besaß Gold- und Silbermünzen, und falls sie wirklich in Not geraten sollten, hatte er immer noch den letzten Beryll aus dem Schatz des Großen Damalls. Darüber hinaus war Griff bei ihm und in Sicherheit und er hatte endlich einen Namen – Grund genug also, um vor lauter Freude und Triumph laut herauszulachen.

Dann tastete er unter Wasser nach den Griffen des Netzes und nahm sie wieder in die Hände. Als er es schließlich aus dem Meer zog, waren mehr Fische darin, als sie beide trotz ihres Hungers essen konnten. Um den Rest des Fanges frisch zu halten, legte er die Griffe des Netzes aufeinander, befestigte sie an der Ruderpinne und hängte das auf diese Weise geschlossene Netz ins Wasser. Die Fische, die sie essen wollten, tötete er mit einem Stein und nahm sie mit Hilfe einiger scharfkantiger Muschelschalen aus. Dann steckte er sie auf kleine Äste und garte sie so über einem Feuer, das er am Strand entzündet hatte. Der Duft, den sie ausströmten, ließ Griff wieder aufwachen. »Was ist los?«, fragte er. »Hast du ...?«

»Ich habe ein paar Fische gefangen.«

»Ich habe ganz vergessen ...« Griff war noch immer nicht ganz wach.

»Die Fische sind fast fertig. Im Netz habe ich noch mehr davon. Ich habe es hinten ans Boot gehängt, dort halten sie es eine Weile aus.«

Sie aßen, bis sie satt waren, und dann noch mehr, um nichts von dem gegarten Fisch übrig zu lassen. Danach setzten sie sich ans Wasser und sahen den kleinen Wellen zu, die ans Ufer schwappten. Ihr Boot schaukelte auf dem Wasser und zerfaserte Wolken zogen langsam über den Himmel.

»Im Meer ist immer etwas Essbares zu finden«, sagte Oriel. »Fische, Krebse und Muscheln. Das ganze Jahr über gibt es blaue, graue oder weiße Muscheln.«

»Wo wollen wir hin? Auf eine Insel oder aufs Festland?«, fragte Griff.

»Auf dem Festland gibt es Frauen.«

»Willst du in die Stadt mit dem Markt?«, fragte Griff. »Du bist doch oft dort gewesen und kennst das Land und die Leute.«

»Aber die Stadt liegt zu nah an der Insel des Damalls. Es ist gefährlich, dort zu bleiben.«

»Ich vertraue dir«, sagte Griff. »Ich weiß, dass du die richtige Entscheidung fällen wirst.«

»Vielleicht sollten wir nach Südwesten gehen, zu den Städten jenseits von Celindon«, überlegte Oriel. »Wir könnten die restlichen Fische auf dem Festland verkaufen.«

»Vielleicht für Brot«, schlug Griff vor und lächelte. Sein Gesichtsausdruck war der eines Menschen, der durch eine falsche Entscheidung viel zu verlieren hat, obwohl er in Wirklichkeit nie etwas besessen hatte, was er hätte verlieren können. Griffs Lächeln kam Oriel vor wie ein Fremder, der in seinem Gesicht zu Besuch war und auf der Reise in eine andere Stadt nur mal kurz nach dem Weg fragte.

»Ich finde, wir sollten noch heute zum Festland segeln und dort einen Bauernhof suchen, wo wir unsere Fische gegen Brot tauschen können. Vielleicht bekommen wir dort ja auch ein Bett für die Nacht. Vielleicht weiß der Bauer, ob es irgendwo in einem Ort oder einer Stadt Arbeit gibt für zwei Burschen wie uns. Zum Beispiel als …« Oriel fiel nichts mehr ein, aber Griff war bereits aufgesprungen und drängte zum Aufbruch.

Mit günstigem Wind segelten sie an der Küste entlang, von einer Insel oder Halbinsel zur nächsten. Um die beiden größeren Städte machten sie dabei einen Bogen, denn in der einen war der Damall immer auf den Markt gegangen und die zweite lag gefährlich nah bei der ersten. Kurz darauf zeigte Oriel Griff die Silhouette der Stadt Celindon, die hinter einem doppelten Mauerring auf ein paar steilen Hügeln lag. Am Abend erreichten sie einen breiten Meeresarm, wo sich eine von einer dichten Reihe von Bäumen umgebene Wiese bis ans Wasser erstreckte. Auf dieser Wiese stand ein kleines Haus. Nachdem sie die Halteleine des Bootes an einer Felsnase und zur Sicherheit noch einmal an einem jungen Baum befestigt hatten, gingen sie an Land. Griff schleppte das Netz mit den Fischen.

An der Hinterwand des einsamen Hauses war ein Schuppen angebaut und im Garten daneben standen drei Obstbäume in voller Blüte. An einem Weg, der zum Haus führte, befand sich ein Brunnen. Oriel erkannte sofort, dass es sich um keinen Bauernhof handelte, aber er dachte, dass sie hier trotzdem ihr Glück versuchen könnten. Neben dem Brunnen stand ein Eimer und daraus schloss er, dass das Haus bewohnt war.

Man hatte sie offenbar beim Überqueren der Wiese beobachtet, denn die Haustür wurde geöffnet, kaum dass Oriel daran geklopft hatte. In der Tür stand eine kleine, in eine braune Decke gehüllte Frau. Ihren weißen Haaren nach zu schließen war sie bereits ziemlich alt. Sie sah die beiden Jungen kaum an, sondern suchte mit raschen Blicken die Gegend hinter ihnen ab.

»Schnell«, sagte sie mit einer krächzenden Stimme, die klang, als ob sie den ganzen Tag lang geschrien hätte. Mit einer Hand hielt sie sich die Decke vor den Leib, die andere hatte sie an der Tür.

»Schnell, kommt rein«, drängte sie abermals.

Auf der steinernen Schwelle blieb Oriel zögernd stehen und Griff ließ das Netz mit den Fischen von seiner Schulter gleiten. Sie spürten, wie ihnen aus dem Haus eine unbestimmte Angst entgegenquoll, wie Wasser aus einem Brunnen.

»Ihr Burschen seid ja noch halbe Kinder«, sagte sie. »Ihr habt ja *keine Ahnung* – hier drinnen seid ihr in Sicherheit. Macht schnell!«

Sie gehorchten und traten über die Schwelle. Kaum waren sie im Haus, schlug die Frau die Tür zu und legte den Riegel vor.

7

Sie ließ ihnen keine Zeit zum Nachdenken. Bevor Oriel sich fragen konnte, ob es klug war, ihr ins Haus zu folgen, waren er und Griff auch schon drinnen und die Tür hinter ihnen verriegelt.

Die alte Frau ging an ihnen vorbei zum Tisch und zündete eine Kerze an. Dann ließ sie ihre Decke auf den Boden fallen. Darunter trug sie eine Art Männerhemd, das ihr bis fast an die bleichen Knie reichte. Einen Rock trug sie nicht. An ihren Schuhen hatten sich die Sohlen teilweise vom Oberleder gelöst, so dass sie bei jedem ihrer Schritte lose herumschlappten.

Oriel wollte sie eigentlich nicht anstarren, aber er konnte den Blick nicht von ihr wenden. Ihre Haare hingen ihr dünn und weiß ins faltige Gesicht, und als sie heftig durch den geöffneten Mund schnaufte, sah Oriel, dass sie nur noch wenige Zähne hatte, die alle so braun waren wie Seetang. Er wusste nicht, wie er sie ansprechen sollte.

Sie ließ ihm keine Zeit zum Nachdenken. »Warum schicken die bloß immer Jungen zu mir, wo wir doch schon Frühling haben? Und ihr wisst doch genau, dass ihr nicht bei Tag kommen dürft. Und dann lungert ihr auch noch vor meinem Haus herum!« Sie schüttelte den Kopf und sah mit ihren wässrigen, gelben Augen erst Oriel und dann Griff an.

Gerade als Oriel ihr einen Fisch im Tausch gegen etwas Brot anbieten wollte, wandte sie sich ab. »Fast erwachsene Männer, fast ausgewachsen, besonders der Braunhaarige«, murmelte sie vor sich hin. »Keine kleinen Kinder mehr. Was denken die sich bloß?« Sie kam wieder auf die beiden zu und stupste sie mit dem ausgestreckten Finger an.

»Was denken sich die Männer von Selby bloß, wenn sie euch herschicken?«

»Uns hat niemand hergeschickt«, erwiderte Oriel.

»Woher wusstet ihr dann, wo ihr mich findet?«

»Das wussten wir gar nicht.«

»Lügner«, murmelte sie. »Aber was kann man von einem Jungen schon erwarten, außer dass er lügt? So ist die Welt nun mal.«

»Hör mir bitte zu, Großmütterchen«, sagte Oriel, der

sich zu seiner Erleichterung daran erinnerte, wie auf dem Markt die alten Frauen angeredet worden waren. »Wie kommst du denn darauf, dass jemand uns hergeschickt hat? Wir sind nur hier, weil wir unseren Fisch gegen Brot eintauschen wollten. Hast du denn welches?«

»Wenn ich nichts esse, dann sterbe ich und deswegen schicken sie mir dauernd etwas zu essen. Brot, Fisch, Käse, Zwiebeln und Rüben. Jeden Morgen steht irgendwelches Zeug vor der Tür. Sie lassen mich schon nicht verhungern. Sie haben Angst, dass ich sterben könnte. Deshalb haben sie mir auch dieses Haus hier gegeben«, sagte sie, nickte und tippte sich mit dem gekrümmten Zeigefinger seitlich an den Kopf. »Die Herren von Selby haben mich aus ihrem Ort vertrieben und mich hierher geschickt. Aber setzt euch doch. Solange ihr hier bei mir bleibt, seid ihr in Sicherheit. Ich habe kein Feuer brennen und die Fensterläden lassen kein Licht nach draußen. Und wenn die Soldaten wirklich kommen sollten, dann weiß ich ein sicheres Versteck.« Sie setzte sich auf den einzigen Hocker im Raum.

»Wir möchten eigentlich nur unseren Fisch gegen Brot eintauschen«, sagte Oriel, aber die Frau schien durch ihn und Griff hindurchzublicken.

»Setzt euch auf das Bett oder den Fußboden«, meinte sie bloß.

Ein Hocker, ein kleiner, viereckiger Tisch, ein Bett, das war alles, was die alte Frau an Möbeln besaß. »Hast du Brot, Großmütterchen?«, fragte Oriel noch einmal.

»Manchmal tagelang nicht. Könnt ihr ihnen das sagen? Aber nennt mich nicht Großmutter, denn ich bin keine.

Es gibt niemanden, der mich Großmutter nennt, es gab nie jemanden und es wird auch nie jemanden geben«, erklärte sie. »Aber ihr seid hier wirklich sicher, das könnt ihr mir glauben. Auch wenn jetzt Frühling ist. Der Frühling ist immer die schlimmste Zeit, denn die Kämpfe im Vorjahr und der Winter haben die Armeen dezimiert. Der Sommer ist nicht viel besser. Im Sommer holen sie sogar ganz kleine Jungen, die man dann nie wieder sieht. Sogar Mädchen holen sie, sogar Mädchen, die armen Dinger … Aber macht euch keine Sorgen. Es nützt nichts, darüber nachzudenken. Der Herbst ist auch gefährlich, weil da nur noch die schlechten Soldaten übrig sind. Gute Soldaten sterben im Kampf, das weiß doch ein jeder. Die Anführer haben das ewige Leben, aber die guten Soldaten sterben wie die Fliegen. Wer überlebt, der läuft weg, habe ich gehört, oder sie verstecken sich, zum Beispiel in Heuhaufen. Manchmal sehe ich welche, die treiben sich wie hungrige Wölfe am Waldrand herum. Im Winter ist es am besten, aber nur wenn man ein Dach über dem Kopf und etwas zu essen und zu heizen hat. Möchtet ihr vielleicht meine Kinder sehen?«, fragte sie und sprang von ihrem Hocker auf. »Wie seid ihr hierher gekommen? Die Wälder habe ich immer im Blick.«

Oriel wusste nicht, was er darauf antworten sollte. Erstens war ihm nicht klar, wie die Frage gemeint war, und zweitens hatte er den Eindruck, als würde es überhaupt keine Rolle spielen, was er darauf antwortete. Die alte Frau erinnerte ihn an eine Tonschale, die jemand auf einen Steinboden hatte fallen lassen und die in viele Stücke zerbrochen war. Ihr Gerede machte ihn unsicher.

Sie drehte sich um und stellte sich vor das Bett. An ihren nackten Beinen konnte Oriel blaue Adern sehen. Das Haar hing ihr zottelig bis über die Schultern herab. »Meine Kinder kriegt ihr nicht«, rief sie. »Kein einziges. Keinen Jungen und kein Mädchen, nicht die kleinen und nicht die großen. Ich werde sie beschützen.«

Oriel blickte zu Griff hinüber, der ganz ruhig sagte: »Wir sind mit dem Boot gekommen. Übers Meer.«

»Dann müsst ihr fort«, sagte sie. »Am besten, ihr fahrt wieder übers Meer. Segelt zu einer Insel. Die Inseln sind zu weit, viel zu weit weg, als dass die Armee bis dorthin käme. Die Soldaten haben Angst vor dem Wasser und mit Booten können sie auch nicht umgehen. Fahrt auf eine Insel, dort seid ihr in Sicherheit. Ich habe von einer Insel für Jungen gehört, wo der älteste Junge für die anderen sorgt. Gemeinsam gehen sie zum Fischfang und bewirtschaften das Land. Sie streiten sich niemals. Bei Sturm setzen sie sich im Kreis um ein Feuer. Ihr Haus ist aus Stein und hat viele Räume, in denen die Jungen Platz haben. Den ganzen Winter über bleiben sie drin. Dort sind sie sicher, dort haben sie es warm, dort bekommen sie zu essen. Wenn es Ärger gibt, schlichtet der älteste Junge den Streit und auch sonst entscheidet er alles. Wenn er zu alt wird, verlässt er die Insel. Denn es sind die Männer, die Soldaten werden und in die Schlacht ziehen«, vertraute sie ihnen an. »Männer, nicht Jungen. Wollt ihr ein bisschen Brot? Bitte setzt euch doch. Darf ich euch etwas anbieten? Setzt euch einfach aufs Bett oder auf den Boden. Sind das Fische? Richtet den Männern von Selby aus, dass ich mich für die Fische bedanke.«

»Wir kommen nicht aus Selby«, versuchte Oriel ihr noch einmal zu erklären.

»Wenn die Sonne untergegangen ist, können wir ein Feuer anzünden, ein ganz kleines natürlich, bloß um den Fisch darauf zu garen. Inzwischen könnt ihr etwas Brot essen«, sagte die alte Frau. »Von rohem Fisch wird man krank. Junge Leute wissen das manchmal nicht.«

Sie holte einen runden Laib Brot aus dem Regal, presste ihn an die Brust und schnitt mit einem langen Messer ein paar Scheiben davon ab. Oriel setzte sich, mit dem Rücken an die Tür gelehnt, neben Griff auf den Fußboden. Beide zogen die Beine an, weil nicht genügend Platz war, um sie auszustrecken. Die Frau gab ihnen je eine Scheibe Brot. Sie kauten es langsam. Oriel kam es sehr nahrhaft vor. Er bedankte sich bei der alten Frau.

»Die Männer von Selby bringen mir immer Brot. Wenn sie das nicht tun würden, müssten sie damit rechnen, dass ich wieder in mein altes Haus zurückkehren würde. Als mein Mann fortging«, erzählte die alte Frau, »ließ er mich ganz allein mit meinen drei Häusern, die alle nebeneinander stehen. Eines davon war für mich und meine Babys und die anderen beiden waren für mich allein. Er sagte, er könne die Babys nicht ertragen. Er behauptete, sie würden ihn ganz krank machen. Tat so, als wisse er nicht, wie Babys in den Körper einer Frau hineinkommen. Dabei hat mein Körper ihm doch so viele Babys geschenkt. Aber das war vorher. Bevor sie mir sagten, dass ich weggehen sollte, bevor sie mich in dieses Haus steckten und mir Essen brachten. Die Männer von

Selby wissen, dass die Soldaten immer erst hier vorbei-
kommen. Immer wenn die Soldaten kamen, waren sie
erst hier und haben mir meine Babys weggenommen. Sie
sind einfach hier hereingekommen und haben sie mitgenommen. Und ich schwöre euch, die Männer von Selby
wussten das. Sie sind verantwortlich für das, was geschehen ist. Sie können es nicht leugnen und sie versuchen es
auch gar nicht. Aber sie haben Angst. Vor mir. So wie sie
vor den Soldaten Angst haben. Die Soldaten haben keine
Angst. Wie seid ihr hergekommen? Ich habe die Wälder
doch immer im Blick.«

»Mit dem Boot«, antwortete Griff. »Wir sind mit einem
Boot hergekommen.«

Die alte Frau nickte still. Kurz darauf schloss sie die
Augen und ließ den Kopf auf die Brust sinken. Fischge-
ruch breitete sich im Raum aus. Oriel schaute zu Griff
hinüber. Beide standen auf.

Doch sobald sie sich bewegten, erwachte die Frau wieder und stand ebenfalls auf. »Es ist Zeit, Feuer zu machen,
jetzt besteht keine Gefahr mehr. Du da«, sie deutete auf
Oriel, »nimm den Feuerstein und mach ein Feuer, und
du« – jetzt zeigte sie auf Griff – »hilfst mir die Babys hi-
nauszutragen.«

Es wäre ein Leichtes gewesen, aus dem Haus zu verschwinden, aber Oriel entschied sich dagegen. Sie hätten
bloß die alte Frau zur Seite stoßen und den Riegel zu-
rückschieben müssen und schon hätten sie zu ihrem Boot
zurückkehren können. Wenn sie erst einmal aus dem
Haus waren, hätte die alte Frau sie niemals mehr einholen können. Andererseits aber flößte sie Oriel irgendwie

Angst ein und er wusste, dass man der Angst ins Gesicht blicken musste, sonst war man ihr hilflos ausgeliefert.

Während Oriel die Funken in das Stroh blies, um das Feuer anzufachen, dachte er, dass sie trotz ihrer Verrücktheit – und verrückt war sie, daran bestand nicht der geringste Zweifel – etwas so Schwaches und Zerbrechliches an sich hatte, dass er ihr nicht wehtun wollte. Sie erinnerte ihn an einen Fisch, wenn man ihn aus dem Wasser gezogen hatte. So ein Fisch schnappte heftig nach Luft, bis man Erbarmen mit ihm hatte und seinen Kopf mit einem Stein zertrümmerte.

Aber eine alte Frau war kein Fisch. Man konnte den Kopf einer alten Frau nicht einfach zertrümmern, auch wenn ihm das als die einzige Gefälligkeit vorkam, die man ihr noch erweisen konnte. Auch dann nicht, wenn sie so verrückt war, dass sie nicht mehr wusste, wer sie war.

»Es ist noch zu früh! Zu früh für die Babys!«, schrie sie auf einmal. »Du darfst nicht näher an sie rankommen. Ich werde dich daran hindern!« Sie schlug nach Griff ohne die Hände zu Fäusten zu ballen.

Griff machte ein paar Schritte rückwärts, bis er mit dem Rücken an die Tür stieß, und setzte sich wieder auf den Boden, wo er vorher gesessen hatte. Die alte Frau stand keuchend über ihm, dann wandte sie sich ab und sah zum Bett und zum Feuer.

»Gute Jungen, gute Jungen«, sagte sie. »Wie seid ihr hierher gekommen?«

Das Feuer loderte an Holzscheiten empor, die so dick waren wie Oriels Handgelenke. Während es immer wärmer und heller wurde, antwortete er noch einmal ganz ruhig: »Wir sind mit dem Boot gekommen.«

»Junge Burschen sind gut. Glaube ich. Schlecht sind nur die Soldaten und die Männer und aus Burschen wie euch kann man keine Soldaten machen. Glaube ich. Ach, wenn ich mir doch nur sicher wäre.« Sie hatte sich neben Oriel ans Feuer gehockt und ihre Haare fielen ihr übers Gesicht wie ein fettiger, weißer Vorhang. Erst jetzt erkannte sie offenbar, dass das Feuer brannte. Sie stand auf, wobei sie eine Hand wie eine Klaue in Oriels Schulter drückte. Dann nahm sie das Netz und kippte die Fische mitten ins Feuer.

Das Feuer zischte. Rauch stieg auf. Die Fische lagen wie Tang auf dem Feuer, in dem sich noch keine Glut gebildet hatte, die darunter hätte weiterglühen können. Außerdem waren die Fische nicht ausgenommen. Damit war das Abendessen verdorben, es sei denn, man mochte halb garen, nicht ausgenommenen Fisch.

»Jetzt zeige ich euch meine Babys«, sagte die alte Frau. »Na kommt schon, ihr Burschen, und seht euch meine Vögelchen an. Meine kleinen Vögelchen, die so sicher sind in ihrem Nest …« Mit diesen Worten krabbelte sie auf allen vieren unter das Bett und zog eine lange, flache Holzkiste heraus, die mit einem Tuch bedeckt war.

»Still jetzt. Ihr müsst ganz ruhig sein, weil sie schlafen. Alle meine hübschen, kleinen Vögelchen schlafen.«

Oriel und Griff sahen der Alten über die Schulter. Sie kniete neben ihrer Schachtel und hob vorsichtig das Tuch.

In der Kiste lagen nebeneinander sechzehn sorgfältig

in Stoff gehüllte Bündel, die alle etwa so groß waren wie sechs Monate alte Ferkel. Die alte Frau holte eines davon heraus und wiegte es in ihren Armen.

Es war eine Art Babypuppe, die knisterte wie ein mit Stroh gefülltes Kissen. Oriel sah, dass einige der anderen Puppen mit Reisig ausgestopft waren, andere mit Gras, und wieder andere – bei deren Anblick er die Augen abwandte – sahen aus wie echte Menschenbabys, nur dass sie so schrumpelig und braun waren wie getrockneter Salzfisch. Hinter dem gesenkten Kopf der alten Frau blickte er hinüber zu Griff.

»Einundvierzig Winter habe ich schon auf dem Buckel«, sagte die alte Frau, während sie von einem der Jungen zum anderen schaute. »Zeiten habe ich erlebt … mein erstes Baby bekam ich mit vierzehn. Dieser Sohn hätte einmal die Korbwerkstatt meines Mannes übernehmen sollen und auch sein Werkzeug und die Weiden unten am Fluss. Alles hätte ihm gehören sollen, wenn er einmal groß gewesen wäre. Doch dann bekam er das Sommerfieber. Später hatte ich noch mehr Söhne, die einmal die Werkstatt übernehmen und flechten lernen sollten. Aber einer ist als Soldat zu Matteus gegangen, ein anderer zu Karle und als Nächstes kamen die Soldaten mit der ganzen Armee und nahmen mir auch noch die Mädchen weg. Deswegen habe ich meine Babys versteckt. Mein Mann hat dieses Nest hier für sie gebaut. Seht ihr? Sie geben nie einen Mucks von sich. Meine Babys wissen, wie es um diese Welt bestellt ist. Und als mein Mann fortgegangen ist – er war der Babys überdrüssig geworden, wie das halt bei Männern so ist –, da konnte ich mit meinen Babys nicht mehr in der Stadt bleiben. Und so haben sie mich auf einem Karren hier herausgebracht und mir dieses Haus gegeben. Ich soll aufpassen und die Leute in Selby warnen, wenn eine Armee aus Richtung Celindon kommt. Deshalb bringen sie mir auch etwas zu essen. Jetzt bin ich alt. Aber ich war einmal – mit dreizehn, da war ich genauso jung wie ihr, ein junges Mädchen, wie ihr junge Burschen seid, und meine Brüste waren rund und weiß und süß wie Gänseblümchen.« Die alte Frau drückte die Babypuppe fest an ihre Brust. »Jetzt ist sie in Sicherheit, vor euch allen«, murmelte die Alte, während sie immer noch auf dem Boden kauerte.

»Wir müssen etwas tun«, sagte Oriel zu Griff. »Irgendwas.« Er wusste zwar nicht, was genau das sein sollte, aber der Drang zum Handeln loderte wie Feuer in seinem Herzen. Obwohl er nicht wusste, was er tun sollte, hatte er das Gefühl, als würden ihm Flügel wachsen, mit denen er sich in die Lüfte erheben konnte. Er war derjenige, der handeln musste.

»Irgendetwas.«

Griff verstand.

Die alte Frau legte die Babypuppe wieder zurück an ihren Platz, deckte das Tuch über die Kiste und schob sie unter das Bett zurück. Dabei stöhnte sie so lautstark, dass Griff und Oriel sich neben sie knieten und ihr halfen. Die Kiste schrammte mit einem Geräusch über den hölzernen Fußboden, das sich anhörte, als würden Knochen auf Knochen reiben. Nachdem die Frau sich aufgerichtet hatte, ging sie zum Feuer und holte die Fische heraus. Die oberste Lage warf sie in einen Eimer, aber die Fische darunter legte sie auf einen Holzteller. »Essen«, sagte sie. »Ich muss essen, damit ich wieder zu Kräften komme und Wache halten kann«, erklärte sie und fragte: »Wie seid ihr hergekommen? Ich habe doch die Wälder immer im Blick.«

»Wir sind mit einem Boot gekommen«, antwortete Griff.

Sie nagten das Fleisch von den Gräten der Fische. Es schmeckte bitter nach Innereien, doch weil Oriel und Griff hungrig waren, aßen sie, bis sie satt waren. Als es draußen dunkel war, schob die Frau den Riegel von der Tür zurück und ließ die beiden hinaus, damit sie ihre Notdurft verrichten konnten. Allerdings mussten sie das einzeln und nacheinander tun, denn die Alte war der Überzeugung, dass zwei Menschen nebeneinander selbst in der Dunkelheit zu auffällig seien, einer allein hingegen unerkannt von einem Schatten zum nächsten huschen könne. Als Oriel draußen unter dem sternenlosen Nacht-himmel stand, genoss er das Gefühl, endlich wieder frei atmen zu können. Am liebsten hätte er im Boot über-nachtet, aber das ging nicht, weil Griff ja drinnen im Haus auf ihn wartete. Im Boot wäre er möglichen Gefah-ren zwar offen ausgesetzt gewesen, hätte dafür aber viel-leicht einer anderen Gefahr entgehen können, die mög-licherweise hinter den dicken Mauern des Hauses auf ihn lauerte.

Eingewickelt in ihre Umhänge legten sich Griff und Oriel zum Schlafen auf den Fußboden. Die alte Frau schlief im Bett und wärmte sich mit ihrer braunen Decke. In die Dunkelheit hinein erzählte sie den beiden die Geschichte von einer Fürstin, die nie geheiratet hatte. Ihr Name war Lady Celinde gewesen und sie hatte lange Zeit regiert, länger als irgendjemand vor ihr oder nach ihr. Ganz im Gegensatz zu der alten Frau hatte die Fürstin Celinde keine Babys. Wenn eine Frau nicht heiratete, dann konnte sie auch keine Babys haben, und wenn sie sich auch noch so sehnlich welche wünschte. Anstelle der Babys hatte die Fürstin ihr Land. Aber in dieses Land kamen immer mehr plündernde Soldaten und nahmen ihren Untertanen Lebensmittel und Geld weg. Die Soldaten überschwemmten das Land von Zeit zu Zeit wie das Hochwasser, das entsteht, wenn der Fluss über seine Ufer tritt. Auch wenn sie das Land bisweilen für ein paar Jahre verschonten, kamen sie dennoch irgendwann einmal wieder. Mit der Zeit lernte die Alte, wie man die kleinen Mädchen vor den Soldaten in Sicherheit bringt, und kümmerte sich um die kleinen Jungen, die die Soldaten nicht mitgenommen hatten. Das tat sie so lange, bis die Männer von Selby sie und ihre Babys auf den Karren luden und sie hierher brachten. Sie versprachen ihr, dass sie niemals Hunger leiden würde, wenn sie nur immer die Wälder im Blick behielte. Und das hatte sie getan, seit der Zeit, in der die alte Fürstin starb und sie selbst nicht viel mehr als ein junges Mädchen gewesen war.

Die Stimme der alten Frau waberte wie Nebelschwaden durch den Raum. Während ihrer Erzählung setzte sie sich immer wieder im Bett auf und fragte: »Wie seid ihr Burschen denn hergekommen?«, und Oriel oder Griff antworteten ihr abwechselnd, dass sie mit dem Boot gekommen seien. Die Frau schien die Antwort nicht zu interessieren, denn sie plapperte sofort wieder drauflos, nannte die Namen von Menschen, die sie gekannt hatte, erinnerte sich an ein längst vergangenes Tanzvergnügen oder erzählte, wie sie die langen Winter zusammen mit ihrem Mann praktisch im Bett verbracht hatte, bis im Frühjahr wieder die Soldaten kamen.

Während dieser Erzählungen dämmerte Oriel vor sich hin, schlief immer wieder ein und wachte auf, bis er schließlich in tiefen Schlaf sank. Aus diesem schreckte ihn auf einmal ein Schrei hoch. Mit klopfendem Herzen sprang er auf die Füße.

Jemand bewegte sich vor ihm in der Dunkelheit. Es war die alte Frau. »Ich höre sie!«, schrie sie mit einer Stimme, die Oriel an das Gekreisch einer Möwe erinnerte. »Sie kommen näher. Ich muss es tun!«

Auch Griff war aufgesprungen und stand neben Oriel. Kampfbereit warteten sie auf das, was auf sie zukommen sollte.

Die alte Frau schob den Riegel von der Tür zurück und öffnete sie. Ihre Silhouette hob sich schwarz vor dem schon heller werdenden Himmel ab. »Ich werde sie aufhalten. Und wenn sie mich blutig schlagen, dann stehe ich wieder auf. Erzählt das den Leuten von Selby«, rief sie, bevor sie nach draußen trat und die Tür zuwarf. Die beiden Jungen hörten, wie von außen ein Riegel vorgelegt wurde. »Habt keine Angst«, rief sie durch die geschlossene Tür. »Ihr seid jetzt in Sicherheit.«

Ihre Stimme wurde zunehmend leiser und bald war es um die beiden vollkommen still. Oriel sagte eine ganze Weile nichts, während Griff auf ein Wort von ihm wartete, als könne Oriel viel besser einschätzen, in welcher Gefahr sie sich befanden.

Oriel meinte, in einiger Entfernung ein Hacken zu vernehmen, aber eben als er meinte es einordnen zu können, verstummte das Geräusch wieder. Obwohl er angestrengt lauschte, konnte er nichts mehr hören außer Griffs gedämpftem Atem und seinem eigenen Herzschlag. Schließlich stolperte er durch die Dunkelheit auf ein Fenster zu und rüttelte am Fensterladen, aber der war verriegelt und Oriel wusste nicht, wie er ihn öffnen sollte.

»Hast du eine Vorstellung davon, was die Alte uns eigentlich sagen wollte?«, fragte Griff. »Meinst du, das war alles nur verrücktes Zeug? Und hast du gesehen, dass einige ihrer Babys …« Griff sprach den Satz nicht zu Ende.

Oriel schlug Funken, um eine Kerze anzuzünden. »Mir wäre wohler zu Mute, wenn wir nicht mehr hier drin wären.«

»Wenn das, was sie erzählt hat, auch nur ein Körnchen Wahrheit enthält, dann würde ich auch verrückt werden. Und ich habe fast den Eindruck, als hätte sie gar nicht so sehr geflunkert«, sagte Griff.

Im Licht der Kerze entdeckte Oriel den Riegel des Fensterladens und schob ihn zurück. Als er den Laden einen Spaltbreit öffnete, sah er den Himmel, der jetzt, kurz vor Sonnenaufgang, eine tiefblaue Färbung hatte. Außer dem Wispern des Windes war nichts zu hören und er roch auch kein Feuer.

Er kletterte aus dem Fenster und öffnete Griff die Tür. Erst als sie beide draußen vor dem Haus standen und Oriel auf die dunklen Wälder zu beiden Seiten des Hauses und die Wiese blickte, deren Grashalme ins silbrig glänzende Wasser des Meeresarmes hingen, wurde ihm klar, dass etwas fehlte, was eigentlich hätte da sein müssen.

»Wo ist denn die Alte?«, fragte Griff. »Glaubst du wirklich, dass eine Armee hier war? Wie lange ist die alte Frau jetzt schon aus dem Haus?«

»Lange genug«, antwortete Oriel. In Gedanken beschäftigte ihn bereits ein anderes Problem, nämlich das, wo sie jetzt hingehen sollten: nach Norden oder nach Süden oder ins Landesinnere. Egal welche Richtung sie einschlugen, überall würden vorhersehbare und unvorhersehbare Gefahren auf sie lauern. Er wusste viel zu wenig über das Land, die Leute und die politischen Verhältnisse. Auf dieser Grundlage ließ sich schlecht eine Entscheidung treffen. Aber dagegen ließ sich nichts machen und es half nichts, darüber zu jammern. Bald würde es wenigstens so hell sein, dass er eine ihnen unmittelbar drohende Gefahr würde erkennen können.

»Was machen wir jetzt?«, fragte Griff. »Wo ist das Boot?«

»Es ist weg«, antwortete Oriel.

»Aber …?«

Als sie das Boot noch gehabt hatten, waren sie so frei wie ein Vogel gewesen. Mit dem Boot hätten sie vielen Gefahren einfach davonsegeln können. Jetzt mussten sie auf ihren Verstand, ihre Füße und ihr Glück vertrauen.

»Warum hat sie das bloß gemacht?«, fragte Griff.

»Ich glaube, sie hat gedacht, dass sie uns damit etwas Gutes tut. Sie hat bestimmt geglaubt, dass die Soldaten das Boot entdecken würden«, meinte Oriel.

»Und was jetzt?«, wollte Griff wissen.

»Jetzt gehen wir Richtung Westen«, antwortete Oriel. »Die Stadt Celindon liegt östlich von hier – erinnerst du dich?«

»Ja.«

»Ich glaube, sie hat gesagt, dass die Soldaten immer in Celindon Halt machen, weil es dort viel zu holen gibt. In den Hügeln rings um die Stadt befinden sich einige Goldbergwerke«, erklärte Oriel. »Deswegen ist es sicher besser, wenn wir die andere Richtung einschlagen und südlich auf Selby zuhalten.«

»Wollen wir an der Küste entlanggehen oder durch die Wälder?«

»Wenn die Leute aus Selby der Alten regelmäßig etwas zu essen bringen, dann gibt es bestimmt einen Weg durch den Wald. Ich glaube, auf diesem Weg sind wir schneller und sicherer, als wenn wir an der Küste entlangwandern.«

Sie überquerten die Wiese im Morgengrauen. Das taunasse Gras rauschte wie Wasser an ihren Füßen. Unter den tief herabhängenden Ästen einer riesigen Buche entdeckte Griff den Trampelpfad.

Von Griff gefolgt trat Oriel ins dämmrige Dunkel des Waldes ein.

Teil II

Der Handwerksgeselle des Salzsieders

8

Oriel ging voraus und Griff folgte ihm mit ein paar Schritten Abstand, um nicht von zurückwippenden Ästen getroffen zu werden. Auch wenn im Laufe der Zeit viele Wanderer den Pfad ausgetreten hatten, so war er dennoch nicht breit genug, als dass man darauf nebeneinander hätte gehen können. Dicht an dicht standen die Bäume, darunter wuchs üppiges Unterholz, in dem Oriel ab und zu einen größeren Felsblock entdeckte. Über ihren Köpfen drang das Sonnenlicht durch die frischen, grünen Blätter der Laubbäume und die dicht benadelten Äste der hohen Tannen und zeichnete helle Flecken auf den Weg. Unten im Wald war es kühl und schattig und die beiden Jungen kamen zügig voran, bis …

Bis Oriel beinahe mit einem Mann zusammengestoßen wäre.

Im ersten Schreck erkannte er gar nicht, dass es sich bei dem jungen Mann um ein menschliches Wesen handelte, und er wich instinktiv zurück. Insgesamt waren es vier Wanderer, die ihnen entgegenkamen: zwei Männer mit kurz gestutzten Bärten und zwei Burschen, die noch nicht einmal einen Flaum im Gesicht hatten. Alle trugen sie schwere Bündel auf dem Rücken und lange Umhänge, und die jungen Burschen hatten ihre Kapuzen tief ins Gesicht gezogen. Oriel hatte sie nicht kommen gehört.

Er wich vor den vier überraschten Gesichtern zurück,

bis er mit Griff zusammenstieß. Hätten die vier nicht genauso verwundert und erschrocken dreingeblickt wie er, hätte er sich umgedreht und wäre in den Wald hineingerannt, im Vertrauen darauf, dass Griff ihm schon folgen würde und er sich nicht rettungslos verlaufen könnte, solange er noch so nah an der Küste war. Aber die Fremden traten unsicher ein paar Schritte zurück, und wenn sie Waffen hatten, dann ließen sie sie stecken.

Bevor Oriel etwas unternahm, wartete er ab, wie die vier auf das Zusammentreffen reagierten, denn er wollte lernen, wie man mit fremden Menschen umging, die man auf einer Reise traf. Falls sie ihn bedrohten, würde er weglaufen, und falls sie sich an ihm vorbeidrängen wollten, würde er ohne Murren einen Schritt zur Seite machen. Sollten sie ihm aber etwas zu essen anbieten, dann würde er es nehmen, und wenn sie ihn etwas fragten, würde er daraus lernen können, was Reisende einander so fragten. Wenn sie einer Begegnung auswichen, dann würde auch er seiner Wege gehen. Von all diesen Möglichkeiten gefiel Oriel die, dass ihm die Reisenden etwas zu essen anbieten könnten, am besten.

Die beiden Männer hatten eine dunkle Gesichtsfarbe, dunkle Haare und dunkle Augen, aber ansonsten sahen sie sich nicht sehr ähnlich. Der erste lächelte breit und der zweite schien ständig zu blinzeln, als würde ihn die Sonne blenden. Die beiden jungen Kerle verharrten ein paar Schritte weiter hinten im Dunkel zwischen den Bäumen. »Einen guten Tag wünsche ich«, sagte der erste Mann.

»Euch auch einen guten Tag«, antwortete Oriel.

»Wohin des Wegs so früh am Morgen?«

»Richtung Westen, zu einem Ort namens Selby. Und ihr?«

»Nach Celindon, der Stadt mit der doppelten Mauer. Kennt ihr sie?«

»Ich bin ein paar Mal dort auf dem Markt gewesen und habe auch zwei oder drei Nächte in der Stadt geschlafen. Vielleicht waren es auch vier«, antwortete Oriel. »Kennt ihr Selby?«

»Ja, aber wir wollen nach Osten. Wir kommen von den Bergen im Süden. Wir haben erfahren, dass es in Celindon immer Arbeit gibt und dass man innerhalb der doppelten Mauern ein sicheres Leben führen kann. Kommt ihr aus dem Osten?«

Oriel hatte die Frage bereits erwartet und sich überlegt, was er darauf antworten sollte. »Wir kommen vom Meer, von einer kleinen Fischerinsel, auf der nicht einmal ein Dorf steht.«

»In Selby wird behauptet, dass die Inselbewohner arme und kleinwüchsige Leute sein sollen. Aber du wirkst gar nicht so, und er da …«, der Mann ließ seinen Blick zu Griff hinüberschweifen, »sieht zwar unterernährt aus, aber klein ist er nicht.«

»Und schwach bin ich auch nicht«, meinte Griff.

Der zweite Mann sah blinzelnd erst Oriel, dann Griff an. Danach legte er seinem Begleiter eine Hand auf die Schulter und sagte: »Lass uns doch hier unser Frühstück essen. Die beiden kommen mir nicht sehr gefährlich vor, und wenn sie etwas über Celindon wissen, könnten sie uns vielleicht von Nutzen sein.«

Der erste Mann nickte und dann fragte der zweite

Oriel: »Möchtet ihr mit uns zusammen etwas essen? Es ist zwar nur ein einfaches Mahl, aber wenn ihr hungrig seid, ist einfaches Essen genauso gut wie ein Festschmaus. Außerdem können wir euch mit Neuigkeiten aus dem Süden und dem Westen versorgen und ihr könntet berichten, was ihr von der Stadt Celindon wisst.«

»Mit dem größten Vergnügen«, sagte Oriel. »Dort hinten auf dem Felsen dürfte Platz für uns alle sein und Hunger haben wir auch. Aber leider können wir euch nicht viel aus dem Norden oder Osten erzählen.«

»Auch wenn es nicht viel ist«, sagte der erste Mann lachend, »ist es bestimmt mehr, als wir wissen. Kommt, ihr geht voran.«

Sie aßen dicke Scheiben schwarzes Brot und Zwiebeln, aus denen beim Zerschneiden süßlicher Saft quoll. Die beiden Männer saßen Oriel und Griff gegenüber und gaben erst den beiden Burschen Brot, die sich ein wenig abseits niedergelassen hatten, dann ihren Gästen. »Wir können euch leider nichts zu essen anbieten«, sagte Oriel. Er saß still da und lauschte den Geräuschen des Waldes – dem Rauschen der Wipfel, dem Gesang eines Vogels und dem Knarren der Äste, das sich fast so anhörte wie ein Mast, an dem ein vom Sturm gepeitschtes Segel zerrt. »Wir können uns nur herzlich für eure Einladung bedanken«, sagte er.

»Es stört uns nicht, wenn ihr nichts beizusteuern habt«, sagte der erste Mann und lächelte breit. Er wirkte so, als sei er mit seinem Leben vollauf zufrieden. »Wie ihr seht, haben wir genug und in der Stadt können wir uns wieder etwas zu essen kaufen. Wir können es bezahlen, und bis uns das Geld ausgeht, haben wir bestimmt schon Arbeit und können neues verdienen. Also esst euch erst einmal satt und dann könnt ihr uns berichten, was ihr im Norden und im Osten erlebt habt.«

Oriel reichte Griff eine halbe Zwiebel und behielt den Rest für sich, biss hinein und kaute. »In dieser Gegend herrscht bewaffneter Kampf«, sagte er und verband damit das, was ihnen die alte Frau gesagt hatte, mit den Gerüchten, die ihm seit Jahren auf dem Markt zu Ohren gekommen waren. »Es geht noch immer darum, wer das Land der alten Fürstin erben wird.«

»Mehr haben wir nicht gehört«, fügte Griff noch hinzu. »Mit eigenen Augen haben wir keine Soldaten und auch keine Kämpfe gesehen. Aber wir sind gewarnt worden und ich glaube, dass die Warnung ernst gemeint war.«

»Und was ist mit den Wolfern?«, fragte der Mann und lächelte jetzt nicht mehr.

»Wolfer?«, wiederholte Oriel. »Wer sind die Wolfer?« Die Frage war an die beiden Männer gerichtet und nicht an Griff, denn was Oriel von der Welt außerhalb der Insel nicht kannte, das wusste Griff erst recht nicht.

Jetzt hatte der Mann wieder sein breites Lächeln auf dem Gesicht, aber er gab keine Antwort. Stattdessen kniete er sich hin und zog mit der Hand einen der beiden jungen Burschen heran. Als der Junge sich herabbeugte, rutschte ihm die Kapuze vom Kopf und gab den Blick frei auf lange, dunkle Haare, die fest zusammengerollt und am Hinterkopf hochgesteckt waren. Der Junge war in

Wirklichkeit ein Mädchen, das Griff und Oriel erschrocken anstarrte.

»Keine Panik, Kleine«, sagte der Mann voller Zärtlichkeit und Freude, »wir erzählen ihnen nicht, wer ihr seid, und selbst wenn sie hören, dass ein Handwerksgeselle mit der Tochter seines Meisters weitergezogen ist, können sie uns deinen Vater nicht auf den Hals hetzen, denn sie wissen ja gar nicht, wer wir sind.«

Der zweite Junge, der ebenfalls keiner war, kam nun auch heran und schob die Kapuze nach hinten. »Vergesst mich nicht.«

Die beiden Mädchen fassten sich an den Händen und setzten sich zu den Männern.

»Wie sollten wir dich denn vergessen?«, erwiderte der zwinkernde Mann. »Selbst wenn wir wollten und deiner wirklich überdrüssig wären, würde uns das wohl kaum gelingen.«

»Ich vergesse dich bestimmt nicht«, sagte das erste Mädchen. »Auch wenn wir nicht dieselben Eltern haben, so sind wir doch wie zwei Schwestern.«

»Ich habe keine Angst davor, meinen Namen zu sagen«, meinte das zweite Mädchen. Sie hatte ein großflächiges Gesicht, das so freundlich war wie das eines Hundes. »Ich bin Jilly.«

»Hüte deine Zunge, Weib«, sagte der zwinkernde Mann. »Wenn wir verheiratet sind, werde ich dich lehren, dass man nicht gleich jedem seinen Namen sagt.«

»Wer sagt denn, dass ich dich heiraten will?«, entgegnete Jilly schlagfertig. »Vielleicht läuft mir ja einer über den Weg, der hübscher ist als du – wie der da, zum Beispiel.«

Mit diesen Worten lächelte sie Oriel an. »Bleib sitzen, du Dummkopf. Ich habe doch nur Spaß gemacht. Du weißt ganz genau, dass ich dich heiraten werde und dass wir vier unser ganzes Leben lang zusammenbleiben werden«, sagte Jilly an den Zwinkernden gewandt. Dann beugte sie sich hinüber zu Oriel und sagte mit gespielter Heimlichtuerei in der Stimme: »Weißt du, wir Frauen haben es nicht leicht. Irgendwann, eines schönen Tages, kommt ein Mann vorbei und die Frau muss sich entscheiden, ob sie ihn will oder nicht. Aber kann ein Mann denn eine Freundin ersetzen, eine, die mir schwesterliche Gefühle entgegenbringt und mir die Hand hält, wenn ich in den Wehen liege, ebenso wie ich auch ihre Hand halten werde? Eine Freundin, die mit mir zusammen durchs hohe Gras geht, um blühende Margeriten zu suchen, und die sich dann über den Anblick genauso freut wie ich? Eine Freundin, die weiß, wie es ist, wenn man nachts Alpträume hat, und die sich am Morgen danach nicht darüber lustig macht. Einen Mann kriegt man schnell, das weiß jede Frau, aber eine wahre Freundin …« Jilly sprach den Satz nicht zu Ende. Sie ging in die Hocke und lächelte verschmitzt.

Oriel wusste nicht, was er ihr darauf antworten sollte. Er hatte Angst, dass sie sich dann vielleicht auch über ihn lustig machen würde. Aber der lächelnde Mann, der Jilly ungeduldig zugehört hatte, ersparte es ihm, nach einer Entgegnung zu suchen.

»Stellt euch vor, diese beiden Jungen kommen von den Inseln und haben noch nie etwas von den Wolfern gehört«, sagte er zu den beiden Mädchen. »Damit ist meine Entscheidung gefallen. Lieber lebe ich kärglich, aber lange auf einer der Inseln, als dass ich zu Hause zwar mehr zu essen habe, aber vielleicht lange vor meiner Zeit von den Wolfern umgebracht werde.«

»Ganz recht«, stimmte ihm der zwinkernde Mann zu. »Aber wie kommen wir dorthin? Und woher wissen wir, ob auf den Inseln Seiler gebraucht werden? Was tun wir, wenn das nicht der Fall ist?«

»Dann lernen wir eben etwas anderes. Wenn man die Gelegenheit hat, etwas Neues zu erlernen, und lange genug am Leben bleibt, um dieses neu erlernte Handwerk auch auszuüben, dann kann man sich überall seinen Lebensunterhalt verdienen.«

»Aber ich mag nun mal das Meer nicht«, entgegnete der andere Mann.

»Du kennst es doch gar nicht.«

»Aber ich habe davon gehört. Ich habe gehört, dass das Meer die Toten wieder an die Oberfläche trägt. Da bleibe ich lieber an Land, wo die Toten nicht aus den Gräbern steigen können.«

»Was bist du nur für ein Schafskopf«, sagte Jilly, »die Toten haben doch mit den Lebenden nichts zu schaffen.« Trotz der Heftigkeit ihrer Worte klang ihre Stimme ganz weich.

»Ihr wisst schon, was ich damit sagen wollte«, murmelte der Mann.

»Aber klar«, meinte der andere und entblößte beim Lächeln seine großen Backenzähne. »Du sollst ja dein Land auch bekommen. Und zwar Land, das du mit den Händen spüren und bepflanzen kannst. Aber erst, wenn wir ein bisschen weiter weg von den Wolfern sind.«

»Wer sind denn nun diese Wolfer?«, fragte Oriel noch einmal.

Die vier blickten sich lange an.

»Die Wolfer sind fürchterlich«, meinte schließlich der zwinkernde Mann. »Fürchterlich sind sie. Und alle haben Angst vor ihnen.«

»Ich kann euch sagen, was man über sie weiß«, fügte Jilly hinzu. »Sie leben hoch oben im Norden, in einem unfruchtbaren Land, und sie wissen weder, wie man das Land bebaut, noch, wie man sät oder erntet. Auch Haustiere sind ihnen unbekannt. Die Wolfer sind umherziehende Jäger, die den Herden wilder Tiere folgen. Weil ihnen im Norden hohe Berge den Weg versperren, kommen sie auf ihren Streifzügen immer weiter nach Süden und Osten. Die Leute sagen, dass die Berge im Norden ein Königreich bewachen, aber niemand hat dieses Königreich bisher gesehen und vermutlich existiert es nur in der Fantasie. Aber die Berge gibt es, und weil es den Wolfern nicht gelingt, sie zu überqueren, wandern sie langsam in Richtung Meer und ziehen eine Spur von Blut und Verderben hinter sich her.«

Jetzt meldete sich auch das erste Mädchen zu Wort, aber so leise, als wage es nicht, seine Gedanken laut auszusprechen.

»Die Wolfer opfern den Bergen kleine Kinder, und wenn sie keine fremden haben, nehmen sie ihre eigenen dafür her. Sie verschleppen die Mädchen im gebärfähigen Alter und machen ihnen Kinder. Diese Kinder werden dann den Bergen geopfert.«

»Aber das ist doch nur ein Ammenmärchen«, sagte

der lächelnde Mann und legte beruhigend den Arm um sie.

»Sie essen rohes Fleisch«, fuhr das Mädchen fort und starrte Oriel mit großen Augen an. »Und das Blut rinnt ihnen dabei aus dem Mund heraus.«

»Wolfer überfallen mit Vorliebe einsame Weiler und Einödhöfe, die weit und breit keine Nachbarn haben.« Das Gesicht des lächelnden Mannes hatte einen düsteren Ausdruck angenommen und das Mädchen ergriff seine freie Hand mit der ihren, als wolle sie ihn damit trösten. »Ich habe einmal auf so einem einsamen Bauernhof gelebt«, fuhr er grimmig fort. »Damals hatte ich noch Eltern, einen Bruder und mehrere Schwestern und ich war der Erbe des Hofes. Aber dann kamen die Wolfer.«

»Und was hast du gemacht?«, fragte Oriel. Obwohl er weder Eltern noch Geschwister kannte, konnte er doch verstehen, dass ein Mensch das Bedürfnis hatte, sich an den Mördern seiner Familie zu rächen, auch wenn ihn das sein Leben kosten konnte. »Hast du sie jemals gefunden? Und wie hast du es geschafft, bei dem Überfall am Leben zu bleiben?«

»Meine Eltern hatten mich noch vor Tagesanbruch zum Honigsammeln in den Wald geschickt. Mein Bruder hatte nämlich einen Bienenstock entdeckt und wir hielten das für einen großen Glücksfall. Wer weiß, vielleicht war es das ja auch, jedenfalls für mich. Als ich am Nachmittag wieder zu unserem Haus zurückkam …« Doch der Mann sprach den Satz nicht zu Ende.

»Wie hast du denn die Mörder erkannt, als du sie gefunden hast?«, wollte Oriel wissen.

143

»Du glaubst doch nicht etwa, dass ich sie verfolgt habe, oder? Wozu hätte das denn gut sein sollen?«

In seinem Herzen und in seinen Händen spürte Oriel sehr wohl, wozu so etwas gut sein könnte, aber er war schließlich nicht dabei gewesen und dieser Mann, der all das erlebt hatte, war nicht derselben Meinung wie er. Oriel versuchte diese Auffassung zu verstehen, ihr in seinen Gedanken Platz zu geben. Dann musste auch er eine Warnung loswerden. »Auf dem Meer rund um die Inseln gibt es Piraten. Sie tauchen nicht oft auf, aber wenn sie kommen, dann kennen sie keine Gnade. Ganz sicher seid ihr auf den Inseln also auch nicht. Und außerdem findet man manchmal nicht genügend zu essen und auf dem Meer können sich schlimme Stürme zusammenbrauen. Und dann gibt es noch Krankheiten und Unfälle …«

»Aber keine Wolfer«, fiel der erste Mann ihm ins Wort. »Wolfer können nicht mit Booten umgehen und schwimmen können sie ebenso wenig. Auch wenn sie sonst vor nichts zurückschrecken, vor dem Wasser haben sie Angst.«

»Genau wie ich«, sagte der zwinkernde Mann.

»Aber schwimmen kann man lernen und ebenso, wie man mit einem Boot umgeht«, versicherte Oriel.

»Und wo es Schiffe gibt, werden bestimmt auch Seiler gebraucht«, ergänzte Jilly.

»Und wie können wir sicher sein, dass wir nicht auf die Insel des Dammers kommen, wo die Mädchen ertränkt werden und du und ich als Sklaven dahinvegetieren?«, wollte der zwinkernde Mann von seinen Gefährten wissen. »Hast du von diesem furchtbaren Ort schon mal gehört?«, fragte er Oriel.

»Kann schon sein«, antwortete Oriel ausweichend.

»Dort soll es nur das Gesetz des Dammers geben und alle anderen auf der Insel sind dazu da, ihn zu bedienen. Frauen soll es auf der Insel überhaupt keine geben, denn der Dammer hasst Frauen. Nur ab und zu holt er sich eine Bootsladung Frauen herüber, mit denen er sich dann vergnügt, und diejenigen, die ihm gefallen haben, überhäuft er mit Juwelen, denn der Dammer weiß, wo der Schatz des ersten Dammers verborgen liegt. Wer diesen Schatz in die Hände bekäme, hätte für den Rest seines Lebens ausgesorgt, aber nicht einmal die Piraten sollen sich trauen die Insel des Dammers anzugreifen. Angeblich soll die Insel vor lauter Unrecht, das dort geschieht, rauchen und brennen. Man sagt, dass man die Schreie der Gepeinigten meilenweit übers Wasser gellen hört …« Er schüttelte sich mit Grausen. »Wisst ihr vielleicht, wo diese Insel ist? Ich will nicht dort hinkommen und qualvoll zu Grunde gehen.«

Oriel sah keine Veranlassung, diesen Geschichten mit der Wahrheit entgegenzutreten. »Ich weiß nur Folgendes«, sagte er. »Am sichersten ist es, wenn ihr einen Fischer anheuert, der euch vom Hafen von Celindon aus zu seiner Heimatinsel bringt. Wenn ihr euch der Insel nähert, dann achtet darauf, dass am Hafen viele Häuser stehen und viele Boote vor Anker liegen. Wenn die Insel auch noch groß genug ist, dass viele Bauernhöfe und viel Weideland darauf Platz haben, dann seid ihr bestimmt in Sicherheit. Auf der Insel, vor der ihr so große Angst habt, steht nur ein einziges Haus auf einem kahlen Hügel und im Wasser liegen lediglich ein paar kleinere Boote, in die nur ein, zwei Menschen passen. Kein Fischer, der aus der Gegend stammt, wird diese Insel anlaufen.«

Der Mann dachte eine Weile über das Gehörte nach, dann wandte er sich an seine Gefährten. »Ich finde, wir sollten das mit den Inseln probieren. Was meinst du?« Der zwinkernde Mann nickte und damit war die Sache abgemacht. Die vier erhoben sich und wirkten auf einmal richtiggehend ungeduldig und tatendurstig. »Wir werden eine Weile in Celindon arbeiten, bis wir genügend Geld haben, um uns auf einer der Inseln niederlassen zu können«, sagte der Mann mit dem Lächeln.

»Und wenn wir dort sind, was dann?«, fragte der andere.

»Dann lassen wir es uns gut gehen. Wir leben, arbeiten, bauen Häuser, setzen Söhne in die Welt – und wir lernen schwimmen«, antwortete der Mann und lachte. »Andere können das auch, also kann es so schwierig wohl nicht sein. Habe ich nicht Recht, Fremder?«

»Du hast Recht«, antwortete Oriel. »Aber sagt uns noch eines, bevor ihr loszieht. Wenn wir jetzt Richtung Süden nach Selby gehen, werden wir dann …?«

»So nah an die Küste haben sich die Wolfer bisher nicht gewagt. Dazu finden sie im Landesinneren noch zu viel Beute«, versicherte ihm der lächelnde Mann.

»Die Soldaten der vier Thronanwärter, die um die Herrschaft über die Küstenstädte kämpfen, sind Menschen wie wir«, beteuerte der zwinkernde Mann. »Nicht besser, aber auch nicht schlimmer als wir.«

»Verlasst euch auf niemanden als auf euch selbst«, empfahl der erste Mann. »Das ist mein Rat. Und wenn ihr in Selby übernachten wollt, dann seid ihr im Gasthof *Zum Stadttor* gut aufgehoben, wir haben selbst dort eine Nacht geschlafen. Es liegt gleich neben dem Tor, das hinaus in Richtung Meer führt. Ansonsten kann ich euch nichts über Selby sagen«, erklärte er. »Und jetzt«, fügte er hinzu und warf Jilly, die offenbar noch etwas sagen wollte, einen warnenden Blick zu, »machen wir uns auf den Weg.«

Bald setzten die vier ihren Marsch fort. Jilly ging als Letzte. Als sie an Oriel vorbeikam, flüsterte sie ihm aus dem Mundwinkel zu: »Die Wolfer sind viel näher, als er es euch gegenüber zugegeben hat. Und wenn ihr Soldaten begegnet, dann nehmt euch vor ihnen in Acht, denn die sind das Töten gewöhnt. Die Zeiten sind gefährlich«, murmelte sie und verschwand, bevor Oriel sich noch bei ihr bedanken konnte, zwischen den Bäumen.

Als Oriel und Griff wieder allein im stillen Wald waren, fragte Griff: »Wollen wir weitergehen?«

»Ich denke schon«, antwortete Oriel. Er dachte noch immer über das Zusammentreffen mit den beiden Männern und ihren Freundinnen nach und überlegte, welche Fragen er ihnen noch hätte stellen können und wie viel er von dem, was sie gesagt hatten, wohl glauben durfte. »Zumindest nach Selby.«

Griff widersprach nicht.

Auch wenn Oriel seinem Freund nichts davon sagte, so hatte er doch das Gefühl, dass es schwieriger als angenommen sein würde, sich auf dem Festland zurechtzufinden. Um hier voranzukommen, würden sie sich winden und schlängeln müssen wie ein Fluss, der sich seinen

eigenen Weg sucht, um alle Hindernisse herum, die die
Welt ihm in den Weg legt. »Komm«, sagte er zu Griff und
sein Herz war ihm vor lauter Erwartung so leicht, dass er
schon fast selbst so wurde wie der lächelnde Mann. Er
sprang von dem Felsen herunter und trat wieder auf den
Pfad. »Ich finde, wir sollten uns die Stadt Selby und seine
Bewohner einmal anschauen. Lass uns doch in diesem
Gasthaus ein Bier trinken. Wie hieß es noch gleich?«

»*Zum Stadttor*«, antwortete Griff.

»Und vielleicht finden wir ja sogar Arbeit«, sagte Oriel.
»Wir haben noch viel vor heute.« Er ging voran und
wusste, dass Griff ihm folgen würde.

9

Als sie nach Selby kamen, schien die Sonne. Hinter den
Stadtmauern konnte man rote Ziegeldächer und Kamine
erkennen und Häuser mit Wänden aus grauen Steinen.
Vor den kleinen Häusern, die sich am Rand einer leuchtend blauen Bucht von außen an die Stadtmauer lehnten,
waren Fischernetze zum Trocknen aufgehängt. Auf den
Strand gezogene und zur Seite gekippte Boote sahen aus,
als würden sie schlafen, und alles war ins milde Licht der
Frühlingssonne getaucht.

Oriel und Griff näherten sich den Fischern, die am
Strand ihre Kielboote ausbesserten. Einer von ihnen trat
auf sie zu. Er hatte einen Bart und ein sonnengebräuntes
Gesicht und trug ein hellgelbes Halstuch. Die andern, die

ebenfalls hellgelbe Halstücher trugen, fuhren mit ihrer Arbeit fort. Aus einem Haus trat eine Frau und ging in ein anderes wieder hinein. Auch sie hatte ein gelbes Kopftuch.

»Ihr seid fremd hier«, sagte der Fischer.

Darauf gab es nichts zu erwidern.

»Woher kommt ihr?«

»Aus einem kleinen Ort im Nordosten, den niemand kennt«, antwortete Oriel. »Hinter dem Wald haben wir eine alte Frau getroffen. Sie erzählte, dass diese Stadt hier Selby heißt.«

Der Mann nickte. »Das war Magy, die Verrückte.«

»Verrückt war sie, das stimmt«, bestätigte Oriel.

»Oder jedenfalls beinahe«, sagte der Mann. »Vor vielen Jahren hat sie einmal hier gelebt ...«

»Und seit sie weg ist, gibt es hier keine Schwierigkeiten«, sagte eine Stimme hinter ihm.

Eine Zeit lang schwiegen alle. Die Männer am Strand beäugten die beiden Fremden. Wenn ihn jemand direkt anstarrte, hielt Oriel dem Blick stand, bis sein Gegenüber woanders hinschaute. Sonnenstrahlen fielen ihm wie ein Umhang auf die Schultern. Die Wellen plätscherten an den Strand und nach einer Weile fragte der erste Mann: »Ihr braucht wohl Arbeit, stimmt's?«

»Wir müssen uns unseren Lebensunterhalt verdienen«, antwortete Oriel. Er brauchte Griff nicht zu fragen, denn er und Griff waren einer Meinung.

Der Mann schaute Griff an. »Könnt ihr fischen?«

Oriel wusste nicht so recht, was er darauf antworten sollte. Schließlich war es ziemlich gefährlich, wenn sie sich tagsüber auf einem Gewässer aufhielten, wo Nikol oder jemand anderes von der Insel des Damalls sie entdecken könnte.

Der Mann wertete Oriels Schweigen als Zustimmung. »Ihr müsst aber Manns genug sein, um außerhalb der Mauern zu leben, die die Kaufleute hier zu ihrem Schutz errichtet haben. Wir brauchen Männer, die der Gefahr ins Auge sehen und dabei dennoch einen ruhigen Kopf behalten.« Er deutete aufs Meer, das an diesem Tag ruhig dalag.

»Eigentlich suchen wir eher Arbeit auf dem Land«, meinte Oriel. »Aber ich wüsste gerne, ob alle Bewohner von Selby so ein gelbes Halstuch tragen?« Wenn das so war, mussten sie sich auch solche Halstücher besorgen, um nicht sofort überall als Fremde aufzufallen.

»Wir Fischer unterstützen Karle und tragen deswegen seine Farbe«, erklärte der Mann. »Aber du trägst keine Farbe und dein Begleiter auch nicht.«

»Wir unterstützen niemanden, der Anspruch auf das Land der Fürstin erhebt«, erwiderte Oriel. Jedes Mal wenn der Damall nach Celindon gefahren war, hatte er sich erkundigt, ob die Stadt auch sicher sei, denn in den vergangenen zwölf Jahren hatte es dort immer wieder mal Krieg gegeben.

»Karles Anspruch besteht zu Recht«, behauptete der Fischer. »Seine Frau Eleanore ist die älteste Cousine der Fürstin und hat ihm sechs Kinder geschenkt, die alle noch leben. Wir sind dafür, dass Karle die Regierungsgeschäfte übernimmt und den Zünften und Kaufleuten endlich ihre gerechte Steuer auferlegt.«

Der Fischer sprach mehr zu seinen Gleichgesinnten als zu den beiden Fremden: »Wenn diese Idioten bloß einmal einsehen würden, dass Karles Anspruch zu Recht besteht.«

»Selby wirkt ganz friedlich«, bemerkte Oriel.

»Ja, zurzeit ist es das auch. Aber wer weiß schon, was die Zukunft bringt?«, entgegnete der Fischer und blickte hinaus aufs Meer.

»Könntest du uns vielleicht den Weg zu einem Gasthaus beschreiben, das *Zum Stadttor* heißt?«, fragte Oriel nach einer Weile. »Danach behelligen wir euch nicht weiter und ihr habt wieder eure Ruhe.«

»Ruhe werden wir erst dann haben, wenn diese Erbschaftsangelegenheit geregelt ist«, sagte der Mann, »aber der Gasthof ist ganz leicht zu finden. Geht einfach an der Mauer entlang, bis ihr zu einem Tor kommt. Tagsüber ist es immer offen, ihr braucht also nur durchzugehen, dann biegt ihr nach links. Nach zweihundert Schritten seht ihr das Wirtshausschild. Was hat man euch denn über das *Stadttor* erzählt?«

»Wir wissen nur, dass es recht preiswert sein soll.«

»Ja, das ist richtig. Außerdem braut der Wirt vom *Stadttor* ein Bier, wie ihr es an der ganzen Küste klarer und süßer nicht finden werdet. Aber nehmt euch in Acht vor ihm, denn er ist ein jähzorniger Kerl, dem man besser nicht in die Quere kommt, wenn er wütend ist.«

Oriel wollte überhaupt niemandem in die Quere kommen, bevor er nicht wusste, wohin ihn sein Weg führte. Aber das sagte er nicht laut. Er bedankte sich bei den Fischern und ging zusammen mit Griff auf die Stadtmauer zu.

Das Wirtshausschild, auf dem in großen Lettern *Zum Stadttor* stand, hing so tief über der engen Gasse, dass größere Leute den Kopf einziehen mussten, wenn sie darunter hindurchgingen. Oriel griff in das Tuch, das er sich um den Leib gebunden hatte, und holte zwei Silberstücke heraus, die er sich in den Saum seines Hemdes knotete. Dann erst betraten sie den Gasthof. Die Schankstube und auch der sonnenbeschienene Innenhof standen voll mit Tischen, an denen Männer Bier aus großen Krügen tranken. In der niedrigen Schankstube befand sich an der rechten Wand ein hölzerner Tresen, hinter dem ein stämmiger Mann stand. Er tauchte Krüge in ein Fass und holte sie gefüllt mit schäumendem Bier wieder heraus. Oriel ging davon aus, dass er der Wirt war.

Der Wirt hatte einen mächtigen Brustkorb und dicke Arme und sah so aus, als ob er ziemlich stark wäre. Er trug ein grünes Halstuch. Aus seinen kleinen Augen warf er Oriel und Griff einen kritischen Blick zu und fragte mit einer rau und argwöhnisch klingenden Stimme: »Zwei Bier?«

»Nein«, antwortete Oriel, obwohl der Wirt schon zwei Krüge in der Hand hatte.

Der Wirt stellte die Krüge wieder ab, stützte seine großen Hände auf den Tresen und wartete auf das, was Oriel zu sagen hatte. Seine Miene machte dabei keinen Hehl daraus, dass er nur darauf wartete, irgendein Lügenmärchen aufgetischt zu bekommen und Oriel und Griff aus dem Gasthof werfen zu können.

»Wir suchen ein Bett zum Übernachten«, sagte Oriel. »Man hat uns gesagt …«

Der Mann machte eine Kopfbewegung zur Tür hin. »Die Frau ist da drin.« Er schenkte den beiden keine weitere Beachtung und wuchtete ein Fass Bier auf den Tresen, als wäre es nicht schwerer als ein Säugling. Oriel und Griff betraten die Küche, in der eine Frau über einen hölzernen Trog mit einer teigartigen Masse gebeugt stand. Auf dem Feuer köchelte eine Flüssigkeit. Die Frau, unter deren grünem Kopftuch ein paar graue Haarsträhnen hervorschauten, erinnerte Oriel an einen großen, runden Brotlaib. »Na, ihr Burschen, was wollt ihr von mir?«

»Wir brauchen ein Bett für eine Nacht, vielleicht auch für länger. Und wenn du fertig mit dem Kochen bist, würden wir auch gerne etwas essen«, antwortete Oriel.

»Wir können warten«, fügte Griff noch hinzu.

»In eurem Alter denkt man noch, dass man alle Zeit der Welt hat, aber ihr werdet bald herausfinden, dass dem nicht so ist«, antwortete die Frau und machte sich wieder an die Arbeit. »Könnt ihr das Bett denn auch bezahlen?«

»Wenn das nicht der Fall wäre, hätten wir gar nicht gefragt«, erwiderte Oriel.

Sie musste lächeln, schien aber trotzdem noch Bedenken zu haben. »Ihr seid wohl die letzten beiden ehrlichen Kerle auf der Welt, oder?«

»Da habe ich so meine Zweifel, Frau Wirtin«, meinte Oriel.

»Ich bin nicht die Frau Wirtin, nicht einmal die Geliebte des Wirts, sondern bloß die Köchin. Aber ich will mich nicht beschweren, denn der Wirt ist zwar streng, aber gerecht. Er will eben Arbeit sehen für das Geld, das er mir zahlt, und das ist nur recht und billig.« Mit ihren

Armen zog sie den Teig hoch und ließ ihn dann wieder in den Trog fallen.

»Können wir denn hier übernachten?«, fragte Oriel.

»Sicher doch.«

Das war alles, was sie antwortete.

Oriel schnupperte die Dämpfe, die vom Feuer herüberkamen. »Die Suppe riecht gut«, sagte er.

»Ja, wenn ihr Fisch und Rüben mögt. Ihr müsst aber noch einen Moment warten«, sagte sie, strafte dann aber gleich ihre eigenen Worte Lügen, indem sie die Hände an ihrer Schürze abwischte und Suppe in zwei tiefe Schalen aus Holz schöpfte. Dann steckte sie einen Metalllöffel in jede Schale und schnitt zwei Scheiben Brot ab, bevor sie sich wieder ans Kneten des Teiges machte. Der Teigklumpen war so groß wie ein Hund.

»Ihr bezahlt, wenn ihr satt seid. Die Suppe kostet einen Kreuzer pro Schale, das Brot inklusive. Für das Bett bekomme ich dann noch mal vier Kreuzer pro Nacht. Insgesamt wären das also sechs …«

Oriel stellte seine Suppenschale auf der steinernen Tischplatte ab und erhob sich, um der Frau eine silberne Münze zu geben. Weil sie die Hände tief im Teig hatte, sagte sie ihm, er solle die Münze auf den Tisch legen.

»Ich hoffe, du hast noch mehr von diesen Silbertalern«, sagte die Frau. »Wenn ich du wäre, würde ich mir nämlich möglichst bald neue Schuhe kaufen.«

Oriel zögerte.

»Ihr braucht keine Angst zu haben, dass ich euer Geheimnis verrate«, sagte die Frau, »aber ich weiß, wo man solche Schuhe, wie ihr sie an den Füßen habt, herstellt und trägt. Ich sage das nur, weil ich dich warnen will. Es gibt zwar nicht viele Leute, die Dinge von der Insel des Dammers erkennen, aber wer es kann, wird nicht unbedingt freundlich zu euch sein. Es gibt so manchen, der noch heute auf den Dammer eifersüchtig ist, auch wenn die Fürstin schon zwölf Jahre unter der Erde liegt und der Dammer bereits lange davor verschwunden war. Damals gab es eine ganze Reihe von Herren, die die Fürstin gerne geheiratet hätten, sogar dann noch, als sie schon eine alte Frau war. Wer weiß, wenn einer von denen die Fürstin beerbt hätte, wäre uns womöglich dieser lange Krieg erspart geblieben. Und wie die Freier ihr den Hof gemacht haben! Es muss eine schöne Zeit gewesen sein, als sie noch jung und hübsch war. Meine Mutter hat mir von den Tanzvergnügen auf dem Marktplatz erzählt und von den Theateraufführungen und Festen und den riesigen Freudenfeuern ...«

»Wie stand der Dammer denn zur Fürstin?«, wollte Oriel wissen.

»Na, wie wohl? Er war ihr treuer Ritter«, antwortete die Frau. »Seit sie ein Kind war. Ganz egal wie gemein der Dammer den Rest der Welt behandelt hat, ihr jedenfalls hat er sein Herz geschenkt und auf immer die Treue gehalten. Warum hätte sie ihm denn sonst die Insel schenken sollen, als all die Männer, die der Dammer verraten hatte, ihn wie ein Rudel Wölfe in die Enge getrieben und gedroht hatten ihn in Stücke zu reißen? Der Dammer hat alle verflucht, nur die Fürstin nicht, hat alle Menschen gehasst, nur sie nicht. Und sie hat ihn aus seiner größten Not gerettet.« Die Frau seufzte über ihrem Teig. »Er war ihr immer treu. Und sie wollte keinen anderen heiraten, weil der, mit dem sie ihr Bett gerne geteilt hätte, von niedriger Herkunft, besitzlos und gesetzlos war und somit nicht als Ehemann für sie in Frage kam. Das ist das einzig Gute, was man über den Dammer sagen kann – er hat der Fürstin immer die Treue gehalten.«

Die Frau seufzte wieder und ließ den Teig in den Trog fallen. »Einen hübscheren Kerl als den Dammer konnte man sich nicht vorstellen, das hat jedenfalls meine Mutter immer erzählt.« Sie wischte sich mit dem Handrücken über die Stirn, die daraufhin ganz mehlig war. Dann deckte sie den Teig mit einem Tuch ab.

»Du hast ein grünes Tuch umgebunden«, bemerkte Oriel, »ebenso wie der Wirt und die Männer in der Schankstube. Die Fischer hingegen tragen alle gelbe Tücher. Die stehen für Karle, haben sie uns jedenfalls erzählt. Griff und ich, wir kennen uns mit diesen Tüchern noch nicht richtig aus.«

»Das grüne Tuch bedeutet, dass wir für Matteus sind«, erklärte sie. »Er hat die Enkelin einer Tante der Fürstin geheiratet. Sie heißt Lucia und ist eine wahrhaft edle Dame, aber sie hat keine Kinder. Der Wirt setzt auf Matteus, weil Matteus die Auffassung vertritt, dass ein Bauer oder ein Fischer nicht mehr wert ist – aber auch nicht weniger – als ein Handwerker oder ein Geschäftsmann. Alle sollen gleich behandelt werden, sagt Matteus, und deshalb müssen auch alle gleich hoch besteuert werden. Das findet der Wirt auch.«

»Und du?«, fragte Oriel.

Sie zuckte mit den Schultern. »Ich bin doch nur eine Frau«, sagte sie und nahm die Silbermünze vom Tisch.

»Was ich denke, tut nichts zur Sache, warum sollte ich mir also groß etwas überlegen? Der Wirt ist kein Dummkopf, glaube ich wenigstens, und gerecht ist er auch. Er wird euch das Bett zeigen.«

»Wir danken dir«, antwortete Griff.

»Und wir werden deinen Rat befolgen und uns neue Schuhe besorgen«, ergänzte Oriel.

»Ich kann euch sagen, wo ihr dazu hingehen müsst«, meinte sie.

Der Wirt war kleiner, als er Oriel vorhin hinter dem Tresen vorgekommen war, und so gut rasiert, dass sein Gesicht völlig glatt aussah. Er führte die beiden Jungen durch den Hof zu einem kleinen Zimmer, in dem außer einer Schlafstelle nichts mehr Platz hatte. »Der Abort ist draußen, in der linken Hofecke. Ist das recht?«, wollte der Wirt wissen.

»Ja«, antwortete Oriel. Der Wirt sah ihm nicht ins Gesicht, sondern beäugte kritisch das Zimmer, als würde er es nach Mäusen oder Spinnennetzen absuchen oder sogar erwarten, dass unter dem Bett womöglich ein Fremder hervorkäme.

»Wenn der Schankraum leer ist, wird die Haustür zugeschlossen«, erklärte der Wirt. »Danach kommt hier keiner mehr herein. Ihr seid also selbst schuld, wenn ihr draußen vor der Tür steht.«

Oriel sagte nichts darauf.

Als sie wieder draußen im Hof waren, musterte der Wirt die beiden Jungen aufmerksam. Obwohl seine Augen auf derselben Höhe mit denen von Oriel waren, kam er diesem viel größer und stärker vor, als er selbst es war.

»Ach, übrigens«, sagte der Wirt, »ich mag Leute nicht, die in so bewegten Zeiten wie den unseren nicht richtig für eine Seite Stellung beziehen. Ihr müsst nicht unbedingt für Matteus sein, um mir zu gefallen – obwohl jeder Mann, der etwas auf das hält, was er erreicht hat, sich meiner Meinung nach nur für Matteus entscheiden kann, und jeder, der weiß, dass man in schweren Zeiten viel Kraft braucht, um zu überleben, ebenfalls. Das wollte ich euch nur mitteilen«, schloss der Wirt und ließ es bei dieser Belehrung bewenden.

Die Köchin nannte Oriel und Griff den Namen des Schuhmachers und die Straße, in der er lebte, und riet ihnen, zunächst lieber barfuß zu gehen, damit niemand sie an ihren Schuhen erkennen konnte. Dann wollte sie noch wissen, wie der Wirt mit ihnen verblieben sei, und sie drückte ihnen kleine, süße Kuchen in die Hand, wobei sie murmelte, sie wisse doch, wie hungrig junge Kerle immer seien.

Oriel und Griff gingen an der Stadtmauer entlang, bis sie zum Marktplatz direkt am Ufer des Flusses kamen, wo auch die Werkstatt des Schuhmachers lag. Kein Mensch beachtete die beiden jungen Burschen, was Oriel nicht weiter verwunderte. Den Ort selbst fand er sehr interessant und wünschte sich, wie ein Vogel über die Häuser fliegen zu können, um von oben einen guten Überblick zu haben. Weil er aber an den Erdboden gebunden war, musste er dort auf alle Einzelheiten Acht geben, damit ihm nichts entging, was ihm später vielleicht zum Verhängnis werden könnte. »Bisher habe ich noch keine Sklaven gesehen«, stellte er fest.

»Und woran erkennst du, dass jemand ein Sklave ist?«, fragte Griff.

»Sklaven haben ein eisernes Halsband um. In Celindon sieht man überall welche. Die Halsbänder geben Auskunft über den Reichtum der Sklavenbesitzer. Vielleicht müssen die Sklaven hier alle in den Häusern arbeiten, gemeinsam mit den Frauen«, überlegte Oriel.

»Muss es denn überhaupt Sklaven geben?«, fragte Griff.

»Der Damall hat das einmal behauptet«, antwortete Oriel. »Er hat gesagt, dass Sklaven eine ganz normale Sache sind; manche sind eben zum Herrschen geboren und manche zum Dienen. Der Damall hat gesagt, dass immer und überall …« Oriel brach mitten im Satz ab und blieb stehen. »Merkwürdig«, sagte er. »Im Gegensatz zu dir ist mir nicht ein einziges Mal in den Sinn gekommen, diese Behauptung des Damalls in Frage zu stellen.«

»Dem Damall gegenüber habe ich das auch nie in Frage gestellt«, sagte Griff. »Das hätte ich mich nicht getraut. Ich ziehe nur die Idee in Zweifel. Warum lachst du denn, Oriel?«

Oriel wusste das auch nicht so genau. »Weil die Leute so große Stücke auf mich halten. Alle kommen sie zu mir, nicht zu dir, aber dabei unterschätzen sie dich völlig. Du magst das bestreiten und einige Leute werden dir in diesem Punkt vielleicht sogar Recht geben, aber ich bin trotzdem dieser Meinung. Ich würde nur gerne wissen, was die Leute eigentlich in mir sehen, das ihnen die Herzen öffnet und die Zungen löst.«

»Das liegt an deinem Gesicht«, erklärte Griff, während

die beiden sich wieder in Bewegung setzten. »Mit deinem Gesicht ziehst du die Aufmerksamkeit auf dich. Du siehst aus, als ob du … als ob du etwas Interessantes zu erzählen hättest. Ganz egal was du tust, es wird immer Menschen geben, die gerne in deiner Gesellschaft sind, bereitwillig das tun, was du ihnen aufträgst, und später einmal stolz darauf sein werden, dich gekannt zu haben. Dein Gesicht ist einfach etwas Besonderes.«

»Wie kann so eine Wirkung von einem Gesicht ausgehen?«, fragte Oriel.

Griff zuckte mit den Schultern. »Das weiß ich nicht. Aber fast jedem, der dich sieht, geht es nun einmal so«, meinte er.

»Aber …« Oriel wollte widersprechen, doch er sagte nichts mehr. Er wusste, dass man sich selbst nie so sieht, wie andere Menschen einen sehen. Und er wusste auch, dass Griff die Wahrheit sagte. Und er freute sich darüber, freute sich, dass er Oriel war und dass die meisten, die ihn sahen, ihn auch anerkannten.

Inzwischen waren sie an dem braunen Fluss angekommen, der sich bei Selby breit und mächtig ins Meer ergoss. Die Bürger der Stadt hatten das Ufer mit Steinen befestigt, auf denen der Fluss glitschigen, braunen Schlamm abgelagert hatte. Die beiden traten barfuß auf die Steine und warfen ihre Schuhe in den Fluss. Sie schwammen ein wenig in der Strömung, bevor sie untergingen. Ohne Griff von seinen Sorgen zu erzählen, hoffte Oriel, dass nicht auch sie von irgendetwas mitgerissen und schließlich untergehen würden.

Der Schuhmacher trug ein Halstuch, das genauso leuchtend grün war wie das Tuch, mit dem seine Frau ihre Haare zusammengebunden hatte. Die Hände des Mannes hatten von der Arbeit braune Flecken und waren dick mit gelblicher Hornhaut überzogen. Er trug kunstvoll gearbeitete, hohe Stiefel, und um sie besser zur Geltung zu bringen, hatte er seine Hosenbeine in sie hineingesteckt.

»Wir können leider nicht allzu viel bezahlen«, eröffnete ihm Oriel.

Daraufhin zeigte ihnen der Schuster einen Haufen Schuhe im umzäunten Hof hinter seiner Werkstatt. »Das sind die Schuhe von Toten, die jetzt keine Verwendung mehr dafür haben«, sagte er.

Es waren zumeist einfache, braune Schuhe. Bei manchen von ihnen klaffte das Oberleder auf und bei einem war sogar der ganze Vorderschuh abgetrennt, aber es gab auch welche, bei denen noch nicht einmal die Absätze schief gelaufen waren. »Da sind aber viele Männer gestorben«, bemerkte Oriel, während er ein Paar Stiefel anprobierte.

»Was erwartet ihr denn, wo doch dauernd Krieg ist?«, fragte der Schuster. Er reichte Griff ein anderes Paar Stiefel, die so abgetragen und weich waren, dass sie nicht einmal aufrecht stehen blieben. »Sieh dir dieses Paar an, wie abgenützt das ist. Der Besitzer ist in seinem Bett gestorben, nachdem er viele Jahre lang seine Felder bestellt hat.«

»Ein Bauer?«, wollte Griff wissen.

»Und Korbflechter«, erklärte der Schuster. »Er hat zu lang gelebt. Das war sein Unglück. Seine Söhne wurden

Soldaten, seine Töchter haben geheiratet, seine Frau starb und er war von einem harten Leben so verbraucht, dass er nicht mehr für seinen Lebensunterhalt arbeiten konnte. Er musste schließlich sein Land hergeben, damit er sich etwas zu essen kaufen konnte. Diese Stiefel trug er fast sein ganzes Leben lang. Mein Vater hat sie gemacht.«

»Woher hast du denn die anderen Schuhe auf dem Haufen?«, wollte Oriel wissen. Einer der Stiefel, die er gerade anprobierte, hatte einen tiefen, klaffenden Schnitt, der Oriel an den von einem scharfen Messer aufgeschlitzten Bauch eines Fisches erinnerte. Er zog die Stiefel aus und warf sie wieder auf den Haufen.

»Es gibt Frauen, die folgen ihren Männern in den Krieg. Ich habe gehört, dass manche sogar Seite an Seite mit den Männern kämpfen, aber ich bin mir nicht sicher, ob das wirklich stimmt«, sagte der Schuhmacher und reichte Oriel ein weiteres Paar zum Anprobieren.

»Ich kann mir das schon vorstellen«, sagte seine Frau, die mit einem Kind im Arm von hinten auf sie zugetreten war. »Wenn du tot wärest und ich mit dem Geld, das ich für deine Schuhe kriege, meine Kinder ernähren könnte, dann würde ich es nicht zulassen, dass sie dir jemand anderer vom Leib zieht und verkauft.«

»Gott sei Dank bin ich kein Soldat«, antwortete der Schuster.

»Ich glaube, ich nehme die hier«, sagte Griff, »und ich hoffe, ich werde in ihnen genauso alt wie der Vorbesitzer.«

Inzwischen hatte Oriel auch ein Paar gefunden. »Wie viel willst du dafür haben?«, fragte er.

»Und ich hoffe, dass ich auch nie einer werden muss«, sagte der Schuster zu seiner Frau. »Das habe ich dir vor drei Jahren bei unserer Hochzeit versprochen. Ansonsten hätte sie mich nämlich nicht genommen«, erklärte er Oriel und Griff und fügte hinzu: »So sind sie nun einmal, die Frauen.«

»Das Leben ist auch so schon gefährlich genug, da muss der Mann nicht auch noch in den Krieg ziehen«, parierte die Frau. »Aber so sind sie nun mal, die Männer«, sagte sie noch, an Oriel und Griff gewandt, und ging wieder ins Haus zurück.

»Wie viel sollen die Schuhe denn nun kosten?«, fragte Oriel den Schuhmacher.

»Beide Paare zusammen? Die einen sind so weich wie die Handschuhe eines Zunftmeisters und die anderen sind kaum getragen.«

»Ich würde eher sagen, dass die einen so dünn wie Papier sind und die anderen von einem Schwert fast entzweigeschnitten wurden«, meinte Oriel. »Wie viel also?«

»Sechs Kreuzer.«

»Drei«, bot Oriel, der bereit war bis zu fünf Kreuzer zu bezahlen.

»Vier«, sagte der Schuster.

»Einverstanden.«

Oriels Schuhe waren zwar steif, aber dafür stabil. Jetzt, wo das dicke Leder seine Füße schützte, bemerkte er erst, wie wenig Unterschied zwischen Barfußlaufen und dem Gehen in den dünnen Schuhen des Damalls gewesen war. Jetzt hatte er das Gefühl, viel größere Schritte machen zu können, und Griff neben ihm schien es ebenso zu ergehen.

Als sie wieder auf dem großen Marktplatz angekommen waren, blickte Oriel zu der Stelle hinüber, an der die Stadtmauer bis an den Fluss reichte. Dort hatten sich drei oder vier bewaffnete Männer vor dem Eingang eines Wirtshauses versammelt. Über der Tür hing ein Schild, auf dem eine Maurerkelle und der Schmelztiegel eines Goldschmiedes abgebildet waren. Darunter stand *Zum Zunftmeister*. Die bewaffneten Männer hielten Bierkrüge in den Händen und schienen sich ständig umzusehen. Um den Hals trugen sie weithin sichtbare rote Tücher, die sie vor der Brust zusammengeknotet hatten. Die Männer waren dunkelhaarige, bärtige Kerle, die immer eine Hand am Griff ihres Schwertes hatten.

Oriel waren sie alles andere als geheuer und es gefiel ihm überhaupt nicht, wie einer von ihnen Griff und ihn anblickte. Der Blick des Mannes erinnerte Oriel an die Händler auf dem Sklavenmarkt. Raschen Schrittes führte er Griff am Rand des Platzes entlang, bis sie in eine Seitengasse verschwinden konnten. Nachdem sie längere Zeit durch ein Gewirr von schmalen Gässchen geirrt waren, gelangten sie endlich an der Stadtmauer an. Dieser folgten sie so lange, bis sie sich wieder auskannten. An einer Stelle hatte die Mauer eine Lücke, die zwei Männer mit blauen Halstüchern gerade ausbesserten.

»Euch wird bei der Arbeit bestimmt ziemlich heiß«, begrüßte Oriel die beiden.

Die Männer nickten zustimmend. »Aber glücklicherweise ist es zu dieser Jahreszeit am Morgen und Abend noch angenehm frisch«, antwortete einer von ihnen, der einen schweren Hammer in der Hand hatte.

»Später, im Sommer, wird es dann wirklich heiß werden«, sagte der andere Mann, der mit der Kelle in der Hand vor einer Mörtelpfanne stand. »Aber die Hitze soll mir egal sein, solange keine Soldaten auftauchen, bevor wir mit der Reparatur der Mauer fertig sind.«

»Aber warum sollen denn ausgerechnet in diesem Sommer Soldaten nach Selby kommen, wo sie doch in den vergangenen drei Jahren immer in Celindon Halt gemacht haben?«, fragte der Mann mit dem Hammer.

»Niemand weiß, wie lange der Friede anhält«, antwortete der andere. »Erst wenn es einem der Edelmänner gelingt, alle Städte unter seine Herrschaft zu bekommen und sich selbst zum Fürsten zu machen, wird es wieder dauerhaften Frieden geben.«

Die beiden Arbeiter hoben die Köpfe, um zu sehen, wie Oriel und Griff ihre Worte aufnahmen. »Und wenn ich das noch erleben sollte«, fuhr der Maurer fort, »dann wäre das der schönste Tag in meinem ganzen Leben, das könnt ihr mir glauben. Seid ihr fremd hier?«, wollte er wissen.

»Wie ihr seht«, antwortete Oriel.

»Dann hört mal gut her, was für einen Rat wir euch geben. Ramon, den wir mit unseren Tüchern unterstützen, hat sich mit Taddeus zusammengetan. Beide Cousins haben ihre Armeen vereint und kämpfen jetzt unter demselben Banner. Gemeinsam nennen sie mehr Land ihr Eigen, besitzen mehr Gold, um ihre Armeen zu entlohnen, und können auch mehr Soldaten in die Schlacht schicken.«

Oriel fragte nicht, wie so etwas möglich sein könne, denn schließlich hatte sich ja die Menge der Soldaten ebenso wenig verdoppelt wie das Land oder das Gold. Männer, die einem einen Rat geben, wollen, dass man ihnen zuhört, und nicht, dass man ihnen Fragen stellt.

»Ramon und Taddeus zusammen haben jetzt eine größere Armee. Und dass die größte Armee den Sieg davonträgt, ist doch wohl jedem klar.«

»Einen Mann, der in die Zukunft schaut und weiß, was er zu tun hat, auch wenn das bedeutet, dass er alles aufgeben und noch einmal von vorne anfangen muss, nenne ich einen wirklich großen Mann«, fügte der mit dem Hammer hinzu.

Als Oriel an die gelben, grünen und blauen Halstücher dachte, ging ihm durch den Kopf, dass er sich geschickt wie ein Fluss zwischen all den Anhängern der verschiedenen Thronanwärter hindurchschlängeln musste. »Könnt ihr mir sagen, wer die Männer mit den roten Tüchern sind?«, fragte er.

»Rote Tücher? Hier in Selby?«, fragte der mit dem Hammer erschrocken.

»Ja, am Marktplatz vor dem *Zunftmeister*.«

»Das sind Philippes Männer«, sagte der mit dem Hammer. Dann beugte er sich wieder über die Steine und drehte Oriel und Griff den Rücken zu.

»Philippe ist mit der alten Fürstin überhaupt nicht verwandt«, erklärte der Maurer, »und hat deshalb kein Recht auf ihr Erbe. Außer dem Faustrecht vielleicht, das allerdings übt er zur Genüge aus. Er hat schon mehr Männer umgebracht oder von gedungenen Mördern töten lassen als alle anderen Bewerber. Philippe will seinen Herrschaftsanspruch mit brutaler Gewalt durchsetzen.« Er verteilte Mörtel auf den Steinen, die der andere Mann aufgeschichtet hatte. »Wenn Männer mit roten Halstüchern jetzt schon ungeniert auf unserem Marktplatz herumstehen, dann drohen uns schlechte Zeiten«, sagte er.

»Und ich habe mir schon Hoffnungen gemacht, dass sie ihre Zwistigkeiten ausfechten würden ohne Selby mit hineinzuziehen«, meinte Oriel.

»Wenn Philippe die Herrschaft über Selby erringt, dann macht er mich zu einem armen und landlosen Mann«, sagte der mit dem Hammer zu dem Maurer. »Meinst du, wir sollten flussaufwärts ziehen?«

»Ist es dort denn sicherer?«, fragte Griff.

»Natürlich – denn wenn die Armeen losmarschieren, dann bewegen sie sich an der Küste entlang, von einer reichen Stadt zur nächsten. Solange Celindon einer Belagerung standhält, ist Selby in Sicherheit. Wenn Celindon aber fällt ... Flussaufwärts gibt es einige Bauernhöfe und kleinere Weiler, in denen höchstens der Schmied ein paar Münzen besitzt. Ansonsten findet man dort oben nur noch einen Salzsieder ... aber dessen Reichtum besteht nicht aus Münzen. Alles in allem ist das Land flussaufwärts also kein lohnendes Ziel für plündernde Soldaten ...«

»Zwischen uns und Celindon liegt das Haus der verrückten Magy«, erinnerte der Maurer seinen Gefährten. »Wir Bürger sorgen dafür, dass sie zu essen hat. Es heißt, solange die verrückte Magy am Leben ist ...«

Oriel und Griff gingen weiter. In einiger Entfernung sagte Oriel zu Griff: »Wenn wir in Selby bleiben wollen, werden wir uns wohl oder übel für einen der Thronbewerber und seine Farbe entscheiden müssen.«

»Ein anderes Ziel haben wir doch nicht«, warf Griff ein.

»Also suchen wir uns morgen Arbeit«, entschied Oriel. Solange es möglich war, würden sie es vermeiden, sich auf eine der Farben festzulegen. Sie würden sich wie ein Fluss an den Schwierigkeiten vorbeiwinden. »Jetzt gehen wir erst mal zurück zu unserem Gasthof«, sagte Oriel, »vorausgesetzt, ich finde den Weg dorthin.«

10

Auf einer abschüssigen Straße näherten sie sich dem Wirtshaus. Die Köchin hatte offenbar schon auf sie gewartet, denn sie rief ihnen aus einem Fenster zu, dass sie ums Haus herumgehen und durch den Nebeneingang zu ihr in die Küche kommen sollten.

»Hier«, sagte sie und drängte Oriel und Griff auf eine lange Bank vor dem Tisch, während sie eilig zwei Schalen mit Fleischsuppe füllte. »Bevor der Wirt mitbekommt, dass ihr wieder zurück seid. Esst schnell, dann kann er euch die Suppe nicht extra berechnen. Aber er rechnet damit, dass ihr heute Abend einen Krug Bier bei ihm trinkt, nur damit ihr das wisst.« Sie wusch Zinnkrüge in einem Zuber mit heißem Wasser und hängte sie neben dem Kamin an die Wand, damit sie schneller trockneten. »Vielleicht fragt er euch, ob ihr etwas gegessen habt, denn er weiß, dass ich ein großes Herz für junge Leute habe. Obwohl wir nun schon so viele Jahre unter einem Dach leben und ganz Selby glaubt, dass ich mit ihm ins Bett gehe, macht er mir kein Kind. Und weil er sich überhaupt nicht um das Getratsche kümmert und sich nicht dagegen verwehrt, wagt es natürlich kein anderer Mann, sein Glück bei mir zu versuchen. Aber wer weiß, vielleicht ist es besser so. Schließlich möchte ich ja nicht enden wie die verrückte Magy.«

»Was ist denn aus ihr geworden?«, wollte Oriel wissen.

»Ausgesetzt wurde sie und da draußen in ihrem Haus den Soldaten zum Fraß vorgeworfen, ganz gleich von welcher Armee. Aber seit sie ihre Kinder verloren hat, ist es der armen Seele egal, was mit ihr geschieht. Ein Gutes hat es wenigstens, wenn man keine Kinder hat. Dann kann man nämlich auch keine verlieren«, sinnierte die Köchin. »Und jetzt raus mit euch, und dass ihr mich ja nicht verratet – sonst gnade mir Gott.«

»Wir sagen kein einziges Wort«, versprach Oriel.

»Kein Wort«, wiederholte Griff.

»Ihr seid gute Burschen, das sieht man schon auf den ersten Blick. Wie kommt es bloß, dass eure Mütter euch haben fortgehen lassen? Nein, am besten gebt ihr mir keine Antwort darauf, die Geschichte ist sicherlich viel zu traurig. Geht jetzt. Und betretet die Schankstube von der Straße aus, habt ihr gehört?«

Die untergehende Sonne ließ die gelben Steine von Selby leuchten, als würden sie glühen. In dem Wissen, dass sie ein Bett für die Nacht hatten und sich am nächsten Tag Arbeit suchen würden, betrat Oriel zuversichtlich die Schankstube.

Hinter dem Tresen stand der Wirt und starrte die beiden mit einem Blick aus seinen blassen Augen an, der Oriels Selbstvertrauen sofort zusammenschmelzen ließ. Aber dann beschloss er sich nicht ins Bockshorn jagen zu lassen. Also baute er sich Seite an Seite mit Griff vor dem Wirt auf und erwiderte seinen Blick, was diesem nicht zu missfallen schien.

Alle Augen in der Schankstube wandten sich den beiden zu, bis der Wirt nach einer Weile sagte: »Nun kommt schon rein und macht die Tür hinter euch zu. Kommt her und trinkt ein frisches Bier.« Er stützte seine Arme, die so breit waren wie die Schenkel eines Ochsen, auf die Theke und rief: »Weib! Ich brauche saubere Krüge! Nun mach schon, es sind neue Gäste da.«

Die Köchin stellte zwei Krüge vor Griff und Oriel auf den Tisch und ging ohne ein Wort wieder hinaus. Als die Dunkelheit hereinbrach, machten sich ein paar der Männer auf den Heimweg. Ein wenig später ließ der Wirt Kerzen auf die Tische stellen, deren Licht Motten und kleine Falter anlockte. Manche der Motten flogen in die offenen Flammen und verendeten mit einem zischenden Geräusch im flüssigen Wachs.

Oriel und Griff saßen mit dem Rücken an der Wand, wo sie alle Vorgänge in der Wirtsstube beobachten konnten und die Eingangstür im Blick hatten. Die Gäste hatten die Köpfe zusammengesteckt und unterhielten sich leise. Der Raum war voll, aber nicht überfüllt und die Gruppen an den Tischen – egal ob nur zwei oder drei Männer zusammensaßen oder sieben bis zehn – trugen immer Halstücher der gleichen Farbe. Ab und zu stand einer der Männer auf und ging an den Tresen, um etwas beim Wirt zu bestellen. Dann brüllte der Wirt meistens »Weib!«, woraufhin die Köchin auftauchte, ein Tablett mit frisch gefüllten Krügen hereinbrachte und mit den leeren Krügen wieder in der Küche verschwand. Hin und wieder brachte sie einem der Männer auch eine Schüssel mit Suppe und eine Scheibe Brot. Der Wirt selbst blieb die ganze Zeit hinter seinem Tresen.

Oriel fand, dass in der Gaststube eine merkwürdig gespannte Atmosphäre herrschte. Langsam trank er sein Bier und beobachtete dabei die Gesichter ringsum. Obwohl er sich anstrengte, konnte er die leisen Gespräche der Männer nicht verstehen. Die Worte flackerten wie Kerzenlicht. Stimmen murmelten wie das einschläfernde Plätschern eines Bachs. Der Abend zog sich in die Länge.

Dann wurde auf einmal mit einem Ruck die Tür aufgerissen und ein breitschultriger Mann mit einem von der Reise schmutzigen Mantel und schlammbespritzten Schuhen stand auf der Schwelle. Schlagartig verstummten alle Gäste.

»Ich habe gehört, dass meine Tochter hier gewesen sein soll«, rief der Mann dem Wirt zu. »Wo ist sie jetzt?«

Der Wirt warf dem grauhaarigen Fremden denselben blassen, wortlosen Blick zu, mit dem er auch Oriel und Griff begrüßt hatte.

»Ich habe dich was gefragt, Wirt«, wiederholte der Fremde.

»Hier gibt es keine junge Frau.«

»Das Stubenmädchen vom Nachbarn war auch bei ihr«, setzte der Mann hinzu. Seine Stimme klang vor lauter Zorn wie ein wütendes Brüllen.

171

»Zwei junge Frauen sind erst recht nicht hier«, erklärte der Wirt.

Der Mann trat ein, lehnte sich an den Tresen und warf dem Wirt ein paar Münzen hin. »Bier«, sagte er. »Die Suche nach den vieren hat mich durstig gemacht.«

»Jetzt sind sie schon zu viert?«, fragte der Wirt und ein paar Gäste kicherten amüsiert.

»Ja, zu viert«, sagte der Mann. »Meine Tochter und mein Handwerksgeselle, der mir noch zwei Jahre Arbeit schuldet. Ich bin Seiler und jeder weiß, dass ich einen Gehilfen brauche. Mit den beiden ist die Dienstmagd meines Nachbarn fortgegangen, die dieser eigentlich zu seiner Frau machen wollte. Und dann ist noch ein Taugenichts dabei, der nie etwas Rechtes gelernt hat. Bei uns im Dorf hat er alle möglichen Arbeiten verrichtet. Auf seine Art ist er ein ziemlich schlauer Bursche. Das macht vier, so wie ich's gesagt habe.«

»Was soll's, wenn eine Tochter fort ist?«, fragte der Wirt. »Hauptsache, die Söhne bleiben da.«

»Ich habe keinen Sohn«, antwortete der Seiler. »Aber ich habe einem Mann meine Tochter versprochen.«

»Ist dieser Mann etwa genauso alt wie du?«

»Nein«, entgegnete der Seiler, wurde dabei aber ganz rot und drehte dem Wirt den Rücken zu.

»Dann hast du sie also einem jungen Mann versprochen?«, fragte der Wirt, und als der Seiler ihm keine Antwort gab, lachte fast die ganze Gaststube.

»Macht euch nur lustig über mich«, sagte der unglückliche Vater. »Hoffentlich passiert euch allen einmal dasselbe.«

»Wie lang sind sie denn schon weg?«, wollte einer von den Gästen wissen.

»Ich reite ihnen jetzt bereits vier ganze Tage hinterher und heute ist der fünfte«, antwortete der Vater, trank seinen Krug leer und legte dem Wirt noch ein paar Münzen hin, damit dieser ihm nachschenkte.

»Dann hat dein Geselle sie bestimmt längst geschwängert und du brauchst den beiden nicht mehr hinterherzujagen.«

»Aber ich will nicht, dass er sie heiratet«, sagte der Vater.

»Warum nicht? Jetzt will sie doch bestimmt kein anderer mehr haben«, sagte jemand.

»Aber der Geselle soll sie auch nicht kriegen, weil er sie mir gegen meinen Willen weggenommen hat. Als ich ihm ihre Hand verweigert habe, sind die beiden einfach durchgebrannt. Und bei meinem Nachbarn war es genauso, der ist ebenso bestohlen worden wie ich.« Als daraufhin ein paar Männer abermals in Gelächter ausbrachen, blickte der Seiler sich in der Schankstube um, nahm noch einen tiefen Schluck von seinem Bier und stellte den Krug wieder zum Füllen hin. »Aber was kümmert das die Leute von Selby? Ihr wisst ja, was man von euch sagt, oder? Ihr versteckt euch hinter euren Mauern und hinter der großen Stadt Celindon, so dass ihr eure Schwerter nie zu ziehen braucht … das sagt man anderswo über euch.« Der Seiler trat einen Schritt von der Theke zurück und zog sein Schwert aus der Scheide. »Sie sind hier, nicht wahr? Wenn ihr mir sagt, wo sie sich versteckt halten, dann töte ich sie. Alle vier. Wenn nicht, dann ramme ich jedem Einzelnen von euch mein Schwert durch sein verlogenes Herz.«

Der Fremde hatte seine Drohung noch nicht einmal ganz ausgesprochen, als der Wirt bereits hinter seinem Tresen hervorgekommen war. Seine Brust war so mächtig wie ein Fass und seine Beine so dick wie Baumstämme. Er krempelte die Ärmel hoch und ging langsam auf den Seiler zu. Der Wirt hatte keine Waffe außer seinen böse funkelnden Augen und seinen muskulösen, kräftigen Armen.

Der Seiler machte einen Schritt rückwärts.

Die riesigen Hände des Wirts hingen locker herab und seine Arme sahen so stark aus, als könnten sie mit Leichtigkeit einen der schweren Tische hochheben und ihn als Schutzschild gegen die Waffe des Seilers benützen. Aber das brauchte der Wirt gar nicht, denn er schien auch so keine Angst zu haben und sich von nichts und niemandem aufhalten zu lassen. Wie ein Felsblock rollte er auf den zurückweichenden Seiler zu. »Ist ja schon gut«, sagte der und steckte sein Schwert in die Scheide.

Doch der Wirt kam immer näher.

Einer der Gäste ging zur Tür und öffnete sie.

Der Fremde traute sich nicht, dem Wirt den Rücken zuzudrehen. Als er in der offenen Tür stand, hob der Wirt seinen mächtigen rechten Arm und ballte die Hand zur Faust. Schneller, als Oriels Augen folgen konnten, verpasste er dem Seiler einen Schlag mitten ins Gesicht. Als dieser nach draußen taumelte, schlug der Gast, der die Tür aufgemacht hatte, diese mit einem lautem Knall hinter ihm zu. In der Gaststube breitete sich unbändige Heiterkeit aus.

Mit einem Blick brachte der Wirt die Gäste zum Schweigen. Auf seinem Gesicht waren weder Freude über den Sieg noch Belustigung oder Ärger zu erkennen.

Oriel war fast betrübt darüber, dass er keine Gelegenheit gehabt hatte, dem Wirt beizustehen. Dabei hatte er sich schon halb von seinem Platz erhoben gehabt und war zum Eingreifen bereit gewesen. Sogar den schnellsten Weg durch die Gaststube hatte er sich bereits überlegt gehabt, um Seite an Seite mit dem Wirt den wütenden Seiler hinauszubefördern.

»Würdest du denn deiner Tochter erlauben, dass sie sich selbst einen Ehemann sucht?«, fragte einer der Gäste keck.

»Wenn ich eine Tochter hätte, warum sollte ich ihr das verbieten?«, antwortete der Wirt, der inzwischen wieder hinter seinem Tresen stand. Er schien bester Laune zu sein und goss sich eine Schale Wein ein.

»Dann solltest du so bald wie möglich heiraten und Kinder kriegen und dann werden wir ja sehen, ob du immer noch derselben Meinung bist«, rief ein anderer.

»Ja, heirate doch endlich deine Köchin«, meinte ein Dritter. »Schließlich ist sie ja schon lange genug bei dir.«

»Wenn das Weib ein Kind bekommt, dann heirate ich es sofort. Weib!«, entgegnete der Wirt und leerte die Schale mit Wein in einem Zug, bevor er sie mit einem lauten Knall auf den Tresen stellte. Die Köchin steckte erschrocken ihren Kopf durch die Tür. »Hast du gehört, was ich eben versprochen habe? Wenn du ein Kind kriegst, werde ich dich heiraten. Ich will keine unfruchtbare Frau. Kein Mann will das.«

Die Köchin sagte nichts darauf. Ihre Wangen liefen knallrot an, aber sie fing keinen Streit an.

»Geh wieder an deine Arbeit, Weib«, sagte der Wirt, der jetzt zorniger wirkte als vorhin bei dem Seiler. »Und jetzt spendiere ich jedem, der heute Abend seinen Mund gehalten hat, ein Bier«, verkündete er und die Gäste drängelten sich an der Theke, um ihm beim Wort zu nehmen.

Oriel und Griff standen auf und gingen in ihre Schlafkammer. Oriel wunderte sich noch, wie weich die Matratze war, dann schlief er schon tief und fest.

Als er aufwachte, war es immer noch dunkel. Mit klopfendem Herzen setzte er sich auf. Oriel hatte keine Ahnung, was ihn geweckt hatte. Er lauschte in die Nacht hinaus, wo die Luft noch vom Echo eines Geräusches zu vibrieren schien. Aber er konnte sich nicht erinnern, dass er etwas gehört hatte.

Griff hatte sich ebenfalls aufgesetzt.

Oriel dröhnten immer noch die Ohren. »Was war das …?«, flüsterte er zu Griff hinüber.

»Keine Ahnung«, antwortete Griff leise. »Eine Gefahr?«

»Ich weiß nicht so recht. Vielleicht habe ich nur geträumt. Hast du auch etwas gehört?«

»Kann ich nicht sagen.«

Sie hockten lauschend in der Dunkelheit und versuchten herauszufinden, was außerhalb ihres Zimmers passierte. Oriel dachte daran, dass sie durch die dicken Stadtmauern geschützt waren.

»Schlaf wieder ein«, flüsterte er und Griff streckte sich

auf der Matratze aus. Auch Oriel legte sich auf den Rücken und starrte in die Dunkelheit, bis er wieder einschlief.

Dann wachte er abermals auf. Ein Schrei, der auch das Kreischen einer Möwe hätte sein können, hatte ihn aus dem Schlaf gerissen. Das Geräusch war durch ihr Zimmer gehuscht wie ein Vogel, den keine Mauer zurückhalten konnte. Oriel konnte es sich nicht wieder ins Gedächtnis zurückrufen, denn es war verflogen, bevor er sich darauf hatte konzentrieren können. Aber er war sich ganz sicher, dass er etwas gehört hatte.

»Es klang wie ein Schwein«, flüsterte Griff, »dem man die Kehle ...«

»Ich habe es nicht richtig gehört«, flüsterte Oriel.

»Aber ich«, sagte Griff. »Es hörte sich nach einem Menschen an.«

»Kam es von draußen?«

»Ich glaube ja.«

Beide lauschten angestrengt, aber Oriel hörte nur die Stille der finsteren Nacht. Fast war er erleichtert darüber.

Griff legte sich wieder hin und Oriel tat das Gleiche.

Es ist so dunkel, dass man es eher spüren als sehen kann, wenn sich einem jemand nähert, dachte Oriel. Und wenn er ein leises Geräusch hörte, woher sollte er dann wissen, dass es nicht Griff war, der sich neben ihm im Schlaf bewegte?

Oriel wusste nicht, wonach er lauschte. Er wusste nur, dass ihnen Gefahr drohte. Und er wusste, dass Griff neben ihm ebenfalls wach lag. Keiner von ihnen traute sich etwas zu sagen. Oriel war noch immer wach, als graues

Licht unter der Tür hindurchsickerte und er hörte, wie unten im Hof Leute hin und her liefen.

Griff und Oriel hatten, wie sie es gewohnt waren, in ihren Kleidern geschlafen und brauchten deshalb nur aufzustehen und in ihre Schuhe zu schlüpfen. Oriel öffnete die Tür und ließ das erste Licht des nebligen Morgens herein.

Die Köchin holte Wasser aus dem Brunnen und Oriel und Griff trugen ihr die vollen Eimer in die Küche.

»Ich kann euch leider nur Brot anbieten, das von gestern noch übrig ist«, sagte sie. »Es sei denn, ihr mögt kalte Suppe.«

»Wir sind mit beidem einverstanden«, sagte Oriel und bedankte sich bei der Frau. Aber weder Griff noch er setzten sich. Zuerst brauchte er eine Antwort auf seine Frage. »Wir sind nachts ein paar Mal aufgewacht. War etwas los …?«

»Ihr habt wohl irgendwelche Reisenden gehört, vielleicht waren es aber auch Gesetzlose. Nachts treibt sich hier allerlei Gesindel herum. Die Bürger von Selby wissen, dass man bei Dunkelheit am besten nicht mehr aus dem Haus geht. In letzter Zeit habe ich gehört, dass Leute, die sich gegen Philippe aussprechen, des Nachts ungebetenen Besuch von seinen Soldaten bekommen sollen. Angeblich wurden schon welche auf die Straße geschleppt und dort umgebracht. Deshalb machen viele Leute in der Nacht weder Türen noch Fenster auf.«

»Philippe ist doch der, der keinen Anspruch auf das Erbe hat«, sagte Oriel.

»Er gründet seinen Anspruch darauf, dass er über viele

Soldaten verfügt. Mit denen nimmt er möglichst viele Städte ein, und wenn er sie gegen die Angriffe der anderen Anwärter halten kann, dann hat er irgendwann einmal das Land der Fürstin gewonnen, falls er die anderen Bewerber überlebt. Philippe behauptet, dass seine Macht Anspruch genug ist, und wer das bezweifeln möchte, muss es mit Waffengewalt tun. Philippe ist nun mal der beste Heerführer von allen und die Angst vor ihm ist mehr als berechtigt. Man sagt, er habe sogar den Wolfern die Stirn geboten. Habt ihr schon von den Wolfern gehört?«

»Ja, man hat uns von ihnen erzählt.«

»Hier in Selby haben wir noch nie welche zu Gesicht bekommen, aber man berichtet die tollsten Geschichten über sie. Ich weiß nicht, ob ich sie glauben soll oder nicht. Philippe ist da schon sehr viel konkreter und viele von uns glauben, dass er den Kampf gewinnen wird. Er ist nun mal stärker und grausamer als die anderen und deshalb binden sich immer mehr Leute das rote Tuch um. Nur der Wirt meint immer noch, dass es für ihn keinen Grund gibt, die Farbe zu wechseln, aber ich frage mich, was er wohl macht, wenn die Stadt an Philippe fällt und er sein Gasthaus verliert. Und was wird dann aus mir?«

Oriel konnte ihr darauf keine Antwort geben, aber er hatte eine Entscheidung gefällt. So bald wie möglich würden Griff und er Selby verlassen und woanders nach Arbeit und Unterkunft Ausschau halten.

11

Sie verließen Selby durch das große Tor zum Meer hin. Zu dieser Tageszeit lag nur ein einziges Boot mit dem Kiel nach oben am Strand. Die anderen waren draußen hinter den Nebelbänken auf dem grauen, flachen Wasser beim Fischen.

Oriel und Griff folgten einem ausgetretenen Weg, der rechts an der Stadtmauer entlanglief. Hier waren vor ihnen schon viele Leute gegangen, aber an diesem Morgen begegnete ihnen niemand außer ein paar dick vermummten Gestalten. Nach einer Weile ließ der Sprühregen nach, der Nebel löste sich auf und die Wolken machten einem hellblauen Himmel Platz. Als Oriel und Griff das Tor zum Fluss hin erreichten, breitete sich die von einer blassen Sonne beschienene Landschaft vor ihnen aus.

»Flussaufwärts«, sagte Oriel zu Griff, um der Gegend vor ihnen einen Namen und ihrer Wanderung ein Ziel zu geben.

Hinter ihnen mündete der Fluss ins Meer und vor ihnen lagen viele kleine Bauernhöfe mit sanft abfallenden Feldern, umzäunten Viehweiden und Scheunen zum Einfahren der Ernte. Die gerade erst gepflügte Erde der Felder schimmerte braun. Weiter flussaufwärts wurde das Land zunehmend hügeliger.

In diese Richtung zu wandern bedeutete eine Reise ins Landesinnere. »Lass es uns wagen«, meinte Oriel, doch keiner von beiden rührte sich von der Stelle.

Ihre Schatten fielen hinüber zum Fluss, als wollten sie

ihnen diese Richtung weisen. Der Pfad vor ihnen führte eine gewisse Strecke am Flussufer entlang, bog dann aber ins Landesinnere ab. Oriel und Griff rührten sich noch immer nicht.

»Vom Meer können wir uns ernähren«, sagte Griff dann schließlich. »Aber diese Geräusche gestern Nacht … Ich glaube, es wurde jemand umgebracht. Wahrscheinlich ist das in Selby jede Nacht so und vielleicht warten die Bürger nur darauf, dass die verrückte Magy genauso umgebracht wird wie ihre Kinder …«

»Heißt das also, dass es überall auf der Welt so zugeht wie auf der Insel des Damalls?«, überlegte Oriel.

Griff erwiderte nichts, sondern blickte mit seinen dunklen Augen auf das Land, das vor ihnen lag.

»Möglich wäre es«, sagte Oriel schließlich, »und wenn dem so ist, dann haben wir wenigstens gelernt, wie man damit umgeht. Jetzt kennen wir die Insel und wir kennen die Orte an der Küste. Nun sollten wir unser Glück landeinwärts versuchen.«

»Dann lass uns das machen«, sagte Griff und lächelte. »Es sei denn, es gibt einen Grund, warum du hier zögerst.«

»Es gibt keinen Grund«, antwortete Oriel. Er fühlte sich lediglich ein wenig unsicher, weil sie nun in völlig unbekanntes Terrain aufbrechen sollten. Dieses Gefühl war aber kein Grund, seinen Entschluss zu ändern, und außerdem war ein Teil davon ohnehin nur Neugier auf das, was flussaufwärts auf sie warten mochte.

Als sie sich schließlich in Bewegung setzten, taten sie das ohne große Eile. Aus dem Süden wehte ein warmer Wind herauf. Die beiden gingen der Strömung entgegen am Fluss entlang, der mal gemächlich dahinfloss, mal über Stromschnellen eilte. Die Böschungen am Flussufer flachten allmählich ab, die Bauernhöfe wurden seltener, ihr Land dafür aber immer größer. Jetzt im Frühjahr war die Arbeit überall dieselbe: Bauern bestellten mit von Ochsen gezogenen Pflügen die Felder oder trieben ihr Vieh unter dem dumpfen Klingen der Kuhglocken von einer Weide auf die nächste. Hin und wieder sah man eine Frau, die sich über einen Brunnen beugte. Kinder schauten Griff und Oriel von den Türschwellen der Bauernhäuser aus nach und einmal stand ein kleines Mädchen auf und winkte ihnen zu. Oriel winkte zurück, woraufhin das Kind ein paar Schritte auf ihn zu machte und noch entschlossener winkte. Jetzt erwiderten Griff und Oriel gemeinsam den Gruß, was das Kind so freute, dass es beide Arme in die Luft reckte und sie aufgeregt hin und her schwenkte.

Als die Sonne schon ziemlich tief stand, sah Oriel am Fuß einer Reihe von lang gestreckten, grünen Hügeln einen Bauernhof und wusste, dass sie am Ziel waren. Die verschiedenen Gebäude drängten sich so eng aneinander, als wollten sie sich gegenseitig Schutz bieten. Der gelbliche Stein der Häuser leuchtete in der untergehenden Sonne wie warmes Gold.

Auch die niedrigen Feldmauern wirkten im Abendlicht wie goldene Ränder um Wiesen und Schafweiden, die sich zum Teil bis über die Kämme der Hügel erstreckten. Neben den Häusern sah Oriel einen künstlich angelegten Weiher, an dessen schlammigem Ufer sich Gänse und

Enten tummelten, dazwischen spielte still in sich gekehrt ein Kind. Er spürte, wie dieser Ort in ihm ein Gefühl des Friedens und der Geborgenheit auslöste, wie ein von Felsen geschützter, sicherer Hafen.

Ohne langes Nachdenken und ohne Griff eine Erklärung abzugeben bog Oriel auf den schmalen Pfad ab, der hinauf zum Haus führte. Dieser Bauernhof schien auf ihn gewartet zu haben.

Als die beiden das hölzerne Gatter erreichten, hörten sie Hundegebell und blieben stehen. Zwei riesige Bulldoggen kamen aus dem Haus gerannt, sprangen von innen gegen das Gatter und knurrten sie böse an. Oriel und Griff traten vor den gefletschten, gelblichen Zähnen der Hunde einen Schritt zurück. Das Kind unten am Weiher ließ die Enten stehen und kam ans Gatter. Beruhigend sprach es auf die Hunde ein, aber die hörten nicht auf das, was es sagte. Es war ein kleines Mädchen mit einem weichen, rundlichen Gesicht, das den beiden keifenden und sabbernden Tieren höchstens bis an die Schulter reichte. Ganz ruhig stand es da und sah Oriel und Griff ohne zu lächeln und ohne etwas zu sagen aus seinen großen, braunen Augen an.

Mit einiger Mühe gelang es dem Mädchen, die Hunde so weit zu beruhigen, dass sie nebeneinander stehen blieben und nicht mehr am Gatter hochsprangen. Das Mädchen legte den Tieren die Arme um die Schultern und sagte: »Sei still, Brownie. Ist ja gut, Faith.« Dann sah sie hinauf zu Oriel und Griff.

Oriel konnte sich nicht erklären, warum das Mädchen bei ihrem Anblick verstummte, aber er beschloss so lange zu warten, bis sie von sich aus das Wort ergriff. Er wollte nicht schon am Anfang irgendwelche übereilten Fehler machen. Auch ein Fluss musste manchmal langsam fließen und sich von der Umgebung die Richtung vorgeben lassen.

»Guten Abend, die Herren«, sagte das Mädchen schließlich, wobei ihm die Röte in die Wangen stieg.

»Guten Abend«, antwortete Oriel.

»Ein schöner Abend heute, nicht wahr«, sagte sie. Ihre Stimme klang hoch und kindlich, war aber so leise, dass er genau hinhören musste, um sie zu verstehen. Hatte das Mädchen am Anfang Griff und Oriel noch prüfend angeblickt, so traute es sich jetzt nicht mehr, ihnen ins Gesicht zu sehen.

»Ja, es ist wirklich ein schöner Abend«, stimmte Oriel ihr zu.

Dann wartete er auf weitere Worte, aber das Mädchen schien ebenfalls zu warten und auch die Hunde harrten geduldig aus.

»Ist dein Vater wohl zu Hause?«, fragte Oriel dann schließlich.

»Ja«, meinte die Kleine und starrte auf den Boden zwischen ihren Schuhen.

Oriel wartete. Sie zappelte zwar nicht nervös hin und her, aber sie fühlte sich ganz offenbar nicht wohl.

»Ich würde deinen Vater gerne sprechen, falls das möglich ist«, sagte Oriel.

»Oh, ja«, antwortete sie. Sie schaute über die Schulter hinüber zu dem Bauernhof, dann richtete sie ihren Blick wieder auf Oriel.

Oriel sah Griff an. »Wir fragen uns«, meinte dieser, »ob du deinen Vater wohl herholen könntest. Oder vielleicht deine Mutter?« Das Mädchen schüttelte den Kopf. »Wir haben überlegt«, begann Griff wieder, »ob man deinen Vater wohl bei der Arbeit stören kann. Meinst du, ob das möglich ist?«

Das Mädchen blickte Hilfe suchend über die Schulter, aber es war niemand zu sehen. »Ja, ihr könnt ihn stören«, antwortete sie dann, blieb aber trotzdem stehen. Oriel wurde langsam ungeduldig, aber dann sagte das Mädchen: »Es ist besser, wenn ihr hier wartet. Die Hunde würden euch nicht über den Hof lassen.«

»Wir bleiben hier«, versicherte Griff.

Als das Mädchen sich in Bewegung setzte, sprang es nicht wie ein Kind, sondern schritt würdevoll wie eine erwachsene Frau auf den Bauernhof zu. Als sie außer Sichtweite war, hörten Griff und Oriel sie rufen: »Vater, Vater! Am Tor warten zwei Fremde! Vater!«

Die Hunde verharrten Seite an Seite und bewachten Oriel und Griff, die vor dem Gatter standen und warteten.

Schließlich kam hinter einem der Gebäude mit raschen Schritten ein Mann hervor. Wie alle Männer in der Gegend trug er ein weit geschnittenes Hemd, eine weite Hose und hohe Stiefel. Sein dichter Bart war tiefschwarz, aber in seinen Haaren zeigten sich schon die ersten grauen Strähnen. Er näherte sich ihnen ohne Zögern. Oriel bemerkte, dass er kein Halstuch trug. Das Mädchen lief hinter ihm her.

Die Hunde drehten die Köpfe, um ihren Herrn zu begrüßen, und warteten auf seine Befehle.

»Guten Abend, ihr beiden«, sagte der Mann. Er war etwas breiter gebaut als Oriel und Griff, aber nicht viel größer. »Meine Tochter sagt, dass ihr mich sprechen wollt.«

»Guten Abend«, antwortete Oriel. Ihm fiel nichts Besseres ein als dem Mann geradeheraus das zu sagen, was ihm auf dem Herzen lag: »Wir suchen Arbeit.«

»Wer hat euch denn gesagt, dass ich jemanden brauche, der mir bei der Arbeit hilft?«, wollte der Mann wissen.

»Niemand hat uns das gesagt. Suchst du denn jemanden?« Vielleicht hatten sie ja Glück.

»Was glaubt ihr denn, was ich hier mache?«

»Ich sehe Obstbäume, Felder und Vieh«, sagte Oriel. »Wir wissen, wie man Obstbäume pflegt, wie man Felder bestellt und wie man das Vieh versorgt. Wenn du also ein Bauer bist, dann können wir dir dabei zur Hand gehen.«

»Wisst ihr denn nicht, wer ich bin?«

»Nein, wirklich nicht«, sagte Oriel und Griff wiederholte: »Wissen wir nicht.«

»Warum seid ihr dann gerade an mein Gatter gekommen?«, fragte der Mann misstrauisch.

»Wir kamen auf der Suche nach Arbeit den Fluss herauf«, antwortete Oriel. »Ich habe deinen Hof gesehen und er sieht so …«

Der Mann wartete.

»Er ist sehr schön und wir würden gerne hier verweilen, falls das möglich ist«, sagte Oriel endlich.

»Ein Abendessen und ein Bett für die Nacht kann ich euch anbieten«, entschied der Mann. »Nach Sonnenuntergang sollte man tunlichst ein Haus aufsuchen, das müsstet ihr Burschen doch eigentlich wissen. Ich brauche übrigens tatsächlich jemanden, der mir bei der Arbeit hilft. Mal sehen, vielleicht kann ich euch anlernen, wenn ihr – *verweilen* wollt.« Er sprach das Wort so liebevoll aus wie den Namen eines Menschen, der ihm sehr nahe stand.

Oriel wollte das Gatter öffnen, aber die Hunde knurrten ihn böse an und wollten auf ihn losgehen. »Platz!«, befahl der Mann und gab beiden einen Schlag auf die Schnauze, woraufhin die Hunde kuschten und sich wieder hinsetzten. »Aber bevor ich euch mein Tor und meine Haustür öffne, möchte ich euch vor den Hunden warnen. Wenn ich euch willkommen heiße, kennen sie euch und tun euch nichts. Aber solltet ihr Böses im Schilde führen, werden Brownie und Faith euch in der Luft zerreißen. Ich heiße übrigens Vasil«, sagte der Mann.

Oriel wartete darauf, dass der Mann ihnen das Gatter öffnete.

»Habt ihr Burschen denn keine Namen?«, wollte Vasil wissen.

Sein Tonfall war so herablassend, dass in Oriel die Wut hochstieg. Bevor er sich eines Besseren besinnen konnte, reckte er trotzig den Kopf nach oben und antwortete knapp: »Doch.«

Als der Mann ihn darauf anlächelte, fühlte Oriel sich ziemlich töricht. »Doch«, sagte er noch einmal, während sie durch das Gatter gingen, das Vasil für sie aufhielt. »Ich bin Oriel und mein Freund hier heißt Griff.«

»Seid herzlich willkommen, ihr beiden«, sagte Vasil und schloss das Gatter hinter ihnen. »Kommt herein. Meine Tochter zeigt euch, wo ihr schlafen könnt. Sie wird euch Wasser bringen, damit ihr den Staub von der Reise abwaschen könnt, während ich noch rasch ein paar Arbeiten erledige. Nach dem Essen werden wir miteinander reden. Einverstanden? Oder wäre es euch recht, wenn wir unsere geschäftlichen Angelegenheiten auf eine andere Weise regeln würden?«

Oriel spürte, dass der Mann sich zwar über ihn lustig machte, es aber nicht böse meinte. »Es ist uns recht«, antwortete er. »Wir danken dir.« Er musste lernen mit normalen Menschen umzugehen. Das musste er schnell und gründlich lernen. Auf der Insel des Damalls hatte es niemanden gegeben, der ihm das hätte beibringen können. Dort war der Damall der Herr gewesen, der unbeschränkte Macht über die Jungen gehabt hatte. Ausgestattet mit dieser Machtfülle hatte der Damall es nicht nötig gehabt, sich wie ein Mensch zu verhalten.

Das Mädchen zeigte ihnen ein Zimmer, in dem sie schlafen konnten. Hier lagen drei Matratzen nebeneinander auf einem Schlafgestell. In dem Raum roch es nach etwas Süßem, Trockenem, doch bevor Oriel den Geruch identifizieren konnte, hatte das Mädchen schon das Fenster geöffnet und die kühle Abendbrise hereingelassen. Oriel konnte lediglich feststellen, dass es ein angenehmer, sauberer Geruch war. Als Nächstes führte das Mädchen die beiden auf den Hof und zeigte ihnen den Abort hinter dem Haus. Auf dem Hof stand zwischen einigen Enten und Gänsen ihr Vater, der sich über eine flache, große und mit einem Dach überbaute Pfanne beugte. Aus der Pfanne stieg Dampf auf. Nachdem das Mädchen Oriel und Griff den Brunnen gezeigt hatte, führte es sie wieder in ihre Schlafkammer zurück und zeigte ihnen eine Truhe, in der Hosen und Hemden in verschiedenen Größen lagen. »Das hier war früher einmal das Zimmer meiner Brüder«, erklärte sie.

»Du hast Brüder?«, fragte Oriel.

Das Mädchen nickte.

»Wo sind sie jetzt?«

»Weg«, antwortete sie. »Aber ich muss jetzt noch etwas arbeiten …« Und damit floh sie aus dem Zimmer.

»Das dumme Kind hat Angst vor uns«, sagte Oriel zu Griff, als sie beide ihre Hemden auszogen.

»Vielleicht ist sie bei Fremden immer so schüchtern«, meinte Griff.

»Das kann schon sein, aber es macht nichts. Wenn wir hier bleiben wollen, ist es vor allem wichtig, dass ihr Vater uns wohlgesinnt ist.«

»Es sei denn, sie mag uns aus einem bestimmten Grund nicht«, wandte Griff ein.

Oriel dachte gerade über etwas viel Wichtigeres nach. »Ich hoffe, dass ich einen Weg finde, Vasil für uns einzunehmen.«

Nach dem Abendbrot, das aus Suppe und Brot bestand und das die Tochter aufgetragen hatte, setzten sie sich alle nah ans Feuer. Vasil, der das ganze Essen über geschwiegen hatte, ergriff das Wort: »Wenn ihr wirklich hier arbeiten wollt, werde ich euch hier behalten. Normalerweise treffe ich keine raschen Entscheidungen, aber wenn sich eine günstige Gelegenheit bietet, muss man manchmal ohne Zögern zugreifen. Was meint ihr? Wollen wir es für vierzehn Tage miteinander versuchen?« Vasil gähnte herzhaft mehrmals hintereinander.

»Einverstanden«, antwortete Oriel ohne Zögern.

Vasils lautes Lachen klang angenehm. »Sprichst du für euch beide?«

»Oriel spricht auch für mich«, sagte Griff.

»Ich zahle jedem von euch zwei Kupfermünzen pro Woche. Solange ihr bei mir in die Lehre geht, bekommt ihr freie Kost und Logis, Kleidung und alles, was ihr sonst so braucht.«

»Einverstanden«, sagte Oriel und nickte.

Vasil lächelte, gähnte noch einmal und ging dann aus dem Zimmer. Seine Tochter folgte ihm. Oriel und Griff blieben am Feuer sitzen. Draußen, vor den dicken Mauern, lag eine eiskalte, stille Nacht über dem Fluss und den Hügeln. In diesem Haus, dachte Oriel, würde er tief und fest schlafen und ausgeruht wieder erwachen, so dass er am nächsten Tag frohen Herzens an die Arbeit gehen konnte. In diesem Haus würde er verweilen können.

Als grau der Morgen anbrach, nahm Vasil Oriel und Griff mit hinaus und zeigte ihnen seinen Besitz. »Ich bin Salzsieder«, sagte er voller Stolz, »und zwar der einzige weit und breit. Nennt mich Salzer, Salzmann oder wie ihr wollt, die Solequelle hier ist mein Lebensunterhalt. Vor mir gehörte sie meinem Vater und vorher meinem Groß-vater und so weiter, solange man zurückdenken kann. Diese Quelle hat schon immer ein ganz besonders gutes Salz geliefert. Als die alte Fürstin noch am Leben war, hat sie nur mein Salz haben wollen. Der Verwalter in ihrem Haus in Celindon wusste das genau, und wenn die Fürstin auf Reisen ging, hat sie immer einen Kegel von Vasils Salz dabeigehabt, und zwar nicht als Gastgeschenk, sondern für sich selbst. Nur wenn sie einem Gast aus ihrem eigenen Salzkeller etwas mitgab, hat sie mein Salz verschenkt.«

Vasil erwartete offenbar eine Reaktion von Oriel und so tat dieser ihm den Gefallen und bemerkte: »Das ist eine große Ehre.«

»Und ob, mein Junge, und ob. Das war es.« Vasil zuckte mit den Schultern. »Aber seit dem Tod der Fürstin ist das leider vorbei … Doch eigentlich darf ich mich nicht beklagen. Als Salzsieder hat man es nicht so schwer wie manch anderer und ich wäre schön dumm, wenn ich dem Schicksal dafür nicht dankbar wäre. Trotzdem war es zu Lebzeiten der Fürstin einfach besser, gar nicht zu reden von der Zeit, als ihr Vater, der alte Fürst, noch über die Städte regierte. Aber was nützt es, der Vergangenheit nachzutrauern?«, fragte Vasil und klopfte Oriel auf die Schulter. »Schließlich ist alles ständig im Wandel, und was einmal verloren ist, kommt nie wieder zurück. Tote werden schließlich auch nicht wieder lebendig. Was wisst ihr denn vom Salzsieden?«

»Nichts«, antwortete Oriel.

»Dann werde ich es euch erklären«, meinte Vasil. »Was ich euch jetzt zeigen werde, sieht zwar recht unscheinbar aus, aber es kann mit Leichtigkeit eine Familie ernähren. Zwar gehört mir das ganze Ackerland hier und auch die Wälder ringsum, aber das Herzstück meines Besitzes ist und bleibt das hier.«

Vasil deutete auf zwei längliche, flache Metallpfannen, von denen eine jede so groß war, dass sich ein ausgewach-

sener Mann mit ausgebreiteten Armen hätte hineinlegen
können. In den Pfannen, die durch ein Feuer von unten beheizt wurden, brodelte eine blaugrüne Flüssigkeit.
Nach einer Weile erkannte Oriel, wie das Ganze funktio-
nierte. An Ketten, die an den Balken des Schutzdaches befestigt waren, hing die eine Pfanne eine Handbreit höher
über dem Feuer als die andere. Ringsum war der Boden
mit einer weißen Kruste überzogen.

Über den Pfannen hing eine Reihe kegelförmiger
Körbe und in einer Ecke des überdachten Schuppens
stand ein Stapel kleiner Holzkistchen, die etwa so groß
wie Schmuckschatullen waren. Als Oriel genauer hinsah,
bemerkte er, dass die Flüssigkeit aus einer Rinne in die
oberste Pfanne tröpfelte. Die Rinne führte zu drei flachen
Holztrögen, die wie Treppenstufen übereinander ange-
ordnet waren. Neben den Trögen stand ein flacher Korb
voller Schnee, von dem Oriel sich nicht erklären konnte,
warum er nicht geschmolzen war.

Vasil beobachtete Oriels und Griffs Gesichter und zog
bedächtig an seinem kurzen Bart. »Passt gut auf, Burschen, ich erkläre euch jetzt, wie das Salzsieden funktio-
niert. Das hier«, sagte er und führte die beiden hinter den
überdachten Siedeschuppen zu einer Pfütze, die mit einer
trüben Flüssigkeit gefüllt war. »Das ist die Solequelle. Seit
Menschengedenken ist sie schon im Besitz meiner Familie. Niemand weiß, woher die Sole kommt und wie das
Salz sich gebildet hat.« Er beugte sich hinunter und hielt
seine Finger in das Wasser, das in der Mitte der Pfütze mit
geringem Druck hochsprudelte. »Versucht doch mal.«

Oriel und Griff probierten von der trüben Flüssigkeit.

»Schmeckt salzig, nicht? Alle Solequellen schmecken salzig, viel salziger als Meerwasser.« Vasil erklärte jede Einzelheit, schilderte, wie die Sole zu den treppenartig angeordneten Holztrögen hinaufbefördert wurde, von denen sie dann in die Siedepfannen floss. »In der oberen Pfanne sieht das Salz zuerst wie Schaum aus. Wenn der wieder zusammenfällt, muss man die Lake in die untere Pfanne fließen lassen. Was in der oberen Pfanne nach dem Verdampfen der Flüssigkeit zurückbleibt, ist feinstes Tafelsalz, und Vasils Tafelsalz ist das reinste weit und breit. Man schabt es vom Boden der oberen Siedepfanne. Aus der unteren gewinnt man Fischsalz, das zum Einsalzen von Heringen verwendet wird. Zum Essen ist es zu stark, aber manche Bauern nehmen es für ihren Käse her, wenn sie sich feines Salz nicht leisten können.«

»Woher weiß man, wann man die Siedepfannen ablassen muss?«, wollte Oriel wissen.

»Na ja, das kann man schmecken, aber das lernt ihr noch früh genug. Fürs Erste müsst ihr bloß wissen, welche Farbe das Salz hat und wie dick es ist, und wenn es darum geht, ob es schon gut genug ist, dann ruft ihr mich.« Vasil erhob sich und blickte Oriel mit feierlichem Gesicht an. »Ich bin mir allerdings noch nicht sicher, ob es klug von mir ist, gleich zwei fremde und unerfahrene Arbeitskräfte auf einmal einzustellen.«

Oriel wusste zunächst nicht, wie er darauf reagieren sollte. »Gestern Abend hast du aber noch etwas ganz anderes gesagt«, erinnerte er Vasil schließlich.

»Ich habe gestern Abend auch gesagt, dass ich viel Zeit zum Nachdenken brauche. Und jetzt habe ich nachgedacht und muss euch sagen, dass ich möglicherweise nur Arbeit für einen von euch habe.«

Dass ich mich an diesem Ort wohl fühle, dachte Oriel traurig, muss noch lange nicht bedeuten, dass ich hier auch willkommen bin. Auch wenn er nicht genau wusste, weshalb, hatte ihm das Haus mit seiner Solequelle auf Anhieb ebenso gut gefallen wie die Landschaft mit ihren Feldern und Viehweiden. Trotzdem ließ sich daraus noch lange nicht ableiten, dass es hier einen Platz für ihn und Griff gab. Vielleicht sollten sie einfach weiterwandern und sich einen anderen Ort zum Bleiben suchen.

»Das tut mir Leid, Salzsieder«, sagte er und versuchte seine Enttäuschung zu verbergen. »Wir danken dir, dass wir hier über Nacht bleiben konnten.«

»Nicht so hastig, mein Junge«, sagte Vasil. »Und du, Griff, ist es dir auch egal, ob du bleibst oder gehst?«

Oriel hatte überhaupt nicht in Erwägung gezogen, dass Griff ohne ihn hier bleiben könnte. Ihm war nur klar gewesen, dass er ihn nicht allein hätte weiterziehen lassen. »Wenn du willst, dann bleib hier«, sagte er.

»Nein, das will ich nicht«, antwortete Griff. »Aber wenn du hier bleiben willst, dann gehe ich und bin dir nicht böse.«

Oriel wandte sich an den Salzsieder. »Wir brauchen etwas, wo es Arbeit für uns beide gibt.«

Das war für Vasil nichts Neues. Seine Tochter erschien auf der anderen Seite des Hofes in der Küchentür und sah zu ihnen herüber, während sie ihre Hände an der Schürze abwischte. Um ihre Haare hatte sie ein weißes Tuch gebunden.

»Aber sag mir doch noch, warum du kein Halstuch trägst?«, fragte Oriel. »Seit unserer Ankunft in Selby haben wir keinen Mann gesehen, der sich nicht für die eine oder andere Partei entschieden hätte.«

»Das erkläre ich euch beim Essen«, meinte Vasil. »Übrigens tragt ihr ja auch keine Tücher.«

»Das stimmt, aber schließlich kommen wir ja auch nicht aus Selby und Umgebung«, entgegnete Oriel. »Und mit dem Essen wird es wohl nichts werden, denn wir sollten uns möglichst bald auf den Weg flussaufwärts machen.«

»Vielleicht ist das gar nicht nötig«, sagte Vasil und lachte laut auf. Er schien sehr zufrieden mit sich selbst zu sein, aber auch mit Oriel und Griff. »Habt ihr denn nicht gemerkt, dass ich euch bloß auf die Probe gestellt habe?«, fragte er und klopfte erst Oriel und dann Griff auf den Rücken. »Ich wollte wissen, wie gute Freunde ihr wirklich seid und ob ihr füreinander einsteht.«

»Warum sollten wir das denn nicht tun?«, fragte Oriel.

»Treue ist heutzutage keine allzu weit verbreitete Tugend mehr«, antwortete Vasil. »Also, was ist jetzt? Wollt ihr für eine Probezeit bei mir bleiben?«

Dass der Salzsieder ihn auf die Probe gestellt hatte, wollte Oriel überhaupt nicht gefallen und er überlegte, ob er das Angebot nicht ablehnen sollte. Von Prüfungen, mit denen Männer herausfinden wollten, wie erwachsen ein Junge schon war, hatte er seit der Insel die Nase ein für alle Mal voll. Andererseits wäre er gerne beim Salzsieder geblieben und außerdem hatte er ein gewisses Verständnis dafür, dass ein Mann, der hier draußen allein mit seiner einzigen Tochter lebte, auf die Zuverlässigkeit seiner Gesellen angewiesen war. Und so willigte er ein.

»Sprichst du jetzt für euch beide?«, wollte Vasil wie am Abend zuvor wissen.

»Oriel spricht auch für mich«, antwortete Griff erneut.

12

Beim Abendessen begann der Salzsieder zu erzählen, warum er keinen der Bewerber um das Erbe der Fürstin unterstützte. Es war eine lange Geschichte, die sich über viele Abende hinzog und eher einem verwirrenden Labyrinth von ineinander verschlungenen Einzelerzählungen glich, durch das es keinen roten Faden gab. Vasil erzählte sie langsam und entwickelte die Handlung Schritt für Schritt, wobei manche dieser Schritte in eine Richtung führten, die mit der ursprünglichen Geschichte nur noch wenig zu tun hatte.

Am Anfang wartete Oriel noch ungeduldig auf den Schluss der Geschichte, aber dann gewöhnte er sich an Vasils eigentümliche Art des Erzählens. Schließlich war er sogar froh, dass er die Geschichte nicht am Stück erzählt bekam, denn bisweilen war sie so traurig, dass er sie kaum mehr ertragen konnte.

Meistens war Griff dabei, wenn der Salzsieder erzählte, aber manchmal waren Vasil und Oriel auch allein. Bisweilen gingen sie dabei über die Weiden und sahen nach dem Vieh oder sie legten Holz unter den Siedepfannen nach und warteten, bis die Lake fertig war und sie das Salz in den kegelförmigen Körben abtropfen lassen konnten. Meistens jedoch saßen sie nach getaner Arbeit am Feuer oder auf einer Bank vor dem Haus, wo sie zusahen, wie der Himmel langsam dunkler wurde.

Der Salzsieder hatte die Erzählung mit den Worten begonnen: »Zu der Zeit, als die Priester wieder ins Land zurückgekehrt waren und ich ein kleiner Junge und mein Vater der Salzsieder war …« Daraus hatte sich langsam die Geschichte von Vasils ältestem Sohn entwickelt, der gerne Priester geworden wäre, wenn die heiligen Herren nicht wegen des Kriegs das Land hätten verlassen müssen. Der Salzsieder und sein Sohn hatten damals Karle unterstützt und voller Stolz das gelbe Halstuch getragen. Dann aber war Vasils Sohn wie so viele andere tatendurstige Jungen seinem Anführer in den Krieg gefolgt und hatte bei der Schlacht um eine der Küstenstädte sein Leben gelassen. Karles geschlagene Armee war Hals über Kopf vom Schlachtfeld geflohen und hatte ihre Toten einfach liegen lassen, so dass Vasil jetzt nicht einmal wusste, wo sein ältester Sohn begraben lag.

Danach hatten der Salzsieder und sein zweiter Sohn Ramon unterstützt, als dieser sich noch nicht mit dem Tunichtgut Taddeus verbündet hatte. Der Grund für diesen Zusammenschluss war Ramons Mangel an Soldaten gewesen. Dieser wiederum rührte von einer Reihe unglücklich verlaufener Schlachten her, in denen eine Übermacht von Feinden seine Männer gnadenlos niedergemacht hatte. Die Söhne vieler braver Männer waren dabei gestorben und rotes Blut hatte so manches blaue Halstuch durchtränkt.

Und so folgte eine Geschichte der nächsten, denn alle Söhne des Salzsieders waren für einen anderen Herrn gestorben. Das war der Grund, weshalb er inzwischen kein Halstuch mehr trug. Neben seinen Söhnen hatte Vasil auch mehrere Frauen verloren, doch die waren an Krankheiten wie Ruhr oder Kindbettfieber gestorben. Auch wenn die Zeiten jetzt ziemlich unsicher waren, meinte der Salzsieder zu Oriel, Griff und seiner Tochter, so hatte es seit dem Tod der Fürstin doch schon wesentlich Schlimmeres gegeben. Selby konnte sich glücklich schätzen, dass es nicht an einer der Handelsstraßen lag, die die großen Städte miteinander verbanden. So beneideten die Bürger von Celindon zum Beispiel die Einwohner von Selby um ihr vergleichsweise ruhiges und friedliches Leben.

Vasils Tochter hieß Tamara. Sie hatte noch zwei ältere Schwestern, die auf Bauernhöfen in der Nähe verheiratet waren. So kam es, dass fast das ganze Land am Fluss der Familie des Salzsieders gehörte. »Es zahlt sich aus, wenn man hübsche Töchter hat«, sagte Vasil. »Der Mann, der einmal Tamara heiratet, wird mein Nachfolger als Salzsieder werden. Hoffentlich gibt es bis dahin endlich Frieden, sonst kommen noch alle jungen Männer im Krieg um oder irgendein Soldatenführer nimmt mir eines Tages die Solequelle weg. Viel kann man nicht tun, um die Zukunft seines Kindes zu sichern. Sag mal, Oriel, findest du meine kleine Tamara eigentlich hübsch?«

Oriel hatte überhaupt keine Meinung über Tamara, denn er bemerkte sie praktisch nicht, obwohl sie das Essen an den Tisch brachte und das Haus sauber hielt. Tamara kümmerte sich um die Enten, Gänse und Hühner ebenso wie um das Gemüse und die Obstbäume im Garten. Was sie an Früchten und Gemüse nicht auf den Tisch brachte, lagerte sie in geflochtenen Körben oder eingesalzen in kleinen Fässern für den nächsten Winter ein. Darüber hinaus sorgte sie dafür, dass ihr Vater und die beiden Burschen stets frisch gewaschene und ordentlich geflickte Kleidung und Bettwäsche hatten. Griff schien Gefallen an Tamara zu finden, aber für Oriel war sie nichts weiter als ein kleines, zehnjähriges Mädchen.

Wenn sie mit ihrer Arbeit fertig war, spielte sie mit ihrer Puppe oder sie wickelte den Hunden Stofflappen um die Schwänze und behauptete, sie seien im Kampf verwundet worden und sie müsse die Tiere jetzt pflegen. Griff redete häufig mit ihr und seine Aufmerksamkeit spornte sie zu immer neuen Geschichten an. So erzählte sie oft von einem Land, das sie ihr Königreich nannte und in dem wunderschöne Damen lebten und tapfere Ritter fantastische Abenteuer bestanden. Sie kämpften mit Riesen und verloren ihr Herz an zarte Fräulein, zu denen sie in wahrer Liebe entflammt waren. Und dann gab es in Tamaras Königreich noch einen Mann namens Jackaroo, der – wie Oriel behauptete – kaum besser als ein Pirat sein konnte. Dennoch beschrieb Tamara seine schwarze Maske, seinen Umhang und vor allem seine Taten mit kleinen Seufzern der Bewunderung.

Oriel hätte gerne gewusst, wie viel von diesen Geschichten Griff eigentlich glaubte, doch er fragte ihn nie danach. Dem Salzsieder aber stellte er häufig Fragen. Zum Beispiel die, wie lange das feuchte Salz noch über den Siedepfannen hängen musste. Allerdings konnte man dafür nur eine Faustregel aufstellen, denn Luftfeuchtigkeit, Temperatur und Wind wirkten sich auf die Trockenzeit ebenso aus wie die Hitze des Feuers unter den Pfannen.

An einem Herbstabend, an dem Tamara beim Nähen einer warmen, gestreiften Winterhose für Oriel ohne Unterlass vor sich hin erzählt hatte, fragte Oriel beim Zubettgehen Griff schließlich doch: »Was meinst du? Gibt es dieses Königreich wirklich? Oder die dichten, undurchdringlichen Wälder am Fuß der hohen Berge mit ihren eisigen Gipfeln?«

Griff lächelte im Licht der Kerze. »Ich glaube, dass dieses Königreich wirklicher ist als die sagenhafte goldene Stadt Dorado, aber weniger wirklich als Celindon. Vasil hat mir erzählt, dass es vor dem Tod der Fürstin Händler gegeben hat, die sehr weit gereist sind. Diese Händler haben die abenteuerlichsten Geschichten erzählt, aber jetzt gibt es sie nicht mehr, denn die Straßen sind viel zu unsicher geworden.«

»Aber Griff«, protestierte Oriel, »das Kind behauptet sogar, dass seine längst verstorbene Mutter in diesem Königreich sein soll.«

»Sie will ja auch den Tod ihres jüngsten Bruders nicht wahrhaben, der Vasil einen Beutel mit Münzen gestohlen hat, den dieser eigentlich Matteus hatte geben wollen. Tamara behauptet, der Bruder sei auf die Insel des Dammers geflohen.«

»Daran siehst du, dass ihre Geschichten nicht stimmen«, sagte Oriel. Er zog die Bettdecke hoch, um sich ge-

gen die kalte Nachtluft zu schützen. »Es sind alles Fanta-
siegespinste, wie die von der Prinzessin, deren Geliebter
eine Hexe geheiratet hat und von dieser für immer weg-
gezaubert worden ist. Die Prinzessin stirbt in der Geschichte natürlich an gebrochenem Herzen und Tamara
kann aus voller Seele um sie weinen.«

Griff sagte nichts.

Oriel löschte die Kerze. »Ich glaube an die verrückte
Magy und an ihre Babys – aber nicht an diese Prinzessin
mit dem gebrochenen Herzen.«

»Für mein Gefühl ist das ein und dasselbe«, erwiderte
Griff aus der Dunkelheit heraus.

»Das ist es aber nicht«, widersprach Oriel. »Weißt du
denn nicht mehr, dass das Kind uns sogar einen Tanz beibringen wollte? Als ob ich Zeit zum Tanzen hätte.« Noch
im Einschlafen lächelte er vor sich hin.

Im ersten der drei Winter, die Oriel als Gehilfe des Salzsieders verbrachte, kam eines Tages die Wahrheit heraus.
Oriel gab sie unabsichlich preis, aber wie sich später herausstellen sollte, war es gut, dass Vasil über die wahre
Herkunft seiner Gesellen Bescheid wusste.

Kälte und Dunkelheit hatten die Menschen ins Haus
verbannt und wegen des Regens waren die Fensterläden
fest verschlossen. Der Salzsieder erzählte, dass es in Selby
nur ganz selten schneite, auch wenn Schnee den Bürgern
dort nicht ganz unbekannt war. Vasil und seine Tochter
saßen mit Griff und Oriel ganz dicht am Feuer. Der Salzsieder machte eine Aufstellung seiner Vorräte und zählte
sein Geld.

Vasil sagte Oriel, wie viele Kisten Salz er dem Wirt vom *Stadttor* für dessen Wintervorrat geliefert hatte, und bat ihn sich die Zahl zu merken. »Dazu kommen die Kisten, die er im Sommer erhalten hat – Tamara, erinnerst du dich noch, wie viele das waren?«

»Für das *Stadttor*?«, fragte Tamara. Sie nähte gerade einen Ärmel an ein neues Hemd für ihren Vater. Die Nadel fuhr durch den Stoff und das Mädchen runzelte die Stirn. »Ich glaube, es waren vier, oder? Aber das kommt mir so wenig vor, vielleicht doch eher vierzehn? Du hast es mir gesagt, daran erinnere ich mich genau. Aber ich weiß nicht mehr, was du mir gesagt hast, Vater.«

Vasil seufzte. Er ritzte Striche in den Kaminsims. Oriel und Griff bauten inzwischen aus kleinen Holzbrettern neue Salzkisten zusammen. »Hat der Wirt bei der Winterbestellung denn erwähnt, wie viele Kisten er im Sommer auf Kredit gekauft hat?«

Vasil hatte diese Frage an niemanden speziell gerichtet. Oriel und Griff hatten bei der Bestellung des Wirts nicht darauf geachtet, ob dieser etwas über die im Sommer erhaltenen Kisten gesagt hatte.

»Jedes Jahr um diese Zeit hat Vater Angst, dass die Quelle auf einmal weniger Salz hergeben könnte«, erklärte Tamara. Ihre Nadel mit dem langen Faden am Ende schlüpfte schnell in den dicken Stoff hinein und wieder heraus.

»Ja, das stimmt«, sagte der Salzsieder mit einem kläglichen Lachen. »Ich kann mich eben nie genau an die Zahlen vom letzten Jahr erinnern. Es ist schon genug für meinen armen Kopf, dass ich mir merken soll, wer seine

Rechnung bezahlt hat und wer nicht. Es kann gut sein, dass mir da schon viel Geld verloren gegangen ist.«

Niemand lachte.

Ohne weiter nachzudenken fragte Oriel: »Warum führst du denn keine Bücher?«

»Wenn ich Bücher führen wollte, brauchte ich Feder und Tinte, aber vor allem müsste ich lesen und schreiben können. Doch das kann ich nun einmal nicht.«

Oriel spürte, wie Griff sich auf die Zunge biss, um nichts zu sagen. Und er merkte, wie sich die Augen des Salzsieders in seinen Rücken bohrten. »Es ist Schlafenszeit, Tamara«, sagte Vasil schließlich.

»Ja, Vater«, antwortete sie und legte ihre Näharbeit in den Korb zurück. Sie war schon fast an der Tür, als Vasil sie noch einmal zurückrief: »Tamara?«

»Ja, Vater?«

»Wenn du heiraten solltest, würdest du dann einen von diesen beiden Burschen nehmen?«

»Ja, Vater.«

»Und welchen?«, fragte der Salzsieder.

»Aber du würdest mir doch so oder so sagen, wen ich heiraten soll«, antwortete sie mit ernstem Gesicht und großen Augen. Das Tuch, das sie sich um die Haare gebunden hatte, ließ sie erwachsener aussehen, als sie war.

»Aber ich will trotzdem wissen, welcher der beiden dir mehr zusagt«, drängte ihr Vater.

»Griff gefällt mir besser, Vater.«

»Und warum?«

»Weil er sich gerne mit mir unterhält. So wie Oriel

gerne mit dir spricht. Wir kommen gut miteinander aus. Griff stört es nicht, dass ich manchmal dumm bin.«

»Geh jetzt, Tochter«, befahl Vasil.

»Gute Nacht, Vater«, antwortete sie und verließ den Raum.

Die anderen saßen lange stumm da. Vasil starrte in die Flammen, Oriel betrachtete nachdenklich die Klinge seines Messers und Griff schmirgelte geduldig den Deckel einer Kiste glatt.

»Ist es nicht langsam an der Zeit, die Wahrheit zu sagen?«, fragte Vasil schließlich.

Oriel reagierte nicht, aber in seinem Kopf rasten die Gedanken dahin wie ein Fluss, der über Stromschnellen rauscht und sich seinen Weg um Felsen und seichte Stellen sucht, und mündeten schließlich in einen Strudel, in den er ihnen nicht mehr folgen konnte. Oriel wusste, dass Griff nichts sagen oder tun würde, bevor ihm nicht klar war, wozu er, Oriel, sich entschlossen hatte.

Nachdem der Salzsieder eine Weile gewartet hatte, fragte er mit rauer, aber ruhiger Stimme: »Habt ihr im Laufe des Jahres denn nicht mitbekommen, dass man mir vertrauen kann? Kann man denn von einem Mann, der seine Söhne den Wölfen lebendig zum Fraß hat vorwerfen müssen, nicht erwarten, dass er mehr versteht als andere?«

Oriel blickte auf und antwortete: »Doch, das kann man, Meister.« Oriel wusste, dass Vertrauen von Mann zu Mann Ehrensache war, auch wenn einer von ihnen ein junger Gehilfe und der andere der Meister war.

»Und schließlich habe ich doch gesehen«, fuhr Vasil

fort, »wie liebevoll du immer meine Hügel und Felder angeblickt hast.«

»Das wusste ich nicht«, sagte Oriel, obwohl er bereits
vermutet hatte, dass dem Salzsieder seine Sehnsüchte
nicht ganz verborgen geblieben waren.

»Könnt ihr mir denn nicht die Wahrheit sagen, Oriel?
Griff?«

Griff sah hinüber zu Oriel. Er wollte nichts preisgeben,
was sein Freund nicht auch zu erzählen bereit war.

»Es wäre mir lieber, wenn du mir sagst, was du vermu-
test«, sagte Oriel. »Die Wahrheit könnte uns gefährlich
werden, nur deshalb halten wir sie zurück. Wenn du sie
aber ohnehin schon ahnst, dann können wir dir auch
alles erzählen.«

Vasil schien mit der Antwort zufrieden zu sein. »Also
gut«, sagte er. »Ich glaube, dass du mit Zahlen umgehen
und darüber hinaus wohl auch lesen und schreiben
kannst. Das sind alles Dinge, wie sie die Jungen auf der
Insel des Dammers lernen, bevor sie auf dem Sklavenmarkt in Celindon verkauft werden.«

Der Salzsieder wählte seine Worte mit Bedacht und
war dabei so vorsichtig wie ein Mann, der beim Fischen
im Fluss seine Angelschnur langsam durchs Wasser zieht.
Oriels Gesicht blieb bewegungslos und ließ keine Reaktion erkennen.

»Ich habe gehört, dass der Dammer seine Sklaven für
gutes Geld verkauft, weil er sie den reichen Zunftmeistern
in den höchsten Tönen anpreist. Aber ich habe auch gehört, dass diese Jungen unter den anderen Sklaven Streit
auslösen, weil sie so eingebildet sind und sich mehr ums

eigene Wohlergehen kümmern als um das ihres Gebieters und seines Hauses. Wenn ich diese Geschichten hörte, fand ich immer, dass die Jungen doch sehr kurzsichtig handelten. Schließlich ist ja das Wohlergehen eines Sklaven untrennbar mit dem Wohlergehen des ganzen Haushaltes verknüpft. Findet ihr nicht auch?«

Nachdem Oriel gezögert und kurz überlegt hatte, antwortete er mit einem knappen »Ja«.

»Diese Jungen haben zum Beispiel Geld dafür genommen, damit sie die Bücher ihres Besitzers fälschten. Das Geld haben meistens die Leute bezahlt, die dem reichen Mann übel gesinnt sind – und davon gibt es immer mehr als genug. Außerdem sollen die Jungen versucht haben sich die anderen Sklaven untertan zu machen, während sie ihrem Besitzer gegenüber stets kriecherische Unterwürfigkeit zeigten. Der Dammer, so sagt man, soll ihnen mit seinen brutalen Methoden Mut und Treue gründlich ausgetrieben haben. Selbst Frauen sind treuer als die Jungen des Dammers, denn die meisten Frauen halten ihr Leben lang zu dem Mann, der einmal ihr Herz erobert hat. Ich finde, es wäre am besten, sich von den Jungen des Dammers Lesen und Schreiben beibringen zu lassen. Dann kann man seine Bücher selber führen und die Jungen an ein Bergwerk verkaufen. Tut man das nicht, dann stecken sie die anderen Sklaven mit ihrer Hinterhältigkeit und Feigheit an.«

Oriel nickte langsam.

»Wenn du mir also vorschlägst, dass ich Bücher führen soll«, fuhr der Salzsieder fort, »dann nehme ich an, dass du lesen, schreiben und rechnen kannst.«

Oriel nickte abermals.

»Und du kommst von der Insel des Dammers.«

Oriel holte tief Luft und sagte: »Ja. Das stimmt.«

»Und für mich gilt das Gleiche«, fügte Griff hinzu.

Der Salzsieder, den die Geständnisse nicht zu überraschen schienen, stand auf und holte einen Krug mit Wein aus dem Schrank. Dann füllte er drei Schalen, gab eine Oriel, eine Griff und behielt die dritte für sich. »Ich will euch mal sagen, was ich denke«, setzte er an. »Schlechte Erfahrungen verderben nicht jeden, denn es gibt Menschen, die man einfach nicht verderben kann. Und dann gibt es noch diejenigen, die sich solche Menschen zum Vorbild nehmen und von ihnen lernen. Auf euch scheint beides zuzutreffen und deshalb bitte ich euch, als meine Gehilfen bei mir zu bleiben. Aber erzählt niemandem, woher ihr kommt. Wenn euch jemand darauf anspricht, dann streitet es ab, und wenn es hart auf hart kommt, werde ich ein Wort für euch einlegen. Des Weiteren bitte ich euch Tamara lesen und schreiben beizubringen. Ich habe großes Vertrauen zu euch.« Wie zur Bekräftigung seiner Worte hob er sein Glas und trank den beiden zu.

»Wir vertrauen dir auch, Meister«, antwortete Oriel und nahm einen Schluck.

Als der Wein ihm durch die Kehle rann, spürte er, wie eine Woge der Freude in ihm aufstieg. Für einen kurzen Augenblick erschien ihm sein ganzer Körper angefüllt mit warmer Glückseligkeit.

In den folgenden Monaten lernte Oriel die Feinheiten des Salzhandwerks so rasch, dass er bald den Wohlstand seines Meisters um ein Beträchtliches vermehrte. Er brachte dem Salzsieder alles bei, was er über das Meer und die Flüsse wusste und wie man dieses Wissen zu seinem Vorteil nutzen konnte. Bald glaubte und hoffte er, dass er eines Tages so werden würde wie Vasil. Oft begleitete er ihn auf den Markt nach Selby und einmal zu einer Stadt namens Belleview, die mitten im Landesinneren lag. Einmal im Herbst waren sie sogar in der Stadt Celindon mit ihrem doppelten Mauerring. Karle und Eleanore hatten soeben die Stadt erobert und der Rauch war aus den Ruinen zerstörter Häuser aufgestiegen. Dem Salzsieder war es egal gewesen, wer gerade die Macht innehatte. Er trug keine Farben mehr, aber jeder wusste, dass er allen Bewerbern bis auf Philippe einen Sohn geopfert hatte. Auch wenn Vasil sich für keinen der Kontrahenten aussprach, so unterstützte er auch keinen von ihren Gegnern. Durch den Tod seiner Söhne hatte sich Vasil eine Unabhängigkeit erworben, die er auch für alle Bewohner seines Hauses in Anspruch nahm. Oriel glaubte, ebenfalls stark genug zu sein, um unabhängig wie sein Meister den Gefahren der Zeit die Stirn bieten zu können. Er dachte, dass er einmal ein würdiger Nachfolger des Salzsieders werden würde.

Das aber bedeutete, dass er Tamara zur Frau nehmen musste. Wenn es nach ihr ging, dann würde sie Griff nehmen, aber sie war ja erst knapp elf Jahre alt und ihr Vater würde sie frühestens in zwei Jahren bitten den Mann zu heiraten, den er für sie ausgesucht hatte. Wenn sie erst einmal so alt wäre, ihr Herz einem Mann zu schenken, dann würde es Oriel schon gelingen, es zu erobern.

Hatte Griff nicht in ihrem ersten Winter beim Salzsieder selbst gesagt: »Wenn ihr Vater Tamara die Entscheidung überlässt, dann wird sie dich wählen, Oriel. Warum sollte sie das nicht tun?«

Oriel wusste, dass man einer Frau in Gefühlssachen besser nicht dreinreden sollte, das hatte er aus der Begegnung mit der verrückten Magy gelernt. Auch die Köchin im Gasthof zum *Stadttor* war bei ihrem raubeinigen Wirt geblieben, obwohl sie von ihm nur wenig an Gegenleistung erhielt. Wenn ich eine Frau wäre, dachte Oriel, dann würde ich auch lieber mich selbst zum Mann erwählen als Griff. In diesem ersten Winter versuchte er öfters hinter dem stets ausgeglichenen Gesicht seines Freundes dessen Herz zu ergründen, denn er wollte ihm nichts wegnehmen, was Griff sich insgeheim vielleicht erhoffte. Das wollte Oriel auf keinen Fall, jedenfalls nicht, solange ihn nicht eine besondere Notlage dazu zwang. Aber sosehr er sich auch bemühte herauszufinden, ob Griff Tamara gerne geheiratet hätte, konnte er an ihm keinen jener begierigen Blicke entdecken, mit denen Männer ihre Sehnsucht nach einer Frau verrieten. Ebenso wenig entdeckte er Verlangen in Griffs Augen, wenn er den Blick über die sanften Hügel rings um den Bauernhof schweifen ließ.

In diesem ersten Winter, als das schlechte Wetter das Kriegführen unmöglich machte, war es in Selby und Umgebung ungewöhnlich ruhig. Regen- und Graupelschauer wechselten sich ab und nur selten kam die Sonne zum Vorschein. Dabei war es so kalt, dass große Eisschollen den Fluss hinabtrieben. Zu dieser Zeit wurde viel im Haus gearbeitet, bis alle Stühle und Tische repariert waren und sich im Vorratsraum die frisch geflochtenen Salzkörbe stapelten. Messer und Dolche wurden geschärft, Hemden, Röcke und Hosen geflickt und Transportkisten für das Salz gezimmert. Oriel nähte die Münzen des Damalls in die Säume seiner Hosenbeine und versteckte den Beryll in einer kleinen Geheimtasche unter seinem Gürtel, die er sich extra für diesen Zweck an die Hose genäht hatte.

Es gab auch milde Tage, an denen man das Vieh auf die Weiden lassen konnte. Bei schlechtem Wetter ließ Vasil die Kühe von den Bulldoggen wieder in den Stall treiben.

Der milde Winter stimmte auch die gegnerischen Lager in Selby milder. Wenn Oriel auf den Markt ging oder mit dem Salzsieder im Gasthof zum *Stadttor* einen Eintopf aß und einen Krug Bier trank, drehte sich das Gespräch in der Gaststube mindestens genauso oft ums Wetter wie um den Streit zwischen den verschiedenen Kontrahenten. Im Winter konnte ein Mann, der das blaue Tuch von Ramon und Taddeus trug, ein Mädchen nach Hause geleiten, das ein grünes Tuch umgebunden hatte und somit für Matteus und Lucia war. Und wenn dieser Mann dann auch noch einen Kuss haben wollte, dann gab sie ihm einen, denn sie wusste, dass über Selby der Frieden des Winters lag und sie damit kein Blutvergießen zwischen den verfeindeten Parteien verursachen würde.

13

Der Friede hielt auch den Sommer über an. Es war der dritte friedliche Sommer, den die Leute von Selby erlebten, und sie machten das Beste daraus. Mit jedem weiteren Friedensjahr nämlich wurde die Gefahr größer, dass der Krieg erneut über sie hereinbrach und Häuser, Felder und Obstgärten verwüstete, und die Angst davor wuchs fast täglich. Manchmal konnte man im Norden oder Westen am Horizont die Rauchsäulen von Bränden entdecken, die wie Gewitterwolken hoch in den Himmel stiegen. Die Leute von Selby starrten auf den Rauch und warteten auf Nachrichten von etwaigen Kampfhandlungen, aber während des ganzen zweiten Sommers, den Oriel und Griff im Haus des Salzsieders verbrachten, trafen keine solchen Nachrichten ein.

Die Stadt war vollauf damit beschäftigt, ihre Mauern zu verstärken, so dass man sich zunehmend weniger darum kümmerte, was für ein Halstuch jemand trug, solange er nur seine Arbeit ordentlich tat. Auch was für eine Figur einer beim Tanzvergnügen abgab, wie standfest er beim Trinken im Wirtshaus war oder wie hübsch seine Töchter gerieten, wurde den Bürgern von Selby in diesem Sommer wichtiger als der Ausgang des Streits um das Erbe der Fürstin.

An Markttagen beluden der Salzsieder, Oriel und Griff am Morgen gemeinsam den Wagen und fuhren in die Stadt, wo sie ihr Salz verkauften. Danach aßen sie gemeinsam Brot und tranken Bier, und wenn sie in der hereinbrechenden Dunkelheit nach Hause gingen, spürten sie, wie sie noch eine weitere, tiefere Gemeinsamkeit verband. Tamara hielt meistens schon nach ihnen Ausschau, setzte ihnen etwas Warmes zu essen vor und wollte wissen, was es Neues gäbe.

Oriel bemerkte, wie Tamara langsam zur Frau wurde. Es war nicht zu übersehen, dass ihr Körper Rundungen bekam und dass sie ihr Kopftuch jetzt sorgfältiger umband und dann zwei oder drei Locken darunter hervorzog, um hübscher auszusehen. Was die anderen außer Oriel vielleicht nicht bemerkten, war die Art, wie sie ihn auf einmal unter ihren Wimpern hervor anschaute. Es war fast so, als hätte sie ein bisschen Angst vor ihm, dann aber schenkte sie ihm wieder ein kleines, rasches Lächeln, das nur die Spitzen ihrer Zähne entblößte. Oriel hatte dabei den Eindruck, als mache sie sich damit über ihn und ihre eigene Ernsthaftigkeit lustig.

Trotz der vielen Hausarbeit, die sie ziemlich in Anspruch nahm, fand Tamara noch Zeit und Kraft dafür, sich von Oriel und Griff Lesen und Schreiben beibringen zu lassen. Einmal fragte sie Oriel mit einem durchbohrenden Blick unter ihren Wimpern hervor, ob sie nicht gemeinsam ein Boot bauen könnten. Mit einem Boot, meinte sie, könnte man auf dem Fluss fahren und wäre schneller als zu Fuß und außerdem habe doch Oriel ihr erzählt, dass er schon einmal eines gebaut habe. Tamara senkte den Blick und sagte, dass man mit einem Boot auch viel besser fischen könne als von Land aus, und schließlich bot sie an, Oriel und Griff beim Bau des Bootes zu helfen.

»Ich kann gut zupacken und hart arbeiten, oder etwa nicht?«, fragte sie Oriel, der daraufhin nur nickte. »Ich bin vielleicht nicht so hübsch wie andere Mädchen, aber ich kann gut zupacken. Meinst du, dass einem Mann ein hübsches Mädchen besser gefällt als eine, die anpacken kann?«

»Wie kommst du auf die Idee, dass sich die Jungen nicht für dich interessieren?«, fragte Oriel. Das Spiel zwischen Mädchen und Jungen schrieb vor, dass beide derartige Fragen unbeantwortet ließen und damit dem anderen Gelegenheit gaben, sich alle möglichen Antworten darauf auszudenken. Oriels Antwort darauf war allerdings nur eine einzige: Tamara würde einmal die Solequelle und das Land des Salzsieders erben. Darüber hinaus wusste sie, wie man einen Haushalt und eine Landwirtschaft führt, und war eine rundliche, adrette Person, deren Haare in der Sonne leuchteten, wenn sie sie nach dem Waschen offen trocknen ließ. Außerdem schien sie häufig an ihn zu denken, denn oftmals, wenn er sie ansah, wurden ihre Wangen feuerrot.

In diesem Jahr hatte es genügend Sonne und Regen gegeben, so dass auf allen Höfen ringsum die Scheunen voller Korn und Früchte waren. Die Tiere und ihre Jungen waren gesund und gut genährt und die Leute in der Gegend von Selby konnten den Winter – es war Oriels zweiter beim Salzsieder – gut und glücklich überstehen.

Wie viel Glück sie wirklich gehabt hatten, wurde den meisten erst bewusst, als im Frühjahr beunruhigende Nachrichten aus den Siedlungen im Osten und Westen ebenso wie aus den Dörfern flussaufwärts kamen. Die Neuigkeiten hörten sich nicht gut an, und dass sie sich teilweise widersprachen, ließ sie den Menschen um Selby nur noch gefährlicher erscheinen. Mit dem Frieden, der den ganzen Winter lang über der Stadt und dem Land gelegen hatte, war es seit dem Auftauchen dieser Geschichten vorbei.

Celindon sei eingenommen worden, erzählte man, seine doppelten Mauern seien durchbrochen und die Häuser dahinter in Brand gesteckt worden. Die einen sagten, Philippe habe die Stadt erobert, während andere schworen, es sei Karle gewesen, und auch darin, wer die Stadt denn nun verteidigt habe, war man sich vollkommen uneins. Einige wenige Reisende brachten Neuigkeiten aus dem Norden und behaupteten, dass sich in Celindon nichts geändert habe, nur hätten die Menschen dort diesen Winter sehr wenig zu essen gehabt. Andere erklärten, die Mauern von Celindon stünden sehr wohl noch, die Goldbergwerke förderten riesige Mengen, der Markt sei voller Sklaven und die Zunftmeister scheffelten mehr Geld als zuvor. Dann gab es Gerüchte, dass Eleanores Kinder alle an den Pocken gestorben seien und dass Lucia endlich schwanger sei. Weil Taddeus seine Truppen mit denen von Philippe zusammengeworfen habe, sitze Ramon jetzt auf dem Trockenen wie ein gestrandeter Fisch. Philippe habe seine Frau umgebracht, um Eleanore heiraten zu können, und angeblich wolle er ihre Söhne zu seinen Erben machen, ganz gleich ob er noch andere Söhne von ihr bekäme oder nicht.

Was sollte man nur von Philippe glauben? Was sollte man von alledem glauben, was über ihn gesagt wurde? Was sollte man überhaupt noch glauben?

Gefahr lag in der Luft, das war das Einzige, was die Leute von Selby wirklich wussten.

Die Bürger von Selby hatten Angst und waren unentschlossen. Ein paar von ihnen hielten an ihren Farben fest, aber die meisten legten ihre Halstücher ab. Allen gemeinsam war die Hoffnung darauf, dass Selby zu klein, zu weit entfernt und zu wenig vielversprechend war, als dass einer der Kriegsherren den weiten Weg zu der Stadt auf sich genommen hätte.

Und dann kam die Nachricht, dass im Landesinneren Wolfer aufgetaucht seien. Wo Wolfer vorbeizogen, blieb kein Stein auf dem anderen, blieb kein Feld verschont und auch kein Baum, kein Tier, kein Mann, keine Frau und kein Kind. Die Sprache der Wolfer, die kein Mensch verstand, klang wie Wolfsgeheul. Die Wolfer verspeisten die Herzen ihrer Feinde, die sie im Kampf getötet hatten, um sich den Mut ihrer Gegner einzuverleiben.

In Zeiten wie diesen bekam die verrückte Magy das zarteste Gemüse und süße Kuchen, und ihre Suppe wurde vom besten Fleisch gekocht, denn vielleicht lag ja ein Körnchen Wahrheit in dem, was man sagte: Solange Magy am Leben war, konnte Selby nichts passieren.

»Im Frühling, wo es nichts zu holen gibt, werden sie schon nicht kommen«, sagten die Leute von Selby zueinander und waren froh, dass Selby so weit entfernt von den anderen Siedlungen lag. »Die kommen erst, wenn die Ernte in der Scheuer ist«, meinten die Optimisten unter den Bürgern. »Oder nie«, antworteten andere, die noch optimistischer waren. »Vielleicht gibt es ja anderswo Kämpfe, vielleicht stimmen die Geschichten über die Wolfer ja gar nicht und vielleicht ist uns noch ein weiteres friedliches Jahr vergönnt.«

Kaum hatte sich der Eindruck breit gemacht, noch einmal davongekommen zu sein, begannen die Leute mit den blauen Tüchern wieder damit, sich im Wirtshaus von denen mit den gelben abzusondern. Die Grünen spuckten auf die Roten, weil deren Führer keinen berechtigten Anspruch auf die Thronfolge hatte und alles nur mit brutaler Gewalt erzwingen wollte. Die Roten wiederum machten sich über jeden lustig, der wegen des drohenden Krieges um sein Leben fürchtete.

Die Leute fingen wieder an, miteinander Streit zu suchen. Auch Oriel konnte sich dem nicht entziehen. Einmal, bei einer Rauferei auf dem Marktplatz, als er atemlos mit den Fäusten auf einen Gegner eindrosch, bis sie beide bluteten, wurde ihm klar, warum das so war: Indem sie miteinander stritten, mussten sie wenigstens nicht vor Angst gelähmt still dasitzen und darauf warten, dass die drohende Gefahr über sie hereinbrach.

Der Wirt vom *Stadttor* allerdings duldete in seinem Haus kein Gezänk und warf alle Streithähne, ganz gleich welches Tuch sie trugen, ohne Zögern vor die Tür. Vasil, der nach einem Markttag dort sein Bier trank, war das angenehm. Er ging nicht zum Streiten in den Gasthof, sondern weil er erfahren wollte, was es Neues gab. Wenn er mit seinen beiden Gehilfen dann wieder nach Hause ging, wählte er jetzt den längeren Heimweg, der um die Stadtmauern herumführte und sicherer war als der kurze mitten durch die Stadt. Jedes Mal wenn sie heimkamen, hielt Tamara bereits Ausschau nach ihnen. Wenn sie alleine war, durfte sie auf keinen Fall den Hof verlassen, durfte nicht mit dem Boot, das Oriel für sie gebaut hatte, auf den Fluss fahren und keinen Fremden grüßen.

Tamara hatte kein Verständnis für Oriels Raufereien. »Bald werden sie mit Messern und Dolchen aufeinander losgehen«, meinte sie besorgt. »Und was ist dann noch für ein Unterschied zwischen den Männern von Selby und bewaffneten Soldaten? Ich bin alt genug, um zu wissen, wie ernst die Lage ist. Wenn die Bürger untereinander kämpfen, dann bieten die Mauern keinen Schutz mehr. Und wenn die Soldaten doch im Frühjahr kommen, dann können wir die Saat nicht mehr ausbringen und werden hungern, falls wir überhaupt am Leben bleiben. Wenn sie im Sommer kommen, machen sie uns die Arbeit kaputt, die wir bis dahin getan haben, und wenn sie im Herbst kommen …«

»Das reicht, Tochter«, sagte ihr Vater.

»Aber ich bin schon zwölf und kein Kind mehr«, entgegnete Tamara.

»Sie hat Recht«, sagte Oriel. Durch Tamaras Schilderung war ihm plötzlich klar geworden, wie aussichtslos die Lage in Wirklichkeit war. »Und gleichzeitig hat sie auch wieder nicht Recht.«

»Noch haben wir ja Zeit«, sagte Tamara, die sich durch Oriels Entgegenkommen ermutigt fühlte. »Wir könnten flussaufwärts fliehen, bis die Gefahr vorüber ist.«

»Sollen wir etwa alles zurücklassen, was wir besitzen?«, fragte Vasil.

»Wenn wir überleben, können wir unseren Besitz zurückfordern.«

»Und jeder wird uns Feigheit vorwerfen, oder etwa nicht?«, fragte Vasil.

Die Schnelligkeit, mit der Vasil diesen Einwand vorbrachte, machte Oriel deutlich, dass der Salzsieder sich selbst bereits Gedanken in diese Richtung gemacht haben musste.

»Niemand würde einen von euch einen Feigling nennen.«

»Hast du denn gar keine Angst vor Wolfern im Landesinneren?«, fragte der Vater seine Tochter.

Tamaras rundes, ernsthaftes Gesicht nahm einen spöttischen Ausdruck an. »Meiner Meinung nach sind das bloß Schauergeschichten. Glaubt ihr drei denn, dass es die Wolfer wirklich gibt? Glaubst du es, Oriel?«

Oriel bewunderte Tamaras Entschlossenheit aus tiefstem Herzen. Wenn doch nur alle Frauen in Selby so mit ihren Männern sprechen würden, dachte er. »Aber du glaubst doch auch an dein Königreich jenseits der Berge, Tamara. Wieso nicht an die Wolfer?«

»Das Königreich haben weit gereiste Kaufleute gesehen.«

»Aber lange nicht mehr. Schon viele Jahre vor dem Krieg hat niemand mehr etwas davon erzählt«, wandte ihr Vater ein.

»Aber trotzdem ist jemand dort gewesen. Du hast doch selbst solche Schilderungen gehört, Vater. Und deshalb glaube ich auch, dass es dieses Land hinter den Bergen gibt. Und in diesem Land ist nicht jeder Bauernhof in Gefahr und auch die Städte werden nicht von den Soldaten bedroht. In diesem Land würde ich gerne leben, aber leider …«

»Ich glaube, wir haben Wichtigeres zu tun als uns Gedanken über das Königreich oder die Wolfer zu machen«, unterbrach Oriel das Mädchen.

Ihm war nämlich eine Idee gekommen, die er dem Salzsieder unbedingt sofort mitteilen musste.

»Wenn Selby sich selbst schützen könnte, dann wäre die Stadt nicht auf die Unterstützung irgendwelcher Soldaten angewiesen und es gäbe auch keine Raufereien mehr zwischen den Anhängern verschiedener Farben. Die Leute denken viel zu wenig daran, dass sie ja alle Bewohner von Selby sind. Aber genau das ist das Entscheidende, viel entscheidender als die Frage, ob man für den einen oder anderen Kriegsherrn ist. Warum geben die Bürger von Selby ihr sauer verdientes Geld vier fremden Herren, die damit ihre Armeen ausrüsten und ihre Soldaten bezahlen? Wäre es nicht viel besser, sich mit dem Geld selber zu rüsten, damit man die eigene Stadt verteidigen kann? Oder von mir aus auch Tribut bezahlen, damit die Stadt vor Kampfhandlungen verschont bleibt?«

»Aber die Männer von Selby verstehen sich nicht aufs Kämpfen«, wandte Vasil ein.

»Ach nein? Und was tun sie dann bitte schön an jedem Markttag?«, fragte Oriel mit einem Lächeln. »Ich jedenfalls kann kämpfen und ich würde es hundertmal lieber für die Stadt tun, in der ich lebe, als für einen machthungrigen Menschen, der Graf werden und Städte erobern will, die ich nicht einmal vom Hörensagen kenne.«

»Aber wir haben keinen Anführer«, gab der Salzsieder zu bedenken. »Allerdings könnte man natürlich einen der

Heerführer dafür bezahlen, dass er unsere Soldaten ausbildet.«

»Würdest du denn nicht auch lieber die Farben von Selby tragen als die eines fremden Herrschers?«, fragte Oriel, obwohl die Antwort eigentlich klar war.

»So habe ich das nicht gemeint«, protestierte Tamara. Tränen stiegen ihr in die Augen und liefen ihr über die Wangen.

»Das wissen wir, Tamara«, tröstete sie Griff. »Aber wir müssen nun mal versuchen das Beste aus der Situation zu machen.«

»Ich frage mich, ob es möglich ist, dass die Männer von Selby ihre alten Streitereien vergessen und sich zusammenschließen«, überlegte der Salzsieder.

»Willst du denn nicht versuchen die Leute von Selby anzuführen, Meister?«, sagte Oriel und Griff nickte zustimmend. »Der Wirt vom *Stadttor* ist bestimmt Manns genug, um dich dabei zu unterstützen. Damit wären es bereits …«

Oriel hielt mitten im Satz inne, weil Vasil in schallendes Gelächter ausbrach.

Oriel wurde rot bis über beide Ohren und hatte das Gefühl, wieder ein dummer, kleiner Junge auf der Insel des Damalls zu sein. Er spürte, wie seine Wangen ganz heiß wurden, und am liebsten wäre er aufgestanden und hinausgelaufen oder hätte sich mit den Fäusten gegen diese Erniedrigung zur Wehr gesetzt.

»Warum lachst du, Meister?«, fragte Oriel mit einer Kälte in der Stimme, die ihn selbst erschreckte.

Der Salzsieder schien seinen Tonfall entweder nicht zu

bemerken oder nicht zu beachten. »Warte, bis ich es dir erzähle, dann lachst du bestimmt genauso«, sagte er.

Oriel begriff, dass Vasil damit etwas meinte, was er vor Tamara nicht sagen konnte, und war auf einmal sehr erleichtert.

»Wenn Selby seine eigenen Interessen vertreten würde, müsste es nicht die Belange fremder Herren unterstützen«, sagte der Salzsieder, bevor er sich an seine Tochter wandte. »Mir geht es genau wie dir. Auch ich habe viel zu viel über dieses Königreich gehört, als dass ich alles als Unsinn abtun könnte. Aber ich tue mich trotzdem schwer damit, etwas zu glauben, was ich nicht mit eigenen Augen gesehen habe. Wenn hier alles verloren wäre, dann könnten wir uns auf die Suche nach deinem Königreich machen, vorher werde ich aber alles tun, damit es gar nicht erst so weit kommt. Ich finde Oriels Plan gut und würde gerne die Farben Selbys tragen. In der Stadt kenne ich eine Menge Leute, die ebenso denken wie ich. Zum Beispiel der Wirt vom *Stadttor*«, sagte er und grinste bei der Erwähnung des Wirts schon wieder wie ein Honigkuchenpferd.

Fast alle Bewohner von Selby waren zu dem Treffen im Gasthof *Zum Stadttor* gekommen. Ein paar Männer, die nicht mehr in die Gaststube passten, standen an der Tür, reckten die Hälse herein und berichteten den anderen, die sich draußen auf der Straße drängten, was drinnen gesprochen wurde. Vasil präsentierte den Bürgern Oriels Idee: »Warum halten wir ständig fremden Herren die Treue? Warum tragen wir die Farben von Männern, die wir nicht kennen und von denen wir hoffen, dass wir sie auch niemals kennen lernen?«

Aus allen Ecken war wütender Protest zu hören, bis der Wirt mit rauer Stimme zur Ruhe rief. Durch die eintretende Stille hallte der Ruf eines der Protestierenden: »Selby hat doch gar keine eigenen Soldaten, Salzsieder.«

»Dann werden wir eben unsere eigenen Soldaten sein, wenn es hart auf hart kommt«, gab Vasil zurück. »Ich traue eher dir als Karle, dem du Treue geschworen hast, zu, mein Land und meine Tochter im Kampf zu verteidigen. Würdest du nicht auch mir mehr Vertrauen schenken als einem Soldaten, der dafür bezahlt wird, dass er tötet? Einem Soldaten, der weniger am Überleben unserer Stadt interessiert ist als daran, dass er selber überlebt?«

»Und seine Beute genießen kann«, rief jemand aus der Schankstube.

»Aber selbst wenn ich kämpfen wollte, dann würde das noch lange nicht bedeuten, dass ich es auch kann«, meldete sich eine andere Stimme zu Wort.

»Wo ein Wille ist, ist auch ein Weg«, erwiderte der Wirt und daraufhin waren alle still. »Wir könnten einen Hauptmann bezahlen, der uns das Kämpfen beibringt. Auch die Soldaten müssen erst lernen, wie man mit Pfeil und Bogen, Schwert und Dolch umgehen muss. Niemand kommt als Krieger auf die Welt. Ich für meinen Teil weiß, wie man mit Fäusten und Füßen kämpft, da werde ich den Rest auch noch lernen. Ich glaube, euch dürfte das genauso gehen. Wenn wir wollen, dann können wir kämpfen, und zwar für unsere Stadt und nicht für irgendeinen fremden Kriegsherrn.«

»Wo würden wir denn hinkommen, wenn wir nicht den Schutz eines Fürsten hätten – egal wie dieser auch heißen mag?«, fragte der Mann.

»Schau dich bloß um, dann siehst du, wo wir damit hingekommen sind«, rief der Wirt. Seine Wangen waren vor Hitze und Aufregung gleichermaßen gerötet, seine Augen funkelten und vor lauter Empörung schlug er mit der Faust auf die Theke. »Vor vier Tagen hatten wir einen Toten«, sagte der Wirt mit lauter Stimme. »Einen Mann, der bloß ein bisschen zu viel getrunken hatte, so wie ein paar andere Männer auch. Sein Pech war nur, dass er ein anderes Halstuch umhatte als sie. Ich will jetzt keine Namen nennen, aber dieser Mann war mein Freund und es gibt nicht allzu viele Männer, die ich als meine Freunde bezeichne. Ich nenne keine Namen und ich hege auch keinen Groll, denn wir sind nun mal so aufgewachsen – aber wenn ich mir überlege, dass das alles nicht so sein müsste, wenn ich darüber nachdenke, dass wir Selby mit unseren eigenen Händen erfolgreich verteidigen könnten – dann wird mir auf einmal warm ums Herz.«

»Was er da sagt, hat was für sich«, rief jemand.

»Wenn wir zusammenhalten, sind wir stärker, als wenn wir uns auf vier verschiedene Herren verteilen. Das leuchtet doch ein.«

»Und was wird aus uns, wenn einer der Herren den Krieg gewinnt und der neue Fürst wird?«

»Was soll schon passieren, wenn wir davor mit keinem seiner Feinde verbündet waren?«

»Warum sollte überhaupt einer gewinnen? Das hat bisher keiner geschafft, nicht einmal ganz am Anfang, als sie noch ausgeruhte und gut ausgerüstete Soldaten hatten.«

»Wenn wir alle zusammenhalten und trotzdem besiegt werden, fallen wir wenigstens für eine gute Sache.«

»Und ihr meint wirklich, dass es möglich ist, nie wieder einem Herrn zu dienen? Das kann ich mir überhaupt nicht vorstellen.«

»Stell es dir einfach vor«, forderte der Wirt ihn auf. »Erinnerst du dich denn nicht mehr an die Steuereintreiber der Fürstin, die jedes Jahr hierher kamen und uns das Geld wegnahmen? Und nicht nur Geld, sondern auch Fische und Korn und Fässer mit Bier und Degen, Kleider und Schuhe, die wir eigentlich für unsere eigenen Familien hergestellt hatten? Und wozu brauchte die Fürstin denn das Geld, wo sie doch ohnehin schon reich genug war? Um sich eine noch längere Perlenkette zu kaufen, damit man die Falten an ihrem Hals nicht so sah?«

»Aber sie hat auch Häuser gebaut, in denen die Armen verköstigt wurden«, wandte jemand ein.

»Und sie hat die Priester damit bezahlt. Nach ihrem Tod sind sie sofort aus dem Land geflohen«, meinte ein anderer.

»Und sie hat lange Zeit den Frieden aufrechterhalten«, gab ein Dritter zu bedenken.

Solche und ähnliche Argumente wurden auch auf den weiteren Versammlungen im Gasthof *Zum Stadttor* ausgetauscht, zu denen sich die Bürger von Selby in diesem Frühjahr trafen. Von Versammlung zu Versammlung waren mehr vom Plan des Salzsieders überzeugt und immer mehr taten es ihm und seinen Gehilfen gleich und banden sich kein Tuch mehr um den Hals.

Den ganzen Sommer über kamen die wildesten Gerüchte nach Selby, aber solange die verrückte Magy in ihrer Hütte noch am Leben war, gab niemand viel darauf. Die Männer der Stadt brachten ihr wie immer regelmäßig ihr Essen hinaus, während die Gerüchte immer beunruhigender wurden.

Im Gasthof *Zum Stadttor* hielten die Bürger noch immer ihre Versammlungen ab. Sie überlegten, ob sie sich nicht mit einem Eid aneinander binden sollten, einem Eid, zu dem sie auch ein fremder Herrscher über die Stadt verpflichten würde. Von nun an sollten Gemeinsamkeit und Allgemeinwohl im Vordergrund ihrer Interessen stehen. Die Bürger von Selby wollten eher einen aus ihren Reihen zum Stadtherrn machen als irgendeinen Verwalter, den ihnen ein Graf vor die Nase setzen würde.

Nach einem dieser Treffen meinte Griff zu Oriel, dass sich das Amt des Stadtherrn doch eigentlich auch auf eine Gruppe von vier oder fünf Männern verteilen ließe, dann hätte nicht ein Einzelner die ganze Verantwortung zu tragen. Oder man machte einen Einzigen zum Stadtherrn, aber dann nur für eine bestimmte Anzahl von Jahren. Dadurch, so meinte Griff, könne man verhindern, dass sich ein Stadtherr zu einer Art neuem Fürsten aufspielte.

»Schlag das doch in der Versammlung vor«, meinte Oriel und hatte Mühe, auf diese gute Idee nicht neidisch zu sein. Doch wenn Griff sie gehabt hatte, dann sollte er sie auch verkünden.

»Nein«, widersprach Griff. »Mach du das. Dir hören sie eher zu als mir.«

Oriel tat, was Griff wollte, und gab die Idee vor der Versammlung als seine eigene aus. Seltsamerweise war es ausgerechnet der Salzsieder, der als Erster seine Einwände dagegen geltend machte. »Ich finde es besser, einen einzigen Stadtherrn zu haben. Dem werden die Leute eher gehorchen als einem Rat aus mehreren Männern«, verkündete er lautstark.

»Wir haben doch in den letzten Jahren auch nicht nur einem einzigen Mann Folge geleistet«, hielt ein anderer dagegen. »Es werden weder die Stadtmauern einstürzen noch werden die Männer von Selby plötzlich nicht mehr ihre Familien ernähren können, bloß weil sie von mehreren Männern regiert werden. Ich sage euch, welchen Männern ich trauen würde – als Erstes dem Salzsieder, als Zweites unserem Wirt hier und dem jungen Kerl, der eben den Vorschlag gemacht hat, als Drittem. Dem Salzsieder, weil er reich ist und gescheit genug, um seinen Reichtum zu bewahren. Unserem Wirt traue ich wegen seines Mutes und dem jungen Burschen deshalb, weil er uns dazu anhält, ehrlich zu sein, und weil er gute Ideen hat. Wie steht es mit euch?«, fragte der Redner und blickte in die Runde. »Würdet ihr denn auch diese drei wählen?«

»Oriel ist zu jung. Er besitzt kein Land. Und er hat keinen Beruf«, wandte Vasil ein. »Was weiß er denn schon vom Regieren?«

Der Mann, der den Vorschlag gemacht hatte, stellte Oriel auf die Probe, indem er fragte, wie Oriel dafür sorgen wolle, dass die Bewohner ihren Eid gegenüber Selby auch einhielten. Oriel antwortete, dass die Androhung eines Bußgeldes ausreiche, um einen Mann auf sein Wort zu verpflichten. Daraufhin wurde er gefragt, wer denn seiner Meinung nach das Bußgeld festlegen und wer es bei einem zahlungsunwilligen Bürger eintreiben sollte. Wer sollte in so einem Streit ein Urteil fällen und wie sollte dieser Mann dafür entschädigt werden, dass er zu Gericht saß und nicht seiner Arbeit nachgehen konnte? Und was sollte schließlich mit dem Bußgeld geschehen?

Oriel hatte auf alles eine Antwort parat. So hatte er sich zum Beispiel überlegt, dass die Bürger von Selby eine Art gemeinsame Kasse einrichten sollten, in die dann das Bußgeld in Form von Münzen oder Waren, Feldfrüchten oder unentgeltlicher Arbeit zu entrichten sei. Dann sollten die Bürger einen Mann, der allgemein für seinen Gerechtigkeitssinn bekannt war, zum Richter ernennen. Dieser Mann und seine Gehilfen sollten aus der Stadtkasse bezahlt werden. Zum Beispiel beklagten sich viele Leute in Selby über Mitbürger, die ihren Unrat einfach auf die Straße warfen oder ihren Nachttopf über die Grundstücksmauern in Nachbars Garten ausleerten. Die Frauen von Selby hatten ja oft genug den Verdacht geäußert, dass diese Verschmutzung die Brutstätte für mancherlei Krankheiten war, und Ratten und Ungeziefer zog sie obendrein an. Einzelne konnten gegen diese Missstände nur wenig ausrichten, aber einer von allen Bürgern getragenen Stadtregierung würde es sehr viel leichter fallen, für saubere Verhältnisse innerhalb der Mauern zu sorgen. Überhaupt, so meinte Oriel, könnten die Bürger von Selby sich mittels Abstimmung gewisse Regeln geben, die dann schriftlich festgehalten werden müssten, damit ein jeder sich über seine Rechte und Pflichten informieren könne.

Oriel merkte, dass ihn auf einmal alle in der Wirtsstube angespannt anstarrten. In den Gesichtern der schweigenden Männer schwang auch eine gewisse Furcht mit, die Oriel sich zunächst nicht erklären konnte. Als ihm bewusst wurde, was für einen Fehler er gemacht hatte, nannte Vasil die Sache auch schon beim Namen.

»Ja, er kann schreiben«, sagte er. »Und lesen und rechnen kann er auch.« Die Aufmerksamkeit aller war jetzt auf Vasil gerichtet. »Er ist genau das, was ihr denkt, was er ist.«

Oriel wusste, dass er mit den Fäusten oder mit dem Knüppel gegen seinen Meister kämpfen konnte. Er glaubte, dass er so einen Kampf auch gewinnen würde, schließlich war er viel jünger und schneller als er. Als er die Wut in Vasils Augen sah, zog sich Oriels Herz zusammen, denn er erkannte plötzlich, dass der Salzsieder ihm übel wollte.

»Kommst du von der Insel des Dammers, Bursche?«, wollte jemand im Saal wissen.

»Ja«, antwortete Oriel knapp. Schließlich war er niemandem eine Erklärung schuldig.

»Und du, Griff«, fragte derselbe Mann weiter, »kommst du auch von dort?«

»Ja«, gab Griff zu. Und dann fügte er noch hinzu: »Wir sind geflohen.«

»Geflohen?«, fragte der Mann ungläubig.

»Ganz recht«, sagte Oriel und nickte.

»Das habt ihr mir nie erzählt«, protestierte Vasil.

Oriel schwieg.

Der Mann, der gerade die Fragen gestellt hatte, traf eine Entscheidung. »Das heißt doch, dass dieser Bursche hier schlau genug war, um den Fängen des Dammers zu entkommen, und aufrecht genug, um seinen Verlockungen zu widerstehen. Und obendrein kann er lesen und schreiben. Das nenne ich ein Glück für Selby«, sagte er. »Ich glaube, dass Oriel Selby Glück bringen wird.«

Auf dem Nachhauseweg ging der Salzsieder zuerst für sich allein voraus, doch dann verlangsamte er seinen Schritt, bis die drei irgendwann auf gleicher Höhe waren. Schließlich wandte er sich an Oriel und sagte: »Sieh dich vor, Oriel, sonst könntest du dir mit deiner Schlauheit eines Tages schaden. Du weißt, wie du die Leute mit deinen Worten einwickeln kannst, das muss der Neid dir lassen. Ich wollte dir vorhin übrigens nicht wehtun, mein Junge.«

Im Wirtshaus hatte Oriel nicht gewusst, was der Salzsieder tun würde. Doch hier unter freiem Himmel war er genauso gut wie jeder andere Mann aus Selby. Mindestens genauso gut, wenn nicht sogar besser.

Der Salzsieder sprach langsam. »Es tut mir Leid, dass ich eifersüchtig auf dich war. Wenn du also das Herz meiner Tochter gewinnen kannst …«

»Das kann er«, bemerkte Griff. »Er hat es schon längst erobert.«

»Dann wirst du sie heiraten und für mich wie ein Sohn sein. Ein Sohn, auf den jeder Mann hier mit Recht stolz wäre«, sagte Vasil langsam und bedächtig. »Eine Ehre für das ganze Haus.«

Auch im Herbst tauchten in Selby keine Soldaten auf, dennoch hielten die Männer weiter ihre Versammlungen ab. Von jeder Ernte wurde ein Teil für den Notfall zur Seite geschafft und eingelagert, egal ob es sich um Getreide, Zwiebeln oder Rüben handelte. Darüber hinaus legten die Leute auch einen Vorrat an Waffen an, die mit den Steuergeldern der Bürger angeschafft worden waren. Der Schmied und der Küfer hatten in Celindon einen Hauptmann aufgetan, der nach Selby kam und gegen Bezahlung Männer und junge Burschen im Umgang mit Dolch und Schwert, im Bogenschießen und Speerwerfen unterwies. Er brachte ihnen auch bei, sich mit Axt und Sense zu verteidigen, und er erklärte ihnen, dass sie Befehle befolgen und im Kampf zusammenhalten mussten. Nur wenn sich Vorgesetzte auf ihre Untergebenen und die einzelnen Soldaten aufeinander verlassen könnten, sagte der Hauptmann, sei eine erfolgreiche Verteidigung der Stadt möglich. Im Winter übte der Hauptmann jeden Tag mit den Männern von Selby, und als der Frühling kam, wollte er sich in der Stadt niederlassen, aber die Bürger schickten ihn wieder fort. Auf einer Versammlung hatten sie abgestimmt und den Beschluss gefasst, dass es besser für das Wohl der Stadt sei, wenn der Hauptmann ging.

In zwei, drei Jahren würden sie den Hauptmann gerne wieder in ihren Mauern begrüßen, sagten die Bürger dem Hauptmann, als sie ihn ausbezahlten; falls er sich dann noch in Selby niederlassen wolle. Jetzt aber seien sie im

Kriegshandwerk noch solche Neulinge, dass sie keinen so erfahrenen Mann in ihrer Mitte aufnehmen könnten. Ein solcher Mann, so argumentierten die Bürger, würde in einer Kampfsituation sicherlich die Führung übernehmen, sie aber wollten sich lieber selber führen. Sollte er aber jemals Schutz brauchen, sagten sie, könne er jederzeit in Selby Unterschlupf finden.

Der Wirt begleitete den Hauptmann auf seinem Weg nach Celindon noch bis an die Stadtmauer. Als Oriel ihre beiden breiten Rücken nebeneinander sah, dachte er daran, wie ähnlich sich diese beiden doch waren, obwohl der Wirt dem Hauptmann nur bis zur Schulter reichte.

»Warum hast du damals eigentlich so gelacht, Meister?«, fragte er Vasil. »Du weißt doch noch, es war im Winter, als wir zum ersten Mal über eine Bürgerwehr in Selby gesprochen haben und ich sagte, dass der Wirt ein Mann sei, dem ich vertrauen würde.«

Als Vasil sich jetzt Oriel zuwandte, lachte er nicht. »Du musst mir aber versprechen, dass du es niemandem weitersagst.«

»Ich verspreche es, Ehrenwort.«

Nachdem Vasil einen Moment gezögert hatte, sagte er: »Unser Wirt ist in Wirklichkeit gar kein Mann, auch wenn das außer mir wohl kaum jemand vermuten wird. Aber trotzdem war er zeitlebens eine Frau.«

»Aber warum sollte eine Frau so tun, als sei sie ein Mann?«

»Damit sie die Gastwirtschaft behalten kann. Vor Jahren, als die Beulenpest Selby heimsuchte, hatte der damalige Wirt zwei Kinder: einen Sohn und eine Tochter. Als die Seuche abgeklungen war und die Überlebenden wieder aus ihren Häusern kamen, war im Haus des Wirts angeblich nur der Sohn am Leben geblieben. Die Leichen der Eltern und der Schwester wurden in ihr Laken eingewickelt und verbrannt, wie man es damals mit allen Pesttoten machte. Der Sohn übernahm die Gastwirtschaft seines Vaters, aber er bekam nie einen Bart und bald hieß es, dass er nicht in der Lage sei, wie ein richtiger Mann mit einer Frau zusammen zu sein. Aber daran, so dachten die Leute, konnte ja die Pesterkrankung schuld gewesen sein. Auch die Hitzigkeit des Wirtes und seinen Jähzorn führten wir darauf zurück. Am Anfang bekam man von ihm, ehe man sich's versah, eins mit den Fäusten oder dem Knüppel verpasst. Aber bald brauchte es nur noch einen einzigen Blick von ihm, um einen Gegner zur Salzsäule erstarren zu lassen, und niemand wollte sich mehr mit ihm anlegen. Sieh dir bloß mal seine Arme an, Oriel, dann weißt du, warum.«

Der Wirt hatte den Hauptmann verabschiedet und kam jetzt wieder auf Vasil und Oriel zu. Seine Arme strotzten, ebenso wie seine Beine, geradezu vor Kraft.

»Und woher weißt du, dass er eine Frau ist?«, wollte Oriel wissen, denn ganz überzeugt hatte Vasil ihn noch nicht. Aber weshalb sollte sein Meister ihn anlügen?

»Weil er immer aussieht, als habe er sich eben frisch rasiert«, antwortete Vasil ruhig. »Und außerdem habe ich einmal gesehen, wie er in die Hocke gegangen ist, um seine Notdurft zu verrichten.«

»Das machen Männer doch auch manchmal.«

»Das schon, aber sie lassen keine blutigen Tücher zurück, die sie dann tief unter den Blättern im Wald verstecken. Eine Frau kann sich zwar als Mann verkleiden, aber einmal im Monat wird sie eben doch daran erinnert, dass sie eine Frau ist. Es sei denn, sie ist noch sehr jung oder sie hat ein Kind, das sie stillt, oder sie ist schon zu alt. Ansonsten aber blutet jede Frau einmal im Monat, genauso wie es einmal im Monat Vollmond gibt. Wusstest du das, Oriel?«

Oriel hatte es nicht gewusst, aber er gab es nicht zu. Er zuckte mit den Schultern, als wollte er sagen, dass er darüber längst Bescheid wisse.

»Und weißt du auch, wie Kinder gemacht werden?«, fragte Vasil, der sich nicht so leicht täuschen ließ.

»Ja«, sagte Oriel und das stimmte auch.

»Was ja?«, fragte der Wirt, der inzwischen so nah war, dass er die letzten Worte gehört hatte. »Dieses *Ja* klang so wild entschlossen, als wolltest du gleich einen Riesenstreit anzetteln.«

»Ich versuche gerade herauszufinden, ob dieser Bursche auch wirklich alles weiß, was ein Mann wissen muss, dem ich meine Tochter zur Frau geben soll.«

Das Lachen des Wirts klang wie ein kurzes, heiseres Bellen. »Und weil er es nicht weiß, bringst du es ihm jetzt bei, oder? Hauptsache, ein junger Kerl weiß, wie er Söhne in die Welt setzt. Mehr braucht er doch gar nicht zu wissen.«

Oriel glaubte Vasil, dass der Wirt eine Frau war, trotz seiner tiefen Stimme und seiner derben Worte. Aber dennoch: Wenn der Wirt so sprach, machte es ihm Mühe, sich diesen Umstand vor Augen zu halten.

»Ja«, sagte der Wirt, »und wenn die Armeen erst einmal Selby belagern, werden viele junge Männer hier keine Söhne mehr zeugen können. Ebenso wie es Söhne geben wird, die ihre Väter nie kennen lernen werden. Wenn es erst einmal zu Kämpfen um Selby kommt, werden diejenigen, die Kinder haben, die anderen beneiden, die kinderlos geblieben sind. Viele werden im Kampf um ihre Freiheit sterben, und ich bestimmt auch. Was denkst du, Salzsieder? Ich finde es nun einmal besser, selber über mein Schicksal zu bestimmen. Auch wenn es Nachteile mit sich bringt, ist es mir doch lieber, wenn ich mein eigener Herr bin.«

14

Der dritte Winter, den Oriel und Griff im Hause des Salzsieders verbrachten, schien überhaupt kein Ende nehmen zu wollen. Der Winter hielt das Land in seinen Fängen wie eine Bulldogge, die sich fest in ihre Beute verbissen hat.

Langsam wurden die Vorräte knapp. Auf den Versammlungen in der Gastwirtschaft wurde jetzt nicht nur die Form der Regierung diskutiert, die sich die Bürger von Selby zu geben gedachten, sondern auch, ob die Not im Ort schon groß genug war, um die Speicher zu öffnen. Dort lagerten Vorräte für Zeiten der Lebensmittelknappheit und für den Fall, dass die Stadt belagert wurde und die Menschen vor Hunger zu sterben drohten. Es war genug Getreide und eingesalzener Fisch in den Speichern, um die Bevölkerung von Selby etwa ein Vierteljahr lang zu ernähren, aber man plante noch weitere Vorräte anzulegen, mit denen die Stadt ein ganzes Jahr lang überleben könnte. Das war wichtig, denn keine Armee würde ein ganzes Jahr für die Belagerung eines so unbedeutenden Ortes wie Selby opfern – dafür war die zu erwartende Beute einfach zu gering.

Bevor sich der Winter zögernd in Richtung Norden verabschiedete, hatten sich die Bürger auf einen Schwur geeinigt. Sie schworen Treue gegenüber der Stadt und ihren Mitbürgern und gelobten Gehorsam gegenüber den Anordnungen der Stadtregierung. Des Weiteren gelobten sie die Stadt mit ihren Bürgern und Ländereien tapfer zu verteidigen – falls nötig, unter Einsatz ihres Lebens – und den zehnten Teil ihrer Einkünfte in Form von Geld oder Naturalien ins Stadtsäckel zu zahlen. Der Wirt vom *Stadttor*, der für die Stadtregierung sprach, gelobte den Bürgern im Gegenzug, dass die Stadt sie behandeln würde wie ein redlicher Mann seinen Sohn oder seinen Vater. Außerdem versprach der Wirt im Namen der Stadt, dass allen Gerechtigkeit widerfahren solle und dass die Stadt niemals das Wohl eines Einzelnen vor das Allgemeinwohl stellen werde. »Bis zu unserem Lebensende«, bekräftigten die Bürger ihren Schwur und der Wirt besiegelte den seinen mit: »Bis an euer Lebensende.«

Nach einer dieser Versammlungen gegen Ende des Winters meinte Oriel auf dem Heimweg zu Vasil, dass die lang anhaltenden Diskussionen im Gasthof ein wirkliches Glück für die Stadt gewesen seien. »Wären die Leute nicht so sehr damit beschäftigt gewesen«, sagte er, »hätten die Gerüchte aus dem Landesinneren sie bestimmt längst in Panik versetzt.«

»Glaubst du denn, dass an diesen Gerüchten nichts dran ist?«

»Ich hoffe es«, meinte Oriel.

»Ich hoffe es auch«, gab der Salzsieder zu. »Aber meine Hoffnungen sind leider schon oft enttäuscht worden. Und aus diesem Grund lasse ich meine Tochter nicht allein.«

Als wäre der grimmige Winter allein nicht schon drückend genug gewesen, waren auch noch Flüchtlinge nach Selby gekommen. Es waren zwar nicht viele – zwei Männer, eine Frau und zwei Jungen im Alter von sechs und acht Jahren –, aber sie alle wirkten, als hätten sie etwas so Entsetzliches erlebt, dass es ihnen Tag und Nacht nicht mehr aus dem Gedächtnis ging, obwohl sie alles dafür taten, um es zu vergessen. Der erste Mann war durch die Stadt gerannt, hatte sich wortlos etwas zu essen geben lassen und sich danach wie ein geprügelter Hund sofort wieder in Richtung Süden auf den Weg gemacht. Der zweite Mann war im Wirtshaus vor dem Feuer gestorben, nachdem er zusammenhanglose Worte von langhaarigen Männern mit Bärten, von Feuer, Schwertern und abgeschlagenen Köpfen gebrabbelt hatte. Der Mann hatte überall am Körper Brandwunden gehabt, aus denen grünlicher Eiter geflossen war und die so faulig wie verwesendes Aas gestunken hatten. Kurz vor seinem Tod hatte er sich noch einmal aufgerichtet und in Richtung auf die offene Tür des Wirtshauses gerufen: »Wolfer! Wir

sind verloren! Ihre eiskalten Augen – Hilfe – ich kann ihre
Augen nicht ertragen!«

Als schließlich die Frau in Selby eintraf, war es so kalt,
dass alles gefroren war. Die Frau war entsetzlich abgema-
gert und bestand nur noch aus Haut und Knochen. Sie aß
eilig, in einen Hauseingang gekauert, eine Scheibe Brot
und floh gleich weiter. Während sie aß, sprach sie wenig,
aber ihre Worte waren deshalb nur umso verständlicher:
»Sie sind schnell und grausam. Ihre langen gelben Haare
binden sie sich hinten zusammen und sie reißen sich an
den Wangen die Barthaare aus, so dass sie nur am Kinn
lange Bärte tragen. Sie haben Angst vor Wasser. Erst wenn
Wasser zwischen mir und den Wolfern ist, werde ich mich
wieder sicher fühlen. Dann werde ich mich ausruhen und
trauern. Wenn mich nur ein Fischer mit seinem Boot auf
eine Insel bringen und dort absetzen würde … ich kann
ihn nicht bezahlen, aber ich kann ihm das geben, was nur
eine Frau einem Mann geben kann.«

Angesichts ihres kläglichen Zustands wäre wohl kein
Mann auf diesen Handel eingegangen. Schließlich er-
barmte sich aber doch ein Fischer, der häufiger Waren auf
eine der Inseln vor der Küste brachte, und erklärte sich
bereit sie in seinem Boot mitzunehmen.

Später, als er wieder zurückkam, erzählte er, dass sie
ihm am Strand der Insel die Hände geküsst habe, als sei er
ein Graf. Sie küsste ihm die Hände und weinte vor Glück,
als könne ihr nun auch der eisige Winter nichts mehr anhaben. Sie küsste ihm die Hände, berichtete der Fischer,
und sie lächelte dabei, als wäre sie nun nicht mehr in
Gefahr, vor Hunger und Erschöpfung zu sterben. Die

Stimme des Fischers zitterte vor Angst, als er erzählte, dass diese Frau eine von der Sorte war, die kein noch so harter Schicksalsschlag in die Knie zwingen konnte. »Und selbst die haben die Wolfer kaputtgemacht«, sagte er.

Die beiden Flüchtlingsjungen wiederum hockten zitternd am Feuer im *Stadttor* und reagierten auf keine Frage, die man ihnen stellte. Sie zitterten still vor sich hin und nur nachts, wenn sie schliefen, gellten ihre lauten Schreie durchs Haus. In der dritten Nacht mussten ihre Alpträume so schlimm gewesen sein, dass sie in der Dunkelheit aus dem Haus am Strand direkt ins Wasser rannten. Erst Tage später spülte die Ebbe ihre Leichen wieder an. Sie lagen nebeneinander im seichten Wasser und waren tot genauso schweigsam, wie sie es als Lebende gewesen waren. Über den blassen, aufgedunsenen Leichen kreisten laut kreischend die Möwen.

Oriel vergaß nie die Angst, die ständig in der Dunkelheit zu lauern schien, aber er konnte seinen mannigfaltigen Aufgaben nachkommen, sagen, was er dachte, und nachts sogar schlafen, weil der Plan zur Rettung der Stadt in seinem Gehirn immer konkretere Formen annahm. Mehr als einmal sagte er auf dem Heimweg zu Vasil: »Es ist wirklich ein Glück, dass die Leute von Selby so damit beschäftigt sind, ihre Geschicke selbst in die Hand zu nehmen.«

»Da hast du Recht«, antwortete der Salzsieder.

»Ich glaube nicht, dass die Geschichten, die uns in letzter Zeit zu Ohren kommen, allesamt falsch sind«, sagte Oriel. »Manchmal habe ich richtig Angst …«

»Ich auch«, meinte Vasil.

»Wir sind jetzt noch zu weit von zu Hause entfernt, um die Hunde auf dem Bauernhof hören zu können.«

»Genau das habe ich eben auch gedacht. Kannst du Gedanken lesen?«

»Aber Griff ist da und der wird Tamara beschützen«, sagte Oriel. »Und wenn es wirklich gefährlich wird, werden die beiden mit dem Boot fliehen und in die Stadt kommen.«

»Und falls jemand die Gebäude niederbrennt und das Vieh abschlachtet, bleibt uns immer noch die Solequelle, mit der wir einen neuen Anfang machen können«, meinte Vasil.

»Trotzdem wäre es mir lieber, wenn das Haus noch stehen würde.«

»Und ich wäre froh, wenn ich jetzt die Hunde hören würde. Dann wüsste ich, dass nichts passiert ist.«

Als hätten die Hunde den Wunsch ihres Herrn geahnt, schlugen beide zugleich an. Griff band sie los und ließ sie ans Gatter laufen, während er selbst Vasil und Oriel mit einer Laterne entgegenkam.

Nachdem sie ihre nassen Mäntel aufgehängt hatten, wärmten sie sich am Feuer auf. »Wenn alle Bauern Schutz in der Stadt suchen würden«, sagte Oriel, als sie das lauwarme Bier schlürften, das Tamara ihnen gebracht hatte, »was würde dann aus dem Vieh werden? Hühner und Ziegen könnte man doch auch in der Stadt halten und mit ihnen die Nahrungsversorgung aufbessern. Und wäre es nicht sinnvoll, innerhalb der Stadtmauern Gärten zu haben, in denen man Obst und Gemüse anbauen könnte?«

»Du willst doch nicht etwa eine neue Mauer bauen, oder?«, fragte der Salzsieder ungläubig. »Die alte Mauer ist doch eben erst repariert worden.«

»Nein, das habe ich nicht vor. Ich will keine neue Mauer bauen, aber ich will die vorhandene Mauer weiter nach draußen versetzen. Damit könnte man auch die Fischer vor den Toren schützen und sie außerdem enger an die Stadt binden.«

Vasil sagte nichts dazu, aber auf der nächsten Versammlung stellte er Oriels Plan vor ohne zu erwähnen, von wem er eigentlich stammte. Obwohl Oriel sich nicht darüber beschwerte, hatte er doch das Gefühl, dass Vasil ihm etwas weggenommen hatte.

Langsam wurde ihm klar, dass der Salzsieder ihn absichtlich klein halten wollte, wie ein Vater, der um seine Autorität gegenüber seinem Sohn fürchtet. Insgeheim dachte Oriel, dass Vasil das im Grunde genommen nur deshalb tat, weil er befürchtete, sein zukünftiger Schwiegersohn könnte ihm womöglich haushoch überlegen sein.

Dieser Gedanke bewirkte, dass Oriel sich in Geduld übte. Eines Tages würde er Vasils Land besitzen und in der Stadt viel angesehener sein, als es Vasil in seinem ganzen Leben gewesen war. Ganz egal ob es zur Schlacht kam oder ob der Frieden erhalten blieb – er würde beweisen, dass er besser war als Vasil. Und während die Versammlung Vasil für seine Weitsicht lobte und bewunderte, dachte Oriel, dass er auch besser war, wenn es um die Vorbereitungen für die Schlacht oder um Vorbereitungen für den Frieden ging, beim Wiederaufbau ebenso wie beim Ausbau der Befestigungen und natürlich auch dann, wenn alles so weiterlief wie bisher. Ganz egal was auch kommen würde, Oriel wusste genau, dass er der Bessere war.

Der Frühling kam praktisch über Nacht, als wolle er damit seine Verspätung wieder aufholen. Eines Tages war er da, verscheuchte den Frost aus dem Boden, lockte die Blumen aus der Erde und machte die Luft so aromatisch, dass man schon fast die Früchte des Sommers zu schmecken glaubte. Den Schafen wurde der Winterpelz zu warm und nicht nur sie, sondern auch Katzen, Hunde, Ziegen, Hühner und Schweine bekamen Junge.

Als Oriel erwachte, war es noch dunkel, aber er hatte das Gefühl, als sei in seinem Inneren schon die Sonne aufgegangen. Alle im Haus schienen gute Laune zu haben, auch wenn sie im Dunkeln schweigend ihre üblichen Morgenarbeiten erledigten und darauf warteten, dass die Sonne über dieser wunderschönen Welt aufging.

Die Arbeit, so schwer sie auch war, ging ihnen jetzt leichter von der Hand. Oriels Aufgabe war es, die Salzpfannen im Blick zu behalten, den feuchten Salzbrei in den kegelförmigen Körben über den Siedepfannen aufzuhängen und das trockene Salz in Holzkisten zu verpacken. Griff und Vasil arbeiteten mit einem Ochsen auf den Feldern, lockerten den Boden mit der Egge, pflügten ihn um und bückten sich, um die Steine aufzuklauben, die wie Ackerblumen Jahr um Jahr immer wieder auftauchten. Beim letzten Pflügen ging Vasil hinter Griff mit dem Ochsengespann her und säte die Weizenkörner aus.

Währenddessen grub Tamara ihren Küchengarten um, pflanzte Zwiebeln, Rüben, Karotten und Knoblauch. Sie half den Schweinen und Ziegen ihre Jungen zur Welt zu bringen und manchmal wurde sie in das Haus einer ihrer Schwestern geholt, wenn ein Schaf oder eine Kuh eine schwere Geburt hatte, denn sie verstand sich darauf, das Junge ans Licht der Welt zu ziehen, wenn das Muttertier schon zu erschöpft war, um noch länger zu pressen. Dazwischen backte sie Brot und kochte den Fisch, den sie vom Boot aus bereits im Morgengrauen gefangen hatte. Schließlich lüftete Tamara das Haus und putzte es mit heißem Wasser. Sie hängte die Wäsche und das Bettzeug an die frische Luft. Wenn Oriel darauf warten musste, dass die Sole in den Siedepfannen verdampfte, half er ihr dabei.

Als gäbe es im Frühjahr nicht schon genug zu tun, wurde Vasil auch noch fast jeden zweiten oder dritten Tag zu Versammlungen in die Stadt geholt. Oriel blieb zu Hause, um die Arbeit zu tun, aber Vasil konnte sich seiner Pflicht nicht entziehen, wenn es in aller Herrgottsfrühe an der Tür klopfte oder wenn mittags ein Bote vollkommen außer Atem bei ihnen ankam. Der warme Wind aus dem Süden und Westen hatte, ebenso wie der kalte Wind aus dem Norden, wieder neue Gerüchte in die Stadt geweht. Philippe hatte Celindon, das er im Herbst eingenommen hatte, den ganzen Winter über halten können und marschierte mit seiner Armee jetzt in Richtung Selby.

Die Bürger überlegten fieberhaft, ob sie Philippe um Frieden bitten und sich ihm kampflos ausliefern sollten oder ob es besser war, Karle zu rufen, der mit seiner Armee angeblich westlich von Celindon stand. Doch dann hieß es, dass Karle Celindon eingenommen, aber fast nur noch Ruinen vorgefunden habe. Die Männer von Selby wussten nicht, ob sie sich auf die Seite einer Kriegspartei schlagen sollten oder nicht. Weil sie vor beidem gleichermaßen Angst hatten, beschworen sie auf ihren Versammlungen immer wieder ihren Wunsch nach Unabhängigkeit. Die Frauen hatten ihnen weiß umrandete Tücher in allen vier Farben genäht, die jetzt jeder in der Stadt um den Hals trug.

Wenn die Bürger trotz ihrer stolzen Farben einmal mutlos wurden, holten sie Vasil vom Feld in die Stadt. Auch Oriel hätten sie gerne bei ihren Versammlungen dabeigehabt, aber der wurde draußen auf dem Hof gebraucht. Im Frühjahr war es unmöglich, dass zwei Männer gleichzeitig die Arbeit ruhen ließen, und deswegen ging der Meister in die Stadt, um mit der Bürgerwehr zu üben und den Verzagten Mut zuzusprechen.

Kein vernünftiger Heerführer würde eine Stadt angreifen, solange die Saat noch nicht aufgegangen und die Jungtiere noch nicht fett genug waren. Man war sich einig, dass ein vernünftiger Heerführer entweder kurz nach dem Winter angriff, wenn die Verteidiger noch geschwächt waren, oder kurz nach der Ernte, wo ihm genügend Lebensmittel für seine Soldaten in die Hände fallen würden. So ein Heerführer würde genau wissen, wie er ein Land, das er heimsuchte, am ehesten demoralisieren konnte: indem er wartete, bis die Ernte eingebracht war, und dann alles verbrennen ließ, was seine Soldaten nicht essen oder wegschleppen konnten. Wer erlebt, wie die Arbeit eines ganzen Jahres zerstört wird, und sieht, wie seine Wintervorräte in Flammen aufgehen, kapituliert viel rascher als jemand, der ohnehin noch nichts hat.

Jeder neue Tag, der verging, ohne dass Alarm geschlagen wurde, nährte bei den Bürgern die Hoffnung, dass die Stadt zumindest bis zum Herbst noch einmal davongekommen war. Auf den umliegenden Bauernhöfen arbeiteten die Menschen lange und hart, um die Saat auf den Feldern auszubringen. Auch auf dem Hof des Salzsieders war das so. In den langsam kürzer werdenden Nächten fielen alle in einen tiefen und festen Schlaf. Oriel kam es so vor, als sei er noch nie in seinem Leben so müde gewesen. Manchmal, wenn das Feuer unter den Pfannen den ganzen Tag über nicht so richtig hatte brennen wollen, stand er mitten in der Nacht auf, um das feuchte Salz in die Trockenkörbe zu schaufeln. Seit Beginn des Frühjahrs tauchten manchmal in solchen Nächten Boten aus der Stadt auf. Dann bellten die Hunde und Vasil erschien am dunklen Fenster. Kein vernünftiger Mann kam mitten in der Nacht an seine Tür, aber Oriel war hinter dem Haus bei den Salzpfannen relativ sicher, weil ihn niemand sah. Vom Feuerschein schwach beleuchtet lauschte er angestrengt in Richtung Haus, um herauszufinden, ob Vasil die Hunde beruhigte oder auf einen etwaigen Eindringling hetzte.

In diesen unsicheren Zeiten hatte der Haushalt des Salzsieders, ebenso wie die Stadt, einen eigenen Notfallplan. Die Stadt hatte vor, alle Bewohner, die nicht kämpfen konnten, mit Fischerbooten auf eine Insel bringen

zu lassen, auf der man bereits vorsorglich Lebensmittel-
depots und Unterkünfte angelegt hatte. Dort konnten
Frauen und Kinder, Alte und Kranke ebenso Unterschlupf finden wie Soldaten der Bürgerwehr, die im
Kampf verwundet worden waren. Der Salzsieder wiederum plante für den Fall, dass sein Haus angegriffen
wurde, zusammen mit seiner Tochter, Oriel und Griff auf
dem Boot flussabwärts nach Selby zu fliehen.

Die Pläne wurden verfeinert und abgeändert, während
immer neue Gerüchte aufkeimten wie die kleinen Pflänz-
chen in den Ackerfurchen. Es hieß, dass Wolfer in der
Nähe seien und bereits aus reiner Zerstörungswut mehrere Bauernhöfe dem Erdboden gleichgemacht und alle
ihre Bewohner getötet hätten. Die Geschichten waren so
grausam, dass Tamara jedes Mal, wenn sie so etwas hörte,
ganz blass wurde und zu weinen anfing. Der Salzsieder
hingegen blieb ganz ruhig und wollte nur wissen: »Wenn
es keine Überlebenden gibt, wer verbreitet dann diese Geschichten? Diese Wolfer, falls sie überhaupt existieren,
sind bestimmt auch nur Menschen, und Menschen sind
sterblich, oder etwa nicht? Besonders, wenn ihre Gegner
so gut ausgebildete Soldaten sind wie die Männer von
Selby«, fügte er nicht ohne Stolz hinzu. »Ich mache mir
wegen dieser Wolfer keine allzu großen Sorgen. Sollten
sie wirklich bis hierher kommen, dann werden sie uns
kampfbereit finden.«

Oriel konnte nicht anders, er musste den Mut seines
Meisters bewundern, auch wenn er wusste, dass er selbst
mindestens ebenso mutig war.

Der Frühling ging und der Sommer kam mit Sonne,

Wärme und Regen, so dass die Felder prächtig gediehen. Auf Vorschlag des Wirts hatte man in der Stadt mehrere Boten bestimmt, die im Falle eines Alarms zu den außerhalb gelegenen Bauernhöfen laufen und die Menschen dort warnen sollten. Auch auf den Bauernhöfen selbst hielten sich Läufer bereit, um jedes Anzeichen einer drohenden Gefahr sofort in der Stadt zu melden.

Der Weizen wogte golden auf den Feldern, der Roggen wurde langsam reif und die Bewohner von Selby sagten sich, dass ein vernünftiger Kriegsherr nun bestimmt nicht ins Feld ziehen, sondern warten würde, bis die Ernte eingefahren war. Oriel hatte den Eindruck, dass die Bürger von Selby ebenso wie er auf ein viertes Friedensjahr hofften. Diese Hoffnung wurde jedoch immer wieder von hohen Rauchsäulen am Horizont getrübt, die, wie man annahm, von der brennenden Stadt Celindon stammten.

Oriel befand sich praktisch pausenlos im Alarmzustand. Ständig hatte er seine Münzen und den schimmernden Beryll bei sich und immer, wenn die Hunde bellten, griff er nach seinem Dolch. Er schlief unruhig und war sich andauernd bewusst, dass er bei der Arbeit an den Salzpfannen vor etwaigen Angreifern schlechter geschützt war als im Haus. Dennoch war er dankbar, dass er beim Salzsieder wohnen konnte, denn das Haus und seine Bewohner vermittelten ihm ein Gefühl der Sicherheit, das ihn trotz des ständigen Bewusstseins, sich in Gefahr zu befinden, wenigstens ab und zu Schlaf finden ließ. Alle vier halfen sich gegenseitig bei der Arbeit und jeder konnte sich in jeder Situation auf den anderen verlassen. Sie waren aufeinander angewiesen und jedem Einzelnen lag das Wohlergehen der anderen am Herzen. An einem Sommerabend, als sie alle auf der Bank neben der Tür saßen und zuschauten, wie das letzte Tageslicht verschwand, meinte der Salzsieder: »Inzwischen ist ja wohl klar, wen sich Tamara als Ehemann wünscht, oder?«

»Woher willst du das denn wissen?«, fragte seine Tochter, die mit rosigem, zufriedenem Gesicht neben ihm saß. Ihre Augen funkelten dabei und um ihre Mundwinkel zuckte ein winziges Lächeln, das aussah wie eine Welle, die sich sanft um einen Felsen kräuselt. »Schließlich kannst du doch nicht Gedanken lesen, oder? Außerdem heißt es«, meinte Tamara und warf Griff ein keckes Lächeln zu, »dass das Herz eines jungen Mädchens noch launischer ist als das Wetter im April. Das hat mir Griff erzählt, nicht wahr, das hast du doch?«

Oriel sah, wie die beiden sich anlächelten. Das Mädchen brachte ihn dazu, plötzlich an dem zu zweifeln, wovon er bisher so fest überzeugt gewesen war. Doch dann warf Griff über ihre Schulter hinweg Oriel einen Blick zu, der so deutlich war, als hätte er seine Meinung laut und deutlich kundgetan. *Wie soll ein Mann einem Mädchen trauen können, wenn sie so wetterwendisch sind?*, schien Griffs Blick sagen zu wollen. *Aber du und ich, wir wissen wenigstens, was wir aneinander haben.*

»Sei nicht so frech, Tochter«, polterte der Salzsieder.

Tamara sah ihren Vater an und wurde sofort wieder ernst.

»Ich möchte auf der Stelle wissen, wie du dich entschieden hast«, sagte Vasil streng.

»Jetzt gleich?«

»Es sei denn, du hast noch keine Entscheidung getroffen«, antwortete ihr Vater. »Ansonsten wüsste ich jetzt gerne, wen du dir ausgesucht hast.«

»Wenn du unbedingt willst, Vater, dann sage ich es dir. Aber du hattest Recht vorhin, du weißt es ja ohnehin schon.«

»Es ist Oriel, nicht wahr?«, fragte der Salzsieder.

»Ja, er ist es«, bestätigte Tamara.

Oriel blickte hinauf in den schwarzen Himmel, an dem sich gerade die ersten Sterne zeigten, und hatte das Gefühl, dass alles seine Richtigkeit hatte.

»Wenn er mich will«, flüsterte Tamara.

Der Klang ihrer Stimme holte Oriel aus seiner Träumerei zurück. »Wie kannst du daran bloß zweifeln?«, fragte er. Er selbst hatte das nie in Zweifel gezogen. »Misstraust du mir etwa? Das solltest du nie tun. Aber erinnerst du dich, dass dein Vater dich früher einmal nach dem Grund gefragt hat, weshalb du dich für jemanden entscheidest?«, fügte er mit einem leicht neckenden Unterton an. »Ich würde dir jetzt gerne eine ähnliche Frage stellen: Warum willst du ausgerechnet mich?«

In dem schwachen Licht war sich Oriel nicht sicher, ob Tamara errötete. Aber er spürte genau den feurigen Blick, mit dem sie ihn fast zu durchbohren schien. »Oh«, rief sie, »das weißt du doch ganz genau.« Und damit sprang sie auf und rannte ins Haus.

Die drei Männer blieben sitzen und sahen ruhig zu, wie die Nacht hereinbrach. »Je eher die Hochzeit stattfindet, desto besser«, sagte der Salzsieder, als er sich nach einer Weile erhob, um ebenfalls ins Haus zu gehen.

»Ja«, antwortete Oriel.

Nach einer kurzen Pause fragte er Griff: »Und wen wirst du heiraten?«

»Ich finde schon irgendein Mädchen«, antwortete Griff. »Wenn du erst einmal verheiratet bist und dein Haus hast, habe ich noch genügend Zeit, um mir eine Frau zu suchen. Wenn erst einmal friedlichere Zeiten eingekehrt sind …«

»Aber das kann noch ziemlich lange dauern«, gab Oriel zu bedenken.

»Kann schon sein«, sagte Griff. »Dann werde ich eben heiraten, wenn …« Er wusste nicht, was er sagen sollte. »Wenn die Zeit dafür reif ist und ich die richtige Frau gefunden habe«, sagte er schließlich.

Oriel wäre es am liebsten gewesen, wenn er und Griff gleichzeitig geheiratet hätten. »Wir müssen unbedingt eine Frau für dich suchen«, sagte er und ging in Gedanken bereits die Mädchen aus Selby durch, von denen er dachte, dass sie vielleicht zu Griff passen und ihm gefallen könnten. Und außerdem mussten sie Griff vertrauen, so wie Tamara ihm vertraute.

Im Sommer wurde der Salzsieder wegen neuer Gerüchte, die auf dem Land- und Seeweg nach Selby gelangt waren, zu einer Versammlung in die Stadt gerufen. Es war ein heißer Tag und Oriel hatte eben die Salzpfannen mit frischer Sole gefüllt. Bis sie verdampft war, half er Griff beim Unkrautjäten im Zwiebelfeld. Mittags brachte Tamara ihnen Brot und Käse heraus. Zu dritt setzen sie sich am Waldrand in den Schatten und schauten hinunter auf den Fluss, der in weiten Schleifen behäbig dahinfloss.

Griff und Oriel hatten es nicht besonders eilig, in der sengenden Mittagssonne ihre Arbeit wieder aufzunehmen. Insekten schwirrten um sie herum und die Vögel …

Auf einmal fingen die Hunde, die bis dahin zu ihren Füßen vor sich hin gedöst hatten, zu knurren an.

Dann sprangen sie auf und bellten …

Oriel war sofort auf den Beinen und stellte sich schützend vor Tamara. Instinktiv hatten er und Griff sich in Richtung Wald gedreht, bis sie bemerkten, dass die Hunde ihre Augen auf etwas jenseits des Feldes gerichtet hatten.

Oriel drehte sich um. Mit dem Wald im Rücken zog er seinen Dolch und Griff tat es ihm nach.

»Wir gehen zum Boot«, entschied Oriel, als die beiden Hunde losrannten und laut kläffend über das Feld jagten.

Oriel hatte noch nie einen Wolfer gesehen und die Geschichten über sie ebenso sehr ins Reich der Fabeln verwiesen wie die Erzählungen vom Königreich jenseits der Berge. Trotzdem erkannte er die Wolfer sofort, als er zusammen mit Tamara und Griff aus dem Schatten des Waldes hinaus aufs Feld trat. Es waren große, schlanke und sonnengebräunte Gestalten, die ihr langes, gelbliches Haar zurückgebunden hatten und am Kinn dünne, gelbe Ziegenbärte trugen. Sie hatten kurze Schwerter in den Händen und rissen die Münder auf, als die Hunde sie angriffen.

Oriel sah gebannt zu, wie die Wolfer auf die Bulldoggen zugingen und ihnen ihre Schwerter in den Leib rammten, als hätten sie überhaupt keine Angst vor den mächtigen Fängen der großen Tiere. Dabei stießen die Wolfer hässliche Schreie aus.

Schreie, die klangen wie die abgestochener Schweine oder verbrennender Menschen in Todesangst. Oriel war von dem Anblick so gefesselt, dass es fast schon zu spät war, als er Tamara ängstlich aufschreien hörte und sah, wie fünf weitere dieser seltsamen Gestalten mit kurzen Schwertern in beiden Händen auf ihn und Griff zurannten und begannen auf sie einzustechen. Oriel dachte nur noch: Jemand muss diese Wolfer aufhalten, damit Tamara fliehen kann.

»Lauf, Tamara!«, rief Oriel. »Lauf zum Boot!«

Alles ging jetzt rasend schnell. Bilder und Geräusche schienen gleichzeitig auf Oriel einzuprasseln, während er sich mit gezücktem Dolch den Wolfern entgegenstellte. Tamara weigerte sich zu gehen, aber er verstand nicht, was sie sagte. Die Wolfer hatten Augen, so hellblau und kalt wie der Winterhimmel ... Es stimmt, dachte Oriel, sie zupfen sich anscheinend wirklich die Haare aus dem Gesicht und lassen nur Kinnbart und Augenbrauen stehen.

»Nun lauf endlich!«, schrie Oriel Tamara an und sie rannte stolpernd den Hügel hinunter auf das Boot zu.

Aus den offenen Mündern der Wolfer ertönte ein kehliges Gebell wie das Heulen von Wölfen, die frische Beute entdeckt haben.

Griff war noch immer an Oriels Seite. »Stell dich Rücken an Rücken mit mir«, sagte Oriel und dachte an das, was der Hauptmann ihnen beigebracht hatte. Die drei Wolfer, die mit den Hunden gekämpft hatten, waren jetzt über das Feld herangekommen und schnitten ihnen den Weg hinunter zum Fluss ab. Für ihn und Griff gab es nun keine Hoffnung mehr.

In diesem Moment wurde Oriel klar, mit welchen Worten Tamara vorhin gegen seinen Befehl protestiert hatte. »Ich bin es nicht wert«, hatte sie gesagt.

Die Wolfer hatten es nicht besonders eilig, sie anzugreifen. Jeder von ihnen trug ein ledernes Wams und Armschützer aus demselben Material. Sie berieten sich in einer Sprache, die Oriel nicht verstand.

In ihren grausam lächelnden, schmalen Gesichtern machte sich Vorfreude auf den ungleichen Kampf breit, bei dem das Kräfteverhältnis acht zu zwei stand.

»Sie hat Recht«, sagte Oriel über die Schulter zu Griff, während die beiden sich Rücken an Rücken auf den Wald zubewegten, zwischen dessen Bäumen sie den Wolfern möglicherweise entkommen konnten. »Sie ist es nicht wert.« Oriel musste laut lachen. Er hatte einen Entschluss gefällt ohne darüber nachzudenken, ob Tamaras Leben genauso wertvoll war wie das seine. Er allein entschied, was er tun musste.

»Sie hat das Boot losgebunden und rudert weg«, stellte Griff fest.

Die Wolfer rochen nach Schweiß und Urin, nach Dreck und Blut, und ihr Lederzeug hatte hässliche, schwarze Flecken. Auf ein Wort hin, dessen Bedeutung Oriel nicht verstand, rückten sie langsam näher.

Mit heulendem Gekreisch kamen nun auch die drei Wolfer vom Feld hergerannt, um beim Kampf mit dabei zu sein.

»Sie ist es *sehr wohl* wert«, sagte Griff zu Oriel.

Oriel hatte ein Gefühl, als würden seine Füße kaum den Boden berühren. Er spürte, wie sich die Muskeln in seinen Oberschenkeln anspannten, und fühlte Griffs breiten Rücken, der sich gegen den seinen presste.

Dann durchzuckte ihn auf einmal wie ein Feuerstrahl oder wie ein Guss eiskalten Wassers die Angst. Er warf den Kopf in den Nacken, hob den Dolch und fing an aus voller Kehle zu brüllen, als könne er sich die Angst aus dem Leib schreien und durch diesen Schrei auch noch an Kraft gewinnen.

Aus einiger Entfernung hörte er Tamara seinen Namen rufen: »Oriel!«

Zwei Wolfer kamen auf ihn zu und sahen ihn aus ihren kalten Augen an, während sie ihre Schwerter hoben und mit ihren Spitzen auf seine Kehle zielten. Ihre Schwerter waren länger als sein Dolch. Er musste irgendwie hinter diese Klingen kommen, um wenigstens einem von ihnen seinen Dolch in den Leib rammen zu können, bevor die Schwerter der Wolfer seinem Leben ein Ende bereiteten.

Aber der Stoß, der ihn schließlich niederstreckte, kam gar nicht von den beiden Wolfern vor ihm, sondern traf ihn völlig unerwartet von der Seite.

Teil III

Die Wolfswache

15

Er fühlte nichts als Schmerzen. Als Oriel die Augen öffnete, hatte er das Gefühl, als steche ihm das grelle Licht des Himmels direkt ins blutige Innere seines Kopfes. Er schloss die Augen wieder und versuchte trotz all der Schmerzen zu erfühlen, ob er noch alle Gliedmaßen hatte. Dabei lauschte er angestrengt auf das, was um ihn vor sich ging. In seinen Ohren brauste es, als wolle ein gewaltiger Sturm ihn mit sich fortreißen. Dieses Rauschen hörte sich an, als wäre er mitten auf dem Meer, aber der Boden unter ihm war fest und bewegte sich nicht.

Wie eine vergossene Flüssigkeit drang pechschwarzer Schmerz in alle Fasern seines Körpers, aber am heftigsten hämmerte er gegen Oriels Schädeldecke. Oriel lag auf dem Rücken und die Sonne brannte ihm auf die Augenlider. Das Licht vertrieb die Finsternis.

Nach einer Weile verdampfte der Schmerz wie eine Pfütze unter den Strahlen der Sonne, bis er sich rot und geschwollen anfühlte wie eine tiefe Wunde. Oriel wusste nicht, ob …

Griff? Wo war Griff? Oriel öffnete die Augen und setzte sich auf. Der Schmerz bohrte sich wie ein Messer in seinen Kopf, so dass er ihn augenblicklich auf die Brust sinken ließ. Das Rauschen in seinen Ohren hatte aufgehört, dafür hörte er ein hohles, dröhnendes Geräusch und das Insektengebrumm und Vogelgezwitscher des Sommertags. Vom Fluss wehte ein leichter Wind herauf. Oriel öffnete abermals die Augen und hob den Kopf.

Griff saß neben ihm und warf ihm einen stummen Blick zu. Mit einer fast unmerklichen Bewegung seines blutverkrusteten Mundes gab er Oriel zu verstehen, dass er ruhig sein solle.

Sie befanden sich noch immer am Waldrand und vor ihnen lag das Feld, auf dem sie am Morgen Unkraut gejätet hatten.

Oriels Hände waren auf dem Rücken zusammengebunden und ein Wolfer beobachtete ihn aus eiskalten, blauen Augen.

Der Wolfer hatte sich das Schwert quer über die Knie gelegt und hielt den Griff in der Hand. Oriel konnte sich nicht vorstellen, wie der Wolfer ihn für gefährlich halten konnte. Jedes Mal wenn er den Kopf bewegte, wurde ihm schwindelig und manchmal sah er den Wolfer sogar doppelt. Oriels Handgelenke waren so fest zusammengebunden, dass die Hände ganz verdreht zur Seite abstanden. Er fragte sich, ob seine Beine ihn wohl tragen würden. Griff hatte man die Hände ebenfalls auf den Rücken gebunden und ein Auge war zugeschwollen. Seine Lippen waren aufgeplatzt und am Oberschenkel hatte er einen langen Schlitz in der Hose, unter dem getrocknetes Blut zu sehen war.

Oriel erinnerte sich noch daran, dass er einen Schlag gespürt hatte und dann bewusstlos geworden war. Er überlegte, ob Tamara wohl die Flucht gelungen war. Dann fiel ihm wieder ein, dass Griff ihm gesagt hatte, sie hätte das Boot losgemacht und würde auf den Fluss hinausrudern. Und dann erinnerte er sich daran, dass Tamara vom Fluss her seinen Namen gerufen hatte. Er fragte sich, ob Selby rechtzeitig alarmiert worden war, ob es dort zu einem Kampf mit den Wolfern gekommen und, wenn ja, wie dieser Kampf wohl ausgegangen war.

Die verstreut liegenden Bauernhöfe waren durch Überraschungsangriffe viel stärker gefährdet als die Stadt, deshalb hatten sich ja alle Bauern einen Plan für den Notfall ausgedacht.

Auch im Haus des Salzsieders hatte es so einen Plan gegeben und deshalb war wenigstens Tamara die Flucht gelungen.

Oriel fand heraus, dass langsame Bewegungen seinem Kopf weniger wehtaten als schnelle. Vorsichtig ließ er den Blick über das Haus, die Felder und Wälder schweifen und entdeckte hier und dort eine dunkle Rauchsäule, die kerzengerade hinauf in den Himmel stieg. Im Süden allerdings, wo Selby lag, war kein Rauch zu sehen.

Oriel musste wohl eine ganze Weile bewusstlos gewesen sein, denn inzwischen war es später Nachmittag. Griff hockte mit geschlossenen Augen neben ihm und ließ den Kopf hängen. Der Wolfer bewegte sich nicht und starrte sie mit eisigen Blicken an.

Oriel konnte sich nicht vorstellen, was mit ihnen geschehen sollte. Er hielt dem kalten Blick des Wolfers eine ganze Weile stand und dachte nach. Dann zuckte er mit den Schultern und lächelte, was den Wolfer sichtlich überraschte. Danach schloss Oriel wieder die Augen. Was auch passieren würde, es konnte nicht schaden, wenn er sich ein wenig ausruhte.

Die Sonne hatte sich kaum von der Stelle bewegt, als Oriel von einem lauten Geheul geweckt wurde. Ein weiterer zerlumpter Trupp Wolfer mit gelben Haaren und langen, dünnen Bärten war angekommen. Es waren fünf blutende Gestalten, die zwei tote Wolfer auf den Schultern trugen. Einem davon fehlte ein Arm und dem anderen hatte jemand den Kopf abgeschlagen.

Oriel und Griff bewegten sich nicht, aber ihr Bewacher stand auf und fragte den größten der Neuankömmlinge etwas. Dieser antwortete ihm und gab allen Männern ein paar knappe Anweisungen, während er gleichzeitig auf die beiden Leichen deutete, die jetzt auf dem Boden lagen.

Oriel warf Griff einen alarmierten Blick zu. Er konnte nicht verstehen, was die Männer sagten. Als der Wolfer sprach, hörte Oriel nur unverständliche Laute. Fast kam es ihm so vor, als wären seine Ohren mit geronnenem Blut verstopft, das jedes Wort bis zur Unkenntlichkeit verzerrte. Vielleicht hatte er eine Verwundung davongetragen, die sein Gehör geschädigt hatte.

Der große Mann kam auf Oriel und Griff zu. Oriel ignorierte das Schwindelgefühl und das Hämmern in seinem Kopf und stand auf. Was auch immer jetzt auf ihn zukam, er wollte sich im Stehen stellen. Weil aber seine Hände hinter dem Rücken zusammengebunden waren, konnte er sich nur sehr ungelenk bewegen, und wenn er den Kopf auch nur ein wenig zur Seite drehte, wurde ihm schwarz vor Augen. Der schlimmste Augenblick war, als er die Füße aufstellen wollte, denn dabei kippte sein Kopf nach vorn auf den Boden, als wolle er sich vor dem Wolfer verbeugen. Der Gedanke daran, dass der Mann den Eindruck haben könnte, er sei vor ihm auf den Knien gelegen, gab Oriel die Kraft, sich endgültig aufzurappeln.

Seine Beine zitterten und er musste sich an Griff anlehnen, der ebenfalls aufgestanden war. Auch Griff, obwohl er besser auf den Beinen war, musste sich an Oriel abstützen, damit er nicht die Balance verlor.

Der Wolfer beobachtete sie genau und seine Augen blickten so kalt wie eine Messerklinge. Sobald sie standen, begann der Wolfer zu sprechen. Er wandte sich an Oriel, der seinen Blick nicht senkte, sondern ihm direkt in die Augen sah. Ihm war klar, dass er seine Angst und seine Schmerzen vor dem Wolfer verbergen musste.

Von dem, was der Wolfer sagte, verstand Oriel kein einziges Wort. Ohne seinen Blick vom dreck-, schweiß- und blutverschmierten Gesicht des Mannes zu wenden, fragte er Griff: »Kannst du verstehen, was er sagt?« Aus dem Augenwinkel heraus sah er, dass Griff den Kopf schüttelte. Griff sah blass aus und hatte die Augen weit aufgerissen.

Oriel holte tief Luft. »Wir verstehen dich nicht«, sagte er und war froh, dass seine Stimme weder zitterte noch vor lauter Angst so hoch wie die eines Mädchens wurde.

Der Wolfer blickte Oriel an.

Der Mann war ihr Feind. Das bewiesen schon sein versteinertes Gesicht und seine kalten Augen, das drückte seine abweisende Körperhaltung aus. Dieser Mann war Oriel feindlich gesinnt und er würde ihn ohne Skrupel töten. Es sei denn, er hatte einen Vorteil davon, wenn Oriel am Leben blieb. So einfach war das. Oriel konnte die Feindseligkeit dieses Wolfers ebenso wenig ändern, wie er sie verursacht hatte. Er musste einfach einen Weg finden, damit umzugehen. Vorausgesetzt, es blieb ihm überhaupt noch Zeit dazu und der Wolfer brachte ihn nicht auf der Stelle um, was aus seiner Sicht vermutlich die einfachste Lösung war. Wenn Oriel aber mit den Wolfern als Feinden leben musste, dann würde ihm nichts anderes übrig bleiben als selbst so eiskalt und gefühllos zu werden wie sie. So kalt wie die Eiszapfen an der Dachtraufe des Damalls, wie das Wasser des Flusses ganz früh im Jahr, wenn noch große Eisschollen auf dem Wasser trieben. In Gedanken sah Oriel das Bild eines Bootes, das im Hafen von Selby eingefroren und vom mächtigen Eis zerdrückt worden war. Das scharfkantige Eis hatte die dünne, lederne Außenhaut des Bootes durchlöchert und seine hölzernen Spanten wie dürres Geäst zerdrückt.

»Sprechen«, sagte der Wolfer. »Etwas.« Er wies mit der Hand auf seine Brust. »Rulgh«, gab er sich zu erkennen. »König.«

Obwohl Oriel am liebsten losgelacht hätte, blickte er den Wolfer mit ausdruckslosem Gesicht an. Doch seine Augen mussten ihn verraten haben, denn Rulghs Gesicht nahm einen wütenden Ausdruck an. Sofort schüttelte Oriel den Kopf und bemühte sich den Schaden wieder gutzumachen. »König ist Herrscher«, sagte Oriel. »Trägt Krone, sitzt auf Thron und alle Leute knien vor König.« Er sprach langsam und bemühte sich möglichst einfache Worte zu verwenden, denn schließlich konnte er wegen seiner gefesselten Hände seine Worte nur sehr schlecht mit Gesten untermalen. Der Wolfer sah ihn verständnislos an.

»Rulgh kein König. Rulgh ist …« Oriel sann darüber

nach, was das passende Wort sein könnte. »Hauptmann. Hauptmann kämpft.« Er bewegte seine Schulter, als schwenke er mit einem unsichtbaren Arm ein Schwert. »Hauptmann führt Männer an«, sagte Oriel und blickte zu der schweigenden Gruppe von Wolfern hinüber. »Hauptmann macht Gefangene.« Er nickte hinüber zu Griff und drehte sich so, dass er Rulgh seine gefesselten Hände zeigen konnte.

Rulgh grunzte, als habe er verstanden.

»Ich Oriel«, stellte Oriel sich vor. »Oriel ist Gefangener. Oriel ist Gefangener von Rulgh«, sagte er und nickte bekräftigend. »So ist es.«

Rulgh lächelte und entblößte ein Gebiss voller schwärzlicher Zähne. »So ist es.« Dann gab er ein fragendes Grunzen von sich und deutete auf Griff. Oriel hoffte, dass er den Mann richtig verstanden hatte, und sagte: »Griff.«

»Ge-fan-ge-ner«, sagte Rulgh.

»So ist es«, bestätigte Oriel. »Du auch«, zischte er Griff zu.

»So ist es«, bestätigte Griff, blickte dabei aber nicht auf Rulgh, sondern zu Oriel.

Oriel sah, wie Rulgh seinen Fuß hob, und erkannte, was er vorhatte, aber er warnte Griff nicht. Der Wolfer hakte seinen Stiefel von hinten in Griffs Kniekehlen und riss ihn zu Boden. Griff schrie vor Schmerz überrascht auf, aber er beklagte sich nicht. Das hatte er auf der Insel des Damalls gelernt.

Als Rulghs Fuß sich auf seine Kniekehlen zubewegte, biss Oriel die Zähne zusammen, damit er nicht laut aufschrie, wenn er mit seinem gepeinigten Kopf auf den Boden schlug. Als Rulgh ihn dann umwarf, versuchte er sich abzurollen und dadurch seinen Kopf zu schützen.

Auf einen Befehl von Rulgh kamen die Wolfer herbei und zogen Oriel die Stiefel aus. Nachdem sie ihm die Hände losgebunden hatten, streiften sie ihm das Hemd über den Kopf, so dass er nur noch seine Hose anhatte. Der Wolfer, der ihm die Stiefel ausgezogen hatte, entdeckte die Münzen, die Oriel in seinen Hosensaum eingenäht hatte, und holte sie mit ein paar Messerschnitten heraus. Er sah sie sich an und steckte zwei davon in seine eigenen Stiefel, bevor er Rulgh herbeirief und ihm voller Freude seinen Fund zeigte.

Rulgh streckte seine Hände aus und der Mann legte die restlichen Münzen hinein.

Rulgh betrachtete die Silberstücke und lächelte. Immer noch lächelnd schaute er den anderen Wolfer fragend an und blickte schließlich erwartungsvoll hinab zu Oriel, der immer noch auf dem Boden lag. Oriel erwiderte Rulghs Blick. »Er gestohlen?«, wollte Rulgh wissen.

Oriel antwortete nicht, sondern funkelte Rulgh nur böse an. Nicht nur Griff hatte auf der Insel des Damalls einiges gelernt.

Rulgh sagte rasch etwas zu seinen Männern, woraufhin diese ihren Kameraden packten und seine Taschen durchsuchten. Sie zwangen ihn die Hände zu öffnen, schüttelten die Scheide seines Schwertes und sahen ihm in den Mund und unter die Zunge. Der Mann ließ das alles schweigend über sich ergehen, und erst als man ihm die Schuhe auszog, begann er in einem entschuldigenden Ton hastig etwas vor sich hin zu murmeln. Rulgh antwortete nicht. Er legte die beiden Silbermünzen zu den anderen und zückte einen Dolch – Oriel erkannte, dass es sein eigener war, den die Wolfer ihm abgenommen hatten – und schnitt dem Mann damit ein Stück vom linken Ohrläppchen ab.

Der Wolfer hielt während dieser Bestrafung seinen Kopf gesenkt, wohl um Rulgh Unterwerfung zu signalisieren und gleichzeitig den anderen nicht zu zeigen, was dabei in ihm vorging. Rulgh warf das blutige Stück Ohrläppchen zu Boden und wandte sich ab. Offensichtlich war die Sache für ihn erledigt.

Oriel legte sich auf den Rücken und spürte, wie der Beryll sich ihm in die Wirbelsäule bohrte wie eine unglückliche Erinnerung.

Als die Wolfer auch Griff mit einem Messer die Hosensäume auftrennten, hoffte Oriel, dass sie nicht auch ihn noch nach weiteren Münzen durchsuchen würden. Ganz kurz dachte er an Tamara, wie sie vor dem Feuer gesessen hatte, als er die Münzen in seine Hosenbeine nähte, während die Suppe auf dem Herd vor sich hin köchelte. Der Beryll fühlte sich an wie ein mahnender Finger, den ihm jemand von hinten in den Rücken drückte.

Dann wurden ihm die Hände wieder gefesselt, diesmal aber vor dem Bauch und etwas weniger fest. Auch Griffs Hände banden die Wolfer mit einem Lederriemen zusammen. Als sie damit fertig waren, rissen sie ihre Gefangenen hoch und zerrten sie über das Feld zum Haus des Salzsieders.

Der Abend brach herein, als die Wolfer ihre beiden Toten vor den Kamin des zerstörten Bauernhauses legten. Das

Haus, die Scheune und die Ställe hatten die Wolfer, so gut sie konnten, eingerissen. Sie hatten auch den Inhalt der Salzpfannen ins Feuer geschüttet und dann die Holztröge mit Äxten und Keulen zerschlagen. Das Holz und alles, was brennbar war und nicht mitgenommen werden sollte, häuften sie um die Leichen herum auf: Leintücher, Tierfutter, Fensterläden, Bettgestelle und Salzkisten. Die Wolfer hatten das ganze Vieh geschlachtet und warfen jetzt die Kadaver derjenigen Tiere, die sie nicht essen wollten, mit auf den Scheiterhaufen.

Als die Flammen zu züngeln begannen, stimmten die Wolfer einen seltsam traurigen Gesang an. Oriel und Griff mussten sich zwischen die singenden Männer und das brennende Haus setzen. Die untergehende Sonne tauchte den Himmel in eine rötliche Glut, die so heiß aussah, wie sich das hell lodernde Feuer anfühlte.

»Ich hoffe nur …«, sagte Griff durch den Gesang der Männer und das Prasseln des Feuers.

»Still.« Auch Oriel hatte Angst davor, dass die Wolfer ihn und Griff zwingen würden in das brennende Haus zu gehen. Aber er wusste auch, dass es die Angst nur noch verstärkte, wenn man sie in Worte fasste. Also blieb er bewegungslos stehen und starrte stumm in das immer kräftiger lodernde Feuer.

Das Schlimme an dieser Angst war, dass sie sich langsam um ihn zusammenzog wie das Eis, das ein Boot an seinem Liegeplatz einschließt. Er musste all seinen Mut und all seine Kraft aufbieten, um diese Angst auf Distanz zu halten.

Während die Flammen immer höher schlugen, begannen die Wolfer mit einer Art Tanz. Der Geruch von verbranntem Fleisch – Menschenfleisch und Tierfleisch – mischte sich mit dem Qualm von brennendem Holz, brennenden Kleidern und brennendem Getreide. Einer der Männer schlug mit seinem Schwert im Rhythmus von marschierenden Füßen auf ein Weinfass, woraufhin die Wolfer zwei Gruppen bildeten, die einander gegenüber Aufstellung nahmen. Oriel kam es so vor, als spielten sie irgendein Ereignis nach.

Die kleinere Gruppe stürzte sich, angeführt von Rulgh, auf die Männer der größeren Gruppe, die ihre Arme vorstreckten, als wären sie Stöcke oder Speere. Rulgh rief den Männern mit den ausgestreckten Armen etwas zu, aus dem Oriel mehrmals das Wort *Fruhckman* heraushörte. Die Männer aus Rulghs Gruppe, die sich wie bei einem Schwerttanz vor- und zurückbewegten, wiederholten das Wort jedes Mal, wenn Rulgh es sagte, aber die Wolfer der zweiten Gruppe blieben stumm und gaben ihre Verteidigungshaltung nicht auf.

Schließlich stürzte einer aus Rulghs Gruppe auf sie zu und sprang hoch, als wolle er über eine Mauer springen. Offenbar gelang ihm das nicht, denn er ließ sich zu Boden fallen und blieb bewegungslos auf dem Rücken liegen. Ein zweiter Wolfer tat es ihm nach.

Auf einmal begriff Oriel, was die Wolfer darstellten: Es war die Geschichte des Kampfes um Selby. Wenn er mit seiner Vermutung Recht hatte, dann hatten die Mauern standgehalten, denn obwohl die Wolfer dieses Spiel vermutlich zur Ehre ihrer Toten veranstalteten, ging daraus doch klar hervor, dass die Stadt sich erfolgreich verteidigt hatte. Oriel freute sich für den Salzsieder, Tamara und die anderen Bürger, auch wenn für ihn selbst und Griff so gut wie keine Hoffnung mehr bestand.

»Fruhckman«, rief Rulgh den Männern mit den ausgestreckten Armen zum Schluss noch einmal zu, dann wandte er sich ab und ging. Die Flammen loderten hoch und das Feuer griff auf die Balken des Dachstuhls über. Der Mann am Weinfass hörte mit seinem Getrommel auf. Das Spiel war vorbei. Stumm blickten die Wolfer in die Flammen und schienen Oriel und Griff nicht wahrzunehmen. Schließlich begaben sie sich zu einem kleineren Feuer, über dem sie etwas abseits vom Haus ein paar der geschlachteten Tiere brieten.

Oriel und Griff sahen den Wolfern beim Essen und Trinken zu und lauschten ihren Stimmen. Vom Feuer wurde ihnen warm und der beißende Rauch brachte sie zum Husten. Hinter ihnen wurde der Himmel dunkel. Als die Wolfer fertig gegessen hatten, warfen sie das übrig gebliebene Fleisch ins Feuer. Zum Schluss gossen sie auch noch den Rest des Weines aus dem Fass hinein.

Oriel wusste, dass es keinen Sinn hatte, die Wolfer um etwas zu essen oder trinken zu bitten. Er wusste ja nicht einmal, wozu die Wolfer ihn am Leben ließen, aber ganz offensichtlich brauchten sie ihn und Griff noch für irgendetwas. Eigentlich hatte er gedacht, dass die Wolfer nach ihrem Gelage schlafen würden, aber obwohl es mitten in der Nacht war, brachen sie auf und führten Oriel und Griff vom Haus des Salzsieders weg ins Landesinnere.

Jeder einzelne Schritt tat Oriel weh und sein Kopf schmerzte so sehr, dass er die scharfen Steine und spitzen

Zweige gar nicht spürte, die ihm die bloßen Füße zerschnitten. Immer wieder kamen er und Griff ins Straucheln, aber sie wagten es nicht, etwas zu sagen. Wenn sie den Wolfern zu langsam wurden, trieb man sie mit dem Schwert voran. Schließlich, als Oriel schon längst die Hoffnung aufgegeben hatte, jemals wieder einen Sonnenaufgang zu erleben, machten sie auf einer großen Wiese Halt, wo viele Wolfer um lodernde Feuer herum lagerten. Neben den verschiedenen Gruppen von Wolfern entdeckte Oriel dunkle, am Boden kauernde Gestalten, die vermutlich ebenfalls Gefangene waren. Sie stöhnten und klagten in einer Sprache, die er verstand. Langsam wurde es hell, aber Oriel konnte vor lauter Kopfweh kaum mehr etwas sehen und sein Rücken schmerzte von den vielen kleinen Schwertstichen, mit denen die Wolfer ihn während des Marsches immer wieder angetrieben hatten. Obwohl seine Beine vor Müdigkeit zitterten, blieb Oriel stehen.

Griff neben ihm zitterte ebenfalls. Rulgh trat auf sie zu und sagte etwas, doch Oriel starrte ihn nur verständnislos an. Als der Wolfer ihn daraufhin gegen die Schulter und in die Kniekehlen schlug, wusste er, was seine Worte bedeutet hatten: Er sollte sich hinsetzen.

Kaum war Oriel vollkommen erschöpft eingeschlafen, als er im Morgengrauen schon wieder geweckt wurde. Ein Mann redete auf ihn ein. Oriel kannte den Mann, es war einer der Fischer von Selby, ein zänkischer Kerl, der behände und tapfer im Kampf war und rasch seinen eigenen Vorteil erkannte. Er war von einer anderen Gruppe Gefangener zu Oriel herübergekrabbelt.

»Du Idiot«, sagte Oriel als Erstes.

»Was werden sie mit uns machen?«, wollte der Mann wissen. »Ich habe eine schwangere Frau zu Hause und ich habe eine Familie, die mich loskaufen kann. Kannst du denn nicht mit ihnen sprechen?« Seine Stimme war ganz hoch.

»Halt den Mund«, sagte Oriel. Sein Kopf tat zwar immer noch weh, aber nicht mehr so sehr wie am Tag zuvor. Die Schmerzen fühlten sich jetzt an wie ein Messer, das ihm von innen in die Augen stach. Er konnte sich nicht mehr daran erinnern, wie der Mann hieß.

»Du musst irgendetwas tun, Oriel«, sagte der Mann. »Die Wolfer waren plötzlich überall. Ich habe versucht zu den Booten durchzukommen. Ich hab's versucht.«

Simson, der Mann hieß Simson.

»Wie weit sind wir hier vom Fluss entfernt?«, fragte er.

»Idiot«, sagte Oriel noch einmal, während er die dunkle Gestalt von Rulgh hinter dem Mann auftauchen sah.

Rulgh packte Simson an den Haaren und zerrte ihn zurück. Oriel konnte nichts für ihn tun. Er verstand nicht, was die Wolfer sagten, und mit seinem Gejammer machte Simson alles nur noch schlimmer. »Tut mir nichts, bitte, lasst mich am Leben«, winselte er in einem fort. Einer der Wolfer zog sein kurzes Schwert und hielt es Simson an die Kehle, während zwei andere ihn in die Knie zwangen. »Ich habe euch doch nie etwas zuleide getan!«, protestierte Simson und schrie nach Oriel. »Ich kann euch gutes Lösegeld bezahlen! Viel Geld!«, flehte er weinend den Mann mit dem Schwert an, dann drehte er den Kopf nach hinten und sah Rulgh an, der ihn immer noch bei den Haaren gepackt hielt. »Lösegeld. Gulden, Kreuzer, Schmuck, goldene Ringe – ich habe Freunde und die Stadt Selby wird euch …«

Rulgh gab einen kurzen Befehl. Das Schwert fuhr quer über Simsons Kehle und schnitt ihm das Wort ab. Blut spritzte in einem dicken Strahl aus der Wunde.

Oriel blieb ganz still sitzen.

Der Wolfer mit dem blutigen Schwert sagte etwas zu Rulgh, woraufhin beide lachten.

Rulgh blickte über Simsons Körper hinüber zu Oriel. »*Fruhckman*«, sagte er in einem angewiderten Ton.

Jetzt wusste Oriel, was *Fruhckman* bedeutete: *Feigling*. Es war das erste Wort, das Oriel in der Sprache der Wolfer lernte, und er begriff auch, dass bei den Wolfern Feigheit schnell zum Tod führen konnte.

16

Auf der Wiese hatten sich mehrere Gruppen von Wolfern versammelt, jede unter ihrem eigenen Hauptmann. Oriel vermutete, dass sie aus verschiedenen Himmelsrichtungen auf Selby zumarschiert waren und jetzt ihr Lager aufgeschlagen hatten, damit ihre Hauptleute ihr weiteres Vorgehen besprechen konnten. Sie hockten zusammen und kratzten mit kleinen Hölzchen ihre Angriffspläne in die Erde. Wenn bei den Wolfern der Erfolg an der Anzahl der überlebenden Krieger gemessen wurde, dann war Rulghs Gruppe die bei weitem erfolgloseste. Das Gleiche galt für die Anzahl der Gefangenen, auch da hatte Rulgh nicht eben eine Meisterleistung vollbracht. Wurde der Erfolg allerdings an der Höhe der Beute bemessen, würde wohl keiner der anderen Hauptleute Rulgh mit seinen Silbermünzen das Wasser reichen können. Als die Anführer mit ihrer Besprechung fertig waren, machten sich die Gruppen wieder einzeln auf den Weg.

Rulgh und seine Männer waren den ganzen Tag und anschließend noch die halbe Nacht unterwegs. Die Gefangenen bekamen nichts zu essen, nichts zu trinken und durften nicht sprechen. Gegen Ende des Marsches waren Oriels Beine und Füße so gefühllos wie Eisblöcke oder Steine und bewegten sich automatisch, ohne sein Zutun. Sein Kopf schmerzte so sehr, dass er manchmal lieber gestorben wäre als dieses entsetzliche Pochen noch länger auszuhalten.

Sogar das Atmen bereitete Oriel große Mühe. Er wusste nicht, warum er den nächsten Atemzug tun sollte, wozu er weitergehen und mit den Wolfern Schritt halten sollte, die sich ihren Weg durchs Unterholz bahnten, über Hügel stiegen und durch Flüsse wateten, in denen er sich nicht einmal hinunterbeugen und einen Schluck kühles Wasser trinken durfte.

Oriel sehnte sich danach, den Mund voll kühlem Wasser zu haben.

Mitten in der Nacht schließlich machten die Wolfer endlich Rast. Oriel und Griff wurden zu Boden gestoßen, bis sie bäuchlings im Gras lagen. Dann drückte jemand ihre Köpfe nach unten und tauchte sie in dunkles Wasser. Oriel nahm einen Schluck und hob den Kopf. »Kein Salzwasser«, sagte er zu Griff, der neben ihm im Gras lag. »Glaubst du, wir sind wieder am Fluss?«

Wenn es der Fluss war, konnten sie vielleicht später in der Nacht hineinwaten und sich von der Strömung flussabwärts treiben lassen. Zum Schwimmen, das wusste Oriel, fehlte ihm die Kraft.

Griff schüttelte den Kopf. »Weiß nicht«, sagte er. Dunkle Schatten lagen auf seinem Gesicht, das Oriel kaum mehr bekannt vorkam.

»Warum bekommen nur wir etwas zu trinken?«, fragte Oriel Griff und wurde im nächsten Augenblick hochgerissen und vom Wasser fortgezogen. Die Wolfer, die ihn gepackt hatten, schleppten ihn vor Rulgh.

Oriel verstand nicht, was der Hauptmann ihn fragte, aber an seinen Gesten und seinem weit geöffneten Mund erkannte er, dass Rulgh wissen wollte, ob man das Wasser unbeschadet trinken könne.

Oriel leckte sich mit der Zunge über die Lippen und sagte: »Mmmm, gut.«

Rulgh starrte ihn an und blickte dann nach unten, wo Griff noch immer auf dem Bauch lag und aus dem Fluss trank. »*Guht?*«

»Ja, gut«, nickte Oriel.

Rulgh sprach zu seinen Leuten und sagte dann zu Oriel denselben unverständlichen Satz wie in der letzten Nacht, bevor er ihn zu Boden geschlagen hatte. Oriel verstand nicht, was es heißen sollte, traute sich aber nicht zu fragen. Rulgh schlug ihn diesmal weniger heftig als das erste Mal, aber immer noch so hart, dass ihm die Füße wegrutschten und er mit dem Kopf auf den Boden schlug.

Dieser Satz, dachte Oriel, während er wieder zum Trinken ans Wasser robbte, bedeutet in der Sprache der Wolfer anscheinend so etwas wie *Setz dich hin* oder *Warum ruhst du dich nicht aus?*. Er nahm einen tiefen Schluck kaltes Wasser und dann rollten sich Griff und er im Gras zum Schlafen zusammen.

Diese Wolfer sind ziemlich starke Burschen, dachte Oriel, als er am Morgen erwachte. Sein Kopf war über Nacht klarer geworden und tat ihm nicht mehr so weh. Die aufgehende Sonne kam ihm jetzt weniger grell vor und er musste die Augen nicht gleich wieder schließen wie noch am Tag zuvor. Griff schlief noch und Oriel stellte sich schlafend. Den Wolfern schien es recht zu sein, dass sie sich nicht um ihre Gefangenen kümmern mussten.

Oriel war zwar stark, aber längst nicht so stark wie diese Wolfer. Bald setzten sie sich wieder in Marsch und er und Griff mussten abermals den ganzen Tag lang hinter ihnen herstolpern und wurden dabei wieder ständig geschubst und mit dem Schwert in Bewegung gehalten. Das Marschtempo der Wolfer ähnelte fast einem Dauerlauf. Dass sie dabei nur ganz selten rasteten, strengte Oriel zusätzlich an. Wenn sie eine ihrer kurzen Pausen einlegten, war Oriel meist schon völlig außer Atmen und er hörte, wie Griff hinter ihm ebenfalls nach Luft rang.

Oriel wusste längst nicht mehr, wie lange er schon auf den Beinen war, geschweige denn welche Richtung sie eingeschlagen hatten, auch konnte er nicht mit Bestimmtheit sagen, ob sie nur einen oder schon mehrere Tage unterwegs waren. Er hatte nicht die geringste Ahnung, wo sie sich befanden.

Selbst wenn ihn die Wolfer jetzt unerwartet freigelassen hätten, hätte er nicht sagen können, in welcher Richtung das Meer war. Oriel hätte nicht mehr zurück zum Meer gefunden.

Auf ihrem Marsch schleppten die Wolfer zwar Waffen und Beute mit sich, aber keinerlei Nahrungsmittel. Auf Oriel machten sie auch nicht den Eindruck, als ob sie hungrig wären, aber das kam wohl eher daher, dass er nicht wusste, wie lange sie wirklich unterwegs waren. Schließlich machte es ja einen Unterschied, ob man einen Tag lang nichts aß oder mehrere. Aber ganz egal wie lange der Marsch nun schon dauerte, Oriel fragte sich, wie er das alles durchgehalten hatte. Als Rulgh ihnen am Abend endlich erlaubte sich hinzulegen, hätte er Griff gerne gefragt, ob er denn wisse, wie viele Tage sie nun tatsächlich schon auf den Beinen waren. Aber sie waren beide so erschöpft, dass sie ohne ein weiteres Wort sofort in tiefen Schlaf sanken.

Am Morgen sah Oriel, dass sie wieder am Wasser lagerten. Während er sich schlafend stellte, fragte er sich, ob es immer noch der Fluss war, dessen Wasser der Hauptmann sie hatte versuchen lassen. Vielleicht hatte er ja den Marsch des letzten Tages nur geträumt und sie hatten sich in Wirklichkeit gar nicht von der Stelle bewegt. Der Hunger allerdings, den er verspürte, war kein Traum und er fragte sich, ob die Wolfer sich wohl auf den Fischfang verstanden. Der Tag war grau und roch nach Regen. Oriel weckte Griff und beide standen auf.

»Ich fühle mich schwach«, sagte Griff und seine Stimme klang auch so.

»Lass es dir nicht anmerken«, riet ihm Oriel.

Rulgh erhob sich vom Feuer und kam auf sie zu.

Trotz seines Hungers hatte Oriel jetzt endlich wieder einen klaren Kopf und konnte Rulgh zum ersten Mal wirklich wahrnehmen. Obwohl er eigentlich noch gar nicht so alt war, hatten die Jahre tiefe Spuren in seinem Gesicht hinterlassen. Das harte Leben, das er führte, hatte ihn sichtlich gezeichnet.

Oriel hob seine zusammengebundenen Hände an den Mund und machte eine kauende Bewegung. Rulgh zuckte mit den Schultern, schüttelte den Kopf und zeigte ihm seine leeren Hände. Oriel sagte: »Fische. Im Wasser.« Dabei sah er auf das Gewässer und erkannte, dass es weder ein Fluss noch das Meer war.

»*Lackh*«, meinte Rulgh.

»Sind Fische im *Lackh*?«, fragte Oriel und ahmte, während er sich redlich bemühte das Wort in der Wolfersprache richtig auszusprechen, mit seinen gefesselten Händen die Schwimmbewegung eines Fischs nach.

Rulgh gab ihm mit Gesten zu verstehen, dass es sehr schwierig sei, Fische zu fangen.

Oriel deutete an, dass er und Griff wussten, wie man Fische fängt, und zwar mit den bloßen Händen, aber besser mit Hilfe eines Speers. Er vermutete, dass die Wolfer keine Netze kannten.

Menschen, die hungrig sind, kämpfen immer viel verzweifelter als satte, dachte Oriel, und vielleicht bezweckten die Wolfer genau das. Wozu sollten Männer, die raubend, mordend und plündernd durch die Lande zogen, auch lernen, wie man fischte, jagte oder Früchte sammelte? Oriel überlegte, wo die Wolfer wohl den Winter verbrachten und wo sie ihre Frauen und Kinder hatten. Außerdem fragte er sich, ob es eine Art Häuptling gab, dem die verschiedenen Wolferbanden unterstanden. Falls sie ihn am Leben ließen, wollte er die Sprache der Wolfer erlernen und Rulgh alles über diese seltsamen Leute fragen.

Ist das zu viel verlangt?, fragte sich Oriel. Zu überleben und eine Sprache zu erlernen?

»Sollen Griff und Oriel Fische fangen?«, fragte er Rulgh. Er machte eine Geste, als würde er das Fleisch von den Fischgräten abziehen. Rulgh war einverstanden. »Du machen.«

Oriel hielt ihm seine Hände hin und Rulgh durchtrennte die Lederschnüre mit seinem Messer. Dann schnitt er auch Griff die Fesseln ab.

Ohne Boot und Netz dauerte es ziemlich lange, bis sie mit den bloßen Händen und zugespitzten Stöcken genügend Fische für die acht Wolfer gefangen hatten. Erst als sie alle einen Fisch hatten, fingen die Wolfer an sie über dem Feuer zu braten. Oriel und Griff, die außer einem Schluck Wasser noch nichts zu sich genommen hatten, hockten sich ein wenig abseits auf den Boden. Während sie sich erschöpft ausruhten, kam einer der Wolfer auf sie zu. Es war Rulgh, und Oriel rappelte sich auf seine schmerzenden Füße hoch, während Griff noch langsamer aufstand. Rulgh gab Oriel einen knusprig gebratenen Fisch in die Hand, der noch ganz warm vom Feuer war. Oriel schnupperte daran und gab ihn weiter an Griff, aber Rulgh nahm ihm den Fisch wieder ab und drückte ihn abermals Oriel in die Hand. Griff war entweder zu schwach oder zu gescheit, um dagegen zu protestieren.

Oriel gab den Fisch ein zweites Mal an Griff weiter und bat Rulgh mit Gesten um einen zweiten. Der aber schüttelte den Kopf und streckte Oriel die leeren Hände hin.

Oriel verstand, dass es der letzte Fisch gewesen war.

Nachdem Griff sich ein Stück von dem Fisch genommen hatte, gab er ihn an Oriel zurück, der sich nun ebenfalls einen Bissen von den Gräten abriss. Trotz seines Hungers hätte er ihn fast wieder ausgespuckt, denn der Fisch hatte einen äußerst intensiven, fast bitteren Geschmack.

Rulgh beobachtete die beiden argwöhnisch.

»Nimm kleine Bissen«, empfahl Oriel und Griff nickte.

Rulgh sah ihnen zu, wie sie den Fisch bis auf die Gräten abnagten, was nicht allzu lange dauerte. Dann sagte Rulgh etwas, das Oriel nicht verstand, und ging zu seinen Männern zurück. Oriel und Griff gingen wieder an den *Lackh*, tranken Wasser und setzten sich in einiger Entfernung von den Wolfern ans Ufer des ruhig daliegenden Gewässers. »Ich glaube, sie lassen uns jetzt miteinander reden«, sagte Oriel. »Weißt du, wie viele Tage wir schon unterwegs sind?«

»Nein, aber mein Gesicht ist schon voller Bartstoppeln. Was meinst du, wie lange werden sie uns …?«

»Bis wir sterben«, antwortete Oriel.

Beide schwiegen lange.

»Es sei denn, wir fliehen«, sagte Oriel schließlich.

Die Wolfer hinter ihnen erhoben sich und machten sich fertig zum Abmarsch.

»Siehst du denn eine Möglichkeit zur Flucht?«, fragte Griff.

Oriel schüttelte den Kopf. »Wir hätten zusammen mit Tamara weglaufen sollen«, sagte er mit einem bitteren Unterton.

»Aber dabei hätte Tamara vermutlich nicht mit uns Schritt halten können und wäre den Wolfern in die Hände gefallen«, gab Griff zu bedenken.

»Bist du denn immer noch der Meinung, sie ist es wert, dass wir ihretwegen gefangen genommen wurden?«, fragte Oriel überrascht.

»Natürlich ist sie das.«

Es brachte ihnen nichts, sich jetzt den Kopf über einen Entschluss zu zerbrechen, den sie ohnehin nicht rückgängig machen konnten. Trotzdem fragte Oriel sich, was er wohl anders gemacht hätte, wenn er gewusst hätte, was auf ihn zukam. Griff hatte Recht. Für den Fall, dass sie wirklich alle drei zum Boot gelaufen wären, hätten die Wolfer sie verfolgt und vermutlich Tamara gefangen genommen, weil sie die Langsamste von ihnen war. Griff und Oriel hätten dadurch Zeit gewonnen und wären sicherlich bis zum Fluss gekommen, wo sie sich entweder auf dem Boot oder schwimmend aus der Gefahr hätten retten können. Was Oriel überraschte, war, wie Griff über diese Möglichkeit dachte. Bisher war es ihm noch nie in den Sinn gekommen, dass Griff etwas gänzlich anders beurteilen könnte als er.

»Deine Entscheidung war schon richtig«, sagte Griff.

Oriel zuckte mit den Schultern. »Wenn ich beschlossen hätte wegzulaufen, wärst du dann mitgekommen?«, fragte er.

»Natürlich«, sagte Griff. »Aber es wäre trotzdem die falsche Entscheidung gewesen. Tamara hätte den Wolfern niemals so lange Widerstand leisten können wie wir und vermutlich hätten die Wolfer uns doch noch eingeholt, bevor wir den Fluss erreicht hätten. So konnte Tamara wenigstens die Bürger von Selby warnen, die sonst von den Wolfern überrascht worden wären. Ich finde, das ist es wert, dass ein paar Menschen – darunter auch wir beide – in Gefangenschaft geraten sind.«

Oriel widersprach ihm nicht, denn er merkte, wie wichtig es ihm war, dass Griff eine gute Meinung von ihm hatte, und die wollte er nicht aufs Spiel setzen. Außerdem drängten die Wolfer zum Aufbruch. Kurz bevor die Welt für ihn wieder lediglich aus seinem eigenen Herzklopfen und der Angst vor einer Schwertspitze bestand, die ihn gnadenlos weitertrieb, dachte Oriel über seinen Freund nach. Griff war ihm so nah wie seine eigene Hand – und wenn Griff nicht seiner Meinung war, hatte Oriel das Gefühl, dass seine eigene Hand, obwohl sie seinen Befehlen noch gehorchte, plötzlich etwas anderes wollte als er. Es war, als ob seine Hand, die er so lange ganz selbstverständlich für seine Zwecke eingesetzt hatte, sich auf einmal auf ihren fünf Fingern aus dem Staub machen wollte.

Man darf seine Hand nicht für selbstverständlich nehmen, dachte Oriel, denn wenn man das tut, wird man ihr nicht gerecht.

Er hatte Griff schlecht behandelt.

Aber andererseits hatte er Griff auch gerettet.

Gegen Mittag erreichten sie einen Bauernhof, der hoch oben auf einem Hügel lag. Inzwischen befanden sie sich in einer gebirgigen Gegend, wo manche Hügel ganz nackt waren und andere von dichtem Gestrüpp überwuchert. Die Wolfer ließen Oriel und Griff geknebelt und an Händen und Füßen gefesselt an einem tiefen Bachbett zurück. Oriel war so erschöpft und durstig, dass er die Schreie von Menschen und Tieren kaum wahrnahm, die von dem Bauernhof herüberdrangen. Außer seinem eigenen Hunger und seinem Bedürfnis nach Schlaf war ihm alles egal und so kamen ihm die Geräusche des Kampfes nicht viel anders vor wie ein schlechter Traum.

Der Anblick der Leichen berührte ihn dann später umso mehr und er musste seine Empfindungen niederkämpfen, bis er innerlich eiskalt war. Auch Griff schnappte nach Luft und schluckte schwer, um nicht auf der Stelle loszuweinen. Dabei stöhnte er, als spüre er selbst die Schmerzen, die die Toten hatten durchmachen müssen.

Der Wolfer, der sie bewachte, weidete sich grinsend an ihrer Angst. Oriel zwang sich ganz ruhig zu bleiben.

Der Wolfer brachte sie ins Bauernhaus, wo seine sieben Gefährten sich in der Wohnstube breit gemacht hatten. Es roch nach Bier und Fleisch, das über dem Feuer briet. Ein etwa zehnjähriger Junge kauerte gefesselt neben der Tür und zwei Frauen, die Bauersfrau und ihre Dienstmagd, mussten die Wolfer bedienen. Ihre dunklen Haare hingen offen herunter, als habe ihnen jemand die Kopftücher heruntergerissen. Die Frauen hatten vor Angst weit aufgerissene Augen und ihre Wangen waren noch feucht von den Tränen. Die Bäuerin trug einen feineren

Rock als die Magd und auch ihre Schürze war nicht ganz so schmutzig. Während sie für die Wolfer Fleisch auf den Spieß steckte, stöhnte und brabbelte sie leise vor sich hin. An ihren Augen konnte man erkennen, dass sie kurz davor war, verrückt zu werden. Die Dienstmagd kam Oriel etwas robuster vor. Sie war jung und sah so aus, als hätte sie noch keine Kinder gehabt. Als er sich vorstellte, was für ein Schicksal die beiden Frauen erwartete, musste Oriel sein Herz mit Eiseskälte wappnen.

Die Wolfer nahmen ihnen die Knebel aus dem Mund und Rulgh brachte Oriel einen Kanten Brot und ein Stück Fleisch. Oriel nahm einen Bissen von dem Fleisch – es war gegrillte Ziege, fett und scharf im Geschmack. Das Fleisch ließ seine Lebensgeister wieder erwachen. Dann schob er es Griff in die zusammengebundenen Hände.

Rulgh schnaubte amüsiert. Er hatte sich ganz nah über die beiden gebeugt, um auch ja nicht zu verpassen, wie sie sich abmühten.

Oriel biss einmal vom Brot ab und reichte es dann Griff. Der wiederum hatte inzwischen ebenfalls von dem Stück Fleisch abgebissen und gab es Oriel zurück. Rulgh schien es zu gefallen, wie sie immer zur selben Zeit entweder vom Brot oder dem Fleisch abbissen. »*Tewkeman*«, sagte er. Oriel hatte den Eindruck, als wüsste er, was das bedeutet. Langsam verstand er diese Wolfer und ihre Sprache. Sie waren grausam und furchtlos und so stark wie Tiere. Wo immer sie hinkamen, nahmen sie sich die Frauen und alles Essbare, und wenn sie alle ihre Bedürfnisse befriedigt hatten, ließen sie – so vermutete Oriel zumindest – weder Mensch noch Tier am Leben.

Irgendwann im Lauf des Abends ging auf einmal die Tür auf und ein Mann stand gerade lange genug da, um seinen Sohn mit einer Stimme voll Hoffnung und Angst »Vater!« rufen zu hören. Einen Augenblick später durchbohrte ihn das Schwert eines Wolfers. Oriel und Griff mussten die Leiche des Vaters hinaustragen, was mit zusammengebundenen Händen ein schwieriges Unterfangen war.

Am nächsten Morgen zeigte Rulgh Oriel eine goldene Brosche, die er unter der Matratze der Bäuerin gefunden hatte, während die anderen Wolfer das Haus in Brand steckten. »Das ist Gold«, erklärte Oriel.

Aus einer Tasche an seinem Lederwams kramte Rulgh die Münzen hervor, die er Oriel abgenommen hatte, und fragte: »Gold?«

»Nein, Silber«, antwortete Oriel und schüttelte den Kopf.

Griff musste unterdessen die Leichen in das brennende Haus zerren. Oriel konzentrierte sich auf Rulghs zerfurchtes Gesicht und war bemüht sich keine Gefühlsregung anmerken zu lassen. Gestikulierend und radebrechend wollte Rulgh von ihm wissen, wo das Gold herkam. Als Antwort zeichnete Oriel mit einem Stock eine primitive Landkarte in die Erde vor ihren Füßen, aus der die Lage der Goldminen in den Hügeln hinter Celindon zu erkennen war.

»Celindon«, sagte Oriel.

»Celindon?«, wiederholte Rulgh.

Oriel zeichnete eine Stadt auf einer Halbinsel. Als er zwei Kreise drum herum zog, die den doppelten Mauerring von Celindon symbolisieren sollten, wusste Rulgh genau, welche Stadt gemeint war. Er nahm ihm den Stock ab und zeichnete nun seinerseits etwas in die Erde, was Oriel als kämpfende Soldaten interpretierte. Rulgh hob seine rechte Hand, streckte den Zeige- und den kleinen Finger aus und drückte die beiden mittleren Finger mit dem Daumen auf den Handteller. Rulghs Hand sah aus wie ein Tier mit Hörnern und Oriel verstand, dass dieses Zeichen die Abwehr einer drohenden Gefahr bedeutete.

»Goldminen«, sagte Oriel und versuchte Rulghs Gefahrenzeichen nachzuahmen, was ihm mit gefesselten Händen allerdings nicht besonders gut gelang.

»Ist nicht so«, sagte Rulgh.

»Doch, ist so«, sagte Oriel. »Soldaten«, er deutete auf Rulghs Kritzelei, »bewachen Minen. Sklaven«, Oriel deutete auf den Hals, um den alle Sklaven einen Eisenring trugen, »arbeiten in den Minen und tragen«, Oriel tat so, als seien seine geöffneten Hände mit etwas gefüllt, »Gold weg. Brandmal«, sagte Oriel und zeichnete sich eine lange, gebogene Linie auf die Wange, die aussah wie ein zunehmender Mond. Mit diesem Zeichen waren alle Sklaven gebrandmarkt, die in den Minen arbeiteten.

»Brandmal«, wiederholte Rulgh, hob sein Hemd und zeigte Oriel eine weiße, faltige Stelle auf seinem Arm.

»Ja«, nickte Oriel, »Feuer hinterlässt ein Brandmal.« Hinter ihnen schleppte Griff etwas Schweres durch die Tür ins Haus hinein.

Rulgh ging weg und Oriel kam Griff zu Hilfe.

Später am Tag – als die Wolfer erschöpft vom Essen und Trinken waren – kam der Hauptmann wieder zurück. Oriel saß neben Griff, der den ganzen Tag lang noch kein Wort gesagt hatte, als wäre ihm der Verstand abhanden gekommen. Neben ihnen hockte der kleine Junge, der in einem fort weinte, jammerte und klagte. Oriel beruhigte den Jungen, so gut er konnte, aber mehr Sorgen als um ihn machte er sich um Griff. Sein Freund verstand sich nicht darauf, sich innerlich zu einem Eisklumpen zu machen.

Rulgh kehrte um und sagte etwas zu seinen Leuten, was Oriel so deutete, dass er sich entschlossen hatte die Bergwerke bei Celindon anzugreifen und sich das Gold zu holen.

Oriel riet Rulgh von so einem Angriff ab. Er formte seine Hand zum Zeichen für Gefahr. »Viele Soldaten. Wenige Wolfer. Besser stehlen«, sagte er. »Stehlt das Gold.« Oriel tat so, als würde er eine Geldbörse aus seinem eigenen Gürtel stehlen, während er in die entgegengesetzte Richtung schaute.

»Wolfer nicht stehlen«, sagte Rulgh. »Wolfer kämpfen.«

»Wolfer Idioten«, sagte Oriel, der zu sehr um Griff besorgt war, als dass er seine Zunge gehütet hätte.

»Idioten?«, fragte Rulgh.

Nachdem Oriel dieses Wort riskiert hatte, musste er wohl oder übel antworten. Aber er hatte ohnehin keine Hoffnung, dass sie am Leben bleiben würden, und allmählich war ihm alles egal. Mit der Zeit hatte er immer mehr Wörter der Wolfersprache aufgeschnappt, auch wenn er nicht ganz sicher war, was sie im Einzelnen wirklich bedeuteten. »Idiot«, sagte er, »*Tewkeman.*«

Rulghs hellblaue Augen blitzten einen Moment lang auf wie ein Sonnenstrahl, der vom Eis zurückgeworfen wird. Dann bleckte er die Zähne und lächelte. »Ist nicht so, Oriel«, sagte er und stand auf. Als er zurückkam, brachte er Oriel Fleisch und Brot und sogar eine Schale Bier. »Der da Idiot«, sagte er dann und deutete auf den Jungen.

»Was ist mit mir? Warum bekomme ich nichts zu essen?«, fragte der Junge. »Ich habe Hunger, Oriel, gibst du mir was – warum gibt er mir nichts?«

»Du Idiot«, sagte Rulgh, als Oriel Griff an seinem nackten Arm packte und versuchte ihn aus seiner Erstarrung zu lösen und zum Essen zu bewegen. »*Tewkeman.*« Oriel reagierte nicht.

»Wo Minen?«, fragte Rulgh den Jungen.

Der Junge wandte sich Hilfe suchend an Oriel. »Was sagt er? Was will er von mir? Was hat er vor?«

»Weißt du, wo die Goldminen in der Nähe von Celindon sind?«

»Nicht genau«, antwortete der Junge. »Ich habe zwar Geschichten darüber gehört, aber das sind doch nur Märchen, so wie die Geschichten vom Königreich hinter den Bergen. Ich bin noch nie …«

»Königreich?«, wollte Rulgh wissen.

»Märchen«, antwortete Oriel. Doch das verstand Rulgh nicht. Und weil Oriel ihm keinen Anlass für einen Wutausbruch geben wollte, sagte er: »Weit im Norden«, und dabei machte er mit seinem Arm eine weit ausholende Bewegung. »Hinter den Bergen.«

»Aha.« Rulghs Augen deuteten an, dass er verstanden

hatte. Er sagte etwas, das Oriel nicht verstand, aber das in der Wolfersprache vermutlich Königreich bedeutete. Dann wiederholte er: »Königreich.« Und während er mit der Hand auf seine Augen deutete, fragte er: »Du sehen Königreich?«, wobei ein höhnisches Lächeln um seine Lippen zuckte.

»Nein«, entgegnete Oriel. »Geschichten«, sagte er und bewegte seine Finger vor dem Mund hin und her, um Worte anzudeuten, die nichts bedeuteten. Diese Geste verstand Rulgh. *»Brautel«*, sagte er und wiederholte die Handbewegung vor dem Mund. »Nicht so.«

Dann wandte er sich wieder dem Jungen zu. »Minen?«, fragte er noch einmal. Der Junge schrak zurück und hörte vor lauter Angst zu weinen auf. »Gold? Minen?«, wollte Rulgh wissen.

»Sag ja«, riet Oriel dem Jungen.

»Aber …«

»Sag ja und versuche ihn hinzuführen. Er bringt dich um, wenn du sie nicht findest, aber wenn du dich weigerst, bringt er dich gleich um. Also versuch es wenigstens.«

»Ja!«, schrie der Junge. »Aber zuerst brauche ich etwas zu essen.«

Oriel übersetzte in die Wolfersprache, so gut er konnte, und Rulgh verstand ihn offenbar. Einer der anderen Wolfer brachte dem Jungen etwas zu essen. Nachdem sie gegessen hatten, erhoben sich die acht Wolfer und ihre drei Gefangenen und marschierten den steinigen Hügel hinunter. Hinter ihnen qualmten die Ruinen des Bauernhofs, in denen jetzt nur noch der Tod hauste.

17

Heiß loderte das Feuer, heiß wallte das Blut, heiß waren die Kämpfe und die Angst, die Oriels ständige Begleiterin war. Er konnte sich nicht mehr daran erinnern, wie viele Bauernhöfe die Wolfer auf ihrem Weg zu den Bergwerken dem Erdboden gleichgemacht hatten. Innerlich schützte er sich gegen die Hitze mit einem Panzer aus Eis.

Griff neben ihm schleppte sich mittlerweile dahin wie ein todkrankes Tier. Wenn er zu Oriel, der ihn nur selten aus den Augen ließ, hinübersah, wirkte es oft so, als würde er seinen Freund zum ersten Mal bewusst wahrnehmen.

Wenn der kleine Junge nicht vorne an der Spitze des Zuges Rulgh den Weg zeigen musste, wich er Oriel nicht von der Seite. Oriel fragte ihn nie nach seinem Namen. Sie marschierten nach Süden, in Richtung Meer.

Die Sonne schien warm und sogar der Regen war warm. Da war es nicht immer einfach, in allen Gedanken und bei allen Wünschen so kalt und grausam wie Eis zu sein. Oriel ging durch den Kopf, dass er in seinem Leben bisher immer ein Ziel vor Augen gehabt hatte. Zuerst hatte er geglaubt die Insel des Damalls zu erben, dann die Ländereien des Salzsieders. Beide Ziele hatte er erreicht und dann wieder verloren. Jetzt war sein Ziel das nackte Überleben. Jeden Tag war es aufs Neue sein vordringlichster Wunsch, wenigstens bis zum Abend am Leben zu bleiben.

Rulgh durfte nichts davon wissen, wie eng Oriels Kraft

und Griffs Bedürfnisse miteinander verknüpft waren. Was Oriel zu essen bekam, teilte er sowohl mit dem namenlosen Jungen als auch mit Griff. Das bisschen, das sie bekamen, wurde brüderlich geteilt, nur dass Griff meistens weniger aß als die beiden anderen.

Wenn Rulgh Oriel ins Gesicht starrte, als wolle er herausfinden, was ihm gerade durch den Kopf ging, dachte Oriel manchmal, dass es im Grunde genommen nur Griff war, der ihn davon abhielt, ebenfalls ein Wolfer zu werden. Nur Griff verband Oriel mit seinem früheren Leben und darüber war er nicht immer froh. Manchmal dachte er nämlich, dass er gut und gerne der Hauptmann einer Gruppe von Wolfern werden könnte – und ein erfolgreicher dazu – und dass er es nur wegen Griff nicht tat.

Eines Morgens erreichten sie die Goldminen und hörten an den Geräuschen, dass das Lager der Bergarbeiter direkt vor ihnen lag. Unbemerkt schlichen sich die Wolfer mit ihren drei Gefangenen an und beobachteten, versteckt hinter großen Felsblöcken, das Lager. Sie zählten über zwanzig Soldaten, aber nur sechs Sklaven mit eisernen Halsringen und roten, halbmondförmigen Brandzeichen auf den Wangen. Esel grasten mit zusammengebundenen Vorderbeinen neben einem Wagen, der mit dicken Gesteinsbrocken beladen war. Die gelbe Flagge, die hoch über dem Eingang zum Stollen flatterte, zeigte Oriel, dass sich das Bergwerk im Besitz von Karles Männern befand und dass das Gold, das tief im Berg lagerte, Karles Gold war.

Ein paar Soldaten hockten in kleinen Gruppen zusammen und würfelten um Geld, während sie auf ihr Essen

warteten. Neben ihnen drehte ein Sklave einen Spieß, auf
dem ein Lamm über dem Feuer hing. Obwohl alle Soldaten Waffen trugen, kamen sie Oriel nicht besonders
wachsam vor.

Oriel fragte sich, weshalb die Soldaten wohl bewaffnet
waren und was passieren würde, wenn er sie durch laute
Rufe vor den Wolfern warnte. Gesetzt den Fall, die Wolfer
würden ihn nicht auf der Stelle töten und es gelänge ihm
zudem, den Kampf zwischen Wolfern und Soldaten zu
überleben – würde man ihn dann als Sklaven ins Bergwerk stecken? Die Sklaven hatten alle struppige Bärte und
bewegten sich langsam, wie geschwächte, stumpfsinnige
Männer, die sich längst mit ihrem schlimmen Schicksal
abgefunden hatten. Oriel hatte Angst, dass auch er so enden würde, wenn er die Wolfer an die Soldaten verriet.

Außerdem würde Griff in seinem jetzigen Zustand
nicht einen einzigen Tag im Bergwerk durchstehen. Ich
selbst würde möglicherweise mehrere Jahre überleben,
dachte Oriel, aber welches Los das bessere von beiden
war, wusste er nicht.

Wind kam auf und dichte Wolken zogen über den
Himmel. Manchmal wirbelte eine Bö die trockene Erde
in kreisenden Strudeln hoch in die Luft hinauf. Das Heulen des Windes war ein Vorteil für die Wolfer. Oriel wartete ab, welchen Angriffsplan Rulgh sich ausdenken
würde. Die Öffnung des Stollens lag etwas weiter oben
am Abhang. Falls es den Soldaten gelingen sollte, sich
dorthin zurückzuziehen, konnten sie den schmalen Eingang auch gegen eine Übermacht verteidigen. Wäre Oriel
der Befehlshaber der Wolfer gewesen, dann hätte er ver-

sucht die Soldaten von der Mine wegzulocken. Die Rüstungen der Soldaten kamen Oriel ziemlich schwer vor und deshalb würde er seine Leute zum Schein angreifen und sich dann über die umliegenden Berge verstreuen lassen. Erst wenn die Soldaten von der Verfolgungsjagd die steilen Hänge hinauf sichtlich erschöpft wären, würde er seine Männer wirklich angreifen lassen. Allerdings wäre es auch dann noch ein riskantes Unterfangen, denn es waren dreimal mehr Soldaten als Wolfer.

Das Risiko war so groß, dass Oriel sogar seinen Gefangenen Waffen gegeben hätte, wäre er der Anführer der Wolfer gewesen.

Das alles ging Oriel durch den Kopf, während Rulgh seine Männer um sich versammelte und eindringlich auf sie einredete. Als er damit fertig war, zogen die Wolfer ihre Schwerter und fuchtelten damit in der Luft herum.

»Nein«, sagte Oriel so ruhig, wie er es angesichts der drohenden Gefahr fertig brachte. »Rulgh, tu das nicht …«

Die Wolfer stimmten ein lautes Kampfgebrüll an.

Rulgh blickte Oriel an.

»Idiot«, sagte Oriel.

»*Fruhckman*«, erwiderte Rulgh und warf ihm einen eiskalten Blick zu.

Oriel erwiderte Rulghs Blick ebenso eisig und stand auf. »Nicht so«, sagte er und drehte ihm den Rücken zu.

Die Wolfer brüllten weiter, als würde das Geschrei sie tapferer und stärker machen.

Dann erklang unten im Lager plötzlich ein Horn.

Die Wolfer stellten sich in eine Reihe nebeneinander und kletterten den Hügel hinauf, um sich dem Feind entgegenzustellen. Oben angelangt stimmten sie erneut ihr Kampfgeschrei an. Oriel ließ Griff und den Jungen im Schutz der Felsen zurück und krabbelte nach vorne, um das Geschehen zu beobachten.

Die Soldaten hatten sich an den Stolleneingang zurückgezogen und drei Reihen von Sklaven als lebende Schutzschilde vor sich aufgestellt. Die Sklaven mussten sich vor ihren Herren auf den Boden knien. Sie waren an den Händen gefesselt und hatten keine Waffen und keine Schilde, mit denen sie sich hätten schützen können.

Der Kampf dauerte nicht lange – während die Wolfer mit ihren kurzen Schwertern auf die Sklaven einhieben, stachen und schlugen die Soldaten, die hinter ihrer menschlichen Mauer vor den Waffen der Wolfer sicher waren, mit Speeren und langen Schwertern auf die Angreifer ein. Oriel sah sofort, dass die Wolfer keine Chance hatten.

Dennoch bewunderte er den blinden Mut der Wolfer. Einen von ihnen, dem ein Soldat bereits die rechte Hand abgehauen hatte, packte ein anderer Soldat am Bart und rammte ihm sein Schwert mitten ins Herz. Dabei zeigte der Wolfer nicht das geringste Anzeichen von Furcht, weder vor den Schmerzen noch vor dem Tod und am allerwenigsten vor dem Feind.

Die Wolfer waren von Anfang an dem Untergang geweiht gewesen. Oriel drehte sich um und wollte hinter den Felsen zu Griff laufen, um mit ihm und dem Jungen zu fliehen. Wenn ihre Kraft ausreichte und das Glück ihnen hold war, würden sie es möglicherweise sogar bis nach Selby schaffen …

Noch einmal übertönte ein Horn das Kampfgetümmel, aber dieses Horn klang so, als käme es aus einiger Entfernung. Die Soldaten am Stolleneingang ließen von den Wolfern ab und lauschten erstaunt. Dann hörte Oriel den Tritt marschierender Soldaten und laute Rufe. Ein Offizier am Stolleneingang schrie seinen Soldaten Befehle zu: »Formiert euch! Da kommen Philippes Männer. Kümmert euch nicht mehr um diese Burschen da!« Durch das Heulen des Windes konnte Oriel die Schreie und das Stöhnen der Verwundeten hören. »Schiebt den Wagen in den Stollen. Und du da, wirf die Toten auf einen Haufen, damit wir dahinter in Deckung gehen können.«

Rulgh und zwei weitere Wolfer hatten den Angriff unbeschadet überstanden und schleppten einen anderen, dem das Blut übers Gesicht lief, mit sich vom Schlachtfeld. Die Soldaten sahen ihnen nicht einmal hinterher.

Gepanzerte Reiter, die zwei rote Wimpel mit sich führten, ritten jetzt den Hügel hinauf und machten vor dem Eingang zum Stollen Halt. Hinter ihnen tauchten bereits die Speerspitzen der Fußsoldaten auf.

»Wir müssen uns ergeben!«, riefen Soldaten, die den Stollen verteidigten. »Wir wären ja verrückt, wenn wir uns nicht ergeben würden. Die anderen sind bestimmt über hundert Mann stark. Wenn wir uns wehren, werden wir alle abgeschlachtet.«

»Aber wo sind die Soldaten von Karle? Blas noch mal in das Horn!«, erwiderte ein anderer Soldat. »Er hat versprochen uns zu beschützen. Das hat er versprochen …«

»Wenn dir dein Leben lieb ist, dann mach dich jetzt aus dem Staub«, sagte Oriel zu Rulgh, und als dieser ihn nicht verstand, machte er das Zeichen für Gefahr und deutete dann zuerst auf den Stolleneingang und dann in die entgegengesetzte Richtung.

Rulgh zerrte erst Griff und dann den kleinen Jungen hoch. Der Junge sträubte sich laut schreiend und ließ sich auch durch Rulghs Brüllen nicht zur Vernunft bringen. Schließlich stieß ihm Rulgh ohne Vorwarnung sein Schwert in den Bauch und zog es so selbstverständlich wieder heraus, als habe er damit soeben einen Stück Brot aufgespießt und einem anderen Wolfer gereicht. Oriel war gewarnt. Er boxte Griff in den Rücken und sagte: »Geh mit ihm, Griff.«

Als Griffs leeres Gesicht keinerlei Reaktion zeigte, packte Oriel ihn an den Schultern und schüttelte ihn, so fest er konnte. »Geh jetzt, Griff. Folge mir. Du musst jetzt tun, was ich sage.«

Griff gehorchte Oriel und setzte sich in Bewegung.

Oriel konnte sich nicht erinnern, wohin Rulgh sie führte und wie lange …

Obwohl sie den Verwundeten bei sich hatten, legten die Wolfer fast die ganze Strecke im Laufschritt zurück. Niemand hatte die Wunden des verletzten Wolfers versorgt, aber irgendwie schaffte er es, auf den Füßen zu bleiben und bei dem Tempo mitzuhalten, das Rulgh vorgab.

Wenn Griff vor ihm ins Stolpern kam, trieb Oriel ihn weiter, indem er ihm mit seinen gefesselten Händen einen Schlag zwischen die Schulterblätter gab. Bald war Griffs nackter Rücken ganz rot und geschwollen, und hätte Griff die Kraft dazu gehabt, hätte er Oriel seine Schläge heimgezahlt. So aber konnte er sie nur über sich ergehen lassen.

Einer hinter dem anderen rannten die Wolfer die Hügel hinauf und stolperten schwerfällig auf der andern Seite wieder hinunter. Sie liefen in Schlangenlinien um Bäume und Felsblöcke herum und wateten durch Flüsse ohne sich dabei auch nur ein einziges Mal mit einem Schluck Wasser zu erfrischen. Für Oriel war es anstrengend, mit vor dem Bauch gefesselten Händen das Gleichgewicht zu halten, aber noch schwerer hatten es die beiden Wolfer, die ihren verwundeten Kameraden mitschleppen mussten. Dennoch beklagten sie sich mit keinem Wort darüber.

Wenn es dunkel war, ließ Rulgh bisweilen im Schutz des Waldes eine kurze Pause einlegen. Ächzend vor Erleichterung ließen sich dann alle sofort zu Boden fallen. Die Nachtluft war mild und blassgoldenes Licht über den Wipfeln der Bäume deutete an, wo der Mond sich hinter den Wolken versteckte.

Wenn Oriel noch einen Tag ohne Pause laufen, geschweige denn rennen musste, dann würde er …

Die Wolfer hingegen würden durchhalten. Sie waren nicht so schwach wie normale Menschen. Wolfer kamen mit sehr wenig Essen und Trinken aus und brauchten auch viel seltener Pausen als Leute wie Oriel oder Griff. Sie verfügten über geheime Kraftreserven und Oriel dachte, dass sich ihre Vorväter dort oben im Norden vor langer, langer Zeit einmal mit Wölfinnen gepaart haben mussten, um so ein Geschlecht hervorzubringen.

Kaum hatte Oriel das gedacht, fiel er in tiefen, erschöpften Schlaf.

Rulgh sah mit seinen kalten Augen den schlafenden Oriel an und schlug ihm mit der flachen Hand ins Gesicht. Der Schlag war so fest, dass Oriel die Ohren davon hallten. Kurz darauf folgte ein zweiter Schlag, der ihn auf die andere Wange traf.

Oriel öffnete die Augen, zeigte aber nicht, dass ihm etwas wehtat. Die Schläge hatten ihn hellwach gemacht.

»Auf!«, sagte Rulgh. »Griff auf!« Dabei deutete er auf Griff, der noch immer an derselben Stelle schlief, an der er zu Boden gesunken war.

An viele Ereignisse des ersten Tages der Flucht konnte Oriel sich später nicht mehr erinnern und die erste Nacht und der Beginn des zweiten Tages waren ihm vollständig aus dem Gedächtnis verschwunden. Alles schien sich miteinander zu vermischen und später glaubte er, er habe die ganze Zeit über geschlafen, obwohl er in Wirklichkeit wach gewesen und mit den Wolfern den ganzen Tag lang gelaufen war.

Als die Sonne bereits hoch am blauen Himmel stand, überschritten sie den Kamm eines Hügels und sahen unten im Tal einen einsam gelegenen Bauernhof. Es war ein Holzhaus mit Anbau und großem Garten, in dem gebückt eine Frau und zwei Kinder arbeiteten. Hinter dem Hof erhob sich eine Reihe bewaldeter Hügel, hinter denen sich knapp über dem Horizont ein schroff gezacktes Wolkenband entlangzog.

Rulgh ließ den Trupp halten und kam auf Oriel zu, der sich erschöpft an einen Baumstamm gelehnt hatte. »Oriel. Komm nach.«

Oriel nickte zum Zeichen dafür, dass er verstanden hätte.

»Bring Jorg mit.«

Bis Oriel begriffen hatte, dass es sich bei Jorg um den Verwundeten handeln musste, rannten die drei gesunden Wolfer bereits mit grässlichem Geschrei den Hügel hinab. Sie hatten die Schwerter gezogen und heulten so furchterregend, dass sich Oriel die Nackenhaare aufstellten. Er fragte sich, ob er wohl die Kraft aufgebracht hätte, bei dem Angriff mitzumachen, wenn Rulgh es ihm befohlen hätte.

Bald rief einer der Wolfer ihnen etwas zu und winkte, damit sie herunterkamen. Oriel und Griff nahmen Jorg in ihre Mitte und stiegen mit ihm langsam den steilen Hügel hinab. Unten im Garten lag die Bauersfrau weinend auf ihren Knien. Ihre zwei kleinen Kinder hatten sich ängstlich unter ihren Röcken versteckt und der gerundete Leib der Frau ließ erkennen, dass sie ein drittes Kind erwartete. Die Haare der Frau und der Kinder waren schwarz wie eine mondlose Nacht und weich wie Wolken am Nachthimmel. Die Frau hatte ihre Haare weder gekämmt noch zusammengebunden, so dass sie sich wild und ungebändigt wie ein nächtlicher Fluss über ihre Schultern ergossen.

Rulgh nahm eine Locke ihres Haars in die Hand und prüfte sie, als wäre sie ein kostbar gewebter Stoff, während die Frau Hilfe suchend hinauf zu Oriel und Griff blickte.

»Helft uns«, sagte sie mit einem vor Furcht schlaffen Mund, aus dem ihr Blut übers Kinn lief. »Helft mir. Helft diesen Kindern, meinen Kindern.«

Oriel hatte zu viele weinende und um Hilfe schreiende Frauen gesehen, als dass ihn die Bitten der Bäuerin sonderlich berührt hätten. Aber dennoch machte sich ein flaues Gefühl in seinem Magen breit. Die Frau hörte auf zu weinen, wandte aber den Blick nicht von Oriels Gesicht. »Wie kann ich ihr Leben retten?«, fragte sie mit einer Stimme, die nicht viel lauter als ein Flüstern war.

»Gar nicht«, antwortete Oriel. »Und dein eigenes auch nicht«, fügte er noch an, obwohl die Frau ihn nicht danach gefragt hatte.

Sie nickte, erhob sich und nahm die Kinder rechts und links an die Hand. »Dann sag mir wenigstens, wie ich ihn dazu bringen kann, dass er uns gleich und möglichst rasch tötet.«

Oriel hatte eigentlich geglaubt, dass Gefühle wie Mitleid ihn nicht mehr berühren konnten. »Man kann ihn zu nichts bringen«, sagte er und wurde dabei fast wütend, aber dann wandte er sich doch an Rulgh und redete ihn in der primitiven Sprache an, mit der sie sich inzwischen ganz gut verständigen konnten. »*Fruhckman,* Kinder töten. *Fruhckman,* Frau töten, die Kind bekommt …«

Rulghs Gesicht lief rot an. »Ist nicht so. *Nicht Fruhckman.*«

Oriel blickte kurz in die Augen des Mannes, dessen Gefangener er war, dann drehte er den Kopf beiseite und spuckte aus. Falls der Wolfer wusste, was das zu bedeuten hatte, hoffte Oriel nur, dass Rulgh ihm bei dem bestimmt gleich beginnenden Gemetzel als Erstem das Schwert in den Bauch rammen würde.

»Doch«, ließ sich auf einmal Griffs raue Stimme hinter Oriels Schulter vernehmen. »Ist so.« Es war das Erste, was Griff seit Tagen gesagt hatte.

Rulgh schwang das Schwert über seinen Kopf und heulte wie ein Wolf. Als bei dem Geräusch die Kinder unter dem Rock ihrer Mutter zu wimmern anfingen, trat ein Wolfer auf sie zu, um eines von ihnen von der Mutter wegzuzerren. Aber dazu kam es nicht, denn Griff ließ Jorg zu Boden fallen und stellte sich zwischen den Wolfer und seine Beute.

»Nicht so. Rulgh nicht so. Rulgh nicht *Fruhckman*«, brüllte Rulgh lautstark in den leeren Himmel hinauf. »Wo Essen?«, herrschte er dann die Frau an.

Sie hatte immer noch furchtbare Angst und sah zu Oriel hinüber. »Wir haben keines. Die Soldaten haben den Hof zerstört und uns alles weggenommen. Kannst du ihm das sagen?«

»Bist du allein hier?«, fragte Oriel die Frau.

»Mein Mann ist in den Krieg gezogen … weil sie jedem Mann, der sich freiwillig meldet, ein Silberstück geben.«

»In welche Armee?«

Die Frau schüttelte nur ihren Kopf. Ihr bedeutete es nichts, unter welcher Flagge er kämpfte. »Er hat mir die Münze gegeben, aber ich hab sie vergraben. Soll ich …?«

Oriel schüttelte rasch den Kopf. »Nein …«

Die Frau verstand ihn ohne jede weitere Erklärung. »Ich glaube, dass mein Mann inzwischen längst tot ist.

Und ich würde ihm liebend gern nachfolgen. Aber wer soll dann für die Kinder sorgen?«

»Hast du denn gar nichts mehr zu essen hier?«

»Nur noch ganz wenig.«

»Dann bring es her. Kannst du die Wunde dieses Mannes säubern?«

Die Frau zuckte mit den Schultern. »Warum sollte ich?«

»Damit deine Kinder möglicherweise am Leben bleiben«, sagte Oriel.

»Du hast doch gesagt, dass es nichts gibt, was unser Leben retten könnte.«

Oriel wunderte sich, dass die Frau so halsstarrig an ihrer Hoffnungslosigkeit festhielt. »Vielleicht gelingt es uns ja doch«, sagte er.

Rulgh hatte dem Wortwechsel mit Spannung gelauscht, aber offenbar nicht viel davon verstanden. »Was?«, fragte er jetzt. »Was?«

»Frau gibt uns Essen«, antwortete Oriel.

Rulgh starrte ihn an, fragte aber nicht, warum er so viele Worte gebraucht hatte, um so wenig zu sagen.

Die Wolfer legten Jorg auf eine Strohmatratze, ließen sich auf dem Boden nieder und sprachen leise miteinander. Sogar sie waren von dem Marsch vollkommen erschöpft.

Die Bauersfrau kochte einen Topf wässrige Suppe aus Steckrüben und Petersilienwurzeln und brachte dazu einen halben Laib Brot. Oriel half ihr die Wolfer zu bedienen, während sich Griff mit den Kindern, die offenbar Vertrauen zu ihm gefasst hatten, vor das Haus setzte.

Soviel Oriel verstehen konnte, beschäftigte die Wolfer

der Tod ihrer Kameraden, aber Oriel konnte nicht sagen, ob es dabei um den Verlust an sich ging oder mehr darum, dass sie ihre Toten auf dem Schlachtfeld hatten zurücklassen müssen. Außerdem machten sie sich offenbar Gedanken um das Gold, das ihnen im Bergwerk durch die Lappen gegangen war, wobei sie immer wieder das Wort *Malke* sagten. Dieses *Malke* schien ihnen große Angst zu machen.

Am nächsten Tag waren die Wolfer ausgeruht und wollten eigentlich weitermarschieren, aber Jorg kam nicht auf die Beine. Die Bauersfrau holte Wasser aus dem Bach und kühlte ihm die Stirn mit feuchten Tüchern. Rulgh beschloss so lange zu bleiben, bis Jorg wieder laufen konnte.

Oriel bemerkte, mit welchen Augen die Wolfer die Bäuerin ansahen und wie Rulgh ihr immer wieder mit den Händen durch ihre lockigen schwarzen Haare fuhr. Er verbot seinen Männern, die Frau zu missbrauchen.

Am zweiten Tag fing Jorg an zu schwitzen und redete wirres Zeug. Rulgh schickte zwei Männer nach Westen, um Ausschau nach jagdbaren Tieren oder Essen zu halten, er selbst wollte die Hügel östlich des Bauernhofs absuchen. Dazu nahm er Oriel mit und schon bald fanden und erlegten sie eine Ziege, die entweder weggelaufen oder von jemandem freigelassen worden war, damit sie sich in den Wäldern ihr Futter selbst suchte. Der eigentliche Anlass der Jagd aber war, dass Rulgh ungestört mit Oriel reden wollte. Er wollte wissen, wie die Wolfer doch noch an das Gold kommen konnten, das sie im Kampf nicht hatten erobern können.

Oriel versuchte Rulgh zu erklären, wie er seiner Meinung nach die Schlacht am Bergwerk hätte führen müssen. Rulgh wiederum wollte von Oriel wissen, wie viele Chancen ein zweiter Angriff hätte, und er wurde nicht zornig, als Oriel ihm erklärte, dass er bestimmt misslingen würde. »Du hinschleichen wie Dieb«, legte ihm Oriel noch einmal nahe.

Rulgh zögerte. Wolfer waren mutig. Wolfer schlichen nicht umher wie Füchse, die sich im Schutz der Dunkelheit ihre Beute suchten. Wolfer waren Krieger, nicht Diebe.

Oriel wandte sich schulterzuckend von dem Mann ab, dessen Gefangener er war.

Dann wollte Rulgh wissen, ob einer der Wolfer, vielleicht sogar er selbst, sich als Sklave verkleiden und so in die Minen schmuggeln könnte.

Oriel hielt dagegen, dass der Mann sich dann aber auch ein Mal einbrennen lassen und – sollte der Plan misslingen – den Rest seines Lebens in den Minen verbringen müsste.

Rulgh schüttelte den Kopf. Das konnte er keinem seiner Männer zumuten.

Oriel zuckte abermals mit den Schultern.

Rulghs nächster Einfall war, Oriel an die Soldaten zu verkaufen, damit dieser dann den Wolfern von innen den Weg in das Bergwerk öffnen konnte.

Oriel wusste genau, dass er das nicht tun würde.

Rulgh sah Oriel scharf an und meinte dann, dass es wohl besser wäre, wenn sie Griff verkaufen würden.

Oriel zeigte keine Regung. Rulgh sah Oriel wieder ins

Gesicht und sagte dann, dass er mit der Frau und den Kindern hier bleiben und Jorg gesund pflegen könne, bis er, die Wolfer und Griff mit dem Gold zurückkämen. Dann würden sie weiterziehen und Malke die jährliche Kriegsbeute aushändigen.

»Wer Malke?«, fragte Oriel.

»König«, antwortete Rulgh und deutete auf den Horizont, an dem noch immer die merkwürdigen Wolken standen. »Viele Tage weg. Malke wartet in Stadt. Wolfer geben König eins von zwei.« Dabei öffnete Rulgh seine Hände und legte die Finger der rechten in die linke.

Jetzt verstand Oriel, warum Rulgh das Gold so dringend brauchte. »Verkauf mich in die Minen, nicht Griff.«

»Nein.« Rulgh drehte sich um.

»Ich bin stärker.«

Rulgh drehte sich wieder um. »Ja, stärker. Du stärker. Du hier bleiben. Sonst Griff …« Er machte mit der Hand eine hackende Bewegung.

Wut stieg in Oriel auf. »Wenn du Griff etwas zu Leide tust … egal was … dann werde ich Rache nehmen«, erklärte er Rulgh.

Rulgh verstand den Begriff nicht. »Rache?«

»Ja, Rache.« Oriel hob seine gefesselten Hände an den Hals und machte eine Bewegung, als würde ihm die Kehle durchgeschnitten.

»Ich bin gefährlich«, sagte Oriel und unterstrich den Satz mit einer Geste, die Rulgh bestens bekannt war.

Aber Rulgh lachte ihn lauthals aus.

Am nächsten Morgen brach Rulgh mit zwei Wolfern und Griff auf. Oriel blieb zurück und wartete Tag für Tag auf ihre Rückkehr. Er arbeitete im Garten, und als sie die Ziege aufgegessen hatten, fing er Kaninchen in einer Schlinge. Rulgh hatte Oriel die Fesseln abgenommen, denn er wusste genau, dass sein Gefangener nichts gegen ihn unternehmen würde, solange er Griff in seiner Gewalt hatte.

Als Jorg starb, begruben ihn Oriel und die Frau auf dem Hügel. Sie ließen dem Toten Kleider und Schuhe an, denn Oriel wollte sich von Rulgh nicht vorwerfen lassen, er habe einen toten Wolfer bestohlen. Die Frau meinte zwar, Oriel solle doch wenigstens seine Hose gegen die wärmere von Jorg eintauschen, doch Oriel lehnte das ab, denn in seiner Hose war ja der Beryll eingenäht. Die Tage zogen sich hin, doch die Wolfer und Griff kamen nicht zurück.

Die Bauersfrau war schlau genug weder einen Fluchtversuch zu unternehmen noch die Kinder wegzuschicken. Offenbar wusste sie, dass Oriel sie daran hätte hindern müssen. »Wenn sie zurückkommen und alles gut gegangen ist, werden sie nach Norden ziehen und euch hier lassen«, versprach Oriel der Frau. »Wenn wir fort sind, nimm deine Silbermünze und geh mit deinen Kindern nach Süden. Such dir die Stadt Selby, die an der Küste liegt. Dort gibt es einen Salzsieder, der eine Tochter namens Tamara hat. Zu der gehst du und bittest sie um Hilfe. Sag ihr, dass Oriel und Griff dich geschickt hätten.«

»Griff mit den traurigen Augen«, sagte die Frau. »Du, Oriel, bist zwar freundlich zu mir, aber du bist grausam.

Welcher von euch beiden war denn der Freund des Mädchens?«

Oriel wollte keine solchen Fragen beantworten. »Wirst du den Weg ans Meer finden?«, fragte er die Frau.

»Ich werde es versuchen. Wegen der Kinder.« Sie drehte sich um und ging wieder in den Garten, in dem jede Menge Unkraut wuchs. Ihr Bauch war so prall gefüllt wie ein vom Wind geblähtes Segel.

»Rulgh hat dich verschont«, erinnerte sie Oriel.

»Ich verstehe«, sagte sie und drehte Oriel dabei den Rücken zu. »Ich wäre schön dumm, wenn ich ihm dafür nicht dankbar wäre. Und dir auch, denn du hast dich für mich eingesetzt.«

»Es wäre gefährlich, wenn du mir dankbar wärst«, sagte Oriel und blickte nach Süden, wo vor vielen Tagen die Wolfer mit Griff verschwunden waren. Dann drehte er sich nach Norden, wo noch immer die Wolken am Horizont standen. »Bewegen sich diese Wolken denn überhaupt nicht?«, fragte er die Frau. »Kommen sie nie näher? Bringen sie nie Regen hierher?«

»Das sind keine Wolken, sondern Berge. Angeblich liegen sie noch hinter dem Land der Wolfer und außerdem sollen sie unpassierbar sein. Ihre Gipfel sind so hoch, dass auf ihnen das ganze Jahr über Schnee liegt. Deshalb sind sie auch so weiß wie Wolken. Wenn es stimmt, was man sich so erzählt, dann erwartet denjenigen, der es schafft, sie lebendig zu überschreiten, ein fruchtbares Land mit einem König, der streng über Recht und Gesetz wacht. Den Menschen in diesem Land geht es gut, denn seit Jahren können sie in Frieden ihrer Arbeit nachgehen.«

»Von diesem Königreich habe ich auch schon gehört«, sagte Oriel.

»Es sind eben viele Geschichten im Umlauf«, sagte die Frau.

Erst als das Grün der Zwiebeln im Garten schon hoch stand und armdick war, kehrten die Wolfer und Griff wieder zurück. Zu viert waren sie aufgebrochen und zu viert kamen sie wieder, und zwar mit erhobenen Köpfen. Nur Griff ging tief gebückt und das kam nicht nur daher, dass er einen schweren Sack auf dem Rücken schleppte.

Als Rulgh Oriel begrüßte, war er sichtlich stolz. »Wir sind Diebe, wir haben das Gold. Keiner von uns ist gestorben. Malke wird sich über Rulgh nicht beschweren, nicht bei so viel Gold. Jetzt essen wir.«

Griff hatte das halbmondförmige Brandmal der Minensklaven auf seiner Wange, und als er den schweren Sack von der Schulter gleiten ließ, sah Oriel, dass sein Rücken mit vielen Narben übersät war. Auf das Brandmal war Oriel gefasst gewesen, aber nicht auf diese in gekräuselten Falten vernarbte Haut – als ob man ihn so lange gepeitscht hätte, bis die Haut sich vom darunter liegenden Fleisch gelöst hatte. »Was hat das zu bedeuten, Griff?«, fragte Oriel.

Griff schüttelte den Kopf.

»Nein, erzähl es mir«, beharrte Oriel.

Griff wollte nicht sprechen.

»Ein Sklave«, erklärte Rulgh immer noch lächelnd, »ein Sklave wird ausgepeitscht.« Er hatte in der Zwischenzeit offenbar eine Menge Worte dazugelernt.

»Die Soldaten haben dich ausgepeitscht? Warum?«, fragte Oriel.

»Es spielt keine Rolle«, sagte Griff. Er wirkte auf Oriel so, als wäre er sich seiner Stärke und Durchhaltekraft sicher. Die Frau hatte seine Augen richtig beschrieben. Sie waren dunkelbraun und traurig.

»Nicht Soldaten. Wolfer. Ich«, erklärte Rulgh. Seine Augen glänzten vor lauter Stolz auf seine Schlauheit. »Damit Soldaten glauben, dass Griff Sklave ist. Sklave, der Herrn entlaufen ist. Soldaten haben geglaubt. Soldaten sind *Tewkemans*.«

Oriel war äußerlich eiskalt, aber innerlich loderte er vor Wut. »Ich habe dich gewarnt«, sagte er zu Rulgh.

Doch Rulgh schenkte ihm keine Beachtung. Er wies Oriel nicht zurecht, sondern ignorierte ihn einfach und Oriel konnte nichts tun als sein Herz und seine Augen in Eisblöcke zu verwandeln. Schließlich war es ihm ja gar nicht möglich, seine Drohung wahr zu machen.

Rulgh hatte Oriel sogar die Macht genommen, sein eigenes Wort zu halten. Er hatte Griff nicht nur deshalb so heftig ausgepeitscht, weil er die Soldaten hinters Licht führen wollte, sondern auch, um Oriel seine Machtlosigkeit vor Augen zu führen.

Aber Oriel war nicht bereit das zu akzeptieren. Rulgh hatte Unrecht und das würde er eines Tages auch einsehen müssen.

»Wir haben es geschafft«, sagte Griff. »Es ist zu Ende.«

»Wir essen«, sagte Rulgh und klopfte Oriel voller Stolz über seinen Sieg auf die Schulter. »Wir bleiben, einen Tag, zwei, dann nach Hause. Und Jorg?«, wollte Rulgh wissen.

»Tot. Wir haben ihn begraben«, erklärte Oriel. »Dort«, und er deutete auf den bewaldeten Hügel. Rulgh schaute zu den Bäumen hinüber und dann wieder zum Haus und beschloss, lieber zuerst ans Essen zu denken als an den Toten.

Oriel und Griff setzten den Wolfern einen Eintopf aus dem Fleisch der Kaninchen vor, die ihm in die Falle gegangen waren. Dazu gab es Honigwein, vermischt mit Kräutern und Wasser. Als die Wolfer ihr Essen hatten, brachte Oriel einen Topf für die Frau, Griff und sich selbst. Aber die Frau atmete schwer und hatte keinen Hunger. »Es ist so weit«, sagte sie und verließ die Wohnstube. Die ganze Nacht über konnten Griff und Oriel sie draußen stöhnen hören, auch als ihre Kinder und die Wolfer längst eingeschlafen waren. Oriel und Griff setzten sich vors Haus und hörten, wie das Stöhnen der Frau immer rhythmischer wurde. »Ob wir die Wolfer wohl bitten können uns hier zu lassen?«, fragte Griff Oriel.

»Das wird Rulgh nicht tun, denn wenn er uns mitnimmt, hat er außer dem Gold auch noch Gefangene vorzuweisen. Ich habe das Gefühl, dass es bei den Wolfern als Schande gilt, wenn ein Hauptmann auf dem Kriegszug mehrere seiner Leute verliert«, sagte Oriel. »Deshalb wird er uns wohl mitnehmen.«

Die Frau, die hinter dem Garten im Gras lag, schrie laut auf.

Oriel wusste, dass sein Gesicht im fahlen Mondlicht genauso blass aussah wie das von Griff. »Ich weiß überhaupt nicht, was man bei einer Geburt tun muss«, sagte Oriel, »und sie hat doch schon zwei Kinder.«

»Stimmt«, pflichtete Griff ihm bei.

Dann gingen sie schlafen. Sie schliefen tief und fest, und als sie am Morgen erwachten, lag die Frau in einer Blutlache und hielt ein blutiges Baby in den Armen. Ihre Unterlippe war aufgesprungen, so fest hatte sie mit den Zähnen darauf gebissen.

Griff sagte: »Als sie mir das Brandzeichen aufgedrückt haben, habe ich fürchterlich geschrien, Oriel. Aber«, und er hob die Hand, um Oriel gar nicht erst zu Wort kommen zu lassen, »das war das einzige Mal. Ich habe vorher nicht aus Angst geschrien und nachher nicht vor Schmerz. Nur als sie mir das glühende Eisen auf die Haut setzten … und da hätte jeder andere auch geschrien.« Nach diesen Worten beugte sich Griff zu der Frau hinunter und nahm ihr den blutigen Säugling ab. Die Frau riss entsetzt die Augen auf. »Keine Angst, ich wasche ihn bloß«, sagte Griff sanft.

Als Griff mit dem schreienden Baby zurückkam, hatte sich die Frau mit Oriels Hilfe ins frische, saubere Gras geschleppt. Auch Rulgh war gekommen und die Frau legte das Kind an ihre Brust, um es Rulghs Blicken zu entziehen.

»Kind geboren?«, wollte Rulgh wissen.

»Ja«, antwortete Oriel.

Rulgh starrte das blasse Gesicht und die verschwitzten Haare der Frau an und sah ihre blutigen Hände, mit denen sie das nackte Baby hielt.

»Wir brechen mittags auf«, kündigte Rulgh an. »Esst jetzt. Bedient sie uns?«

Doch Oriel brauchte darauf nicht zu antworten.

»Ach, lasst sie hier«, sagte Rulgh rasch. »Mit Frau und Kinder müssen Wolfer langsam gehen. Sie verraten uns mit Weinen. Komm, Oriel, Griff. Wir essen. Ihr bedient uns.« Seine Stimme klang schon ein wenig ärgerlich.

Sie beeilten sich, um seinen Befehlen zu gehorchen.

18

Auf dem Weg nach Norden wechselten sich Oriel und Griff beim Tragen des schweren Goldsacks ab. Nachdem sie die Hügel überquert hatten, kamen sie in eine flache Hochebene, hinter der steile Berge aufragten. Zu essen fanden sie hier wenig, denn in dieser Gegend gab es kaum Ansiedlungen, die man hätte überfallen können. Darüber hinaus war Rulgh gar nicht mehr so sehr am direkten Angriff interessiert. Seit er gelernt hatte, wie leicht das Stehlen war, zog er den Diebstahl der bisher bei den Wolfern üblichen Vorgehensweise vor, die darin bestanden hatte, mit Schwert und Faust, Feuer und Keule, Pfeilen und Dolchen oder, wenn alle anderen Waffen versagt hatten, mit Klauen und Zähnen alles niederzumachen, was sich ihnen in den Weg stellte.

Der Sommer blieb hinter ihnen zurück und bald raschelte das Herbstlaub unter Oriels und Griffs nackten Füßen. Der Regen, der ihnen auf die ungeschützten Köpfe und Schultern fiel, wurde von Tag zu Tag kälter.

Oriel brauchte all seine Kraft, um den schweren Sack zu schleppen, und hatte zum Denken oder zum Reden keine Energie mehr übrig. In der Nacht drängten er und Griff sich eng aneinander. Die Wolfer zündeten kein Feuer an, ihnen schien die Kälte nichts auszumachen.

Eines Tages schwebten plötzlich lauter weiße Flocken durch die graue Luft und tanzten im Wind. »Schnee«, sagte Oriel.

Neben ihm stöhnte Griff unter der Last des Beutesacks. Schneeflocken glänzten in seinen dunkelbraunen Haaren und schmolzen auf seinen nackten Schultern. »Kannst du dich daran erinnern, wie wir nachts gesegelt sind und die Sterne so hell leuchteten?«, fragte er.

Oriel konnte sich an keine Einzelheiten der Fahrt mit dem Segelboot mehr erinnern, außer daran, dass er sich ständig von Gefahr umgeben gefühlt hatte.

»Der Schnee erinnert mich an die Sterne in dieser Nacht«, sagte Griff.

»Ich erinnere mich nicht mehr«, sagte Oriel voller Bedauern.

Die Luft war jetzt so eisengrau wie die Klinge eines Schwerts und schmeckte sogar ein wenig metallisch. Langsam kamen sie den steil aufragenden Flanken der schneebedeckten Berge näher. Als an einem klaren Tag die Sonne blendend hell auf den weißen Gipfeln glitzerte, spürte Oriel, wie sein Herz auf einmal schneller schlug und entgegen aller Vernunft in ihm so etwas wie Hoffnung aufstieg. Obwohl sie keinem Pfad folgten, stießen nach und nach immer mehr Wolfer zu ihnen, die alle in dieselbe Richtung marschierten. Schließlich waren sie Teil eines kleinen Heerzuges, in dem jedoch die einzelnen Wolfergruppen streng für sich blieben. Die Gruppen teilten weder ihr Essen miteinander noch hockten sie zusammen oder tauschten Erfahrungen aus. Schweigend marschierten die vielen Männer dahin und das einzige Geräusch war das Pfeifen des Windes über ihren Köpfen. Die Wolfer hatten Oriel und Griff wieder die Hände gefesselt. Außerdem war jeder von ihnen mit einem langen Lederriemen an einen von Rulghs Männern festgebunden. Oriel konnte sehen, dass auch die anderen Wolfergruppen ihre Gefangenen so behandelten. Seine Füße hatten inzwischen eine dicke Hornhaut, so dass er die Kälte des Bodens kaum spürte. An seinem nackten Oberkörper aber fror er gewaltig und manchmal war er fast froh über den eiskalten, betäubenden Schmerz, denn dieser lenkte ihn von seinem Hunger ab, der von Tag zu Tag schlimmer wurde. Wenn Oriel jetzt schlief, träumte er immer von einem Feuer und warmer Suppe.

Als sie die Anhöhen des Vorgebirges erkletterten, schienen die Berge immer noch in weiter Ferne zu sein. Die Bäume hatten hier schon ihr Laub verloren und boten keinen Schutz vor der Witterung und auf dem gefrorenen Boden fiel das Gehen schwer. Nachdem es wieder geschneit hatte und die Hänge ganz weiß waren, entdeckte Oriel auf der Kuppe eines runden Hügels einen dunklen Streifen, auf den das Wolferheer zuzumarschieren schien. Als sie näher herankamen, sah Oriel eine doppelt mannshohe Palisade aus Holzpflöcken, die mit Lederriemen zusammengebunden waren. Das zweiflügelige Tor, auf das sie zustrebten, war geschlossen.

Weder Rulgh noch die anderen Wolferhauptmänner schienen über diesen Empfang überrascht zu sein. Offenbar wollten sie auch gar nicht in die Stadt hinein, die hinter diesem Tor lag, denn sie schlugen vor der Palisade ein Lager auf und entzündeten Feuer aus dem Holz, das unterhalb der Wand für diese Zwecke aufgestapelt lag. Es war auch niemand überrascht, als das Tor aufging und einige in Pelzmäntel und Pelzschuhe gekleidete Männer einen Wagen herauszogen, von dem herunter sie Pelze an die lagernden Wolfer verteilten. Von einem anderen Wagen holten die Männer Fleisch, Brot und ein schäumendes Getränk.

Eingelullt von der Wärme des Fells und dem satten Gefühl in seinem vollen Magen saß Oriel schweigend neben Griff. Sie hatten sich mit Essen voll gestopft, bis ihnen fast übel war, und nun holten sie sich unter den dicken Pelzen die Wärme in ihre Körper zurück. Erst jetzt spürte Oriel, wie weh ihm Schultern und Rücken taten und dass der Schmerz in seinen Fingern und Füßen bis tief in die Knochen reichte. Auch sein Magen rebellierte mit pochendem Schmerz auf das ungewohnt viele Essen.

Erst als ein fahler, farbloser Morgen anbrach, kam Oriel in den Sinn, dass er sich ja Felle mit Riemen um die Füße binden und damit so etwas wie Schuhe herstellen konnte. Aber er war sich nicht einmal sicher, ob sie die Felle, die man ihnen gegeben hatte, überhaupt behalten dürften. Leichter, das wusste er, würde es in dieser Stadt für Griff und ihn sicherlich nicht werden.

»Malkes Fest«, erklärte ihnen Rulgh, der sich einen kurzen Augenblick zu ihnen gesellte, bevor er hinüber zu den laut grölenden, prahlenden und lachenden Wolferhauptmännern ging. »Drei Tage«, sagte er und hielt vier

Finger hoch. »Dann kommt Malke. Dann ist Rulgh großer Mann. Rulgh hat Gold.«

Nach zwei Tagen mit reichlich zu essen und zwei Nächten unter warmen Fellen am Feuer konnte Oriel sich kaum mehr an die Strapazen der Reise erinnern. Bei den Wolfern nahmen Freude und Erwartung zu und Oriel glaubte langsam zu verstehen, was Malkes Fest für ihn bedeutete: Er würde, im Gegensatz zu den Hauptleuten, kein Ehrengast beim großen Gelage sein, er würde Malke keine Beute zu Füßen legen. Im Gegenteil, er würde selbst die Beute sein. Und doch, obwohl es für ihn keinen vernünftigen Grund gab, war er Malke irgendwie dankbar für dieses große Fest.

Nach drei Tagen des Feierns vor der Palisade waren Ärger und Groll, die sich in den Wolfern auf dem langen Kriegszug aufgestaut hatten, ebenso fortgeblasen wie die Erinnerung an die Opfer und Schmerzen, die sie in den vergangenen Monaten zu erdulden hatten. Selbst Oriel ging es da nicht anders. Nach drei Festtagen waren seine Rachegelüste verflogen, auch wenn der Anblick der roten Narbe auf Griffs Wange ihn noch immer an die roten Striemen auf dessen Rücken erinnerte und daran, wie Rulgh sich über seine Hilflosigkeit lustig gemacht hatte.

An einem fahlen Wintertag öffneten sich zur Mittagsstunde die Flügel des großen Tores. Heraus trat ein Trupp in Pelze gehüllter Bogenschützen, die sich hinknieten und ihre Bogen spannten. Die Hauptleute nahmen mit ihren Männern vor den Bogenschützen Aufstellung. Dann erschienen zwei Reihen von Lanzenträgern, zwischen denen ein großer Mann von imposanter Gestalt schritt. Der Mann hatte einen schwarzen Pelz wie einen Umhang über die breiten Schultern gelegt und trug eine lange, goldene Kette, die noch heller glänzte als seine blonden Haare, die ihm lockig auf die Schultern fielen, und auch heller war als sein warmgelb schimmernder, bis auf die Brust reichender Bart. Seine Augen waren kalt wie blaues Eis. Der Mann war König Malke.

Hinter ihm folgten viele hellblonde Frauen, bei deren Anblick die Hauptleute wie aus einem Munde bewundernd aufstöhnten. Die Frauen nahmen hinter Malke Aufstellung.

Malke ging ein paar Schritte nach vorn, blieb aber immer noch hinter den Bogenschützen und Lanzenträgern. Dann hieß er, soweit Oriel es verstehen konnte, die Wolferhauptmänner und ihre Krieger willkommen. Über Malkes Lederhandschuhen steckte an jedem Finger mindestens ein Ring und an den Handgelenken trug er goldene Armreifen. Als er mit seiner Ansprache fertig war, brachten vier Männer einen geschnitzten, hölzernen Thron herbei, auf dem er sich niederließ. Dann hob er seine beringte Hand, nannte einen Namen und deutete auf einen der Hauptleute, der daraufhin vor den König trat. Die Luft war so kalt, dass Malkes Atem als kleine Wölkchen aufstieg.

Oriel und Griff, auf die in dem allgemeinen Gedränge niemand besonders Acht gab, folgten gespannt der fremdartigen Zeremonie. Oriel zählte fünfzehn Hauptleute, von denen ein jeder bis zu zwanzig Männer hatte. Rulgh war der Einzige, unter dessen Kommando nur noch zwei Wolfer standen. Alle Gruppen hatten ihre Beute vor sich ausgebreitet.

An der Spitze seines Trupps trat der Hauptmann vor den König und bot ihm seine Beute dar, die von den Gefangenen und seinen Männern vor den Thron gebracht wurden. Dann erzählte der Hauptmann dem König und den Frauen, wie sein Feldzug verlaufen war.

Als der Hauptmann fertig war, schickte Malke einen seiner Leute nach vorn, der einen Teil der Beute an sich nahm. Dann nannte der König einen Namen, woraufhin sich der Hauptmann mit der Faust auf die Brust klopfte. Malke rief einen zweiten Namen und wieder schlug sich der Hauptmann auf die Brust.

Damit war der Hauptmann entlassen und Malke winkte mit der rechten Hand eine der Frauen herbei. Sie ging hinüber zu dem Hauptmann, küsste ihn und legte ihm ein Kind in den Arm, das sofort zu schreien anfing und zurück zu seiner Mutter wollte.

Auf diese Weise verging der ganze Tag. Als Malke sich mit der Beute des dritten Hauptmanns nicht zufrieden zeigte, trat plötzlich ein Wolfer aus dessen Gruppe hervor und erzählte Malke eine Geschichte, die ganz offensichtlich von der seines Hauptmanns gravierend abwich. Oriel hörte angestrengt zu und glaubte verstehen zu können, dass der Wolfer seinen Hauptmann der Feigheit vor dem Feind bezichtigte. Malke wollte wissen, ob die übrigen Männer dieser Gruppe der Behauptung zustimmten, aber sie traten unter seinem strengen Blick nur peinlich berührt von einem Fuß auf den anderen. Malke betrachtete den Hauptmann, drehte die Ringe an seinen Fingern und brütete schweigend vor sich hin. Irgendwann konnte der Hauptmann das nicht länger ertragen und fing an sich mit entschuldigend nach außen gedrehten Handinnenflächen zu rechtfertigen.

Er hatte noch keine zehn Worte gesagt, als ihn drei Pfeile direkt in die Kehle trafen.

Oriel sah hinüber zu Malke, dessen linke Hand zurück in seinen Schoß fiel.

Der tote Hauptmann wurde fortgeschleppt und der Wolfer, der die Feigheit seines Anführers angeprangert hatte, wurde zum neuen Hauptmann ernannt. Eine der Frauen brachte zwei Kinder herbei und setzte sie Malke zu Füßen. Er nahm beide Kinder bei der Hand und übergab sie dann wieder der Mutter, die vor ihm auf die Knie fiel und ihm die rechte Hand küsste. Malke legte seine linke Hand mit dem Handschuh und den Ringen auf ihren gebeugten Nacken und schickte sie fort.

Malke rief einen weiteren Namen auf.

Es war keine würdige Zeremonie. Die Menge war oft unruhig, machte bissige Zwischenrufe, wenn die Hauptleute von ihren Heldentaten erzählten, gaben dem König ungefragt Ratschläge oder riefen den Frauen etwas zu, was einige von ihnen erwiderten. Manche Wolfer gingen zwischen den Gruppen hin und her und Malke rutschte bisweilen ungeduldig auf seinem Thron herum. Manchmal stand er auch auf und verschwand für eine Weile hinter der Palisade. Wenn er weg war, fingen die Wolfer wieder zu essen und zu trinken an. Nur die Bogenschützen und die Lanzenträger blieben stumm und regungslos auf ihren Plätzen.

Als zum zweiten Mal ein Mitglied einer Gruppe seinen Anführer beschuldigte, bestrafte der König nicht den Hauptmann, sondern den Ankläger. Er wurde zwar nicht hingerichtet, aber man band ihm die Hände so wie Oriel und Griff und stieß ihn in die Reihen der Gefangenen. Sein Hauptmann sah ihm ebenso wenig nach wie die anderen Wolfer aus seiner Gruppe. Der Mann war mit seinem Verrat ein großes Risiko eingegangen, aber wenn er selbst Hauptmann werden wollte, musste er nun einmal seinen Anführer der Feigheit beschuldigen oder des Diebstahls bezichtigen.

Oriel beobachtete während dieser Vorfälle Rulghs scharf geschnittenes Profil. Er spürte den Beryll an seinem Rücken im Hosenbund, aber er glaubte nicht, dass er damit sich und Griff freikaufen könnte. Oriel dachte auch nicht, dass eine Freilassung für sie beide überhaupt in Betracht kam. Aber er konnte mit Hilfe des Berylls Rulgh bei seinem König in Misskredit bringen oder es zumindest versuchen. Er konnte Malke den Stein zeigen und behaupten, dass Rulgh zu dumm gewesen sei ihn zu finden. Oder er könnte behaupten, dass Rulgh ihm den Stein absichtlich gelassen habe, damit Malke ihn nicht bekäme … Oriel hätte zu jeder Lüge Zuflucht genommen, wenn er damit nur sein und Griffs Leben hätte retten können. Außerdem würde Rulgh dann hingerichtet werden. Er würde mit Pfeilen im Hals vor ihm auf dem hart gefrorenen Boden liegen und Oriel wäre doch noch zu seiner Rache gekommen.

Andererseits aber wären damit Oriel und Griff noch lange nicht frei und würden vermutlich als Gefangene in

Malkes Besitz übergehen. Innerhalb der Palisaden aber waren die Möglichkeiten zur Flucht vermutlich sehr eingeschränkt. Und selbst wenn er und Griff doch aus Malkes Festung entkommen könnten, würden sie hier weit und breit nichts zu essen finden und hätten in der kalten Jahreszeit kein Dach über dem Kopf. Zu guter Letzt war sich Oriel auch noch unsicher, wie weit er hier vom Meer entfernt war. Er wusste nicht einmal, in welcher Richtung es lag, denn die Berge versperrten ihm wie eine undurchdringliche Wand aus Eis den Blick in fast alle Himmelsrichtungen.

Es wäre eine große Dummheit, sich jetzt gegen Rulgh aufzulehnen, dachte Oriel. Auch wenn er sich vielleicht später einmal Vorwürfe machen würde, mit dieser Entscheidung ihre letzte Möglichkeit zur Flucht verspielt zu haben, musste er jetzt seinem eigenen Urteilsvermögen folgen.

Schließlich wurde Rulgh nach vorne gerufen. Als er mit seinen beiden letzten Männern vor Malkes großem Thron stand, erlaubte sich der König einen Scherz mit ihm, indem er demonstrativ nach dem Rest von Rulghs Gruppe Ausschau hielt. Rulgh befahl Oriel und Griff die Beute vor Malke auszubreiten. Die Goldklumpen aus dem Bergwerk und Oriels Silbermünzen waren die wertvollsten Stücke darunter. Der Rest bestand aus Waffen – darunter entdeckte Oriel seinen eigenen Dolch und den von Griff – und ein paar Kleidungsstücken aus wertvollen Stoffen. Weil es sehr viele Goldklumpen waren, häufte Oriel auf ihnen den Rest der Beute auf und Rulgh begann seine Geschichte zu erzählen.

Während er sprach, erschien von hinten eine Frau mit aschblonden Haaren neben Malkes Thron. Aus der Art, wie sie Rulgh ansah, schloss Oriel, dass sie die Frau des Hauptmanns war. Bei der Schilderung seiner Taten wandte sich Rulgh ebenso an sie wie an den König. Sie lauschte seinen Worten und warf Rulgh dabei Blicke zu, die so scharf und durchdringend wie Speere waren. Ab und zu blickte sie auf diese Weise auch hinüber zu Malke, der sich aber jedes Mal sofort abwandte, als wolle er verbergen, dass er die Frau ebenfalls angesehen hatte.

In seiner Erzählung war Rulgh inzwischen bei seinem Angriff auf Selby angelangt. Oriel hörte, wie einige andere Wolfergruppen mit hasserfüllten Stimmen den Namen der Stadt wiederholten. »Selby, Selby.« Oriel stand Schulter an Schulter mit Griff und überlegte, wie dieser Tag für Rulgh und sie wohl ausgehen würde.

Das Gold erregte offenbar Malkes Gefallen, denn während Rulghs Erzählung schien er mit gierigen Augen immer wieder die Klumpen zu zählen. Als Rulgh aber schilderte, wie er den Kampf um die Mine verloren und das Gold im zweiten Anlauf gestohlen hatte, machte sich auf Malkes Gesicht ein Ausdruck des Missfallens breit. Er rief einen Namen, woraufhin sich Rulgh einmal mit der Faust auf die Brust schlug. Dann nannte Malke einen anderen Namen und noch einen anderen. Jedes Mal machte Rulgh dieselbe Geste, die offenbar so viel bedeutete wie: *Der Mann ist tot.* Und während sich Rulgh zu seiner Schande immer wieder auf die Brust klopfen musste, reckte er trotzig den Kopf in die Höhe. Dann erhob sich Malke, kreuzte die Arme vor der Brust und streckte sie in einer Geste der Zurückweisung weit von sich.

Oriel beobachtete Rulgh. Er war wütend und hätte Malke am liebsten etwas erwidert, aber er traute sich nicht. Stattdessen sah er die Frau an, die jedoch den Blick senkte und auf den Boden sah. Malke deutete auf verschiedene Männer, die um die Feuer herumstanden, dann auf Rulgh und schließlich nach hinten auf die Berge. Oriel verstand, was der Befehl bedeutete: Rulgh sollte eine Gruppe Wolfer auf einen Raubzug jenseits der Berge führen. Sollte er von dort mit genügend Beute zurückkehren, durfte er wieder vor seinem König niederknien.

Rulgh schluckte seinen Ärger hinunter und versuchte den König von seinem Entschluss wieder abzubringen. Ganz abgesehen davon, dass die Jahreszeit für so eine Unternehmung alles andere als günstig war, hatte es noch niemand geschafft, lebendig von der anderen Seite der Berge zurückzukehren. Rulgh war ein Hauptmann, der schon viele erfolgreiche Beutezüge unternommen hatte. Dass er ein schlechtes Jahr hinter sich hatte, war Pech, weiter nichts. Malke wollte wissen, wo denn die Reichtümer von Selby seien. Rulgh deutete auf die aufgehäuften Goldklumpen, aber Malke ließ sich nicht überzeugen. Er setzte sich nicht wieder und gab Rulgh auch nicht die Frau, die jetzt dicht neben ihm stand. Stattdessen befahl er seinen Dienern, Rulghs ganze Beute abzutransportieren. »Und jetzt gib mir«, sagte er so langsam und betont, dass selbst Oriel es verstand, »die Gefangenen.«

Diese Gefahr hatte Oriel bisher noch gar nicht bedacht.

Rulgh stellte sich vor Oriel und Griff. »Nein«, knurrte er mit tiefer Stimme. »Die gehören mir.«

Die Wolfer wurden auf einmal ganz still und Oriel bemerkte, dass Malke die Lage einzuschätzen versuchte. Der König wusste ganz offensichtlich nicht, ob er die Macht hatte, diese Auseinandersetzung zu gewinnen. Er wusste nicht, ob sich die anderen Hauptleute auf seine oder auf Rulghs Seite stellen würden. Schließlich ging es darum, dass Malke einem von ihnen sein Recht auf Beute streitig machte. Malke war sich seiner Macht nicht sicher und Rulgh wusste das. Oriel spürte, wie Rulgh und Malke darum kämpften, wessen Wille am Ende der stärkere sein sollte.

Bei dieser Entscheidung spielte Oriel keine Rolle. Er konnte nichts tun, um den Ausgang der Auseinandersetzung zu beeinflussen. Aber er konnte in Malkes Gesicht lesen wie in einem Buch und wusste um seine Gedanken: Wenn er in diesem Punkt nachgab, musste Rulgh ihm in anderer Hinsicht bedingungslos gehorchen. Indem Rulgh die Gefangenen bekam, musste er Malke alles andere geben und darüber hinaus das tun, was der König ihm befahl.

Malke lächelte und bedeutete Rulgh mit einer abfälligen Handbewegung, er solle den Platz vor dem Thron des Königs endlich frei machen. Dann warf er der Frau, die ihre Augen nicht von seinem Gesicht gewandt hatte, einen triumphierenden Blick zu. Als sie vor ihm niederkniete, fiel ihr das lange, blonde Haar ins Gesicht und verbarg ihr Lächeln. Zufrieden legte Malke ihr seine Hand auf den Nacken.

Rulgh machte auf dem Absatz kehrt und zog Oriel und Griff an ihren Lederriemen mit sich fort.

19

Als der Mond aufging, hatten sich ein wenig abseits von der Menge ein paar Wolfer um Rulgh geschart. Langsam stieg der weiße Mond immer höher hinauf in den Himmel. Die Wolfer waren Rulghs neue Gruppe und sie würden ihm gehorchen, auch wenn Malke sie ausgesucht hatte. Der König war ein Mann rascher Urteile und Entscheidungen.

Im kalten, bläulichen Mondlicht schien die Angst seiner Untertanen Malke stärker entgegenzuschlagen als untertags und Oriel kam es so vor, als würde der König diese Angst in sich hineintrinken wie einen ganz besonderen, Kraft und Freude spendenden Wein.

In Oriels Augen war Malke ein Dummkopf, der nicht wusste, dass Angst so unberechenbar wie eine Schlange war, die jederzeit auch ihn beißen konnte. Niemand konnte sagen, wozu ein Mann, den panische Furcht antrieb, in der Lage war. Wenn Oriel der König der Wolfer gewesen wäre, hätte er seinen Untertanen eher Mut gemacht als ihnen Angst eingejagt.

Als Oriel neben Griff im Schatten hockte, konnte er es sich gut vorstellen, König der Wolfer zu sein. Als solcher hätte er seinem wilden und kriegslüsternen Volk schon Gehorsam beigebracht.

Nachdem der letzte Hauptmann ihm seine Aufwartung gemacht hatte, erhob sich Malke und führte sein Gefolge wieder in seine Festung zurück. Hinter den Dienern drängten die feiernden Wolfer hinein und zum Schluss folgten die Bogenschützen und zogen die Torflügel zu. Bald klangen hinter der Palisade fröhliche Festgeräusche nach draußen.

Rulgh kehrte dem Treiben den Rücken und sah hinauf zu den Bergen, die im Mondlicht so bleich wie Knochen aussahen. Dann setzte er sich ohne ein Wort in Bewegung und seine zehn Wolfer folgten ihm. Sie hatten sechs paarweise zusammengebundene Gefangene bei sich, die von jeweils einem Wolfer an einem Lederband hinterhergezogen wurden. Rulgh schlug ein rasches Tempo an.

Als sie drei Tagesreisen von Malkes Stadt entfernt waren, ließen sich die Wolfer an einem Feuer nieder. Ihren Gefangenen gestatteten sie es nicht, sich hinzulegen. Rulgh holte Oriel und Griff, band sie Rücken an Rücken an einen in der Nähe stehenden Baum und richtete zum ersten Mal seit seiner Verurteilung durch Malke ein Wort an sie: »Wolfswache.«

Oriel war zu müde und zu stur, um Rulgh nach der Bedeutung des Wortes zu fragen. Als sie kurz darauf allein waren, fragte Oriel Griff über die Schulter hinweg: »Heißt das etwa, dass wir Wache halten sollen?«

»Ich kann die Augen nicht mehr offen halten, Oriel«, antwortete Griff. Seine Stimme klang so, als sei er am Ende seiner Kräfte.

»Dann schlaf, wenn du kannst. Ich werde wach bleiben. Später wecke ich dich, dann kannst du Wache halten und ich schlafe. Erinnerst du dich daran, dass wir das schon einmal so gemacht haben?«

Sie verbrachten die Nacht, indem sie gegenseitig aufeinander aufpassten. Irgendwann einmal hörte Oriel von ferne ein Geheul und ihm wurde klar, warum sie hier standen: Sie sollten die Wolfer vor Gefahren aus der Dunkelheit beschützen und eine dieser Gefahren waren ganz offensichtlich Wölfe.

In den folgenden Tagen und Nächten bewegte die Gruppe sich immer weiter nach Norden und ernährte sich von dem, was die Wolfer von den Bauernhöfen am Weg stehlen konnten. Sie aßen im Laufen und gegen die bittere Kälte in der Nacht zündeten sie immer nur ein ganz kleines Feuer an. Jede Nacht mussten die Gefangenen das Lager der Wolfer bewachen.

Oriel und Griff waren gut genug ernährt, um zu überleben. Sie hatten sich dicke Felle um den Leib und die Beine gebunden und waren außerdem durch den Sommer, den sie als Gefangene der Wolfer zugebracht hatten, weitgehend abgehärtet. Bei den anderen vier Gefangenen traf das nicht zu. Sie hatten zwar ebenfalls Felle gegen die Kälte und lederne Stiefel, aber sie taten sich schwer mit dem Laufen, stolperten und fielen oft hin und mussten jedes Mal wieder hochgerissen werden.

Die ersten Wolfswachen starben, weil sie zu erschöpft waren und nicht wussten, dass zwei eng aneinander gepresste Körper unter mehreren Fellen weniger Wärme verloren als zwei einzelne Körper in jeweils einem Fell. In der Nacht hatte es geschneit und dem einen Mann waren die Hände ganz schwarz gefroren. Rulgh hatte sie ihm mit dem Schwert abgehackt und der Geruch des Blutes hatte die Wölfe angezogen. Oriel und Griff waren in dieser Nacht an einem anderen Baum festgebunden. Griff war mit Schlafen dran, aber Oriel hörte lautes Schreien und fragte sich, was wohl passiert war. Er dachte, dass Griff, der sich im Schlaf ganz eng an ihn drängte, von dem Tumult aufwachen würde, aber er schlief tief und fest. Oriel horchte hinaus in die Dunkelheit. Die Wolfer wachten auf und griffen zu ihren Waffen, während die Schreie immer verzweifelter wurden, bis sie wie in Panik geratene Vögel gegen die kahlen Hänge der Hügel schlugen und schließlich jäh verstummten.

Am nächsten Morgen brachen sie auf, als wäre nichts geschehen. Die Berge rückten immer näher und die Hügel wurden von Tag zu Tag steiler. Manche Bäche froren bereits zu. An einem grauen Tag mit tief hängenden Wolken erreichte die Gruppe einen in einer Senke gelegenen Bauernhof, der so eingeschneit war, als läge er unter einer Bettdecke.

Während die Wolfer den Hof angriffen, ließen die Gefangenen sich in den Schnee sinken. Griff schlief sofort ein, aber Oriel blieb wach. Aus einiger Entfernung konnte er hören, wie die Hausbewohner sich eine Zeit lang zur Wehr setzten. Als er sich umsah, bemerkte er, dass es hier nicht mehr viele Bäume gab und dass die Berge schon hoch in den Himmel ragten. Die Luft, die er atmete, war recht dünn und ein kalter Wind heulte von den Bergen herab. Oriel fragte sich, wie lange er wohl am Leben bleiben und ob es ihm gelingen würde, vor seinem eigenen Tod noch Rulgh zu töten. Und er fragte sich, wovon die Bauersleute in dieser öden Wildnis überhaupt lebten.

Bald kamen die Wolfer wieder, zerrten ihre Gefangenen auf die Beine und brachten sie in den Hof, während der Wind an Stärke zunahm. Außer Rulgh und seinen

Männern lebte niemand mehr. Kurz bevor ein starker Schneesturm einsetzte, suchten die Wolfer Unterschlupf in dem Bauernhaus und nahmen ihre Gefangenen mit hinein.

Der Bauer hatte sich für den Winter einen Vorrat an Lebensmitteln angelegt und die Wolfer vertrieben sich die Zeit des Schneesturms damit, dass sie bis zur Besinnungslosigkeit aßen und tranken. Dann schliefen sie ihren Rausch aus, und als sie aufwachten, begannen sie sofort von neuem mit der Völlerei. Die vier Gefangenen mussten sie bedienen und den Saustall aufräumen, den sie bei ihrem Gelage hinterließen. Draußen heulte immer noch der Wind ums Haus.

Erst jetzt informierte Rulgh die Gruppe darüber, dass sie tatsächlich auf dem Weg in das Königreich hinter den Bergen waren, so wie Malke es befohlen hatte. Als er das sagte, rutschten die Wolfer unglücklich auf ihren Plätzen hin und her. Sie verlangten nach mehr Bier und vermieden es, Rulgh in die Augen zu sehen. Oriel lauschte aufmerksam und stellte fest, dass er auf einmal die Sprache der Wolfer sehr viel besser verstand als zuvor. Als hätte mir jemand Pfropfen aus den Ohren genommen, dachte er.

Rulgh erzählte den Männern etwas von Straßen voller Gold, von übervollen Fleischtöpfen und süßem Brot mit Nüssen und Früchten. In diesem Königreich, so behauptete Rulgh, tränken die Menschen Bier, als wäre es Wasser, und Wein, als wäre es Bier. Und die Frauen, fuhr Rulgh fort, hätten dunkle Haare und seien viel warmherziger als die eisigen, blonden Wolferfrauen.

Einer der Männer wagte schließlich eine Entgegnung: Wenn sie über die Berge gingen, wäre das ihr sicherer Tod, und sie wären Idioten, wenn sie seinem Befehl folgen würden. Schließlich sei noch niemals einer aus den Bergen zurückgekehrt und so wusste man nicht, ob sie überhaupt passierbar waren. »Ich habe keine Angst vor dem Tod«, sagte der Mann. »Aber ich möchte ihm ins Antlitz schauen können und wissen, wie er heißt.«

Die anderen Männer sagten nichts, sie verlangten nur nach noch mehr Bier.

Als der Sturm sich gelegt hatte und sich die Wolfer wieder auf den Weg machten, war alles tief verschneit. Alle hatten sich jetzt schmale Holzbretter unter die Füße geschnallt. Die vorderen Enden waren rund geschnitzt und die Wolfer hatten die armlangen Bretter so glatt geschmirgelt, dass sie auf dem Schnee gut dahinglitten. Zuerst taten sich Oriel und Griff mit diesen ungewohnten Verlängerungen ihrer Füße schwer, aber nach einigen Tagen glitten sie ebenso gut wie die Wolfer durch den Schnee. Hätten sie die Bretter nicht gehabt, wären sie hüfthoch im Schnee versunken und vollkommen bewegungsunfähig im Schnee gefangen gewesen.

Beim Abmarsch von dem Bauerhof hatten die Wolfer die Gefangenen mit Lebensmitteln beladen, die sie hinter den Wolfern her die hohen Hänge hinaufschleppen mussten. Tagsüber wurde die Gruppe von Wölfen verfolgt und nachts bildeten die Tiere einen Kreis um ihr Lager. Wenn Oriel Wolfswache hielt und Griff sich im Schlaf gegen ihn lehnte, konnte er oft ihre rot glühenden Augen sehen. Und er hörte die Streitereien der anderen beiden Gefangenen, die sich gegenseitig zwickten und knufften, um sicherzugehen, dass keiner einschlief und beide Wache hielten. Schlafen konnten die beiden nur in der Morgen- oder Abenddämmerung.

Es war ein langer Marsch und viele Nächte hielten Oriel und Griff erfolgreich Wolfswache, indem sich jeder darauf verließ, dass der andere wachte, während der eine schlief. Die mühsame Schlepperei bergauf war nicht die einzige Anstrengung. Hinzu kam die langwierige Suche nach einem geeigneten Lagerplatz, der gefunden sein musste, bevor der kurze Tag in die lange Nacht überging, und dann galt es, ein kleines Feuer zu entzünden, und zwar aus dem Holz, das sie auf dem Rücken hergetragen hatten. Das alles zehrte so sehr an ihren Kräften, dass sie kaum mehr miteinander sprachen als die paar Worte: »Jetzt bin ich dran mit Schlafen.« Ihre Arbeit verrichteten sie stumm, und wenn es doch nötig gewesen wäre, dabei zu sprechen, hätte Oriel die Worte wohl kaum über seine von der Kälte aufgesprungenen Lippen gebracht. In der dünnen Bergluft fiel schon das bloße Atmen schwer.

Die Wolfer trugen nur ihre Waffen, weiter nichts, denn sie waren es nicht gewöhnt, Lasten mit sich zu schleppen. Außerdem konnten sie mit den Brettern gut umgehen und kamen daher mit weitaus weniger Anstrengung voran als ihre Gefangenen. Dennoch zehrte die lange Reise auch an den Kräften der Wolfer. Inzwischen waren die Vorräte fast zur Neige gegangen und eines Nachts waren die Wölfe auch über das zweite Paar Gefangene hergefallen, deren verzweifelte Schreie im wilden Knurren der

Tiere nahezu untergegangen waren. Als sie fast nichts mehr zu essen hatten, erreichten die Wolfer den nächsten Bauernhof. Er lag hoch oben auf einem steilen Abhang, der etwas oberhalb des umzäunten Hofes in die Flanke eines hohen Berges überging. Aus dem Kamin des Hauses stieg kein Rauch.

»Bald kommt ein Schneesturm«, verkündete Rulgh zuversichtlich. Während der Reise war ihm an den Wangen ein struppiger Bart gewachsen und seine Stimme hatte einen rauen Klang angenommen. Die langen Haare, die ihm wirr bis auf die Schultern hingen, waren voller Eisklümpchen. Auch Griff sah ziemlich verwildert aus, woraus Oriel schloss, dass auch er selbst wohl mehr einem Bären als einem menschlichen Wesen gleichen dürfte.

Da kein Zeichen von Gegenwehr zu entdecken war, drängten die Wolfer durch das weit offen stehende Tor in den Hof. Auch die Tür zum Haus war offen, so dass die Kälte ungehindert ins Innere dringen konnte. Der ganze Bauernhof wirkte so, als hätten seine Bewohner alles stehen und liegen lassen und sich in überstürzter Flucht davongemacht. Aber wo waren sie hingegangen? Der Grund ihrer Flucht war Rulgh allerdings klar.

Auch Oriel wusste es und trotz seiner Erschöpfung empfand er eine gewisse Erleichterung darüber, dass die Bewohner dieses verlassenen Landstriches ganz offenbar in der Lage waren, sich gegenseitig vor einer drohenden Gefahr zu warnen. Dann mussten er und Griff an die Arbeit gehen und ein Feuer machen, vor dem sich die Wolfer sofort ausstreckten und einschliefen.

Die Wolfer schliefen so fest, dass Griff und Oriel unbeobachtet miteinander reden konnten. »Was wäre, wenn wir jetzt weglaufen würden?«, fragte Griff.

Aber draußen in der weißen Wildnis hätten sie keine Überlebenschance gehabt. Auch wenn Oriel das nicht so direkt sagen wollte, verstand Griff genau, was er meinte. Er setzte sich neben Oriel, schloss die Augen und schlief, bis ihre Herren sie wieder aufweckten.

Solange der Schneesturm wütete, konnten sie sich ausruhen und satt essen. Tagelang heulte der Wind ums Haus und die Wolfer schnarchten wie Tiere, die in ihrer Höhle Winterschlaf halten. Wenn sie aufwachten, zankten sie sich. Kaum hatte das Wetter sich beruhigt, schnallten sie sich erneut die Bretter unter die Füße und zogen los.

Die Berge erhoben sich wie eine weiße, bizarr gezackte Wand vor ihnen.

Nachts wagten sich die Wölfe jetzt noch näher an sie heran, so dass Oriel schon in der ersten Nacht von Griff geweckt wurde, damit er ihm dabei half, die Tiere mit den Brettern zu verjagen.

Nur noch Rulghs Stimme und die Gewissheit, dass der Wolferhauptmann rücksichtslos seine Schwertspitze durch die Felle hindurch in seinen oder Griffs Rücken bohren würde, hielten Oriel noch in Bewegung.

An manchen Tagen kam es Oriel so vor, als würden sie überhaupt nicht vorwärts kommen, so langsam ging es den Berg hinauf …

Was Oriel auf den Beinen hielt, war einzig und allein die Aussicht auf noch größere Schmerzen für den Fall, dass er aufgab.

Die Wolfer folgten einer nicht allzu tiefen Schlucht, die sich zwischen zwei riesigen Bergen entlangzog und irgendwann einmal so breit wurde, dass zwei oder drei Menschen nebeneinander auf ihren Brettern dahingleiten konnten. Als Oriel aufschaute, sah er ringsum nichts als steile Berge. Sie waren in ihnen gefangen.

Oriel konnte sich überhaupt nicht vorstellen, wie sie hier jemals wieder herauskommen könnten.

Er war sich sicher, dass Rulgh das genauso wenig wusste, auch wenn er zielstrebig auf eine weit entfernte Rauchwolke zuhielt. Oriel schob sich auf seinen Brettern mühsam durch den Schnee. Auch Griff neben ihm atmete schwer.

Oriel fragte sich, wann es endlich wieder abwärts gehen würde. Die ganze Zeit waren sie ständig bergauf gestiegen und er konnte sich nicht mehr daran erinnern, wann er das letzte Mal einen Baum gesehen hatte. Nichts war um ihn als nackte, weißgraue Felsen und steile Geröllhalden, von denen der Wind allen Schnee weggeweht hatte. Darüber sah er die weißen, schneebedeckten Gipfel unter einem weißlich blauen Himmel.

Oriel war sich nicht bewusst, wie heftig er schnaufte.

Als sie sich dem Rauch näherten, sahen sie, dass er aus einem Schneehügel kam, der an einer nackten Felswand klebte. Auf Händen und Füßen krabbelten die Wolfer den Hügel hinauf, aus dem auf einmal ganz oben ein in Tuch gekleideter Mann ohne Kopfbedeckung zum Vorschein kam. Sein Gesicht war blass, doch unter seinen buschigen Augenbrauen funkelten dunkle Augen und seine langen, weißen Haare wehten wie eine wilde Mähne im Wind. Er lud die Wolfer mit einer Handbewegung ein den Berghang hinaufzukommen und hielt ihnen den Fellvorhang auf, der den Eingang seiner Schneehöhle verschloss.

Erst als die Wolfer in der Behausung waren, durften Oriel und Griff nachkommen. Sie hatten inzwischen draußen die Bretter an einen Stein gelehnt. Der Mann lud sie ein sich ans Feuer zu setzen und gab ihnen eine dicke, heiße Suppe zu essen. Danach rieb er ihnen Füße, Hände und Gesichter mit Fett ein. Das Licht des Feuers flackerte durch den Raum wie Sonnenstrahlen, die von einer Wasseroberfläche reflektiert wurden.

Später konnte Oriel sich nicht mehr erinnern, wie lange er in der Schneehütte geschlafen hatte. Seine Finger und Zehen taten ihm ebenso weh wie alle seine Knochen und manchmal kam es ihm im Halbschlaf so vor, als würde er neben sich ein leises Stöhnen hören. Weil es nicht Griffs Stimme war, schlief er weiter, denn im Schlaf taten ihm seine Knochen nicht mehr so weh.

Als Oriel erwachte, sah er im Halbdunkel neben sich Griffs Gesicht. Sein Freund sah jetzt fast so wild wie ein Wolfer aus und sein Gesicht kam ihm wie das eines Fremden vor. Nur seine Augen waren ihm noch vertraut.

Oriel kämpfte sich mühsam hoch. Im Sitzen sah er, dass der weißhaarige Mann neben dem Feuer saß und jemanden fütterte.

»Er ist aufgewacht«, sagte Griff und deutete auf Oriel.

»Das ist gut«, antwortete der weißhaarige Bergmensch. »Möchtest du ihm ein bisschen Brei geben?«

Oriel aß etwas und schlief wieder ein. Erst als Griff ihn zum zweiten Mal weckte und fütterte, wurde ihm bewusst, dass der Einsiedler ihre Sprache sprach.

Rulgh und drei der Wolfer kamen durch, die anderen waren verschwunden, als ob sie niemals existiert hätten. Die Behausung des Einsiedlers war eine Höhle, die vierzig oder fünfzig Schritte tief in den Berg reichte und an einer feuchten Felswand endete. Im rückwärtigen Teil der Höhle hatte der Einsiedler einen großen Vorrat an Holz, Blättern und Nüssen angelegt. Blätter und Nüsse, mit Schneewasser gekocht, waren im Winter seine einzige Nahrung und die teilte er jetzt bereitwillig mit seinen Gästen.

Als Rulgh wieder sprechen konnte, wollte er wissen, wer der Mann sei. Der Einsiedler verstand die Frage, aber er wusste nicht, was er darauf antworten sollte. »Wozu ist es wichtig, wer ich bin?«, fragte er Oriel und Griff, die ihm darauf jedoch keine Antwort geben konnten. »Kommt mit«, sagte der Mann.

Er führte sie ins Freie, wo die Sonne auf dem Schnee glitzerte und die Luft erwärmte. Die Gipfel ringsum leuchteten blendend weiß. In dem hellen Licht sah Oriel, dass der Einsiedler blaue Augen mit braunen Flecken darin hatte. Sie sahen aus wie ein Fluss im Frühjahr, wenn das braune Wasser zwischen den bläulichen Eisschollen sichtbar wird. »Frag ihn, wohin er euch führen will«, sagte der Einsiedler zu Oriel.

»Ins Königreich jenseits dieser Berge«, antwortete Rulgh, nachdem Oriel ihm die Frage in die Wolfersprache übersetzt hatte.

»Das ist meine Heimat«, sagte der Einsiedler und Oriel übersetzte es Rulgh.

»Wo ist der Pass?«, verlangte Rulgh zu wissen.

»Frag ihn erst, warum er unbedingt ins Königreich will«, entgegnete der Einsiedler.

Rulgh wollte gerade antworten, als er von einem lauten Geräusch unterbrochen wurde. Es hörte sich an, als hätte irgendwo in der Nähe ein Riese einen Schlag in die Magengrube erhalten, der ihm die Luft aus dem Leib gepresst hätte. *Pfffhhhhh.* Vielleicht, so dachte Oriel und blickte sich nach der Ursache des Geräusches um, hat der Berg aber auch ganz dezent gerülpst, so wie ein kleines Mädchen nach einem üppigen Festtagsschmaus.

Auch wenn der Einsiedler nicht im Geringsten beunruhigt schien, rückte Oriel doch näher an Griff heran, damit sie sich im Notfall gemeinsam verteidigen konnten. Auch Rulgh blickte sich um und schaute auf die Berggipfel und den Himmel. Wie eine Antwort auf seine nicht gestellte Frage ertönte das Geräusch ein zweites Mal: *Pfffhhhh.*

»Was ist denn …?«, fragten die Wolfer.

»Psst«, sagte der Einsiedler. »Hört einfach zu.«

Oriel bedeutete Rulgh und den anderen ruhig zu sein.

Um sie war nichts als die Stille der weiten, eisigen Bergwelt. Sie warteten. Dann hörte Oriel in der Ferne ein Geräusch wie von einem tosenden Wasserfall.

Aber das war nicht möglich, denn bei der Kälte hier oben musste alles Wasser zu Eis gefrieren.

Das Geräusch war so schnell wieder vorbei, dass Oriel sich im Nachhinein nicht mehr sicher war, ob er es überhaupt gehört hatte.

Der Einsiedler wartete eine ganze Weile ohne zu sprechen. Dann sagte er: »So, jetzt ist die Lawine vorbei.«

»Wa...line?«, wiederholte Rulgh unbeholfen.

Der Einsiedler zuckte mit den Schultern. »Dabei kommt der Schnee die Abhänge herunter, wie bei einem Erdrutsch. Wenn du dort hineingerätst und nicht zerdrückt wirst, kannst du dich glücklich schätzen. Der Schnee drückt dir den Atem ab, und wenn du dich nicht gleich daraus befreien kannst, erfrierst du.«

Oriel begann zu übersetzen, aber Rulgh schnitt ihm das Wort ab. »Wo ist der Pass?«, fragte er. »Und wo das Königreich?«

»Woher kennt ihr Jungen diesen Mann eigentlich?«, wollte der Einsiedler von Oriel wissen.

»Wir sind seine Gefangenen«, sagte Oriel.

»Wie Gefangene seht ihr aber nicht aus. Im Königreich werdet ihr auch nicht länger seine Gefangenen sein. Aber vielleicht sind sie ja seine Diener«, sagte er, als spräche er mit einem unsichtbaren Gefährten.

»Kennt er den Pass?«, fragte Rulgh ungeduldig.

»Wir gehen jetzt hinein, um etwas zu essen, und dann schlafen wir«, entgegnete der Einsiedler. »Sag dem Mann das.«

Rulgh wollte zuerst nicht mit in die Höhle kommen, doch dann gab er widerwillig nach, während er mit einem Auge die weiße Scheibe der Sonne beobachtete, die sich langsam auf den höchsten der drei spitzen Berggipfel zubewegte. »Na gut«, sagte er.

»Der Pass ist dort, wo jetzt die Sonne steht«, erklärte der Einsiedler. Oriel übersetzte es für Rulgh. »Erklär ihm, dass die Sonne jeden Abend zwischen dem mittleren und rechten Berg dort den Pass überquert und sich drüben im

Königreich in den Armen ihres Liebsten zum Schlafen legt.«

Als Oriel Rulgh diese Worte übersetzt hatte, brach der Wolfer in raues Gelächter aus.

»Sag ihm, dass später der Mond aufgeht und nach seiner Frau sucht. Aber er kennt den Pass nicht und kann ihr deshalb nicht hinunter ins Königreich folgen. Wenn ihr euch auf den Weg macht, werdet ihr schon sehen, was ich meine.«

»*Tewkeman*«, meinte Rulgh lakonisch. »*Brautelman.*«

Der Einsiedler blickte Rulgh aus seinen zweifarbigen Augen so lange an, bis dieser sichtlich unsicher wurde. Als der Einsiedler seinen Blick nicht abwandte, wusste sich Rulgh schließlich nicht anders zu helfen als mit den Händen ein Zeichen zur Abwehr des bösen Blickes zu machen und sie dem Einsiedler entgegenzustrecken. Erst dann wandte der Einsiedler den Kopf ab und sagte: »Aber jetzt kommt in die Höhle, bevor ihr wieder halb erfroren seid. Denkt dran, dass ich der Einzige weit und breit bin, der hier in den Bergen Erfrierungen behandeln kann.«

In der Behausung des Einsiedlers gab es weder Löffel noch Essschalen, so dass sie den Brei mit den Fingern aus einer großen Schüssel essen mussten. Als sie fertig waren, sagte der Einsiedler, als wäre seit seinem letzten Satz nicht schon einige Zeit verstrichen: »Und ein zweites Mal werde ich euch nicht das Leben retten.«

»*Tewkeman*«, brummte Rulgh, aber so richtig überzeugend klang das nicht.

»Ich hatte einmal eine Schwester«, begann der Einsiedler auf einmal zu erzählen. »Sie war schwanger vom jungen Grafen und deshalb kamen die Soldaten und töteten sie. Sie töteten sie auf den Befehl der Gräfin. Und dann sagten sie, ich hätte den Grafen getötet, und ich musste fliehen, aber ich habe es nicht getan. Der Gräfin wünschte ich den Tod, aber nicht diesem Jungen. Er hat ja nicht befohlen meine Schwester zu töten. Er konnte gar nichts mehr befehlen, denn als ich zu ihm kam, lag er bloß da und atmete nicht und antwortete mir auch nicht, als ich ihn nach meiner Schwester fragte.« Der Mann beugte seinen Kopf ganz nah an Oriels Ohr, als wolle er ihm ein Geheimnis anvertrauen. »Ich bin über den Pass geflohen und er hat mich gerettet. Er hat mir diese Höhle gezeigt und dann die Berge um mich herum zusammengeschoben.«

»Wer hat dich gerettet?«

»Jackaroo. Er hat mich in seine große Hand genommen und ganz vorsichtig hier abgesetzt. Und er hat dafür gesorgt, dass ich in Sicherheit hier leben kann. Aber bestimmt nicht dazu, dass ich euch helfe und bediene!«, schrie der Einsiedler Rulgh an; doch im nächsten Moment zwinkerte er dem Wolfer mit einem freundlichen Lächeln zu.

In diesem Augenblick konnte Oriel von Rulghs Gesicht ablesen, dass der Wolfer eine Entscheidung getroffen hatte, und er war nicht sonderlich überrascht, dass der Hauptmann ihm am nächsten Morgen einen Sack voll mit der getrockneten Nahrung des Einsiedlers auf den Rücken schnallte. Griff musste Brennholz schleppen.

Der Einsiedler wirkte nicht so, als wäre er unglücklich darüber, dass die Wolfer wieder aufbrachen. Zum Abschied hängte er Oriel das gebogene Horn einer Bergziege mit einer Schnur um den Hals. »Wenn du in Not bist, brauchst du nur hineinzublasen. Ich höre dich dann und schicke dir einen Berg zu Hilfe.«

»Was will er denn jetzt noch?«, wollte Rulgh wissen.

»Sag ihm, dass er weiß, wo der Pass ist«, sagte der Einsiedler, als sie draußen vor dem mit Fell verhängten Höhleneingang standen, und Oriel übersetzte es dem Wolfer. Dann deutete der Einsiedler nach Osten, wo die Sonne über einer weit entfernten Bergkette hinauf in den Himmel stieg.

»Gestern hat er genau in die andere Richtung gezeigt«, brummte Rulgh. »Ich glaube ihm kein Wort. Folgt mir, ich werde den Pass auch alleine finden.« Mit diesen Worten machte er sich auf den Weg.

Die restlichen Wolfer folgten ihm auf ihren Brettern, aber weil Oriel und Griff so schwer bepackt waren, fielen sie langsam immer weiter zurück.

Schon gegen Mittag kam es ihnen so vor, als hätten sie nie in der Höhle des Einsiedlers Zuflucht gefunden. Rulgh trieb sie ohne Gnade die Berge hinauf. Oriel schaute dabei immer zu den drei Gipfeln, hinter denen am Abend zuvor die Sonne untergegangen war. Er tat das nicht, weil er dem Einsiedler glaubte, sondern nur deshalb, weil es die markantesten Punkte weit und breit waren. Außerdem gab ihm der Gedanke an die drei Bergspitzen die Kraft, Rulghs mörderisches Tempo durchzustehen.

Und wenn er es nicht durchgestanden hätte, wäre auch Griff nicht mehr weitergegangen.

In dieser Schneewüste stehen zu bleiben hätte aber ihren sicheren Tod bedeutet.

Als sie in dieser Nacht Wache hielten, fragte Oriel Griff nach seiner Meinung. »Ich glaube, der Einsiedler hat mit dem Berg, den er uns zu Hilfe schicken will, eine Lawine gemeint«, sagte er. »Vielleicht kann man mit dem Ton dieses Horns eine auslösen …«

»Wirklich?«, antwortete Griff, aber es klang so verschlafen, dass Oriel fast nicht weitergesprochen hätte. Doch dann dachte er, dass Griff an der Entscheidung beteiligt sein müsste, denn schließlich wurde er ja auch den damit verbundenen Gefahren ausgesetzt. Oriel hatte Griff noch nie zuvor um seine Meinung bei einer Entscheidung gefragt, doch jetzt war ihm so, als müsse er es tun.

»Wach auf, Griff«, sagte er. »Und hör mir zu. Wenn ich es schaffe, eine Lawine auszulösen, dann besteht die Gefahr, dass wir ebenfalls hineingeraten.«

»Ja«, antwortete Griff.

»Dabei könnten wir sterben«, erklärte Oriel.

»Ja«, sagte Griff abermals.

»Und vielleicht gibt es ja auch gar keinen Pass«, fügte Oriel noch hinzu.

»Ich weiß«, sagte Griff. »Aber er hat uns heute Abend nichts zu essen gegeben.«

»Er hat vor, uns sterben zu lassen«, bestätigte Oriel.

»Wenn du es schaffst, die Lawine auszulösen, dann mach es«, ermutigte ihn Griff.

Am nächsten Morgen stiegen sie einen steilen, schneebedeckten Hang hinauf. Je näher sie dem immer heller werdenden Himmel kamen, desto deutlicher sah Oriel die drei Bergspitzen, die der Einsiedler ihnen gezeigt hatte. Um sie herum waren nur noch nackter Fels und schneeverwehte Hänge. Oriel versuchte erst gar nicht Rulgh zu überzeugen, dass der Einsiedler die Wahrheit gesagt hatte, denn er konnte beim besten Willen keinen passähnlichen Einschnitt zwischen den drei Gipfeln erkennen. Alles, was er sah, waren Fels und Schnee.

Dennoch hatte Oriel tief in seinem Herzen beschlossen dem Einsiedler zu vertrauen. Als Oriel hörte, dass der Berg wieder dasselbe Geräusch machte wie am Abend vor zwei Tagen, hob er den Kopf. Es kam ihm so vor, als würde sich an dem Schneegrat, den Rulgh gerade erklomm, etwas bewegen.

Während die Wolfer schon alle kurz unterhalb des Grates waren, befanden sich Oriel und Griff erst auf halber Höhe des Abhangs. »Lass dein Bündel fallen«, sagte Oriel zu Griff. Wenn es ihm wirklich gelang, mit seinem Horn eine Lawine auszulösen, mussten sie auf ihren Brettern rasch die Flucht ergreifen, um nicht darunter verschüttet zu werden. Und wenn es wirklich einen Pass gab und sie ihn vor Einbruch der Dunkelheit finden wollten, würden sie sich ohne die schweren Lasten auf ihren Rücken leichter tun.

Der Berg grummelte wieder und die Wolfer blieben erschrocken stehen. Oriel setzte das Horn an die Lippen, schob Griff in die Richtung der drei Gipfel aus dem Weg und stieß mit aller Kraft ins Horn. Dann drehte er sich um und folgte Griff, wobei er die ganze Zeit weiter in das gebogene Bergziegenhorn blies. Als die Wolfer sich nach ihnen umdrehten, glitten sie bereits quer über den Abhang davon.

Der hohe Ton, den Oriel mit seinem Horn erzeugte, gellte wie der Schrei eines Vogels empor zu den zerklüfteten Bergspitzen. Der Berg grummelte wieder und dann verwandelte sich das Grummeln in ein gefährliches Grollen. Oriel hielt einen Augenblick inne und blickte zu den drei Bergspitzen hinauf. Über dem Eis der mittleren Spitze leuchtete der blaue Himmel. Wer weiß, dachte er, ob ich dieses Himmelsblau wohl jemals wieder sehen werde.

Oriel spürte, dass Griff neben ihm stand. Dann drehte er sich um und stieß erneut ins Horn, auch wenn er dessen Ton durch das Dröhnen des Bergs jetzt selbst gar nicht mehr hören konnte. So schnell sie nur konnten, rasten die Wolfer auf ihren Brettern den Hang hinab. Aber der Berg folgte ihnen. Rulgh hielt dabei offenbar nach seinen Gefangenen Ausschau und hatte den Mund weit geöffnet, als würde er fluchen oder schreien. Seine gelben Haare waren voller Schnee.

Aber selbst der Kriegsschrei eines Wolfers wurde vom Geräusch des herunterpolternden Berges übertönt.

Teil IV

Der Mann der Wahrsagerin

20

Es war, als hätte es die Wolfer nie gegeben, als hätte die Welt schon immer aus nichts als steilen, schneebedeckten Bergen bestanden, über denen sich der blaue Himmel wölbt. In dieser Welt waren nur sie beide, Oriel und Griff. Das Einzige, was sich außer ihnen hier noch bewegte, waren die von der Lawine aufgewirbelten Wolken aus Schnee, die der lebhafte Bergwind in die Höhe trug.

Griff lachte so breit, dass alle seine Zähne zu sehen waren. »Wir haben überlebt, Oriel.«

Oriel stand wie angewurzelt da und war noch immer ganz benommen vom blendend hellen Sonnenlicht und der Gewalt der Schneemassen, die neben ihm zu Tal gedonnert waren.

»Und wohin gehen wir jetzt?«, wollte Griff wissen. Offenbar bekümmerte ihn das, was ihnen bevorstand, ebenso wenig wie das, was sie soeben erlebt hatten.

Aus dem Schnee ringsum stieg eine eisige Kälte empor, wie Hitze von der Glut eines Feuers. Nur die Sonne strahlte, als ob die Kälte ihr nichts anhaben könnte.

»Wir gehen zu der Bergspitze«, antwortete Oriel, »wo laut Einsiedler der Pass sein soll. Das ist jedenfalls mein Vorschlag«, fügte er noch hinzu. »Und was meinst du?«

»Ich komme mit«, sagte Griff.

»Ich fürchte, wir haben nur diese eine Chance, und die

ist klein genug«, sagte Oriel, der die Gefahr nicht herunterspielen wollte.

»Und wir haben nicht viel Zeit«, ergänzte Griff. »Wenn wir da oben ohne Essen und Schutz vor der Witterung lagern müssen, wachen wir am Morgen vielleicht nicht wieder auf.«

»Macht dir das denn keine Sorgen?«

»Natürlich macht mir das Sorgen. Glaubst du denn, mein Leben ist mir nicht lieb? Aber wenn ich schon dem Tod ins Auge schauen muss, dann lieber zusammen mit dir. In einer Welt, in der ich dir nicht mehr folgen könnte, würde ich nicht gerne leben. Aber auch wenn ich Angst davor habe, dem Tod eines Tages ins Auge blicken zu müssen«, sagte Griff und lächelte, »ist das noch lange kein Grund, gedrückter Stimmung sein.«

Nach diesen Worten stiegen die beiden, so rasch sie mit den Brettern an ihren Füßen konnten, den Berg hinauf, aber weil sie schräg zum Hang gehen mussten, gewannen sie nur sehr langsam an Höhe.

»Wenn da oben wirklich ein Pass ist und wir ihn auch noch vor Einbruch der Dunkelheit finden, dann schaffen wir es vielleicht«, sagte Oriel zu Griff. »Immerhin hat der Einsiedler Rulgh auf seine erste Frage nach dem Pass die Stelle zwischen den beiden Gipfeln genannt. Irgendwie vertraue ich ihm, auch wenn er danach diese unglaubliche Geschichte von Jackaroo erzählt hat, der ihn über die Berge getragen haben soll. Jackaroo ist auch in Tamaras Geschichten immer wieder vorgekommen, erinnerst du dich?«

»Ist es nicht gut, dass wir die Wolfer los sind?«, fragte

Griff. »Wir sind jetzt fast ein Jahr in ihrer Gefangenschaft gewesen.«

»Und vier Jahre ist es her, seit wir von der Insel des Damalls geflohen sind. Jetzt sind wir wieder zu zweit auf dem Weg in eine ungewisse Zukunft.« Bei diesem Gedanken musste Oriel auf einmal genauso lachen wie Griff, obwohl er spürte, wie ihm die Kälte zwischen die Zähne kroch. »Nur mit dem Unterschied, dass es jetzt nicht Nacht, sondern heller Tag ist und dass wir nichts zu essen haben. Außerdem wusste bei unserer Flucht von der Insel wenigstens ich, wohin wir zu segeln hatten. Jetzt weiß keiner von uns, wie es weitergeht.«

»Damals hast du mehr gewusst als ich«, sagte Griff. »Jetzt wissen wir beide gleich viel.«

Mühsam setzten sie sich wieder in Bewegung. Mit der Zeit erkannten sie, dass ein dunkler Strich am Berg, der von weitem wie ein Schatten im Schnee ausgesehen hatte, in Wirklichkeit eine enge, tief eingeschnittene Schlucht war. Sie lief unterhalb des Gipfels und schien weder anzusteigen noch abzufallen. Oriel blickte in die Schlucht und zögerte.

Griff wartete darauf, dass er eine Entscheidung traf.

Oriel atmete in der dünnen Luft tief durch. Diese Schlucht war vermutlich ihre einzige Chance. Die Sonne kroch ja auch nicht knapp über dem Horizont entlang und versteckte sich hinter schützenden Wolken. Nein, die Sonne wanderte stolz und mutig mitten über den Himmel. Wenn Oriel am Leben bleiben und über diese Berge in das unbekannte Land auf der anderen Seite gelangen wollte, musste er es so machen wie die Sonne. Er musste unbeirrbar und mutig seinen Weg gehen und die eine Chance, die er hatte, ohne Zaudern ergreifen.

Oriel glitt auf seinen Brettern in die Schlucht hinein und Griff folgte ihm. Manchmal war der Schnee so weich, dass von den Brettern nur ein leises Flüstern zu vernehmen war, manchmal aber war er mit einer eisigen Kruste bedeckt, die knirschend unter den Brettern zerbrach. Unten in der Schlucht war das Licht bläulich trübe und die Luft war so kalt, dass Oriel und Griff sich fest in ihre Felle wickeln mussten.

Oriel ließ die Bretter ihren eigenen Weg finden. Langsam wurde es dunkel und die Luft strömte schneidend kalt in seine Lungen. Der vom eiskalten Gestein der Schlucht noch weiter abgekühlte Wind blies ihnen direkt ins Gesicht. Nur wenn sie in Bewegung waren, konnten Oriel und Griff diese Kälte aushalten. Je dunkler es wurde, desto mühsamer kamen sie voran. Dann war es Nacht und die Sterne funkelten am tiefschwarzen Himmel wie ein weit entferntes Schneegestöber.

Oriel und Griff schleppten sich weiter die Schlucht entlang. Etwas anderes blieb ihnen nicht übrig.

Nach einer Weile erschien der Mond hinter einem der Gipfel und stieg wie eine weiße Scheibe hinauf in den Himmel. Er kam so rasch und leuchtete so hell, dass Oriel das Herz ganz leicht wurde. Auch wenn es ihnen vorbestimmt sein sollte, hier in der Kälte der Berge zu sterben, schöpfte er neue Hoffnung, weil sie immer noch am Leben waren.

Nicht dass er glaubte, sie würden es schaffen – das wäre zu kühn gewesen –, aber er weigerte sich schlicht und einfach, schon vor dem bitteren Ende zu verzweifeln.

Oriels Beine bewegten sich jetzt, als hätten sie ein Eigenleben, und er dachte nicht mehr darüber nach, wie weit die Nacht schon vorangeschritten war. Wenn sie die Nacht durchhielten, würden sie vielleicht noch einen weiteren Tag überstehen, bevor Hunger, Durst und Kälte sie in die Knie zwängen.

Oriel kam es so vor, als wäre der Himmel ein klein wenig heller geworden, aber vielleicht hatten ihm auch seine Augen einen Streich gespielt. Er wusste nicht, wo Osten war.

Dann aber brach wirklich der Morgen an und der Schnee um sie herum bekam einen fahlen Schimmer. Oriel blickte nach oben, um sich am mittleren der drei Gipfel zu orientieren.

Der Gipfel war verschwunden. Einen kurzen Augenblick lang hatte Oriel Angst davor, sich aus lauter Dummheit in der finsteren Nacht verlaufen zu haben. Aber als er sich umdrehte, sah er, wie hinter Griff der Gipfel in den wolkigen Morgenhimmel ragte.

Mit der Zeit wurde die enge, gewundene Schlucht immer breiter und plötzlich öffnete sie sich und gab den Blick hinaus ins Land frei. Oriel hielt an und sah, dass es auf den steilen Hängen vor ihm allmählich wieder Bäume gab, die wie schwarze Skelette aus dem Schnee ragten. Vor ihm fiel das Land unter dem fahlen, wolkigen Himmel langsam ab und in weiter Ferne stieg eine einsame, graue Rauchfahne auf.

Dieser Rauch war das einzige Lebenszeichen in dem ganzen weiten Land. Er war zu weit entfernt, als dass sie ihn noch an diesem Tag hätten erreichen können. Vermutlich würde er außerdem verschwinden, sobald die Sonne aufgegangen war, und dann konnten sie sich ohnehin nicht mehr an ihm orientieren.

Nun hatten sie also doch noch das Königreich erreicht – falls es sich bei dem Land wirklich um das Königreich handelte –, aber nur, um dort zu sterben. Selbst wenn es Sommer gewesen wäre und sie ausgeruht und gut ernährt, hätten sie bis zur Quelle des Rauchs mehr als einen Tagesmarsch gebraucht.

Oriel blickte nach rechts, wo aus den steilen Bergen gefrorene Wasserfälle bis ins Tal reichten, und nach links, wo ein Schneehang in den nächsten überging. Die Bergkette aber lag jetzt hinter ihnen.

Griff stampfte mit seinen Brettern auf dem Boden, um sich warm zu halten, und Oriel tat dasselbe. Er hatte das Gefühl, dass die Kälte nicht nur seinen Körper, sondern auch seinen Geist ganz träge gemacht hatte. Vielleicht aber war auch die Müdigkeit daran schuld, denn so kalt war es in den Fellen der Wolfer gar nicht und außerdem hatte er schon so lange nichts mehr gegessen, dass er kein Hungergefühl mehr empfand.

Als Oriel noch einmal fest aufstampfen wollte, gehorchte ihm sein Bein mit dem Brett daran nicht mehr und rutschte weg. Er versuchte das Gleichgewicht zu halten, glitt einen Augenblick lang in rasender Fahrt den Berg hinunter und kippte dann seitlich in den Schnee.

Griff kam auf seinen Brettern den Hang hinuntergerutscht, um Oriel zu helfen. Er streckte Oriel die Hand hin und dieser zog sich daran hoch. Dann standen sie heftig schnaufend nebeneinander. »Wenn ich nur ein wenig mehr Kraft hätte«, sagte Oriel ganz außer Atem, »dann würde ich auf diesen Brettern nach unten fahren. Das geht bestimmt schneller, als wenn wir langsam absteigen, und man könnte vielleicht sogar heute noch das Feuer erreichen, von dem dieser Rauch stammt. Aber ich bin einfach zu schwach, um auf diesem steilen Abhang die Bretter unter Kontrolle zu halten. Willst du es nicht versuchen? Wenn du glaubst, dass du es schaffst, dann tu es.«

»Tut mir Leid, Oriel, aber ich bin selbst am Ende meiner Kräfte«, sagte Griff und blickte sich um. »Sieh mal die Eiszapfen, Oriel«, sagte er dann. »Die könnten wir doch abbrechen und lutschen gegen den Durst.«

»Ein Wasserfall«, flüsterte Oriel.

»Ja, aber ein gefrorener«, bestätigte Griff.

»Darum geht es doch gar nicht, Griff. Ein Wasserfall bedeutet, dass hier im Sommer Wasser fließt, und dieses Wasser muss ja irgendwohin. Unterhalb des Wasserfalls muss es also einen Bach geben, und wenn wir den finden und ihm nachgehen, dann kommen wir irgendwann an einen Fluss. Und an einem Fluss leben Menschen.«

»Aber wie sollen wir unter all dem Schnee den Bach finden?«, wollte Griff wissen. »Und ist denn der Bach nicht mit einer dicken Eisschicht bedeckt?«

»Auf Eis könnten wir mit den Brettern leichter vorwärts kommen als auf Schnee«, überlegte Oriel. »Den Bach finden wir, weil er sich wie jedes Gewässer ins Gelände gegraben hat. Und weißt du was, Griff? Wir könnten doch unsere vier Bretter zusammenbinden und uns daraus eine Art Floß bauen, auf das wir uns dann setzen und den Hang hinunterfahren. Wenn wir sitzen, verlieren wir nicht so rasch das Gleichgewicht wie im Stehen und gegen die Kälte könnten wir uns die Felle umbinden. Was hältst du davon?«

Griff hatte sich bereits in den Schnee gesetzt und löste die Lederriemen, mit denen die Bretter an seine Füße gebunden waren. Nachdem sie die vier Bretter fest miteinander verbunden hatten, setzten sie sich hintereinander darauf, wobei Griff sich mit der Brust an Oriels Rücken drückte. Nachdem sie die Felle um sich gewickelt hatten, sagte Oriel: »Der mittlere Gipfel liegt hinter uns, siehst du? Und dort vorne steigt der Rauch auf, neben zwei runden Hügeln, die von drei schroffen Bergen begrenzt werden. Die Spitzen dieser Berge sehen wir bestimmt auch unten im Tal aus einiger Entfernung, vielleicht können wir sogar die Hügel erkennen. Dann brauchen wir den Rauch gar nicht mehr als Orientierungshilfe. Meinst du, wir sollen es wagen?«

»Versuchen können wir es auf alle Fälle«, antwortete Griff.

Dann stießen sie sich mit den Händen von dem verharschten Untergrund ab. Langsam nahm das Schneefloß Fahrt auf. Als sie nicht mehr mit den Händen nachhelfen mussten, steckten sie sie unter die wärmenden Felle und beugten sich nach vorn.

Es war eine rasende Fahrt den Hang hinunter. Der Wind blies Oriel den aufgewirbelten Schnee in die Augen. Selbst in seinen kühnsten Träumen hatte Oriel nie gedacht, dass er sich jemals so rasant bewegen würde. So müssen sich Vögel fühlen, dachte er, wenn sie pfeilschnell den Himmel durchschneiden. Manchmal hatte er tatsächlich das Gefühl zu fliegen und die hochgewirbelten Schneekristalle kamen ihm vor wie die Wolken am Himmel. Sein Herz klopfte vor lauter Aufregung so schnell wie noch nie und in seiner Kehle stieg ein befreiendes Lachen empor. Am liebsten wäre Oriel ewig so weitergefahren. Bald waren seine Augen so voller Schnee, dass er überhaupt nichts mehr sah. Er wusste nicht mehr, wo sie hinfuhren, und der Druck, Entscheidungen treffen zu müssen, fiel von ihm genauso ab wie alles Hoffen, Bangen und Bedauern. Er konnte nichts tun als sich gleiten zu lassen wie ein Vogel, der mit ausgebreiteten Schwingen durch die Luft schwebt.

Der schneebedeckte Berghang, der von oben so glatt ausgesehen hatte, war voller Unebenheiten und Höcker, die sie auf ihren zusammengebundenen Brettern ganz schön durchschüttelten. Manchmal dachte Oriel, dass sie gleich abgeworfen würden, und ein paar Mal sah es so aus, als müssten die Bretter bei der schlimmen Schüttelei auseinander brechen, und er sah sich schon zusammen mit Griff im Schnee liegen wie zwei Schiffbrüchige, deren Boot von wütenden Brechern zerschlagen wurde.

So gut es ging, folgten sie einem flachen Einschnitt, von dem Oriel hoffte, dass sich darunter ein zugefrorener Bach verbarg. In Wirklichkeit aber war es der Berg, der ihnen durch seine verschneite Geländeformation den Weg vorgab. Viel zu schnell war die rasende Fahrt zu Ende.

Als ihr Gefährt anhielt, brannten Oriel die Wangen vom Wind und seine Knie waren ganz steif vom Abfedern der Stöße. Mühsam stand er auf, aber alle Steifheit war gleich vergessen, als er sich umdrehte und sah, wie weit der Pass schon hinter ihnen lag. »Schau doch, Griff, wie weit wir gekommen sind«, sagte er.

Griff hatte rote Backen und seine Haare und sein Bart waren voller Schnee. »Am liebsten würde ich gleich noch einmal herunterfahren«, sagte er.

»Aber dann müssten wir ja wieder den ganzen Berg hinauflaufen«, wehrte Oriel ab. Griff drehte sich um und schaute den sanften Schneehang hinauf, der weiter oben immer steiler wurde. Knapp unterhalb der drei markanten Gipfel konnte er mit einiger Mühe den Wasserfall ausmachen. Hätte er nicht gewusst, wo er ihn suchen musste, hätte Griff ihn zwischen Schnee und Felsen nicht wiedergefunden. Der Pass zwischen den Bergen war überhaupt nicht mehr zu sehen.

»Nein, bloß nicht noch mal hinaufsteigen«, meinte auch Griff. »Nicht, solange ich noch ein bisschen Lebenswillen in mir habe. Aber trotzdem war es schön …«

»Machen wir die Bretter wieder an unseren Füßen fest«, forderte Oriel ihn auf und kniete sich hin, um die Lederschnüre zu lösen, mit denen die Bretter zusammengebunden waren. »Wir müssen uns auf den Weg machen.« Die aufregende Fahrt hatte Oriel fast so viel Kraft gegeben wie eine warme Mahlzeit. »Am besten, wir gehen auf dem zugefrorenen Fluss. Vergiss nicht, dir Felle um deine Füße zu wickeln, sonst erfrieren sie dir.«

Der vereiste Fluss lag ihnen fast direkt zu Füßen, als wären sie auf seinem Bett den Berg heruntergerutscht. Auch hier unten lag viel Schnee, aber längst nicht so viel wie oben in den Bergen. Die Luft war kalt, aber nicht mehr ganz so schneidend. Oriel und Griff machten sich auf den Weg, und immer wenn sie freie Sicht hatten, stellte sich Oriel mit dem Rücken zu den drei Berggipfeln und peilte die vor ihnen liegenden Hügel an, die sie sich vorhin gemerkt hatten.

Während sie dahinglitten, kam es ihm so vor, als würde der Fluss unter ihren Füßen langsam immer breiter. Gleichzeitig holte die Dunkelheit sie von hinten ein. Oriel konnte nicht sagen, ob sie bereits den ganzen Tag unterwegs waren oder ob die Tage hier, jenseits der Berge, kürzer waren als anderswo. Seit er keinen Hunger mehr verspürte, hatte er auch viel von seinem Zeitgefühl verloren, denn sein Körper signalisierte ihm jetzt nicht mehr, wann es Zeit war, zu essen. Er wusste nur, dass die Kraft, die ihm die rasante Bergabfahrt verliehen hatte, inzwischen längst wieder verpufft war. Zu allem Überfluss fing es auch noch an zu schneien. Erst waren es nur vereinzelte Schneeflocken, die wie Nachtfalter durch die Luft taumelten, aber dann wurde das Schneetreiben immer dichter und ähnelte eher einem riesigen Falterschwarm.

Griff und Oriel schoben sich auf ihren Brettern weiter. Der Fluss war jetzt so breit wie ein Weg und führte zwischen Hügeln und Bäumen entlang. Sollte es so weiterschneien, würden sie, wenn sie nicht bald eine Unterkunft fanden, die Nacht womöglich nicht überleben; das wussten sie beide ohne ein Wort darüber zu verlieren.

Je dichter das Schneegestöber wurde, desto langsamer kamen sie vorwärts. Halb blind tasteten sie sich den Fluss entlang, bis Oriel hinter einer Flussbiege zwischen sanften Hügeln den Schatten eines Hauses erkannte. Er war mehr erleichtert als überrascht, als er aus dem gemauerten Kamin Rauch aufsteigen sah.

Oriel und Griff waren so erschöpft, dass sie sich nicht einmal mehr freuen konnten. Nur mit Mühe gelang es ihnen, den windgepeitschten, zugefrorenen Fluss zu verlassen. Sie stützten sich gegenseitig und so taumelten sie auf die Haustür zu.

Der Schnee reichte fast bis an die Fenster, aber die Türschwelle war freigeschaufelt. Während Oriel an die hölzerne Tür klopfte, lehnten Griff und er sich mit den Rücken aneinander, als müssten sie noch einmal Wolfswache halten.

Die Türe ging einen Spalt auf und jemand, den Oriel nicht genau erkennen konnte, spähte heraus. Aber es blieb Oriel ohnehin nichts anderes übrig als die nackte Wahrheit zu sagen: »Wir brauchen Hilfe.«

Sofort öffnete sich die Tür ganz und die beiden fielen ins Haus, wobei sich ihre Bretter an der Schwelle verfingen. Wie er sie von den Füßen bekam, wusste Oriel später nicht mehr, nur dass er, noch immer in sein Fell gewickelt, zum Feuer kroch und dort auf der Stelle einschlief. Der Schlaf hatte ihn überrollt wie eine Lawine.

Er kämpfte, um zu schlucken, kämpfte sich hoch. Er lag auf einem Fell neben einem warmen Feuer und eine junge Frau hob seinen Kopf, um ihm mit einem Löffel etwas einzuflößen …

Ihre Augen waren blau, so dunkelblau wie das Meer an einem klaren, kühlen Sommermorgen, und ihre dicht gelockten Haare hatten eine rotbraune Farbe wie die Blätter im Herbst. »Trink das hier«, sagte sie.

»Wie lange …?« Oriel konnte sich nicht erinnern, was er eigentlich fragen wollte.

»Nicht lange«, sagte sie vorsichtig, als wolle sie vermeiden ihn zu beunruhigen. »Das Getränk senkt das Fieber und verhilft dir zu erholsamerem Schlaf. Auch deinem Freund habe ich den Heiltrank gegeben.« Sie neigte die Schale und Oriel leerte sie gehorsam. Die warme Flüssigkeit breitete sich in seinem Magen aus und wärmte ihm Brust und Lenden. Zur Wärme von innen kam die Wärme des Feuers, die seiner nackten Haut von außen gut tat. Oriel spürte, wie die Frau ihre Hände auf seine Stirn legte und dann sein Gesicht abtastete, als würde sie mit ihren Fingern nach den unter Oriels Bart verborgenen Knochen suchen. Kurz darauf sank Oriel wieder in tiefen Schlaf.

Im Traum hatte er nur eine Sorge: Er musste einen Weg aus einem Schneesturm finden. Fast blind tastete er sich tief gebückt durch den weiß wirbelnden Wind. Aber es gab in seinem Traum auch noch etwas Warmes und Weiches, das ihn zurückzog und ihn in sich aufnehmen wollte. Wenn er dieser Wärme nachgab, wäre das sein Tod, das wusste Oriel genau, aber dennoch sehnte er sich danach, umzukehren und sich ihr in die Arme zu werfen. Aber er zwang sich weiter mit nackten Schultern durch die Kälte zu stapfen und Griff war nirgendwo zu sehen …

Oriel schreckte auf.

Er befand sich in einem kleinen Zimmer mit einem

steinernen Kamin, in dem ein munteres Feuer brannte. Die Strohmatratze, auf der er saß, lag auf einem einfachen Brett, das etwas erhöht auf vier Steinen lag. Zwei beängstigende Gedanken schossen ihm gleichzeitig durch den Kopf, aber seine Befürchtungen waren überflüssig, Griff lag direkt neben ihm auf einem ähnlichen Brett und sein Beryll war noch immer ganz hinten im Bund seiner Hose, wo er ihn vor langer Zeit eingenäht hatte.

Solchermaßen beruhigt legte Oriel sich wieder hin, aber es gelang ihm nicht mehr, einzuschlafen. Also blickte er sich in dem Zimmer um. Die Wände bestanden aus roh behauenem Holz und die Fenster waren mit hölzernen Läden verschlossen. Griff lag auf dem Rücken und schlief, seine Brust hob und senkte sich in regelmäßigen Atemzügen. Er war rasiert, so dass die weiße, halbmondförmige Narbe auf seiner Wange gut sichtbar war. Oriel tastete nach seinem eigenen Gesicht und spürte, dass auch ihn jemand rasiert hatte. Er überlegte, ob er Griff wecken sollte, ließ ihn dann aber schlafen.

Sein Magen verlangte nach etwas zu essen und so stand er auf und ging barfuß zum Fenster. Nachdem er die Läden geöffnet hatte, blickte er auf weiß beschneite Felder und hohe, ebenfalls weiße Tannen. Es herrschte Windstille und aus dichten Wolken rieselte leise der Schnee herab. Die Kälte brannte auf seiner nackten Brust. Er schloss den Fensterladen wieder und ging zu einer Tür an einer Seitenwand des Raumes. Nachdem er sie einen Spalt geöffnet hatte, spähte er in ein großes Zimmer, in dem vor einem breiten, steinernen Kamin ein Tisch mit mehreren Hockern stand. An der gegenüberliegenden

Wand befand sich ebenfalls ein Tisch, an dem die junge Frau saß, die Oriel den Heiltrank eingeflößt hatte. Sie blätterte in einem dicken Buch. Neben ihr stand ein Schrank, der fast bis zur Zimmerdecke reichte. Die Türen des Schranks standen offen und in seinem Inneren konnte Oriel einige Puppen entdecken. Aus einem Topf über dem Feuer roch es verführerisch nach Essen.

Die junge Frau drehte sich um. Ihre Augen waren so blau wie das Meer an einem klaren Sommermorgen und ihre Haare waren wild gelockt. »Du hast mir etwas zu trinken gegeben, nicht wahr?«, sagte Oriel. »Wie lang habe ich denn geschlafen?«

»Nur von gestern Nachmittag bis jetzt«, antwortete sie. »Ich zeige dir, wo das Klo ist, und dann willst du sicherlich etwas zu essen und zu trinken haben.«

»Ja, bitte, vielen Dank«, sagte Oriel. Sie war etwa einen halben Kopf kleiner als er und trug eine rote Bluse und einen blauen Rock. An den Füßen hatte sie dicke, schwarze Socken. Sie führte Oriel durch einen Lagerraum hinter dem Kamin, von dem aus eine Tür in den Hof hinausging, auf dem sich der Abort befand. Als Oriel wieder in die helle Wärme zurückkehrte, blickte die junge Frau mit geröteten Wangen von ihrem Suppentopf auf. »Du hast kein Hemd, keine Schuhe, nicht einmal Strümpfe. Ich sollte …«

»Das macht gar nichts, Lady. Es tut nicht weh und außerdem möchte ich nicht die Sachen deines Mannes …«

»Ich bin nicht verheiratet«, sagte die junge Frau lachend. Oriel hätte darauf am liebsten etwas erwidert, doch in dem Moment hatte sie schon eine dampfende

Schale vor ihn auf den Tisch gestellt und ihm einen Löffel in die Hand gedrückt. Als Oriel die dickflüssige Fleischsuppe sah, konnte er an nichts anderes mehr denken als ans Essen. Dann trat Griff noch halb schlaftrunken herein. Die junge Frau gab ihm Socken und ein Hemd, und nachdem sie ihm das Klo gezeigt hatte, stellte sie ihm ebenfalls eine Schale mit Suppe auf den Tisch. Dann schnitt sie von einem Brotlaib zwei dicke Scheiben ab und füllte zwei Becher mit Wasser aus einem Krug. Als Oriel mit dem Essen fertig war, brachte sie ihm ein grünes Hemd und dicke, gestrickte Socken.

Oriel zog sich das Hemd über den Kopf. »Seit einem Jahr habe ich kein Hemd mehr getragen«, sagte er und machte mit den Schultern kreisende Bewegungen, um sich wieder an das Gefühl des Stoffs auf seiner Haut zu gewöhnen.

»Iss nicht so schnell«, sagte die junge Frau zu Griff, »sonst musst du dich übergeben.«

Griff hielt den Löffel auf halbem Weg zwischen Schale und Mund an und betrachtete die junge Frau mit benommenem Blick.

»Wie lange habt ihr denn nichts mehr gegessen?«, wollte sie wissen.

Griff widmete sich wieder seiner Suppe und Oriel erzählte ihr, dass sie seit zwei oder drei Tagen nichts mehr zu sich genommen hätten.

»Esst nur, so viel ihr wollt. Ich habe genug«, sagte die junge Frau.

»Aber du weißt doch gar nicht, wer wir sind«, gab Oriel zu bedenken. »Wir müssen doch …«

»Jetzt esst erst einmal«, sagte die junge Frau und lächelte Oriel und Griff an. »Später dann könnt ihr mir alles ganz ausführlich erzählen. Oder habt ihr nicht gesehen, dass es immer noch schneit? Wir haben also jede Menge Zeit. Aber esst nicht zu viel auf einmal, sonst werdet ihr krank. Ich kenne mich in solchen Dingen aus.«

»Dann kommen wohl häufig vollkommen ausgehungerte Leute aus den Bergen zu dir?«, fragte Oriel.

»Ihr seid die Ersten«, antwortete die junge Frau.

Zwei Kerzen brannten auf dem Tisch und zwei weitere auf dem Brett vor dem Kamin. Ihr Licht erhellte den ganzen Raum, so dass Oriel in den Regalen an den Wänden Schüsseln und Becher, Brot- und Käselaibe erkennen konnte. Die Puppen im großen Schrank stellten ganz unterschiedliche Menschen aller Altersgruppen dar und trugen Kleider in leuchtenden Farben. Für Oriel, der viel zu lange in einer weißen, farblosen Welt zugebracht hatte, waren all die Farben in dem Raum eine Offenbarung. Griff trug ein blaues Hemd, die Deckenbalken über ihren Köpfen waren aus dunkelbraunem Holz, die Steine des Kamins waren grau mit schwarzen Einsprengseln und der oft geschrubbte Holzboden hatte eine fahle Farbe wie trockener Sand. Neben den Farben genoss Oriel die wohlige Wärme, die den Raum erfüllte. Es kam ihm so vor, als wären er und Griff seit langem erwartete Besucher, so herzlich fühlte er sich aufgenommen.

Oriel stand auf und warf einen Blick auf das Buch, in dem das Mädchen las. Er sah Zeichnungen von Pflanzen, neben denen etwas geschrieben stand. Oriel hatte Mühe, die Buchstaben zu entziffern, von denen ihm einige unbekannt waren. Pfefferminze, stand da, beruhigt den Darm. Kamille sorgt für ruhigen Schlaf. »Richtig, da war Kamille drin«, sagte Oriel.

Die junge Frau blickte erschrocken zu ihm auf und Oriel fragte sich, warum sie ausgerechnet jetzt Angst vor ihm bekommen sollte. »Wie meinst du das?«, wollte sie wissen und schlug das Buch zu.

»In dem Trank, den du mir eingeflößt hast, war Kamille drin. Ich habe sie am Geruch erkannt, das ist alles.«

»Kannst du denn lesen?«

»Ja. Genauso wie du.«

»Bist du denn ein Adeliger?«, fragte das Mädchen ängstlich.

»Ich habe keine Ahnung, wer ich bin.«

Oriels Unsicherheit über seine Herkunft schien sie nicht sonderlich zu interessieren. »Für Menschen, die weder Adelige noch Priester sind, kann es gefährlich sein, wenn sie lesen können«, sagte sie.

Seit er in diesem Haus war, hatte Oriel nicht mehr an Gefahr gedacht. Aber wenn die Frau meinte, dass Lesen gefährlich war, befand sie sich selber in Gefahr. Sie wusste, dass er es konnte, aber er wusste, dass sie es konnte, also mussten sie sich gegenseitig vertrauen. Zu seinem Erstaunen empfand Oriel diesen Gedanken nicht besonders beunruhigend.

»Ich danke dir für die Warnung«, sagte Oriel. »Und auch für alles, was du unaufgefordert für uns getan hast. Ich heiße Oriel und mein Freund heißt Griff. Wir kommen von jenseits des Gebirges.«

Sie wirkte nicht so, als ob sie das bezweifelte. »Nach euren Bärten zu schließen muss es eine lange Reise gewesen sein. Und keine leichte, wie ich an den Striemen auf euren Rücken sehen konnte. Und dann ist da noch diese merkwürdige Narbe auf seiner – auf Griffs Wange«, sagte sie.

Griff hob den Kopf und lächelte die junge Frau an. »Es war keine leichte Reise, da hast du Recht. Aber am besten vergessen wir das jetzt, wo wir in Sicherheit sind«, sagte er.

Anscheinend fühlte sich Griff hier ebenso wohl wie Oriel.

»Griff kann auch lesen«, sagte Oriel zu der Frau, »und beide können wir auch rechnen. Aber die Gefahr begleitet uns ohnehin schon unser ganzes Leben lang, nicht wahr, Griff?« Oriel merkte, wie seine Stimmung sich hob, wie ein Vogel, der zum Flug ansetzt. »Wo sind wir hier?«, fragte er. »Und was ist mit diesen Puppen? Wie heißt du? Sind wir hier in einem Königreich?«

»Natürlich seid ihr im Königreich«, antwortete die junge Frau. »Oder was hast du geglaubt, was auf dieser Seite der Berge ist?«

»Die Welt ist groß«, erklärte Oriel lächelnd, »und niemand kann sagen, was einen auf der anderen Seite der Berge erwartet.«

Die junge Frau erhob sich von ihrem Stuhl und strich sich mit einer würdevollen Geste die Schürze glatt. »Die Puppen sind Marionetten, die mein Großvater zum größten Teil selbst angefertigt hat. Sagt bloß, ihr habt noch nie Marionetten gesehen.«

Als der jungen Frau klar wurde, dass Oriel und Griff tatsächlich keine Marionetten kannten, musste sie angesichts von so viel Unwissenheit das Lachen unterdrücken. »Mein Großvater stammte aus dem Land südlich des Königreichs und von dort hat er auch die Marionetten mitgebracht«, erzählte sie lächelnd. »Hier, Oriel, setz dich neben Griff, damit ich euch etwas zeigen kann. Das ist einfacher als es mit vielen Worten zu erklären. Der Schnee hat uns ja ohnehin eingeschlossen, oder sagen wir mal, er hat *euch* eingeschlossen. Selbst wenn ihr wolltet, könntet ihr heute nicht weiterziehen.«

Sie schleppte einen dreiteiligen Wandschirm herbei, dessen mittlerer Teil mit einem Fenster versehen war, vor dem ein Vorhang hing. Dann holte die junge Frau zwei Puppen aus dem Schrank und Oriel erkannte, dass sie an dünnen Fäden hingen, die oberhalb der Puppen an einem hölzernen Kreuz befestigt waren. Das Mädchen verschwand hinter dem Wandschirm und zunächst hörten Oriel und Griff nur klappernde Geräusche.

Oriel ging durch den Sinn, dass die junge Frau sie nicht nur rasiert, sondern auch gewaschen hatte. Sie hatte ihnen zu essen und etwas zum Anziehen gegeben. Warum hatte sie das alles getan? Hatte man hier im Königreich denn keine Angst vor Fremden? War hier vielleicht alles in solchem Überfluss vorhanden, dass man bereitwillig mit anderen Menschen teilen konnte?

Konnte es so ein Land denn wirklich geben? Oriel hatte seine Zweifel daran, auch wenn er zugeben musste, dass in diesem Haus alles dafür sprach. Er nahm sich vor darüber mit Griff zu sprechen, aber in diesem Augenblick wurde der Vorhang von einer unsichtbaren Hand zurückgezogen und Oriel sah die Marionetten, die vor der gemalten Kulisse einer Stadt standen. Und dann fingen die Puppen an zu sprechen.

Doch die Marionetten konnten nicht nur sprechen, sie bewegten sich auch. Jede bewegte sich auf ihre eigene Art und jede sprach anders. Die eine war ein Bauer, der schlicht und einfach gekleidet war und auch so redete, die andere ein Stadtbewohner, dessen Kleidung und Sprache mehr Vornehmheit aufwies. Beide hielten sie den jeweils anderen für einen Idioten und beide glaubten sie, dass sie dem anderen überlegen waren. Nachdem sie sich eine Weile gestritten hatten, ging der Vorhang wieder zu.

Das Mädchen kam hinter dem Wandschirm hervor und hielt eine Marionette an dem Holzkreuz in der Hand. Wenn sie ihre Hand bewegte, machte die Marionette einen Schritt nach vorn. Sie hatte den Bauern gewählt, der sich jetzt auf Griffs mit Socken bekleidete Füße zubewegte und ihm eine Hand aufs Bein legte, als wolle er Griff auf sich aufmerksam machen. Griff nahm die Hand und schüttelte sie, als wäre sie lebendig.

»Jetzt habt ihr gesehen, was Marionetten sind und was man mit ihnen tun kann«, sagte die junge Frau, die genau wusste, wie sehr sie Oriel und Griff zum Staunen gebracht hatte. »Ich bin die Enkelin eines Puppenspielers und die Nichte eines Puppenspielers und ich selbst bin auch Puppenspielerin.« Sie machte einen nicht ganz ernst gemeinten Knicks.

Oriel stand auf und reichte ihr die Hand, so dass sie sich wieder erhob, während er eine spöttische Verbeugung andeutete. Griff nahm das Holzkreuz und versuchte den Bauern zum Gehen zu bewegen, aber es gelang ihm nicht.

»Meine Marionetten stellen die verschiedensten Männer und Frauen dar, vom Bauern bis zum Adeligen. Die meisten davon hat mein Großvater angefertigt, ein paar andere mein Onkel und eine habe ich sogar selbst gemacht, aber die ist nicht besonders gut. Ich habe ein Buch, in dem steht, was die Marionetten auf der Bühne sagen. Ich kann meine Stimme ziemlich gut verstellen.«

»Ja, das kann man wohl sagen«, bestätigte Oriel.

Mit ihren blauen Augen blickte sie ihm offen ins Gesicht.

»Ich heiße Beryl«, sagte sie.

Vor lauter Freude musste Oriel laut auflachen. Wenn ihm dieses Haus kein Glück brachte, dann gab es kein Glück auf der Welt. Wieder wandte sich die junge Frau ab, aber diesmal konnte er ihre Gefühle besser verstehen. »Warum drehst du dich denn weg?«, fragte er und tastete nach hinten an seinen Hosenbund.

»Warum lachst du über meinen Namen?«, fragte die junge Frau wütend. »Mein Name ist doch auch nicht hässlicher als deiner.«

»Ich lache nicht über deinen Namen und auch nicht über dich. Ich lache über den Zufall oder vielleicht auch über mein Glück …« Inzwischen hatte Oriel den Beryll aus seinem Versteck herausgeholt und hielt ihr seine geschlossene Hand vors Gesicht. »Schau mal«, sagte er und öffnete seine Finger.

Beryl nahm den Beryll in ihre Hand. »Was ist denn das?«

»Das ist ein wertvoller Stein mit Namen Beryll. Verstehst du jetzt? Das ist das Einzige, was mich seit Beginn unserer Reise begleitet hat. Als du gerade gesagt hast, dass du Beryl heißt, kam mir das wie ein wunderbarer Glücksfall vor, Beryl.«

Sie sah ihn geschmeichelt und überrascht an. »Ich wäre gern ein Glücksfall für dich«, meinte sie in einem Ton, der wie ein feierliches Versprechen klang. »Weißt du auch, was die Gravur auf der Rückseite des Steins bedeutet?«

»Sie sieht wie ein Vogel aus«, sagte Griff.

»Mir kommt es merkwürdig vor, dass jemand in so einen wertvollen Stein etwas einritzt«, sagte Oriel.

Beryl blickte von einem zum anderen und dann wieder auf den Stein. »Mein Großvater hat mir diesen Namen gegeben«, erzählte sie. »Aber er ist gestorben, als ich ganz klein war. Ich erinnere mich nur noch, dass er weiße Haare hatte und dass seine Finger ganz krumm waren ...« Beryl bog ihre Finger, bis sie wie Klauen aussahen.

»Gibt es denn keine Männer hier im Haus?«, wollte Oriel wissen.

»Mein Onkel ist fort, in den Süden des Königreichs«, antwortete sie.

»Und wann erwartest du ihn wieder zurück?«

Anstatt einer Antwort zuckte sie bloß mit den Schultern.

Oriel machte noch einen Anlauf. »Hast du Angst vor uns, Beryl?«, fragte er.

»Nein«, antwortete Beryl und fügte nach einer kurzen Pause hinzu: »Ich kann verstehen, dass ihr euch über mich wundert. Aber ich lebe nun schon seit mehr als einem Jahr allein hier in diesem Haus, seit mein Onkel nach Süden aufgebrochen ist. Wenn es wieder Frühling wird, werde ich mit einem Wagen in die Stadt von Hildebrand fahren, denn dort gibt es im Frühjahr einen Jahrmarkt, auf dem ich mein Glück als Puppenspielerin versuchen will. Eigentlich machen Frauen so etwas nicht, aber ich vermute, dass mein Onkel überhaupt nicht mehr zurückkommen wird. Er ist jetzt schon den zweiten Winter fort und entweder ist ihm etwas zugestoßen oder er hat woanders sein Glück gefunden. Welche von beiden Möglichkeiten zutrifft, werde ich vermutlich nie erfahren.«

»Bist du denn sicher hier, so ganz allein?«, fragte Oriel erstaunt.

»Ja, bisher schon. Schließlich bin ich zwei Tagesmärsche von der nächsten menschlichen Ansiedlung entfernt. Außerdem haben die Leute eher Angst vor mir als ich vor ihnen«, sagte sie, wobei sie sich ganz gerade hinstellte und Oriel mit ihren tiefblauen Augen direkt in die seinen blickte. »Obwohl ich ziemlich weit abseits wohne, ist es für manche immer noch zu nah.«

Ihre Aussage erstaunte Oriel. Beryl war vielleicht sechzehn oder siebzehn Jahre alt und hatte ein heiteres, offenes Gemüt. Zudem war sie ausgesprochen hilfsbereit.

»Warum sollte irgendjemand vor dir Angst haben?«, fragte Oriel.

Sie reckte ihren Kopf empor wie die Wolferhauptmänner vor König Malke. »Weil sie glauben, dass ich eine Wahrsagerin bin«, sagte sie. »Aber das stimmt nicht, jedenfalls nicht so, wie sie es meinen. Zwar kenne ich mich mit Heilkräutern aus, aber das kommt nur daher, dass ich mit diesem Kräuterbuch da das Lesen gelernt habe. Wieso sollte ich dieses Wissen verleugnen, wenn ich den Menschen damit helfen kann? Und sonst habe ich nur ein paar Menschen Ratschläge gegeben, die mich darum gebeten hatten. Meistens waren es Mädchen, die heiraten wollten und mich gefragt haben, was die Zukunft ihnen bringen wird. Ich habe ihnen geantwortet, obwohl ich eigentlich hätte wissen müssen, dass das ein Fehler war. Ich habe nämlich gar keine besonderen Fähigkeiten. Ich habe einfach über das Mädchen und seinen Bräutigam nachgedacht und mir überlegt, was aus den beiden werden könnte. Das habe ich den Mädchen auch gesagt, aber dann trat ein paar Mal genau das ein, was ich mir zusammengereimt hatte, und jetzt behaupten die Leute, dass ich eine Hellseherin sei, und haben Angst vor mir. Sie nennen mich Wahrsagerin, und nur wenn sie meine Hilfe brauchen, rufen sie mich bei meinem wirklichen Namen.«

Fast trotzig stellte sich Beryl vor Oriel und Griff.

»Vielleicht wollt ja auch ihr lieber von hier verschwinden, sobald sich der Sturm gelegt hat. Vielleicht wollt ihr so rasch wie möglich in die Stadt von Hildebrand.«

Bevor Oriel auf ihre Frage antwortete, warf er Griff einen kurzen Blick zu, um sicherzugehen, dass sie beide einer Meinung waren. »Warum sollen wir Angst vor dir haben, wo du uns doch das Leben gerettet hast«, sagte er dann. »Außerdem würde ich gerne lernen, wie man mit diesen Marionetten umgeht. Das möchtest du doch auch, Griff, oder etwa nicht? Ich habe mich in meinem ganzen Leben noch niemals irgendwo so wohl gefühlt wie hier bei dir. Besser ist es uns noch nirgends ergangen, nicht wahr, Griff?«

21

Das Haus der freundlichen Beryl war ein abgelegener, kleiner Hof am Ende eines engen Tals, den Berge wie eine hohle Hand umgaben. Das Haus, das mit seinen Nebengebäuden auf dem erhöhten Flussufer lag, hatte vier Zimmer. Der größte Raum war der zum Kochen und Essen, in dem neben Regalen für Geschirr und Lebensmittel auch der Schrank mit den Marionetten und Büchern stand. Daneben gab es zwei Schlafzimmer, eines für Beryl und eines, in dem Griff und Oriel schliefen. Zwischen den Schlafzimmern lag der Vorratsraum, der früher einmal als drittes Schlafzimmer gedient hatte und jetzt mit einem Sammelsurium von Dingen angefüllt war: mit Stoffresten, Holz und Schnur, gemalten Kulissen für das Puppentheater, mit Körben voller Zwiebeln, gemahlenem Weizen, Petersilienwurzeln und Äpfeln, mit Büscheln von getrockneten Kräutern, die von den Dachbalken herabhingen, und mit einem Bettgestell ohne Matratzen, auf dem in hölzernen Kisten die Kleider von Menschen lagen, die längst gestorben oder fortgegangen waren.

Draußen gab es eine Scheune, in der Hühner im Stroh schliefen und Ziegen sich in der Kälte eng aneinander drängten. In einer Stallbox kaute ein kleines Pferd an einem Büschel Heu herum. Auch das Winterfutter für die Tiere wurde in der Scheune aufbewahrt und in einer dunklen Ecke stand der Wagen, der mit einer schweren, braunen Decke verhängt war. Die langen, schmalen Deichselarme, zwischen die das Pferd gespannt wurde, lagen mit

ihren vorderen Enden auf dem schmutzigen Scheunen-
boden.

Oriel und Griff drängten Beryl so lange, bis sie ihnen
den Wagen zeigte, und sie staunten darüber, wie ausge-
klügelt er sich für das Marionettenspiel nutzen ließ. Den
Deckel des flachen Wagens konnte man nämlich senk-
recht stellen und zur Wand einer Puppenbühne machen.
Der Spieler, der auf den Bodenbrettern des Wagens stand,
war dann für die Zuschauer nicht mehr sichtbar, wenn er
die Marionetten an ihren Schnüren hin und her bewegte.

Der Winter hatte den Hof und das ganze Tal mit einer
dicken Decke aus Schnee überzogen und Beryl und die
beiden jungen Männer waren in ihrem Haus am Ende des
Tales ganz für sich.

Oft hatten sie das Gefühl, als wären sie die einzigen
Menschen auf der ganzen Erde, und manchmal genossen
sie dieses Gefühl. Schon nach wenigen Tagen kam es Oriel
so vor, als habe er bereits eine Ewigkeit mit Griff und Beryl in diesem Haus gelebt, als gäbe es auf der Welt nichts
anderes als große Schneehaufen vor der Tür, ein warmes
Feuer im Haus, den Geruch nach Brot und Suppe und die
täglich anfallenden Arbeiten.

Beryl zeigte ihnen, wie man die Marionetten spielt.
»Die Zuschauer müssen vergessen, dass es überhaupt
einen Puppenspieler gibt«, sagte Beryl. »Die Leute bezahlen für die Puppen, nicht für den Puppenspieler.«

Oriel kam mit den Marionetten einfach nicht zurecht
und er konnte auch seine Stimme nicht verstellen. Wenn
er mit der hellen, weichen Stimme einer Frau sprechen
sollte, klang es wie ein Mann, der sich über die hohe

Tonlage einer Frauenstimme lustig macht, und wenn er krächzen und stöhnen sollte wie ein alter Mann, bogen Griff und Beryl sich vor Lachen. Oriels Stimme klang immer wie Oriel, ganz gleich ob er den Soldaten oder den König, den Sklaven, den Liebhaber, den Räuber, den Ziegenhirt oder den Verräter spielte. Griff hingegen lernte schnell mit den Marionetten umzugehen und konnte bald wie ein Kind oder ein alter Mensch sprechen. Doch nur Beryl vermochte die Marionetten wirklich zum Leben zu erwecken. Unter ihren Händen bewegten sich die Puppen so, als wären sie von einem eigenen Willen beseelt. Darüber hinaus konnte Beryl sogar Tieren eine menschliche Stimme verleihen. Einmal, als Beryl ihnen etwas mit der Marionette eines jungen Mannes vorspielte, erkannte sich Oriel sofort in dieser Puppe wieder. Sie schritt wie er über die Bühne, reckte wie er ihr Kinn in die Höhe und schließlich kam sie ganz nach vorne, sah sich im Zimmer um und nickte Oriel zu. »Kennen wir uns nicht?«, fragte sie mit einer Stimme, die der seinen täuschend ähnlich war.

Beryl erzählte gerne und viel, aber sie stellte Oriel und Griff keine Fragen; im Gegenteil, sie wollte nicht, dass die beiden von sich selbst berichteten. Wenn sie doch damit anfingen, begann sie rasch mit einer anderen Geschichte, die meistens von ihrer Familie handelte, manchmal aber auch vom Königreich, von Jackaroo oder von der Heilkraft der Kräuter. Hauptsache, es wurde nicht über Oriels und Griffs Erlebnisse gesprochen.

Beryls eigene Vergangenheit war eine lange Geschichte, die sie den beiden nach und nach erzählte. Wo ihr Großvater, der Puppenspieler, wirklich herkam, wusste niemand. Eines Tages war er an der südlichen Grenze des Königreichs bei einem Wirtshaus mit Namen *Falkenschwinge* aus den Wäldern gekommen, nur begleitet von seinem Diener, der ein rechter Idiot gewesen sein soll. »Genau wie bei uns, Griff«, sagte Oriel scherzhaft. »Ich bin der Großvater und du bist der Idiot.«

»Falsch«, entgegnete Griff. »Immerhin bin ich derjenige von uns beiden, der mit den Marionetten umgehen kann. Und deshalb bin ich der Puppenspieler und du bist der Idiot, Oriel.«

Im Wirtshaus *Falkenschwinge*, erzählte Beryl mit feuchten Augen, lebte zu jener Zeit ihre Großmutter. Kaum hatte diese den Fremden erblickt, wusste sie, dass er der Mann ihres Lebens war, und das blieb er auch die vielen Jahre über, die sie miteinander verbrachten. Allen Frauen in ihrer Familie sei das so ergangen, behauptete Beryl: Sie hätten sich immer auf den ersten Blick in einen Mann verliebt und seien diesem dann ihr ganzes Leben lang treu geblieben. Beryl selbst war das einzige Kind der jüngsten Tochter ihrer Großmutter. Auch Beryls Mutter hatte sich Hals über Kopf in einen Mann verliebt und war ohne Zögern mit ihm fortgegangen, aber später war sie allein und schwanger zurückgekommen. Sie hatte Beryl bekommen und war noch im Kindbett gestorben. »Mein Großvater und mein Onkel haben mich aufgezogen«, erklärte Beryl, »und es hat mir bei ihnen an nichts gefehlt.«

»Warum ist dein Großvater denn aus dem Süden des Königreichs weggegangen?«, fragte Griff.

Weil er den Soldaten der Gräfin entkommen wollte, erklärte Beryl. Der vorletzte Graf, der im Süden regierte, hieß Gladaegal. Er starb relativ jung und hinterließ seiner Frau zwei unmündige Söhne und einen dritten, der kurz nach seinem Tod auf die Welt kam. Nach seinem Tod wurde diese Frau Regentin, bis ihr Erstgeborener alt genug war, um selbst als Graf zu regieren. Doch diese Frau war grausam und gierig und vielleicht auch verbittert, weil sie in so jungen Jahren zur Witwe geworden war. Als ihr ältester Sohn an einer Magenkrankheit starb, zerrissen sich die Leute die Mäuler darüber, ob er wirklich eines natürlichen Todes gestorben war, und fragten sich hinter vorgehaltener Hand, wie lange der zweite Sohn noch am Leben bleiben würde. Schließlich wusste jedermann, dass die Gräfin ihren dritten Sohn, der noch ein Säugling war, von allen dreien am meisten ins Herz geschlossen hatte. Als dann der zweite Sohn, der bereits in der militärischen Ausbildung war, eines Tages im Meer ertrank, zerrissen sich die Leute wieder die Mäuler. Weil seine Leiche nie gefunden wurde, kamen bald Geschichten auf vom verschwundenen Grafen, dem wahren Grafen, der in das Land südlich des Königreichs gegangen und dort ein berühmter Mann geworden sei. Andere wiederum behaupteten, er sei schon bald bei einem Duell ums Leben gekommen, in das er sich wegen der Ehre einer Frau hatte verwickeln lassen, aber niemand wusste etwas Genaues.

»Ihr könnt euch nicht vorstellen, wie schlecht es den Menschen damals ging«, sagte Beryl. »Die Regentschaft der Gräfin war eine brutale, unsichere Zeit. Mein Großvater hatte Angst, dass man ihn zu ihren Soldaten holen und in den Krieg schicken würde. Die meisten dieser Männer kehrten nie wieder nach Hause zurück. Aus diesem Grund sind mein Großvater, meine Großmutter und ihre beiden jüngsten Kinder, also mein Onkel und meine Mutter, in den Norden gezogen. Meine Großmutter hat Heil- und Küchenkräuter angebaut und das Kräuterbuch verfasst, das ihr gesehen habt. Sie hat ihr heilkundiges Wissen mit allen Menschen geteilt, die sich dafür interessierten, und mein Großvater ist als Puppenspieler auf Jahrmärkten aufgetreten. Auch wenn er – trotz mannigfaltiger Einladungen – nie in den Häusern der Adligen spielte, hat er damit ein gutes Auskommen gehabt. Ich hatte als Kind keinen Mangel zu leiden.«

»Warum ist denn dein Onkel vor kurzem wieder in den Süden gegangen?«, fragte Oriel. »War die Gefahr inzwischen vorbei? Ist diese Gräfin gestorben?«

»Ja, sie ist gestorben«, erzählte Beryl weiter, »aber vorher hat sie noch lange regiert. Als ihr jüngster Sohn, der nach dem Tod seiner beiden älteren Brüder der gräfliche Erbe wurde, zwölf Jahre alt war, hätte er eigentlich Graf werden müssen, aber sie änderte mit Unterstützung der Priester einfach das Gesetz, so dass er warten musste, bis er achtzehn und verheiratet war. Erst dann ließ sie ihn an die Regierung kommen. Er hatte nicht mehr viel davon, denn kurz darauf starb er. Seine junge Frau hatte ihm erst ein Kind geboren, und das war eine Tochter. Daraufhin regierte wieder seine Mutter, bis sie vor vielen Jahren hochbetagt starb. Seitdem gibt es bis auf den heutigen Tag keinen Grafen Sutherland mehr. Jeder Mann, der an die Macht will, macht Lady Merlis den Hof, da sie die einzige

Erbin der Grafschaft ist. Sie ist jetzt zwanzig Jahre alt und lebt seit fünf Jahren am Hofe des Königs, während Priester und Statthalter ihr Land regieren. Ihre Untertanen haben die Priester und Statthalter fürchten gelernt und auch die Adligen misstrauen ihnen. Ich glaube, die Priester und Statthalter wollen das Land der Gräfin unter sich aufteilen und es nicht wieder hergeben. Um diesem Treiben ein Ende zu machen, hat der König vor kurzem ein Turnier anberaumt, an dem alle die Männer teilnehmen sollen, die um die Hand von Lady Merlis anhalten. Wer aus dem Turnier als Sieger hervorgeht, darf die Lady heiraten und wird der nächste Graf sein.«

»Aber warum hat dich dein Onkel hier allein zurückgelassen und ist einfach in den Süden gereist?«, hakte Oriel nach.

»Er wollte sich auf die Suche nach seinen Brüdern und Schwestern machen. Der Gasthof *Falkenschwinge* und das Dorf, in dem meine Großeltern lebten, liegen in der Nähe der Stadt Lord Yaegars, der südlichsten des Königreichs. Dort ist es zu Kämpfen gekommen und mein Onkel hat sich Sorgen gemacht, dass unseren Verwandten etwas zugestoßen sein könnte.«

»Warum«, fragte Oriel sie ein paar Tage später noch einmal, als die Sprache wieder auf dieses Thema kam, »hat dein Onkel dich denn nun wirklich allein hier zurückgelassen?«

»Weil er wusste, dass ich hier im Haus in Sicherheit bin. Er wusste, dass ich mich um den Hof und die Tiere kümmern und im Frühling mit den Marionetten auf den Jahrmarkt fahren würde. Außerdem«, fuhr sie fort und schaute dabei Oriel mit einem offenen Blick an, »war es ganz gut, dass er gegangen ist. Er hat mich nämlich in letzter Zeit so angesehen, wie ein Mann eine Frau ansieht, und weil mein Onkel ein anständiger Mann ist, ist er von hier fortgegangen.« Beryls dunkelblaue Augen blickten immer noch in die von Oriel. »Wenn ein Mann und eine Frau gemeinsam in einem Haus leben und sich jeden Tag sehen, wächst eben das Verlangen.«

Oriel dachte an Tamara und verstand, was Beryl meinte. Deshalb passt ein Meister, der eine Tochter hat, auch besonders darauf auf, welche Lehrlinge er ins Haus nimmt, dachte Oriel. »Als wir in …«, begann er, aber Beryl hob die Hand, als wolle sie damit einen Schlag abwehren. »Nein«, sagte sie, »erzähl mir lieber nichts.« Es war nicht das erste Mal, dass sie Oriel oder Griff zum Schweigen brachte, wenn sie von sich selbst erzählten. Griff war der Meinung, dass Beryl einen guten Grund dafür haben musste, aber Oriel wusste nicht so recht, was er davon halten sollte. Diesmal fragte er sie direkt: »Warum willst du eigentlich nicht, dass ich meine und Griffs Geschichte erzähle?«

»Wo *ist* Griff überhaupt?«, fragte Beryl, während sie aufstand und sich einen Mantel umlegte. »Er wollte mir doch Eier bringen und ich brauche die Eier dringend fürs Essen.« Mit diesen Worten drehte sie Oriel den Rücken zu und eilte aus dem Raum. Oriel blieb mit den Marionetten allein zurück und überlegte, was Beryl wohl im Sinn hatte.

In der Nacht sollte Oriel es erfahren. Griff war bereits zu Bett gegangen, und als Oriel ihm gerade folgen wollte, sah Beryl, die immer noch am Feuer saß, ihn mit Augen an, so tiefblau wie das frühmorgendliche Meer, und fragte ihn, ob er mit in ihr Bett kommen wolle. »Weißt du, was das bedeutet?«, fragte Oriel und Beryl musste lachen, obwohl ihr Gesichtsausdruck eher ängstliche Hoffnung verriet.

»Ich habe mein ganzes Leben mit Tieren auf einem Bauernhof gelebt«, sagte Beryl zu Oriel, »und daher weiß ich ganz gut Bescheid.«

Oriel hatte schon seit längerer Zeit vermutet, dass sie ihr Herz an ihn verloren hatte, und in dieser Nacht wurde ihm klar, dass seine Vermutung richtig war, auch wenn sie es ihm nicht direkt sagte. Oriel glaubte, dass er mit Beryl gut zusammenleben könnte, und er wäre mit Freuden ihr Ehemann geworden. Er fragte sich, was Griff wohl dazu sagen würde.

Am nächsten Morgen jedoch, nachdem sie Griff guten Morgen gewünscht hatten und unter seinen fragenden Blicken errötend am Tisch saßen und Brot und Käse aßen, fragte Beryl nur, ob sie den grünen Stein noch einmal sehen dürfe. Oriel reichte ihn ihr. Sie umschloss ihn so fest mit ihren Fingern, als wolle sie ihn in eine andere Form drücken. Natürlich gelang ihr das nicht und sie legte den Stein auf die Mitte des Tisches.

»Auf diesem Stein ist der Falke des Hauses Sutherland eingeritzt«, sagte Beryl und warf Oriel einen ihrer bedeutungsschweren Blicke zu, mit denen sie ihn schon in der Nacht beim Schein der Kerze mehrmals betrachtet hatte. »Ich frage mich, wie dieser Falkenstein in deine Hände gelangt ist.«

»Der Stein gehört ihm rechtmäßig«, sagte Griff mit ruhiger Stimme.

»Das bezweifle ich ja gar nicht«, antwortete Beryl. »Aber ich frage mich etwas ganz anderes. Kannst du erraten, was es ist, Griff?« Als Griff nickte, fuhr sie fort: »Ich frage mich, was es bedeutet, dass ihr den Falkenstein ins Königreich gebracht habt. Und das gerade jetzt, in dieser Zeit.«

Plötzlich wurde Oriel klar, wie alles zusammenhing.

Nach dieser Erkenntnis kam es ihm so vor, als hätte sein Schicksal in diesem Land bereits auf ihn gewartet und als brauchte er nur beherzt zuzupacken und sein Glück in beide Hände zu nehmen.

Vielleicht konnte er der Graf von Sutherland werden …

Alle Gedanken an eine Zukunft als Beryls Ehemann waren plötzlich wie weggewischt. Wenn er der nächste Graf werden und die Hand von Lady Merlis gewinnen wollte, dann durfte er nicht verheiratet sein. Das wussten sie alle drei, auch wenn sie nicht darüber sprachen und obwohl Beryl und Oriel jetzt in ihrem Haus wie Mann und Frau zusammenlebten. Die beiden verrichteten gemeinsam die Hausarbeiten, teilten das Bett und die angenehmen Dinge des Alltags und entwickelten gemeinsam einen Plan, wie Oriel zum König gelangen könnte.

Oriel würde sein Glück wagen und versuchen der Graf von Sutherland zu werden.

Bis es jedoch so weit war, mussten alle drei ihre Rolle lernen und die Rollen der anderen dazu. Das bedeutete, dass sie alles so lange einüben mussten, bis sie es fehlerlos beherrschten, und zwar auch dann, wenn unvorhergesehene Zwischenfälle sie zum Improvisieren zwangen. Als Nächstes musste Oriel so kostümiert werden, dass er wie ein Schausteller aussah, der aber gleichzeitig auch ein heimlicher Adeliger hätte sein können. Beryl legte Oriel den Umhang ihres Großvaters über die Schultern, der ihm ausgezeichnet passte. Darüber hinaus war es wichtig, welches Hemd, welche Hose und welche Stiefel er trug. Alle diese Kleidungsstücke mussten einen gewissen Eindruck vermitteln, der aber nicht zu aufdringlich sein durfte. »Es ist wichtig, dass du dich immer ganz sauber rasierst«, sagte Beryl. »Die Adeligen sind immer frisch rasiert, genauso wie sie alle lesen können.«

»Aber du kannst doch auch lesen«, wandte Oriel ein. »Als ich lesen gelernt habe, da war ich …«

»Los, lasst uns die Soldatengeschichte noch einmal durchspielen«, unterbrach ihn Beryl. »Nun kommt schon, ihr Faulpelze«, forderte sie die Männer auf. »Schluss mit dem Geschwätz. Auf ins Gefecht, Soldaten!« Ihre Stimme klang wie ein Horn, das zum Angriff bläst. Oriel und Griff gehorchten ihr lachend.

Nachdem sie alles wieder und wieder geprobt hatten, machten sie sich auf den Weg in die Stadt von Hildebrand, wo sie sich unter die Gaukler und Schausteller mischen und ihre Rollen einem größeren Publikum vorspielen wollten. Beryl kannte den Weg und umging, soweit möglich, die Dörfer, die auf dem Weg in die Stadt lagen. Als Oriel sie nach dem Grund dafür fragte, antwortete sie, dass eine Wahrsagerin nie sicher sein konnte, welchen Empfang man ihr bereitete. Deshalb übernachteten die drei immer unter freiem Himmel oder im Schutz von Bäumen. Als sie nur noch eine Tagesreise von der Stadt entfernt waren, setzte sich Beryl am Morgen neben das Feuer und schmierte sich Rindertalg in ihre rostbraunen Haare, die sie dann zu zwei dicken Zöpfen flocht. Nachdem sie die Zöpfe zusammengerollt und über den Ohren festgesteckt hatte, sah sie wie ein braves, kleines Mädchen aus.

Auf dem Weg in die Stadt von Hildebrand sah Oriel ein paar Stunden später zum ersten Mal andere Bewohner des Königreichs. Die Männer waren fast alle bärtig und die Frauen hatten sich die Haare genauso hochgesteckt wie Beryl. Männer, Frauen und Kinder trugen braune, einfache Kleidung. Kaum hatten sie sich unter die Menge gemischt, die zum Frühjahrsmarkt drängte, überließ Beryl Oriel das Sprechen und sagte nur noch selten etwas. Er musste in der Gastwirtschaft Essen und Trinken bestellen, er musste einem anderen Reisenden den Weg zeigen. Wenn sie nicht anders konnte und etwas sagen musste, verwendete sie nur einfache Worte. Es war einfach zu gefährlich, erklärte sie Oriel, sich zu sehr von den normalen Menschen abzuheben. Wo man sie als Wahrsagerin kannte, hatte man von vornherein Angst vor ihr. Als Puppenspielerin hingegen, die den Menschen Unterhaltung bot, konnte sie nach Regeln leben, um die sie das gemeine Volk beneidete. Aber das konnte sie nur, solange sie sich nicht allzu sehr von den anderen Leuten unterschied.

»Wenn ich meine Zunge genauso zähme wie meine Haare, müsst ihr euch die Bedeutung meiner Worte selbst

zusammenreimen«, ermahnte Beryl ihre beiden Begleiter. Wenn sie sich unter die Leute mischte, musste sie
den Eindruck erwecken, als sei sie eine von ihnen. Gelang ihr das nicht, würde man auf sie aufmerksam werden
und sich vor ihrer Einzigartigkeit und ihrem Anderssein
fürchten. Beryls Großvater hatte ihr diese Dinge beigebracht.

»Warum hat er eigentlich damals sein Zuhause ver-
lassen?«, fragte Oriel später, als sie in ihrem Bett im
Wirtshaus lagen, und dachte dabei daran, wie er und
Griff hierher gekommen waren.

Beryl sagte, sie wisse es nicht.

»Du scheinst überhaupt nicht viel über deinen Großvater zu wissen«, bemerkte Oriel.

»Ich weiß das, was er wollte, dass ich es weiß«, fauchte
Beryl. Sie lagen nackt nebeneinander in ihrem stillen
Zimmer, das sie für die Zeit des Jahrmarkts gemietet hatten. Oriel nahm sie in die Arme und zog sie an sich, und
wie so oft war er sich nicht sicher, ob seine Bettgenossin
willig oder widerspenstig war.

Für die drei Tage des Jahrmarkts war der Festplatz so
voller Buden und Zelte, dass er wie eine kleine Stadt in
der Stadt wirkte. Auf einer runden, eingezäunten Fläche
wurde ein großer Viehmarkt abgehalten und gleich dahinter standen die Zelte der Händler und Gaukler. Die
Händler boten Wolle, Felle, Klingen, Papier, gewebte
Stoffe und Lederschuhe zum Verkauf an und überall roch
es nach frischem Brot, Süßigkeiten, gebratenem Fleisch
und Bier. Die Menschen zankten, bettelten und feilschten

und die Tiere brüllten, quietschten und bellten dazu. Als Oriel zwischen den Buden herumging, fiel ihm auf, wie eintönig das einfache Volk gekleidet war und wie farbenprächtig sich die Adeligen davon abhoben. An Hildebrands Stadt war Oriel als Erstes aufgefallen, dass sie keine Mauern und Tore hatte. Noch mehr als das allerdings beeindruckte ihn, dass es hier nicht einmal nachts eine Wache gab, die für die Sicherheit der Bürger sorgte.

Am Abend, als sie zu dritt im Gasthof vor dem Kamin saßen, erzählte Beryl ihm, dass die Grenzstädte, die von zahlreichen Fremden auf ihrem Weg in das Königreich aufgesucht wurden, sehr wohl von hohen Steinmauern umgeben waren. Im Südosten war das die Stadt von Sutherland, im Süden die von Yaegar und im Osten Arborford, das am Rand ausgedehnter Wälder lag. Nur hier im Norden, wo die hohen Berge Fremden den Weg ins Königreich versperrten, war das nicht vonnöten.

Griff wollte wissen, ob Beryl sich im Norden zu Hause fühlte. »Nein«, antwortete Beryl nach langem Schweigen, »als Puppenspielerin gehört man nirgendwohin.«

»Nirgendwo und überall zugleich«, meinte Griff.

Beryl lächelte ihm im Feuerschein zu, während sie in Oriels Arm lag.

Beryl hatte vor, vier kurze Marionettenspiele hintereinander aufzuführen, dann eine Pause zu machen und mit dem ersten Stück wieder von neuem zu beginnen. Vor seinem ersten Auftritt, bei dem er in seinen Schaustellermantel gehüllt hinter dem Puppenspielerwagen hervorkommen und vors Publikum treten sollte, überfielen

Oriel auf einmal starke Zweifel, ob er das überhaupt schaffen würde. Beryl und Griff hatten alle Hände voll zu tun, die Fäden der Marionetten zu entwirren, und so war Oriel mit seiner Unsicherheit ganz allein.

Er fragte sich, woher auf einmal diese Selbstzweifel kamen. Schließlich hatte er doch seit seiner Kindheit jede Aufgabe besser bewältigt als irgendjemand sonst. Die Erinnerung daran gab ihm wieder Mut. So kühn wie die Sonne wollte er sein, und das würde ihm auch gelingen. Er warf den Kopf in den Nacken und ließ den Umhang los, an dem er sich mit einer Hand krampfhaft festgehalten hatte. Wenn er sich nicht traute als Schausteller aufzutreten, wie sollte er dann jemals den Grafen spielen können?

Mit festem Schritt trat Oriel vor den Wagen. Die paar Zuschauer, die davor standen, beachteten ihn nicht, denn sie warteten alle darauf, dass der Vorhang der Marionettenbühne aufging.

Während Oriel vor der Bühne stand und wartete, beobachtete er die Gesichter der Menschen. Allmählich wurden sie auf ihn aufmerksam und sahen ihn fragend und erwartungsvoll an. Oriel war solche Blicke gewöhnt. Bis auf wenige Ausnahmen, zu denen Nikol mit seinem gefährlich ruhigen Blick gehörte, hatten ihn bisher fast alle Menschen so angesehen. Sogar Rulgh hatte immer etwas Fragendes in seinem Blick gehabt.

Oriel öffnete seinen Mantel wie ein Falke die Schwingen und begrüßte die Zuschauer mit einem Lächeln und einer tiefen Verbeugung. »Wir würden euch gerne eine Geschichte erzählen«, kündigte er an. Seine Stimme, seine Gesten und sein Gesicht waren so eindringlich, dass die Zuschauer ihn wie gebannt ansahen und dass Leute, die eigentlich an dem Marionettentheater hatten vorbeigehen wollen, interessiert stehen blieben. Oriel setzte sich rechts von der Bühne an den Rand des Wagens und begann zu erzählen: »Es war einmal ein Holzfäller …«

Das war das Stichwort für die anderen. Oriel hörte, wie hinter ihm der Vorhang aufging, und sah, wie sich die Gesichter vor ihm der Bühne zuwandten. »Jeden Morgen ging er bei Tagesanbruch in den Wald, um Holz zu schlagen, das er dann auf den Markt brachte.«

Hinter Oriel klapperten die Puppen, als der Holzfäller sich von seiner Frau verabschiedete, seine Axt schulterte und sich auf den Weg in den Wald machte. In der Geschichte bekam der Holzfäller einen Drachen beim Schwanz zu fassen und hatte deshalb drei Wünsche frei. Die Frau des Holzfällers wünschte sich damit unermesslich reich und machte sich schließlich sogar zur Königin. Als sie das erreicht hatte, jagte sie ihren Mann fort. Dieser ging zurück in den Wald und zog das Beil heraus, mit dem er den Schwanz des Drachen an einen Baumstumpf genagelt hatte. Sofort hatte die Frau wieder ihre alten, zerfetzten Kleider an und sprach die einfache Sprache einer Holzfällersfrau und die Adeligen bei Hof jagten sie auf der Stelle aus dem Königspalast. Der Frau blieb nichts anderes übrig als zum Holzfäller zurückzukehren.

Als die Frau wieder am Haus des Holzfällers ankam, das Beryl auf eine Stoffkulisse gemalt hatte, musste Oriel sein Talent als Redner unter Beweis stellen. »Na, was sagt ihr?«, wandte er sich an das Publikum, »wie soll ihr Ehemann denn jetzt mit ihr verfahren?«

Ein Mann aus der Menge rief, er solle ihr den Kopf abschlagen, ein anderer meinte, es solle sie mit einem Knüppel in den Wald hinausjagen und sie dort ihrem Schicksal überlassen. Wieder ein anderer fand, dass Frauen nun mal gierig seien und dass man ihr deshalb vergeben solle, während eine Frau forderte, sie solle fortan die Dienstmagd und nicht mehr die Ehefrau des Holzfällers sein. Auf diese harten Urteile hin trat die Puppe selbst nach vorn, bat die Zuschauer mit demütigen Gesten um Milde und beschwerte sich bitterlich über die Unbarmherzigkeit der Leute. »Ich bin doch nur eine arme, alte Frau«, weinte sie. »Was wollt ihr überhaupt von mir?«

Dann kam der Holzfäller mit dem Holz auf dem Rücken von der Arbeit zurück und nahm die Frau auf ihr demütiges Bitten hin wieder bei sich auf. »Und sie lebten glücklich und zufrieden bis ans Ende ihrer Tage«, schloss Oriel die Geschichte.

Während der nächsten Vorführungen kreiste Oriel unablässig ein Gedanke durch den Kopf wie ein in einer Scheune gefangener Vogel: Die Zuschauer hatten auf seine Fragen bezüglich der Puppe geantwortet, als wäre sie ein lebendiges Wesen. Das berechtigte ihn zu der Hoffnung, dass es ihm, wenn sie erst einmal in der Stadt des Königs auftraten, vielleicht gelingen würde, den Herrscher selbst in den Bann ihres Spiels zu ziehen.

Das Gefühl der Hoffnung war Oriel ebenso vertraut wie die gute Stimmung der Zuschauer, die ihm Glück wünschten und bereitwillig Geld gaben. Er hatte nicht viel anderes erwartet. Aber dass sich selbst seine kühnsten

Hoffnungen erfüllt hatten, versetzte ihn in eine solche Hochstimmung, dass er am liebsten auf den Gipfel des höchsten Berges gesprungen wäre und der Sonne entgegengelacht hätte. Wenn es ihm gelang, den König zu überzeugen, würde er möglicherweise der nächste Graf von Sutherland werden.

Beim abendlichen Tanz, zu dem Geiger und Flötenspieler eine so mitreißende Musik machten, dass sie wie Wasser unter Oriels Füßen zu sprudeln schien, wollte Beryl nicht mit ihm tanzen. Also forderte er andere Mädchen auf – Mädchen, die ihre Haare offen trugen –, indem er mit beherzt ausgestreckter Hand auf sie zuging und sie auf die Tanzfläche führte. Die Mädchen nahmen seine Hand und fingen an zu tanzen und eine von ihnen blickte immer wieder zu ihm herüber, selbst als er längst mit einer anderen tanzte.

Irgendwann kam Griff auf ihn zu und holte ihn von der Tanzfläche in eine Ecke des Raumes, wo Beryl auf ihn wartete. Sie erklärte ihm, dass diese Mädchen bereits am nächsten Morgen heiraten würden, und wenn er nicht jeden Bräutigam aus der Stadt gegen sich aufbringen wolle, solle er sich lieber unter die Zuschauer reihen, und zwar möglichst weit entfernt von ihr. Schließlich sollte sich nicht herumsprechen, dass er der Mann der Wahrsagerin war. Jedenfalls nicht, wenn er der nächste Graf werden wollte. Außerdem wäre es zu diesem Zweck auch angeraten, sich als Schausteller am besten immer allein blicken zu lassen und sich abseits von den anderen Männern zu halten. »So wie du es schon immer gemacht hast«, fügte Beryl hinzu. »Nicht wahr, Griff?«

Griff stand im Schatten neben ihnen. »So war es immer schon«, antwortete er. »Seit ich Oriel das erste Mal ...«

»Sprich nicht davon«, unterbrach ihn Beryl und machte eine abwehrende Handbewegung zu Oriel hin, als wäre er es gewesen, der etwas zu ihr gesagt hatte.

Eines Nachmittags wurde Oriel von einem Zuschauer herausgefordert. Als sich am Ende des Spiels die Marionetten hinter ihm verbeugten und das Publikum vor ihm lachte, in die Hände klatschte und aus den Geldbeuteln kleine Kupfer- und Silbermünzen hervorkramte, rief ihn ein Mann mit lauter Stimme an: »He, du da, Schausteller, he, du Angeber.«

Oriel trat auf die Menge zu und suchte nach demjenigen, der das gerufen hatte. Ein struppiger Mann drängte sich, von zwei Kumpanen begleitet, nach vorn. Alle drei hatten dunkle Haare, als wären sie Brüder. »He, Schausteller! Hast du denn auch einen Namen?«

Schon an der Stimme hörte Oriel, dass der Mann Streit suchte, und antwortete ihm nur mit einem knappen »Ja«. Er wollte keine Schlägerei provozieren, aber Angst hatte er auch nicht davor.

Die Menge war auf einmal ganz still und beobachtete interessiert das Geschehen.

»Bist du vielleicht zu stolz, um uns deinen Namen zu nennen?«

»Nein«, antwortete Oriel und verbiss sich ein Lachen.

»Seht ihn euch bloß an, Leute«, höhnte der Mann. »Der Herr rasiert sich und kommt daher mit einem farbigen Hemd und Stiefeln, die ihm bis an die Knie gehen.

Soll man sich da etwa nicht fragen, welchen Namen der noble Herr zu tragen beliebt?«

Die Menge war neugierig geworden und Oriel war das recht, denn er war sich sicher, dass er die Leute zufrieden stellen würde. Er achtete darauf, dass er seinen Namen mit frischer Stimme den Leuten zurief und ihn nicht zerknirscht seinem Herausforderer preisgab. »Oriel«, sagte er so laut, dass jedermann es hören konnte.

Die Zuschauer raunten sich gegenseitig etwas zu, was Oriel nicht verstand, und das machte ihn unsicher. Sein Gegenspieler nämlich schien es sehr wohl verstanden zu haben.

»Ich heiße Rik«, verkündete er. »Das sage ich dir, obwohl du dir offenbar zu gut bist mich danach zu fragen. O-ri-el«, wiederholte Rik und zog die Silben des Namens verächtlich auseinander. »Ich möchte wetten, dass du aus dem Süden stammst. Wenigstens das wirst du mir doch sagen, oder?«

Oriel machte schon den Mund auf, um das zu bestätigen, aber ein Murmeln in der Menge ließ ihn vorsichtig werden. Rik sprach zwar Oriels Sprache, doch irgendwie klang er wie ein Wolfer, der kalt lächelnd einem Mann ein Messer an die Kehle setzt.

»Ich bin mir ganz sicher, dass du behauptest aus dem Süden zu kommen, Schausteller O-ri-el mit dem hochtrabenden Namen und den bunten Kleidern wie die von einem Adeligen. Hat man den Burschen nicht hergerichtet wie einen Adeligen?«

Das Murmeln der Zuschauer hinter Rik klang so, als wären sie schon fast auf seiner Seite. In diesem Moment kam Griff hinter der Bühne hervor. »Was ist denn hier los?«, fragte er ganz ruhig.

Oriel schüttelte den Kopf ohne Rik aus dem Blick zu lassen. »Ich weiß nicht. Warte ab.«

»Schließlich wissen wir doch alle, wer die Frau ist, mit der du zusammen bist«, rief Rik triumphierend.

Es klang so, als habe er nur darauf gewartet, dass er endlich diese Bemerkung loswerden konnte. Die Worte lösten bei den Zuschauern eine fast ängstliche Reaktion aus.

Rik wandte sich jetzt direkt an das Publikum, während seine beiden Kumpane Oriel und Griff nicht aus den Augen ließen. »Ich weiß auch, was sie ist«, sagte Rik. »Ich habe von Frauen gehört, die toten Männern die Knochen aus dem Leib reißen und Babys bei lebendigem Leib das Blut aus den Adern saugen. Knochen und Blut mischen sie in einem Topf zusammen, sagen einen Zauberspruch und haben dann die Macht, Sterne am Himmelszelt erscheinen zu lassen und dem Gebirge einen Bach zu entlocken … So eine Frau braucht nur das richtige Wort zu sagen und ein lebender Toter steigt aus ihrem Hexenkessel heraus.«

Oriel beobachtete die Gesichter der Leute. Sie waren unsicher und ängstlich und schienen fast davon überzeugt, dass der Mann Recht hatte.

»Aber Rik, sie ist doch nur ein Mädchen«, rief eine Frau. Rik drehte sich um, konnte aber nicht erkennen, wer das gesagt hatte. Nachdem diese Frau das Schweigen gebrochen hatte, fragte ein Mann: »Was hat sie dir denn getan, Rik?«

Die Frage war eigentlich versöhnlich gemeint gewesen, aber sie brachte Rik erst recht in Rage. Ohne dem Mann zu antworten ging er Oriel noch aggressiver an als zuvor. »Ich will jetzt endlich wissen, wer du bist!«, forderte er.

Jetzt war die Zeit für verbindliche oder ausweichende Antworten vorbei. Oriel musste Farbe bekennen, auch wenn Beryl ihm etwas anderes geraten hatte. Mutig entschied er sich das zu tun, was er für richtig hielt. »Ich bin der Mann der Wahrsagerin«, sagte er.

Das war eine Antwort, die weder Rik noch die Zuschauer erwartet hatten. Während manche der Zuschauer sie sogar gutzuheißen schienen, gefiel sie Rik ganz und gar nicht.

»Ich bin der Mann der Wahrsagerin«, wiederholte Oriel noch einmal, »und ich bin stolz darauf, denn sie ist eine rechtschaffene und gute Frau.«

»Das finde ich auch«, bestätigte Griff neben ihm.

»Und jetzt sag du uns einmal etwas, Rik«, forderte Oriel. »Was hat diese Frau dir denn angetan?« Indem er Rik allein ansprach, isolierte er ihn von den anderen, als deren Sprecher er sich bisher aufgeführt hatte.

»Sie hat das Mädchen verzaubert, das meine Frau werden sollte. Es hat mich verlassen und einen anderen geheiratet, obwohl sein Vater und seine Brüder das Mädchen mir zur Frau geben wollten. Die Mitgift hätte meinen Besitz fast verdoppelt. Und wieso hätte das Mädchen mich nicht nehmen sollen, wo ich doch viel Land und eine Menge Vieh besitze? Diese Frau hat es verhext, und das noch dazu am Tag unserer Hochzeit.« Mit dieser Geschichte hatte Rik die Zuschauer wieder auf seiner

Seite. »Der Vater und die Brüder meiner Braut brachten sie mir, aber sie wollte mir nicht mehr das Jawort geben. Sie hatten sie im Wagen der Wahrsagerin gefunden.«

Oriel konnte sich nicht vorstellen, was in den Köpfen der Zuschauer vor sich ging. Er wusste nicht genau, was er tun sollte. Sollte er kämpfen, auch wenn Rik mit seiner massigen Gestalt der Stärkere war? Oriel war dafür beweglicher und schneller. Oder sollte er Beryl herbeirufen, damit sie sich selbst verteidigen konnte? Sollte er den Kampf zwar anzetteln, dann aber bei der ersten Gelegenheit, die sich bot, mit Griff und Beryl in der Menge untertauchen und fliehen? Oder sollte er einfach sagen, was ihm durch den Kopf ging, und darauf setzen, dass die Leute ihm vertrauten? Wenn er ihnen einen guten Grund dafür lieferte, würden sie das mit ziemlicher Sicherheit auch tun. Es kann ja nichts schaden, wenn ich es probiere, dachte Oriel. Sollte es nicht klappen, konnte er sich ja immer noch für eine der anderen Möglichkeiten entscheiden.

Oriel wartete, bis es still war, und fragte dann: »Du glaubst also, dass sie dir deine zukünftige Braut weggenommen hat?«

»Das hat sie«, murmelte Rik und seine Kumpane wiederholten die Anklage.

»Dann hat sie dir ja wirklich übel mitgespielt«, sagte Oriel. Rik lächelte und wähnte sich schon als Sieger, aber Oriel fuhr fort: »Wenn man jemandem nicht nur das versprochene Mädchen wegnimmt, sondern auch noch die erhoffte Mitgift, dann ist das wirklich eine schlimme Sache.« Ein paar der Zuschauer, die schon ahnten, worauf

Oriel hinauswollte, fingen an zu grinsen. »Ich frage mich allerdings«, fügte er noch an, »ob es für das Mädchen nicht vielleicht eine Wohltat gewesen ist.«

Als Rik die Leute lachen hörte, wusste er, dass er Oriel in die Falle gegangen war. Vor lauter Ärger und Verlegenheit wurde er ganz rot im Gesicht. Einige spendeten Oriel sogar Applaus und ein paar Frauen riefen, dass die Puppenspielerin dem Mädchen einen Dienst erwiesen habe, ganz gleich ob sie die Braut nun verhext oder ihr lediglich einen guten Rat von Frau zu Frau gegeben hatte. Daraufhin wurde Rik ganz blass und ballte die Fäuste, aber seine beiden Kumpane hatten bereits den Rückzug angetreten. Irgendetwas in Oriels Blick verunsicherte ihn so sehr, dass er sich nicht traute ihn weiter herauszufordern.

Rik drehte der Marionettenbühne den Rücken zu und bahnte sich einen Weg durch die Zuschauer, die inzwischen schon längst wieder in ihren Geldbörsen nach Münzen kramten, um sie in Oriels Korb zu werfen. Dabei sahen sie Oriel neugierig an, stellten ihm aber keine Fragen.

Von Tag zu Tag und von Aufführung zu Aufführung kamen mehr Besucher und gegen Ende des Jahrmarkts waren Oriels und Griffs Geldbeutel mit Münzen prall gefüllt. Überall in der Stadt redete man über den geheimnisvollen Schausteller, von dem niemand wusste, wer er war und woher er kam.

Als der Jahrmarkt in der Stadt von Hildebrand vorbei war, reisten Oriel, Beryl und Griff zusammen mit den anderen Schaustellern, Gauklern und Händlern auf der königlichen Handelsstraße in die Stadt des Königs, wo sie ihr Spiel wiederholen und die Aufmerksamkeit des Königs auf sich lenken wollten. Eingenäht in den Bund seiner Hose trug Oriel den Beryl bei sich. Dieser Edelstein aus dem Schatz des Damalls, mit dem eingravierten Falken, war der Dreh- und Angelpunkt ihres ganzen Plans.

22

Die Stadt des Königs lag an einer Stelle, wo zwei Flüsse sich vereinigten. Auf der spitz zulaufenden Halbinsel zwischen den beiden Wasserläufen stand der von einem großen Park umgebene Königspalast, hinter dem sich die Stadt mit ihren Holz- und Steingebäuden, ihren gewundenen Gassen und offenen Plätzen erstreckte. Die stattlichen Häuser der Adeligen hatten ansehnliche Gärten und ebenso wie der Palast war die Stadt von keiner Mauer umgeben. Der Jahrmarktsplatz, auf dem fünf Tage lang Zelte und Buden die Besucher anlocken sollten, lag direkt am Rand der Stadt.

Hier waren unter den Zuschauern, die zum Marionettenspiel kamen, mehr Adelige und bessere Leute, viele livrierte Bedienstete, Gruppen von Soldaten und hin und wieder auch der eine oder andere Priester. Die Priester waren die Ersten, denen eine Marionette zuflüsterte: »Bringt mich zum König. Ich muss ihm etwas mitteilen.«

Die Marionette flüsterte so, als wäre sie wirklich lebendig, als hätte sie die Priester mit eigenen Augen erblickt und aus eigenem Entschluss zu ihm gesprochen. In Wirklichkeit aber war Oriel dafür verantwortlich. Wenn er einen geeigneten Mann im Publikum entdeckte, sagte er: »Lasst uns mit dem Spiel beginnen.«

Wenn Beryl hinter der Bühne das Wort *beginnen* hörte anstatt *anfangen*, wusste sie, dass irgendwann während der Aufführung eine der Marionetten nach vorne treten sollte, um dem Publikum etwas zuzuflüstern.

Während der fünf Tage des Jahrmarkts gab Oriel zweimal das Zeichen, weil Priester im Publikum waren, und einmal wegen eines Mannes, den Oriel auf Grund seiner purpurnen Livree mit der aufgestickten, silbernen Krone für einen Bediensteten des Königs hielt. Dreimal hatte eine Marionette also den Zuschauern ihren Wunsch zuflüstern können, bevor der Jahrmarkt vorbei war und der Rest der Gaukler sich auf den Weg in den Süden machte, wo in der Stadt von Sutherland das nächste Volksfest stattfinden sollte. Der letzte Jahrmarkt der Saison würde danach der in der Stadt von Yaegar sein, die, geschützt von ihrer hohen Steinmauer, die Grenze im Süden bewachte. Während die restlichen Jahrmarktsleute, die Händler und Künstler, Bettler und Köche eskortiert von Soldaten weiterzogen, blieben die Puppenspielerin und ihre beiden Männer in der Stadt des Königs. Sie traten vor Wirtshäusern und an öffentlichen Brunnen auf und immer, wenn jemand im Publikum so aussah, als käme er dafür in Frage, kam eine der Marionetten nach vorn an den Bühnenrand und flüsterte dem Publikum ihren Wunsch zu. »Bringt mich zum König. Ich habe ihm etwas mitzuteilen.«

Wenn die Marionette nach vorn trat, beobachtete Oriel das Publikum. Die meisten Menschen machten ein fragendes Gesicht. War das ein Scherz oder eine Verschwörung? Oder ging es nur darum, dem Puppenspiel einen Anstrich des Geheimnisvollen zu geben und damit mehr Zuschauer anzulocken? Handelte es sich am Ende vielleicht wirklich um eine dringende Mitteilung für den König? Und waren diese verwegenen Puppenspieler und insbesondere der gut aussehende Schausteller, der immer vor dem Wagen saß, vielleicht verkleidete Helden, die im Königreich nach dem Rechten sehen wollten? Schließlich wusste jeder, dass im Süden schon lange Unruhen herrschten und dass der momentane Friede zwischen all denen, die den Grafen von Sutherland beerben wollten, ziemlich brüchig war. Man erhoffte sich allgemein, dass aus dem Turnier des Königs ein starker Sieger hervorgehen würde. Ein Mann, der die Zügel der aufsässigen Grafschaft in die Hand nahm, den eigenmächtigen Adeligen erneut Gehorsam beibrachte und dafür sorgte, dass die Bauern in Frieden ihr Land bebauen und ihr Vieh züchten konnten und nur noch Abgaben an einen einzigen Herrn entrichten mussten. Aber was konnte eine Marionette von alledem schon wissen? Und erzählte man sich nicht, dass dahinter eigentlich eine Puppenspielerin steckte? Außerdem sollte diese Puppenspielerin auch noch eine Wahrsagerin sein, die den Frauen aus der Hand lesen und mit ihrem Zauber Krankheiten heilen, aber auch auslösen konnte. Und wer war dieser Schausteller vor dem Wagen, der das gesamte Publikum in seinen Bann zog?

Tag für Tag strömten die Menschen vor die Wirtshäuser und auf die Brunnenplätze, um ihre Vorstellungen zu sehen, und Oriel – der sie mit seiner Stimme zusammenrief und dann so fesselte, dass sie dablieben – hoffte, dass es nur noch eine Frage der Zeit sein würde, bis eine der geflüsterten Mitteilungen dem Richtigen zu Ohren käme und die Puppenspieler an den königlichen Hof gerufen wurden.

Tatsächlich ließ die Aufforderung nicht lange auf sich warten und eines Tages stand Oriel frisch gebadet und rasiert in der großen Thronhalle mit den hohen Fenstern und trug auf Beryls Rat hin ein grünes Hemd. Vor ihm saßen der König und die Königin mit ihren Kindern und daneben der Hofstaat, der aus adeligen Herren und Damen, Priestern, Offizieren und Ministern bestand. Im hinteren Teil der Halle warteten Bedienstete ebenso geduldig wie Oriel vor den hohen Herrschaften. Es war ein warmer Nachmittag im späten Frühjahr und die Sonne schien hellgelb durch die Fenster herein. Oriel betrachtete interessiert die jungen Damen im Publikum und fragte sich, ob eine von ihnen vielleicht Lady Merlis war. Als er eine braunhaarige junge Frau in einem goldenen Kleid entdeckte, die mit ernstem Gesicht dasaß, die Hände in den Schoß gelegt, wusste er, dass er sie gefunden hatte. Das musste die Dame sein, deren Herz er erobern wollte. Lady Merlis. Oriel gefiel sie recht gut.

Beryl, Oriel und Griff hatten die drei Stücke, die sie vor dem Hof zum Besten geben wollten, mit Bedacht gewählt. Alle drei stammten aus dem Buch des alten Puppenspielers, doch während zwei vollständig dem Original

entsprachen, hatten sie das dritte Stück ein wenig umge-
schrieben. Die erste Geschichte handelte von einem Prinzen, der mit einem Drachen kämpft, um sein Land zu retten und um die Hand einer Prinzessin zu gewinnen. Oriel
und Griff hatten eine Drachenmarionette geschnitzt und
bemalt, die beim Publikum immer für erschrockenes,
bewunderndes Gemurmel sorgte. Als das Stück zu Ende
und der Applaus verebbt war, beugte sich der König über
einen seiner Söhne hinweg zu der jungen Frau im goldenen Kleid und sagte: »Wünschst du dir nach diesem
Stück nicht, unser Land würde auch durch so einen Drachen bedroht, meine Tochter? Dann würde ja vielleicht
auch ein Prinz kommen und uns erretten, was meinst
du?«

Das kann also doch nicht Merlis sein, dachte Oriel,
denn der König hat sie als seine Tochter angesprochen.
Wer war aber dann Lady Merlis? Oriel betrachtete die
Frauen noch einmal und entdeckte dann eine stolze Lady
in einem grünen Kleid, deren lange, dunkle Haare mit
goldenen Bändern verziert waren. Das musste die Dame
sein, der Oriel sein Herz zu Füßen legen würde. Merlis,
die Erbin des Grafen von Sutherland.

Die zweite Geschichte war eine, die man sich im Volk
erzählte. Sie handelte von einem alten Bauern, der es auf
eine junge Frau abgesehen hatte und sich verkleidete, um
ihr den Hof zu machen. Als er in der Hochzeitsnacht hinter einem Wandschirm in sein Nachthemd geschlüpft
war, legte er sein Toupet und sein Korsett ab und hängte
es über den Wandschirm. Dabei sah er nicht, dass seine
junge Frau, die sich hinter dem anderen Paravent umklei-

dete, ebenfalls ihre falsche Perücke und ihr Korsett ab-
legte. Das erforderte hohe Puppenspielkunst und dem-
entsprechend herzlich klatschte der Hofstaat Beifall. Als
während des Applauses die Dame im grünen Kleid aufstand und einem jungen Höfling so vertraulich die Hand
auf die Schulter legte, wie es nur eine erfahrene, verheira-
tete Frau tun konnte, wusste Oriel, dass er sich eine andere Lady Merlis suchen musste.

Oriel betrachtete also erneut die Zuschauer, die sich
unterhielten und ihn anlächelten. Dabei überlegte er, wie
man wohl lächelte, wenn man die Tochter eines Grafen
war. Waren dunkel umrandete graue Augen ein Erken-
nungsmerkmal für eine gräfliche Abstammung? Zumindest war das Kleid dieser Dame mit weißem Pelz besetzt,
was sie als wohlhabende Frau auswies. Oriel entschloss
sich dieser Frau sein Herz zu schenken.

Doch dann begann die dritte Geschichte und bei der
musste er das Herz von Lady Merlis gewinnen, wenn er
der Herr über ihr Land werden wollte. Oriel konzentrierte sich auf seine Rolle als Erzähler, der die reichlich
komplizierte Handlung der dritten Geschichte den Zuschauern verständlich machen musste. Dabei ging es um
die verschleppte Tochter eines Kaisers und um einen
treuen Soldaten, der sein Leben der Suche nach ihr ge-
widmet hatte und der trotz der Falschheit der Höflinge,
der Feindseligkeit fremder Könige und vieler Rückschlä-
ge nicht aufgab. Schließlich fand der Soldat zwar nicht
die verschwundene Tochter, aber einen Knaben, und in
einem Traum erfuhr er, dass dieses Kind, sollte es einmal auf den Kaiserthron gelangen, dem Land eine lange

Zeit des Friedens bescheren würde. Der Soldat machte die beschwerliche Reise zurück zum kaiserlichen Hof und brachte das Kind dem Kaiser. Manche Menschen halfen ihm, andere trachteten ihm nach dem Leben und viele wollten ihm das Kind wegnehmen, um es unter ihren Einfluss zu bringen oder zu töten. Der treue Soldat widerstand allen Anfechtungen und trotzte allen Gefahren, wurde aber verraten. Kurz bevor er am Galgen starb, ließ er dem Kaiser noch eine Botschaft überbringen. Zu dieser Zeit aber lag der Kaiser bereits auf seinem goldenen Bett im Sterben und trauerte unter rein seidener Bettwäsche noch immer um seine verlorene Tochter. Das Kind, das der Soldat gefunden hatte, verschwand in der Menge, die der Hinrichtung zusah.

»Alles, was den Menschen in diesem Land blieb«, sagte Oriel, als der Vorhang sich langsam schloss, »war die Hoffnung darauf, dass das Kind noch am Leben war und eines Tages doch noch Kaiser werden und den Menschen den Frieden bringen würde.«

Aus den dunkel umrandeten grauen Augen der schönen Dame liefen helle Tränen über ihre weiche Haut. Der König seufzte, wandte sich an die Königin und sagte: »Ich wünschte wirklich, Merlis wäre mitgekommen und hätte sich diese Marionetten ebenfalls angeschaut. Ich bin mir sicher, dass ihr die Aufführung trotz ihrer Vorbehalte gefallen hätte.«

Merlis war also gar nicht hier. Wenn Oriel allein gewesen wäre, hätte er über sich und seine enttäuschten Hoffnungen am liebsten laut aufgelacht. Andererseits war er aber auch traurig darüber, dass er sich nun nicht in die grauäugige Dame verlieben durfte, die von dem Marionettenspiel so gerührt war.

»Die Puppen sind wirklich alles andere als banal, findest du nicht auch, Gwilliane?«, fragte der König die Königin.

»Nicht im Geringsten«, antwortete diese. »Ich finde, man sollte die Puppenspieler großzügig entlohnen.«

»In der Tat.« Der König erhob sich aus seinem schweren Thron. Er war ein würdevoller Mann in den besten Jahren mit einer stattlichen Figur und einem zufriedenen Lächeln auf seinen rundlichen Wangen. Der König hatte das Gesicht eines Mannes, dem sich das Leben bisher immer nur von seiner angenehmen Seite gezeigt hatte.

Als der König einen Schritt nach vorn trat, kam ein großer, dünner Mann auf ihn zu, dessen Gesicht so unbewegt aussah, als wäre es aus einem Stück Holz geschnitzt. Der Mann trug ein rotes Hemd mit hohem Kragen und ein Schwert in einer kunstvoll gearbeiteten Scheide. Er beugte sich vor und flüsterte dem König etwas ins Ohr. »Ja, das müssen wir fragen«, antwortete der König und beide Männer sahen hinüber zu Oriel.

Oriel hielt den Mann für einen ranghohen Offizier, denn sonst hätte er es sicher nicht gewagt, so vertraulich mit dem König zu sprechen. Dann kam der Mann auch schon mit rasselndem Schwert und knarzenden Lederstiefeln auf ihn zu. Oriel ging ihm entgegen und sah ihm direkt in die Augen. Zu seiner eigenen Verwunderung war Oriel in keiner Weise verunsichert. Er hatte weder eine Waffe noch eine Ahnung, was er jetzt tun sollte. Er hatte nichts außer seinen Worten und seiner Persönlichkeit, aber mit beidem fühlte er sich für jede mögliche Konfrontation bestens gewappnet.

»Der König fragt sich, ebenso wie ich, was wohl hinter dem Flüstern steckt, das bei euren Aufführungen zu hören war«, sagte der Offizier.

Ein schwarz gewandeter Priester mit einem schweren, goldenen Ring an der rechten Hand trat hinzu. »Meine Priester haben mir ebenfalls davon berichtet.«

Schließlich kam noch ein dritter Mann herbei, der bis auf die schwere Silberkette um seinen Hals wie ein normaler Edelmann gekleidet war. »Mir hat man das auch zugetragen«, sagte er mit einer angenehmen Stimme.

»Das werde ich nur dem König sagen«, teilte Oriel allen dreien mit. »Und zwar unter vier Augen.«

»Unmöglich«, antwortete der Soldat ohne zu zögern, doch des Königs Stimme sagte von hinten: »Ich habe nichts dagegen …«

»Das ist aber eigentlich nicht üblich, Majestät«, protestierte der Mann mit der freundlichen Stimme und der Priester wollte wissen: »Ist denn die Sicherheit des Königs garantiert?«

»Kann ein regierender Monarch denn jemals völlig sicher sein?«, entgegnete die Königin.

»Bitte, setzt Euch wieder, Majestät«, sagte der Offizier. »Ich finde, der Schausteller sollte das, was er zu sagen hat, uns allen erzählen.«

»Nun gut«, willigte der König ein. »So soll es sein. Welche Neuigkeiten wollten mir denn deine Marionetten übermitteln, Schausteller?«

»Keine Neuigkeiten, Majestät«, antwortete Oriel. Jetzt,

wo er dem König ins Gesicht sah, wurde er doch unsicher. Noch konnte er alles als einen Scherz abtun, den sie sich ausgedacht hätten, um die Menschen auf das Marionettenspiel aufmerksam zu machen. Dieser König würde ihn sicherlich nicht dafür bestrafen. War Oriels Anspruch auf Titel, Land und die Tochter des Grafen nicht doch zu vermessen gewesen?

Als Oriel diese Frage durch den Kopf ging, musste er über seine eigene Verzagtheit lächeln und wurde wieder zuversichtlicher. Er wusste, dass er der Mann war, dem solche Ansprüche zustanden. Er warf einen kurzen Blick auf die Zuschauer und sah, dass nur noch wenige von ihnen das Geschehen vor dem Thron aufmerksam verfolgten. Aber das wird sich bald ändern, dachte Oriel, während er in eine im Saum seines Hemdes eingenähte Tasche griff, den Beryll hervorholte und ihn dem König reichte.

Der König sah zunächst mit erstauntem Gesicht seine Gemahlin an, und als die lächelte, streckte er Oriel seine geöffnete Hand hin und Oriel legte den grünen Stein hinein.

Der König und die Königin erkannten gleichzeitig, was für ein Stein es war, und das freundliche Gesicht des Königs nahm einen beunruhigten Ausdruck an. »Ich möchte diesen jungen Mann allein sprechen«, sagte er.

»Es ist besser, du lässt deine engsten Berater zu«, gab die Königin zu bedenken und erhob sich von ihrem Thron. »Wir wollen uns zurückziehen«, sagte sie und verließ an der Spitze des Hofstaates den Thronsaal. Schließlich blieben nur noch der König und die drei Männer bei Oriel zurück.

»Ist denn nicht noch jemand hinter der Bühne, der die Fäden der Marionetten bewegt?«, fragte der freundliche Edelmann.

»Sie sind zu zweit«, antwortete Oriel und wandte sich an den König. »Sie begleiten und beraten mich. Ich möchte gerne, dass die beiden mich unterstützen, Majestät.«

In Wirklichkeit brauchte er Griff und Beryl nicht zur Unterstützung. Er wollte die zwei nur dabeihaben, damit der König wusste, dass er nicht allein war. Blitzschnell dachte Oriel nach und versuchte die vier Männer nach ihrem Gesichtsausdruck einzuschätzen. Er suchte nach Wohlwollen oder Anzeichen der Feindschaft und fragte sich, wie stark beide Gefühle sein konnten. Schließlich befand er sich hier durchaus in Gefahr. Nicht dass er bisher nicht allerlei Gefahren gemeistert hätte. Er hatte eine Gruppe von Jungen in die Wildnis geführt und sicher wieder nach Hause gebracht. Er war nachts über unbekannte Gewässer gesegelt und hatte einen aussichtslosen Kampf gegen blutgierige Wolfer geführt. Und er hatte das Risiko einer wilden Fahrt den steilen Berg hinunter dem sicheren Tod durch Verhungern und Erfrieren vorgezogen. Dennoch war dieses Abenteuer hier etwas gänzlich anderes. Es war die einzige Gefahr, in die er sich wissentlich und aus freiem Willen begeben hatte. Diese Gefahr hatte er sich selbst ausgesucht.

»Spricht etwas gegen diesen Wunsch?«, fragte der König seine Begleiter. »Was ratet ihr mir?«

Nachdem die drei kurz die Köpfe zusammengesteckt hatten, taten sie ihre Zustimmung kund und Oriel rief

Griff und Beryl. Die beiden stellten sich rechts und links neben ihn. Griff und Beryl waren wie die einfachen Leute aus dem Volk gekleidet. Beryl hatte sich die geflochtenen Haare über den Ohren zusammengesteckt und Griff unterschied sich nur durch sein glatt rasiertes Gesicht und die halbmondförmige Narbe von den anderen Männern des Königreichs.

»Wie heißt ihr?«, wollte der freundliche Edelmann wissen.

»Das ist Griff, der mich von Anbeginn meiner Reise begleitet hat«, antwortete Oriel. »Und das ist Beryl.«

»Eine Frau«, bemerkte der Soldat.

»So ist es, Mylord«, antwortete Beryl. »Wie es sich für ein Land ziemt, in dem selbst der König auf den Rat seiner Gemahlin hört.«

»Das tue ich in der Tat«, stimmte der König Beryl zu. »Du tust gut daran, darauf hinzuweisen, Beryl, und es freut mich, dass meine Untertanen mich so gut kennen.«

Dann warteten der König und seine Ratgeber darauf, dass Oriel ihnen endlich seinen Namen sagte.

Oriel wusste das und er zog sein Schweigen in die Länge, um dann zunächst einmal die Gegenfrage zu stellen. »Und wie heißt Ihr?«, wollte er von dem Edelmann wissen, der jetzt gar nicht mehr so freundlich aussah. Der Priester zog seine grauen Augenbrauen in die Höhe, aber der Offizier antwortete ohne zu zögern. »Mein Name ist Lord Haldern«, sagte er, »und ich bin der oberste Hauptmann des Königs. Das hier« – damit deutete er auf den Mann mit der Silberkette – »ist Lord Tseler, der Kanzler des Königs. Und dieser Herr hier ist Lord Karossy, der

Hohe Priester und Hüter der Rechts- und Geschichtsbücher.« Als er mit dieser Vorstellung fertig war, verbeugte sich Lord Haldern steif vor Oriel und die beiden anderen Lords mussten es ihm wohl oder übel gleichtun.

Oriel und Griff verbeugten sich ebenfalls und Beryl machte einen artigen Knicks.

»Mein Name ist Oriel«, sagte Oriel an den König gewandt.

»Oriel?« Der König musterte ihn, als käme er ihm irgendwie bekannt vor. »Was willst du von mir, Oriel?«

»Ich möchte Euch um Eure Erlaubnis bitten, am Turnier mitwirken zu dürfen. Ich würde gerne versuchen der neue Graf Sutherland zu werden, nicht mehr und nicht weniger«, antwortete Oriel.

»Willst du dir das Recht, am Turnier teilzunehmen, mit deinem Stein erkaufen?«, wollte Lord Tseler wissen.

Oriel verstand wohl, was der Kanzler damit andeuten wollte. »Ich hatte nicht vor, mich von dem Stein zu trennen«, sagte er mutig. »Doch wenn der König ihn als Geschenk annehmen will, so werde ich ihn gerne hergeben. Denn er gehört mir und ich allein kann bestimmen, ob ich ihn verschenke, gegen etwas eintausche oder behalte. Ich habe Euch den Stein gezeigt, Majestät, um mein Recht auf Teilnahme an diesem Turnier unter Beweis zu stellen.«

»Glaubst du denn nicht, dass du dich ein wenig überschätzt?«, wollte Lord Karossy wissen.

Oriel fand, dass er auf eine solche Frage nicht zu antworten brauchte, also wartete er geduldig darauf, dass man über seine Bitte entschied.

»Du heißt Oriel«, sagte Lord Haldern, »und ich nehme an, dass du nicht aus dem Königreich stammst.«

»Das ist richtig«, bestätigte Oriel.

»Aus welchem Land kommst du?«, fragte Lord Tseler.

»Ich komme aus dem Süden«, antwortete Oriel. »Soweit ich mich erinnern kann, stamme ich von einer Insel, die südlich von Eurem Königreich liegt.«

Die drei Berater konferierten erneut, bis Lord Tseler schließlich wissen wollte: »Wer ist dein Vater und welche Position hat er inne?«

»Das weiß ich nicht«, antwortete Oriel. »Ich habe ihn nie gekannt und weiß nicht, wie ich ihn finden könnte. Auf meine Mutter trifft das Gleiche zu.«

»Wie alt bist du?«, unterbrach der König seine Berater neugierig.

»Nicht weniger als achtzehn Winter, Majestät, genauer kann ich es Euch leider nicht sagen«, gab Oriel Auskunft.

Der König schüttelte den Kopf, als wäre das nicht die Antwort gewesen, die er gern gehört hätte. »Ihr kennt die Geschichte, an die ich denke, Lord Karossy. Sie steht in einem Eurer Bücher.«

Lord Karossy hatte ein knochiges Gesicht mit einer gewaltigen Hakennase. Oriel hätte nicht sagen können, wie alt er wirklich war. Er war so dürr wie ein Baum im Winter. »Er ist doch viel zu jung, als dass er in Frage käme«, protestierte der Hohe Priester.

»Redet nicht, sondern holt das Buch«, versetzte Lord Haldern ungeduldig.

Der König liebte die Bequemlichkeit und deshalb setzte er sich auf einen schlichten Stuhl, den er dadurch zum Thron erhob. Er nickte, als Lord Tseler sich zu ihm herabbeugte und zu sprechen begann. Seine Worte waren so leise, dass sie wie ein heimlicher Rat klangen, aber laut genug, dass alle sie verstehen konnten. »Wenn Ihr Karossy versprecht, dass niemand in seiner Abwesenheit diesem Mann weitere Fragen stellt, Majestät, dann wird er Eurem Befehl mit besonderer Freude nachkommen.«

»Ihr habt mein Wort, Karossy«, sagte der König und wandte sich wieder an Lord Tseler, der sein weißes Hemd gerade zog und seine lange Weste glatt strich. »Dieser Mann heißt Oriel, Lord Tseler. Ich wäre Euch verbunden, wenn Ihr ihn auch so nennen würdet.«

Oriel hatte den Eindruck, als nähme Lord Tseler die Zurechtweisung demütig entgegen, doch dann fing er einen Blick von ihm auf und sah, dass der Kanzler innerlich vor Wut kochte. »Ich bitte um Entschuldigung, Oriel«, sagte Lord Tseler höflich, aber seine Augen straften seine Worte Lügen.

Oriel nahm die Entschuldigung mit einem Lachen an und tat so, als würden sich laufend Würdenträger eines Königreichs bei ihm entschuldigen. Sein Lachen klang so, als könne jemand so Unbedeutender wie Lord Tseler ihn überhaupt nicht verletzen.

Dann warteten sie alle stumm auf die Rückkehr von Lord Karossy. Ab und an räusperte sich jemand, hin und wieder scharrte jemand ungeduldig mit den Füßen und ein paar Mal wurden im Ansatz sogar Fragen gestellt, die dann nicht zu Ende gebracht wurden. »Habt Ihr …?« – »Nein, aber wisst Ihr vielleicht, ob …« Schließlich kam

Karossy mit einem dicken, ledergebundenen Buch wieder, das er wie ein Baby im Arm hielt. Der König streckte ihm die Hände entgegen, um das Buch in Empfang zu nehmen, aber Lord Karossy reichte es Oriel. »Den Abschnitt, den der König meint, findest du sechsundzwanzig Seiten vor der Mitte.«

Tselers lauernder Gesichtsausdruck, die besorgte Miene des Hauptmanns und das offenkundige Unbehagen des Königs signalisierten Oriel, dass Lord Karossy ihm mit dem Buch irgendeine Falle stellen wollte. Er wusste zwar nicht, worin diese Falle bestand, aber er hatte bereits einen Plan, wie er ihr entgehen konnte. Zuerst bat er den König um Erlaubnis, lesen zu dürfen. Als er diese erhalten hatte, öffnete er das Buch genau in der Mitte. Während Lord Karossy sich mit leiser Stimme beim König entschuldigte, zählte er sechsundzwanzig Seiten zurück. Dann fing er zu lesen an.

Auf der Seite, die Lord Karossy ihm genannt hatte, stand etwas über die Geschichte des Königreichs, aber nicht so, wie man gemeinhin eine Geschichte erzählt. Oriel kam es vielmehr so vor, als habe sich der Schreiber dieser Zeilen Notizen über bedeutende Ereignisse gemacht, um später einmal darauf Bezug nehmen zu können. Oriel las langsam und gewissenhaft, denn er wollte herausfinden, weshalb der König nach diesem Buch verlangt hatte. Schließlich fiel ihm ein Name auf, der in verblasster Tinte auf dem schweren Papier stand. »Sutherlands Erbe erschlagen, lässt seinen ältesten Sohn Orien zurück.« Weiter unten erschien der Name noch einmal. »Orien verschwunden – vom Bruder ermordet? – Gerüchte behaupten, er sei weggelaufen, um seine Prinzessin im Süden zu heiraten.«

»Was meint der Schreiber des Buches mit der Prinzessin im Süden, Majestät?«, wollte Oriel vom König wissen.

»Es gibt im ganzen Königreich keine solche Prinzessin im Süden«, antwortete der König, so wie Oriel es erwartet hatte. Er meint sicher eine Prinzessin, die in einem Land jenseits der riesigen Wälder im Süden lebt, wo außerhalb des Königreichs ein großes Meer mit vielen Inseln sein soll.«

Oriel nickte ruhig, auch wenn ihm das Herz bis zum Hals klopfte. Er glaubte zu wissen, was dem König durch den Kopf ging. »Orien nun ein Jahr fort. Gladaegal wird Graf. Dürre im Norden, aber reiche Ernte im Süden, Vorratskammern reich gefüllt. Königin bringt Sohn zur Welt.«

Oriel reichte Griff das geöffnete Buch ohne die missbilligenden Blicke der königlichen Berater zu beachten und deutete auf den Abschnitt, den er eben gelesen hatte. Beryl starrte auf den steinernen Fußboden und wich Oriels Blick beharrlich aus. Niemand sollte erfahren, dass sie lesen konnte.

Griff las, blickte Oriel an und klappte das Buch zu. Ohne ein Wort zu sagen gab er es Oriel zurück. Der reichte es dem König und dieser Lord Karossy.

»Als ich den Namen Oriel hörte, musste ich an die Geschichte von Orien denken«, sagte der König zu Lord Haldern und Lord Tseler.

»Aber diese Geschichte mit Orien ist doch schon lange her, Majestät«, gab Lord Tseler zu bedenken. »Das Buch wurde meines Wissens in der Regierungszeit Eures Vaters geschrieben, oder erinnere ich mich da falsch? Mein Gedächtnis ist natürlich bei weitem nicht so gut wie das Eure, Majestät.«

»Glaubt Ihr, dass dahinter ein Zauber steckt, Majestät?«, fragte Lord Haldern, den dieser Gedanke sichtlich beunruhigte. »Wie könnt Ihr Euch sonst den Falkenstein erklären? Es ist ja wohl nicht gut möglich, dass der junge Mann hier in einer Art Tiefschlaf die ganze Zeit über jung geblieben ist.«

Der König antwortete keinem der beiden. »Tritt vor, Griff«, befahl er stattdessen. »So heißt du doch, oder? Komm hierher zu mir.«

Ganz so, als hätten sie es vorher besprochen, fragte Griff zunächst Oriel um Erlaubnis und trat dann erst vor den König. Obwohl er ganz auf das konzentriert war, was er vom König haben wollte, war Oriel doch froh, dass Griff eine so rasche Auffassungsgabe hatte und ihm unerschütterlich die Treue hielt.

Der König stand auf, erhob sich aus seinem Sessel, drehte Griffs Kopf zur Seite und besah sich die Narbe auf seiner Wange.

Oriel überlegte, ob er einschreiten sollte, entschied sich dann aber doch dafür, noch eine Weile zu schweigen.

»Gab es da nicht mal diese Geschichte über den verschwundenen Grafen?«, fragte der König an seine Berater gewandt. »Soviel ich weiß, soll er im Kampf mit Piraten so eine Narbe davongetragen haben.« Dann entließ er Griff, der sich wieder neben Oriel stellte.

»Ihr wünscht offenbar, dass der Mann im Turnier sein

Glück versuchen darf, Majestät«, sagte Lord Haldern. »Ihr seid der Meinung – wie ich übrigens auch –, dass es zu viele Übereinstimmungen mit den alten Aufzeichnungen gibt.«

»Wo sind hier bitte Übereinstimmungen?«, verlangte Lord Tseler zu wissen.

»Der Name ist eine«, antwortete Lord Haldern. »Und die Narbe ist eine andere – dabei spielt es keine Rolle, dass sie sich auf einem anderen Gesicht befindet. Oriel sagt, er kommt aus einem Land im Süden. Und er hat den Falkenstein dabei. Allein diese Übereinstimmungen genügen mir. Griff, woher hast du diese Narbe? Nun sag es schon, oder soll ich es aus dir herauspeitschen?«

Selbst wenn Oriel gewollt hätte, so hätte er sich jetzt nicht mehr beherrschen können. »Wenn hier jemand ausgepeitscht werden soll, dann peitscht mich aus, aber lasst Griff in Ruhe.«

Mehr brauchte er nicht zu sagen. Sein Wort galt etwas und alle Anwesenden wussten das. Darüber hinaus signalisierten ihm Lord Halderns Augen, dass dieser gehofft hatte, er würde auf die Drohung gegenüber Griff genau so reagieren, wie er es getan hatte.

»Beryl?«, fragte Lord Tseler. Seine Stimme klang angenehm, aber gefährlich.

»Mylord?«, sagte Beryl und blickte auf. Sie hatte Angst vor diesen Männern, was Oriel verwunderlich fand, wo sie doch unter seinem Schutz stand.

»Ich nehme an, dass du aus unserem Königreich kommst?«, fragte Lord Tseler.

»Ja.«

»Wer ist dein Vater?«, wollte er wissen. »Und wer bist du, dass du diese Männer hierher an den Hof bringst?«

»Ich bin die Enkelin des Puppenspielers«, antwortete Beryl, »und mein Vater war ein Soldat, der meine Mutter im Stich gelassen hat. Kurz nachdem sie mich zur Welt gebracht hatte, starb sie. Seit auch mein Großvater tot ist, bin ich die Puppenspielerin.«

»Was weißt du über diese Männer, Beryl?«, fragte der König.

»Die beiden haben während eines Schneesturms bei mir an die Tür geklopft, mehr weiß ich auch nicht, Majestät. Hildebrand hat meinem Großvater ein Haus geschenkt, das weitab von der nächsten Ansiedlung ganz allein am westlichen Ende eines engen Tales steht. Mein Onkel erbte das Haus von meinem Großvater und jetzt bewirtschafte ich es und versorge die Tiere. Wenn man flussaufwärts in das Land von Hildebrand wandert, dann kommt man irgendwann einmal zum Haus meines Onkels. Zwischen dem Haus und der westlichen Grenze gibt es nur dunkle Wälder, kahle Hügel und hohe Berge.«

»War es in diesem Winter, als sie an deine Tür klopften?«, wollte Lord Karossy wissen.

»Ja, Mylord, so war es. Während eines Sturms. Die beiden trugen Wolfsfelle über den nackten Schultern und an die Füße hatten sie sich Bretter gebunden, mit denen sie über den Schnee gleiten konnten. Beide waren halb tot vor Hunger und Durst und am Ende ihrer Kraft. Sie sagten, sie seien über die Berge gekommen.«

»Und glaubst du das?«, wollte Lord Karossy wissen und tat so, als gebe er große Stücke auf Beryls Antwort.

»Ja«, meinte Beryl. »Ich traue den beiden.«

»Dann hast du wohl auch dafür gesorgt, dass Oriel hierher vor den König kommt«, sagte Lord Tseler.

»Ja«, antwortete Beryl. »Es fiel mir ein, als ich den grünen Stein mit dem eingravierten Falken sah«, fügte sie zögernd hinzu, wobei sie mehrmals hinüber zu Oriel blickte. »Jeder weiß doch, dass der Falke das Zeichen des Grafen von Sutherland ist, ebenso wie jeder weiß, dass demnächst durch ein Turnier der neue Graf bestimmt wird. Ich dachte, der König sollte von der Existenz des Steins und des Mannes wissen, der ihn besitzt.«

»Woher willst du wissen, dass dieser Kerl der rechtmäßige Besitzer dieses Steins ist?«, fragte Lord Tseler mit schneidender Stimme, als habe er Beryl bei einer Unwahrheit ertappt.

»Nun, das hat er mir gesagt, Mylord«, antwortete Beryl. »Oriel ist ein ehrlicher Mann.«

»Aber reicht das aus, um Graf zu werden?«, fragte Lord Karossy.

»Das kann ich nicht beantworten, Mylord.«

»Das ist keine faire Frage«, mischte der König sich ein. »Jedenfalls so lange nicht, wie ein weiterer Mann anwesend ist, der ebenfalls an dem Turnier teilnehmen wird. Außerdem haben zwei von uns Söhne, die gleichfalls mitkämpfen wollen.« Dann wandte der König sich an Oriel und fragte: »Was meinst denn du selbst? Bist du in deinen Augen würdig der neue Graf zu werden?«

»Wenn ich mich nicht für würdig halten würde, wäre ich jetzt nicht hier, Majestät«, antwortete Oriel.

Nach dieser Antwort und all den anderen Antworten,

die er im Laufe dieser Unterredung schon gegeben hatte, fand Oriel es an der Zeit, dass der König ihm eine Antwort auf seine Frage gab. Er sah den vier Männern ins Gesicht und überlegte, wie er am besten vorgehen sollte. Er konnte einen der drei Berater zu seinem Gönner küren und dann dem Einfluss dieses Mannes auf den König vertrauen. Er könnte aber auch alle drei nacheinander darum bitten und vielleicht würden sie ihn ja auch alle drei unterstützen. Das allerdings würde möglicherweise den König in seinem Stolz verletzen, wenn er den Eindruck gewann, Oriel würde seine Berater für wichtiger halten als ihn selbst. Wenn er sich aber direkt an den König wandte und so tat, als würde dieser keine Berater brauchen, um etwas zu entscheiden, dann beleidigte er damit womöglich die Lords und würde sie sich alle drei zum Feind machen.

Der König, dachte Oriel, ist offenbar noch am ehesten geneigt meine Bitte zu erfüllen, denn der Stein, die Ähnlichkeit der beiden Namen und Griffs Narben scheinen ihn nachdenklich gemacht zu haben. Also entschied Oriel sich ihn direkt zu fragen und nicht den Umweg über seine Berater zu gehen. Er fiel vor dem König auf die Knie und sagte: »Majestät, ich bitte um die Erlaubnis, an dem Turnier teilnehmen zu dürfen. Ich möchte mein Glück versuchen und, wenn möglich, die Grafenwürde erringen.«

»Aber zuerst musst du Lady Merlis kennen lernen«, befand der König.

Oriel reichte diese Antwort aus. Er erhob sich und war zufrieden, ganz im Gegensatz zu den Beratern des Königs.

»Heißt das etwa, dass Ihr ihm seine Bitte gewährt?«, wollte Lord Karossy wissen.

»Wir wissen doch noch nicht einmal, ob er überhaupt kämpfen kann«, meinte Lord Haldern. »Wenn er es nicht kann, wäre es grausam, ihn am Turnier teilnehmen zu lassen. Kannst du kämpfen, Oriel? Mit Schwert und Lanze? Zu Fuß und vom Pferd aus? Dass du mit Worten kämpfen kannst, haben wir ja jetzt zur Genüge mitbekommen.«

Oriel ignorierte die Fragen nach der Lanze und dem Pferd und antwortete voll Selbstvertrauen: »Ich habe eine militärische Ausbildung genossen, Mylord. Außerdem habe ich mein ganzes bisheriges Leben lang kämpfen müssen und genauso werde ich um die Grafenwürde kämpfen.«

»Das Turnier wird erst im Herbst stattfinden, wenn wieder Jahrmarkt ist«, sagte der König. »Da bleibt ihm noch viel Zeit, um das zu lernen, was er noch nicht kann.«

»Aber er ist ein Fremder und nicht mit unseren Gesetzen vertraut«, wandte Lord Tseler ein. »Bei allem Respekt, das kann ich nicht erlauben, Majestät.«

Das war zu viel. »Aber ich kann es«, wies der König ihn zurecht, »jedenfalls solange ich hier der König bin.«

Teil V

Der Graf Sutherland

23

Oriel sollte beim Turnier unter der Schirmherrschaft des Königs stehen. »Wenn du damit einverstanden bist, wird dir niemand das Recht zur Teilnahme absprechen können«, sagte der König. »Der Sieger des Turniers wird der nächste Graf von Sutherland. Und er wird Lady Merlis heiraten – du bist doch nicht verheiratet, oder?«

»Nein«, antwortete Oriel.

»Merlis ist das einzige Kind des letzten Grafen. Die Heirat wird den Turniersieger mit dem alten Adelsgeschlecht der Sutherlands verbinden und bewirken, dass seine Kinder gräfliches Blut in ihren Adern haben. Und zwar in direkter Linie«, fügte der König noch hinzu. »Es gibt viele, die am Wettstreit um dieses Vorrecht teilnehmen werden. Zwei Neffen von mir werden in dem Turnier mitkämpfen und auch einer meiner Söhne. Auch Tselers ältester Sohn ist dabei und Haldern will sogar höchstpersönlich sein Glück versuchen, denn er ist schon lange Witwer. Dazu kommen noch die Söhne und Enkel zahlreicher anderer Lords.«

»Sicher kommen viele davon aus dem Süden des Landes«, vermutete Oriel.

»Und aus den Fürstenhäusern im Norden«, erklärte der König. »Schließlich gibt es überall junge Männer, die mehr werden wollen als das, was sie von Geburt an sind. Ich glaube, es gibt keine Adelsfamilie im Land, die nicht auf die eine oder andere Art und Weise bei dem Turnier mitmacht.«

»Bis auf das Haus Arbor«, wandte Lord Haldern ein.

»Das stimmt«, bestätigte der König. »Aus Arborford ist niemand dabei, obwohl zwei Söhne von Lord Arbor hier am Hof als Pagen dienen. Keiner von beiden ist der Erstgeborene und beide sind tapfere Kerle, aber ihr Vater hat ihnen verboten am Turnier teilzunehmen.«

»Warum denn das?«, wollte Oriel wissen.

Der König wusste es nicht. Er blickte zu Lord Haldern hinüber und der wusste die Antwort. »Lord Arbor will nicht, dass seine Söhne gegeneinander kämpfen und sich womöglich gegenseitig umbringen.«

»Arbor möchte aber auch nicht, dass seine jüngeren Söhne möglicherweise seinen ältesten übertrumpfen«, ergänzte Lord Tseler. »Er sagt, solange er Herr in seinem Haus ist, will er gerne und aus freien Stücken seinem Grafen und seinem König dienen, niemals aber seinem eigenen Sohn.«

»Oder einem Mann, der seinen Sohn getötet hat«, sagte Lord Haldern.

Oriel wusste nicht, ob er richtig verstanden hatte. »Wird bei dem Turnier denn so lange gekämpft, bis einer der beiden Kontrahenten tot ist?«, fragte er.

»Bis einer von beiden tot ist«, wiederholte der König traurig. »Ich wollte das nicht«, sagte er, »aber man hat mich in dieser Frage überstimmt.«

Oriel hörte, wie Griff ihm von hinten etwas ins Ohr flüsterte. »Wenn es geht, frag ihn doch, wie der Wille des Königs überstimmt werden kann.« Der Ratschlag war gut und Oriel vermutete, dass er von Beryl stammte, die sich diese Frage nicht selbst zu stellen traute. Also fragte Oriel für sie, denn schließlich musste ein Mann, der Graf werden wollte, solche Dinge wissen. Wenn schon ein König seinen Willen nicht durchsetzen konnte, wie sollte es dann jemand können, der über weitaus weniger Macht verfügte?

Der König gab ihm keine Antwort, sondern blickte zu seinem obersten Hauptmann und dem Hohen Priester, die beide neben Lord Tseler standen.

»Natürlich kann der Wille des Königs nicht überstimmt werden«, verkündete Lord Karossy, wobei er mit seinen dünnen Lippen jedes Wort übertrieben deutlich aussprach. »Denn des Königs Wille ist Gesetz. Dennoch kennt ein weiser Herrscher seine Grenzen und holt sich Rat, wenn er glaubt, dass er welchen benötigt. Ein guter Ratschlag nützt nun einmal allen Menschen, auch einem König.«

Oriel sah von einem zum anderen und dachte an das, was ihm durch den Kopf ging. Der König hatte einen so traurigen Gesichtsausdruck. Und daraus schloss er, dass ein König nach seinen eigenen Gesetzen leben musste.

»Stell dir einen Mann vor, der einmal Gelegenheit hatte, seinen Reichtum, seinen Landbesitz und seine Macht um ein Vielfaches zu vergrößern und der diese Chance im Kampf an einen anderen verliert«, begann Lord Tseler so langsam, als wolle er einem geistig zurückgebliebenen Menschen etwas begreiflich machen, was jeder andere ohne jegliche Erklärung kapieren würde. »Ein solcher Mann wird unter Umständen so verbittert sein, dass er für den Mann, der ihn im Turnier besiegt hat, eine erhebliche Gefahr darstellt.«

»Wenn man einen Mann im Zweikampf besiegt und ihn am Leben lässt«, sagte Lord Haldern, »hat man ihn möglicherweise ein Leben lang zum Feind und oft sogar seine Söhne mit dazu. Das sagt einem doch schon der gesunde Menschenverstand.«

»Denn schließlich hat man ihm ja etwas weggenommen«, erklärte Lord Karossy. »Kein Wunder, wenn der Besiegte später das Bedürfnis verspürt, es sich wieder zurückzuholen – oder etwas, das in etwa den gleichen Wert hat.«

So überzeugend sie auch klangen, Oriel konnten sie nicht überzeugen. Dennoch wollte er im Augenblick nichts gegen ihre Argumente einwenden. »Dann muss also bei jedem Kampf des Turniers der Besiegte tot auf dem Kampfplatz bleiben?«, fragte er.

»Ja«, erwiderte Lord Haldern mit einer grimmigen Entschlossenheit, die Oriel im ersten Moment befremdlich vorkam, bis ihm einfiel, dass Haldern ja selbst am Turnier teilnehmen wollte.

»Nicht bei allen Kämpfen«, widersprach der König. »Wenn der Gegner zum Beispiel mit der Lanze vom Pferd gestoßen wurde, braucht man ihn nicht auch noch zu töten.«

Lord Haldern ging auf den Einwand des Königs nicht weiter ein. »Wer am Turnier teilnimmt, muss darauf gefasst sein, dem Tod ins Auge zu schauen. Darauf läuft es letztendlich hinaus.«

Oriel hatte in den langen Monaten seiner Gefangenschaft bei den Wolfern oft genug dem Tod ins Auge geblickt, um Halderns Mut richtig einschätzen zu können. Aber gerade weil er so viel über den Tod wusste, wollte er nicht derjenige sein, der einen anderen tötete.

»Griff?«, fragte Oriel. »Was sagst eigentlich du dazu?« Wenn Griff das Gleiche dachte wie er, dann wusste Oriel, dass er richtig lag. Er konnte sich darauf verlassen, dass Griff ihm ehrlich seine Meinung sagte.

»Also ich persönlich«, sagte Griff nach kurzem Nachdenken, »würde das Risiko eingehen und meinen Gegner am Leben lassen. Wenn es ein fairer, ehrlicher Kampf war, kann man sich hinterher auch mit dem ärgsten Feind versöhnen. Aber es müsste ein Kampf mit fairen Mitteln sein«, betonte er noch einmal. »Ich bin doch einem Mann nicht feindlich gesinnt, nur weil er besser kämpft als ich, und du wärest das auch nicht, Oriel. Ich gebe zu, dass wir schon Menschen kennen gelernt haben, die jemanden aus genau diesem Grund gehasst haben, aber trotzdem würde ich meinen Gegner nicht töten, wenn ich ihn besiegt habe.«

Damit stand Oriels Entschluss fest. Wenn er seine Chance verlieren sollte, dann lieber gleich und endgültig. Wenn er seine Hoffnungen schon begraben musste, sollte es wenigstens kurz und schmerzlos geschehen. »An so einem Wettbewerb kann ich nicht teilnehmen«, sagte er und fügte rasch noch das Wort »Majestät« hinzu, damit die Absage nicht allzu respektlos klang.

»Du hast wohl Angst vor dem Tod?«, warf Lord Tseler ihm vor.

»Nein«, antwortete Oriel. »Ich habe Angst vor dem Töten.« Alle vier Männer zuckten bei dieser Antwort sichtlich zusammen. Der König erhob sich umständlich aus seinem Stuhl und breitete die Arme aus wie eine Frau, die von Wolfern angegriffen wird. Lord Haldern lachte laut auf und sagte: »Das geht uns wohl allen so. Jedenfalls sollte es so sein. Und wenn mich mein Gedächtnis nicht täuscht, dann verlangt es sogar das Gesetz von uns. Oder etwa nicht, Karossy?«

Lord Karossy antwortete vorsichtig: »Nach dem Gesetz kann ein Mann gehängt werden, wenn es sein muss. Aber das Gesetz verlangt nicht, dass getötet wird.«

»Ich danke Euch für die Ehre, die Ihr mir erwiesen habt, Majestät«, sagte Oriel zum König. Er verbeugte sich und spürte, dass Griff und Beryl hinter ihm das Gleiche taten. Es war wichtig, dass er den Thronsaal rasch verließ, denn sonst würde sein Entschluss vielleicht doch noch ins Wanken geraten und er würde sich zu allem bereit erklären, wenn er nur das bekam, was er so sehr begehrte. Wenn er nur noch einen Moment zögerte, würde er einwilligen jeden zu töten, der zwischen ihm und der Grafenwürde stand, und dessen ganze Familie gleich mit dazu. Und dennoch wollte er seine Krone nicht mit blutigen Klauen entgegennehmen, wie ein Wanderfalke, der eine Taube gerissen hat. Griff hatte die Wahrheit gesagt und Oriel war gut beraten, wenn er seiner Empfehlung folgte. »Unter diesen Umständen, Majestät«, sagte er, »kann ich Euer großzügiges Angebot leider nicht annehmen. Behaltet den Falkenstein, ich übergebe ihn in Euren Besitz.«

Der König drehte sich Hilfe suchend nach seinen Ratgebern um. »Meine Herren, ich weiß nicht …«

»Ihr seid der König und Euer Wille ist Gesetz«, sagte Lord Haldern, »aber ich persönlich bin derselben Meinung wie Oriel und möchte, dass Ihr Folgendes wisst, Majestät: Wenn dieser junge Mann am Turnier teilnimmt, ziehe ich meine Meldung zurück und unterstütze ihn. Und ich werde Oriel auch dann unterstützen, dass er die Grafenwürde erringt. Darüber hinaus werde ich ihm alles beibringen, was er nicht weiß, weil er nicht als Sohn eines Adeligen aufgewachsen ist. Ich würde mich glücklich schätzen Oriels Lehrer und Berater zu werden. Sein Feind will ich jedenfalls nicht sein. Das alles aber gilt nur, wenn er für das Turnier zugelassen wird. Und dazu, Majestät, müssten die Regeln in Oriels Sinn geändert werden.«

Der König zögerte nicht einen Augenblick. »Abgemacht«, sagte er. »Ich werde die Regeln ändern.« Die beiden anderen Berater wollten Einwände dagegen erheben, doch der König schnitt ihnen das Wort ab. »Ich wünsche keine Diskussion mehr zu diesem Thema.«

Jetzt glaubte Oriel zu wissen, wer von den drei Beratern den meisten Einfluss auf die königliche Willensbildung hatte.

»Ich möchte, dass meine Entscheidung sofort schriftlich niedergelegt und über Boten an alle Teilnehmer des Turniers versandt wird. Gewinner eines Kampfes soll derjenige sein, dessen Gegner aufgibt. Das ist mein königlicher Wille«, sagte der König und hob zur Bekräftigung die rechte Faust.

Anscheinend war das eine feierliche Geste, wie es damals auf der Insel des Damalls das Hereinbringen des

Prügelbocks gewesen war, denn alle drei Berater senkten den Kopf und murmelten fast gleichzeitig: »Wie Majestät befehlen.«

Der König rückte den goldenen Reif auf seiner Stirn zurecht und wandte sich noch einmal an Oriel. »Willst du mich denn immer noch als deinen Schirmherrn für das Turnier haben?«, fragte er.

»Mit dem allergrößten Vergnügen«, antwortete Oriel. »Wenn ich gewinnen sollte, werde ich Euch mit all meiner Kraft mein ganzes Leben lang treu und ergeben dienen.«

»Das glaube ich dir«, sagte der König und nickte. Offenbar war er mit Oriel zufrieden, denn mit seiner Hilfe hatte er etwas durchsetzen können, was ihm seine Berater schon ausgeredet hatten. Der König war auf Oriels Seite. »Ich glaube dir«, sagte er noch einmal. »Und jetzt sag mir bitte noch, was ich deiner Meinung nach mit dem Falkenstein tun sollte?«

»Ich möchte gerne, dass Ihr ihn nach dem Turnier dem neuen Grafen Sutherland überreicht«, antwortete Oriel. »Und ich hoffe, dass ich derjenige sein werde, der ihn erhält.«

Am liebsten hätte Oriel sich jetzt verabschiedet, um mit Griff und Beryl neue Pläne zu schmieden. Und er hätte gern vor Freude in die Hände geklatscht und wäre laut jubelnd herumgetanzt. Aber jetzt war nicht der Zeitpunkt, um solchen Wünschen nachzugeben. Jetzt mussten die älteren Männer entscheiden, was als Nächstes geschehen sollte.

Oriel hoffte nur, dass sie ihn irgendwann einmal einen Blick auf Lady Merlis würden werfen lassen.

24

Noch nie hatte Oriel in so kurzer Zeit so viel gelernt. Er konzentrierte sich so auf seine Aufgabe und auf das, was er erringen wollte, dass er darüber fast sich selbst vergaß. Manchmal hatte er den Eindruck, als würde die Zeit hinter ihm herjagen, ihm ein Bein stellen und ihn zu Boden werfen. Bis zum Jahrmarkt im Herbst musste er mit seiner Ausbildung fertig sein. Dann wiederum kam es ihm so vor, als ob sein Herz der Zeit davonliefe und als ob die Zeit wie eine Bleikugel an seinen Wünschen hinge. Oriel schlief wenig und aß kaum etwas. Er ließ sich von nichts entmutigen oder ermüden.

Als Erstes lehrte ihn Lord Haldern in seinem Hof den Umgang mit dem Schwert. Auch Griff nahm an diesen Unterrichtsstunden teil und bald konnten die beiden miteinander fechten, während Lord Haldern sie mit lauter Stimme auf ihre Fehler aufmerksam machte. Er korrigierte die Haltung ihrer Arme und Schultern und zeigte ihnen, welche Position sie bei einem Kampf einnehmen mussten. Er erklärte ihnen, wie man seine Füße bei Angriff und Verteidigung bewegte und wie man mit dem großen Langschwert umging.

Außer Fechten brachte Lord Haldern ihnen auch noch Reiten bei, so dass sie bald sicher und würdevoll im Sattel der mächtigen Ritterpferde saßen. In dieser Zeit verging kein Tag, an dem Oriel nicht die Arme und Schultern vom Fechten und die Leisten und Beine vom Reiten wehtaten. In seinem Herzen aber nagte der Ehrgeiz, der ihn ständig zu noch schnellerem Lernen antrieb.

Fechten und Reiten waren für das Turnier am wichtigsten, und als Oriel und Griff auf diesen Gebieten über solide Grundkenntnisse verfügten, wollte Lord Haldern wissen, in welchem Verhältnis die beiden zueinander standen. Oriel wusste zunächst nicht, worauf er hinauswollte, aber Griff hatte die Frage sofort verstanden. »Ich diene Oriel«, antwortete er, »das habe ich schon immer getan.«

»Warum?«, wollte Lord Haldern wissen und sah Griff aus zusammengekniffenen Augen an. Die drei hatten gerade eine Übungsstunde hinter sich und tranken einen Kelch erfrischenden roten Wein. Der Schweiß lief Griff und Oriel über die Gesichter und ihre dünnen Baumwollhemden waren völlig durchnässt.

Griff wunderte sich über Lord Halderns Frage. »Warum denn nicht?«, gab er zurück und Oriel warf ein: »Ich glaube, er hat sich dazu bereits entschlossen, als wir noch Jungen waren. Und weil Griff ein treuer Mensch ist, hat er diesen Entschluss nie rückgängig gemacht.«

Lord Haldern war mit der Antwort offenbar zufrieden, denn er empfahl Griff, etwas für sich selbst zu lernen, während Oriel sich auf das Turnier vorbereitete. Er schlug ihm vor, die Gesetze und die Geschichte des Königreichs und insbesondere seiner südlichen Grafschaft zu studieren. Oriel, sagte Graf Haldern, würde dafür nicht genügend Zeit haben, denn er müsse sich auf die Wettkämpfe vorbereiten. Und da er Griff ebenso sehr vertraue wie dieser ihm – »Ich vertraue ihm blind«, unterbrach Oriel –, könne Griff sich das Wissen aneignen, das Oriel aus Zeitmangel nicht in der Lage zu erwerben sei und das er brauchen würde, falls er das Turnier gewinnen sollte. »Deine Chancen stehen gar nicht so schlecht«, erklärte Lord Haldern. »Du kannst jetzt schon so viel wie alle anderen außer Verilan. Und dabei haben wir noch einige Wochen Zeit zum Üben.«

Es war das erste Mal, dass Oriels Fähigkeiten mit denen seiner Mitbewerber verglichen wurden, und er merkte, dass es ihm nicht genügte, genauso viel wie die anderen zu können. Er wollte besser sein als sie, aber das sagte er Lord Haldern nicht.

Griff ging nun täglich in die Bibliothek von Lord Karossy und saß lesend zwischen den Priestern. Manchmal brachte er beim Abendessen zwei oder drei seiner neuen Bekannten mit an Oriels Tisch, wo sie über Themen wie das Verhältnis des Königs zu seinen Grafen diskutierten. Die Priester wussten, wie sich dieses Verhältnis historisch entwickelt hatte, was für Rechte und Pflichten damit verbunden waren, wo es gemeinsame Interessen und wo es Konflikte gab und wie sich diese am besten lösen ließen. Eines Tages kam Lord Karossy an den Tisch und meinte zu Oriel: »Der König ist leicht beeinflussbar und deshalb braucht es seinen Grafen an nichts zu mangeln. Ein kluger Graf kann in diesen Zeiten enorm an Macht, Reichtum und Ansehen gewinnen.«

Tagsüber übte sich Oriel weiter im Reiten und im Schwertkampf und manchmal auch im Verstehen schwieriger Gesetzestexte. Am späten Nachmittag ging er dann in den königlichen Palast, wo ihn die Königin Tanzen und höfisches Benehmen lehrte und ihm die Lieder und

Geschichten beibrachte, die den Grafen von Sutherland und ihren Untertanen seit Generationen bekannt
waren.

Eines Tages fasste sich Oriel ein Herz und fragte die
Königin nach Lady Merlis. Lady Gwilliane erzählte ihm,
dass Merlis zwei Tage nach seiner Ankunft auf ihr eigenes
Schloss geflohen sei.

»Aber warum sollte sie denn vor mir fliehen?«, fragte
Oriel.

Die Königin strich sich mit ihren langen Fingern über
die Stirn, als wolle sie damit ihre Aufregung wegwischen.
»Weil der König sich entschlossen hat dich im Turnier zu
unterstützen. Und das, obwohl sein eigener Sohn Lilos
auch teilnimmt«, antwortete sie.

»Und was hat das mit Lady Merlis zu tun?«, wollte
Oriel wissen.

»Das ist so eine Geschichte«, sagte die Königin und
seufzte. »Ich finde zwar, dass mein Mann die richtige Entscheidung getroffen hat, aber es stimmt auch, dass Lilos
einen guten Ehemann abgeben würde. Das möchte ich
vorausschicken, Oriel, damit du besser verstehen kannst,
was ich dir gleich sagen werde. Ich hoffe zumindest, dass
du dafür Verständnis haben wirst. Ich bin nun mal der
Meinung, dass eine Frau sich ihren Ehemann selbst aus-
suchen soll. Merlis ist mit ihren einundzwanzig Jahren
kein Kind mehr, umso beleidigender muss es für sie sein,
dass sie mit einem Mann verheiratet werden soll, der den
König mit schönen Worten dazu überredet, ihn an einem
Turnier teilnehmen zu lassen, und dann mehr Gegner als
jeder andere vom Pferd stößt oder mit dem Schwert nie-

derstreckt. Ist das wirklich die Art und Weise, wie ein zukünftiger Ehemann gekürt werden soll?«

Oriel wusste keine Antwort darauf. Lady Merlis' Ehemann wurde jedenfalls auf diese Art gekürt.

»Warum kann denn die Lady keinen Mann heiraten, den sie sich selbst ausgesucht hat, und dann so lange als Regentin ihr Land verwalten, bis ihr erstgeborener Sohn der nächste Graf wird?«, fragte die Königin. »Wenn sie den Mann heiratet, den sie liebt, wird sie bestimmt viele Kinder mit ihm haben. Meiner Meinung nach wäre das die beste Lösung.«

»Soviel ich gehört habe, haben die Schwierigkeiten in der Grafschaft damit begonnen, dass eine Frau an der Macht war«, gab Oriel zu bedenken. Er spazierte neben der Königin durch ihren Garten und sie unterhielten sich wie ein Lord und eine Lady und genossen den warmen Frühsommernachmittag.

»Da muss ich dir leider Recht geben«, seufzte Gwilliane. Sie legte Oriel die Hand auf den Arm, wo sein grünes Hemd mit silbernen Fäden durchwirkt war. »Man behauptet, dass die Gräfin nur auf ihren Mann gehört habe, aber der ist ja gestorben. Die Könige waren leider nie so stark wie Gladaegal.«

Beim Gehen streifte der Saum ihres Kleides den grasbewachsenen Weg.

»Das solltest du nicht außer Acht lassen, wenn du der Graf von Sutherland werden willst«, sagte sie. Ihr schwarzes, von grauen Strähnen durchzogenes Haar hing ihr den Rücken hinunter. »Schließlich wird dann mein Mann dein König sein.«

»Lady, er wird mein König, ob ich nun Graf werde oder nicht«, erwiderte Oriel, woraufhin die Königin lächeln musste.

Wenn Oriel am Abend vom Palast zurück zum Haus von Lord Haldern ging, begleitete ihn manchmal Lord Tseler, der Kanzler des Königs. Nebeneinander gingen die beiden dann auf die untergehende Sonne zu oder durch eine sternenklare Nacht. Tseler verglich den Hof gerne mit einem wimmelnden Ameisenhaufen, in dem viele Menschen sich abmühten, um die Verwaltung des Königreichs am Laufen zu halten. »Wenn der König schwach ist«, vertraute Tseler Oriel an, »werden die Menschen um ihn herum oft habgierig und müssen sorgfältig kontrolliert werden. Ein Kanzler weiß, wie schwach sein König wirklich ist, und er wird diese Schwachstellen bewachen, so wie Wachsoldaten die Tore des Palastes.«

»Aber es gibt doch gar keine Wachsoldaten an den Palasttoren«, erwiderte Oriel.

»Ganz genau«, sagte Tseler und nickte weise. »Und das ist ein Fehler. Denn wenn die Leute einen König nicht fürchten, dann versuchen sie ihn zu betrügen.«

Oriel war sich nicht ganz sicher, ob diese Schlussfolgerung richtig war, aber er behielt seine Meinung für sich. »Warum erzählt Ihr mir das alles?«, fragte er stattdessen.

Lord Tseler hob seine Nase in den Wind, als wollte er Witterung nehmen.

Inzwischen war Oriel mit seinen Fechtübungen so weit fortgeschritten, dass Lord Haldern ihn in Trainingskämpfe gegen die anderen Turnierteilnehmer schickte. Seit die Regeln für das Turnier geändert worden waren, hatte sich die Zahl der Bewerber auf fünfzehn erhöht. Da sie nicht mehr ihr Leben dafür riskieren mussten, gab es offenbar erheblich mehr junge Männer, die Lady Merlis heiraten wollten.

Oriel, der anfangs noch zu den ungeschicktesten Kämpfern gezählt hatte, wurde rasch besser. Zuerst klagten die anderen, dass Oriel nie aufgab, auch wenn er schon geschlagen war, und danach beschwerten sie sich, weil er sie nie gewinnen ließ. Oriel aber liebte diese Wettkämpfe. Er freute sich zunächst darüber, wenn er einem überlegenen Gegner Paroli bieten konnte, und später, als er einer der besten Kämpfer geworden war, bereitete es ihm großes Vergnügen, mit unterlegenen Kontrahenten beim Fechten Katz und Maus zu spielen.

Lord Haldern nahm Oriel auch zu Ausritten über Land mit, um seine Reitkunst und Ausdauer zu trainieren. In wenigen Tagen, teilte ihm der Lord auf einem dieser Übungsritte mit, würden sie mit einem Trupp Soldaten losziehen und Steuern für das Haus Sutherland eintreiben. Seit Jahren erledigte diese Aufgabe nun schon das Militär des Königs und Haldern meinte, dass einige der Soldaten sie nur ungern an einen neuen Grafen abtreten würden, weil sie aus dieser Pflicht mittlerweile einen nicht unerheblichen finanziellen Vorteil zögen.

»Ich freue mich darauf, mit dir zusammen in den Süden zu reiten«, meinte Lord Haldern zu Oriel in vertraulichem Ton. »Und es wird mir auch eine Freude sein, dir Lord Yaegars Schwester vorzustellen, die ihr ganzes Leben in der Stadt ihres Bruders an der südlichen Grenze des Königreichs verbracht hat. Ihr Vater hat sie streng erzogen und jetzt tut das ihr Bruder, denn bisher haben sie noch keinen entsprechenden Ehemann für sie gefunden. Wenn sie noch immer nicht verheiratet ist, werde ich mein Glück ein zweites Mal bei ihr versuchen.«

»Ein zweites Mal?«, fragte Oriel, der viel zu verblüfft war, als dass er seine Zunge im Zaum hätte halten können.

»Ich habe mich schon einmal für sie interessiert, aber ihr Vater hat ihr damals jegliche Mitgift versagt. Trotzdem hätte ich sie fast auch so genommen.«

Halb aus Neugier, halb auch deshalb, weil er Haldern ein wenig aufziehen wollte, fragte Oriel: »Ohne auch nur die kleinste Mitgift?«

»Viel wichtiger als eine Mitgift ist doch, dass eine Frau im Bett gefügig ist und für ein angenehmes Zuhause sorgt. Ich brauche von einer Frau keinen Besitz, sondern ihr Herz und ihre Zuneigung, in der Nacht ebenso wie am Tag.«

»Und trotzdem hättet Ihr fast um die Hand von Lady Merlis gekämpft und die andere aufgegeben. Wie heißt sie überhaupt?«, wollte Oriel wissen.

»Rafella«, antwortete Haldern in einem Ton, den Beryl manchmal für ihre Marionetten verwendete, wenn sie zeigen wollte, dass sie schwärmerisch verliebt waren. Als Oriel an Beryl dachte, spürte er einen kurzen, stechenden Schmerz in seinem Herzen und wünschte sich, wenigstens eine Stunde mit ihr zusammen sein zu dürfen oder eine Nacht mit ihr im Bett verbringen zu können. Wochenlang hatte Oriel jetzt schon nicht mehr an sie gedacht und dieser flüchtige kleine Schmerz erinnerte ihn daran, wie schön es mit ihr war.

»Ihr hättet also Rafella aufgegeben, um Merlis zu heiraten?«, wiederholte Oriel seine Frage.

»Wenn der König schwach ist«, meinte Lord Haldern, »braucht er einen starken Grafen.«

An einem schönen Frühsommertag machten sich Lord Haldern und Oriel in die Grafschaft Sutherland auf. Oriel schloss die Landschaft mit ihren sanften Hügeln und ihren träge dahinfließenden Flüssen sofort in sein Herz. Sie ritten auf einen der Hügel und blickten hinab in eine weite Ebene, in der Oriel Bauernhöfe und Dörfer und die glitzernden Schleifen des Flusses sah. Das Herz ging ihm auf, wenn er durch einen uralten Wald ritt und das Laub über seinem Kopf rascheln hörte oder wenn er abstieg und die weiche Erde unter seinen Füßen spürte.

Wenn Oriel an Lady Merlis dachte, der all dieses Land gehörte, dann bekam er vor Aufregung kaum noch Luft und es kam ihm so vor, als würde er von unsichtbaren Schwingen hinauf in Schwindel erregende Höhen getragen. Er konnte es kaum erwarten, ihr vorgestellt zu werden, aber er musste diese Ungeduld bezwingen, denn sie hielt ihn von seinen Aufgaben ab. Und so begnügte er sich damit, sich am Anblick ihres Landes zu erfreuen.

Beim spielerischen Wettkampf mit den anderen Bewerbern um Land und Hand von Lady Merlis hatte Oriel nicht nur die Beherrschung von Waffen und höfischen Umgangsformen gelernt, sondern auch einige gute Kameraden gefunden. Darunter waren Lilos, der jüngere Sohn des Königs, und Wardel aus dem Hause Hildebrand. Lilos mochte Oriel, weil er in allen Menschen immer nur das Gute sah, und Wardel, weil er sich von niemandem ausnutzen ließ. Beide waren noch sehr jung. Lord Tselers zweiter Sohn Garder hingegen war schon fast dreißig und so schüchtern, dass er bisher noch bei keiner Frau um ihre Hand angehalten hatte. Lord Yaegars vierter Sohn mit Namen Tintage nahm nichts und niemanden ernst, ganz gleich ob es sich um Gewinnen oder Verlieren, Ansehen oder Würde handelte. Bei aller Unernsthaftigkeit waren seine Augen so dunkel, geheimnisvoll und weich wie das Fell eines Maulwurfs, der sich tief unter der Erde durch seinen engen Bau tastet. Den Schwertkampf übte Oriel am liebsten mit Verilan, der so schnell und biegsam wie eine junge Birke und immer für eine überraschende Finte gut war. Wem es gelang, Verilan in Schach zu halten, der konnte es mit jedem Schwertkämpfer aufnehmen.

Diese sechs trafen sich oft mit Griff und Lord Haldern in dessen großem Garten und unterhielten sich über die Kunst des Schwertkampfes, diskutierten über die Geschichte des Königreichs und seiner Gesetze oder sprachen ausführlich über Pferdezucht. Manchmal gingen sie auch zusammen in eine Gastwirtschaft und debattierten über die Jagd, das Würfelspiel und die Frauen. Zwei Themen waren allerdings tabu für sie: die Grafenwürde, die sie alle anstrebten, und Lady Merlis. Nur manchmal, wenn es schon spät war und sich schwarz der Nachthimmel über ihnen wölbte, schlug einer von ihnen vor, auf das Wohl der edlen Dame zu trinken.

Dann atmeten alle voller Hoffnung tief durch, hoben ihre Kelche in die Höhe und nahmen feierlich einen tiefen Schluck.

Meistens wechselte Tintage dann gleich darauf das Thema und lenkte sie von ihren ernsten Gedanken an den Preis ab, den sie alle zu erringen hofften. Insgeheim wollte jeder dem anderen die Grafenwürde vor der Nase wegschnappen und deshalb waren sie alle froh, wenn Tintage sie mit seinen Späßen auf andere Gedanken brachte.

»Ich weiß schon, was mein Vater mir bei diesem Anlass raten würde«, sagte er zum Beispiel, wenn sie ihre Kelche geleert hatten.

Sie alle hatten schon viel von Yaegar gehört, einem Mann mit breitem Schädel und mächtigen Fäusten, der seine Söhne hauptsächlich mit Flüchen und Schlägen erzog. »Was würde er dir denn raten?«, wollte einer seiner Kameraden wissen.

»Dass ich euch Gift in den Wein tun soll«, gab Tintage zurück, grinste über beide Ohren und fügte im Tonfall seines Vaters hinzu: »Das merkt niemand und Tote können sich nicht beschweren, wenn du kampflos ihren Platz einnimmst.« Aber manchmal blieb Tintage auch ganz in sich gekehrt und sank auf seinem Stuhl zusammen, als wolle er sich wohlig auf den Wogen des Weines treiben lassen. Dann schloss er bisweilen die Augen und sagte mit lauter Stimme: »Ich trinke auf jede Frau auf dieser Welt, solange sie nur weiblichen Geschlechts ist.«

Als bei einem dieser Gelage wieder einmal die Sprache auf Tintages Vater kam, bekannte Lord Haldern: »Diesen Yaegar habe ich noch nie leiden können. Er ist zu faul, sein Wort zu halten, und wenn ihm danach ist, kehrt er den Tyrannen heraus.« Am nächsten Morgen kam er zu Oriel und sagte: »Wenn ich zu viel getrunken habe, mache ich manchmal unpassende Bemerkungen über andere Leute.«

Oriel behielt seine Meinung für sich. Es kam ihm eigentlich niemals so vor, als würde Haldern dummes Zeug reden, egal ob er nun betrunken oder nüchtern war. Außerdem glaubte er, dass der stets ansteckend fröhliche Tintage weder nüchtern noch betrunken ganz aufrichtig war – es sei denn, er konnte daraus Vorteil ziehen.

Tintage war der Einzige, der hin und wieder auf Lady Merlis zu sprechen kam, aber dann machte er sich über ihre Größe lustig oder ihren Stolz oder darüber, dass sie sich nicht wie eine richtige Gräfin benahm. Bei diesen Reden wurde Lilos immer knallrot im Gesicht und meinte: »Wo soll sie es denn auch herhaben? Ihr wisst doch, dass sie von ihrer Großmutter erzogen wurde, und was das für eine Frau war, wissen wir alle. Ich jedenfalls bin davon überzeugt, dass Lady Merlis eine reine und herzensgute Frau ist.«

Während er das sagte, zwinkerte Tintage den anderen zu und amüsierte sich über Lilos' Ritterlichkeit und seine roten Wangen.

Einmal fragte Verilan ihn: »Zweifelst du etwa an der Ehre von Lady Merlis?«

»Hört euch bloß den an!«, lachte Tintage und zog sich elegant aus der Affäre. »Zweifelst du etwa?«, äffte er Verilans ernste Stimme nach. »Zweifelst du? Zweifelst du?«

Bei jeder Wiederholung nahm er eine andere Pose ein und schnitt ein empörtes Gesicht, bis sogar Verilan nicht anders konnte und mitlachen musste.

»Ich sorge mit meinen Späßen doch nur dafür, dass ihr nicht zu überheblich werdet«, erklärte Tintage einmal.

»Und deshalb bin ich der Wichtigste von euch allen. Ich verhindere, dass wir uns gegenseitig umbringen. Denn manchmal ist uns fast danach zu Mute, oder etwa nicht? Und wenn wir müssten, würden wir es wohl auch tun.«

Tintages unsinniges Geplauder hatte meist einen wahren Kern, der ihnen allen unter die Haut ging und sie häufig nachdenklich verstummen ließ.

»Ich nicht«, sagte Oriel mit einem kühnen Lächeln. »Ich möchte keinen von euch töten. Nicht einmal dich, Tintage. Ich könnte euch zwar schlagen, bis ihr vor mir im Staube kriecht, und euch danach auch noch Steuern für das Haus Sutherland abpressen, aber töten will ich euch nicht. Mit wem sollte ich denn dann meinen Wein trinken? Und mit wem kämpfen?«

Die anderen brachen in ein schallendes Gelächter aus und Tintage machte ein sauertöpfisches Gesicht. »Jetzt fang nicht an zu schmollen, Tintage«, sagte Oriel zu dem Jungen mit den dunklen Augen. »Die lachen über mich, nicht über dich. Keiner von uns würde sich trauen über dich zu lachen. Du bist nämlich viel zu schlau für uns.«

Tintage fühlte sich so geschmeichelt, dass er ein rotes Gesicht bekam. »Aber offenbar nicht für dich«, entgegnete er und machte vor Oriel eine nicht ganz ernst gemeinte Verbeugung.

»Hoffentlich«, sagte Oriel. »Oder was meinst du, Griff?«

Bevor Oriel mit Lord Haldern, seinen Kameraden und einem Trupp Soldaten zum Steuerneintreiben in den Süden aufbrach, wollte er sich von Beryl verabschieden und ihr sagen, dass Griff in der Stadt bleiben und für sie

da sein würde. Als er an Beryl dachte, fiel ihm ein, dass er
sie seit dem ersten Tag im Palast des Königs nicht mehr
gesehen hatte. Er vermutete zwar, dass Griff wusste, wo
sie sich aufhielt, doch wenn er Griff traf, war dieser nie
allein. Meistens fingen sie dann an darüber zu diskutie-
ren, wie sehr die lange Regentschaft der alten Gräfin dem
Land Sutherlands geschadet habe. Erst nachdem sie wieder auseinander gegangen waren, fiel Oriel ein, dass er
vergessen hatte seinen Freund nach Beryl zu fragen. Er
beruhigte sein Gewissen damit, dass Beryl ja wusste, wo
er war, und dass sie, wenn sie seine Hilfe oder Gesellschaft
gebraucht hätte, längst zu ihm gekommen wäre. Da sie es
nicht getan hatte, ging Oriel davon aus, dass sie auch kein
Bedürfnis danach verspürt hatte. Dennoch wollte er nicht
zu einer so langen Reise aufbrechen ohne sich von ihr
verabschiedet zu haben. Oriel wusste, wie sehr er in Beryls Schuld stand.

Obwohl Oriel sich jeden Tag aufs Neue vornahm Beryl
aufzusuchen, fand er nie Zeit dafür und erst am Abend
im Bett fiel ihm ein, dass er wieder nicht dazu gekommen
war, Griff danach zu fragen, wo sie wohnte. Umso er-
staunter war Oriel, als er eines Tages sein Frühstück aus
Brot, Käse, Bier und frischen Zwiebeln aß und Beryl von
einem Diener in sein Zimmer geführt wurde. Erfreut
stand er auf und begrüßte die unerwartete Besucherin.
Wie eine einfache Frau gekleidet stand Beryl mitten in
dem von der Morgensonne durchfluteten Raum und sah
ihn aus ihren dunkelblauen Augen an. Er lud sie ein, sich
zu setzen und mitzuessen, und ihre Hände, die das Brot
zum Mund führten oder sich ein Stück Käse abschnitten,

kamen ihm so vertraut vor wie eh und je. Oriel merkte auf einmal, wie gut es tat, ihr Gesicht zu sehen.

»Wie geht es dir, Beryl?« Es tat auch gut, ihren Namen auszusprechen. Ihre gemeinsamen Nächte waren zwar lange her, doch Oriel erinnerte sich noch an ihr offenes Haar und an ihren nackten, weichen Körper. »Du mochtest den Käse doch lieber, wenn er schon ein bisschen reifer war, oder? Wenn er die richtige Schärfe hat.«

Ihr Mund lächelte ihn an, aber ihre Augen blieben kühl. Gehorsam probierte sie von dem reifen Käse. »Geht es dir gut?«, wollte Oriel wissen. »Was hast du denn die ganze Zeit über gemacht? Und wie kommt es, dass du heute bei mir erscheinst, wo ich gerade an dich gedacht habe?«

Beryl sah ihm offen in die Augen, sagte aber kein Wort.

»In ein paar Tagen reiten wir nach Süden, um Sutherlands Steuern einzutreiben, und da wollte ich mich vorher von dir verabschieden. Außerdem wollte ich dich fragen, ob ich deinem Onkel etwas ausrichten soll, sofern ich ihn finde. Vielleicht weißt du ja, wo ich ihn suchen kann, falls ich ihm eine Botschaft von dir übermitteln soll.«

»Ich habe keine Botschaft«, sagte Beryl und schob sich noch ein Stück Käse vom Messer in den Mund.

»Schade, dass wir uns jetzt nicht mehr sehen«, meinte Oriel. »Ich bin fast schon ein Lord geworden.«

»Ich weiß«, antwortete Beryl. »Man spricht oft von dir.«

»Wer denn? Griff?«

»Ja, Griff. Und andere Leute in der Stadt auch. Möchtest du wissen, was man sich über dich erzählt?«

»Nein«, sagte Oriel und schüttelte den Kopf. Aber gleich darauf lächelte er sie an und meinte: »Doch, ich möchte schon. Weil ich weiß, dass du die Wahrheit sagst.«

»Anfangs hat man dir nicht getraut. Die Menschen glaubten, du müsstest großen Einfluss auf den König haben, wenn du so rasch so viele Unterstützer findest.« Mit dem Messer signalisierte Beryl ihm, dass er sie nicht unterbrechen solle. Sie schnitt sich eine Scheibe Brot ab und sprach weiter. »Jetzt wollen die Leute wissen, wo du so gut mit dem Schwert kämpfen und reiten gelernt hast. Schließlich bist du ja kein Adeliger und hast in deiner Jugend nicht mehr gelernt als andere einfache Leute auch. Das beschäftigt die Menschen im Augenblick am meisten, wenn sie über dich reden.«

»Und was denkst du?«

»Das weißt du doch. Aber wenn du es noch mal hören willst, dann sage ich es dir«, meinte Beryl und ihre Augen funkelten wie ein von der Sonne beschienenes Meer. »Ich glaube, dass jeder, der dich sieht, in dir den wahren Grafen erkennt. Immer mehr Leute sprechen das offen aus. Sie bringen dir Respekt entgegen, den du gar nicht von ihnen verlangt hast. Sie wünschen dir, dass dir die Herzen der Frauen zufliegen und dass dir im Streit mit den Priestern die Argumente nicht ausgehen mögen. Sie hoffen, dass du es nicht zulassen wirst, dass die Minister vor lauter Rivalität untereinander den Reichtum des Königs verschwenden. Übrigens sagt man dir seit neuestem nach, dass du ein ausgezeichneter und mutiger Jäger bist.«

»Aber das bin ich doch gar nicht«, protestierte Oriel.

Beryl leerte ihre Schale mit Bier und sah ihn an. »Und

was ist mit der Geschichte, wo ein Mann einen seiner Kameraden, der vom Pferd gefallen ist, vor einem wilden Eber rettet, indem er aus dem Sattel springt und sich dem Eber in den Weg stellt? Er soll sich auf den Eber geworfen, ihm die Kehle durchgeschnitten und das Tier dann seinem Kameraden überlassen haben, obwohl der im Turnier sein Gegner sein wird.«

»Der Eber gehörte Tintage«, sagte Oriel. »Er hat ihn aus seinem Versteck gescheucht und ist dabei unglücklicherweise aus dem Sattel gefallen. Es war sein Eber.«

Beryl grinste ihn an, machte dann ein ernstes Gesicht und grinste wieder. »Es war sein Eber«, ahmte sie Oriels Stimme nach und Oriel fiel auf, wie glücklich und sorglos diese Stimme aus ihrem Mund klang. »Tja, Oriel, du hast eine so viel versprechende Zukunft vor dir, dass du freigebig auf Trophäen verzichten und sie anderen Leuten schenken kannst«, sagte sie. »Und es tut wirklich gut, wieder einmal mit dir zusammen zu sein, Oriel«, fügte sie hinzu. Dann stand sie auf, kreuzte die Arme über der Brust und sagte: »Ich muss jetzt wieder gehen. Aber ich wollte dir noch sagen, dass ich ein Kind erwarte.«

»Das sieht man dir nicht an«, meinte Oriel. Er erhob sich ebenfalls und fragte sich, ob Beryl traurig oder glücklich darüber war, dass sie ein Kind erwartete.

»Noch nicht«, antwortete sie und schien nicht anders zu sein als sonst auch. Sie wirkte zufrieden.

»Was willst du machen?«, fragte Oriel.

»Machen?«, wiederholte Beryl und blickte Oriel ins Gesicht. Sie standen sich jetzt gegenüber. »Ich werde die Stadt verlassen, bevor man es sieht, aber ich dachte … Ich dachte, dass jemand wissen sollte, dass ich ein Kind bekomme.«

Sie musste Oriel nicht daran erinnern, dass ihre Mutter bei ihrer Geburt gestorben war. Im Vertrauen auf seine Kraft sagte er zu Beryl: »Ja, ich werde mich um das Kind kümmern, falls das nötig wird.«

Als Beryl gegangen war, kam ein Diener, um das Geschirr abzuräumen. Oriel schnallte sich sein Schwert um und ging zu Haldern. Auf dem Weg ärgerte er sich, dass er Beryl nicht die Fragen gestellt hatte, die ihm nun beständig im Kopf herumgingen: Wann soll das Kind auf die Welt kommen? Kann eine Frau einen Hof bewirtschaften, wenn sie ein kleines Kind hat? Brauchst du Geld? Es ist doch mein Kind, oder?

Als Oriel an diesem Abend Griff sah, wollte er ihm von diesen Fragen erzählen, aber die Zeit reichte nur für die Frage: »Wusstest du, dass Beryl ein Kind erwartet?« Dann musste Griff gehen ohne Oriel eine Antwort gegeben zu haben. Als sie sich ein paar Abende später wieder trafen, hatte Oriel schon etwas anderes im Sinn. »Morgen früh reiten wir in den Süden.«

Die Reiter machten sich auf den Weg aus der Stadt und folgten der königlichen Straße nach Osten bis zu einer Furt, an der sie den Fluss überquerten und in südlicher Richtung weiterritten. Lord Haldern führte die Truppe an, die aus zwanzig ausgewählten Soldaten und sechs jungen Turnierteilnehmern bestand. Unter ihnen war auch Oriel.

Er war der Einzige unter den sechsen, der weder Hut

noch Helm trug, und ebenfalls der Einzige, an dessen Kleidung sich kein Abzeichen befand. Alle anderen hatten irgendwo auf ihrer Kleidung in Gold- oder Silberfäden entweder das Wappen ihrer Familie oder das des Lords, dem sie dienten, eingestickt. Oriel trug nur das grüne Hemd und den Umhang, die Kleidungsstücke, die er auf Beryls Anraten vor seinem ersten Besuch beim König erstanden hatte. Oriel kleidete sich nicht etwa deshalb so einfach, um sich von den anderen abzuheben, sondern weil er kein Wappen hatte, das er sein Eigen nennen konnte.

Um die Stadt des Königs herum war fruchtbares Land. Auf den Feldern reifte das Getreide und in den Obstgärten setzten die Bäume reiche Früchte an. Im Fluss und den Weihern sprangen die Fische und zwischen den grünen Blättern der Zwiebeln konnte Oriel sehen, wie fett und schwarz die Erde hier war. Die grünlichen Halme von Roggen und Hirse und die honigfarbigen Stängel des Weizens zeigten Oriel, dass auf diesem Boden so gut wie alles gedieh. Es war ein reiches Land.

Je weiter sich die Reiter jedoch von der Stadt des Königs entfernten, desto mehr veränderte sich das Land. Überall hießen die Menschen die Soldaten willkommen, beklagten sich aber, dass sie ihnen nur vorübergehend Schutz boten. Kein Bauer konnte sicher sein, dass die von ihm gesäten Pflanzen ungestört wachsen und gedeihen würden, und die jungen Männer arbeiteten nur ungern auf den Feldern, von denen sie nicht wussten, ob es sie zur Erntezeit noch geben würde. Warum, so fragten sie sich, sollen wir mühsam den Boden umgraben, wenn das

Feld dann niedergebrannt wird? Da ist es doch besser, wenn wir uns amüsieren, solange wir noch am Leben sind.

Jedes Dorf und jeder Landedelmann begrüßte Haldern und seine Reiter aufs Herzlichste und blickte voller Hoffnung auf die Bewerber um die Grafenwürde und die Hand von Lady Merlis. Alle bekundeten Mitleid mit der armen Merlis, die sich in ihrem Schloss verstecken musste, um sicher zu sein, und nicht in der Lage war, ihrem Land und seinen Bewohnern beizustehen.

Haldern und seine Truppe ritten in einiger Entfernung an diesem Schloss vorbei. Oriel sah die hohen Türme in den Regenhimmel ragen und überlegte, ob die Lady wohl an einem der Fenster stand und ihren Blick über die Soldaten und ihre Verehrer schweifen ließ, die für sie durch ihr Land ritten und ihre Steuern eintrieben.

Eines Abends, als sie schon viele Tage unterwegs waren, erreichten sie am Flussufer ein Dorf, das dem Grafen Sutherland tributpflichtig war. Auf dem Dorfplatz standen einige Leute um einen Mann, der mit der Faust auf eine Frau einschlug, die auf allen vieren vor ihm im Schmutz herumkroch.

Oriel bemerkte den Mann als Erster und sprang ohne Haldern erst um Erlaubnis zu fragen aus dem Sattel. Er drängte sich durch die Menge und packte den Mann von hinten am Arm.

Der Mann war groß und muskulös, aber Oriel, dem Erinnerungen an den Prügelbock des Damalls durch den Kopf schossen, hatte das Überraschungsmoment auf seiner Seite. Der Mann hätte noch viel größer und noch viel

445

muskulöser sein müssen, um Oriel abschütteln zu können. »Was ist los?«, schnaufte der Mann. »Wer bist du?«

Oriel drehte ihm den Arm nach hinten. »Sie ist doch eine Frau«, sagte er. »Was gibt dir das Recht, sie zu schlagen?«

Der Mann drehte sich und entwand sich Oriels Griff. Steifbeinig taumelte er ein paar Schritte rückwärts und blieb stehen. »Wer bist du?«, fragte er.

»Mein Name ist Oriel. Was gibt dir das Recht, diese Frau …?«

Oriel brachte den Satz nicht zu Ende, denn der Mann war vor ihm auf die Knie gesunken und ergriff mit einem demütigen Gesichtsausdruck Oriels rechte Hand. Nachdem er sie geküsst hatte, erhob er sich und sagte: »Ich bin der Bürgermeister dieses Dorfes, Mylord.«

Oriel überlegte, ob es an seinem glatt rasierten Gesicht und seinen hohen Stiefeln lag, dass der Mann auf einmal solchen Respekt vor ihm hatte. Oder sollte es doch eher der Anblick seines Schwertes gewesen sein, das ihn so plötzlich zur Vernunft gebracht hatte?

»Der Mann dieser Frau ist vor einigen Tagen gestorben«, erklärte der Bürgermeister. »Es ist hier nun einmal der Brauch, dass eine Witwe den Hof und das Boot zurückgeben muss, die ihr Mann gepachtet hatte.«

»Was für ein Brauch ist das?«, fragte Oriel, dem es ziemlich merkwürdig vorkam, dass man einer Witwe die Lebensgrundlage entzog.

»Es ist nicht nur ein Brauch, sondern sogar Gesetz. Wenn der Mann einen Bruder hat, dann …«

Oriel erkannte sofort, dass der Bürgermeister log, und er unterbrach ihn mit lauter Stimme. »Gesetz ist das nicht, soviel ich weiß«, sagte er und gab dem Mann damit zu erkennen, dass er das Gesetz besser kannte als er.

»Ich habe mich versprochen, Mylord«, gab der Mann kleinlaut zu. »Aber bei uns gilt der Brauch ebenso viel wie das Gesetz. Und der besagt, dass der Bruder des Mannes Haus und Boot bekommt.«

Die Frau, die rasch ihren Vorteil erkannte, fiel neben Oriel auf die Knie. »Helft mir, Mylord«, flehte sie. »Helft mir und meinen Kindern. Wir haben sonst niemanden, der etwas für uns tut.«

Oriel hatte kein Mitleid mit ihr. Er wollte, sie würde damit aufhören, auf den Knien vor ihm herumzurutschen und ihm wie ein Hund die Stiefel zu lecken. »Warum hast du sie geschlagen?«, fragte Oriel den Bürgermeister.

»Nach unserem Brauch muss sie die Pacht zurückgeben, wenn das Dorf sie dazu auffordert. Man hat ihr gesagt, dass sie den Hof verlassen muss, aber sie widersetzt sich. Wir haben ihr gesagt, sie soll aus dem Dorf verschwinden, aber sie tut es nicht. Also muss sie bestraft werden, sonst gehorcht bald niemand mehr meinem Wort. Ihr seht doch selber, Mylord, dass ich sie nicht übermäßig hart anpacke. Sie muss sich weder mit nacktem Rücken hinknien noch benutze ich einen Stock oder eine Peitsche.«

»Ja, aber du brichst mir mit den Fäusten schon fast die Knochen und beschimpfen lassen muss ich mich auch von dir«, schrie die Frau. »Bitte, rettet uns, hoher Herr!«

Oriel wusste nicht, was er tun sollte. Wenn er die Menschen ermunterte sich gegen den Brauch zu stellen, dann untergrub er die Autorität des Bürgermeisters und schwächte den Zusammenhalt der Dorfbewohner untereinander. Gerade der aber war in schwierigen Zeiten wie diesen wichtiger denn je. Andererseits hatte Oriel auch Verständnis für die Frau, denn sie musste schließlich für ihre Kinder sorgen. War es nicht Aufgabe des Dorfes, sich um seine in Not geratenen Einwohner zu kümmern? Was konnte das Dorf der Frau anbieten, wenn sie dem Willen der Allgemeinheit folgte und Haus und Hof verließ? Diese Fragen waren nicht einfach mit einer Tracht Prügel zu lösen.

Oriels Gefährten saßen auf ihren Pferden und warteten geduldig darauf, dass Oriel die knifflige Situation bereinigte, in die er sich ohne Not begeben hatte. »Wer ist der Schwager dieser Frau?«, wollte Oriel wissen und dachte daran, dem Mann Geld dafür zu geben, dass er die Frau auf ihrem Hof ließ. Schließlich wusste er, dass Frauen zu allem fähig sind, wenn es um das Wohl ihrer Kinder geht. »Und wer soll das Land der Frau zur Pacht bekommen, wenn sie erst einmal fort ist?«

Die Umstehenden fingen an zu grinsen und Oriel ahnte schon, warum. Er drehte sich um und sah den Bürgermeister an, doch er wartete, bis der Bürgermeister es ihm selber sagte. »Ich bin dieser Mann.«

Oriel zog die Schultern bedrohlich nach oben und setzte eine zornige Miene auf. Er wusste, dass er auf die Dorfbewohner jetzt so gefährlich wirkte wie ein blankgezogenes Schwert. Vielleicht brachte er sich damit unnötig in Schwierigkeiten, aber er sah keinen anderen Weg als den Dörflern Angst einzujagen. »Ich habe keine Zeit für eure kleinlichen Streitereien«, sagte er mit bewusst verärgerter Stimme, »aber ich will, dass ihr diese Frau in Ruhe auf dem Hof ihres verstorbenen Mannes leben lasst und ihr auch das Boot zum Fischen nicht wegnehmt.«

Die Frau ließ seinen Stiefel los und rappelte sich auf. Ihr Gesicht wirkte blass, aber zufrieden. »Habt vielen Dank, Mylord«, murmelte sie und verbeugte sich tief.

Oriel sah die Männer und Frauen an, die eigentlich gekommen waren, um der Züchtigung der Frau beizuwohnen. Auch wenn sie nun weder die Bestrafung noch eine Prügelei zwischen dem Bürgermeister und Oriel gesehen hatten, schienen sie doch zufrieden zu sein, dass der Frau Gerechtigkeit widerfahren war. Als er zurück zu seinem Pferd ging und in den Sattel stieg, waren aller Augen auf ihn gerichtet. »Ich glaube, ihr solltet euch einen neuen Bürgermeister suchen«, sagte Oriel zum Abschied. Dann wendete er sein Pferd und überließ das Dorf und seine Bewohner sich selbst. Es war besser, wenn sie wussten, dass nur sie selber sich und ihre Familien vor Gewalt und Habgier schützen konnten.

Ein Graf, dachte Oriel, während er hinter Haldern aus dem Dorf hinausritt, ist nicht nur eine Person, sondern auch eine Idee. Allein der Gedanke an den Grafen und die gräfliche Gerechtigkeit reichte in den meisten Fällen aus, um die Untertanen zu regieren. Die Leute brauchten nichts weiter als die Gewissheit, dass der Graf sich um sie kümmerte und dass er, wenn nötig, entschlossen handeln konnte. Wo es diese Gewissheit gab, brauchte der Graf nicht ständig persönlich anwesend zu sein, um für Ruhe und Ordnung zu sorgen. Er musste nur auf seinem Schloss sitzen und den Menschen vermitteln, dass er die Macht in Händen hielt.

25

Das Land des Grafen Sutherland gefiel Oriel besser als alle Länder, die er bisher in seinem Leben gesehen hatte. Oft hielt er auf der Reise sein Pferd an und stieg ab, auch wenn er dadurch häufig den Anschluss an die anderen verlor. Sobald Oriel den Erdboden unter seinen Füßen spürte, hatte er das Gefühl, dass dieses Land ihm gehörte, und dabei störten ihn weder die sengende Sonne noch die starken Regenschauer, die von Zeit zu Zeit auf ihn herniederprasselten. Zuerst machten sich seine Kameraden über seine Spaziergänge lustig, aber sie hörten rasch damit auf, als sie sahen, dass auch der beißendste Spott Oriel nicht die gute Laune verderben konnte.

Als sie längere Zeit an einem Fluss lagerten, wettete Oriel mit seinen Kameraden, dass er ihnen innerhalb weniger Tage das Schwimmen beibringen würde. Die Mutigeren unter ihnen – so wie Wardel – ruderte er in die Mitte des Flusses, wo er ihnen erklärte, wie sie sich von der Strömung treiben lassen konnten, um sie dann ins Wasser springen zu lassen. Die Ängstlicheren – so wie Garder – führte Oriel nahe am Ufer ins seichte Wasser und zeigte ihnen dort, wie sie sich auf der Wasseroberfläche halten konnten. Ganz aus freien Stücken ging keiner von ihnen ins Wasser. Oriel musste sie überreden, herausfordern, necken oder bei der Ehre packen. Dann aber konnten alle schwimmen, bis auf Lord Haldern, der sagte, er sei zu alt, um solche neuen Dinge zu lernen, und Lilos, der behauptete, er sei viel zu dünn und wolle erst dann schwimmen lernen, wenn er etwas mehr Fett auf den Knochen hatte. Oriel widersprach dem Prinzen nicht, denn er wusste, wie zart besaitet er war und wie leicht man seinen Stolz verletzen konnte. Tags darauf aber ging er in der Morgendämmerung mit Lilos ganz allein hinunter zum Fluss. Der Himmel färbte sich gerade rosa, so zart wie der Mund eines Mädchens, und ringsum war alles still. Weil außer Oriel niemand in der Nähe war, der seine Angst vor dem Wasser hätte beobachten können, lernte Lilos das Schwimmen so rasch, wie Oriel es von ihm erwartet hatte.

Überall im Süden wurden die Reiter aus der Stadt des Königs vom Landadel in dessen Häuser eingeladen, wo man sie festlich bewirtete und häufig mit Musik und Tanz unterhielt. Auch in manchen Städten wurde ihnen ein herzliches Willkommen bereitet und in den Wirtshäusern wurden ihnen die besten Speisen aufgetragen. In den Dörfern wiederum kredenzte man ihnen oft im Schatten der Dorfkastanie einen kühlen Schluck Wasser aus einem irdenen Krug. Oriel jedoch kamen die Menschen fast alle gehemmt und manchmal sogar verängstigt vor. Sie waren krampfhaft bemüht, einen guten Eindruck zu machen, bemüht, die fremden Reiter möglichst freundlich zu begrüßen, und bemüht, sie ebenso freundlich wieder zu verabschieden. Diese Menschen mit ihrem gezwungenen Lächeln und ihren gedämpften Stimmen, mit denen sie erst eine Meinung äußerten, wenn sie sich vergewissert hatten, dass ihr Gegenüber dieselbe Meinung vertrat, schienen Oriel so gar nicht in dieses schöne, fruchtbare Land zu passen. Eigentlich, so dachte er, hätten sie fröhlich, freigebig, offenherzig und ausgelassen sein müssen.

Im Gegensatz zu ihnen waren die Bewohner von Yaegars Land zumindest ausgelassen. Yaegars Burg bestand zur Gänze aus Holz, das er in den tiefen Wäldern hatte schlagen lassen, und während Lord Halderns Truppe darauf zuritt, wurden überall die Türen und Fenster aufgestoßen und Dienstboten eilten heraus, um ihnen die Pferde abzunehmen und ihre Reiter in die Burg zu geleiten. Drinnen schlug der Burgvogt Tintage zur Begrüßung auf den Rücken und ließ den Gästen große Becher mit Bier bringen.

Unter dem Jubel der Dienstboten leerte Tintage seinen Begrüßungstrunk in einem Zug und ließ sich den Becher gleich noch einmal voll schenken. »Herzlich willkommen in der Burg meines Vaters«, sagte er zu seinen Begleitern, »die mir allerdings erst nach meinen drei älteren Brüdern zusteht. Wenigstens erlauben sie, dass ich hier wohne. Ich nenne die drei Mumbo, Jumbo und Gumbo, weil sie so riesige Kerle sind. Leider müssen sie sich ein einziges Gehirn teilen, das sie sich in einem kleinen Kästchen gegenseitig zuschieben. Ihr lacht, aber ich sage die Wahrheit. Mein Vater liebt sie zärtlich, denn schließlich kann niemand auf der Welt einen Krug Bier schneller austrinken als Yaegar und seine drei ältesten Söhne. Sie sind schon wahre Männer, die vier.« Tintage leerte den zweiten Becher Bier und klopfte dem Burgvogt auf die Schulter.

Oriel fiel auf, dass Lord Haldern sich im Hintergrund hielt, obwohl er doch eigentlich darauf hätte erpicht sein müssen, möglichst rasch die Frau zu sehen, von der er Oriel erzählt hatte.

Oriel jedenfalls brannte seit Wochen darauf, endlich

einmal Lady Merlis zu Gesicht zu bekommen, und dabei hatte er ihr noch nicht einmal den Hof gemacht, geschweige denn vor Jahren schon einmal ihr Herz erobert und dann wieder verloren.

Die Reiter wurden in einen großen Saal geführt, in dem bereits Betten für sie gerichtet waren. Kurze Zeit später ließ Yaegar sie zu Tisch bitten. Über den Burgvogt richtete er ihnen zudem aus, wie sehr er es bedaure, dass sie nicht länger bleiben konnten. Yaegar habe bereits alle Steuern für sie eingetrieben, sagte der Burgvogt, und freue sich auf ein Wiedersehen mit Lord Haldern, an den er sich aus früheren Jahren noch gut erinnere.

»Gebt Acht«, warnte Tintage Haldern. »Ich würde meinem Vater nicht über den Weg trauen, besonders dann nicht, wenn er so freundlich ist.«

»Ich werde ihn so höflich behandeln, wie er zu mir gewesen ist«, antwortete Lord Haldern. »Schließlich will ich ja etwas von ihm.«

»Ein Grund mehr, ihm nicht zu trauen, auch wenn er noch so höflich ist«, sagte Tintage und verbeugte sich vor Haldern mit ein paar schwungvollen Gebärden. »Zumal mein Vater keine Angst vor Euch hat. Mein Vater hat vor niemandem Angst, nicht einmal vor mir. Ich wäre richtig zufrieden, wenn mein Vater Angst vor mir hätte«, fuhr Tintage fort und tat so, als lausche er seiner eigenen Stimme. »Und manchmal wünsche ich mir sogar, dass ich überhaupt keinen Vater hätte. Bist du denn zufrieden, Oriel?«, wollte er wissen.

»Ja«, antwortete Oriel, »aber nicht deshalb, weil ich keinen Vater habe. Ein Vater hat damit nichts zu tun.«

»An deiner Stelle würde ich Yaegar das nicht ins Gesicht sagen, sonst gibt er dir eins auf die Nase, dass dir Hören und Sehen vergeht.«

Oriel lachte, aber im Grund war er neugierig auf Yaegar und hielt nach ihm Ausschau, als sie in den Speisesaal kamen. Man geleitete sie an einen langen Tisch, wo er zusammen mit Lord Haldern, Lilos und Garder bei Yaegar und seinen drei Söhnen sitzen durfte. Oriel war sich bewusst, dass das eine hohe Ehre war.

Die restlichen Jungen saßen an den Tischen von Adeligen, Verwaltern und Gutsherren mit ihren Frauen, Söhnen und Töchtern. Dann wurden Platten mit gebratenem Fleisch, Teller mit Pasteten und große, runde Brotlaibe aufgetragen. Diener füllten die Weinkelche bis an den Rand. Yaegar schlang das Essen gierig in sich hinein, während seine drei Söhne mit den Gästen Konversation machten. Sie sprachen von der Jagdsaison, von jungen Hunden und Fohlen, die vor ein paar Tagen auf die Welt gekommen waren, und schließlich von den Steuern, die sie bereits eingetrieben hatten. Ihr Tisch war der einzige, an dem keine Frau saß.

Erst als die Sprache auf das bevorstehende Turnier kam, blickte Yaegar von seinem Teller auf und schien fast überrascht zu sein, dass er Gäste an seinem Tisch hatte. Yaegar war ein dicker Mann mit einem fleischigen Nacken, breiten Schultern und einem massigen Schädel. In der Hand hielt er einen fetttriefenden Dolch, mit dem er große Stücke von dem Fleisch auf seinem Teller absäbelte. »Ein Sohn von mir wird doch auch an diesem Turnier teilnehmen, oder?«, fragte Yaegar. »Klar, ich sehe ihn doch dahinten … Schaut her, Jungs, da ist unser Tanzlehrer«, scherzte er. »Steh auf, Tintage, und lass mal sehen, ob du gewachsen bist. Willkommen daheim.«

Tintage stand auf und verbeugte sich spöttisch.

»Ach, du bist ja immer noch so ein kleiner Wurm, genau wie deine Mutter. Aber die konnte auch wunderbar tanzen … He, ihr Jungs, könnt ihr euch erinnern, wie schön sie war?«

Die drei blickten zur Seite. Ihnen schien es nicht recht zu sein, dass ihr Bruder vor aller Augen bloßgestellt wurde.

Yaegar war da weit weniger zart besaitet. »Du hast uns etwas versprochen, Tanzlehrer«, dröhnte er. »Du hast doch versprochen erst dann wieder nach Hause zu kommen, wenn du entweder Graf oder tot bist. Wie ich sehe, bist du keines von beiden.« Tintage stand ganz allein da und sah Yaegar aus seinen maulwurfschwarzen Augen ebenso hilflos wie wütend an. »Du hast dein Wort nicht gehalten, Tanzlehrer. Damit bist du ehrlos geworden, oder nicht?«

Tintage hatte es die Sprache verschlagen.

Yaegar lachte laut. »Aber du weißt ja, dass ich dich nie an dem Turnier hätte teilnehmen lassen, wenn ich gedacht hätte, du könntest es gewinnen. Die anderen von euch«, sagte er und sah dabei besonders Oriel an, »brauchen Tintage nicht mehr zu fürchten. Wenn ich nicht genau gewusst hätte, dass ihr ihm in allen Belangen überlegen seid, hätte ich ihn in mein Verlies gesteckt und dort behalten. Könnt ihr euch denn wirklich vorstellen, dass dieser kleine Tanzlehrer mein Graf wird?«

Yaegar brach sich ein Stück Brot ab, kaute darauf herum und spülte es mit einem Schluck Wein hinunter. Erst dann fiel ihm auf, dass Tintage immer noch stand. »Setz dich gefälligst hin«, raunzte er, »niemand hat von dir verlangt, dass du den ganzen Abend stehen bleibst.« Dann wandte er sich an Haldern. »Wenn feststeht, wer der neue Graf ist, sagt ihm bitte gleich, dass meine Wälder voller Banditen sind. Wenn er im Süden wieder Zucht und Ordnung einführen will, dann sollte er am besten zuerst zu mir kommen. Werdet Ihr das weitergeben? Wenn ich mich richtig erinnere, habt Ihr Euch doch schon einmal als Bote bewährt, oder nicht?«

»Ihr erinnert Euch richtig«, bestätigte Lord Haldern mit versteinertem Gesicht.

»Moment mal«, rief Yaegar und schlug sich auf die Stirn. »Ich habe doch erst kürzlich gehört, dass Ihr Euch auch an dem Turnier beteiligen wollt. Seid Ihr denn nicht schon zu alt für einen solchen Kampf? Und wenn Ihr gewinnen solltet, wäret Ihr dann nicht ein wenig zu alt für die Lady?«

»Das werden wir wohl nie erfahren«, antwortete Haldern, dem Yaegars Sticheleien offenbar wenig ausmachten. »Ich habe meine Teilnahme zurückgezogen. Jetzt unterstütze ich Oriel, mehr habe ich mit dem Turnier nicht zu tun.«

Yaegar tat erstaunt, als hätte er das alles nicht gewusst, und wandte sich an Oriel. Dieser glaubte ihm das nicht so recht, denn Yaegars dunkle Augen funkelten heimtückisch. Oriel wusste, dass dieser Mann gewohnt war anderen Menschen Angst einzujagen. Auch Oriel versuchte er einzuschüchtern und vermutlich erwartete er auch besondere Höflichkeit von einem Mann, der danach strebte, sein Graf zu werden.

Oriel beschloss sich nicht darum zu kümmern, was von ihm erwartet wurde.

»Warum unterstützt er denn ausgerechnet *dich*?«, wollte Yaegar von Oriel wissen.

»Vielleicht weil ich der Beste bin«, antwortete Oriel nebenbei, während er sich mit Hingabe dem Hühnerbein auf seinem Teller widmete.

Yaegar dachte über diese Antwort nach. »Es gehört sicher nicht viel dazu, besser als Tintage zu sein«, meinte er. »Aber dass Haldern seine eigenen Ambitionen deinetwegen an den Nagel hängt, gibt mir schon zu denken. Bist du am Ende das uneheliche Kind des Grafen? Hat eine seiner Huren ihr Kind einem anderen Herrn untergeschoben und dich wie einen Adeligen erziehen lassen? Bist du des Grafen illegitimer Erbe?«

»Ich habe keine Ahnung, was ich bin«, antwortete Oriel. »Ich weiß nur, wer ich bin.« Er zog es vor, nicht mehr zu sagen.

Doch Yaegar konnte nicht lange ruhig bleiben. »Kannst du kämpfen?«, fragte er.

»Ja.«

»Bist du nicht ein wenig zu zart gebaut dafür?«

»Nein.«

Yaegar ließ nicht locker. »Du hast ein hübsches Gesicht, Oriel, aber es kommt mir zu zart vor für die harte Arbeit, die auf dich wartet.«

Oriel blickte in die harten, dunklen Augen des Mannes

und lächelte ihn anstelle einer Antwort nur an. Er hatte keine Angst vor ihm.

Lord Yaegar lächelte zurück. »Ja, ich verstehe, was Ihr meint, Haldern«, sagte er dann. »Ich verstehe genau. Und dir wünsche ich alles Gute, Oriel, wenn die anderen beiden jungen Edelmänner hier am Tisch es mir gestatten.«

Oriel reagierte erneut mit einem Lächeln, aber diesmal war es, weil er einerseits Lilos und Wardel nicht beleidigen und andererseits sein eigenes Licht vor Yaegar nicht unter den Scheffel stellen wollte. Yaegar war nicht der Mann, vor dem er sich kleiner machen wollte, als er war.

Auch wenn man eine Menge gegen ihn einwenden konnte, so hielt Yaegar doch sein Land in Ordnung. Er gab seinen Untertanen Schutz, aber er achtete auch darauf, dass sie pünktlich ihre Steuern an ihn und an den Grafen von Sutherland zahlten. Andere Lords im Süden nahmen es mit den Steuern für den Grafen nicht mehr so genau, seit der Thron Sutherlands verwaist war.

Haldern legte sein Messer aus der Hand, setzte seinen Kelch ab und räusperte sich. »Wie schade, dass Lady Rafella nicht mit uns speist«, sagte er.

Yaegar grinste wie ein Jäger, dessen Hund gerade eine leichte Beute aufgescheucht hat. »Das ist es in der Tat. Ich habe ganz vergessen, dass Ihr und meine Schwester eine etwas unglückliche Geschichte miteinander habt. Bestimmt wollt Ihr wissen, wo sie sich gerade aufhält und ob sie Euch bewusst aus dem Weg geht. Im Gegensatz zu Euch hat Rafella nie geheiratet.«

»Ich bin wieder frei für die Ehe«, sagte Haldern.

»Wenn ich Rafella das nächste Mal sehe, werde ich es

ihr ausrichten«, antwortete Yaegar und drehte Haldern den Rücken zu, um Lilos zu fragen: »Und wie geht es deiner hochwohlgeborenen Mutter?«

Halderns Wangen wurden rot vor Wut, doch bevor er etwas sagen konnte, mischte Oriel sich ein. »Ich würde Lady Rafella zu gerne einmal kennen lernen.«

Haldern war von dieser Einmischung sichtlich nicht sehr angetan, aber Oriel machte unerbittlich weiter. »Könnt Ihr sie herkommen lassen? Oder lässt sie sich von Euch nichts befehlen und tut nur das, wozu sie Lust hat?«, fragte er Yaegar.

»Sie tut, was ich ihr sage«, antwortete Yaegar. »Das war schon immer so, auch wenn die Verehrer um sie herumgeschlichen sind wie die Füchse um den Hühnerstall. Diese Dummköpfe haben geglaubt, ihnen würde der ganze Hühnerstall gehören, bloß weil sie eine Henne haben.«

»Klingt wirklich gut, was Ihr da sagt«, meinte Oriel gut gelaunt, »denn das bedeutet ja, dass ich die Lady nun doch kennen lernen werde. Oder wollt Ihr mir diese Freude etwa versagen?«

Es wäre sehr unhöflich gewesen, wenn Yaegar diesen Wunsch abgelehnt hätte. Weil ihm das bewusst war, gab er einem Diener den Befehl, Lady Rafella holen zu lassen. Lilos, der sich in höfischen Gepflogenheiten bestens auskannte, nutzte die Gunst des Augenblicks, um Yaegar die Grüße seines Vaters zu übermitteln. Dann zog er einen goldenen Teller hervor, ein Geschenk des Königs an seinen mächtigen Lord, dessen Ländereien sogar in diesen schwierigen Zeiten noch blühten und gediehen. Yaegar musste daraufhin dem Sohn des Königs seinen Dank aussprechen, den König preisen und seine Freude über das königliche Geschenk zum Ausdruck bringen.

Während Yaegar noch redete, sah Oriel, wie eine zierliche Frau mit hellroten Haaren den Saal betrat. Offensichtlich hatte man sie nicht informiert, wer zu Besuch war, denn als sie Lord Haldern am Tisch ihres Bruders sitzen sah, hielt sie sich vor Schreck die Hand vor den Mund. Sie wirkte klein, ruhig und freundlich und beim Anblick des königlichen Hauptmannes traten ihr die Tränen in die Augen.

Dann ging sie quer durch den Saal zu ihrem Bruder.

Der war inzwischen mit seiner Dankesrede fertig und konnte Oriels Wunsch entsprechen, ihn mit der Dame bekannt zu machen. Oriel stand auf und gab ihr einen Handkuss, während sie seinen Namen mit einer leisen, gefühlvollen Stimme wiederholte, die klang wie sanfte Wellen am Meeresstrand. »Soweit ich weiß, verbindet Euch eine lange Bekanntschaft mit Lord Haldern«, sagte Oriel, nahm Rafella an der Hand und führte sie hinüber zu Haldern, der sich inzwischen ebenfalls erhoben hatte.

»Es ist lange her, seit wir uns das letzte Mal gesehen haben, Mylord«, sagte Rafella.

»Ihr seht immer noch so gut aus wie damals, Mylady«, antwortete Lord Haldern.

»Sieh mal einer an!«, tönte Yaegar. »Kaum tauchst du auf, schon wandelt sich der Soldat zum Höfling. Seine Frau hat ihm anscheinend Manieren beigebracht. Aber soviel ich gehört habe, ist sie bereits seit einigen Jahren tot. Fragst du dich jetzt, ob er nun wieder zu dir zurückkommt, Schwester? Machst du dir Hoffnungen? Ich an deiner Stelle würde das tun.«

»Das ist mit ein Grund, weshalb ich hier bin«, sagte Haldern, dessen Laune sich sichtlich gebessert hatte. »Und ich bitte Euch um Rafellas Hand, Yaegar, solltet Ihr mir diese Ehre erweisen wollen.«

»Vor Jahren hat mein Vater Euch schon einmal diese Ehre erwiesen«, antwortete Yaegar betont langsam. »Ihr erinnert Euch vielleicht noch. Meine Schwester hatte damals keine Mitgift und so habt Ihr sie verschmäht und eine andere geheiratet. Aber macht Euch keine Vorwürfe, all die andern Verehrer haben es genauso gemacht. Ihr habt also keine besondere Schande auf Euch geladen. Aber meine Schwester hat immer noch keine Mitgift.«

»Ich will keine Mitgift haben«, meinte Haldern.

Ein Raunen lief wie ein Lauffeuer durch den Saal.

»Jetzt hat er dich, Vater«, ließ sich Tintages spöttische Stimme vernehmen.

Wenn Tintage bloß nicht alles verdirbt, dachte Oriel und versuchte ihm einen mahnenden Blick zuzuwerfen.

»Jetzt wird sie dir nach so langer Zeit doch noch weggenommen«, krähte Tintage triumphierend. »Und wer führt dir dann den Haushalt?« Er und die Frauen an seinem Tisch lachten laut los.

»Rafella hat nichts«, warnte Yaegar Haldern, »überhaupt nichts. Es gibt nichts, was ihr gehört. Alles gehört mir, ihr Pferd, ihr Sattel, ihre Juwelen, ihr Nachthemd, ihr Bett, ihre Kissen, ihre Kleidung und Wäsche, alles gehört mir. Wenn Ihr sie also haben wollt, Hauptmann, dann müsst Ihr sie schon nackt nehmen. Auf der Stelle und splitternackt ... es sei denn, Ihr überlegt es Euch noch einmal und reitet wieder davon, wofür Euch kein vernünftiger Mensch einen Vorwurf machen würde.«

Yaegar rechnete offenbar damit, dass seine Schwester sich schämen würde, und er ergriff die Gelegenheit, sie zu demütigen, mit offensichtlicher Freude. Aus Rücksicht auf sie sagte Haldern nichts mehr.

Die Stille war erdrückend und Yaegar hob mit einem siegesgewissen Glitzern in den Augen die rechte Hand, um seine Schwester aus dem Saal zu scheuchen. In diesem Augenblick ging Oriel mit laut hallenden Schritten um die beiden herum und stellte sich von hinten neben Rafella.

»Ich kann Euch meinen Umhang anbieten, Mylady«, sagte Oriel. »Außerdem könnt Ihr meine Stiefel haben, damit Ihr nicht barfuß gehen müsst. Mein Hemd wiederum dürfte weich genug sein für Eure Haut. Egal was Ihr anhabt, ich glaube, Lord Haldern wird Euch in jedem Gewand zur Frau nehmen.«

»Ja, und von ganzem Herzen«, ergänzte Lord Haldern.

Oriel legte der Frau, die viel kleiner war als er, seinen weiten Umhang über die Schultern. Der Umhang bedeckte sie vollkommen. Dann zog Oriel sich sein grünes Hemd über den Kopf und setzte sich hin, um seine Stiefel auszuziehen. Als Rafellas Kleid unter dem Umhang zu Boden fiel, erholte Yaegar sich von seinem Schreck.

»Ich habe doch noch gar nicht meine Einwilligung gegeben«, polterte er los.

Rafella sah zu Haldern hinüber, die Hoffnung in ihrem Blick war wieder erstorben.

»Doch, ich glaube schon«, sagte Oriel und blickte dem

breitschultrigen Mann direkt ins Gesicht. »Ihr habt doch soeben gesagt, sie dürfe nichts mitnehmen, was Euch gehört. Das bedeutet aber, dass sie gehen kann, solange sie nichts mitnimmt. Das habt Ihr vorhin selbst verfügt.«

»Aber das wollte ich nicht. Ich lege Widerspruch ein. Wer will mit mir kämpfen?« Lord Yaegar erhob sich vom Tisch.

»Ich will«, antwortete Oriel. Er trug nichts außer seiner Hose und dem Schwert und er fühlte sich nackt, aber nicht ausgeliefert. Im Gegensatz zu Yaegar war er jung und behände und konnte gut mit dem Schwert umgehen. Das, so fand er, bot ihm genügend Schutz vor seinem Kontrahenten und er freute sich sogar darauf, Lord Yaegar in die Knie zu zwingen, denn er hatte nicht die geringste Angst vor ihm. »Ich behaupte, Ihr steht nicht zu Eurem Wort, und deswegen trete ich gegen Euch an.«

»Und ich ebenso«, sagte Lilos und stellte sich neben Oriel.

»Ich auch«, ließ Wardel sich vernehmen und gesellte sich ebenfalls zu ihnen, zusammen mit Garder und Verilan. Nun konnte eigentlich nichts mehr schief gehen.

Lord Yaegar sah dem Ganzen gelassen zu, nahm die Hand vom Schwert und setzte sich laut lachend wieder auf seinen Platz. Dieses Lachen war offenbar Yaegars Zustimmung zur Hochzeit seiner Schwester.

In diesem Augenblick kam Tintage von der anderen Seite der Halle herbeigerannt und stellte sich ebenfalls neben seine Kameraden.

»Der Letzte, immer der Letzte«, meinte sein Vater und schob seinen Kelch mit Wein von sich. »Nun habt Ihr ja,

463

weswegen Ihr hergekommen seid, Haldern. Und damit meine ich die Steuergelder. Wenn Ihr Euch dafür entscheidet, Rafella ebenfalls mitzunehmen, dann könnt Ihr sie haben. Ich gebe sie Euch als Dank dafür, dass ihr mich von diesem Tanzlehrer befreit. Na los, worauf wartet Ihr noch? Habt Ihr nicht noch mehr Aufträge für den König zu erledigen, Haldern? Anderenorts? Ich jedenfalls habe genug von Euch. Geht jetzt.«

Als sie den Saal verließen, nahmen sie Lady Rafella sicherheitshalber in ihre Mitte und geleiteten sie wie eine hoch gestellte Gefangene ins Freie. Oriel, der als Letzter der Gruppe ging, drehte sich an der Tür noch einmal nach Lord Yaegar um. Yaegar war aufgestanden und hatte eine Hand zum Gruß erhoben. Oriel hätte am liebsten nicht darauf reagiert, aber Yaegar war hier im Süden, an den Grenzen des Königsreichs, der wichtigste Mann, auf den sich der Graf nur dann verlassen konnte, wenn er ihm zeigte, wer der Herr war. Und so hob Oriel seine Hand so stolz zum Gegengruß, als wäre er bereits der neue Graf Sutherland.

Dann ritt der Trupp durch die langen Sommertage wieder zurück zur Stadt des Königs. Sie folgten dem Fluss und jeden Abend wuschen sie sich in den erfrischenden Fluten den Staub der Reise von ihren Körpern. Im ersten Dorf, das sie nach ihrer Abreise aus der Burg Yaegars erreichten, warb Lord Haldern zwei Mädchen an, die seiner Braut als Zofen dienen sollten. Nachts schlief Rafella mit diesen in einem Zelt, aber tagsüber ritt sie neben Lord Haldern, ihrem Bräutigam.

Jetzt, da das Turnier immer näher rückte, verspürte Oriel ein dringendes Verlangen, endlich Lady Merlis kennen zu lernen. Warum dieses Verlangen gerade jetzt so stark wurde, wo die Spätsommernächte wieder länger wurden und die Fledermäuse in der Dämmerung auf Insektenfang gingen, konnte Oriel sich nicht erklären. Doch dass er die Dame noch nie zu Gesicht bekommen hatte, lähmte ihn wie schwere, eiserne Ketten, die ihm jemand um die Fußgelenke geschlungen hatte.

Bis auf Tintage, der sie erst später kennen gelernt hatte, und Oriel kannten alle Lady Merlis schon von Kindesbeinen an und schwärmten in den höchsten Tönen von ihr. »Ich gebe ja zu, dass sie hübsch ist«, sagte Tintage einmal, »ich würde sogar sagen, sie ist hübscher als viele andere Frauen, und ich habe noch nie mit einer Frau getanzt, die leichtfüßiger war als sie. Wenn Merlis könnte, würde sie den ganzen Tag und die ganze Nacht durch tanzen. Sie ist stolz und viele Leute behaupten sogar, sie sei kühl, doch ich finde das nicht. Ich habe von anderen gehört, dass sie nicht oft lächelt und eigentlich auch nie lacht, aber diese Leute kennen sie nicht so wie ich. Hoffentlich. Sie ist nicht eitler als andere Frauen auch, aber das ist immer noch eitel genug. Manchmal frage ich mich, ob ich sie auch dann so begehrenswert finden würde, wenn mit ihrer Hand keine Grafenwürde verbunden wäre.« Dabei sah er den anderen fragend ins Gesicht. »Ob das überhaupt einer von uns tun würde?«

Die anderen murmelten etwas, das weder als Zustimmung noch als Widerspruch gedeutet werden konnte. Oriel war der Einzige, der voller Überzeugung behaupten konnte, dass es ihm nicht so ging, denn schließlich hatte er Lady Merlis noch kein einziges Mal zu Gesicht bekommen.

»Übrigens gibt es viele andere Damen an den Höfen, die heilfroh wären, wenn Lady Merlis endlich unter der Haube wäre. Wie wir alle wissen, sind viele von ihnen auch ziemlich hübsch«, meinte Tintage.

»Du bist der beste Tänzer unter uns«, lachte Garder. »Von Tintage kannst du eine Menge lernen, was den Umgang mit Frauen angeht. Sie kleben an ihm wie die Bienen am Honig.«

»Ich würde eher sagen wie Fliegen in einem Spinnennetz«, lachte Tintage, »denn so süß bin ich nun auch wieder nicht.«

Zur Feier des Turniers, versprach Lord Haldern Oriel, würde es viele Feste mit Tanz und Musik geben, an denen auch Lady Merlis teilnähme. Dann würde Oriel sie kennen lernen, er würde mit ihr speisen und auch mit ihr tanzen können.

Auf dem Heimritt aus dem Süden, mit Lady Rafella in ihrer Mitte, waren die jungen Männer viel mehr eine Gemeinschaft von Kameraden gewesen als Gegner, die eines gar nicht so fernen Tages im Wettkampf gegeneinander antreten sollten. Oriel wollte nach wie vor alle anderen besiegen und das Turnier gewinnen und er vermutete, dass es den anderen genauso ging. Aber keiner von ihnen erstrebte den Sieg so sehr wie er. Nicht einer von diesen jungen Männern aus reichem Hause wusste, wie es ist, wenn man alles verliert, es wiedergewinnt und noch einmal verliert und dann endlich eine Chance bekommt, die nie mehr im Leben wiederkehrt.

Lady Rafella sollte bis zum Tag ihrer Hochzeit unter der Obhut der Königin bleiben. Die Königin wollte ihr bis dahin die einer so hoch stehenden Dame angemessene Brautausstattung zukommen lassen. Als Oriel und Haldern sie bei Hofe abgeliefert hatten, gingen sie zufrieden zurück in Halderns Haus. Oriel hatte gehofft dort Griff zu treffen, aber er wurde enttäuscht. Auf ihn wartete nur eine Nachricht von Beryl, dass er sie in einem Wirtshaus nördlich der Stadt aufsuchen solle. Von Griff gab es kein Lebenszeichen, dafür aber waren Haldern und die Turnierteilnehmer für den nächsten Morgen zum König bestellt, damit dieser sie von einer Entscheidung in Kenntnis setzen könne.

Der König, auf den Lord Tseler und Lord Karossy ganz offenbar massiv eingewirkt hatten, wollte nun doch, dass die Kämpfe des Turniers auf Leben und Tod ausgetragen wurden. Er habe seine frühere Entscheidung noch einmal überdacht und revidiert, teilte er Oriel und Haldern mit. Jeder Bewerber, der seine Teilnahme am Turnier auf Grund dieser geänderten Bedingungen zurückziehen wolle, könne dies tun ohne sein Ansehen zu verlieren.

Als sie diesen Beschluss des Königs hörten, verstummten Oriel und die anderen jungen Männer erst einmal.

»Meine Berater, auf die ich große Stücke halte, haben schwer wiegende Bedenken angemeldet«, erklärte der König. »Außerdem wurden es immer mehr Bewerber, von denen einige bereits aus weniger angesehenen Familien stammten. Und man hat mir berichtet, dass Lady Merlis sich herabgesetzt fühlt, weil die Bewerber für sie nun kein großes Risiko mehr eingehen müssen. Mein Entschluss steht fest.«

Das Audienzzimmer war voller Männer, von denen Oriel die meisten noch nie zuvor gesehen hatte. Diejenigen, die mit Lord Haldern im Süden gewesen waren, vermieden es, sich gegenseitig in die Augen zu sehen.

»In drei Tagen«, verkündete der König, »werde ich einen großen Empfang zu Ehren von Lady Merlis geben. Auf diesem wird sie dann die Männer kennen lernen, aus deren Reihen ihr zukünftiger Ehemann kommen wird. Und jetzt geht in Eure Häuser und Unterkünfte zurück. Die Audienz ist beendet.«

Nach diesen Worten war keine Widerrede mehr möglich. Oriel konnte nicht erkennen, was den Männern durch den Kopf ging. Haldern machte ein besorgtes Gesicht und Tintage blickte amüsiert drein, als schmunzle er innerlich über die Launen des Königs und des Schicksals. Fast beneidete ihn Oriel ein wenig um die Fähigkeit, allen Vorfällen eine lustige Seite abzugewinnen. Er wünschte, Griff wäre jetzt bei ihm.

Kaum hatten sie den Palast verlassen, äußerte Haldern lautstark seinen Unmut über den König, aber er hielt es für äußerst unwahrscheinlich, dass dieser seine Entscheidung ein drittes Mal revidieren würde. »Sich zweimal umzuentscheiden mag ja noch als Zeichen von Weisheit durchgehen«, meinte Haldern. »Dreimal aber ist ein klares Zeichen von Unentschlossenheit. Jetzt musst du dich entscheiden, Oriel.«

Im Hause von Haldern wartete Beryl auf ihn. Sie wartete im Stehen und hatte sich in einen weiten Umhang gehüllt. Sie begrüßte Lord Haldern höflich und ohne nach Griff zu fragen bat sie darum, mit Oriel alleine sprechen zu können. Dabei wollte ihre leblose Stimme gar nicht so recht zu ihren Augen passen, die glühten wie zwei dunkelblaue Kohlen.

Oriel war froh, dass Beryl zu ihm gekommen war, denn er wollte mit jemandem sprechen, der nicht so tief in die Vorgänge bei Hof verwickelt war wie Haldern. Oriel ersuchte Beryl ihren Umhang abzulegen und bot ihr Obst und Käse, Wasser und Wein an. »Ich brauche deinen Rat«, sagte er, nachdem er die Tür hinter Haldern geschlossen hatte.

Beryl ließ ihren Umhang an und kam gleich zur Sache. »Du bringst Schande über mich, Oriel. Wie konntest du nur Griff zu mir schicken? Damit bringst du doch auch Schande über ihn.«

Erst jetzt erkannte Oriel, dass irgendetwas nicht stimmte, aber Beryl ließ ihm keine Zeit zum Nachdenken.

»Weil du auf meine Nachricht nicht reagiert hast, musste ich zu dir kommen«, sagte sie. »Ich bin gekommen, um dir zu sagen, dass du Schande über deine Freunde gebracht hast.« Ihr Gesicht war ganz blass vor Wut und ihre Augen funkelten.

»Griff hat dich gefragt, ob du ihn heiraten willst, stimmt's?«, fragte Oriel und Beryl nickte ungeduldig. »Und du hast ihn abgewiesen?« Sie nickte wieder. »So wie du jeden anderen Mann auch abweisen würdest?« Abermals nickte Beryl.

Beryl hatte Griff und ihm einmal erzählt, dass die Frauen aus ihrer Familie ihr Herz nur einmal im Leben verschenken. Jetzt tat es Oriel Leid, dass er Beryls Zuneigung so gedankenlos hingenommen hatte. Er hätte es verhindern müssen, aber er war sich nicht sicher, ob ein Mann auf eine Frau in diesen Dingen überhaupt einen Einfluss hatte, ob er eine Frau daran hindern konnte, ihm ihr Herz zu schenken. Nun war es ohnehin zu spät dafür.

»Ich habe gesehen, was Frauen für ihre Babys im Stande sind zu tun«, sagte er, »und ich wünsche dir, dass du einen Mann findest, der dein Kind an sein Herz drückt, denn damit würde er auch dein Herz gewinnen.«

Beryl schüttelte den Kopf. »Du kennst mich überhaupt nicht, Oriel«, sagte sie traurig und schüttelte dabei so heftig den Kopf, als wolle sie ihn völlig leer schütteln. Als sie erneut zu sprechen begann, klang ihre Stimme gefühllos und kalt. »Ich wünsche dir alles Gute, Oriel«, sagte sie. »Ich wünsche dir Erfolg im Turnier und dass du Lady Merlis bekommst. Und jetzt muss ich gehen.« Mit diesen Worten stürmte sie aus dem Zimmer.

Oriel starrte die Tür an, die Beryl hinter sich zugezogen hatte. Er überlegte, wie Griff wohl auf die Idee gekommen war, um Beryls Hand anzuhalten, doch dann entschloss er sich die Sache Griff gegenüber niemals zu erwähnen. Er hatte Angst, von seinem Freund eine Antwort zu bekommen, die er nicht hören wollte, und außerdem hätte er Griff durch diese Frage in Verlegenheit gebracht. Oriel war nicht überrascht, als ihm klar wurde, wie unschätzbar wichtig Griffs Freundschaft für ihn war.

Es gab so vieles, worüber er mit Griff hätte reden wollen. Deshalb schickte er einen von Halderns Dienstboten in die Bibliothek, um Griff von seinen Büchern wegzuholen. Als Oriel wenig später in sein knochiges Gesicht mit

den braunen Augen blickte und sah, wie sehr es Griff
freute, mit Oriel zusammen zu sein, kam es ihm so vor,
als wäre die Welt auf einmal wieder in Ordnung. Zu zweit
verspeisten sie einen Laib Brot und ein gebratenes Hähn-
chen. Lord Haldern war zum Abendessen bei Lady Rafella
eingeladen. Oriel berichtete Griff von der Reise und Griff
lauschte neugierig und voller Bewunderung seinen Worten. Dann erzählte Oriel ihm, dass bei dem Turnier jetzt
doch wieder auf Leben und Tod gekämpft werden müsse.

»Willst du denn unter diesen Bedingungen noch mitkämpfen?«, fragte Griff.

»Das Land braucht einen Grafen, der es regiert, und
die Adeligen, die Verwalter und Bürgermeister brauchen
einen Grafen, der ihnen klare Anweisungen erteilt. Alle
im Süden brauchen einen Grafen und dieser muss rasch
verheiratet werden, damit er Söhne in die Welt setzen
kann, die später einmal seine Erben werden.«

»So wie das Königreich einen König braucht«, bestätigte Griff.

»Glaubst du, dass es noch einen anderen Weg gibt?«,
wollte Oriel wissen. »Für Selby hat es ja auch einen Aus-
weg gegeben.«

»Was denkst denn du?«, fragte Griff.

Oriel schüttelte den Kopf; er wusste nicht, wie er seine
Gedanken formulieren sollte.

Griffs Gedanken hingegen waren glasklar. »Mir kommt
es so vor, als wolltest du das Risiko wagen und kämpfen,
auch wenn es auf Leben und Tod geht.«

Oriel beobachtete das vertraute Gesicht. Er erinnerte
sich, wie er sich gefühlt hatte, als er vom Pferd gestiegen

war und mit beiden Beinen auf der Erde von Sutherland gestanden hatte. Wie er beim Gehen das Land gespürt hatte, das vielleicht einmal ihm gehören würde. Der Gedanke an den Anblick der Hügel, die sich allmählich aus der weiten, fruchtbaren Ebene erhoben, tat ihm fast weh und auch der an den Fluss, der gesäumt von Bäumen träge und golden schimmernd unter der sinkenden Sonne dahinströmte. Oriel dachte an die dunkle Erde und fischreichen Bäche, an die flachen Ebenen, die sumpfigen Flussniederungen und die Häuser oben auf den Hügeln. Dieses Land ernährte alle seine Bewohner. Wenn er wirklich Graf werden sollte, dann müsste er ihnen genauso viel geben wie das Land.

»Oriel?«, unterbrach Griff seine Gedanken.

Oriel hob die Hand, um Griff anzudeuten, dass er still sein solle.

Nach einer Weile meldete sich Griff wieder zu Wort. »Es gibt auch noch andere Länder außer denen, die wir schon gesehen haben. Warum sollten wir dort nicht unser Glück versuchen?«

Griff wusste, dass sie nicht im Königreich würden bleiben können, wenn Oriel nicht der Graf von Sutherland wurde. Griff hatte solche Dinge immer verstanden, ohne dass man sie ihm hätte erklären müssen.

»Gibt es denn keinen anderen Weg als zu kämpfen?«, fragte Oriel.

»Ich wüsste nicht, welchen«, gab Griff zurück. Darauf konnte Oriel nichts mehr erwidern. Er wusste nur, dass es bald einen neuen Grafen von Sutherland geben und dass dieser Lady Merlis heiraten würde.

26

Zuerst sah er sie nur aus der Entfernung. Sie stand neben der Königin und begrüßte die Gäste. Ihr Kleid war dunkelgrün wie die Blätter im Sommer und auf ihrem Rock schimmerte ein goldener Falke. Ihre langen Haare trug sie offen und sie glänzten wie weißes Gold, wie die helle Frühjahrssonne. Als er sich ihr näherte, sah er, dass ihr Gesicht so ruhig und glatt war wie Eis im Winter und ihre Augen so grau wie das Meer im Spätherbst. Um ihren schlanken, weißen Hals lag eine juwelenbesetzte Kette und ihre zierlichen weißen Hände hatte sie im Schoß gefaltet. Ihre Schultern fielen leicht nach unten, die Arme waren schlank und glatt und unter ihrem Kleid konnte Oriel die Rundungen ihres Busens und ihrer Hüften erahnen.

Oriel hätte auf der Stelle sein Leben für sie hingegeben. Er versuchte sich vorzustellen, wie sie nackt mit ihm im Bett lag, und verspürte eine Sehnsucht, die seinen Körper wie ein Messer durchschnitt. Er hätte gerne mit den Fingern über ihr seidiges Haar gestreichelt und er freute sich darauf, sie lachen zu hören und ihr beim Tanzen und Essen zuzusehen. Und er fragte sich, was wohl in ihrem Kopf vor sich gehen mochte, dass sie so ein unbewegliches und geheimnisvolles Gesicht zur Schau trug.

Ein Gesicht, das perfekt war in seiner Schönheit.

Einer nach dem anderen wurden ihr die Bewerber vorgestellt, die ihr vor den versammelten Gästen einen Heiratsantrag machen und auf etwaige Fragen von ihr antworten mussten. Inzwischen hatte die Anzahl der Bewerber abgenommen, weil viele wegen der abermals geänderten Turnierbedingungen aufgegeben hatten, dennoch war eine ganze Reihe übrig geblieben. Lilos, der bei Hofe groß geworden und mit der höfischen Art des Denkens und Benehmens vertraut war, hatte seine Entscheidung, auch weiterhin um die Hand von Lady Merlis anzuhalten, so erklärt: »Ich kann mich ja bis zum Kampf immer noch anders entscheiden und aufgeben. Aber was wäre, wenn ich jetzt aufgebe und ihr anderen auch und Lady Merlis bekommt irgendein ungehobelter Flegel, dessen einziges Verdienst es ist, dass er länger gewartet hat als alle anderen? Diesem Schicksal darf ich Lady Merlis und das Land im Süden nicht ausliefern. Also bleibe ich im Rennen und warte ab, was sich tut.«

»Aber was ist, wenn derjenige, der zum Schluss übrig bleibt, sich doch als der Würdigste von allen herausstellt?«, fragte Wardel.

»Das weiß ich auch nicht«, antwortete Lilos, »aber ich werde es wissen, wenn es so weit ist.« Oriel erkannte, dass sich Lilos die Frage schon selbst gestellt hatte.

Oriel wartete ungeduldig darauf, der Lady vorgestellt zu werden und dabei zu spüren, wie ihre Blicke auf ihm ruhten. Wenn sie ihren langen, schlanken Arm nach vorne streckte, so dass einer der Freier ihr einen Handkuss geben konnte, kam es Oriel vor, als würde sich für diese Frau auch ein Kampf auf Leben und Tod lohnen, solange es keine andere Möglichkeit gab, sie zu besitzen.

Und doch konnte er keinen Gefallen daran finden, einen der anderen jungen Männer töten zu müssen. Als

Oriel daran dachte, Garder sein Schwert in den Leib zu stoßen und es bluttriefend wieder herauszuziehen, lief es ihm kalt den Rücken hinunter. Er konnte die Vorstellung nicht ertragen, Verilan seinen Schild so heftig gegen den Helm zu stoßen, dass dieser sein schmales Nasenbein zerbrach, oder Lilos' oder Wardels Knochen brechen zu hören, wenn sie mit der Lanze aus dem Sattel gestoßen wurden. Oriel konnte sich nicht vorstellen über solche Siege auch noch froh zu sein.

Wenn er aber andererseits daran dachte, dass alle diese Männer zwischen ihm und Lady Merlis standen, dann war ihm die Vorstellung, über ihre blutigen, gesichtslosen Leichen zu steigen und Land und Hand der Lady in Empfang zu nehmen, nicht mehr ganz so abstoßend.

Oriel war so verwirrt vom Anblick der jungen Dame und dem Blütenduft, der die Luft um sie herum erfüllte, dass er nicht verstand, was sie ihn fragte. Aber sie erwartete eine Antwort und er hob den Kopf von ihrer zarten Hand mit dem goldenen, mit kleinen Perlen besetzten Ring, die er eben geküsst hatte, und sah in ihre grauen, kalten Augen. Seit er ihre Hand berührt hatte, schien ihm jeglicher Verstand abhanden gekommen zu sein und so brachte er nur ein blödes »Es tut mir Leid, ich habe Euch nicht verstanden« heraus.

Er hörte, wie hinter ihm jemand lachte, was der Lady überhaupt nicht zu gefallen schien. Oriel richtete sich auf, so dass sie ihn in seiner vollen Größe sehen und erkennen konnte, dass er ihrer wohl wert war und dass er sich nicht über sie lustig machen wollte.

»Ich habe dich, ebenso wie jeden anderen der Männer

hier, gefragt, ob du mich auch ohne meinen Besitz haben wolltest. Würdest du mich denn auch heiraten, wenn du dadurch nicht der Graf von Sutherland werden würdest?«

Oriel wollte sie nicht anlügen, denn sie sollte aus seinem Mund von Anfang an nichts als die Wahrheit hören. »Das weiß ich nicht, Lady Merlis.«

Erst als wieder jemand lachte, merkte Oriel, wie dumm seine Antwort geklungen haben musste. Noch dazu hatte seine Stimme vor Aufregung gezittert. »Wie soll ich Eure Frage wahrheitsgemäß beantworten«, fragte Oriel, »wo doch jeder Mann, der Euch heiratet, Eure Ländereien mitheiratet. Ihr seid nun einmal die Tochter eines Grafen, Mylady.«

Wenn sie nur ahnte, wie sehr er sie verehrte und schätzte, dann würde sie ihn nicht so anschauen, wie sie es jetzt tat.

»Du bist der einzige meiner Verehrer, der so etwas sagt«, rügte die Lady Oriel. »Willst du damit behaupten, dass du der einzige ehrliche Mann hier im Saal bist? Schließlich haben alle anderen gesagt, dass sie mich auch ohne mein Land heiraten wollen.«

Oriel wusste nicht, was er darauf antworten sollte. Er dachte, dass es sehr dumm von ihm gewesen war, sich nicht vorher überlegt zu haben, was er sagen wollte. Die anderen hatten das sicherlich gemacht. Dann aber dachte Oriel, dass die Lady zu gut und zu schön war, um Lügen aufgetischt zu bekommen, und deswegen schwieg er, weil er sie nicht beleidigen wollte.

Aber das gefiel ihr offenbar auch nicht. Zwar verriet ihr Gesicht keine Gefühlsregung, genauso wenig wie das Ge-

sicht einer Marionette eine Gefühlsregung des Puppenspielers verrät. Nur an ihren Augen und an ihrem Tonfall
konnte er erkennen, dass sie ihn noch mehr verachtete,
als ihre Worte es ohnehin schon ausdrückten: »Der König
selbst unterstützt dich bei diesem Turnier. Deshalb muss
ich deinen Antrag annehmen«, meinte Lady Merlis kalt.

Das stachelte Oriel an. Er wollte nicht, dass sie auf ihn
herabblickte. »Eure Worte ehren den König, so wie es ihm
gebührt«, antwortete Oriel. »Bringt Ihr mir denn auch
ein bisschen Ehre und Wohlwollen entgegen?«, wollte er
dann wissen.

»Ja«, antwortete sie, stand wütend auf und blickte
Oriel eisig an. Er hatte sie dazu gebracht, die Fassung zu
verlieren.

Ihre Worte kamen wie Pfeile daher und Oriel verstand
überhaupt nicht, warum sie ihm wehtun wollte.

»Vielleicht seid Ihr ja der Auffassung, Lady, dass ich gar
nicht so viel Achtung verdiene«, erwiderte Oriel.

»Ach, du weißt also, was ich denke? Und das nach so
kurzer Zeit?«

»Ich glaube«, gab Oriel ehrlicherweise zu, »dass ich ein
ganzes Leben lang mit Euch zusammen sein könnte und
noch immer nicht wüsste, was in Eurem Kopf vor sich
geht.«

»Jetzt gehst du aber zu weit!«, rief die Lady wütend.
»Ich habe dir nichts weiter zu sagen!« Damit winkte sie
ihn fort.

Oriel gehorchte. Zu spät ging ihm durch den Kopf,
dass er ihre Schönheit hätte rühmen sollen, in der sie alle
anderen Frauen übertraf, und er hätte ihr sagen sollen,

dass er mit Freuden sein ganzes Leben lang für sie da sein würde.

Später, auch wenn Oriel nicht hätte sagen können, wann, wurde zum Tanz aufgespielt. Zwischen dem Moment, als Oriel ihre Hand berührt hatte, und dem Tanz wurde gegessen und getrunken und die vielen Menschen unterhielten sich und lachten miteinander. Oriel starrte dabei ins Licht der zahlreichen Kerzen und dachte die ganze Zeit über an Merlis' Stimme, ihr Gesicht und daran, wie sie in ihrem grünen, falkenbestickten Kleid vor ihm gestanden hatte und ihm ihre Hand gleichzeitig hingestreckt und wieder entzogen hatte.

Später näherte sich Oriel der Lady noch einmal und bat sie um einen Tanz, aber sie tat so, als sähe sie ihn gar nicht und ging an Verilans Arm an ihm vorbei. Er näherte sich ihr noch einmal, als sie neben Tintage stand, der sie irgendwie zum Lachen gebracht hatte. Tintage erzählte ihr gerade die Geschichte, wie sie Rafella aus Yaegars Haus geholt hatten. Oriel kam bei der Geschichte gut weg und er glaubte, dass Lady Merlis dadurch einen besseren Eindruck von ihm bekam. »Und ich habe mich natürlich vollkommen idiotisch dabei verhalten«, meinte Tintage, »wie immer, wenn ich etwas mit meinem Vater zu tun habe. Aus lauter Angst vor ihm traute ich mich nicht, mich auf die Seite meiner Freunde zu schlagen, denn ich wollte nicht, dass er und meine Brüder sich wieder über mich lustig machen. Dabei war Rafella immer wie eine Mutter zu mir gewesen, hatte mich getröstet, wenn ich Angst hatte oder mir etwas misslang. Sie hat gegenüber meinem Vater immer für mich Partei ergriffen und mir einen großen Platz in ihrem Herzen eingeräumt. Und als sie mich einmal wirklich brauchte, hatte ich weder den Mut, ihr zu helfen, noch mich an die Seite desjenigen zu stellen, der im Recht war.«

»Ist es denn besser, wenn man niemals Zweifel hat?«, sagte die Lady freundlich zu dem unglücklichen Tintage. »Ist es denn wirklich so gut, wenn man niemals versagt? Ein solcher Mensch ist doch wie ein Stein. Möchtest du lieber ein Stein sein oder ein Mensch? Ich finde, du brauchst dich hinter niemandem zu verstecken, Tintage. Ich weiß, was du hast durchmachen müssen.«

In der Nähe von Lady Merlis verlor Oriel viel von seiner Schlagfertigkeit. Wie freundlich sie mit Tintage sprach, bewies ihm, dass sie einen Mann nicht nur auf Grund seiner Leistungen beurteilte. Sie schien sich auch dafür zu interessieren, dass er über Herzensbildung verfügte. Zwar glaubte Oriel, dass er bei Beryl so etwas wie Herzensbildung erfahren hatte, aber sicher war er sich dessen nicht. Er war sich sicher, was seine Kraft, seine geistigen Fähigkeiten, seine Treue, seine Kühnheit, seine Ausdauer anbelangte ... wo aber war bei alledem sein Herz mit im Spiel gewesen?

Diese Lady berührte sein Herz, und das schmerzlicher als jede andere Frau davor; sie berührte es genauso wie ihr Land, und während Oriel ihr zusah, wie sie mit Tintage sprach, dachte er an dieses Land, das er mit Blicken, Füßen und sogar mit seinen Händen berührt hatte, als er die fruchtbare Erde durch seine Finger hatte rieseln lassen.

»Lady Merlis, darf ich Euch um den nächsten Tanz bitten?«, fragte Oriel. Er konnte fast hören, wie dumpf sein Herz dabei schlug.

Die Lady reichte Tintage mit einem Lächeln ihre Hand.

»Aber Merlis, ich habe Euch doch gar nicht um einen Tanz gebeten«, wandte Tintage ein.

»Aber ich habe mir dich ausgesucht«, antwortete sie. Und nach einer Pause fügte sie noch hinzu: »Für diesen Tanz.«

»Es wäre sehr unhöflich von mir, wenn ich diese Aufforderung zurückweisen würde«, meinte Tintage und warf Oriel einen bedauernden Blick zu. »Sei nicht traurig, Freund. Es kommt ja nicht darauf an, wen sich die Lady erwählt, denn der Graf wird ohnehin durch das Turnier bestimmt.«

Die Wangen von Lady Merlis wurden rot vor Scham und Oriel hätte Tintage für seine Gedankenlosigkeit am liebsten bestraft, doch dann erkannte er an Tintages maulwurfschwarzen Augen, dass dieser seine Worte mit Bedacht gewählt hatte und sehen wollte, welche Wirkung sie hatten. Trotzdem darf Tintage Lady Merlis keinen Schmerz zufügen, dachte Oriel und ihm krampfte sich das Herz in der Brust zusammen.

Merlis drehte sich um und entzog Tintage ihre Hand. »Ich nehme keinen von euch beiden!«, rief sie zornig.

Ihre Stimme war so laut, dass die Menschen in der Nähe zu reden aufhörten und sich erstaunt nach ihr umdrehten.

»Bedenkt, dass Ihr nicht die Wahl habt, Lady«, erinnerte Tintage sie.

»Lass sie in Ruhe«, meinte Oriel.

Er war fest entschlossen mit Tintage vor aller Augen zu kämpfen, auch wenn das noch so einen großen Skandal verursachen würde. »Siehst du denn nicht, wie du sie beleidigst?«

»Ich bin die unglücklichste Frau auf der ganzen Welt«, sagte Merlis, deren Stimme jetzt wieder ganz sanft klang, und Oriel glaubte es ihr und wünschte, dass sie eines Tages von sich behaupten könne, sie sei die glücklichste.

Oriel beschloss sie nicht mehr zu belästigen. Für eine stolze Frau wie sie musste es schrecklich sein, den Sieger des Turniers ehelichen zu müssen. Einen Mann, der alle anderen abgeschlachtet hatte, darunter vielleicht sogar seine Freunde, nur um ihre Hand und ihr Land zu bekommen. Oriel konnte Merlis nicht dafür tadeln, dass sie verbittert war und sich von der Welt betrogen fühlte.

Während Oriel ihr zusah, wie sie sich von ihm entfernte, dachte er, dass er für sie so fruchtbar sein könnte wie das Land, weil er Geduld haben würde mit ihr und ihr Zeit geben würde, in sein Leben hineinzuwachsen, so wie auch ein Garten langsam ergrünte und seiner Blütezeit entgegenwuchs.

Bald wussten alle, wie es um Oriel bestellt war, aber Tintage war der Einzige, der sich traute ihm das auch zu zeigen. Und weil Oriel spürte, dass die anderen in seiner Abwesenheit über ihn lachten, war ihm Tintages offene Art fast lieber. Bei den Übungskämpfen brauchte Oriel nur daran zu denken, dass sein Widersacher Merlis' Hand gewinnen würde, und schon verliehen ihm Trauer und verzweifelte Wut zusätzliche Kräfte. Es war jedoch sinnlos, sich etwas vorzumachen: Die Lady mochte ihn am allerwenigsten von allen Männern, die um ihre Hand angehalten hatten.

Oriel hätte gern gewusst, was er falsch gemacht hatte, damit er es in Zukunft richtig machen konnte. Weil seine Sehnsucht nach Merlis ihn fast um den Verstand brachte, ließ er Beryl rufen, um sie um Rat zu fragen, aber sie war nirgends in der Stadt aufzutreiben. Nicht einmal Griff wusste, wo sie sein könnte.

Anstelle von Beryl gaben ihm die Hofdamen gute Ratschläge. Manche meinten, er solle sich eine Frau mit Ländereien suchen, die einen Freier wie ihn zu schätzen wisse. Andere rieten ihm, er solle so tun, als habe er eine andere Frau im Sinn, um sich dadurch für Lady Merlis interessanter zu machen. Wieder andere waren davon überzeugt, dass eine Frau zu dem Mann, den sie am allermeisten begehrte, besonders abweisend sei, um diesen zu vertreiben, bevor er ihr das Herz stehlen konnte. »Merlis weiß nicht, was sie will«, meinten sie alle gleichermaßen. »Du musst hartnäckig sein und ihr Herz erobern, dann machst du sie zur glücklichsten Frau auf der Welt.«

Also blieb Oriel hartnäckig. Er suchte ihre Gesellschaft, auch wenn sie ihm nie ein Lächeln schenkte. Wenn er schon nicht mit ihr reden konnte, dann wollte er sie wenigstens sehen. Er wurde ganz unruhig, wenn er nicht in ihrer Nähe war, und je mehr sie ihm auswich, desto stärker entflammte er in Liebe zu ihr. Nur dreimal passierte es – und diese Gelegenheiten waren für ihn wie ein Freudenfeuer in einer finsteren Nacht –, dass sie ihn an einem Abend mit Gesang und Tanz anlächelte, ihm in die

Augen sah und ihm ein freundliches Wort sagte. Danach war Oriel wie betäubt vor Glückseligkeit und voller Hoffnung. Er glaubte, sie habe ihn schließlich doch erwählt, und war darüber nicht einmal überrascht. Er war glücklich und sehnte sich gleich doppelt so stark nach ihr wie zuvor, aber er war nicht überrascht. Er war glücklich wie das Land unter der warmen Frühlingssonne, die nach einem kalten Winter Gräser und Blumen aus der Erde treibt, Kräuter sprießen und Bäume ausschlagen lässt.

Nach diesen Erlebnissen war Oriel im Schwertkampf so schnell und wendig wie ein Vogel und keiner konnte es mit ihm auch nur annähernd aufnehmen. Die Freude beflügelte Oriel noch sehr viel mehr als sein Schmerz und seine Wut. Die Freude machte ihn unverwundbar.

Aber wenn Oriel nach solchen Tagen voller Glückseligkeit zum nächsten sehnsüchtig erwarteten Treffen mit Lady Merlis eilte, zeigte sie ihm die kalte Schulter und strafte ihn mit Verachtung.

Gwilliane fand dieses Verhalten Besorgnis erregend. »Es ist gar nicht Merlis' Art, mit Menschen zu spielen. Irgendetwas muss sie tief getroffen haben.«

Oriel hoffte, dass es die Liebe zu ihm war, die sie so tief getroffen hatte. Das hoffte er so sehr, dass er kein einziges Wort herausbekam.

»Wir haben sie nicht gut behandelt«, sagte die Königin. »Wir haben sie immer nur als die Erbin ihres Landes gesehen und nie als eine Frau, die ihre eigenen Gefühle hat.«

Oriel dachte bei sich, dass er Merlis mit seiner unerschütterlichen Liebe für diese falsche Behandlung entschädigen würde.

»Das arme Kind hat es nie leicht gehabt«, sagte Gwilliane und seufzte.

»Erzählt mir doch, weshalb«, bat Oriel die Königin. Er wollte alles über Merlis wissen und er sprach gerne über sie, weil dadurch seine Sehnsucht nach ihr einerseits gestillt und andererseits von neuem entfacht wurde.

»Merlis ist sehr stolz erzogen worden und war immer verbittert, weil sie das Erbe nicht antreten konnte. Und was haben wir ihr angetan? Es ist schrecklich, wenn eine Frau mit ansehen muss, dass Männer ihr Leben riskieren, um an ihr Land zu kommen.«

Als Oriel die Lady aus diesem Blickwinkel sah, der mit seiner Sehnsucht nach ihr nichts zu tun hatte, erkannte er, was ein Mann, der sie wirklich liebte, tun musste.

Der Mann, der sie wirklich liebte, müsste das Turnier gewinnen und ihr dann die gewonnene Grafschaft zu Füßen legen. Er würde ihr die Regentschaft über ihr Land ebenso überlassen wie die Entscheidung darüber, wen sie sich zum Mann erwählte. Er müsste dabei riskieren, dass es möglicherweise nicht er sein würde, dem sie ihr Herz und ihr Land schenkte, auch wenn er beides durchaus verdient hätte. Selbst wenn er bei den Turnierkämpfen seine Tapferkeit und durch das Geschenk an sie seine Großzügigkeit unter Beweis gestellt hätte, könnte sie ihm trotzdem einen anderen vorziehen. Aber all das durfte den Mann, der Merlis wirklich liebte, nicht davon abhalten, ihr die Entscheidung zu überlassen und diese dann auch zu respektieren.

Vom Verstand her war Oriel das alles klar, aber seine Sehnsucht nach Merlis war einfach zu stark. Wenn er das Turnier gewann, würde er sie nehmen, ob sie wollte oder nicht. Er wünschte sich zwar, dass sie wollte, doch wenn ihr das nicht möglich war, konnte er auch nichts machen. Sie würde mit ihm leben müssen, und zwar in ihrer Burg, die dann die seine wäre, und in seinem Bett. Wenn er sie erst einmal besaß, würde er sie nie wieder loslassen.

Viel lieber allerdings wäre es ihm, wenn sie aus freien Stücken zu ihm käme, selbst wenn sie dazu erst durch das Blut der Männer waten müsste, die seine Freunde waren. Immerhin würde ja auch er sein Leben für sie aufs Spiel setzen, für sie, die schönste und stolzeste aller Frauen, der sein ganzes Herz gehörte.

Neun Tage nachdem Oriel die Lady zum ersten Mal gesehen hatte, war der Tag des Turniers gekommen. Am Ende des Tages würde feststehen, wer Lady Merlis zur Frau bekommen und damit der neue Graf von Sutherland werden würde. Diesem Mann würde dann die schwere Aufgabe zufallen, in seinem neu gewonnenen Land für Ordnung zu sorgen. Der Tag des Turniers dämmerte blassrosa und golden herauf und für viele würde er blutig enden. Oriel aber begrüßte ihn voller Erleichterung.

Bald nämlich würde die Entscheidung fallen. Entweder würde er sterben oder die Hand der Lady gewinnen und Oriel war sich ziemlich sicher, dass er am Abend der neue Graf von Sutherland sein würde. Er kannte seine Gegner, denn schließlich hatte er einigen von ihnen das Schwimmen beigebracht und wusste, wie rasch sie Angst bekamen. Er hatte gesehen, wie sie mit dieser Angst fertig wurden, und wusste, wo ihre schwachen Stellen waren. Oriel kannte sie in- und auswendig.

Darüber hinaus kannte er sich selbst und seine Sehnsüchte. Er wusste, wer er war, und er wusste, wer er werden wollte. Am Morgen des Turniers kleidete sich Oriel ganz in Grün: Er trug sein grünes Hemd und darüber eine silbern schimmernde, leichte Rüstung. Dann schlüpfte er in die hohen Stiefel und schnallte sich sein Schwert um. Dabei kam ihm immer wieder Lady Merlis in den Sinn, aber er verbannte sie bis zum Ende dieses Tages aus seinem Kopf und seinem Herzen.

Griff war der Einzige, der ihm beim Ankleiden half. Haldern hatte sich mit Rafella bereits zum Turnierplatz begeben, um dort zusammen mit dem Hofstaat die Kämpfe anzusehen. An diesem Morgen empfand Oriel eine tiefe Dankbarkeit nicht nur gegenüber Haldern, sondern auch gegenüber dem Salzsieder, den Bürgern von Selby und sogar gegenüber Rulgh. Vielleicht, dachte Oriel, würde es eines Tages sogar heißen, der sechste Damall wäre es gewesen, der ihn ursprünglich auf den Weg zum Ruhm gebracht hatte. Bei dieser Vorstellung musste Oriel laut lachen.

Die Morgenluft war frisch und süffig wie Wein. Oriel hatte das Gefühl, dass seine Kraft mit jedem Schritt, den er tat, sich um ein großes Stück steigerte. Mit jedem Atemzug, so kam es ihm vor, wurde er gewandter und vielleicht sogar gescheiter. Frohen Mutes schritt er zusammen mit Griff auf den Turnierplatz zu.

Das Turnier bestand aus drei Teilen. Als Erstes mussten sich die Kämpfer dem König und Lady Merlis vorstellen und ihren Heiratsantrag vorbringen. Im zweiten Teil mussten sie zu Pferde aufeinander zureiten und versuchen sich mit Lanzen gegenseitig aus dem Sattel zu stoßen. Wenn man Glück hatte, ging so etwas mit ein paar Quetschungen und Prellungen ab, aber meistens erlitt der Heruntergestoßene schlimme Knochenbrüche, was seine Überlebenschancen im dritten und letzten Teil des Turniers drastisch verringerte, in dem auf Leben und Tod mit dem Schwert gekämpft wurde.

Oriel war zu allem bereit. Nach den vielen Übungskämpfen brannte er darauf, sich nun wirklich mit ihnen zu messen. Während Oriel und Griff durch die engen Gassen der Stadt schritten, ging eben die Sonne auf, und als sie auf dem Turnierplatz anlangten, hatte sie bereits alles in ihr warmes, gelbes Licht getaucht, so dass das Herbstlaub an den Bäumen ebenso farbenprächtig leuchtete wie die Kleider der Damen und Herren des Hofstaats.

Über dem Podium, auf dem der König, die Königin und Lady Merlis saßen, hatte man ein Schatten spendendes, offenes Zelt errichtet. Davor erstreckte sich eine weite, von alten Bäumen gesäumte Rasenfläche. Pferdeknechte hielten die Pferde, die sich gegenseitig anstupsten und liebevoll die Köpfe aneinander rieben. Sie wussten nicht, dass sie bald unter einander feindlich gesinnten Reitern aufeinander losgaloppieren mussten. Auch die Lanzen lehnten friedlich an der Wand und gaben sich gegenseitig Halt, damit keine umfiel. Daneben standen die Turnierteilnehmer mit ihren Knappen.

Als Oriel näher kam, erkannte er mit einem Blick, wie dieser Tag, noch bevor er richtig begonnen hatte, die Männer voneinander isolierte. Die Gesichter seiner Konkurrenten kamen ihm wie Masken vor und er spürte, dass auch er eine aufgesetzt hatte. Hinter dieser Maske hervor blickte er die Masken der Männer an, die bis vor kurzem alle noch seine Freunde gewesen waren. Oriel und seine fünf Kameraden waren die Einzigen, die von all den vielen Bewerbern nach der Änderung der Turnierbedingungen noch übrig geblieben waren.

Oriel trat auf das Podium zu und verbeugte sich vor dem König, der Königin und Lady Merlis.

An diesem Morgen schenkte ihm die Lady ein Lächeln. Als Oriel das sah, ging ihm das Herz auf und schlug wie wild vor Glück. Viel hätte nicht gefehlt und seine Beine hätten angefangen zu zittern. Aber das merkte niemand außer ihm.

Als sich Oriel umdrehte und die anderen jungen Männer sah, traf ihn wie ein Keulenschlag die Erkenntnis, dass er sie alle fünf töten musste, um der Sieger des Turniers zu werden.

Fast hätte Oriel sich wieder umgedreht und hätte den König gebeten die Regeln des Wettkampfs noch einmal zu ändern. Lilos, der Sohn des Königs, war einer der feinsten Kerle, die Oriel jemals kennen gelernt hatte, und warum sollte der König seinen Sohn geringer schätzen, als andere Menschen das mit ihren Kindern taten? Auch Tseler hatte einen Sohn zu verlieren, einen aufrichtigen und klugen jungen Mann, der seinem Vater alle Ehre machte. Lag diesen Söhnen weniger an ihrem Leben als anderen Menschen? Oriel wusste, dass das zumindest auf ihn nicht zutraf.

Musste der neue Graf sich seinen Titel wirklich mit dem Tod solcher Männer erkaufen?

Während Oriel zwischen seinen schweigenden Mitbewerbern stand, entfalteten sich die Gedanken in seinem Kopf wie junge Pflanzen, die im Frühling kraftvoll aus der Erde sprießen.

Musste Oriel tatsächlich einen so hohen Preis bezahlen, um die Grafenwürde zu erringen?

So schön und stolz Lady Merlis auch war und sosehr ihr Herz sich nach Glück sehnte; so reich und groß ihr Land auch war – gab es denn gar keinen anderen Weg, um die Grafenwürde von Sutherland zu erlangen?

Oriel wünschte, er hätte die Zeit, diese Frage mit Griff zu besprechen, denn inzwischen war ihm eine Möglichkeit in den Sinn gekommen, wie man das ganze Blutvergießen vielleicht noch vermeiden konnte. Aber dazu musste er alles riskieren.

Denn was hätte er schon davon gehabt, wenn er Graf geworden wäre und dafür alle seine Kameraden hätte töten müssen? Da war es doch besser, alles auf eine Karte zu setzen.

Wenn er das Risiko einging und gewann, konnte er ja Lady Merlis ihr Land überlassen. Er hoffte, er würde, wenn es so weit war, die menschliche Größe aufbringen, das zu tun.

Oriel blickte in die maskenartigen Gesichter rings um sich herum und sagte: »Ich bitte euch um das Privileg, als Erster mit der Lady sprechen zu dürfen.«

Keiner widersprach ihm, denn jedem war klar, dass derjenige, der als Erster sprach, gezwungenermaßen die schwächste Position innehatte. Wenn er gut sprach, konnten diejenigen, die nach ihm kamen, seine Worte wiederholen, wenn er schlecht sprach, konnten sie seine Fehler vermeiden. Außerdem bleibt das, was man zuletzt hört, viel besser im Gedächtnis haften als etwas, das schon länger her ist. Aus diesem Grund war der Letzte, der mit der Lady sprach, eindeutig im Vorteil.

Allerdings, so dachte nicht nur Oriel insgeheim, war es angesichts der blutigen Kämpfe, die folgen würden, ohnehin egal, was man wann und wie zu der Lady sagte. Schließlich würde selbst ein Volltrottel die Hand der Lady und die Grafenwürde erhalten, vorausgesetzt er stand am Ende des Turniers noch auf den Beinen und hatte alle anderen umgebracht.

Als die Trompeten erschallten und alle Bewerber in einer Reihe auf dem grünen Gras vor dem Podium Aufstellung nahmen, atmete Oriel tief die frische Luft ein und trat einen Schritt nach vorne. Erst verbeugte er sich vor dem König und der Königin, dann fiel er vor Lady Merlis auf die Knie und sagte: »Mylady.«

Ihr Haar schimmerte blassgolden in der Morgensonne und ihre grauen Augen blicken ihn kalt und ungerührt an.

Oriel erhob sich, um zu sprechen. »Euch gehört mein ganzes Herz.«

Lady Merlis lächelte nicht und zeigte auch sonst nicht, dass sie seine Stimme gehört hatte.

»Um heute vor Euch stehen zu können, habe ich vor vielen Jahren das nächtliche Meer mit einem Segelboot überquert«, fuhr Oriel fort. »Ich bin durch die felsige Wildnis unwirtlicher Berge gewandert, habe Sklaverei und Krieg, Grausamkeiten und Kälte erduldet, um schließlich zu Euch zu gelangen.«

An Lady Merlis' Gesicht ließ sich ablesen, dass sie nicht sonderlich beeindruckt war.

»Lady, auf Euer Geheiß würde ich es mit einem Drachen aufnehmen«, sagte Oriel. »Ich würde ohne zu essen und zu trinken so weit laufen, bis ich den Mond vom Himmel heruntergeholt hätte, wenn ich Euch damit eine Freude machen könnte. Ich würde mit meinen bloßen Händen Steine aus der Erde graben und daraus Wände zu Eurem Schutz errichten und ich würde den Rest meines Lebens mit Freuden darauf warten, dass Ihr mir nur ein einziges Lächeln schenkt.«

Das sagte ihr schon mehr zu. Hätte er Zeit gehabt, dann hätte er ihr Herz auch ohne das Turnier gewinnen können, das wusste er jetzt. Aber er hatte nun mal keine Zeit.

»Ihr seid der strahlendste Edelstein der ganzen Welt, Mylady. So wie ich Euch mit Freude mein Herz zu Füßen lege und meinen Dienst anbiete, würde ich Euch auch mit Freuden mein Leben schenken.«

Oriel hielt kurz inne, damit Lady Merlis Zeit hatte, über seine Worte nachzudenken. Dann fuhr er fort: »Das alles würde ich für Euch tun, aber verlangt nicht, dass ich diese Männer für Euch töte.«

Mit diesen Worten schien Oriel Lady Merlis verwirrt zu haben und der König rutschte mit sichtlichem Unbehagen auf seinem Thron hin und her, so dass die Königin ihm beruhigend die Hand auf die Schulter legen musste. Oriel konnte sich gut vorstellen, was sie ihrem Gatten ins Ohr flüsterte: »Gebt ihm etwas Zeit, damit er sprechen kann, Sire. Und sei es nur um unseres Sohnes willen.«

Oriel wandte sich nun an seine Mitbewerber. »Ich möchte euch bitten mir euren Anspruch freiwillig abzutreten«, sagte er. »Wenn ihr das alle tätet, würde ich die Hand der Lady nehmen und mich als den glücklichsten Mann auf der ganzen Welt preisen. Aber ihr könnt auch einen anderen auswählen und dann würde ich vor ihm niederknien und ihm sein Glück von ganzem Herzen gönnen. Ich habe schon vieles getan, um Lady Merlis und ihr Land zu bekommen, und ich würde auch noch vieles dafür tun. Aber eines werde ich nicht. Ich werde der Lady nicht eine Hand reichen, die mit dem Blut so vieler guter Männer besudelt ist.«

Die Gesichter seiner Mitkämpfer waren immer noch steinerne Masken, so dass Oriel nicht erkennen konnte, was in ihren Köpfen vor sich ging. »Wie lautet eure Antwort?«, fragte er sie deshalb. Auch wenn seine fünf Kameraden nicht sofort reagierten, konnte er doch an Griffs Miene ablesen, dass er die richtige Entscheidung getroffen hatte. Oriel hatte Griff immer aus ganzem Herzen vertraut und jetzt trafen sich ihre Blicke und sein Freund signalisierte ihm, dass er ihn verstanden hatte.

Eine ganze Weile war es so still, dass man den Wind hörte, der in den Blättern der Bäume säuselte. Dann wurde man auf dem Podium des Königs langsam ungeduldig und die Pferde stampften mit ihren großen Hufen auf den weichen Boden. Schließlich trat Lilos einen Schritt vor, sah Oriel ins Gesicht und fiel vor ihm auf die Knie. Dann reichte er ihm sein Schwert, aber nicht in einer Geste der Demut, sondern eher wie ein Geschenk.

Verilan kniete sich neben ihn, ebenso Wardel und Garder. Nur Tintage blieb unentschlossen stehen.

Lilos, der königliche Prinz, drehte sich um und rief: »Nun komm schon, Tintage.«

Auch Wardel blickte über die Schulter und sagte: »Du weißt doch genau, dass er dich fair behandeln wird. Und du weißt auch, dass er der Beste von uns ist.«

Tintage rang aufgeregt die Hände, aber seine Augen waren vollkommen ausdruckslos. Oriel überlegte, ob er wohl mit Tintage kämpfen würde, wenn dieser als Einziger auf der alten Regelung bestand. Einen umzubringen wäre immerhin weniger als fünf umzubringen. Aber Oriel wollte gar niemanden töten.

Wenn er jemanden dafür töten musste, wollte er nicht Graf werden, das war ihm inzwischen klar geworden. Oriel wartete ab, wie Tintage sich entschloss.

Schließlich kam Tintage ebenfalls nach vorn, kniete sich nieder und gab Oriel sein Schwert. Auf dem Podium war ein Schrei des Entsetzens zu hören.

Oriel hielt nun alle Schwerter in seinen Händen. Er hob sie hoch über seinen Kopf und drehte sich, damit der König, die Königin und Lady Merlis sie sehen konnten. Dann gab er die Schwerter ihren jeweiligen Besitzern zurück, forderte seine Kameraden auf, sich zu erheben, und wandte sich wieder dem Podium zu.

Der König erhob sich in vollem Ornat, mit der Krone auf dem Kopf, und musterte Oriel mit einem strengen Blick. Jetzt kam die letzte Klippe, die es zu umschiffen galt. Oriel fiel auf die Knie und bot dem König sein Schwert dar.

»Majestät, ich bitte Euch mich zum Grafen von Suther-

493

land zu ernennen«, sagte er, »und meinen aufrichtigen Treueschwur entgegenzunehmen. Ich stehe vor Euch als der letzte Kämpfer des Turniers und somit ist den Regeln Genüge getan.« Von Griff hatte Oriel gelernt Gesetze zu zitieren. Er hoffte, dass der König, den er mit diesen Worten unter Zugzwang gesetzt hatte, einmal mehr den gewaltlosen Weg wählen würde, wenn seine Berater keinen Einfluss auf ihn nehmen konnten.

»Dann ernenne ich dich zum Grafen von Sutherland«, sagte der König. »Und zum äußeren Zeichen überreiche ich dir das Schwert des Grafen von Sutherland, auf dessen Griff ein Falke mit ausgebreiteten Schwingen eingraviert ist. An deinen Finger stecke ich den Ring des Grafen von Sutherland, mit dem du fortan deine Befehle siegeln sollst. Erhebt Euch, Graf von Sutherland, damit ich Euch zu treuen Händen diesen Beryll mit dem Bild des Falken übergebe, das alte Symbol für den Reichtum des Grafen von Sutherland.«

Oriel hatte den Eindruck, bei jedem Wort des Königs ein Stück zu wachsen. Schließlich wartete er noch auf das Letzte und Wertvollste, was der König ihm zu übergeben hatte.

»Des Weiteren«, sagte der König und schob Merlis nach vorne, »vertraue ich Euch Lady Merlis an, in deren Adern das Blut der Grafen von Sutherland fließt.«

Die Lady legte ihre Hand in die seine und öffnete stumm den Mund. Dabei sah sie aus wie eine Frau, die von den Wolfern gefangen genommen wird und sich ins Unvermeidliche schickt.

Oriel wusste, dass er jetzt der Graf war. Er war vom König ernannt worden und damit gehörte der Titel ihm so gewiss und unwiderruflich, als ob er damit bereits auf die Welt gekommen wäre. Nun musste er Lady Merlis freigeben.

Die Angst, der Unwillen und die Verzweiflung, die sich in ihrem Gesicht widerspiegelten, waren mehr, als Oriel ertragen konnte. Jetzt war die Zeit gekommen, ihr zu sagen, dass er ihr hiermit die Entscheidungsgewalt über ihr Schicksal in ihre eigenen Hände lege. Um seinen Worten mehr Gewicht zu verleihen, ergriff er auch ihre zweite Hand.

Als er das tat, schrie die Lady so laut, als befinde sie sich in höchster Gefahr: »Tintage! Hilf mir, Tintage!«

Oriel spürte, wie sich hinter ihm etwas bewegte, und dann drang ihm etwas Kaltes in den Rücken. Als er sich umdrehte und schauen wollte, was es war, wurde es wieder herausgezogen und Oriel blickte in die maulwurfschwarzen Augen von Tintage, die vor Angst weit aufgerissen waren.

Er hörte Stimmen, Schreie und bestürztes Rufen und spürte, wie seine Knie nachgaben. Er sah, dass Merlis auf Tintage zugelaufen war und ihre Arme fest um ihn geschlungen hatte. Über die Schulter blickte sie zu Oriel zurück, der von Griff gestützt wurde, damit er nicht zu Boden sank. Oriel klammerte sich an seinen Freund und bekam nur mit Mühe Luft.

Tintage wurde sofort von Männern und Soldaten umringt. Sogar Lilos hatte seinen Dolch gegen ihn gezogen, aber Tintage stand nur stumm da, während ihm Lady Merlis noch immer am Hals hing.

Oriel hörte ein lautes Rauschen in seinen Ohren und wusste nicht, wie lange er sich noch auf den Beinen halten konnte. Ihm war klar, dass er etwas sagen musste, und zwar bevor das wahre Ausmaß der Verletzung bekannt wurde, die Tintage ihm beigebracht hatte. Es kam Oriel wie ein gutes Zeichen vor, dass er keine Schmerzen hatte. Dennoch war sein Rücken ganz warm von dem vielen Blut und er fürchtete, dass er ohne Griffs Hilfe schon längst zusammengebrochen wäre.

»Diesen Mann«, hörte Oriel sich selbst sagen und war froh, dass seine Stimme noch so kräftig wie das fruchtbare Land im Süden klang. »Diesen Mann hier, Griff, ernenne ich zu meinem Nachfolger. Ich … ich bitte euch alle – Lilos, Wardel, Garder, Verilan –, haltet Griff die Treue, so wie ihr sie mir gehalten hättet.« Als er ihnen nacheinander ins Gesicht blickte, gaben seine Knie endgültig nach und im Kopf wurde ihm ganz schwindelig. Er klammerte sich fester an Griff und dachte an Beryl.

Ich habe sie nicht gut behandelt, dachte Oriel. Sie hatte ihm mutig ihr Herz geöffnet, aber er hatte ihr das seine wie ein Feigling nur dann gegeben, wenn er auch etwas von ihr bekommen hatte. Und jetzt, als er das alles hatte ändern wollen, konnte er es nicht mehr.

Aus irgendeinem ihm verborgenen Grund war Oriel klar, dass er sterben musste. Das Blut, das ihm aus der Speiseröhre in den Mund quoll, hatte einen bitteren Geschmack und seine Hände fühlten sich so kalt an, als steckten sie im Schnee. Dann begann er zu weinen. Er steckte sein Gesicht in die Falten von Griffs grünem Hemd und weinte heiße Tränen.

Oriel hatte Angst vor dem Tod und wollte nicht sterben. Er wollte nicht hinüber in eine Welt, in die ihm Griff nicht folgen konnte. In eine Welt voller Dunkelheit. Jetzt würde er nicht mehr erleben, wie sein Land blühte und gedieh.

An Griffs warmer Brust weinte er um die Lady, die ihm den Tod gewünscht hatte, und er weinte auch um sich, weil er sein Herz einer Frau geschenkt hatte, die es verachtete. Er weinte, weil er ein solcher Narr gewesen war. Und er weinte um sein Kind und deshalb, weil er Beryl jetzt nicht mehr sagen konnte, wie gut er sie verstand und wie sehr er ihr zugetan war – auch wenn er ihr sein Herz nie ganz geschenkt hatte. Dann spürte er auf einmal einen Schmerz, der ihn innerlich fast verbrannte.

Oriel hatte alles gewonnen und alles verloren und er schämte sich seiner Tränen.

Über Griffs Gesicht, das jetzt ganz nah an dem seinen war, liefen ebenfalls Tränen und Oriel war traurig, weil er ihn jetzt für immer verlor. Aber er hatte Griff noch etwas Wichtiges mitzuteilen. »Bitte, Griff«, sagte er langsam, »nimm sie unter deine Obhut.«

»Das werde ich tun«, sagte Griff, »ich verspreche es.«

»Ich meine Merlis«, sagte Oriel.

»Ach so«, antwortete Griff.

Griffs Augen waren so braun wie die Erde im Süden. Das Rauschen in Oriels Ohren war jetzt so laut, dass es ihn fast taub machte, aber er konnte Griffs Antwort von seinen Augen ablesen, auch wenn er nicht mehr hörte, was Griffs Mund sagte.

Es tat gut, ihren Namen auszusprechen, und als die Dunkelheit sich langsam auf ihn legte, empfing er sie mit ihrem Namen auf den Lippen.

27

Griffs Ärmel war durchtränkt von Oriels Blut und die Brust seines Hemds war feucht von Oriels Tränen. Hilfe suchend blickte er sich nach Lord Haldern um. »Mylord, bitte lasst das Mädchen herkommen. Die Puppenspielerin. Ich glaube, Ihr habt sie Baer genannt. Sie ist im Land von Lord Hildebrand. In der Nähe der Berge.«

Griff war es egal, wie er und Beryl beim letzten Mal auseinander gegangen waren, ebenso wie es ihm egal war, dass er ihr versprochen hatte sie in Ruhe zu lassen. Wenn sie hörte, dass es um Oriel ging, würde sie kommen. Griff entdeckte den Sohn von Lord Hildebrand unter den umstehenden Männern. »Wardel, könnt Ihr mir helfen?«, fragte er, während er noch immer Oriels Kopf in den Armen hielt. »Könnt Ihr Eure Soldaten nach ihr schicken? Sie ist eine heilkundige Frau. Sie weiß, wie …«

Mehr brauchte Griff nicht zu sagen. Er sah, wie Wardel mit einem der Offiziere des Königs sprach, der sich daraufhin sofort auf sein Pferd schwang und in Richtung Norden davonritt.

Langsam stand Griff auf. Es kam ihm so vor, als wäre ihm das Herz aus dem Leib gerissen worden, aber die Angst um seinen Freund gab ihm die Kraft, ihn in die Arme zu nehmen und hochzuheben.

»Wo ist …?«

Er konnte nicht weitersprechen. Seine Stimme klang heiser und fremd wie Wolfsgeheul.

Er sah, wie die Königin aus dem Kreis ihrer aufgeregt

miteinander flüsternden Zofen trat. Er sah, wie die Soldaten einen sich heftig wehrenden Mann zu Boden drückten.

Das alles kam Griff so vor, als hätte es nicht das Geringste mit ihm zu tun. Er konnte nur an Oriel denken, dem beim Atmen rötlicher Schaum aus dem Mund quoll.

Und Beryl, die ihn vielleicht hätte retten können, war nicht hier. Griff hatte keine Ahnung vom Heilen. Lord Haldern kam zu ihm und sagte mit Tränen in der Stimme: »Bringt ihn ... in mein Haus ...« Griff hatte den Eindruck, als würden manche der Worte nicht bis an sein Ohr dringen.

Lady Merlis mit ihren kalten grauen Augen und den langen, schimmernden Haaren stand neben dem Mann, den die Soldaten inzwischen wieder auf die Füße gestellt hatten.

Dann kamen Diener mit einer Tragbahre, auf die sie Oriel legten. Griff blieb an seiner Seite, für den Fall, dass er doch die Augen öffnete.

Griff verstand noch immer nicht, was wirklich passiert war. Seine Gedanken kamen nie weiter als bis zu dem Punkt, an dem Oriel vor den knienden Turnierteilnehmern gestanden und vom König die Grafenwürde zugesprochen bekommen hatte.

Was war bloß passiert? Oriel hatte hoch aufgerichtet, mit vor Stolz geschwellter Brust dagestanden und alle Augen waren nur auf ihn gerichtet gewesen. Oriel hatte schon immer etwas an sich gehabt, das ihm erst die Blicke und dann die Herzen hatte zufliegen lassen. Griff kannte diesen achtzehnjährigen Mann, der ohne Blutvergießen die Grafenwürde errungen und dafür alles, sogar die Frau seines Herzens, aufgegeben hatte, besser als irgendjemand sonst. Für ihn war er immer noch der Junge, der vor vielen Jahren auf die Insel des Damalls gekommen war und der Angst, unter der sie alle dort gelebt hatten, die Stirn geboten hatte. Beide, der Junge wie der Mann, waren durch das Land geschritten, als gehöre es rechtmäßig ihm. Beide, der Junge wie der Mann, waren ihr Leben lang aufrecht und unbezwingbar gewesen und hatten es hundertmal verdient gehabt, dass Griff sein Leben dem Dienst an Oriel geweiht hatte.

Jetzt drückte die Trauer Griff fast zu Boden.

Im Haus von Lord Haldern warteten bereits Priester in langen Gewändern, die ihre Medizinbücher aufgeschlagen und Tiegel bereitgestellt hatten. Griff wusste, dass sie alles tun würden, was in ihrer Macht stand.

Sie legten Oriel auf den Bauch und stillten die Blutung mit einem fest zusammengefalteten Tuch. Griff setzte sich auf einen niedrigen Hocker neben ihm und lauschte seinem schwachen Atem. Die Priester kamen und gingen, sie untersuchten Oriels Wunde und versuchten ihm Medizin einzuflößen. Sie rieben Oriels nackten Rücken mit Salbe ein, woraufhin ihm kurzzeitig der Atem stockte, dann aber wiederkehrte und stärker wurde.

»Mylord«, fragte einer der Priester, ein junger Mann mit gelbgrünen Katzenaugen, »möchtet Ihr nicht etwas zu Euch nehmen?«

Die Dämmerung war hereingebrochen und die Priester hatten mehrere Kerzen angezündet. Griff schüttelte den Kopf. Er brauchte weder Gesellschaft noch etwas zu

essen. Solange er neben Oriel saß, atmete dieser regelmäßig weiter. Griff glaubte zwar nicht, dass Oriel sterben würde, wenn er aufstand oder sich schlafen legte,
aber er hatte trotzdem das Gefühl, im Zimmer bleiben zu
müssen.

Griff hatte weder Hunger noch Durst. Er stand nur ab
und zu von seinem Stuhl auf, um seine Notdurft in einen
Nachttopf zu verrichten, den ein Diener oder Priester
dann für ihn leerte. Griff bemerkte das nicht einmal,
denn er saß vollkommen in sich gekehrt neben dem Bett,
auf dem Oriel lag und nur mühsam und schwach und
qualvoll atmete.

Wenn nur Beryl endlich käme, dachte Griff. Falls man
sie fand, würde sie kommen, das wusste er. Sie konnte
Oriel diesen Dienst nicht versagen, denn sie liebte ihn.
Das war Griff immer klar gewesen, auch als er sie selbst
begehrt hatte. Beryl war die beste aller Frauen. Es war
kein Wunder, dass sie Oriel, den besten aller Männer,
liebte.

Und wenn Beryl wüsste, dass Oriel ihre Hilfe brauchte
und ihr Wissen, würde sie nichts davon abhalten, sofort
hierher zu kommen. Griff wusste, was in ihrem Herzen
vor sich ging.

»Mylord, wollt Ihr nicht doch etwas essen?«, fragte
einer der Diener.

Langsam brach der Morgen an. Griff schüttelte den
Kopf. Obwohl er nicht geschlafen hatte, war er nicht
müde. Griffs Wille war immer noch eng mit dem von
Oriel verknüpft. Es war, als hielte Griff seinen Freund
allein mit seinem Willen am Leben. Es war, als gäbe sein

Wille Oriel die Möglichkeit, hoch hinaufzufliegen und seinen schmerzenden Körper zu verlassen, so dass Oriel trotz der Schmerzen am Leben blieb.

Irgendwann an diesem ersten Tag der Krankenwache wurde Griff klar, was wirklich passiert war. Er erinnerte sich an Oriels Weigerung, mit den anderen auf Leben und Tod zu kämpfen, erinnerte sich an die Treueschwüre der anderen Turnierteilnehmer und daran, dass Tintage sein Schwert Oriel in den Rücken gestoßen hatte. Griff wurde klar, dass Tintage derjenige war, den Lady Merlis sich erwählt hatte. Und dann erinnerte sich Griff daran, dass Oriel ihn zu seinem Nachfolger eingesetzt hatte.

Griff zog seinen Hocker näher an Oriels Bett heran und konzentrierte sich mit aller Kraft auf seinen Freund. Griff eignete sich nicht zum Grafen. Viel lieber, als es selbst zu sein, hätte er Oriel gedient, wenn dieser der Graf von Sutherland geworden wäre.

Als sie im Winter in Beryls Haus den Plan entwickelt hatten, hatte Oriel Griff gefragt, ob nicht er an seiner statt an dem Turnier teilnehmen wolle. Das war zwar scherzhaft gemeint gewesen, aber Griff wusste, dass Oriel, hätte er Ja gesagt, ihn rückhaltlos unterstützt hätte. Oriel hatte ihn damals aus seinen hellen, furchtlosen Augen geradeheraus angesehen. »Wir sind schon viel zu lange unterwegs und haben bereits einen zu hohen Preis dafür bezahlt, als dass wir uns diese Chance entgehen lassen dürften«, hatte er gesagt. »Ich finde, du bist derjenige, der es versuchen sollte.«

»Das könnte ich niemals«, hatte Griff geantwortet und Beryl hatte hinzugefügt: »Wenn du erst einmal an der

Macht bist, Oriel, dann musst du zulassen, dass andere dich bedienen. Wenn du regierst, musst du auch deinen Freunden gegenüber Autorität ausstrahlen.«

Griff sah auf Oriels blutigen Rücken und dachte an das, was Oriel damals gesagt und was Beryl ihm darauf geantwortet hatte. Er schickte seinen Willen Oriels Willen zu Hilfe und hoffte inständig, dass sein Freund am Leben blieb und das Land im Süden regieren könnte, das ihm so sehr ans Herz gewachsen war. Oriel hatte immer schon das Land geliebt, selbst die Berge, die Griff bloß kalt, unzugänglich, unfruchtbar und farblos vorgekommen waren, wie etwas, das mehr dem Tod glich als dem Leben.

Jetzt saß Griff neben dem schwer atmenden Oriel und setzte seine ganze Hoffnung darauf, dass Beryl endlich kam. Er konnte nur das eine denken. Oriel sollte weiteratmen und Beryl sollte kommen.

Am zweiten Tag der Krankenwache starb Oriel.

Beryl kam nicht.

Griff war allein.

Ohne es zu wollen war er der neue Graf von Sutherland geworden.

Nachdem Griff geschlafen, sich gebadet, rasiert, angezogen und etwas gegessen hatte, trug er Sorge dafür, dass Oriel neben den anderen Grafen von Sutherland begraben wurde. Viele Tage nach der Beerdigung kehrte Wardel aus dem Norden zurück und berichtete, dass er im Haus des Puppenspielers kein menschliches Wesen entdeckt habe, obwohl die Marionetten aufgereiht in ihren Regalen gestanden hätten und das Pferd auf einer Wiese neben dem Haus gegrast habe. Für Griff war diese Nachricht nicht mehr von Interesse.

Als wieder ein paar Tage vergangen waren, kamen Verilan und Garder, Lilos und Wardel, die zusammen mit Oriel und Tintage um die Hand von Lady Merlis angehalten hatten. Sie behandelten Griff, als sei er der Graf von Sutherland, und berichteten ihm von dem Versprechen, das sie Oriel gegeben hatten. Nun wollten sie Wort halten und Griff ihre Dienste zur Verfügung stellen. Griff war immer noch Gast in Lord Halderns Haus und nach und nach machten ihm auch die älteren Lords dort ihre Aufwartung. Lord Tseler erklärte ihm, dass er zuerst dem König auf den Knien Treue schwören und dann in den Süden reiten müsse, um sein Land in Ordnung zu bringen.

Aber Griff besaß gar kein Land. Das Land gehörte Oriel.

»Ihr müsst, Mylord«, sagte Lilos. Die anderen wiederholten seine Worte und »Ihr müsst« meinten auch Lord Haldern, Lord Karossy und Lord Tseler.

Vielleicht muss ich ja wirklich, dachte Griff, doch das bedeutete nicht, dass er es auch wollte. Er wusste nicht, was er ihnen allen sagen sollte.

Er kam sich vor wie der kleine Junge auf dem Prügelbock des Damalls. Wenn man auf dem Prügelbock lag, umringten einen die anderen, um der Züchtigung zuzusehen. Der Junge in der Mitte aber hatte den Eindruck, dass sie alle weit weg waren, viel weiter, als ihre Stimmen vermuten ließen. Für den Jungen auf dem Prügelbock zählten nur die Peitsche und das harte Holz des Bocks, auf dem er sich zusammenkrümmte. Was er sah und hörte, war verzerrt und merkwürdig dumpf, als befände er sich unter Wasser.

Die Stimme der Königin war die erste, die zu Griff durchdrang.

Sie kam eines Tages zu ihm und streckte ihre Hand aus, um Griff den Beryll mit dem eingravierten Falken zu überreichen. Als Griff keine Anstalten machte, den Stein zu nehmen, meinte die Königin: »Oriel hat immer gesagt …«, und musste den Satz abbrechen, weil ihr die Tränen kamen. Dann begann sie von neuem: »Er hat immer gesagt, dass der Stein dem Grafen von Sutherland gehören soll. Und der seid jetzt Ihr, Griff.«

Griff schüttelte den Kopf, doch die Königin legte ihm die Hand unter das Kinn. Griff sah die Fältchen um ihre Augen und ihren Mund und bemerkte, dass sie schon ziemlich viele graue Haare hatte und dass ihr der Rücken wehtat. Er sah, dass ihre Schönheit in die Jahre gekommen war, und er spürte, wie sie mit dem Finger ganz sanft über die Narbe an seiner Wange fuhr. »Willst du den Stein denn wirklich zurückweisen?«, fragte die Königin.

Griff schüttelte wieder den Kopf und diesmal erhob die Königin keinen Widerspruch. »Nein, ich weise ihn nicht zurück«, antwortete Griff.

Damit war die Königin zufrieden.

»Mylady?«, fragte Griff. Die Königin wusste mehr als die meisten Männer bei Hofe, und weil sie eine Frau war, konnte sie ihr Wissen auch in Worte fassen. »Was wird mit Lady Merlis?«

Gwilliane wandte sich ab und blickte aus dem Fenster, so dass Griff nicht sehen konnte, was für einen Ausdruck ihr Gesicht annahm. »Merlis hat sich auf die Seite des Verräters gestellt. Sie sagt, sie habe ihn im Sommer heimlich geheiratet. Weil sie sich auf die Seite des Verräters geschlagen hat, gilt sie jetzt selbst als Verräterin am Grafen von Sutherland. Und als solche hat sie jedes Recht auf das gräfliche Land und den Titel verwirkt.«

Also brauchte Griff Merlis nicht zu heiraten. Weil Oriel es so gewollt hatte, war er bereit der Graf von Sutherland zu werden, aber Lady Merlis hätte er niemals geheiratet. »Habt vielen Dank, Mylady.«

Die Königin wandte sich mit raschelnden Gewändern ab und ließ sich von Griff hinausgeleiten. Als er ihr die Tür öffnete und ihr einen Handkuss gab, sagte sie: »Ich wünsche Euch viel Glück, Graf Sutherland.«

In der Eingangshalle warteten vier Männer, von denen drei etwa in Griffs Alter waren. Der vierte war bedeutend älter. Griff hieß sie willkommen. Die Männer hatten in Oriel dasselbe gesehen wie Griff und sie hatten sich entschlossen ihm zu dienen. Griff führte sie herein und ließ ihnen Wein und Brot bringen. Dann setzte er sich und sagte ihnen, was er auf dem Herzen hatte. »Man hat mich zwar zum Grafen ernannt«, meinte er, »aber um wirklich ein Graf zu sein, braucht es mehr Weisheit und Fähigkeiten, als ich alleine habe.«

Die Männer blickten sich gegenseitig an und verstanden nicht, was er ihnen damit sagen wollte.

»Ich bitte euch um eure Unterstützung«, erklärte Griff. »Ich habe zwar die Gesetzes- und Geschichtsbücher studiert, aber ich weiß nicht, wie man Steuern gerecht festsetzt und sie einkassiert. Und ich bin mir nicht sicher, ob ich einen aufrichtigen Volksvertreter von einem unterscheiden kann, der nur in die eigene Tasche wirtschaftet. Mit Stock und Schwert weiß ich zu kämpfen, aber nicht an der Spitze einer Armee, und um die Menschen vor Dürre, Hungersnot oder Pest zu schützen, weiß ich nur das, was ich mit Oriel zusammen überlegt habe. Ein bisschen weiß ich über Wetter und Viehzucht Bescheid und ich habe vor, dem König treu zu dienen und die Gesetze so auszulegen, dass meinen Untertanen Gerechtigkeit widerfährt. Aber es gibt so viel, was ich überhaupt nicht weiß – wie man sich zu bestimmten Anlässen kleidet, zum Beispiel, oder wem bei Hofe welche Ehre gebührt. Ich weiß nicht, wie man Dienstboten ausbildet oder wie man dafür sorgt, dass Priester, Adel und Armee nicht zu mächtig werden, wie man einen Gerichtstag hält und … Ich weiß eigentlich fast überhaupt nichts.«

»Ich stehe Euch zu Diensten, soweit es in meinen Kräften steht«, versprach Lilos, »und alle anderen aus dem Hause meines Vaters auch.«

»Für uns gilt genau dasselbe«, versicherten die anderen und nickten.

»Ich kann für Euch die Soldaten ins Feld führen«, bot Verilan an, aber Wardel wandte ein: »Nein, der Graf muss seine Männer selbst führen.«

Verilan schien das fast als Beleidigung aufzufassen. »Glaubst du vielleicht, ich wollte mir auf diese Weise doch noch das holen, was ich Oriel freiwillig überlassen habe?«, verteidigte er sich. »Vertraust du mir denn wirklich so wenig?«

Lilos ergriff für Wardel Partei und sagte: »Du weißt genau, dass er das so nicht gemeint hat. Fang bloß keinen Streit deswegen an.«

Garder war nicht so hitzig wie die anderen drei. »Ich glaube, es kommt hauptsächlich darauf an, dass Griff an der Spitze seiner Armee reitet, wer sie dann wirklich anführt, ist eher zweitrangig. Solange wir alle Griff ehrlich und treu dienen, sehe ich keine Gefahr darin, wenn Verilan die Truppen von Sutherland befehligt.«

»Und was wird aus Verilans Stellung im Hause seines Vaters?«, wollte Wardel wissen. »Ich habe schließlich mehrere Brüder und bin zu Hause nicht so wichtig – ich kann dem Grafen doch viel besser dienen.«

»Warum ernennen wir nicht zwei Hauptleute für die Soldaten?«, schlug Lilos vor. »Dann wäre ein Missbrauch der Macht doch viel weniger wahrscheinlich als bei einem.«

»Normalerweise nimmt man in einem solchen Fall zwei Brüder aus dem gräflichen Haus«, sagte Garder, »aber wenn keine Brüder da sind, müssen eben andere die Arbeit erledigen.«

»Diese Männer müssten aber auf ihr Erbe verzichten«, gab Wardel zu bedenken.

Damit war dieses Thema vorerst abgehandelt und Wardel wandte sich in einem Tonfall an Griff, der erkennen ließ, dass die vier sich über das, was er sagte, vorher abgesprochen hatten. »Mein Graf – nein, Griff, Ihr müsst Euch so ansprechen lassen –, mein Graf, Tintage erwartet Euren Richterspruch.«

»Und zwar sollt Ihr den Tag und den Ort festlegen, an dem er gehängt werden soll.«

»Aber Tintage ist ein Adeliger«, gab Garder widerstrebend zu bedenken. »Wer weiß, womöglich nimmt Yaegar den Tod seines Sohnes zum Anlass für einen bewaffneten Aufstand.«

»Aber wir haben doch selbst gesehen, wie wenig Yaegar sein Sohn bedeutet«, sagte Lilos.

»Außerdem hat er Lady Merlis unehrenhaft verführt«, meinte Garder. »Ob er sie nun geheiratet hat, wie sie es behauptet, oder nicht, er ist bestimmt mit ihr im Bett gewesen. Dort hat er ihr Herz gewonnen und dort wollte er sich auch die Grafenwürde holen.«

Griff schloss angewidert die Augen. Ausgerechnet an diese Dame musste Oriel sein Herz verschenken.

»Niemand kann es Griff verübeln, wenn er Rache nimmt«, sagte Wardel. »Einen Grafen zu töten bedeutet Hochverrat, den der neue Graf nur mit dem Schwert sühnen kann. Selbst Yaegar wird den Verräter verstoßen, meint ihr nicht auch?«

»Als seinen Sohn hat er Tintage schon fast verstoßen«, sagte Lilos.

»Aber ich bin mir sicher, dass er das nur aus Eigennutz getan hat«, sagte Garder. »Ich weiß nicht, wie wir uns Yaegar gegenüber verhalten sollten. Wenn er einen Vorteil wittert, wird er ihn auch ausnützen. Ich finde, wir sollten erst einmal herausfinden, was Yaegar vorhat, bevor wir eine Entscheidung über Tintage fällen.«

»Aber irgendetwas müssen wir tun!«, rief Verilan. »Schließlich ist Oriel auf niederträchtige Weise ermordet worden.«

»Das finde ich auch«, gab Lilos ihm Recht, »und zwar bald, sonst wird die Bevölkerung unruhig.«

Sie wandten sich an Griff, der ihnen aufmerksam zugehört hatte. »Sollten wir nicht hören, was Tintage zu sagen hat?«, fragte Griff. »Es stimmt, wir können nicht mehr lange warten, aber einen Mann zu verurteilen ohne ihn zu Wort kommen zu lassen widerstrebt mir. Auch wenn es Zeugen für seine Tat gibt, sollten wir ihn anhören. Und zwar sollte er nicht nur dem Grafen und Oriels Gefährten Rede und Antwort stehen, sondern dem gesamten Königreich, denn mit seiner Tat hat er der Allgemeinheit einen großen Schaden zugefügt. Ein Mörder, ganz gleich ob er einen Grafen oder einen einfachen Mann tötet, beleidigt mit seiner Tat alle diejenigen, die ihre Entscheidung, einen anderen zu töten, dem Gesetz übertragen haben.« Griff versuchte seine Gedanken zu sammeln, denn sie entwischten ihm nach allen Seiten, wie ein Schwarm aufgescheuchter Vögel. »Deshalb werde ich den König und die Königin bitten Tintage zusammen mit mir zu verhören, ebenso auch Beryl, falls ich sie irgendwo auftreiben kann.«

Bis auf Wardel blickten alle verdutzt drein.

»Wisst ihr nicht, wer Beryl ist? Sie ist mit Oriel und mir in die Stadt gekommen. Sie ist die Puppenspielerin, die man hier Baer nennt, und Oriel …« Griff konnte vor Trauer nicht mehr weitersprechen. »In dem Kreis der Leute, die über Tintage Gericht sitzen sollen, hätte ich gerne neben der Königin auch ein paar ihrer Hofdamen, die über gesundes Urteilsvermögen verfügen und ein gutes Herz haben. Hast du eine Schwester, Lilos?« Griff wusste nicht so recht, wie er das, was ihm durch den Kopf ging, in Worte fassen sollte. Eigentlich wäre er am liebsten weggelaufen und bis zu seinem Tod ein Einsiedler hoch oben in den Bergen geworden, wo es nur Eis und blendend helles Sonnenlicht gab.

Aber das ging nicht. Er musste hier bleiben und den Pflichten eines Grafen von Sutherland nachkommen.

»Ich weiß nicht, wie viele Menschen diesem Kreis insgesamt angehören sollen, aber es müssten auf jeden Fall so viele sein, dass nicht die Feindschaft oder Freundschaft eines Einzelnen beim Urteil den Ausschlag geben kann. Es müssten außerdem Menschen sein, die unparteiisch ein Urteil fällen können. Könnt ihr mir solche Menschen bringen?«, fragte Griff. »Kannst du deinen Vater bringen, Garder? Und Verilan die Lords Haldern und Karossy? Was ist mit dem König, Wardel? Und mit der Königin und ihren Damen, Lilos? Auch Lady Rafella sollte dabei sein. Die Versammlung soll zur Mittagsstunde zusammentreten«, verkündete Griff und erhob sich.

Diesen abrupten Aufbruch, so dachte Griff, würden die vier dahingehend deuten, dass er als Graf eine Entscheidung gefällt habe. In Wirklichkeit aber hatte ihn die Trauer so sehr übermannt, dass er allein sein musste, um sich ihr hingeben zu können. Wenn er sich ganz tief in diese Trauer hineinfallen ließ, konnte er vielleicht genügend Trost aus ihr ziehen, um sich wieder seinen Pflichten widmen zu können. Den Pflichten, die Oriel ihm übertragen hatte.

In der großen Halle hatten sich an die zwanzig Menschen versammelt. Griff befand sich allein an einem langen Holztisch, die anderen saßen auf Bänken und Stühlen hinter ihm. Als Tintage hereingebracht wurde, blickte er zuerst Griff an und dann die anderen. Zwei Wächter standen rechts und links dicht neben ihm und die Hände waren ihm vor dem Leib gefesselt. An jeder Tür hatte man zwei weitere Wachen postiert, doch Tintage wirkte nicht so, als könne er gefährlich werden. Er stand aufrecht da und seine Angst ließ sich nur an seinen Augen ablesen, die unsicher wirkten wie zwei Maulwürfe über der Erde. Er sprach langsam und überlegt, als prüfe er jedes seiner Worte ganz genau.

Tintage verbeugte sich vor dem König und der Königin und den anderen Lords und Ladys. Rafella begrüßte er nicht mit ihrem Namen, sondern mit ihrem Titel, jedoch nicht als die Frau von Lord Haldern, sondern als seine Tante.

Erst ganz zum Schluss blickten seine maulwurfschwarzen Augen in die von Griff.

Griff errötete unter diesem Blick. Sein Herz schlug ihm bis zum Hals und er war versucht auf der Stelle sein Schwert zu ziehen und …

»Mein Graf«, fragte Lilos, »fühlt Ihr Euch nicht wohl?«

»Lass ihn in Ruhe«, flüsterte Verilan ihm zu. »Wer könnte besser über Tintage richten als er?«

Griff schüttelte den Kopf, um wieder klar denken zu können. Wenn er jetzt Tintages Blut vergoss, würde das möglicherweise neues Blutvergießen zur Folge haben, vielleicht sogar einen Krieg zwischen Yaegar und der Grafschaft. Wenn Griff jetzt Oriel rächte, indem er Tintage tötete, würde Tintages Vater womöglich seinen Sohn rächen.

Griff lehnte sich wieder in seinen Stuhl zurück und umfasste die geschnitzten Armlehnen mit beiden Händen. Dabei zwang er sich Tintage in die Augen zu blicken und entdeckte ein völlig unpassendes Lächeln auf dessen Gesicht. Warum lächelte der Mann bloß? Wenn Oriel jetzt an seiner statt hier auf dem Stuhl des Grafen säße und Griff unter der Erde läge und mit steifen Totenfingern das Heft seines Schwertes umklammert hielte, würde Oriel ohne zu zögern dem Mörder seines Freundes die Kehle durchschneiden. Als damals die Lawine auf Rulgh zugerast war, hatte Griff auf Oriels Gesicht nicht nur Hass und Entschlossenheit, sondern auch eine gewisse Freude entdeckt.

Aber Griff war nicht Oriel, und selbst wenn Tintage ihn mit seinem Lächeln verspottete, konnte er keine Blutrache an ihm nehmen. Als er sich wieder einigermaßen beruhigt hatte, wusste er, dass seine Rachegelüste für immer vorbei waren. Beim Anblick von Tintages Lächeln wünschte er zwar, seine Wut möge zurückkehren, aber es gelang ihm nicht, sie zurückzuholen. Er war nun einmal nicht Oriel und er würde es auch niemals werden.

»Du bist hierher gebracht worden, weil man dich des Verrats beschuldigt«, begann er förmlich die Verhandlung.

»Für mein Verbrechen gebührt mir der Tod«, antwortete Tintage, »daran gibt es keinen Zweifel. Wenn ich die Tat wieder rückgängig machen könnte, dann würde ich es tun. Aber da das unmöglich ist, bleibt mir nichts anderes übrig als Euer Urteil entgegenzunehmen.«

Was er sagte, entsprach der Wahrheit, aber Griff spürte, dass Tintage nicht ganz aufrichtig war.

»Ich war verrückt vor Eifersucht, deshalb habe ich es getan«, sagte Tintage und blickte auf die adeligen Damen und Herren und das königliche Paar. »Allen Bewerbern um die Hand von Lady Merlis fühlte ich mich ebenbürtig«, erklärte er, »bis auf Oriel. Eure Söhne können Euch das bestätigen. Mit jedem von ihnen hätte ich es im Kampf aufgenommen. Aber Oriel …«

Tintage sprach nicht weiter. Er blickte mit seinen schwarzen Augen auf die Männer und Frauen hinter Griff und versuchte die Wirkung seiner Worte auf sie einzuschätzen. Griff beobachtete ihn dabei und es kam ihm so vor, als wäre Tintage insgeheim mit sich zufrieden.

»Es war eine Eifersucht, die an Wahnsinn grenzte. Rafella kennt mich von Kindesbeinen an und weiß genau, wie grausam mich mein Vater behandelt hat. Sie kann Euch berichten, wie er mich geschlagen und tagelang ins Burgverlies gesperrt hat und mir nur Wasser und nichts zu essen gab. Das kannst du doch bestätigen, Tante, nicht wahr?«

»Dem kann ich nicht widersprechen«, antwortete Rafella.

»Wie soll ein Mensch, der so behandelt wurde, denn so etwas wie Ehrgefühl entwickeln?«, fragte Tintage.

Griff wollte darauf nicht antworten.

»Ich habe mein Schwert gegen einen Menschen erhoben, dem ich mit ebendiesem Schwert hätte dienen sollen«, fuhr Tintage fort. »Das war ein großer Fehler.«

»Du hast einen Mann getötet, dem du kurz zuvor die Treue geschworen hattest«, erinnerte ihn Griff.

Anscheinend hatte Tintage nicht damit gerechnet, dass

ihm Griff gefährlich werden könnte. Er hatte wohl nicht erwartet, dass die anderen sich hinter diesen Mann stellen würden, dem Oriel so sehr vertraut hatte. Erst jetzt erkannte er seinen Fehler und sprach ihn mit seinem Titel an: »Lasst mich am Leben, mein Graf, und ich verspreche Euch, dass ich Euch niemals etwas antun werde. Mein Hass und mein Neid richteten sich einzig und allein gegen Oriel. Er hatte einfach alles, was ich nie haben würde.«

»Alles, bis auf das Herz von Lady Merlis«, bemerkte Griff.

»Was bedeutet schon das Herz einer Lady, wenn man nicht auch ihr Land bekommt?«, fragte Tintage. Sein Tonfall war fast fröhlich, so als würde es bei dieser Verhandlung nicht um sein Leben gehen. »Über kurz oder lang hätte Oriel ja doch ihr Herz erobert. Wenn Lady Merlis erst einmal mit ihm verheiratet und mit ihm im Bett gewesen wäre, hätte sie bestimmt nicht mehr lange um mich geweint.«

Griff war derselben Meinung, aber er fand, dass Tintage sich vor lauter Feigheit respektlos über Lady Merlis äußerte.

Der Tod würde diesem falschen Geschwätz ein Ende setzen, aber der Tod war nicht die einzige Möglichkeit, Tintage zum Schweigen zu bringen. Und solange Griff noch eine Wahl hatte, würde er sich gegen den Tod entscheiden. Das hatte Oriel auch getan, als er Nikol am Leben gelassen hatte.

Aber Oriel hat diesen Entschluss später bereut, dachte Griff, doch dann fiel ihm ein, dass Oriel seine Entschlüsse eigentlich nie bereut hatte, und seine Trauer lag ihm wie ein Stein im Magen.

»Hast du sonst noch etwas zu deiner Verteidigung zu sagen?«, fragte Griff.

Tintage schüttelte den Kopf.

»Dann verkünde ich den Anwesenden, dass ich erwäge dich aus dem Königreich zu verbannen«, erklärte Griff. »Und zwar dein Leben lang und ohne die Möglichkeit einer Begnadigung.« Damit drehte Griff sich um und blickte in die Gesichter der hinter ihm Versammelten.

Haldern stand mit rotem Gesicht da und wirkte unschlüssig, Garder schien Zweifel an diesem Urteil zu haben und Verilan sagte: »Wenn Ihr Skrupel habt, ihn zu töten, dann biete ich Euch meine Dienste an.«

»Ich habe Skrupel, ihn zu töten«, antwortete Griff.

»Ist das denn ein weiser Entschluss, mein Graf?«, wollte Wardel wissen, nachdem alle eine Weile geschwiegen hatten.

»Es ist mein Entschluss«, antwortete Griff. »Die Interessen der Grafschaft erfordern doch nicht, dass Blut fließt, oder?«

Niemand antwortete Griff darauf.

»Vielen Dank …«, begann Tintage, aber ein Blick von Griff brachte ihn zum Schweigen.

Griff wartete, aber keiner der Anwesenden wollte sich äußern. Deshalb wandte er sich schließlich an den König: »Ich bitte Euch, mein Herr und König, Tintage, den Sohn des Yaegar, lebenslänglich aus dem Königreich zu verbannen.«

Der König sprach das Urteil ohne zu zögern aus und

fügte hinzu: »In drei Tagen musst du fort sein. Solltest du danach in meinem Reich angetroffen werden, hast du dein Leben verwirkt.«

Tintage senkte den Kopf. »Danke, dass Ihr mir mein Leben geschenkt habt, mein Graf. Ich werde gehorchen und hoffe ...«

Griff war aufgesprungen ohne genau zu wissen, was er eigentlich wollte. Es wurde totenstill im Saal und Griff wusste, dass alle Augen auf ihm ruhten, aber er brauchte seine ganze Kraft, um sich davon abzuhalten, Tintage doch noch zu töten. »Schafft ihn weg«, befahl er schließlich den Soldaten und sie brachten Tintage augenblicklich aus dem Saal.

Kaum hatten die Diener die Türen hinter ihnen geschlossen, stürzte Lady Merlis in die Mitte des Saales. Noch bevor Griff sich abwenden konnte, bevor die Angehörigen des Hofs sich erheben konnten, bevor der König ein paar der Situation angemessene Worte sagen konnte, fiel sie vor Griff auf die Knie und senkte ihren Kopf mit den langen, hellen Haaren. Als Griff sie aufforderte sich zu erheben, hob sie ihr bleiches, tränennasses Gesicht, das noch fahler war als ihre Haare.

»Was wollt Ihr von den hier Versammelten, Lady Merlis?«, fragte Griff.

»Ich möchte mit Euch sprechen, mein Graf«, antwortete Merlis so leise, dass sich Griff zu ihr hinunterbeugen musste, um ihre Worte zu verstehen.

»Ich höre«, sagte Griff.

»Allein«, flüsterte Merlis.

Griff dachte an das Versprechen, das er Oriel gegeben

hatte, aber auch daran, dass Merlis eine Verräterin war. »Nein, nicht allein«, entgegnete er.

Merlis verschränkte die Hände vor ihrer Brust und rang nach Luft. Tränen stiegen ihr in die Augen. »Lasst mich zusammen mit Tintage in die Verbannung gehen«, bat sie Griff. »Ich flehe Euch an. Verlangt nicht von mir, dass ich einen anderen Mann … heirate …«

»Nein«, versprach Griff. »Habt keine Angst, dass ich …«

»Oder dass ich mit einem anderen ins Bett gehen muss«, würgte Lady Merlis hervor.

»Ihr wollt wissen, ob ich Euch zwinge mich zu heiraten?«, sagte Griff.

»… alles andere ist mir egal …«

»Oder irgendeinen anderen«, fuhr Griff fort.

»Bitte, lasst mich gehen. Bitte, ich möchte das Exil mit ihm teilen.«

Ihr Wunsch kam Griff entgegen, aber dennoch warnte er Lady Merlis: »Ihr seid eine Lady von Rang und Namen und Ihr verfügt über großen Reichtum. Wollt Ihr das alles aufgeben?«

»Rang und Namen sind mir egal und meinen Reichtum habt Ihr doch ohnehin schon. Ich will nichts weiter als mit Tintage in die Verbannung gehen zu dürfen.«

»Lady Merlis«, mischte sich Lord Karossy ein.

Sie drehte sich um und sah ihn an wie ein in die Enge getriebenes Tier.

»Ihr könnt Eure Herkunft nicht verleugnen, denn sie wird Euch immer von den Menschen niederer Geburt unterscheiden.«

»Das ist mir egal!«, schrie Merlis. »Alles ist mir egal. Ich will nur mit Tintage zusammen sein.«

»Lady Merlis«, sagte Griff und streckte ihr die Hand hin. Merlis ließ sich von ihm aufhelfen und blickte ihn erwartungsvoll an. »Oriel hätte Euch zu nichts gezwungen. Aber er hätte für Euch auch keinen anderen Mann hinterrücks ermordet.«

Sie entriss Griff ihre Hand. »Ihr habt ja nicht gesehen, wie er mich angeblickt hat, mein Graf«, fauchte sie wütend.

»Ihr kanntet ihn doch gar nicht«, entgegnete Griff.

Dann hatten sie sich nichts mehr zu sagen.

Griff hatte Oriel ein Versprechen gegeben und das wollte er halten. Dieses Versprechen war das Einzige, was ihm von Oriel noch geblieben war. »Wenn es Euer Wunsch ist, dann dürft Ihr Tintage begleiten«, willigte Griff ein. Mehr konnte er im Augenblick nicht für sie tun. Sollte sie später einmal mehr brauchen, würde er ihr auch das geben. »Das heißt, wenn der König einverstanden ist und auch sonst niemand etwas dagegen hat.«

Der König und die anderen willigten ein. Griff merkte, dass er furchtbar müde war.

»Und was ist mit meinen persönlichen Dingen?«, wollte Lady Merlis wissen. »Was ist mit meinen Pferden? Meinen Kleidern? Meinen Bediensteten? Meinem Schmuck, den Wandteppichen und den Möbeln in meinen Privatgemächern? Und was ist mit meinen Hunden?«

Griff drehte Lady Merlis den Rücken zu. »Lilos, würdest du das bitte übernehmen?«, fragte er und trat ans

Fenster, während Lilos Lady Merlis die Erlaubnis gab, ein Pferd zum Reiten und eines als Packtier mitzunehmen, dazu hundert Goldmünzen für ihren privaten Gebrauch. Den Schmuck musste sie hier lassen, denn er gehörte dem Hause Sutherland.

»Darf ich meine Kleider und Mäntel mitnehmen? Die Schuhe? Die Bettwäsche? Kann ich einen Karren bekommen, um das alles zu transportieren?«, wollte Merlis wissen.

»Ja, Lady, das könnt Ihr. Und jedem Eurer Bediensteten ist es freigestellt, ob er Euch begleiten will oder nicht.«

»Und …«

Griff drehte sich vom Fenster weg und zwang sich dazu, sie anzusprechen. Sie hatte schließlich alles verloren. »Lady Merlis, sucht Euch einen Ort in meiner Grafschaft, wo es Euch gefällt, und ich lasse Euch ein Haus bauen und gebe Euch so viel Land, dass Ihr davon leben könnt. Und solltet Ihr heiraten, werdet Ihr von mir eine reiche Mitgift bekommen.«

»Ich bin bereits verheiratet«, sagte Merlis stolz, aber Griff wusste, dass sie log. Ganz offensichtlich wollte sie sich von ihm nicht helfen lassen.

»Tintage ist ein Mörder und ein Verräter«, erinnerte Griff sie noch einmal.

»Ja, und Ihr seid jetzt der Graf von Sutherland«, erwiderte sie zornig und Griff hatte das Gefühl, als bräche ihm abermals das Herz.

28

Als Graf von Sutherland ritt Griff von der Stadt des Königs aus nach Süden. In jeder Stadt und in allen Dörfern, durch die er kam, wurde er vom Bürgermeister und den reichsten Männern des Ortes feierlich begrüßt. Die anderen, egal ob Männer, Frauen oder Kinder, starrten ihn an, als könnten sie in seinem Gesicht erkennen, was die Zukunft für sie bringen würde. Fast in jeder Stadt und in jedem Dorf rief einer beherzt: »Wir vermissen ihn ebenso wie Ihr, Mylord!« Griff hörte, wie die Leute um ihn herum murmelnd zustimmten. »Ja, und er war so ein großartiger Mann.« Das Lob auf Oriel machte es Griff leichter, auf dem großen Pferd, das mit seinen riesigen Hufen auf den Boden stampfte, durch die Ortschaften zu reiten. Griff trug einen großen, grünen Umhang, auf dessen Rückseite ein goldener Falke gestickt war, der seine Schwingen weit ausbreitete. An Griffs Hand glänzte der Ring, den nur die Grafen von Sutherland tragen durften.

Eines Tages dann erreichte er die Burg des Grafen von Sutherland.

Hier erwarteten ihn Kummer, Einsamkeit und viel Arbeit. Die Lagerhäuser und Getreidespeicher waren fast leer, die Wäsche war durcheinander, die Dienstboten verwirrt und ängstlich, die Zimmer unsauber und der Garten verwildert. Die Burg schien ihm leblos und ohne Herz zu sein. Nachdem Griff Garder damit beauftragt hatte, die Burg wieder in Ordnung zu bringen, schickte er Lilos in die umliegenden Orte, Dörfer und Weiler, damit er dort die Grüße des Grafen überbrachte und sich erkundigte, wie die Vorbereitungen für den Winter vorangingen, wie es um die Ernte stand und in welchem Zustand die Viehherden waren. Verilan kümmerte sich unterdes um die Ausbildung der Soldaten, die sie aus dem Norden mitgebracht hatten. Lady Merlis hatte bei ihrer Abreise auch ihre Soldaten mitgenommen.

Griff war hauptsächlich damit beschäftigt, sich in den vielen Zimmern der Burg und mit den Sitten und Gebräuchen des Landes zurechtzufinden. Häufig ging er auch in seine Stadt, um sich den Menschen dort zu zeigen und sich die Gesichter seiner Untertanen einzuprägen. Schließlich musste ein Graf doch seine Leute kennen. Und er musste dafür sorgen, dass es den Menschen in seinem Land besser ging als anderswo, ganz egal welchen Rang sie hatten und welcher Beschäftigung sie nachgingen.

Griff war nicht gerne Graf. Er wusste, dass er die Verantwortung an niemand anderen weitergeben konnte, und deshalb lastete sie doppelt schwer auf seinen Schultern. Oriel wäre der Einzige gewesen, der das verstanden hätte, dachte Griff bei sich.

Oder vielleicht Beryl, aber Wardel – den er nochmals in den Norden geschickt hatte, um nach Beryl Ausschau zu halten – war bisher noch nicht wieder zurückgekehrt. Griff wusste nicht einmal, wie es um sie stand. Er dachte in letzter Zeit auch nur selten an sie, denn wenn er das tat, brach sein Kummer wie eine nur schlecht verheilte Wunde wieder auf. Die Trauer um Oriel war wenigstens nicht mit so viel Ungewissheit behaftet. Wenn er an Wardels Rückkehr dachte, dann geschah das mit einer Mischung aus Angst und Kummer und dem Wunsch, Beryl wieder zu sehen. Griff wollte hören, wie sie von Oriel erzählte, von der Welt und ihren Marionetten, und er wollte wissen, was mit dem Kind war, das sie unter dem Herzen trug. Das Kind hatte er fast vergessen.

Als er daran dachte, dass es ja Oriels Kind war, kam es Griff so vor, als würde Oriel aus dem Jenseits eine tröstende Hand auf seine Schulter legen. Wenn er an dieses Kind dachte, konnte Griff die Grafenwürde viel leichter tragen, denn es kam ihm so vor, als würde er sie für Oriels wahren Erben nur vorübergehend verwalten.

Der Gedanke an das Kind brachte zwar den Kummer in seinem Herzen nicht dazu, sich in Luft aufzulösen, aber auch wenn der Kummer sein ständiger Begleiter blieb, so stellte der Gedanke an das Kind wenigstens eine Verbindung zu dem verstorbenen Oriel her.

Viele Tage gingen ins Land und die Blätter der Bäume im Schlossgarten färbten sich schon herbstlich gelb und rot, als Wardel endlich zurückkehrte. Beryls Haus sei immer noch unbewohnt, berichtete er, und auch in den Ortschaften zwischen dem Haus und der Stadt seines Vaters habe niemand die Frau gesehen. Die Wahrsagerin habe sich auf einem Besen in die Lüfte geschwungen, behaupteten manche und andere meinten, sie hätten sie mit eigenen Augen wegfliegen sehen. Wieder andere waren der Ansicht, Beryl würde wiederkommen, wenn sie gebraucht würde. Einige wenige hatten Wardel ins Ohr geflüstert, dass sie befürchteten, die heilkundige junge Frau sei ermordet worden. Im vergangenen Winter hätten nämlich zwei verdächtig aussehende junge Männer in ihrem Haus gewohnt, mit denen Beryl dann zu den Jahrmärkten aufgebrochen sei. Vielleicht, sagten diese Leute, sollte man versuchen die beiden Männer ausfindig zu machen?

Griff schenkte den Gerüchten keine weitere Beachtung und versuchte den Tatsachen ins Auge zu blicken.

Wardel, der noch den Staub der langen Reise an Körper und Kleidern hatte, setzte sich vor das große Feuer in den Räumen des Grafen. Die steinernen Wände waren mit gewebten Teppichen verziert und durch ein großes Fenster konnte man in den Nachthimmel blicken.

»Beryls Großvater«, sagte Griff, »hatte eine Gastwirtschaft im äußersten Süden des Königreichs. Vielleicht sollte ich selbst dorthin aufbrechen und sie suchen. Bei dieser Gelegenheit könnte ich auch gleich mehr von den Menschen kennen lernen, die ich regiere.«

»Dabei müsstet Ihr aber durch Yaegars Land«, warnte ihn Wardel. Er zog die Beine an und fragte Griff ganz direkt: »Wenn Ihr diese Lady findet – aber eigentlich ist sie doch gar keine Lady von Geburt an, oder? –, werdet Ihr sie dann heiraten?«

»Wenn sie mich nimmt, dann ja«, antwortete Griff. »Sie bekommt ein Kind von Oriel.«

Wardel starrte ins Feuer. Griff konnte sehen, wie er nachdachte. »Wenn Ihr sie also heiraten würdet, dann hättet Ihr die Regentschaft für ein Kind inne, in dessen Adern das Blut des ermordeten Grafen fließt.«

»Ich bin Graf Sutherland«, erwiderte Griff.

Wardel hörte Griffs Antwort ausgesprochen ungern,

denn sie komplizierte etwas, das Wardel sich ganz einfach vorgestellt hatte.

»Oriel hat mich zu seinem Nachfolger bestimmt«, erinnerte ihn Griff.

»Und langsam verstehe ich auch, warum er Euch ausgewählt hat«, sagte Wardel. »Weil Euer Herz hartnäckig an der Wahrheit klebt. Was ist denn mit seinem Kind?«, fragte Wardel. »Und was wird mit der Frau, wenn Ihr sie heiratet?«

»Erst muss sie mich überhaupt wollen. Sie hat mir schon einmal einen Korb gegeben.«

Wardel drehte sich dem munter prasselnden Feuer zu. »Ihr wisst doch selber, dass Ihr dringend einen Erben benötigt. Am besten einen, der mehrere Brüder hat.«

»Ich weiß«, antwortete Griff. Er war bereit deswegen bald zu heiraten. Wenn Beryl nicht wollte und er dadurch auch keinen Kontakt zu Oriels Kind bekam, musste er sich nach einer anderen Frau umsehen. Es gab bestimmt eine Menge Frauen, die den Grafen von Sutherland heiraten wollten. »Ich hoffe nur, dass Beryl in Sicherheit ist«, sagte er. Wahrscheinlich würde sie bis zur Geburt des Kindes mit keinem anderen Mann ins Bett gehen, aber sicher war er sich dessen nicht.

»Vielleicht wird es ja auch ein Mädchen und dann kann es Euch nicht gefährlich werden«, sagte Wardel.

Griff ging nicht darauf ein. Er spürte, wie ihn die Einsamkeit wieder übermannte, aber vielleicht war es auch nur die Trauer, die ihn aus seinem Stuhl hochfahren und ans Fenster treten ließ.

Bevor der Winter ihn hier ans Schloss fesselte, wollte er

in den Süden ziehen, um dem dortigen Landadel einen Besuch abzustatten und dabei zu versuchen Beryl wiederzufinden. Wenn sie überhaupt zu finden war. Oriel hatte ihm eine Aufgabe hinterlassen, auf die Griff nicht vorbereitet gewesen war. Seine Fähigkeiten waren so ganz anders, als die von Oriel gewesen waren …

»Lord Griff, ich stehe Euch zu Diensten«, sagte Wardel von seinem Stuhl am Feuer.

Griff dankte ihm und drehte sich wieder um. Obwohl Wardel noch sehr jung wirkte, konnte man sich auf ihn verlassen. Oriel hatte Wardel nicht umsonst ausgewählt und Griff wusste genau, weshalb. Griffs einziger Vorteil Oriel gegenüber war immer der gewesen, dass Griff besser in die Herzen der Menschen sehen konnte als sein Freund. Er hatte genau gewusst, dass Nikol hinterhältig und falsch war und dass der sechste Damall sich einen so verdorbenen Nachfolger als Herrscher über die Insel gewünscht hatte. Oriel selbst hatte einzig und allein Nikols Feindseligkeit ihm gegenüber erkannt.

Im Gegensatz zu Oriel hatte Griff nicht die Gabe, Männer mit einem Wort an sich zu binden. Griff wusste das, denn er war der Erste gewesen, der Oriel bewundert hatte und ihm gefolgt war.

»Vielen Dank für das Angebot«, sagte Griff, und erst als Wardel ihm einen beunruhigten Blick zuwarf, bemerkte er, dass er ihm vor ein paar Minuten schon einmal gedankt hatte. »Ich werde in den Süden reiten«, eröffnete ihm Griff, »um dort selbst nach Beryl zu suchen. Außerdem will ich meine Untertanen dort besuchen und mich persönlich von Lord Yaegars Treue überzeugen. Mir sind in letzter Zeit einige Gerüchte zu Ohren gekommen, denen ich auf den Grund gehen will.«

»Ich möchte Euch begleiten«, sagte Wardel.

»Ohne ein paar Tage Pause zu machen?«

»Im Winter werde ich mich ausruhen, bis ich Fett ansetze, das verspreche ich Euch«, sagte Wardel. »Aber zuvor werde ich mit Euch und einer Gruppe Soldaten in den Süden reiten, Griff. Schließlich ist Lord Yaegar …«

Die Sache war beschlossen. Griff ließ von einem Diener Lilos und Garder zu sich rufen und schickte einen anderen zu Verilan, der gerade mit seinen Soldaten eine Übung abhielt.

Zwei Tage später machten sie sich im grauen Regen auf den Weg. Hinter Griff, Wardel und Verilan ritten hundert bewaffnete Soldaten, die – wie Lord Haldern es geraten hatte – gleichermaßen im Kampf zu Pferd und zu Fuß ausgebildet waren. Griff wusste ebenso wenig wie die anderen, was sie am Ende ihrer Reise erwartete. Wenn die Gerüchte stimmten, die ihm zu Ohren gekommen waren, begaben sie sich möglicherweise in große Gefahr. Für den schlimmsten Fall hatte Griff am Morgen der Abreise Lilos zu seinem Nachfolger bestimmt. »Lilos ist von uns allen der Höchstgeborene«, hatte er den anderen erklärt.

»Und wer soll nach Lilos Graf werden?«, hatte Verilan gefragt.

»Den muss Lilos selbst bestimmen«, erklärte Griff und Verilan konnte seine Enttäuschung nur schwer verbergen. Dann bat er, schon jetzt als Lilos' Nachfolger benannt zu werden. Griff nahm sich vor, den Ehrgeiz seines Hauptmanns im Auge zu behalten. Es wäre unklug gewesen, so etwas zu übersehen.

Während sie durch den kalten Dauerregen ritten, wunderte sich Griff, dass er sich bereits jetzt Gedanken über seine Nachfolger machte. Und er wunderte sich mindestens ebenso darüber, wie selbstverständlich er inzwischen als Graf von Sutherland durch die Lande ritt. Griff warf einen Blick über seine Schulter im grünen Umhang und sah, wie die Soldaten in Zweierreihen hinter ihm am Fluss entlangritten.

Alle, bis auf die Tapfersten unter ihnen, ließen sich von den Gerüchten beunruhigen, die ihnen von überall her zugetragen worden waren. Es hieß, die enterbte Lady Merlis und ihr Mann, der Verräter und Grafenmörder, würden eine Armee aufstellen, um damit die Grafschaft zurückzuerobern. Andere Gerüchte besagten, ein Haufen unzufriedener Soldaten, deren berechtigte Beschwerden bei den Verwaltern der Grafschaft auf taube Ohren gestoßen seien, ziehe in offener Rebellion durchs Land.

Die ersten zwei Tage, als Griffs Trupp noch an den Dörfern und Feldern in der Nähe des Schlosses Sutherland vorbeiritt, schien alles in Ordnung zu sein. Die Menschen kamen herbei oder winkten ihnen von den Feldern her zu, wo sie die letzten Zwiebeln ernteten. In den Ortschaften liefen die Kinder ganz aufgeregt neben den Pferden der Soldaten her und Hunde verfolgten sie bellend bis weit hinter den Rand des Dorfes. Es war fruchtbares, wohlhabendes Land, durch das sie an den ersten Tagen ritten.

Danach kamen sie in Gegenden, die weit weniger besiedelt schienen. Die Dörfer wirkten wie ausgestorben, und wenn sie draußen auf dem Land an einem Schäfer mit seiner Herde vorbeikamen, tat dieser so, als würde er die Reiter nicht sehen, und trieb seine Ziegen oder Schafe in die entgegengesetzte Richtung. Am Nachmittag des dritten Tages kamen sie zu der Ruine eines Bauernhofs, von dem nur noch verkohlte Türpfosten und schwarze, rauchende Balken übrig waren. Auch die Felder ringsum hatte man abgebrannt und weit und breit waren weder Mensch noch Tier zu sehen. Nur eine einsame Katze machte Jagd auf Mäuse, obwohl die zerstörte Behausung nun keinen Schutz mehr vor den gefräßigen Nagern nötig hatte. Der Anblick dieser Ruine in seiner Grafschaft beunruhigte Griff zutiefst.

Auf dem Weg in das Dorf, in dem sie abends die Zelte aufschlagen wollten, kamen sie noch an zwei weiteren niedergebrannten Gehöften vorbei. Bei dem Anblick schlug Griffs Beunruhigung in offenen Ärger um.

Der Bürgermeister des Dorfes eilte zur Begrüßung herbei und nach und nach kamen auch die Menschen aus ihren Häusern und starrten die Soldaten mit ausdruckslosen Gesichtern an. Sie schienen weder froh zu sein die Reiter zu sehen noch schienen sie Angst vor ihnen zu haben. Der Bürgermeister war ein drahtiger, weißbärtiger Mann mit kahlem Kopf und fragenden Augen. Er hatte seine Hände auf dem Rücken verschränkt, als wolle er damit verhindern, dass sie ihn in Schwierigkeiten brachten. Obwohl er Griff und seinen Lords eine Erfrischung anbot, konnte sein Ton nur mit Mühe als höflich durchgehen. »Wir haben zwar Bier und Brot, aber nicht mehr genug, um noch eine Armee zu verköstigen.«

»Noch eine?«, fragte Griff, der abgestiegen war und vor seinem Pferd stand.

»Ihr glaubt doch nicht im Ernst, dass Eure Armee die einzige in dieser Gegend ist, oder?«

»Mäßige deinen Ton, wenn du mit dem Grafen von Sutherland sprichst«, ermahnte Wardel den Bürgermeister.

Der ließ sich nicht beeindrucken. »Woher soll ich denn wissen, dass er es wirklich ist?«

»Kennst du denn sonst noch jemanden, der diesen Ring am Finger trägt?«, fragte ihn Wardel.

»Soviel ich gehört habe, soll ein Fremder, der nicht einmal um den Titel gekämpft hat, diesen Ring einfach an sich gerissen und ihn diesem Mann hier übereignet haben. Seinetwegen darf Lady Merlis nicht das Erbe ihres Vaters antreten, obwohl sie die Enkelin des großen Gladaegal ist. Soviel ich gehört habe, hat sich ein Mann mit einer starken Armee an die Seite der Lady gestellt und soll jetzt dafür sorgen, dass ihr Gerechtigkeit widerfährt.«

Griff kam Wardel zuvor und wollte wissen: »Welche Gerechtigkeit wurde der Lady denn vorenthalten?«

»Das Erbe ihres Vaters, des Grafen von Sutherland.«

»War sie denn die Erbin?«, fragte Griff. Sollte er sich in der Auslegung der Gesetze geirrt haben, dann würde er Lady Merlis ihr Recht ohne zu zögern einräumen.

»Das Volk allein bestimmt, wer der wahre Erbe der Grafschaft ist«, sagte der Bürgermeister, »wenn es keinen Sohn gibt, der seinem Vater nachfolgen kann. Lady Merlis ist zwar die Letzte von gräflichem Geblüt, aber sie ist nun einmal kein Mann.«

Griff überging den Tonfall des Mannes und auch die Information, dass Lady Merlis offenbar Ansprüche auf die Grafschaft geltend machte. Im Augenblick hatte er Dringlicheres zu tun. »Auf dem Weg in Euer Dorf sind wir an drei niedergebrannten Gehöften vorbeigekommen.«

Die Dorfbewohner, die sich inzwischen als Gruppe vor den Reitern versammelt hatten, verstummten mit einem Mal. Griff sah sie sich genauer an. Es waren nur drei Frauen und fünf Männer; dazu kamen noch ein paar Kinder, die sich an den Händen hielten oder am Rockzipfel ihrer Mütter hingen. Ein Junge wirkte so, als habe er keine Eltern mehr. Er war ganz blass im Gesicht und verbarg sich hinter dem weiten Rock einer Frau, die nicht so aussah, als ob sie seine Mutter wäre.

»Warum wurden die Gehöfte niedergebrannt?«, fragte Griff. Er spürte, wie seine Männer hinter ihm ungeduldig mit den Schwertern und Sporen klirrten und wie die Pferde mit den Hufen aufstampften, aber er sah sich nicht zu ihnen um.

Der Bürgermeister zuckte hilflos mit den Schultern.

»Haben sich denn wenigstens die Bewohner dieser Gehöfte in Sicherheit bringen können?« Er hatte das Gefühl, dass hier etwas nicht stimmte und dass niemand darüber reden wollte.

»Meinen Vater haben sie umgebracht«, rief der Junge, der Griff vorhin aufgefallen war. Er war etwa sieben Jahre alt, vielleicht auch acht oder neun und er war wütend. Und zwar auf Griff.

Mit Jungen kannte Griff sich aus.

»Lord Tintage hat uns erzählt, dass es notwendig sei,

damit die Feinde von Lady Merlis keine Unterkunft und nichts zu essen finden«, sagte der Bürgermeister argwöhnisch und verbittert. »Aus der Stadt von Sutherland sei eine mächtige Armee im Anmarsch, die uns das Land wegnehmen will, das die Lady uns gegeben hat.«

Griff bezähmte seine Wut. Er blickte zuerst den Jungen an und dann den Bürgermeister. »Hier seht ihr die mächtige Armee. Und ich bin der Graf von Sutherland. Graf Oriel hat mich zu seinem Nachfolger ernannt.«

Griff musste die Zähne zusammenbeißen, damit er dem Bürgermeister nicht erzählte, was mit Oriel passiert war. Er musste seinen Anspruch auf die Grafenwürde selbst durchsetzen und durfte weder Lady Merlis noch Tintage schlecht machen. »Ich habe dem König meinen Treueschwur geleistet und ich trage Ring und Schwert der Grafen von Sutherland. Ich habe den königlichen Auftrag, über dieses Land hier zu regieren.«

Der Bürgermeister musterte Griff mit abschätzigen Blicken, und die Frau, hinter deren Rock sich der Junge versteckt hatte, legte dem Knaben jetzt die Hände auf die Schultern und hielt ihn fest, damit er nicht auf Griff losging.

»Ihr seid kein Lord von Geburt«, sagte der Bürgermeister.

»Das bin ich wirklich nicht«, bestätigte Griff. »Und ich bin auch nicht im Königreich geboren. Dennoch erwarte ich von dir, dass du mich als deinen Grafen anerkennst.«

Der Bürgermeister blickte ihn lange an, bevor er antwortete: »Ja, das werde ich tun. Und die Leute aus dem Dorf und von den Höfen ringsum werden das ebenfalls, wenn ich es ihnen sage. Denn es ist falsch, Gehöfte und Getreide abzubrennen, wenn der Winter vor der Tür steht. Und es ist falsch, einen Mann zu töten, nur weil er das nicht zulassen wollte. Im Sommer habe ich Oriel gesehen, wie er hier über das Land geritten ist. Er war ein guter Mann. Wenn er Euch als seinen Nachfolger eingesetzt hat, dann werde ich Euch dienen.«

»Ich danke dir«, sagte Griff. Dann forderte er den Jungen auf nach vorne zu treten.

»Ich verspreche dir«, erklärte Griff dem Jungen, »dass ich den Mann, der euren Hof abgebrannt hat, zur Rechenschaft ziehen werde. Außerdem werde ich dafür sorgen, dass das Land, das dein Vater bisher gepachtet hatte, fortan für immer dir gehören soll. Ich werde es dem Lord abkaufen, zu dessen Landbesitz es gehört. Der Tod deines Vaters soll nicht umsonst gewesen sein.«

»Könnt Ihr das denn wirklich tun?«, fragte der Junge. Er war ohne Scheu vor Griffs hohem Rang und seiner prächtigen Kleidung. Viel mehr Angst schien er vor leeren Versprechungen zu haben, die dann doch nicht eingelöst würden.

»Wozu sollte ich sonst der Graf sein?«, fragte Griff und der Junge musste lächeln. Dann fiel ihm ein, mit wem er es zu tun hatte, und er kniete sich mit feierlichem Gesicht vor Griff nieder. Einen kurzen Augenblick lang musste Griff so intensiv an die Insel des Damalls denken, dass er sogar meinte die salzige Meeresluft riechen zu können.

»Habt Ihr denn genügend Männer, um Tintages Armee zu schlagen?«, wollte der Bürgermeister dann wissen.

Wardel beugte sich im Sattel nach vorn. »Du hast seine

Soldaten doch gesehen. Kannst du uns sagen, wie viele es sind? Wie gut sind sie ausgerüstet? Weißt du, in welche Richtung sie geritten sind und ob sie planen uns eine Schlacht zu liefern?«

»Sie wollten zur Stadt von Yaegar«, sagte jetzt eine der Frauen. »Mein Mann hat sich ihnen angeschlossen, weil er glaubt, dass sie nur auf Beute aus sind und keine Schlacht riskieren wollen. Man hat den Männern hier jedenfalls versprochen, dass man sie an der Beute beteiligt, dass man ihnen einen Hof schenkt oder Geld und warme Kleider. Lord Tintage hat gesagt, dass sein Vater seine Soldaten der Lady zur Verfügung stellt. Verzeiht mir, wenn ich das so sage, Mylord, aber er hat gemeint, dass Ihr viel zu feige wärt, um zu kämpfen.« Die Frau seufzte tief: »Und jetzt zieht Tintages Armee raubend und sengend durch das Land, und das, wo der Winter vor der Tür steht. Wovon soll ich bloß meine Kinder ernähren, ganz allein und ohne Mann im Haus?«

»Ich werde jedem, der es braucht, Korn aus meinen eigenen Speichern geben«, versprach Griff. »Es kann sein, dass wir in diesem Winter alle hungern müssen, aber wir werden es überleben.« Griff wusste, wovon er sprach, denn er hatte selbst schon schwere Zeiten durchgemacht.

»Wenn wir uns beeilen, dann hat Tintage nicht viel Zeit, um den Menschen Höfe und Ernte zu vernichten«, sagte Verilan. Er wandte sich zwar an Griff, sprach aber so laut, dass die Dörfler seine Worte verstehen konnten.

»Dann müssen wir unverzüglich aufbrechen«, sagte Griff und setzte den Fuß in den Steigbügel, um auf sein Pferd zu steigen.

»Möge das Glück Euch hold sein, Mylord«, rief der Bürgermeister ihnen noch hinterher.

Vom Dorf aus ritten sie den breiten Weg am Fluss entlang, den auch Tintage und Merlis mit ihren Soldaten genommen haben mussten, denn überall sahen sie verbrannte Häuser und abgesengte Felder. Es waren mehr, als Griff lieb war, aber auch weniger, als er befürchtet hatte. Sie machten kaum eine Pause und aßen ohne aus dem Sattel zu steigen. Jeder Mann hatte für zwei Wochen Haferkuchen dabei. Wenn sie durstig waren, tranken sie zusammen mit den Pferden aus dem Fluss. Griff und die Lords bekamen dieselbe Verpflegung wie die Soldaten.

Bevor sie sich nachts zur Ruhe legten, sprachen Griff, Wardel und Verilan noch einmal über die bevorstehende Schlacht und überlegten, wie und wo sie am besten stattfinden sollte. Als sie schließlich die Mauern von Yaegars Stadt erreichten, wusste Griff fast ebenso gut wie Verilan, wie man eine Schlacht führt. Verilan war beim Hauptmann seines Vaters in die Lehre gegangen und hatte schon als Junge mit seinen Brüdern Schlachten ausgetragen, wobei ihre Soldaten allerdings kleine Steine gewesen waren. In den fünf Tagen, die sie bis zu Yaegars Stadt gebraucht hatten, war Griff von seinen beiden Hauptleuten überzeugt worden, dass eine Schlacht unumgänglich war. Als er jetzt die bewaffneten Männer auf den Zinnen der Stadtmauer sah, fühlte er sich in seinem Entschluss bestätigt. Griff hielt seine Truppen an und blickte hinüber zu der verteidigungsbereiten Stadt. Vom Fluss wehte ihnen ein starker Wind entgegen und Wardel beorderte seine

Soldaten sicherheitshalber ein Stück zurück, damit sie nicht mit Pfeilen beschossen werden konnten.

»Wenn wir hier unsere Schlacht schlagen wollen«, sagte Verilan, »müssen wir uns überlegen, wie wir unsere Männer aufstellen.«

»Ich habe zwar schon bei einer ganzen Reihe von Angriffen zugeschaut, aber erst ein Mal mein Schwert gezogen«, sagte Griff. »Deswegen schlage ich vor, dass ihr zwei den Truppen voranreitet. Wenn ich wüsste, dass ich mich auf meinen Mut verlassen kann, würde ich vorausreiten, aber da ich das nicht weiß, möchte ich meine Leute nicht in eine schwierige Situation bringen. Ich werde also hinter euch kämpfen.«

»Nein«, sagten beide wie aus einem Mund und ohne zu zögern.

Griff dachte, Verilan und Wardel hätten ihn nicht verstanden.

Bevor er aber zu einer neuen Erklärung ansetzen konnte, wandte Verilan ein: »Mylord, Ihr seid der Graf von Sutherland, und wenn Ihr es nicht wäret und ich hätte die Macht, Euch zu ernennen, dann würde ich es tun. Wenn Ihr mit den Menschen sprecht, hat man das Gefühl, dass Ihr es gut mit ihnen meint, und Ihr achtet alle gleichermaßen, ob sie nun Lords sind oder einfache Bauern.«

»Mylord«, ließ sich nun auch Wardel vernehmen, »ein Graf muss an der Spitze seiner Männer kämpfen und jeder, der das sieht, weiß, welcher Mut dazugehört. Eure Soldaten vertrauen Euch, Mylord, ebenso wie das Volk Euch vertraut. Und was uns anbelangt: Wir waren Oriels Gefolgsleute und jetzt sind wir die Euren.«

Griff schwieg. Er hatte den Wind im Rücken und vor ihm ragten die Steinmauern empor. Er hatte Angst vor der Schlacht, aber nicht weil er fürchtete sie zu verlieren. Solange Verilan und Wardel seine Hauptleute waren, würden sie bestimmt nicht besiegt werden, da war Griff sich sicher, und außerdem hatten sie genügend Soldaten. Er hatte vielmehr Angst vor den Schmerzen, dem Entsetzens- und Wutgeschrei, das er von den Kämpfen der Wolfer noch immer im Gedächtnis hatte, und vor den Gefahren, denen sich niemand entziehen konnte. Griff wusste nicht, was von ihm erwartet wurde und ob er den Herausforderungen der Schlacht auch wirklich gewachsen war. Seit Oriel tot war, gab es niemanden mehr, der neben ihm stand und ihm sagte, was er tun sollte. Jetzt war er auf sich allein angewiesen.

»Was machen wir als Erstes?«, fragte er.

»Wir werden dem Feind mit einem Trompetenstoß signalisieren, dass wir mit ihm verhandeln wollen«, antwortete Verilan. »Jetzt ist es zu spät, um noch eine Schlacht zu beginnen – es sei denn, wir sind irgendwie in eine Falle geraten.«

Wardel hielt das für unwahrscheinlich. »Hier, auf offenem Feld, kann man doch keinen Erfolg versprechenden Hinterhalt legen«, sagte er. »Ich glaube nicht, dass Yaegar ein so großes Risiko eingeht, jedenfalls jetzt noch nicht.«

»Soll ich die Trompete blasen lassen, Mylord?«, fragte Verilan. Er wirkte ungeduldig. Griff vertraute seinem Gefühl und gab ihm die Erlaubnis. Der Trompeter hob sein Instrument an die Lippen und kurze Zeit später erschallte von den Zinnen das Gegensignal. Verilan rief hinauf, dass der Graf von Sutherland vor den Toren sei und Lord Yaegar um eine Unterredung ersuche. »Uns sind Gerüchte über eine Rebellion zu Ohren gekommen«, rief Verilan. »Eine Armee soll durch Yaegars Land ziehen. Der Graf ist hier, um zu fragen, was Lord Yaegar zu diesen Gerüchten zu sagen hat.«

Die Torwache hörte sich alles an und verschwand dann aus dem Blickfeld. Griff war gespannt, was Yaegar wohl antworten würde. Verilan und Wardel hatten bereits alle Möglichkeiten durchgesprochen und glaubten zu wissen, was Yaegar tun würde. Griff jedoch wartete einfach ab.

Irgendetwas würde er sagen müssen und bestimmt würde es zur Schlacht kommen. Nun musste man nur noch erfahren, wann und wo.

Nach einer Weile wurde das eiserne Gitter vor dem Stadttor nach oben gezogen und ein Mann kam herausgeritten. Er trug Yaegars himmelblauen Wimpel, auf dem ein Falke mit ausgebreiteten Schwingen prangte. »Mein Herr verlangt, dass Ihr …«

Griff schnitt ihm barsch das Wort ab: »Ich bin der Graf von Sutherland«, sagte er und der Stolz seiner Worte schmeckte wie Wein in seinem Mund.

»Ja, ich weiß, Mylord«, stammelte der Mann. »Es tut mir Leid, aber mein Gebieter …«

Griff ließ ihn auch diesen Satz nicht zu Ende sprechen. »Ich bin der Graf von Sutherland und ich verlange meinen Vasallen Yaegar zu sprechen. Es ist seine Pflicht als Untertan, vor mir zu erscheinen.«

Der Herold ritt zurück. Diesmal warteten sie länger, und erst als die Sonne hinter dem Fluss unterging, kamen endlich vier Männer durch das Stadttor geritten. Voraus ritt ein schwerer Mann in einer Rüstung, der vermutlich Yaegar war. Oriel hatte ihn beschrieben, als er ihm von Lady Rafellas Befreiung erzählt hatte. Yaegar glich Tintage überhaupt nicht, wohingegen ihm die drei Männer, die hinter ihm ritten, sehr ähnlich sahen. Griff vermutete, dass es sich um Tintages Brüder handelte, von denen Oriel gesagt hatte, sie seien sehr viel freundlicher als ihr Vater.

Yaegar und seine drei Söhne ritten auf Griff zu, der sie allein erwartete.

Als sie so nahe herangekommen waren, dass Griff Yaegar in die Augen sehen konnte, fing Griffs Pferd in der Nähe der anderen Tiere nervös zu tänzeln an. Auch er selbst wäre am liebsten auf der Stelle geflohen, denn auf das, was er sah, war er nicht vorbereitet. Oriel hatte ihn nicht vor dem gewarnt, was Griff jetzt sah, aber vielleicht hatte Oriel es ja auch gar nicht bemerkt.

Als Griff Yaegar ins Gesicht sah, meinte er den sechsten Damall zu erblicken. Er spürte die Ähnlichkeit sofort, wie einen bestimmten Geruch, den man sein Leben lang nicht vergessen kann. Yaegar sah Griff durchdringend an, als suche er nach einer Schwäche an ihm, die er zu seinem Vorteil ausnützen konnte. Als er Griffs instinktive Furcht bemerkte, lachte er laut auf.

Dieses Gelächter war möglicherweise Griffs Rettung. Vielleicht aber hatte er auch einen Punkt in seinem Leben erreicht, an dem Männer wie Yaegar oder der Damall ihm keine Angst mehr einjagen konnten, es sei denn damit, dass sie ihm Schmerzen zufügten. Aus welchem Grund auch immer, Griff schaffte es, seine Furcht zu bezwingen. Er wurde sie zwar nicht ganz los, aber wenigstens gewann sie nicht die Oberhand.

Yaegar deutete eine Geste der Ehrerbietung an. »Ihr kommt zu spät«, sagte er und war sichtlich mit sich selbst zufrieden.

Griff zügelte sein unruhig tänzelndes Pferd und fragte: »Zu spät wofür?«

»Zu spät, um etwas auszurichten«, antwortete Yaegar. »Meine Soldaten stehen unter Waffen und sind kampfbereit. Die Mauern und Tore der Stadt sind besetzt und wir haben genügend Vorräte für den Winter eingelagert. Wir sind bereit.«

»Bereit wozu?«, wollte Griff wissen. Hatte Yaegar vor, etwas als Gegenleistung für seine Unterwerfung zu verlangen?

»Ihr habt zu verantworten, dass mein Sohn verbannt wurde«, sagte Yaegar.

Tintage war also der Preis für den Frieden.

»Nicht ich, sondern der König hat einen Mann verbannt, der verräterisch und feige den Grafen getötet hat, dem er kurz zuvor noch die Treue geschworen hatte«, antwortete Griff.

»Tintage ist mein Sohn«, sagte Yaegar. »Bei den Leuten aus meiner Familie habe immer noch ich das letzte Wort.«

»Tintage hat meine Dörfer gebrandschatzt und meine Untertanen getötet«, erwiderte Griff. »Ich bin gekommen, um einen Verräter und Mörder zu hängen.«

»Habt Ihr ihn denn jetzt zum Tod durch den Strang verurteilt?«, fragte Yaegar.

Griff fürchtete Yaegars Zorn, aber er hatte seine Soldaten hinter sich und außerdem dachte er daran, wie unerschrocken Oriel mit Rulgh gesprochen hatte. »Ja, und er wird hängen. Weil er ein Verräter ist, weil er ein Mörder ist und weil er den Bann des Königs gebrochen hat.«

»Dagegen werde ich kämpfen«, sagte Yaegar. Seine Stimme klang, als habe ihm jemand die Kehle abgeschnürt.

»Wenn Ihr kämpft, werdet Ihr alles verlieren, was Ihr …«

»Ich werde trotzdem kämpfen«, unterbrach ihn Yaegar.

Griff sprach weiter, als hätte Yaegar gar nichts gesagt. »Ihr werdet alles verlieren, was Ihr besitzt. Euer Land wird an Männer verteilt werden, die ihren Eid dem König gegenüber gehalten haben.«

»Ihr könnt mir nicht drohen. Ich bin kein Feigling und mein Sohn ist nicht der Sohn eines Niemands. Ihr habt die Grafenwürde nicht verdient, das war der andere, dieser Junge mit dem hübschen Gesicht. Ihr könnt mir keine Befehle erteilen. Was gibt Euch das Recht, mir zu befehlen?«

Griff gab ihm noch eine Chance. »Wenn Ihr weiter so rebellische Reden führt, verspielt Ihr das Erbe Eurer Söhne«, sagte er. »Wenn Ihr den Kampf gegen mich eröffnet, dann seid Ihr ein Verräter genau wie Tintage.«

»Vater …?«, fragte einer der Söhne unsicher. Yaegar fuhr herum und zog dabei so heftig an den Zügeln, dass sein Pferd sich aufbäumte und seinen Reiter fast abgeworfen hätte. »Ruhe! Hörst du mich? Mir nach, alle Mann!«

Griff hob die Hand, woraufhin zehn seiner Soldaten heranpreschten und Yaegar und seine Söhne einkreisten. Sie nahmen ihnen die Waffen ab, fesselten ihnen die Hände und bemächtigten sich ihrer Pferde. Die Festnahme war Verilans Idee gewesen und Griff hatte sie gebilligt. Er war der Meinung, dass sich die Stadt längst nicht so hartnäckig verteidigen würde, wenn Yaegar sich in der Hand des Grafen befand. Männer wie ihn oder den sechsten Damall konnte man nur überwältigen, wenn man ihnen eine Falle stellte und in der Übermacht war.

Erst allmählich begriffen Yaegar und seine Söhne, dass sie Griff auf den Leim gegangen waren. Er überließ es Verilan und Wardel, die vier zu verhören. Tintage hatte die Stadt vermutlich schon wieder verlassen, aber vielleicht war ja Merlis noch da. Vielleicht, dachte Griff, versteckt sich Tintage in den dichten Wäldern, die zu den Ländereien seines Vaters gehören. Vermutlich hatte Yaegar ihm sogar erlaubt eine Anzahl seiner Soldaten mitzunehmen, mit deren Hilfe er dem Grafen Schaden zufügen und Yaegars eigenen Besitz vermehren konnte, sollte Griff sich als unfähig erweisen das ihm überlassene Land zu regieren.

Griff sah hinüber zu den Wäldern, die kurz hinter den Stadtmauern begannen. Gerade als er sich überlegte, wie er Tintage aufscheuchen und in eine Schlacht verwickeln konnte, sah er eine Gruppe von Menschen zwischen den Bäumen hervortaumeln. Sie waren schmutzig und blutverschmiert und einige von ihnen mussten von den anderen gestützt werden. Es waren Männer, Frauen und Kinder unterschiedlichen Alters. Eine der Frauen war schwanger. Es war Beryl.

29

Kaum hatte Griff Beryl erblickt, war alles andere nicht mehr von Interesse für ihn. Er stieg von seinem Pferd und lief auf sie zu. Als er sich ihr näherte, hob sie den Blick und sah ihn an. Da sie nicht im Geringsten erstaunt darüber schien, ihn im Ornat des Grafen zu sehen, schloss Griff, dass sie die Nachricht von Oriels Tod bereits erreicht haben musste. Ihr Gesicht war von stiller Trauer gezeichnet, vor allem ihre dunkelblauen Augen, und als Griff sie ansah, schüttelte sie den Kopf. Inzwischen war der Anführer der Gruppe auf ihn zugetreten.

Es war ein Mann in den besten Jahren. Seine Kleider waren zerrissen und verschmutzt und sein Gesicht spiegelte tiefe Erschöpfung wider. Als seine Gruppe sich hinter ihm gesammelt hatte, fiel er vor Griff auf die Knie. Griff bat ihn, wieder aufzustehen, auch wenn es ihn mit Stolz erfüllte, dass ihm vor Beryls Augen eine solche Ehre widerfuhr. »Mein Graf«, sagte der Mann, »Ihr müsst geahnt haben, dass wir Hilfe brauchen.« Seine Stimme war klar, aber leise.

»Bist du der Puppenspieler?«, fragte Griff.

»Ja, der war ich, Mylord«, antwortete der Mann erstaunt. »Aber jetzt besitze ich ein kleines Anwesen eine halbe Tagesreise von der Gastwirtschaft *Falkenschwinge* entfernt. Ich bin der Bürgermeister meines Dorfes, doch meine Leute und ich haben kein Zuhause mehr. Die Menschen aus der Gastwirtschaft sind alle … ich habe keine Hoffnung mehr für sie … sie müssen alle …« Die Stimme versagte ihm.

Griff ließ von seinen Soldaten Essen und Trinken herbeibringen. Kurze Zeit später konnte der Bürgermeister wieder sprechen, aber er klang jetzt wie ein Mann, der am Ende seiner Kräfte und Hoffnungen ist. »Mitten in der Nacht sind wir geflohen und konnten uns nur kurz ausruhen. Manche von uns sind völlig erschöpft und bis zur Niederkunft meiner Nichte ist es nicht mehr lange hin. Sie haben uns ohne Vorwarnung überfallen.«

»Wer hat euch überfallen?«, wollte Griff wissen. »War das Tintage mit seiner Armee?«

Nachdem der Mann gierig einen Becher Wasser geleert hatte, sagte er voller Geringschätzung: »Das war keine Armee. Es waren vielleicht vier oder fünf Soldaten dabei und die haben sich auch an keine Befehle gehalten. Der Rest waren Diebe, lichtscheues Gesindel und Abenteurer, die für Geld alles tun – das ist Tintages so genannte Armee.«

»Wie viele sind es denn insgesamt?«

»Vielleicht so an die dreißig? Ich konnte nicht genau erkennen, wie viele es waren, denn es war Nacht, als sie aus dem Wald auftauchten. Es waren viele, aber bei weitem keine Armee und ich glaube … wisst Ihr, ich musste das Dorf warnen und meine Nichte war an dem Abend gerade aus der Gastwirtschaft zurückgekommen. Wir hatten keine Zeit, um … wir waren froh, dass wir unser nacktes Leben retten konnten.«

»Seid ihr hergekommen, um euch unter Yaegars Schutz zu stellen?«, wollte Griff wissen.

»Nein, Mylord, unter Euren Schutz. Denn ich bin Euer direkter Untertan.«

»Wie ist das möglich?«, fragte Griff.

»Das Gasthaus *Falkenschwinge* war früher einmal ein Geschenk des Grafen von Sutherland an den ersten Wirt dort. Der wurde, so erzählt man sich, vor langer Zeit vom damaligen Grafen persönlich bestimmt und seither ist das Wirtshaus im Besitz derselben Familie geblieben. Seit vielen Generationen hat es der Vater immer an seinen ältesten Sohn weitervererbt. Das Dorf in der Nähe des Wirtshauses zählt ebenfalls zum Besitz des Grafen und untersteht nicht Yaegar. Das Haus, in dem ich lebe, wurde meinem Vater vom Grafen Sutherland auf ewig gewährt – oder vielleicht auch meiner Mutter, und wir haben nicht nach dem Grund dafür gefragt. Wir haben eine Urkunde in einem ledernen Köcher, auf der das Siegel des Grafen ist und aus der hervorgeht, dass das Haus ein Geschenk des Grafen ist. Im Dorf leben etwa sechzehn Familien, von denen viele Fischer sind, die sich aus dem Fluss ihren Lebensunterhalt verdienen. Dazu kommen noch ein Schmied und ein paar Schweinehirten, deren Tiere sich ihr Futter in den Wäldern suchen. Es gibt auch etliche Bauern, die sich das Land für ihre Felder selbst gerodet haben, und einen Weber und einen Metzger. Das Dorf ist die südlichste Ansiedlung des Königreichs und liegt ganz abseits und ungeschützt.«

»Wie weit ist die Gastwirtschaft von hier entfernt? Wie lange brauchen meine Soldaten, um dorthin zu gelangen?«, fragte Griff.

»Einen Tag vielleicht, wenn sie schnell reiten, möglicherweise weniger.«

Zwei Dinge wollte Griff von dem Mann noch wissen,

bevor er ihn und seine Leute sich ausruhen ließ. »Glaubst du, dass Tintage und seine Männer in der Gastwirtschaft sind?«, fragte er.

»Ich weiß es sogar sicher. Als ich meine Leute in den Wald gebracht hatte, bin ich noch einmal umgekehrt, um zu sehen, wie es um die Gastwirtschaft stand, und um möglicherweise den Leuten dort zu helfen. Weder der Wirt der *Falkenschwinge* noch seine Söhne hätten das Gasthaus kampflos übergeben, und das gilt auch für die Frauen.« Als der Mann das sagte, musste er lächeln. »Die Frauen aus der *Falkenschwinge* haben schon immer ihren Mann gestanden.« Doch dann verschwand sein Lächeln wieder. »Wenn Ihr zum Gasthof reitet, dann nehmt mich mit, Mylord«, bat er. »Aber ich habe keine Hoffnung mehr … als ich hinkam, hörte ich, wie in der Gaststube Männer feierten, und vielleicht war ja der Hof mit Leichen übersät, die ich in der Dunkelheit nicht sehen konnte. Falls es aber doch Überlebende gibt, würde sie ein vertrautes Gesicht vielleicht eher zum Reden bringen …«

»Nein, du bleibst hier«, beschloss Griff, was der Mann widerspruchslos hinnahm. »Weißt du, ob Lady Merlis bei Tintage war?«

»Ich habe keine Lady gesehen und auch nichts von einer gehört. Die Männer werden wohl die Bier- und Weinfässer gefunden haben und sind bestimmt alle betrunken und voll gefressen, es sei denn, die paar Soldaten folgen noch irgendwelchen Befehlen, was ich aber bezweifeln möchte, Mylord«, antwortete der Mann.

»Und nun ruh dich aus«, sagte Griff. »Wir werden alles tun, was in unserer Macht steht, um Tintage zur Strecke zu bringen. Jetzt würde ich gerne mit deiner Nichte sprechen und sie fragen, ob sie mir noch etwas über das Gasthaus berichten kann. Sie war doch als Letzte von euch dort.«

»Ich schicke sie Euch sofort, Mylord«, sagte der Mann. »Was soll ich meinen Leuten sagen?«

»Dass wir sogleich gegen Tintage zu Felde ziehen«, antwortete Griff. »Sag ihnen, sie sollen hier warten, bis wir wieder zurück sind. Wie du siehst, haben wir Yaegar und seine Söhne in Verwahrung genommen. Die Stadt wird ihnen Verpflegung schicken, die ihr dann essen könnt ...«

»Wir können warten, das ist noch das Einfachste«, sagte der Mann.

»Nichts ist einfach«, antwortete Griff. Er fand, dass alle Aufgaben gleichermaßen wichtig waren, ganz gleich ob sie einem nun einfach oder schwer vorkamen.

Griff beorderte Verilan und Wardel zu sich und ließ Yaegar und seine Söhne gefesselt und unter Bewachung zurück. Sie mussten sich ganz nahe am Feuer, das die Soldaten inzwischen entfacht hatten, auf den Boden setzen, damit sie von der Stadtmauer gut sichtbar waren. Die Soldaten hatten den Befehl, alle vier zu töten, sobald sie von der Stadt aus angegriffen würden. Im Augenblick sah es aber nicht danach aus, als plante man Yaegars Befreiung. Das Eisengitter vor dem Tor war wieder heruntergelassen worden und auf der Stadtmauer standen neugierige Bürger, die herabspähten und sich vielleicht überlegten, zu wem sie bei diesem Konflikt halten sollten.

Griff informierte seine beiden Hauptleute über das, was der Bürgermeister ihm erzählt hatte.

»Wir müssen so rasch wie möglich aufbrechen«, meinte Verilan. »Wenn wir uns beeilen, dann …«

»Ich bin der gleichen Auffassung«, stimmte Wardel zu.

»Kann man denn auch nachts reiten?«, fragte Griff.

»Wenn das Wetter gut bleibt, dann ja«, antwortete Wardel. »Was meinst du, Verilan?«

»Ich denke dasselbe wie du. Allerdings frage ich mich, wo wir uns am besten zum Angriff auf das Wirtshaus sammeln sollen, falls Tintage es noch immer besetzt hält. Gibt es jemanden, der sich dort auskennt?«

»Wir brauchen einen Plan«, stellte Griff fest. »Wenn wir sie überraschen wollen, müssen wir genau wissen, was wir tun. Beryl kennt das Gasthaus.«

Als hätte sie seine Worte gehört, kam Beryl, in einen braunen Umhang gehüllt, auf sie zu. Ihre braunen Haare trug sie weder offen wie eine adelige Dame noch hochgesteckt wie eine Frau aus dem Volk, sondern zu einem langen Zopf geflochten. »Beryl hat mir und Oriel schon einmal geholfen«, sagte Griff und stellte sie den beiden anderen vor.

»Ich grüße Euch, Mylady«, sagte Verilan und küsste ihr mit einer Verbeugung die Hand.

Beryl lächelte schelmisch und für einen Moment verschwand der Kummer aus ihren Augen. Auch von Wardel ließ sie sich als Lady begrüßen und Griff klärte den Irrtum nicht auf, denn sie hatten Wichtigeres zu tun. »Kannst du uns etwas über das Gasthaus erzählen?«, fragte Griff.

»Über die *Falkenschwinge*? Ihr wollt vermutlich wissen, wie es dort aussieht. Am besten zeichne ich euch einen

Lageplan hier in die Erde.« Unverzüglich machte sie sich ans Werk.

Die drei Männer beugten sich neugierig über die grobe Skizze, die sie in die Erde ritzte.

»Lasst uns vom Wald her angreifen«, schlug Verilan vor. »Damit rechnen sie am wenigsten.«

»Und zwar nehmen wir sie von zwei Seiten her in die Zange«, sagte Wardel und deutete auf den Kücheneingang vom Hof her und auf den Haupteingang, der hinaus auf den Fluss blickte.

»Wäre eine offene Feldschlacht denn nicht günstiger für uns?«, überlegte Griff. »Schließlich sind wir ihnen zahlenmäßig überlegen und könnten den Vorteil ausspielen, den uns die Pferde und die bessere Ausbildung unserer Soldaten geben. Dazu müssten wir sie allerdings aus dem Gasthaus herauslocken …«

»Oder hinausjagen«, meinte Verilan. »Dazu brauchte sie nur ein kleinerer Trupp überraschend von der Scheune aus angreifen.«

»Und die Hauptstreitmacht müsste inzwischen unter den Bäumen versteckt warten. Wenn Tintages Männer dann aus dem Haus ins Freie fliehen, können wir sie draußen auf der Wiese einkesseln«, schlug Wardel mit funkelnden Augen vor.

»Und falls es uns nicht gelingt, sie hinauszutreiben, können wir immer noch von zwei Seiten ins Haus eindringen«, stimmte Verilan zu.

»Ihr wollt also zuerst eine offene Schlacht wagen?«, fragte Beryl. »Und falls die misslingt, sie in der Wirtschaft angreifen?«

»Ja, ich glaube, so wollen wir es machen«, antwortete Griff und die anderen beiden nickten zustimmend. »Wichtig ist, dass wir Tintage nicht entkommen lassen.«

»Ist es wichtig, dass wir ihn lebendig fangen?«, wollte Verilan wissen.

»Wir tun, was für unsere Sicherheit nötig ist«, entschied Griff ohne zu zögern. »Er hat gegen das Urteil der Verbannung verstoßen. Deswegen können wir nach dem Gesetz alle nur denkbaren Schritte gegen ihn unternehmen.«

»Wenn wir jetzt schnell aufbrechen und eine möglichst große Strecke hinter uns bringen, solange wir noch einen Rest Tageslicht haben, können wir vielleicht vor dem Morgengrauen dort sein, selbst wenn wir in der Dunkelheit die Pferde langsamer laufen lassen«, sagte Verilan.

»Im Dunkeln kann man aber nicht kämpfen«, wandte Wardel ein.

»Bisher hat noch nie jemand eine Schlacht vor Tagesanbruch begonnen«, bestätigte Verilan, »aber gerade darin liegt ja der Überraschungseffekt. Du wirst sehen, der Kampf ist rascher zu Ende, als du glaubst, wenn wir in der Dunkelheit angreifen.«

»Aber unsere Ehre gebietet uns …«

»Lass die Ehre beiseite«, sagte Griff, »wir haben es hier mit einem Mörder zu tun.«

»Und mit Verrätern«, ergänzte Verilan.

»Wir reiten so bald wie möglich«, entschied Griff.

Wardel war nicht unglücklich darüber, dass er überstimmt worden war. Er ging mit Verilan zu den Soldaten, um sie auf den Abmarsch vorzubereiten.

Als Griff Beryl die Hand reichte, um ihr auf die Beine

zu helfen, was ihr mit ihrem dicken Bauch schwer fiel, fragte sie: »Stimmt es, dass Oriel von diesem Tintage in den Rücken gestochen worden ist?«

Ihre Augen waren dunkel und tief wie das Meer.

»Ja, das stimmt. Er hat mich als seinen Erben eingesetzt.«

»Dann wirst jetzt du wohl die Lady heiraten?«, fragte sie Griff.

»Die Lady ist nun schon zweimal zur Verräterin geworden«, antwortete Griff. Etwas in seiner Stimme veranlasste Beryl ihre Hand in seine Nähe zu bringen, doch bevor sie ihn berührte, zog sie sie rasch wieder zurück. »Aber sie wäre es auch so nicht wert«, ergänzte Griff.

»Du darfst ihr nicht vorwerfen, dass sie Oriel nicht so gesehen hat wie du«, tadelte ihn Beryl. »Und so wie ich«, fügte sie dann aber hinzu, »und wie fast jeder andere auch. Doch, Griff, wahrscheinlich hast du Recht: Sie ist es nicht wert.«

In dem Augenblick trat Wardel herbei und bat Griff den Soldaten einzuschärfen, Yaegar und seine Söhne besonders aufmerksam zu bewachen. »Wenn Ihr den Soldaten persönlich den Befehl gebt, werden sie viel besser aufpassen.«

»Warum sollten sie das tun?«, fragte Griff.

»Zum einen um Oriels willen, den diese Verräter auf dem Gewissen haben. Aber auch wegen Euch. Die Soldaten sind jetzt schon eine ganze Reihe von Tagen mit Euch zusammen unterwegs und haben erlebt, wie beharrlich Ihr seid. Sie vertrauen Euch und sie wollen, dass auch Ihr ihnen vertraut.«

Die Sehnsucht nach Oriel überkam Griff auf einmal so sehr, dass ihm fast die Luft wegblieb. Er konnte Wardel kaum antworten und wandte sich von Beryl ab. »Ich werde tun, was du sagst, Wardel«, brachte er schließlich heraus.

Beryl ging zurück zu ihrem Onkel und Griff sah ihr noch eine Weile nach. Ihr langer Zopf, aus dem sich ein paar einzelne Haarsträhnen gelöst hatten, schwang ihr beim Gehen im Takt auf dem Rücken ihres Umhangs hin und her. Aber jetzt war nicht der Zeitpunkt für Gefühle des Verlusts, der Sehnsucht oder sogar der Rache. Vor ihnen lag eine Schlacht, der sie sich stellen mussten. Griff ging auf die Wachen zu, um ihnen seine Befehle zu übermitteln.

»Wir reiten zu Tintage«, sagte er und schärfte ihnen ein, die Gefangenen inzwischen nicht entkommen zu lassen und sie, falls sie einen Fluchtversuch unternahmen, zu töten.

Ein etwa fünfzehnjähriger Soldat trat nach vorne. »Mylord?« Seine Kameraden wollten ihn zurückhalten, aber er schüttelte ihre Hände ab.

»Lasst mich mitreiten, Mylord. Ich würde so gerne einmal kämpfen, und wer weiß, wann sich die nächste Gelegenheit dazu bietet.«

Griff hätte am liebsten lauthals gelacht.

»In Eurer Truppe ist sicher jemand, der nicht unbedingt darauf brennt, sein Leben zu riskieren«, fuhr der Junge kühn fort. »Einer, der gerne hier Wache hält, während ich lieber dafür sorge, dass der Verräter vor Gericht gestellt wird.«

Griff hätte dem Jungen seinen kühnen Wunsch abschlagen können, aber er beschloss ihm die ersehnte Chance zu geben. »Wie heißt du?«, fragte er.

»Reid«, antwortete der Soldat. »Erlaubt Ihr es mir, Mylord? Wenn ich jemanden finde, der mit mir tauschen will?«

»Du darfst mitreiten, aber gern sehe ich es nicht«, antwortete Griff.

Reid ließ sich aber nicht abschrecken. »Vielen Dank, Mylord. Danke, ich …«

»Beeil dich, wir müssen los«, unterbrach ihn Griff.

Solange es noch hell war, ritten sie, so schnell sie konnten. Der Wald bestand aus alten Bäumen mit dicken Stämmen und tief herabhängenden Ästen. In der Nähe der Stadt lagen keine umgestürzten Bäume oder abgefallenen Äste herum, denn die Bürger brauchten alles Holz zum Feuermachen. Damit gab es kaum Hindernisse für die Pferde und die Truppe kam gut voran. Als die Dunkelheit dann hereinbrach, ritten sie in einer langen Reihe hintereinander her. Die Nacht war so kalt, dass Griff seinen Atem in Wölkchen aufsteigen sah, während er auf dem Pferd saß und seinen Gedanken nachhing.

Als Wardel an der Spitze schließlich anhielt, war es immer noch dunkel. »Das Wirtshaus liegt dort vorne«, sagte er. »Wir müssen warten, bis es ein wenig heller wird, sonst können unsere Soldaten das Gelände nicht erkennen. Man kann von den Männern nicht erwarten, dass sie im Dunklen kämpfen, schon gar nicht, wenn sie beritten sind.«

»Ja«, willigte Verilan ein. »Aber bei Anbruch der Dämmerung greifen wir an.«

»Ich will zuerst verhandeln«, unterbrach Griff. Dazu
hatte er sich bei seinen nächtlichen Überlegungen durch-
gerungen.

Ihre drei Pferde standen ruhig da und grasten. Hinter
sich konnte Griff hören, wie die Äste knarzten und die
Blätter raschelten. Die Pferde der Soldaten traten von
einem Bein aufs andere, ledernes Zaumzeug knarrte und
das gedämpfte Klirren von Metall mischte sich mit dem
Gemurmel der Männer, die leise miteinander sprachen.

»Wozu eine Verhandlung?«, wollte Verilan wissen.

Die Gesichter der beiden Hauptleute waren in der
Dunkelheit nur schemenhaft zu erkennen.

»Um ihnen eine Möglichkeit zu geben, zu kapitulieren
und eine Chance auf Begnadigung zu erhalten.«

»Aber er ist doch ein Verräter und außerdem hat er die
Auflagen seiner Verbannung nicht eingehalten«, wandte
Verilan ungeduldig ein.

»Ich meine nicht, dass Tintage begnadigt werden soll«,
sagte Griff. »Aber vielleicht können wir seine Leute dazu
bringen, ihm die Gefolgschaft aufzukündigen.«

»Wenn sich erst einmal einer ergibt, hat das auf die anderen eine demoralisierende Wirkung«, pflichtete Wardel
Griff bei.

»Wir sind ihnen zahlenmäßig überlegen«, sagte Verilan. »Indem Ihr verhandelt, begebt Ihr Euch nur unnötig
in Gefahr, Mylord.«

»Ich glaube, das Risiko kann ich eingehen, denn in
dem schwachen Licht gebe ich kein gutes Ziel ab. Außer-

dem hat nur einer unserer Gegner alles zu verlieren, für die anderen kann es ja nur von Vorteil sein, unser Angebot anzunehmen«, entgegnete Griff.

»Das ist richtig«, sagte Verilan.

»Außerdem trägt Griff eine Rüstung«, meinte Wardel.

»Die hat Oriel bei dem Turnier auch keine Sicherheit geboten«, gab Verilan zu bedenken.

»Lasst mich dieses Verhandlungsangebot überbringen, Mylord«, bat Wardel.

»Oder mich«, bot Verilan an.

»Müsst ihr beide denn wirklich noch euren Mut beweisen?«, fragte Griff. »Den habt ihr doch schon hundertmal bewiesen.«

»Ihr aber auch«, konterte Wardel.

»Ja, das weiß ich wohl«, sagte Griff. »Oriel wusste es und ihr wisst es, weil ich es euch erzählt habe und weil ihr mir glaubt. Aber«, fuhr Griff fort, »die anderen müssen es wenigstens einmal sehen, dann werden hoffentlich auch sie mir glauben.«

»Vielleicht ist es gar nicht so schlecht, wenn Ihr Tintage zum Verhandeln aus dem Haus lockt. Das lenkt bestimmt die anderen, die noch drinnen sind, von unserem Angriff ab. Auf diese Weise können wir sie überrumpeln«, stellte Verilan fest.

»Ja«, antwortete Griff. »Wir müssen rasch und rücksichtslos vorgehen.« Auch darüber hatte er auf dem Ritt durch die Nacht nachgedacht. »Wir werden den Kampf zwar gewinnen, egal wie lange er dauert, aber je kürzer er ist, desto weniger Blut wird vergossen. Wenn es erst einmal losgeht, darf sich keiner unserer Männer zurückhalten.«

»Keine Gefangenen?«, fragte Wardel.

»Es belastet mich zwar«, sagte Griff, »aber es ist der schnellste Weg, den Kampf zu gewinnen. Leider können wir nicht beides gleichzeitig tun: den Kampf gewinnen und den Gegner schonen. Wir müssen alles auf eine Karte setzen und den Dingen ihren Lauf lassen. Das wäre mein Vorschlag. Habt ihr einen besseren?«

»Ich nicht«, sagte Verilan.

»Ich auch nicht«, stimmte Wardel zu.

Um sie herum war alles stockdunkel. Weil Griff den Himmel nicht sehen konnte, wusste er nicht, wo die Sonne aufgehen und ob es ein klarer oder ein wolkenverhangener Tag werden würde, an dem sie unter Umständen sogar mit Regen rechnen mussten. Aber das Wetter vermochte sie jetzt ohnehin nicht mehr aufhalten. Im schlimmsten Fall konnte es sie behindern, mehr nicht.

Im ersten Morgengrauen umringte Wardel mit zwölf Soldaten das Wirtshaus, weil er verhindern wollte, dass jemand in den Wald oder zum Fluss floh. Verilan hatte sich schon vorher mit fünfzehn handverlesenen Freiwilligen hinters Haus begeben, um von dort den ersten Angriff zu starten. Bei ihm war auch der junge Soldat namens Reid, der Griff aufgeregt und dankbar zuwinkte. Griff ritt mit den restlichen Soldaten an den Waldrand und befahl ihnen, im Sattel sitzend zu warten, bis die Trompete zum Angriff blies. Zehn Männer bestimmte er dazu, beim ersten Morgenlicht mit ihm vor das Wirtshaus zu reiten und bei den Verhandlungen kampfbereit hinter ihm zu bleiben. Tintage sollte ihre Anzahl ruhig unterschätzen, wenn er die Sache blutig ausfechten wollte.

Langsam wurde der Himmel silbrig grau und vom Fluss her erklang Vogelgezwitscher. Griffs Zeit war gekommen.

Er ritt auf die Lichtung hinaus, neben ihm der gräfliche Standartenträger und hinter ihm die zehn Soldaten. Die einzigen Geräusche, die von ihrer Ankunft kündeten, waren das Schnauben der Pferde und das Klirren ihrer Schwerter. Etwa auf halbem Weg zum Gasthaus ließ Griff die zehn Soldaten anhalten und ritt nur mit dem Standartenträger weiter.

Das einstöckige Steinhaus war so grau wie der Morgen und seine Bewohner schienen hinter den Türen und Fensterläden noch fest zu schlafen.

Auf Griffs Signal hin hob der Standartenträger die Trompete an den Mund und blies hinein. Der laute Ton gellte durch die stille Luft.

Griff kam es so vor, als erstarre die dämmrige Welt rings um ihn augenblicklich zu Eis. Aus dem Wald drang kein Laut und drinnen im Gasthof war eine argwöhnische Stille. Über dem Eingang des Hauses hing ein Schild mit demselben Falken, der auch auf Oriels Beryll eingraviert war. Breitete er die Schwingen aus, um abzufliegen oder anzugreifen? Oder um jemanden unter ihren Schutz zu nehmen? Vielleicht treffen alle drei Dinge zu, dachte Griff, während er dem Standartenträger ein weiteres Zeichen gab.

Abermals erklang die Trompete, diesmal in drei kurzen, rasch aufeinander folgenden Stößen.

Der Laden eines Fensters im Erdgeschoss wurde aufgestoßen. Ein Gesicht schaute heraus und einen Augenblick später wurde der Fensterladen wieder zugeklappt.

Griff saß steif auf seinem Pferd. Er wusste, dass er nach außen vollkommen ruhig wirken musste, aber innerlich hämmerte sein Herz wie verrückt und seine Gedanken überschlugen sich. Es war nicht sicher, wie das Ganze ausgehen würde. Keiner der Männer, nicht einmal der Beste, war sich dabei seines Lebens sicher. Auch das war Griff bewusst.

Griff hatte sich genau zurechtgelegt, was er sagen wollte, aber er war sich nicht sicher, ob sein Mund die Worte auch herausbekommen würde, wenn die Zeit dafür gekommen war. Griff dachte daran, wie er die Wolfer in die Minen geführt und dann in einer schwarzen Felsnische gestanden und zugehört hatte, wie Rulgh und seine Männer die Soldaten und Sklaven abschlachteten. Dabei hatte er darauf gewartet, dass sich mit dem Kampf auch sein eigenes Schicksal entschied – ob er Sklave in den Minen bleiben oder Sklave der Wolfer werden würde.

Seitdem wusste Griff, dass es besser war, selber zu kämpfen, als auf den Ausgang eines Kampfes zu warten. Er selbst hatte bisher nur ein einziges Mal gekämpft und er konnte sich nicht mehr genau daran erinnern, weil inzwischen so viel geschehen war. Aber er wusste noch, dass er eine Art wilder, verzweifelter und atemloser Freude empfunden hatte, als Tamara hinunter zum Boot rannte und er mit Oriel die Wolfer aufhielt. An ihre Stimme, die in dankbarem Triumph vom sicheren Fluss herübergeklungen hatte, konnte er sich noch gut erinnern.

Nur leider gab es keine Garantie dafür, dass man siegen würde. Oder dass der Sieger seinen Sieg auch noch erleben würde. Griff spürte, wie ein Schrei in seiner Kehle hochstieg und seine Worte verdrängte. Griff schluckte, um den Schrei abzuwürgen, aber er kam immer wieder.

Dann ging die Tür der Gastwirtschaft auf und Tintage stand bewaffnet auf der steinernen Türschwelle.

Jetzt hatte Griff keine Zeit mehr für Erinnerungen oder Angst.

»Ich komme nicht näher«, sagte Tintage. »Was hast du mir mitzuteilen?«

Hinter Tintage huschten Gestalten durch das Dunkel.

»Ich fordere euch auf zu kapitulieren«, rief Griff. »Jeder, der seine Waffen aushändigt, wird verschont.«

»Verschont, damit er in euren Kerkern verfaulen kann«, sagte Tintage mit einem bitteren Lachen. Dann wurde er ernst. »Verschont für den sicheren Tod.«

»Hier gibt es nur einen, der zum Tode verurteilt worden ist.«

Griff wusste, dass Verilan und seine Männer sich bereits von hinten auf den Hof des Gasthauses zubewegten und ihn so leise durchquerten, wie es bewaffneten Männern überhaupt möglich war. Aber Griff durfte nicht daran denken. Er musste sich auf Tintage und sich selbst konzentrieren.

»Ich biete allen Männern eine Begnadigung an. Bis auf einen«, rief Griff und sagte an Tintage gewandt: »Dein Plan kann nicht glücken.«

»Was du nicht sagst«, antwortete Tintage schnell. »Oriel hätte das gesagt.« Er erkannte sehr wohl, wie sich Griffs Gesicht vor Wut verzerrte und dass sich seine Hand um das Heft seines Schwerts legte. »Du brennst darauf, mich umzubringen, stimmt's? Dabei kann ich mich nicht einmal mehr an deinen Namen erinnern, nur daran, dass du immer Oriels willenloses Geschöpf warst. Wie heißt du noch mal?«

Griff verstand nicht, warum Tintage ihn so herablassend behandelte, aber es war ihm im Grunde genommen egal. »Ich bin Griff, der Graf von Sutherland«, erklärte er.

Tintage lachte laut auf. Sein Gelächter klang so unbekümmert, als befände er sich auf dem Tanzboden und würde ohne den geringsten Gedanken an Hochzeit oder Verantwortung zu den Tönen der Fiedel beschwingt im Kreis herumtanzen. »Wieso glaubst du, dass ich dich nicht auf der Stelle umbringen lasse?«, rief er Griff zu.

»Ich glaube überhaupt nichts«, antwortete Griff ruhig.

In der Stille, die seiner Antwort folgte, zwängten sich zwei Männer an Tintage vorbei aus der Tür des Wirtshauses ins Freie. Sie ließen Schwerter und Messer fallen und rannten auf Griffs Soldaten zu, die auf ihren Pferden hinter ihm Aufstellung genommen hatten. Tintage blickte ihnen verständnislos hinterher.

»Dafür, dass dir all die Reichtümer von Sutherland gehören, hast du aber nicht viele Leute mitgebracht«, sagte Tintage.

Drei weitere Männer drängten sich an ihm vorbei und zwei weitere standen bereits hinter ihm. Zwei andere kamen gebückt um die Ecke des Hauses gerannt. Drinnen konnte Griff weitere Männer sehen, die sich Schwert und Brustharnisch abschnallten.

»Verräter«, rief Griff laut, »ich fordere dich zum letzten Mal auf dich zu ergeben.« Aber Griff wusste, dass Tintage das nicht tun würde. Von seinem ersten Wort an hatte Griff gewusst, dass er auf Kampf aus war.

»Mir ist egal, wozu du mich aufforderst«, rief Tintage von der Türschwelle zurück. »Und ich verachte dich, weil du die Grafenwürde beanspruchst. Und das hier ist meine Antwort für dich und für jeden, der mir seinen Willen aufzwingen will.« Tintage zog sein Schwert und fuchtelte damit in der Luft herum. »Für Leute wie dich habe ich nur Verachtung übrig.«

Kaum hatte er das gerufen, als hinter dem Gasthaus laute Schreie ertönten. Tintage wusste, was das zu bedeuten hatte. »Du hast mich hintergangen!«, schrie er und lachte laut auf. »Ich habe dich unterschätzt.« Bevor Griff darauf antworten konnte, war Tintage mit gezücktem Schwert bereits wieder ins Haus zurückgerannt.

Griff ließ zum Angriff blasen und seine Soldaten kamen aus dem Wald geritten. Der Donner der Hufe mischte sich mit den Schreien im Haus und dem Gebrüll von Tintages Männern, die aus der Tür kamen und sich in den Kampf stürzten.

Griff war von seinem Pferd gestiegen und strebte auf die Tür des Wirtshauses zu, um sich den Männern entgegenzustellen, die von Verilans Soldaten aus dem Haus getrieben wurden.

Die Schlacht war erst dann geschlagen, wenn Tintage gefangen genommen war.

Wieder stieg ein Schrei in Griffs Kehle empor und diesmal öffnete er den Mund weit und ließ ihn heraus. Er war

wie der Kampfschrei eines Wolfers, doch im Gefechts-
lärm ringsum ging er fast unter. Zugleich aber hatte Griff
das Gefühl, als bewege er sich durch eine tiefe Stille.

»Das ist für dich«, hörte er sich sagen, während er sein
Schwert einem Angreifer in den Leib stieß. »Und hier für
dich … das hast du dir so gedacht … schnell, das ist gefährlich!« Obwohl sich Griff mitten im Kampfgetümmel
befand, schienen ihm der Schlachtenlärm, das Schreien
und Fluchen von weit her zu kommen. Um ihn herum
sanken Menschen tot oder verwundet zu Boden.

Der Lärm war ohrenbetäubend, aber Griff bewegte
sich durch ihn hindurch wie in einer Luftblase, in der völlige Stille herrschte.

»Tintage«, erinnerte er sich wieder, während er einen
Schwertstreich abwehrte. Metall klirrte auf Metall und
Griff spürte einen scharfen Schnitt an seinem Oberarm.
Dann schlug er mit seinem eigenen Schwert zu und
spürte, wie es tief in weiches Fleisch schnitt, roch den
süßlichen Geruch von Blut …

Griffs Gegner brüllte vor Schmerz laut auf, aber er
konnte ihn schon nicht mehr sehen, denn der Tod hatte
ihm bereits das Augenlicht genommen. Griff hörte den
Schrei ebenso wenig wie alles andere.

»Mylord!« Griff war ohne es zu merken bis in die Gaststube vorgedrungen und sah sich Wardel gegenüber. Die
meisten Männer im Raum erkannte Griff an den grünen
Hosen als seine eigenen Soldaten. Er nahm sich einen Augenblick Zeit, um die Lage zu beurteilen, dann ging er
weiter, in die anderen Räume.

Wardel begleitete ihn. Er hatte einen blutenden Schnitt

an der Wange. »Achtet auf Eure Sicherheit, Mylord«, sagte er.

Griff traute sich nicht, innezuhalten, nachzudenken und eine Entscheidung zu treffen. Er lief durch die Zimmer, schickte seine Soldaten hierhin und dorthin und entging einmal nur mit knapper Not einem Fausthieb von einem seiner eigenen Leute, der erst im allerletzten Moment sah, wen er vor sich hatte. Der Mann wurde zuerst knallrot, dann musste er lachen und zum Schluss neigte er voller Scham den Kopf, bis er hörte, dass Griff ebenfalls lachte und ihm verzieh.

Griff wusste nicht, wie viel Zeit seit Beginn des Kampfes vergangen war. Er war vollkommen außer Atem. Tintage konnte er zwar nirgends entdecken, aber es kam ihm so vor, als würden die Männer des Verräters jetzt schon bedeutend weniger Gegenwehr leisten. Das Stöhnen der Verwundeten war nun stärker zu hören als das Schwertergeklirr. Von überall her hörte Griff die Rufe seiner Leute, die immer noch die Gastwirtschaft nach Feinden durchkämmten. »Hierher!« – »Schau nach rechts in diese Kammer da!« – »Sind noch welche unten in der Gaststube?«

Dann trat Griff aus der Hintertür des Gasthauses hinaus in den mit Steinen gepflasterten Hof.

»Tintage«, brüllte Griff.

Tintage und vier oder fünf Männer rannten gerade quer über den Hof davon. Als Tintage hörte, wie sein Name gerufen wurde, hielt er inne und drehte sich um. Auch seine Männer blieben beim Anblick von Verilans Soldaten stehen, die ihnen von der anderen Seite her mit gezogenen Schwertern und Dolchen den Weg abschnitten.

Als Tintage erkannte, dass an Flucht nicht mehr zu denken war, kam er wieder auf Griff zu.

Griff hatte Angst vor ihm.

»Dann werden wir eben hier um die Grafenwürde kämpfen«, sagte Tintage.

»Du bist ja verrückt«, sagte Griff.

Man sah es Tintage an, dass er sich nur mit Mühe den Weg aus dem Wirtshaus hatte freikämpfen können. Er hatte verloren und der Kampf, den er Griff jetzt vorschlug, war nichts weiter als ein letztes, verzweifeltes Aufbäumen. Griff sah Tintage in die Augen und konnte seine Gedanken lesen. Jetzt, wo für ihn alles verloren war, wollte er wenigstens in die Geschichte eingehen als der Mann, der zwei Grafen auf dem Gewissen hatte.

»Wir werden kämpfen, ob du nun willst oder nicht«, sagte Tintage und ging mit gezogenem Schwert auf Griff zu. »Oriel hätte das hier mit mir ausgefochten.«

»Oriel war ein besserer Schwertkämpfer als ich«, sagte Griff ruhig und voller Stolz auf seinen toten Freund. »Wenn du dich unbedingt duellieren willst, dann mit Verilan.« Und damit trat Griff einen Schritt zur Seite, um Verilan Platz zu machen, der kampfentschlossen neben ihn getreten war.

Doch Tintage ging das Risiko eines Duells mit Verilan nicht ein. Er drehte sich um und versuchte wegzulaufen, wurde aber von den Soldaten festgehalten, entwaffnet und gefesselt.

Es war zu Ende.

Tintages Männer ließen ihre Waffen zu Boden fallen.

Griff lehnte sich an die Steinmauer des Gasthauses. Er roch Rauch und sah, dass die Soldaten eine Eimerkette gebildet hatten, um einen Brand in der Scheune zu löschen. Dann hörte er Stimmen aus dem Gasthaus, die fragten, ob der Kampf denn schon vorbei sei. Soldaten machten Meldung bei ihren Offizieren und fluchten, weil alles so schnell gegangen war. »Viel zu kurz«, sagten manche und andere meinten: »Das war doch gar keine richtige Schlacht.« – »Stimmt, aber trotzdem ist es mir so lieber.« – »Der Graf hat das von Anfang an so gewollt.« – »Es war ein rascher Sieg, aber dafür einer auf der ganzen Linie, oder?« – »Ein großer Sieg.« – »Wo ist überhaupt der Graf, er ist doch hoffentlich nicht gefallen?«

Griff richtete sich kerzengerade auf und lief durch Küche und Gaststube ins Freie, wo er mit langsamen Schritten über die Wiese ging.

Es war offenbar wirklich alles ganz schnell gegangen, denn der Stand der Sonne hatte sich so gut wie nicht verändert. Gerade erst färbte das erste Tageslicht den Himmel im Osten und überzog den Fluss mit einem goldenen Glanz.

Für die drei toten Soldaten in den grünen Hemden aber waren diese wenigen Minuten die letzten ihres Lebens gewesen.

Die Gefangenen mussten aus dem Holz, das sie aus dem Wald holten, zwei große Scheiterhaufen aufschichten. Auf einem sollten ihre eigenen Toten, auf dem anderen die gefallenen Soldaten des Grafen verbrannt werden. Die Verwundeten wurden von ihren Kameraden versorgt.

Während Griffs Leute das Schlachtfeld aufräumten, hielt er nach Reid Ausschau, um herauszufinden, wie es ihm ergangen war.

Er fand ihn schließlich zusammengekauert in einer Ecke der Scheune, wo er still vor sich hin weinte und die rechte Hand an die Brust presste. Als er Griff sah, erhob er sich, wischte sich die Tränen von den Wangen und versuchte ein tapferes Gesicht zu machen. Griff sah, dass der Junge verwundet war.

Reid hatte einen Schwertstreich an den Unterarm bekommen, der bereits verbunden war und nicht mehr blutete. Es waren jedoch einige Sehnen durchtrennt worden, so dass sich die Finger seiner rechten Hand zu einer Faust zusammengeballt hatten, die sich auch mit Gewalt nicht mehr öffnen ließ.

»Das ist wohl das Risiko bei der Sache«, meinte Reid, so tapfer er konnte.

Dem konnte Griff nicht widersprechen. »Mit den Flüchtlingen gestern Nachmittag ist auch eine junge Frau gekommen, die ein Kind erwartet. Sie versteht sich auf die Heilkunde. Sobald wir wieder zurück sind, schicke ich sie zu dir«, sagte Griff. »Sie weiß, ob die Wunde eitern oder ob Wundbrand entstehen kann.«

»Danke, Mylord.«

Griff sah es dem Jungen an, dass er allein sein wollte, und er hatte vor, ihm diesen Wunsch so schnell wie möglich zu erfüllen.

»Und kommst du nach dem Feldzug zu mir auf mein Schloss?«

Der Junge zuckte mit den Schultern.

»Für ehemalige gräfliche Soldaten gibt es dort immer Arbeit«, meinte Griff.

»Was soll ich denn mit dieser Hand schon tun?«, fragte der Junge verzweifelt.

»Wir werden eine Aufgabe finden, die du ausführen kannst«, sagte Griff und ließ den Jungen vor dem Abmarsch noch ein wenig allein.

Jetzt musste Griff noch entscheiden, was mit Tintage zu geschehen hatte.

»Was schlägst du vor?«, fragte er Wardel. Wardel plädierte für den Tod am Strang. »Und was meinst du?«, fragte Griff Verilan und auch der war dafür, den Verräter aufzuhängen. »Dann sollten wir es rasch hinter uns bringen und ihn hier begraben. Danach ruhen wir uns aus und reiten wieder zu Yaegars Stadt zurück«, entschied Griff.

»Das dürft ihr nicht tun!«, schrie Tintage, als ihm dieser Entschluss mitgeteilt wurde. »Das könnt ihr nicht machen! Das werdet ihr nicht tun!«, wiederholte er immer wieder.

Ein Soldat legte ein Seil zu einer Schlinge und knüpfte den Henkersknoten. Dann wurde Tintage mit auf dem Rücken gefesselten Armen auf ein Pferd gesetzt und der Strick, dessen Schlinge man ihm um den Hals gelegt hatte, wurde an einem Ast festgebunden. Die Soldaten kamen herbei, um Tintage zu verhöhnen, aber Griff befahl ihnen den Mund zu halten. »Es geht hier um den Tod eines Menschen«, sagte er.

Als die Füße in den Stiefeln nicht mehr zuckten, schnitten sie Tintage ab und legten ihn ins Gras. Sein Gesicht war tränennass und um ihn herum war der Geruch des Todes – seines eigenen und der des Todes der Männer, die bei der Schlacht im Morgengrauen gestorben waren. Als er Tintages Leiche vor sich liegen sah, wusste Griff, dass Oriel jetzt endlich seinen Frieden hatte und für ihn fortan nicht mehr als eine Erinnerung sein würde.

Als sie die Leiche in einem Boot über den Fluss gebracht und in den unwegsamen Wäldern außerhalb des Königreichs begraben hatten, wurde Griff klar, dass er nun für immer der Graf von Sutherland bleiben musste. Nach einer kurzen Rast brachen sie auf. Die Gefangenen folgten ihnen unter scharfer Bewachung und die eigenen Verwundeten humpelten hinterher, so gut sie konnten. Griff ritt an der Spitze des Trupps. Er führte die Männer über Waldpfade in eine Nacht hinein, die ihnen längst nicht mehr so dunkel erschien wie die davor. Im schwachen, silbrigen Licht des Tagesanbruchs erreichten sie die Stadt. Von der Stadtmauer herunter grüßten die Bürger mit lauter Stimme den siegreichen Grafen und seine Soldaten und in diesem Augenblick wurde Griff bewusst, dass er jetzt, wo Oriel tot und er der Graf war, Beryl ein zweites Mal um ihre Hand bitten konnte.

30

Als sie aus dem Wald herausritten, stieg gerade die Sonne über die Bäume und strahlte über die Felder hinweg die Stadtmauer an. In ihrem Licht glänzten die Steine, der

Boden war in milchiges Licht getaucht, das Herbstgras schimmerte golden und die Menschen warteten auf Nachricht über die Schlacht. Beryl trat im goldenen Sonnenlicht auf die nahenden Reiter zu.

Griff registrierte kaum die Beifallsrufe und die Trompeten, die zu seiner Begrüßung erklangen. Er achtete nicht darauf, dass das Tor geöffnet wurde und die Bürger sie mit Speisen und Getränken willkommen hießen.

»Ich freue mich, dass es dir gut geht«, begrüßte Beryl Griff. »Wie schön, dass du wieder wohlbehalten zurückgekehrt bist.« Die Sonne leuchtete auf ihr Haar und Griff konnte sich unter ihrem erfreuten Blick nur mit Mühe konzentrieren.

»Im Gasthaus wird dringend jemand gebraucht, der etwas von Heilkunst versteht. Würdest du hinreiten?«, bat Griff. »Und ich möchte deinen Onkel zum Wirt ernennen – denn er hatte Recht mit seinen Befürchtungen, dort ist niemand mehr am Leben.« Griff überlegte eine Weile, dann sagte er: »Meinst du, deinem Onkel würde es gefallen, wenn ich ihn zum neuen Wirt der *Falkenschwinge* mache? Und weißt du, ob Lady Merlis in der Stadt ist? Ich habe einige Neuigkeiten für sie. Wann wird eigentlich dein Baby auf die Welt kommen, Beryl?«

Beryl hatte mehrere Ansätze gemacht, seine Fragen zu beantworten, aber er hatte ihr keine Zeit dazu gelassen. Jetzt, als er auf ihre Antwort wartete, um seine nächsten Fragen stellen zu können, sagte sie nach kurzem Zögern: »Wenn alles gut geht, wird das Kind im Winter kommen, und es gibt keinen Grund, warum es nicht gut gehen sollte. Lange wird es also nicht mehr dauern. Es ist übrigens Oriels Kind«, sagte sie und ein Lächeln huschte ihr übers Gesicht.

Griff spürte, wie auch er lächelte. »Beryl, als ich dich das letzte Mal gefragt habe, hast du mich zwar zurückgewiesen, aber trotzdem versuche ich es jetzt noch einmal: Willst du meine Frau werden? Du musst mir nicht sofort eine Antwort geben«, fügte er rasch hinzu. »Ich möchte, dass Oriels Kind die Grafschaft erbt. Das kannst du mir und Oriel nicht abschlagen. Ich werde zwar mein Leben lang als Graf regieren, aber dieses Kind ist mein Erbe und das werde ich auch öffentlich bekannt geben. Deshalb muss ich verheiratet sein.«

»Ja, ich weiß.«

»Und ich brauche mehr als einen Erben, denn niemand weiß, was das Schicksal noch in der Hinterhand hat. Wenn du mich heiratest, würde ich diese Kinder gern mit dir haben. Wenn du mich nicht willst, muss ich eine andere Frau heiraten, aber du bist diejenige, die ich am liebsten hätte. Ich sage dir das, ohne dass ich dich durch meine Wünsche unter Druck setzen will.«

»Ja, das weiß ich«, antwortete Beryl und legte die Hände auf ihren Bauch.

»Oriel hast du doch auch dein Herz geschenkt«, sagte Griff.

Wieder lächelte Beryl.

»Genau so, wie ich dir meines gegeben habe.«

»Ja, Griff«, sagte sie so zärtlich wie damals, als sie seinen ersten Heiratsantrag zurückgewiesen hatte. »Aber was ist, wenn das Kind ein Mädchen wird?«

»Dann wird eben sie Oriels Erbin«, beharrte Griff.

»Aber es können doch nur Söhne Erben sein.«

»Das ist im Gesetz nicht eindeutig festgelegt. Ich habe das Gesetz studiert, Beryl. Es ist zwar Brauch, dass man Söhne als Erben einsetzt, aber davon steht in den Gesetzbüchern nichts geschrieben. Auch wenn sich Bräuche manchmal schwerer ändern lassen als Gesetze, so wird Oriels Kind die Grafschaft erben, ganz egal ob es ein Junge oder ein Mädchen wird. Deshalb soll es auch im Schloss der Grafen von Sutherland aufwachsen. Es sei denn, du überlässt das Kind mir und meiner Obhut …«

Beryls Gesicht drückte eindeutig aus, dass sie das Kind niemandem überlassen würde.

»… aber auch dann solltest du in der Burg leben. Ich würde mich darüber freuen, wenn du dort als meine Lady und meine Frau einziehen würdest. Nein, antworte diesmal nicht so schnell.« Griff war sich ganz sicher, dass sie ihn wieder zurückweisen würde, wenn er sie unter Zugzwang setzte, und das wollte er nicht. Für Beryl wäre es seiner Meinung nach das Beste, wenn sie sich für ihn entschiede. Zwingen allerdings würde er sie nicht, selbst wenn das in seiner Macht gestanden hätte.

»Ich möchte gerne deinen Onkel zum Wirt der *Falkenschwinge* machen, habe ich dir das schon gesagt? Und was Merlis angeht: Jetzt, wo wir Tintage gehängt haben, kann Merlis in das alte Haus deines Onkels ziehen. Sie kann sich so viele Bedienstete mitnehmen, wie sie will, und für immer dort bleiben oder auch nur so lange, bis sie sich entschieden hat, was sie mit ihrem Leben anfangen will.«

»Hast du sonst noch Wünsche?«, fragte Beryl. »Außer dass ich deine Frau und mein Kind dein Erbe werden soll und dass du nicht sofort ein Ja oder Nein von mir haben möchtest?«

Zuerst wollte Griff antworten, dass er sonst nichts von ihr wollte, doch dann dachte er, dass das nicht richtig war. Aber er hatte ohnehin schon so viel von ihr verlangt und beschloss es damit gut sein zu lassen.

Ein Offizier kam auf ihn zu und Griff wusste, dass er sich um ein Nachtlager für seine Soldaten bemühen musste. Hinter dem ersten Offizier wartete ein zweiter, der in Yaegars Auftrag Griff dessen Glückwünsche übermitteln und fragen sollte, was der Graf mit ihm zu tun gedenke. Griff hörte sich alles an, beauftragte Wardel sich um Quartier für die Truppen zu kümmern und ließ Yaegar ausrichten, dass er warten müsse, bis der Graf Zeit für ihn habe. Als er sich wieder Beryl zuwandte, war sein Kopf viel klarer als zuvor.

»Oriel hat gesagt, du wärest der beste Mann, den er je gekannt habe«, sagte Beryl.

Die Trauer lag Griff wie ein Stein im Magen, so dass er Mühe hatte, ihr zu antworten. »Als ich Oriel das erste Mal sah, war ich noch ein kleiner Junge auf der Insel des Damalls und ich hatte jede Hoffnung aufgegeben«, brachte er mühsam hervor. »Oriel war noch ein Kind, aber schon damals hatte er …« Er sah ihn wieder vor sich, diesen namenlosen, barfüßigen Jungen am Strand, der sich trotz seiner Angst vor dem sechsten Damall nicht zerbrechen ließ, der seinen Kopf immer aufrecht trug, auch wenn er in Lumpen gekleidet war. »Oriels Kind wird die Grafschaft bekommen«, sagte Griff, als wäre das die Schlussfolgerung aus seinen Gedanken.

Beryl blickte ihn mit ihren blauen Augen an.

»Im Gasthof *Falkenschwinge* wird dringend jemand gebraucht, der sich aufs Heilen versteht«, sagte Griff. »Wir haben die Toten bereits begraben und verbrannt, aber ein paar meiner Soldaten sind zu schwer verletzt, als dass ich sie hätte mit zurücknehmen können. Ein Soldat mit Namen Reid wartet darauf, dass du dir seinen Arm und seine Hand ansiehst. Doch wenn du das erledigt hast, möchte ich gerne, dass du auf meine Burg kommst, mir deine Antwort mitteilst und bis zur Geburt deines Kindes bleibst.«

»Was ist, wenn ich dir davonlaufe?«, fragte Beryl.

Das war Griff noch überhaupt nicht in den Sinn gekommen, obwohl er wusste, wie groß die Welt war und wie leicht man eine Frau und ihr Kind aus den Augen verlieren konnte. Er könnte verstehen, wenn Beryl gemeinsam mit ihrem Kind ihr Glück versuchen wollte. Aber er hoffte, dass sie ihm dann wenigstens eine Nachricht zukommen lassen würde, damit er wusste, woran er war, und sich nach einer anderen Frau umsehen konnte. Griff war überzeugt davon, dass sich Beryl ihm gegenüber korrekt verhalten würde. Deswegen musste auch er ihr gegenüber korrekt bleiben.

Dennoch wusste er nicht, was er ihr antworten sollte.

»Was würdest du tun, wenn ich das täte?«, wiederholte Beryl.

»Du musst deine eigenen Entscheidungen treffen«, antwortete Griff und sprach nicht darüber, wie leer sein Leben wäre, wenn er nach Oriel auch noch Beryl verlieren würde. »Ich bitte dich nur, dich um die Verletzten in der

Falkenschwinge zu kümmern und dann zu mir in die Burg zu kommen.«

»Als Oriel sagte, dass du der beste Mann seist, den er je gekannt habe, habe ich ihm nicht widersprochen«, sagte Beryl.

Dann brachen Beryl, die Dorfbewohner und deren Bürgermeister, der jetzt auch noch der Besitzer des Gasthofs *Falkenschwinge* war, gemeinsam auf. Mit ihnen ritt auch Lady Merlis in den Süden. Als sie fort waren, kümmerte sich Griff um Yaegar und seine drei noch lebenden Söhne.

Er wusste nicht, wie er Yaegar für seinen Verrat bestrafen sollte, außer ihn zu hängen. Schließlich hatte es Yaegar zwar nicht an Loyalität gegenüber Griff persönlich, aber gegenüber dem Grafen und damit auch gegenüber dem König fehlen lassen. Seine Söhne hatten es ihrem Vater nachgetan und mussten ebenfalls bestraft werden.

Doch Yaegar war ein Lord und viele seiner Leute hielten ihm die Treue, auch wenn sie seine Entscheidungen bisweilen nicht guthießen.

Griff beorderte Verilan und Wardel zu sich und dann besprachen sie die Angelegenheit bei Brot, Bier und Käse. Den Tisch für die Mahlzeit hatten Bürger der Stadt herausgebracht. Alle drei waren übermüdet und sehnten sich nach Schlaf, aber sie stimmten überein, dass über Yaegar und seine Söhne, die immer noch gefesselt vor den Stadtmauern lagen, zügig entschieden werden musste.

»Wir sollten ihn in den Kerker werfen«, schlug Wardel vor.

»Seine Söhne würden bestimmt versuchen ihn zu befreien«, erwiderte Verilan.

»Das sollten sie auch«, wandte Griff ein. »Ich möchte eigentlich nicht, dass jemand sein Leben lang im Kerker sitzen muss.«

»Dann müssten sie aber alle vier gehängt werden«, folgerte Verilan. »Wir sollten das schnell hinter uns bringen.«

»Sind sie denn alle Verräter?«

»Eigentlich nicht«, sagte Wardel.

»Wo ist denn da der Unterschied?«, wollte Verilan wissen. »Sie haben Tintage mit Waffen und Verpflegung unterstützt und sie haben ihn auf ihren Ländereien geduldet. Sie haben einem Mann geholfen, der ganz offensichtlich ein Verräter war. Sie wünschten ihm Erfolg, einen Erfolg, der letztendlich das Ende von Graf Griff bedeutet hätte. Wie kannst du nur behaupten, sie seien keine Verräter, die unseren Grafen in die Knie zwingen wollen?«

»Kann man einen Mann für das hängen, was er denkt?«, fragte Griff. »Dann müssten wir außer Yaegar noch viele andere hängen. Wahrscheinlich hätten wir nicht einmal genügend Stricke für alle. Und würde dann überhaupt noch jemand als Henker übrig bleiben?«

Verwirrt zog Verilan seine dunklen Augenbrauen zusammen; dann musste er gegen seinen Willen lächeln und lachte schließlich kurz auf. »Ja, mein Herr, Ihr habt Recht. Auch ich habe schon einmal solche Gedanken und Wünsche gehabt.«

»Und trotzdem hast du nicht den Tod durch den Strang verdient«, sagte Griff. Er hatte seine Entscheidung gefällt und tat sie nun kund: »Du hast etwas anderes verdient, und zwar in diesem Teil meiner Grafschaft für Ordnung zu sorgen. Deshalb übertrage ich dir Yaegars sämtliche Ländereien, ganz gleich was mit Yaegar weiter geschieht.«

Verilan warf Wardel einen kurzen Blick zu.

»Und Wardel soll mein Hauptmann werden, als wäre er mein Bruder«, erklärte Griff. »Natürlich nur, wenn er will.«

Wardel fühlte sich so geehrt, dass seine Augen vor Freude strahlten. Auf der Stelle willigte er ein.

»Jetzt wissen wir aber immer noch nicht, was wir mit Yaegar und seinen Söhnen machen sollen«, meinte Griff.

»Ich kann sie alle vier in mein neues Burgverlies werfen«, bot Verilan an.

»Glaubst du nicht, dass es gefährlich sein könnte, sie in ihrer Heimat zu lassen?«, fragte Griff.

»Müssen die vier denn überhaupt die gleiche Strafe bekommen?«, überlegte Wardel.

Griff nahm diesen neuen Aspekt der Angelegenheit freudig auf. »Eigentlich nicht«, sagte er. »Was meinst du dazu, Verilan?«

Verilan pflichtete ihm bei, dass man den Vater ohne weiteres zu einer anderen Strafe verurteilen könne als seine Söhne. Es folgte eine lange Auseinandersetzung, in deren Verlauf jeder der drei mehrmals so entmutigt war, dass er Yaegar und seine Söhne am liebsten doch aufgehängt hätte, nur um die Debatte zu beenden.

Irgendwann fanden die drei dann doch noch eine Lösung: Yaegar sollte unter Bewachung von Wardel zum König geschickt werden, um in dessen Stadt eingesperrt zu werden. Die Kosten für die Einkerkerung sollten aus der Schatulle des Grafen von Sutherland bezahlt werden. Yaegars drei Söhne sollten von Wardel nach Norden gebracht werden, wo sie in die Dienste von Lord Hildebrand, Graf Northgate und Lord Arbor treten sollten. Dort hatten sie kein Recht auf Landbesitz und konnten auch keine Anhänger um sich scharen.

Nachdem sie Yaegar und seine Söhne abgeliefert hatten, sollten Wardel und seine Soldaten schnellstmöglich wieder zurückreiten, um Verilan in Yaegars ehemaligem Land zur Seite zu stehen. Erst wenn hier Frieden herrschte, sollten sie alle wieder in die Stadt des Grafen zurückkehren. Griff selbst sollte so bald wie möglich in seine Stadt zurückreiten und dort die gräflichen Regierungsgeschäfte wieder aufnehmen. Verilan hingegen sollte in Yaegars Stadt bleiben und seine Soldaten erst dann zurück zu Griff schicken, wenn er sicher war, dass Yaegars ehemalige Untertanen ihm auch wirklich die Treue hielten.

»Deine Aufgabe ist jetzt am gefährlichsten«, sagte Griff zu Verilan, auch wenn ihm klar war, dass der junge Kämpfer das damit verbundene Risiko liebte. »Denk dran, dass das Wirtshaus *Falkenschwinge* in gräflichem Besitz verbleibt und mit einem Mann besetzt wird, der mir treu ergeben ist. Dorthin kannst du fliehen, wenn du hier nicht mehr sicher bist.«

Verilan hätte am liebsten so getan, als gäbe es keinerlei Anlass für dieses Angebot, aber guten Gewissens zurückweisen konnte er es nicht. »Ich hoffe, ich muss Eure Gastfreundschaft in der *Falkenschwinge* nicht in Anspruch nehmen«, sagte er.

»Das hoffe ich ebenso und ich glaube auch, dass ich mir keine Sorgen machen muss«, meinte Griff. Aber er wusste zugleich, dass es keine absolute Sicherheit gab. Man konnte nur einen guten Plan machen und sich vornehmen gerecht zu handeln. Der Rest war dem Zufall überlassen und ließ sich nicht beeinflussen.

Griff war froh, dass er viel zu tun und viel zu lernen hatte, denn dadurch war er beschäftigt, bis Beryl ihm eine Antwort zukommen ließ. Als er zwei Tage später Verilans Stadt verließ, gestattete er sich keinen Blick zurück auf den Fluss, der hinter ihm in den Wäldern verschwand und nach Süden, zum Gasthaus *Falkenschwinge* floss.

31

Viele Wochen später lag das Land unter einer dünnen, weißen Schneedecke, die über Nacht gefallen war. Als der Abend nahte, begann ein heftiges Schneegestöber. Griff stand in seinen Umhang gehüllt im Hof seines Schlosses und blickte hinaus in die Dunkelheit, die jetzt, als die Tage am kürzesten und die Nächte am längsten waren, schon sehr früh hereinbrach. Am Nachmittag hatte ihm ein Bote gemeldet, dass Lady Beryl auf dem Weg zur Burg sei und ihre Kutsche bei Anbruch der Dunkelheit hier eintreffen werde.

Beryls Zimmer waren längst hergerichtet und zwei Hebammen und eine Amme hielten sich schon seit Wochen in der Burg auf. Griff war zu ruhelos, um im Hause zu warten. Im Hof war es kalt, aber er hatte in seinem Leben schon viel schlimmere Kälte erlitten. Außerdem hielt ihn sein Umhang warm. Weiße Schneeflocken wehten ihm ins Gesicht.

Dann hörte Griff auf einmal das Geräusch von acht Pferdehufen auf dem Weg, der hinauf zur Burg führte. Kurz darauf war das Knirschen der hölzernen Räder zu vernehmen und dann konnte Griff auch schon die Kutsche aus der Dunkelheit auftauchen und durch das breite Tor in den Hof einfahren sehen.

Griff trat auf die Kutsche zu, öffnete die Tür und sah, dass Beryl allein war. Er half ihr heraus und führte sie rasch in die Wärme. Bevor Griffs Dienerschaft bemerkte, dass die Kutsche eingetroffen war und ein Gepäckwagen, der ausgeladen werden musste, war Beryl längst im Haus. Griff traute sich nicht, sie anzusprechen, nicht einmal um sie zu begrüßen. Er wagte auch nicht, sie anzublicken. Jetzt, wo er bald erfahren sollte, wie sie sich entschieden hatte, hätte er gerne noch einen Tag Aufschub gehabt – vor allen Dingen dann, wenn die Entscheidung negativ für ihn ausfallen sollte.

»Wir werden heiraten, Griff«, sagte Beryl gleich als Erstes, als wisse sie genau, wie schwer das Warten für ihn gewesen war. Erst jetzt traute sich Griff Beryl ins Gesicht zu schauen.

»Natürlich nur, wenn du immer noch willst«, fügte sie hinzu.

»Und ob ich will«, antwortete er und wusste nicht, ob er vor Glück zu Boden sinken oder nach seinem besten Wein verlangen sollte, damit alle auf die Braut des Grafen anstoßen konnten. Auch war er sich nicht sicher, ob er sie angesichts ihres dicken Bauches in die Arme schließen und an sich drücken durfte – vielleicht würde ja das Kind dabei Schaden nehmen. Schließlich streckte Griff seine Hand aus und Beryl legte die ihre hinein. Er spürte ihre Finger und drückte sie sanft. Sie würde seine Frau werden.

Dann kamen die Diener und der Hofstaat und wirbelten um sie herum. Beryl, die einen guten Kopf kleiner war als Griff, lächelte zu ihm hoch und meinte: »Sag deinen Leuten, dass das Kind von deiner Ehefrau geboren werden sollte und dass es nicht mehr lange dauern kann.«

Bereits zwei Tage später wurden Griff und Beryl vom gräflichen Priester getraut. Die Hochzeit wurde in der ganzen Stadt ebenso rauschend gefeiert wie auf der Burg. Nach dem Fest warteten alle auf die Geburt des Erben.

Beryl war ruhelos. Weil Griff glaubte, sie habe vielleicht Angst vor der Geburt, ließ er aus der Stadt des Königs die Hebamme kommen, die schon die Kinder der Königin zur Welt gebracht hatte. Lilos besuchte Beryl des Öfteren, um ihr Gesellschaft zu leisten und um ihr adelige Damen und Herren vorzustellen, die ihr Abwechslung verschaffen sollten.

»Ich bin überhaupt nie mehr allein«, beklagte sich Beryl eines Tages bei Griff. »Selbst wenn ich schlafe, ist immer eine Dienerin in meiner Nähe. Außerdem schlafe ich gar nicht gut.« Als sie Griffs besorgtes Gesicht sah, fügte sie noch rasch hinzu: »Das kommt zwar bestimmt daher, dass das Kind bald auf die Welt kommen wird, aber trotzdem finde ich es nicht schön, dass wir beide praktisch nie allein sind und auch nicht mehr so miteinander reden wie früher, als du noch nicht der Graf warst.«

In der Burg waren die Gemächer des Grafen und der Gräfin durch einen langen Gang voneinander getrennt. Beide hatten ein eigenes Schlafzimmer, eigene Wohnräume und jeweils ein Zimmer, in dem sich die Dienstboten in Rufweite aufhalten konnten ohne ständig anwesend zu sein. Die Kinderzimmer befanden sich in einem anderen Trakt der Burg, so dass der Graf nicht durch Kindergeschrei im Schlaf oder bei der Arbeit gestört werden konnte.

»So möchte ich nicht leben«, beschwerte sich Beryl bei Griff. »Ich möchte, dass mein Baby bei mir ist. Und ich möchte nicht, dass eine andere Frau mein Kind – Oriels Kind – an die Brust legt. Ich möchte, dass …« Sie konnte nicht mehr weitersprechen, weil ihr Tränen in ihre blauen Augen traten.

Also veranlasste Garder, dass die Möbel aus dem Kinderzimmer in den Dienstbotenraum neben den Gemächern der Gräfin gebracht wurden und für die Bediensteten eine andere Bleibe gefunden wurde. Damit hatte Beryl gleich nebenan noch einen Raum für das Kind. Griff überlegte, ob es da wohl auch Platz für den Gemahl geben würde, aber er traute sich nicht, sie danach zu fragen. Sie soll erst einmal ihr Kind zur Welt bringen, dachte er, dann kann ich mein Recht als Ehemann ja immer noch geltend machen. Allerdings, das machte sich Griff klar, wenn er ganz ehrlich zu sich war, durfte sie dann Oriel nicht mehr nachtrauern.

»Wann hast du eigentlich Lady Merlis das letzte Mal gesehen?«, fragte Griff eines Tages, als er und Beryl in ihrem kleinsten Wohnraum vor dem Feuer saßen. Griff war gekommen, um ihr Gute Nacht zu sagen, und hatte Beryl in eine grüne Decke gehüllt vorgefunden. Sie strickte gerade an einem winzigen Jäckchen für das Baby und rutschte dabei so unruhig auf ihrem Sessel herum, dass Griff wünschte, er könne sie irgendwie beruhigen.

»Als ich Lady Merlis das letzte Mal sah, baumelte sie an einem Strick von demselben Baum, an dem auch Tintage erhängt wurde«, antwortete Beryl und hörte zu stricken auf. Sie sah ihm ins Gesicht und fuhr fort: »Merlis hat ihr Haus nie bezogen. Sie wohnte im Wirtshaus und ließ sich täglich über den Fluss hinüber zum Grab ihres Mannes rudern. Dort blieb sie immer bis zum Abend und weinte sich die Augen aus. Die Wunde, die Tintages Hinrichtung bei ihr hinterlassen hat, war einfach zu tief …«

Beryl blickte ins Feuer, wo die Flammen die Holzscheite in graue Asche verwandelt hatten. »Wir haben sie neben ihrem Mann begraben«, sagte sie, nachdem sie eine ganze Weile geschwiegen hatte. »Niemand konnte sie trösten. Ich weiß nicht, was sie für ein Mensch war, aber immerhin … immerhin ist sie ihrem Geliebten in den Tod gefolgt.«

Griff kam ein so fürchterlicher Gedanke, dass er ihn nicht auszusprechen wagte. Aber er musste wissen, was in Beryls Kopf vor sich ging, und deshalb überwand er seine Angst und fragte sie: »Glaubst du jetzt, dass du Oriel weniger geliebt hast als sie Tintage, nur weil du dich für das Leben entschieden hast?«

»Ich habe nie darüber nachgedacht, welche von uns beiden das größere Herz hat oder tiefere Liebe empfunden hat«, antwortete Beryl. »Ich glaube, es geht auch gar nicht darum, sondern der Unterschied liegt woanders. Lady Merlis war tief in ihrem Herzen wie ein Falke, der die Männer als seine Beute ansieht. Und am Ende hat sie sich für den Mörder eines Mannes erhängt, der ihr aus freien Stücken sein Herz geschenkt hat, ohne dass sie es wollte.« Beryl hörte auf zu sprechen und schien in sich hineinzuhorchen. »Ich glaube«, sagte sie dann ganz langsam zu Griff, der neben dem Feuer stand und im Licht der Flammen ihr besorgtes Gesicht betrachtete, »du solltest jetzt besser die Hebammen rufen.«

Die Frauen kamen und drängten Griff aus dem Raum. Er ging bis zum anderen Ende des breiten Ganges, der zwischen seinen Räumen und denen von Beryl lag. Dienerinnen kamen und gingen, schleppten heißes Wasser und Leintücher herbei und nickten ihm im Vorübergehen wortlos zu. Nach einer Weile kamen Lilos und Wardel und leisteten Griff Gesellschaft. Die ganze Nacht verbrachten sie auf dem Gang, liefen hin und her, begannen Gespräche, an denen keiner von ihnen so recht teilnahm, und versuchten an den Geräuschen hinter den verschlossenen Türen zu erraten, in welchem Raum Beryl ihr Kind gebar. Beim ersten Morgengrauen, als Lilos und Wardel an einem Tisch sitzend eingeschlafen waren, betrat Griff entschlossen das Zimmer, in dem er sie vergangene Nacht zurückgelassen hatte. Als dort niemand war, ging er zu der geschlossenen Tür hinüber in ihr Schlafzimmer, aus der er einen gedämpften Schrei hörte … ein lauter, angsterfüllter Schrei wie der eines Vogels. Griff öffnete die Tür.

Die Frauen rannten auf ihn zu. »Mylord! Ihr könnt doch nicht …!« – »Was wollt Ihr hier?« – »Mylord, bitte!«

Beryl lag auf ihrem Bett. Ihr Gesicht war leichenblass. Die Haare hingen ihr wirr in die Stirn und waren feucht vom Schweiß, der ihr in Strömen übers Gesicht rann.

»Ich bin der Graf«, erinnerte Griff die Frauen und einen Moment lang ließen sie sich davon beeindrucken, so dass er ganz nahe an Beryls Bett herantreten und sich zu ihr setzen konnte. Sie sah ihn an, als wisse sie nicht, wer er war. Mit beiden Händen klammerte sich Beryl an den ledernen Schlaufen fest, die an das Kopfende ihres Bettes gebunden waren. Ihr Körper hob und senkte sich und der Schweiß rann ihr in die Augen. Sie biss die Zähne aufeinander und sah Griff an, als wolle sie ihn umbringen oder als wolle er sie umbringen. Dabei öffnete sich ihr Mund zu einem gellenden Schrei. Als Griff eine ihrer Hände nahm, bohrte sie ihre Fingernägel tief in seine Handflächen.

»Mylord«, sagte eine der Hebammen zu Griff, »Ihr könnt nicht hier bleiben.«

Griff rührte sich nicht vom Fleck. »Ich bin der Graf«, sagte er erneut und war sich nicht sicher, ob Beryl sich mehr an seiner Hand festklammerte oder er sich mehr an ihrer. Sie begann laut und rasch zu keuchen und zog vor Schmerzen die Knie an. Griff konnte nichts tun, um ihr zu helfen, aber er konnte sie auch nicht allein lassen. Er konnte es kaum ertragen, untätig zuzusehen, wie sie sich quälte, aber weil er wusste, wie sehr sie litt, konnte er sie nicht einfach ihren Schmerzen überlassen. Das ist es also, was Männer den Frauen antun, wenn sie sich mit ihnen vergnügen, dachte Griff, während sich Beryls Körper immer heftiger aufbäumte. Wenn dieses Kind am Leben blieb, dachte er, dann würde er ihr diese Strapazen niemals wieder antun.

Er hörte, dass die Frauen hinter ihm zu Beryl sagten, sie könnten bereits den Kopf des Säuglings sehen, aber er glaubte nicht, dass Beryl das mitbekam. Sie starrte Griffs Gesicht an und manchmal machte sie kurzzeitig den Eindruck, als würde sie ihn erkennen. Dann hörte Griff, wie eine ruhige Frauenstimme sagte: »Bewegt Euch nicht, Mylord. Bleibt dort, wo Ihr seid. Bleibt so, bis wir Euch Bescheid geben.«

Griff nickte und drückte Beryls Hand noch fester. Die Stimme hatte ihm Ruhe und Zuversicht gegeben.

Dann öffnete Beryl den Mund und schrie so laut, dass ihr Gesicht vor lauter Anstrengung puterrot wurde.

Auch Griff hatte das Bedürfnis zu schreien, aber er wagte nicht den Schrei herauszulassen.

Und dann war auf einmal alles vorbei und Griff hörte ein Baby schreien. Beryl atmete schwer. Als die Frauen ihr das noch blutige Kind in die Arme legten, öffnete sie die Augen und ließ Griffs Hand los. Griff konnte nur den nassen Kopf und die Schulter des Kindes sehen und dachte, dass das Gebären eine ebenso blutige Angelegenheit war wie eine Schlacht. Das Baby war ganz feucht von blutigem Fruchtwasser. Eine der Hebammen bedeckte es mit einem weichen, weißen Tuch und nahm es hoch. »Es ist ein …«

»Ich will es nicht wissen«, sagte Griff, sein Tonfall war unwirscher, als er beabsichtigt hatte. Die Hebamme wandte sich ab, als habe er dem Baby etwas zu Leide tun wollen.

Beryl saß kerzengerade im Bett und stieß einen lang gezogenen Schrei aus … einen Schrei, der lauter war als alle, die sie während der Geburt ausgestoßen hatte. Dabei rannen ihr die Tränen wie Schweiß über das Gesicht und dann rief sie: »Ich werde ihn nie mehr wieder sehen!«

Griff umfasste ihr Gesicht mit beiden Händen. Er konnte nichts tun, um ihr das Gegenteil zu beweisen. Hilflos hielt er ihr Gesicht, während ihre Augen ins Leere starrten.

»Nie mehr!«, schrie Beryl und lag stocksteif in ihrem Bett.

Als ihr die Hebammen das Baby gaben, das sie inzwischen abgetrocknet und in Tücher gewickelt hatten, drehte sich Beryl zur Seite und vergrub ihren Kopf in den Kissen. Griff nahm das Baby in seine Arme.

Das Baby war alles, was von Oriel noch auf der Welt war.

»Geh«, forderte Griff eine der Dienerinnen auf. »Such Lilos draußen im Gang und sag ihm, dass er den ganzen Hofstaat zusammenholen soll.«

Beryl weinte leise vor sich hin und drehte ihnen allen den Rücken zu. Griff hielt in einer Hand den Kopf, in der anderen das winzige Hinterteil von Oriels Kind.

Griff erinnerte sich daran, wie Oriel zum ersten Mal den gefürchteten Prügelbock gesehen hatte. Damals hatte er Griffs Hand genommen und Griff hatte nie herausbekommen, ob er ihn damit hatte trösten wollen oder ob er selbst Trost gesucht hatte. Natürlich hatte es auf der Insel weder Trost noch Hilfe gegeben, sondern nur die Freundschaft zwischen ihnen beiden. Sie hatten einander immer beigestanden, ganz gleich was gekommen war.

Jetzt war Griff allein.

Aber er hielt Oriels Kind in seinen Händen und das war schon etwas. Bevor das Kind auf die Welt gekommen war, hatte er noch gar nichts gehabt.

Griff stand da und drückte das Baby fest an sich. »Ich bin gleich wieder da«, sagte er zu Beryl, die ihm noch immer den Rücken zudrehte. Die Hebammen trauten sich nicht Einwände zu erheben.

Griff brachte Oriels Kind aus Beryls Zimmer hinaus und trug es durch das Wohnzimmer in den breiten Gang, in dem sich inzwischen der Hofstaat versammelt hatte, darunter auch Garder, Lilos und Wardel. Griff hielt das Baby vorsichtig mit beiden Händen hoch, damit es jeder sehen konnte, dann drückte er es wieder an seine Brust.

»Das Erbe der Grafschaft ist gesichert«, verkündete Griff. »Lasst alle Glocken läuten. Ich erkläre den heutigen Tag zu einem Feiertag, an dem niemand in der Stadt arbeiten soll. Alle Bediensteten hier in der Burg sollen heute Wein bekommen, damit sie das Glück des Hauses Sutherland gebührend feiern können.«

Wie auf Kommando fing das Baby zu schreien an und alle Leute lachten. »Das heißt also, dass es ein Junge ist, oder?«, rief Wardel. »Wie soll er denn heißen?«

»Ich weiß noch gar nicht, ob es ein Junge oder ein Mädchen ist«, antwortete Griff. Trotz des ernsten Anlasses musste er grinsen. »Ich weiß nur, dass es das Kind von Oriel ist.«

Einen Moment lang waren alle still, aber dann erscholl ein vielstimmiges, begeistertes Hurra, das jeden zweifelnden Kommentar übertönte. Lilos trat vor. »Ich möchte auf das Wohl des Grafen von Sutherland trinken«, verkündete er. »Und ein Hoch auf den Erben oder die Erbin ausbringen.« Und dann befahl er: »Bringt auf der Stelle Wein hierher.«

Griff verließ die Menge und kehrte mit Oriels Kind auf dem Arm zu Beryl zurück. Ihr Gesicht war noch immer nass von Schweiß und Tränen, aber jetzt wollte sie das weinende Baby in die Arme nehmen. Vielleicht hat es ja Hunger, überlegte Griff. Trotzdem fiel es ihm schwer, das Kind aus den Händen zu geben. Griff hatte ein Gefühl, als würde ihm vor lauter Freude über das Kind gleich das Herz zerspringen.

Als die Frauen Beryl das Baby an die Brust gelegt hatten und es friedlich zu nuckeln begann, fragte Beryl ihn: »Hast du es zu deinem Erben ernannt?«

Griff nickte.

»Setz dich, Griff. Gleich hier, zu mir aufs Bett. Das wird zwar den Frauen nicht gefallen, aber was soll's? Beim einfachen Volk ist es durchaus üblich, dass der Mann während der Geburt dabei ist, auch wenn das meistens nur daran liegt, dass die ganze Familie in einem einzigen Zimmer haust. Spielt es für dich eigentlich eine Rolle, ob es eine Erbin oder ein Erbe ist?«

Griff schüttelte den Kopf. »Ich verspreche dir, dass du nie wieder so etwas durchleiden musst ...«

»Ja, Griff«, antwortete Beryl, »es sind schlimme Schmerzen, aber dafür hat man am Schluss auch ein Kind. Und das Kind lebt und ich lebe auch und ich fühle mich so … stark, so … Es war bestimmt viel weniger schlimm als das Aufdrücken des Brandmales bei dir. Und dann ist ja das Kind da, als Lohn für all die Schmerzen.«

Beryl saß jetzt an ihre Kissen gelehnt da und lächelte Griff an. Mit ihrer freien Hand berührte sie die weiße, halbmondförmige Narbe an seiner Wange. Sie saß im geschnitzten Bett der Gräfin und stillte ihr Kind und Griff saß neben ihr, nicht Oriel. Oriel würde niemals mehr neben ihr sitzen.

»Er hat mir einmal gesagt«, fuhr Beryl fort, während sie immer noch Griffs Narbe berührte, »dass der Mann, der sein Herz meinem Kind schenkt, auch mein Herz gewinnen kann. Oriel kannte mich damals offenbar besser, als ich mich selbst gekannt habe.«

Griff brachte kein Wort heraus. Er hätte nie geglaubt, dass Beryl … Er beugte sich über sie und nahm ihre Hand und in diesem Moment begannen die Glocken der ganzen Stadt die frohe Neuigkeit zu verkünden.

Wochen gingen ins Land und die Zeit heilte manche Wunde. Das Kind hatte Beryls blaue Augen, aber die Schultern – das erkannte Griff sofort, als er das Kind zum ersten Mal nackt vor dem warmen Feuer liegen sah –, die Schultern hatte es von Oriel. Sie waren breit und flach. Als der Winter langsam dem Frühling zu weichen begann, verkündete Griff eine weitere Entscheidung. Für den Fall, dass er starb, sollten Garder, Lilos, Wardel und Beryl gemeinsam die Regierungsgeschäfte übernehmen und sich um das Wohlergehen des Kindes kümmern. Die ganze Burg – und vielleicht auch die ganze Stadt, denn nichts, was den Grafen betraf, blieb seine Privatangelegenheit – wusste, wie glücklich der Graf und die Gräfin waren, dass sie im selben Bett schliefen und ihr Kind im Zimmer nebenan, ohne Amme oder Kindermädchen. Doch als der Frühling ins Land zog und mit den frischen Blättern auch neue Probleme zu sprießen begannen, musste Griff sich ganz der Grafschaft widmen, die dem Baby einmal als Erbe zufallen sollte. Deswegen rief Griff Lilos, Wardel und Garder zu sich und bat auch Beryl zu der Runde.

Während Griff über den langen Tisch blickte, an dem sie alle fünf Platz genommen hatten, kündigte er an: »Wir werden zusammen einen Rat bilden, der die Regierung der Grafschaft übernimmt.«

Beryl wollte aufstehen, aber Griff forderte sie mit einer Handbewegung auf, sich sein Vorhaben bis zu Ende anzuhören.

»Ich als Graf«, sagte Griff, »kann die Beschlüsse des Rates überstimmen. Ich denke allerdings, dass das nur äußerst selten passieren wird, denn nur wenn wir uns einig sind, können wir etwas bewirken. Dem König gegenüber bin weiterhin ich allein verantwortlich.« Als Griff zu Ende geredet hatte, wartete er auf die Reaktionen der anderen.

»Aber es ist doch ziemlich unwahrscheinlich, dass wir alle fünf einer Meinung sind«, wandte Garder ein. »Und wenn wir das nicht sind, wären wir zur Untätigkeit verdammt und müssten unsere Zeit mit fruchtlosen Streitereien vergeuden. Es muss nun mal einen Mann geben, der über den anderen steht und damit ungehindert handeln kann. So ist es immer schon gewesen.«

»Aber vielleicht könnten wir unkluge Entscheidungen vermeiden, wenn wir uns einigen?«, wollte Wardel wissen.

»Und was ist mit den klugen Entscheidungen, die wir vor lauter Bedenken womöglich nicht zu fällen wagen?«, fragte Lilos. »Oder die wir nicht fällen können, weil wir uns streiten?«

»Irgendwann werden wir sie fällen, und sei es nur, weil die Angst aufrechten Herzen nicht viel anhaben kann«, antwortete Wardel leichthin. »Und die, glaube ich, haben wir alle.«

Griff hatte den Eindruck, dass Wardel und Lilos schon überzeugt waren.

»Mylord«, sagte Garder. »Bei allem Respekt muss ich doch sagen, dass ich diesem Rat keine große Chance einräume, wenn zu einer Entscheidung alle Beteiligten derselben Meinung sein müssen.«

»Ich schon«, wandte Lilos ein. »Je länger ich darüber nachdenke, desto mehr Gefallen finde ich daran. Denn wenn eine Sache gut ist, dann werden wir mit der Zeit schon zu einer einhelligen Meinung darüber gelangen.«

»Sind wir vier uns wenigstens darin einig, dass die Lady gleichberechtigt an diesem Rat teilnehmen soll?«, fragte Griff.

Alle drei Männer nickten.

»Und du, Beryl?«, fragte Griff. »Wie denkst du darüber?«

Sie sagte nichts, sondern studierte die Gesichter der vier Männer.

»Ihr müsst etwas sagen, Mylady«, forderte Wardel sie auf.

»Warum muss ich?«, fragte Beryl. »Ich werde sprechen, wenn ich etwas zu sagen habe. Was soll denn dieses *muss*? Ich muss nur eines, nämlich mich entscheiden, ob ich etwas sagen will oder nicht. Andernfalls wäre ich doch nichts weiter als eine Marionette, die dann etwas sagt, wenn man an ihren Fäden zieht.«

Beryl lächelte Griff aus ihren dunkelblauen Augen an und er wusste, woran sie sich erinnerte. Aber niemand sagte etwas, weil niemand eine Antwort kannte. Alle blickten zu Griff hin.

Jetzt war Griff genau das, was Oriel gewollt hatte, das, wofür Oriel ihm das Leben gerettet hatte. Wie Beryl trug auch Griff auf seiner Brust das Medaillon der Grafen von Sutherland. Das war der Schatz, den Oriel gewonnen und den er ihnen überlassen hatte. Ein ähnliches Medaillon hatten sie Oriel auf sein Herz gelegt, bevor sie ihn tief in die dunkle Erde gesenkt hatten. Es war eine Scheibe aus reinem Gold, auf der stolz ein Falke mit ausgebreiteten Schwingen prangte.